VICES PRIVÉS

Philip Hensher

VICES PRIVÉS

Traduit de l'anglais
par Jean-Luc Piningre

Roman

cherche
midi

Ouvrage publié avec le concours
du Centre national du livre.

Direction éditoriale : Arnaud Hofmarcher
Coordination éditoriale : Hubert Robin et Marie Misandeau

Titre original : *King of the Badgers*
Éditeur original : Fourth Estate (an imprint of HarperCollins Publishers)

23, rue du Cherche-Midi
75006 Paris

Au
Gang :
Bertie
et J. B.
et Sam
et Rita
et Ralf
et Julia
et Yusef
et Jimmy
et Marino
et Renaud
et Richard
et encore Alan
et encore Lapin
et le professeur A.
et Dickie-Tu-Brûles
sans oublier Nix (salut, Nicola !)
ni Mrs Blaikie (le bonjour de Rufus !)
ni Herbert qui avait trouvé ça plutôt bref
ni encore et surtout mon cher, très cher mari
pour leur rappeler à tous, et même à quelques autres :
Tiens,
Ce
Qu'on
S'est
Marrés !

PREMIÈRE PARTIE

RIEN À CRAINDRE

Maintenant qu'il porte un melon, le commandant,
Il est vraiment plein de tics : trop d'années en captivité.
Ce qui lui faut, c'est une guerre et un tank dans le désert.
Les grosses jambes des secrétaires seront bientôt prêtes
Pour les dragueurs et les bébés. Dans le fond de mon crâne,
Une fourmi se dresse devant un rouleau compresseur.

Gavin Ewart, « Serious Matters »

1

L'an dernier sur l'estuaire de la Hain, par une chaude journée du printemps finissant, un canot résistait au courant boueux devant la petite bourgade de Hanmouth. Sa poupe indiquait la rive, les villes où se terrent les coupables, et sa proue l'océan, qui, huit kilomètres plus loin, chaque jour et chaque semaine, emporte nos péchés. Le batelier enfonçait ses rames profondément dans l'eau, d'un mouvement répétitif qui suggérait la réflexion. La marée montait vite et il était censé maintenir son canot sur place, là où le courant était moins fort, couleur de bière laiteuse.

– En général, mes clients veulent tous aller au même endroit, dit-il à son unique passager. Au pub, de l'autre côté de l'estuaire.

– Ah bon, quel pub ? demanda le passager, vaguement irrité.

C'était un gros homme au ventre proéminent, au crâne perlé de sueur entre les épaisses touffes, blanches et blondes, qui cernaient sa tonsure. Il n'avait pas vu un coiffeur décent depuis des semaines. Une vie de taxis, de déjeuners trop gras, bien arrosés, remboursés sur notes de frais ; un célibataire, plus vraisemblablement divorcé, profitant de sa situation.

– Le Loose Cannon[1], dit le batelier. Un calembour, bien sûr. Vous voyez les lumières, derrière vous, là-bas ? Sur la pointe de terre où le Loose rejoint l'estuaire ?

L'homme ne se retourna pas. Il n'avait jamais encore embarqué sur un canot à rames, et craignait de se noyer dans deux mètres d'eau. S'agrippant de la main droite au bateau, il tenait avec l'autre l'appareil photo suspendu à son cou. À ses pieds, un bagage noir, ni valise ni attaché-case, était prudemment posé à plat.

– C'est plus facile d'y aller avec moi, poursuivit le batelier entre deux coups de rames. Sur la pointe. Entre l'estuaire et le Loose. Le premier parking est presque à un kilomètre. Plus simple de me demander, sur la jetée de Hanmouth.

– Bien, ce pub, alors ? s'enquit le passager, s'intéressant enfin.

– Oui, un vieux pub. Très vieux. Y a que lui et la maison de l'éclusier. Loose Cannon, c'est pas son vrai nom. C'est pour rire. Le vrai, c'est le Cannons of Devonshire. Mais on l'appelle le Loose depuis autant qu'on s'en souvienne. Ou autant que je suis là. À cause du fleuve, le Loose, qui se jette dans l'estuaire.

Sur la jetée branlante de trois mètres de long, la fille aux cheveux ras était toujours où ils l'avaient laissée, avec ses deux grosses valises. Son visage se brouillait dans la lumière du soir, elle n'était plus qu'une forme, ombre droite et attentive, silhouette noire dans le bleu profond.

– On y va ? dit le batelier.

1. Littéralement : « Canon branlant », sens figuré : « tête brûlée ».

– Hm ?

– Au pub. Le Loose Cannon. En général, mes clients... Enfin, l'été je fais la navette, comme les métiers à tisser.

– Non.

– C'est tout ce qu'il y a là-bas, sur l'autre rive.

Le passager posa un regard impatient, rapide, sur le vieil homme – un regard de citadin.

– Comme je vous ai dit, j'ai besoin d'aller au milieu de l'estuaire, et je vous demande de stabiliser le bateau autant que possible, une vingtaine de minutes, pendant que je prends des photos. C'est tout.

– Sur la pelouse devant le pub, vous seriez aussi bien.

– Non. Pas le bon angle. Trop haut.

– Eh ben, pour des photos de vacances, vous cherchez la difficulté, vous.

Le passager ne répondit pas. Arrêtant de ramer, le passeur laissa son bateau se balancer et dériver un peu. C'était l'heure de la journée qu'il appréciait le plus. Le jour comme une aquarelle d'un côté du ciel, de l'autre l'annonce d'une nuit bleue et chaude. À plat au-dessus de l'église, la lune dessinait l'arrondi d'un ongle. Les arbres fruitiers étincelaient dans le crépuscule ; les petites fleurs blanches des marronniers du cimetière brillaient, droites comme des bougies ; blanches elles aussi, des clématites recouvraient tout un mur. On aurait dit de la crème fouettée. Des fenêtres s'allumaient sous les dents de scie des toits, des pignons, des maisons. On tirait ses rideaux ici et là. Les lumières d'une ville comme Hanmouth se voient depuis des kilomètres au large.

– On a du monde à cette époque-ci de l'année, dit le batelier. Toujours. Les gens aiment venir passer la journée, l'après-midi ou la soirée. Une ville chargée d'histoire. Classée troisième dans tout le Devon, il y a quatre ans, pour son pittoresque. Je sais pas qui s'occupe de ces choses, moi. Thomas Hardy venait ici en vacances quand il était petit. Vous connaissez Thomas Hardy ?

– Oui, répondit le passager. Je l'avais étudié pour le brevet. J'ai eu un B en anglais. Et vous n'êtes pas d'ici non plus.

– Non. Ça fait vingt ans que je suis là, mais l'accent du Yorkshire, on le perd pas. Je dis plus « ma chérie » aux inconnues, maintenant. Mais depuis que je suis môme, je suis venu tous les ans ou presque.

– Comme Thomas Hardy.

– Comme Thomas Hardy. J'ai travaillé trente ans dans la sidérurgie. Dans le Nord. Licencié. La maison a fait faillite. J'avais eu mes indemnités avant. J'étais directeur. Une bonne situation. Ils se sont bien occupés de moi. La patronne avait dit : « Déménageons dans un endroit qu'on aime. » Hanmouth, ça nous avait toujours plu. C'est surtout à elle que ça plaisait, elle adorait. « Tu pourras essayer autre chose, elle disait. Ce que tu voudras. Y a plein de petits vieux, à Hanmouth, ils seront contents d'avoir quelqu'un qui leur change une ampoule pour une livre ou deux. » Elle est morte cinq ans après. Un cancer. C'est arrivé très vite. On guérit pas d'un truc pareil. Elle voulait qu'on l'enterre au vieux cimetière, mais ils acceptent plus personne, là-dedans. Alors elle est à l'autre, le nouveau, comme tous les morts. Je continue à lui rendre visite chaque dimanche. Trouvez ça bizarre, vous ?

– Bougez plus, dit le passager en dégageant le cache de son appareil.

C'était un gros truc noir, avec un trou à la place de l'objectif, pas un de ces machins numériques, argentés, minuscules, que les gens achètent aujourd'hui. Le passeur luttait contre le courant et, à quinze mètres de la rive, ils paraissaient enracinés dans l'estuaire comme une touffe d'algues.

Se penchant avec précaution, le photographe ouvrit le bagage à ses pieds. Le batelier sentit l'odeur de sa transpiration. Il y avait trois objectifs dans la mallette, chacun posé dans une case à sa taille, et d'autres accessoires qu'il n'aurait su nommer, eux aussi bien rangés dans la garniture de mousse noire. Évitant tout geste brusque, le passager dégagea la moyenne focale, puis referma doucement le couvercle. On aurait cru qu'une bête nerveuse et affamée se trouvait sur le bateau.

– J'ai maintenant soixante-dix ans, dit le passeur. Paraît que je les fais pas. C'est ça qui me garde en forme.

Vrai : ses bras maigres et musclés tenaient solidement les rames. Il pensait à son cœur, battant lentement dans sa maigre poitrine. Bien que très blancs, ses cheveux courts n'étaient pas sans rappeler une coupe à la mode chez les jeunes.

– Y avait déjà un passeur, avant moi. Y en a toujours eu un pour répondre à la demande, entre la jetée et le Loose Cannon. Celui d'avant avait succédé à son père, y a quarante ans. Mais ses fils à lui étaient pas intéressés. L'un d'eux est avocat à Bristol. On peut plus être batelier à plein temps, aujourd'hui. Depuis des années, même. Alors j'ai choisi ça, et je reste actif.

– Vous devez connaître tout le monde dans cette ville.

– On a de drôles de gens à Hanmouth, cette semaine. Inconnus au bataillon. Quelle foule ! C'est à cause de la petite. Je me demande ce qu'ils viennent voir. Pas elle en tout cas, puisqu'elle a disparu.

– La curiosité humaine ne connaît pas de limites, dit le photographe. De limites décentes, en tout cas.

Levant son appareil, il prit rapidement quelques photos, comme on tire une rafale de mitraillette.

– Cinq livres l'aller, huit avec le retour, poursuivit le passeur. J'aurais sans doute pu augmenter mes prix, cette semaine.

– On était bien d'accord, vous avez dit trente.

– L'aller et retour, c'est huit pour dix minutes. Au milieu de l'estuaire pour le temps que vous demandez, c'est trente. Vous avez la permission de M. Calvin pour prendre vos photos ?

– On était d'accord sur le prix.

– Oui, oui, on est toujours d'accord. Mais je peux pas vous faire de reçu.

– Pas grave. Je les fais moi-même, mes reçus. Et n'en déplaise à votre M. Calvin, aucune loi ne requiert d'autorisation pour photographier une ville.

Relevant ses rames, le batelier les conserva hors de l'eau ; en une seconde, le canot dériva de trois mètres vers la mer.

– Revenez où nous étions, s'il vous plaît.

– M. Calvin a un registre sur lequel il inscrit les photographes de presse. Il y en a une sacrée tapée. Ça lui permet de garder tout ça en ordre, qu'il dit. C'est affreux, pour la petite.

– Vous la connaissiez ?

– Non, dit le passeur. Je crois pas l'avoir reconnue quand j'ai vu sa tête dans le journal. Avec l'agglomération, on a vingt mille habitants à Hanmouth. On peut pas les connaître tous.

Tirant fort sur ses rames, il maintint le bateau en place, parallèle au rivage. Consulta sa montre, le cadran sur la face interne du poignet, comme les bons marins : ils étaient partis depuis vingt minutes. Passé trente, il compterait une livre de plus par minute ; de toute façon, ce con-là payait pas avec son argent. Il fallait bien surveiller l'heure.

– Évidemment, y en a qui trouvent ça trop cher, cinq livres. S'ils paient pas, je leur cours pas après, moi. Je téléphone à Mike au Loose Cannon, et il retient ma course sur leur monnaie. Peuvent plus protester, là. L'été dernier, y en a un qui m'a dit : « Cinq livres ? C'est juste en face, j'y vais à pied. » Parce que c'était marée basse. À marée basse, moi, l'estuaire, je peux pas le traverser, mais on peut pas marcher non plus. « Non merci, y a pas beaucoup d'eau, on va y aller tout seul, c'est pas loin. » « Très bien », je lui ai dit. Au bout de quinze mètres, il avait de la boue jusqu'aux cuisses. Impossible d'avancer, impossible de reculer. L'estuaire, il a ses humeurs. Il se crispe, il frémit. Si les canards se promènent dedans à marée basse, c'est parce qu'ils ont les pieds palmés. Le type était en tennis. J'étais derrière la vitre, au Flask, et je le regardais. J'ai fini par lui tendre une échelle. Après tout ce qu'il avait râlé, au début, il était doux comme un agneau, maintenant. Ah, ils essaient qu'une fois. On a besoin de moi, ici.

Dans l'obscurité féconde du fleuve, le photographe gardait son appareil levé et prenait d'autres clichés sans prêter attention à ces propos. Il bénéficiait d'un point de vue bas et étendu sur la façade maritime de Hanmouth, ses fenêtres luisantes fermées à la nuit. Sur la jetée, la fille aux cheveux courts s'était assise, les jambes repliées devant elle. Serrée dans un pantalon et une veste en jean, sa mince silhouette de garçon formait un ensemble géométrique. Un trait de fumée, par endroits lumineux, s'élevait de la cigarette cachée entre ses genoux.

Le batelier résistait au courant, l'embarcation restait à peu près droite. Sur la jetée, une autre silhouette venait de rejoindre l'assistante du photographe. Un homme. Il lui parlait doucement, mais la voix portait sur l'eau, et le passeur reconnut aussitôt les épaules de M. Calvin, venu poser des questions à une journaliste qui ne s'était pas présentée.

– C'est pour un journal, alors ? dit le rameur.

– Quelque chose comme ça, répondit le photographe, continuant de travailler.

– On est quasiment assiégés, depuis cinq jours. On vous demande tout le temps : « Vous l'avez vue, la petite fille ? Et sa maman, vous la connaissez ? Et son papa, qu'est-ce qu'il fait ? » Vous allez chez le boucher ou à la banque, vous en avez dix sur le dos. Y en a un, je lui ai dit : « Si je savais quelque chose, j'en parlerais à la police mais pas à vous. » Et des photos de Hanmouth, on en trouve partout, sur l'Internet aussi, avec le ciel bleu et le soleil. Vous avez pas beaucoup de lumière, là, je me demande ce que ça va donner.

Sur la jetée, la silhouette androgyne fit un grand signe, comme on brandit un drapeau lors d'un jamboree. Calvin, si c'était bien lui, était parti. Induits en erreur, les cygnes et les oies changèrent de trajectoire pour nager vers la fille. Bien des gens leur donnaient à manger et, pour ces oiseaux-là, tout mouvement s'apparente à une généreuse promesse.

– C'est bon, dit le passager. Ramenez-moi.

– Je peux vous poser au Loose Cannon. Ça coûtera pas plus cher.

– Ça ira.

Bien qu'ils fussent orientés dans le bon sens, le bateau pivota dans le courant sous l'action d'une seule rame, décrivant un cercle parfait pour détailler tour à tour la ville, le grondement de l'autoroute sur le pont de l'estuaire, les lointaines collines bleues derrière lesquelles se couchait le soleil, puis la mer où tout disparaît à la fin. Sur la jetée, la fine silhouette s'agenouilla avant d'ouvrir un ordinateur noir, les reflets bleus de l'écran éclairant les cheveux courts et le mince visage de ce qui était après tout une jolie fille, concentrée sur son travail.

2

De quelque façon qu'on la regarde, la ville bien connue de Hanmouth, sur l'estuaire de la Hain dans le nord du Devon, paraît se découper en strates. Parallèles au tracé des rails, ses quatre grandes artères se déploient entre la ligne de chemin de fer qui longe la côte et l'estuaire lui-même. D'autres voies moins imposantes – ruelles, passages couverts, raccourcis, placettes bordées d'hospices XIXe siècle aux façades blanches, culs-de-sac des années 1930, dotés de minuscules jardins – traversent perpendiculairement les quatre dignes avenues. La première de celles-ci relie sans encombre Ferry Road au nord et le Strand au sud, serrant les quais de près, menant à trois célèbres pubs, à la plaque commémorative d'un procureur disparu de longue date, et, dans sa partie la plus onéreuse, assurant une vue imprenable sur l'estuaire et les collines au loin, couronnées d'une tour ducale, de cette sorte qu'on appelait autrefois folie. Dans cette avenue-là résident des présentateurs de télévision, de grands propriétaires fonciers, des gens qui ont gagné beaucoup d'argent dans l'informatique et les télécoms. La première maison de Hanmouth vendue 1 million de livres s'y trouvait, ce qui ne pouvait échapper aux gens du coin, qui n'y étaient pour rien. Mais sept années avaient passé, le chiffre avait perdu de son éclat, d'autres enchères ayant suivi. Suscitant des jalousies sur des kilomètres à la ronde, soit la moitié du comté, le Strand au sud était flanqué de maisons hollandaises à pignons, roses, crème, ocre, où vivait, disait-on, « tout le monde », ce qui impliquait, bien sûr, que tout le monde n'y vivait pas.

Peu d'habitants occupaient Fore Street, la rue commerçante deuxième dans le rang. Parmi eux, l'ancien général de brigade et sa femme, dans une vaste demeure XVIIIe, longue façade de brique dénuée de profondeur, plus ouverte vers le jardin, comme si elle préférait tourner le dos aux magasins. Fore Street n'était pas en reste ; également en brique, quoique de l'entre-deux-guerres, le foyer municipal allait célébrer l'an prochain son quatre-vingtième anniversaire, avec entre autres festivités une nouvelle mise en scène par les Hanmouth Players de *La Chasse royale du soleil.* Devant le foyer se dressait une statue en bronze d'un garçon en train de pêcher, accroupi un coude sur chaque genou, apparemment très absorbé. Commandée en 1977 pour le cinquantième anniversaire du foyer, coïncidant avec le jubilé d'argent de la reine, elle avait été dévoilée lors d'une grande fête municipale. Des tables à tréteaux sinuaient sur toute la longueur de Fore Street. On l'avait aussitôt et unanimement rebaptisée le Menu-Crottant, comme le rappelait le petit guide de la ville de Hanmouth, imprimé à la main et vendu par le bouquiniste. Poursuivons dans l'avenue : en périphérie de la ville, l'ouverture du nouveau Tesco n'avait eu aucune répercussion sur les ventes de l'excellent boucher, ni sur celles du magasin de fruits et légumes, d'une qualité plus contestable. Pas d'impact non plus sur la boutique de souvenirs, sur les jeunes bijoutiers qui tentaient leur chance à côté, ni sur le Bazar oriental, tenu par deux sœurs à la retraite qui renouvelaient leur stock deux fois l'an dans les marchés du sud de l'Inde. Elles rapportaient de Madurai des rouleaux de soie éclatante, des savons faits main, des boîtes à bijoux en argent terni, décorées et incrustées de brillants, qu'elles revendaient douze fois le prix d'achat.

À l'autre bout de Fore Street, où l'on apercevait la ligne de chemin de fer, les nombreux aspirants qui n'avaient pu s'éloigner davantage de Barnstaple occupaient de modestes maisons bien entretenues, construites pour des marguilliers du XVIIIe siècle, ou des commerçants d'avant-guerre. Elles donnaient essentiellement sur les fenêtres des voisins. Il y avait en ville une école très réputée, un marché à la française ouvert tous les quinze jours, douze magasins d'antiquités et un brocanteur, ainsi qu'un poissonnier aux arrivages presque journaliers. Également sept églises de différentes sortes. Dans l'une, par exemple, anglicane, on se mettait sur son trente et un et l'on tournait la tête vers l'est pendant le *Credo* ; tandis que dans une autre on se prosternait ostensiblement devant les manifestations de « l'esprit ». Celle-là célébrait ses offices dans un garage à motos aménagé, avec toit en tôle ondulée. Miranda Kenyon, un professeur de l'université habitant une maison à pignons du Strand, répétait souvent qu'elle se promettait, un dimanche ou le suivant, d'assister à une messe dans la seconde – « chez cette bande de dingues ».

Qui souhaitait s'installer ici pensait à ce quartier favorisé, où l'on prononçait « Hammuth » plutôt que

Hanmouth. Les fenêtres incurvées des façades hollandaises, hautes et sereines, reflétaient le couchant et les collines en face. Leurs occupants buvaient le premier verre de la soirée dans cette douce lumière avec un œil attentif sur les échassiers parcourant les eaux luisantes de l'estuaire. Mais on pensait aussi aux édifices du XVIe siècle, chaulés, carrés, des rues avoisinantes – voire aux pavillons du début XXe, plus éloignés, proches de la voie ferrée. Celle-ci ne servait qu'au petit train bruyant reliant la côte de Heycombe au reste de l'Angleterre, et qui, sympathique en définitive, ajoutait au style carte postale de la cité maritime. Bien tenus, les parterres fleuris de la gare annonçaient « HANMOUTH » en grandes lettres de buis. Il semblait toujours y avoir quelques veuves devant le passage à niveau, attendant patiemment, un panier d'osier, doublé de toile vichy, au bras. À deux cents mètres de la gare, le portillon blanc et le sentier qui coupait la voie suggéraient qu'il s'agissait d'une des rares lignes secondaires de l'Angleterre ayant échappé, des décennies durant, à une suppression programmée. Tout cela était parfaitement charmant et innocent.

Les habitants n'ignoraient pas que leur petite ville était agréable, séduisante, fonctionnelle, et ils la préservaient. Le poste de police, avec sa lanterne bleue et carrée, et la minuscule caserne de pompiers renforçaient l'impression d'une miniature, d'une vitrine de jouets. La seule nuisance tenait aux douze pubs de la ville ; les étudiants en vacances avaient pour coutume de faire le « Grand Douze ». Pour reprendre l'expression du gay Sam, cette tournée de tous les bars se terminait parfois sur la jetée par de viriles mictions d'ivrogne, une ou deux queues de renard sur un quai de la gare pour accueillir les passagers du matin, ainsi que, une fois seulement, un bris de vitrine chez le fleuriste à l'extrémité de Fore Street, côté mer. Imputée aux éléments extérieurs, la coutume finit par agacer la bourgade provinciale, et l'on en discuta chez le marchand de journaux et dans les rues. Avec l'assentiment de tous, M. Calvin prit le genre d'initiative dont seuls les nouveaux arrivants sont porteurs. Il forma un comité de surveillance, composé par les habitants eux-mêmes. Vaguement inquiets, certains affirmèrent sur le ton de la plaisanterie que ses réunions commençaient par une prière collective, mais en définitive, et de l'avis de tous, ce fut une réussite. Ces deux dernières années, des caméras avaient été montées à chaque extrémité de la gare, ainsi qu'à l'arrêt du bus pour Barnstaple, sur le quai devant l'estuaire. On fit encore un peu de lobbying, et six autres furent installées. Comme John Calvin l'avait expliqué au comité, disait-il, et comme les membres du comité devaient ensuite le répéter à toutes leurs relations, grâce à la vidéosurveillance on pouvait aujourd'hui se promener d'un bout à l'autre de Fore Street à n'importe quelle heure du jour et de la nuit, sans redouter quoi que ce soit. Même les dames très âgées connaissaient maintenant le terme. « Vous n'avez rien à craindre si vous ne faites rien de mal », disait Calvin, avant d'ajouter : « Rien à cacher : rien à craindre », citant un slogan récent du gouvernement. Les riches habitants des demeures sans rideaux de Hanmouth, offrant aux passants un aperçu de leurs somptueux intérieurs, tendaient à reconnaître qu'il avait raison.

Tant de beauté, de sécurité, attirait forcément du monde vers la cité estuarienne et, de façon moins louable, poussait ceux qui logeaient hors de ses murs à s'approprier son nom. En remontant la nationale vers des zones plus modernes, on trouvait des rangées de maisons en brique jaune, un club de golf, un grand pub au carrefour où l'on servait des grillades, vantées sur un panneau à l'intention des automobilistes. Dans le parking du pub, des enfants déchaînés s'amusaient bruyamment. Enivrés par leurs Cocas et sodas à l'orange, ils traversaient en courant la passerelle au-dessus de la route. Certains, disait-on, lançaient des bouts de parpaing sur les camions en dessous. Des HLM toujours plus nombreux bordaient chaque côté de la nationale, et plusieurs bâtiments entouraient le terrain de sport du Hanmouth Rugby Club ; leurs occupants formaient un public timide et rougissant lors des distingués combats autour de l'œuf en cuir, chevauché le temps d'un après-midi, dans un théâtre délimité par deux H gigantesques.

Tous ces individus, encouragés en cela par les agents immobiliers, se réclamaient eux aussi de Hanmouth, qu'ils prononçaient cependant « Han-mouth », suscitant l'hilarité et le mépris des vrais Hanmouthites. Miranda Kenyon était toujours prête à placer ses spéculations sur les véritables limites du centre historique. D'une façon générale, le vieux Hanmouth avait une piètre opinion des banlieues fourbes et dyslexiques qui le cernaient et usurpaient son nom. Même si elles prenaient naissance aux confins de la ville, c'était, à l'évidence, celles de Barnstaple, car Hanmouth ne saurait avoir de banlieues.

Dans les lotissements alentour, les hommes lavaient leur voiture le dimanche matin ; les cuisines donnaient sur la rue, pour que les épouses puissent surveiller ce qui se passe tout en finissant la vaisselle ; les enfants faisaient rebondir leurs ballons de foot sur les voitures jusqu'à l'inévitable engueulade ; les supporters des équipes locales ou nationales se reconnaissaient à leurs écharpes, aux écussons collés aux fenêtres, aux fanions étalés sur les lunettes arrière ; et les jours de semaine, vers sept heures et demie-huit heures le soir, le chœur fantôme et unanime du générique d'un feuilleton londonien résonnait par les fenêtres ouvertes de la banlieue entière. N'ayant aucune raison de s'y rendre, Hanmouth-centre ignorait l'existence de ces centaines de rues. Cependant, au printemps 2008, un événement survint dans ces quartiers-là – qu'ils se réclament de l'une ou l'autre cité –, un événement qui, comme le sparadrap, se mit à coller à la petite ville sans qu'elle puisse s'en débarrasser.

3

Personne dans le vieux Hanmouth n'avait jamais entendu parler de Heidi O'Connor – excepté ceux qu'elle coiffait, mais qui ignoraient son nom de famille. Heidi faisait ses courses au Tesco de la route nationale, un endroit où l'on ne se saluait pas, où l'on ne comparait pas discrètement ses achats avec ceux du voisin. Elle ne comptait pas sur les pubs pour nouer des liens ou quoi que ce soit d'autre, même celui du carrefour qui servait des grillades. Heidi l'aurait trouvé « vulgaire », un mot que les gens de Hanmouth, pour la plupart, auraient été surpris d'apprendre qu'elle en connaissait le sens ou qu'elle y attachait une quelconque importance. Elle avait quatre enfants, Hannah, China, Harvey, Archie, la plus grande âgée de neuf ans, dix mois pour le dernier-né. Heidi partageait son logement avec Michael Thomas, douteux individu au visage rond, de sept ans son cadet. Les quatre enfants, dont deux avaient les cheveux blond très clair de leur mère et les autres un poil ras, noir et dru de caniche, s'entendaient bien, disait-on, avec leur « beau-père » – ainsi que Micky Thomas se présentait noblement quand les événements rendaient la précision nécessaire. Il était le troisième « beau-père » que les deux grandes étaient en mesure de se rappeler. Seule Hannah prétendait se souvenir de son vrai père, qui était aussi celui de China.

À vingt-sept ans, avec toute cette progéniture, Heidi O'Connor avait des horizons limités. Elle se rendait rarement à Barnstaple – l'ouverture d'un nouveau centre commercial donnant lieu à une sortie inopinée. Elle, Micky et les quatre gosses parcouraient les allées sous verrière où, aux frais de l'État, des jongleurs municipaux et des adeptes du saut à l'élastique dansaient entre deux airs le temps d'un court après-midi. Ici et là, Heidi et Micky se dirent que cela n'avait rien d'extraordinaire, tandis que les enfants couraient librement d'une boutique à l'autre. Barnstaple était plutôt son territoire à lui. Il y allait tous les vendredis et samedis soir, sortait jusqu'à trois ou quatre heures du matin, revenait les yeux exorbités et complètement blindé, comme il disait le lendemain. Micky passait ses samedis après-midi dans les pubs de Hanmouth, buvant parfois jusqu'à l'heure de prendre Heidi au salon. Il l'attendait alors sur le trottoir ; il avait fallu lui expliquer sèchement qu'on ne voulait plus le voir déambuler à l'intérieur, tripoter les shampooings, les flacons et les fers sur les étagères. Micky faisait partie du paysage dans le « Vieux Hanmouth », comme il l'appelait ; on le connaissait mieux encore au bord des pistes, dans les petites boîtes de nuit de Barnstaple, sa tête de lune inexpressive sous une casquette de base-ball défiant toute caméra de surveillance. Il vous vendait souvent un peu de ceci, un peu de cela.

Heidi, qui s'estimait trop vieille pour ces choses, restait la plupart du temps chez elle, quand elle ne travaillait pas au salon à Hanmouth, où rares étaient ses clientes de moins de soixante-dix ans – mais elles étaient très bien, vraiment. Au lycée, elle avait toujours dit qu'elle voulait être coiffeuse, et bien qu'elle eût arrêté ses études avec l'arrivée inattendue de Hannah, puis de China, elle avait pris sur elle, achevé sa formation et, à l'âge de vingt-deux ans, trouvé un job qu'elle avait gardé. Heidi rêvait d'ouvrir son propre salon. Peut-être même à Hanmouth, où il y aurait enfin un peu de concurrence, et quelque chose d'un peu plus moderne. « Le rinçage argent, j'en ai assez », disait-elle en référence aux vieilles dames, bien qu'on ne le lui demandât pas si souvent. C'était un terme qu'elle entendait surtout à la télévision, dans la bouche des comiques. « Je ne sais pas comment elle les supporte... ces veuves, ces fonctionnaires à la retraite, racontait Micky à ses potes, ou ses associés, lorsqu'elle était à la cuisine. Ces rombières, avec leurs permanentes et leurs rinçages, qui sentent la pisse. » Heidi ne se plaignait ni d'elles ni de Hanmouth. Elle n'y pensait pas trop. On aurait pu la payer mieux, mais les pourboires étaient généreux, et elle avait au moins une raison de sortir. Micky gagnait sa vie à sa façon. Un apport irrégulier, quoique toujours bienvenu. Le mercredi et le samedi, ils jouaient à la loterie. Leur auriez-vous demandé à quoi ils aspiraient, tous deux auraient parlé d'un avenir libéré par une somme d'argent démesurée, providentielle et injustifiée, qui les comblerait jusqu'à la fin de leur vie. On aurait constaté avec plaisir que, pour l'instant, ils ne semblaient pas imaginer qu'un tel avenir, avec un tel argent, les débarrasserait l'un de l'autre.

Son amour de jeune fille ne l'avait pas épousée, mais lui avait donné Hannah et China, et peut-être habitait-il Londres, maintenant ? En revanche, elle s'était mariée avec le père de Harvey, et on ne l'y reprendrait pas. À la fin, alors qu'une fois de plus ils s'engueulaient jusqu'à en faire trembler les murs, il avait annoncé qu'il voulait émigrer en Australie ou au Canada, ce qu'il avait répété, dans le calme, la colère ou la rage, avant de disparaître pour de bon. (Tout bien considéré, Heidi pensait toujours être sa femme.) Il s'appelait Marcus. Elle ne l'avait pas oublié, surtout qu'il restait le petit Harvey, mais également Ruth, la demi-sœur de Marcus – ils avaient eu le même père, et deux mères différentes : celle de Ruth était de Barnstaple, l'autre de Bristol. Marcus avait quinze ans de plus que Heidi, treize de plus que sa sœur, et Ruth depuis toujours une allure sévère sous ses cheveux ras. À peine plus âgée que Heidi, elle grisonnait déjà. Le jour du mariage, Hannah était juste assez grande pour servir de demoiselle d'honneur à sa mère, qui portait dans ses bras la petite China, frappée d'une épouvantable crise d'urticaire. Quant à Ruth, elle ne s'était pas déridée une seconde. Un vieil oncle, portant un costume gris et l'œillet à la boutonnière – assorti au nez rouge que tout alcoolique irlandais finit un jour par arborer –, s'était penché pour souffler à la mère de Heidi que le promis était sûrement bel homme. Sans doute était-il dépassé par les événements, mais il pensait tout de même que sa jolie nièce aurait pu mieux choisir... Oui, c'était bien dommage qu'elle épouse un sang-mêlé. Plus rapide qu'un fouet, Ruth s'était retournée vers lui – la scène s'était imprimée dans les mémoires – et elle lui avait dit : « C'est de mon frère que tu parles, vieux con ! Et il s'appelle Marcus ! » L'oncle n'avait pas trouvé de réponse. On ne l'avait invité qu'à l'insistance de sa sœur, trop bonne, trop gentille. Il avait bafouillé qu'il ne voulait froisser personne, vraiment personne, qu'il était un vieux monsieur avec de vieilles idées, il voyait bien que Ruth était sang-mêlé comme son frère, cela ne posait aucun problème. Grâce à Ruth, Heidi savait qu'on ne disait plus « sang-mêlé » – on parlait aujourd'hui de métis.

Trois mois après un mariage sans lune de miel, quand Ruth apprit à Heidi que Marcus sautait la sœur d'un collègue au garage, il mit les voiles. Parti au Canada, en Australie, ou probablement retourné chez sa mère à Bristol comme Ruth le supposait. Heidi s'était de nouveau retrouvée enceinte. Cependant elle avait Ruth, une Ruth toujours pleine d'à-propos. L'an dernier, elle avait conseillé à Heidi de demander une augmentation au salon, et Heidi l'avait obtenue. Les allocations – familiales, logement –, elle connaissait. Elle savait où il valait mieux dire que Marcus s'était réfugié. Un jour, dans le parking du Tesco, une dame très comme il faut avait laissé son coffre ouvert, le temps d'aller ranger son caddie. Parfaitement calme, Ruth lui avait volé trois sacs de provisions qu'elle avait placés dans celui de Heidi, puis elle avait échangé quelques mots avec l'idiote avant de filer dans la voiture de sa belle-sœur. Un poulet, deux grands bacs de crème glacée, et des tas d'autres trucs. Toujours pleine d'à-propos, Ruth. Quand Marcus avait fichu le camp, Heidi n'avait pas grand-chose à elle, sinon une grossesse dont elle ne voulait pas, qu'elle n'avait même pas vue venir, et qui avait peut-être précipité le départ de son mari. « Tu ferais mieux de te regarder », avait-il déclaré à la fin, pointant un doigt sur son ventre. Avec le recul, dépenser 5 000 livres pour un mariage dont rien ne permettait de croire qu'il allait durer n'était pas ce qu'on appelle une décision intelligente. Au moins Heidi avait-elle Ruth et, comme cadeau d'adieu, c'était mieux que rien. Un cadeau qu'elle méritait bien.

Comme elle ne travaillait pas ce lundi après-midi-là, Heidi était allée rendre visite à sa belle-sœur. Karen, la mère de Ruth, venue également depuis Barnstaple, lui demandait parfois de la coiffer. Oubliant un instant sa réserve professionnelle, Heidi redonnait libre cours à son imagination d'apprentie, essayant couleurs et mèches d'un genre étrange, jouant avec l'asymétrie, et Ruth s'y mettait aussi, apportant sa touche de bizarrerie. Ce lundi-là, cependant, il faisait trop chaud pour s'activer, et elles s'étaient installées dans le jardin, derrière la maison, jusqu'à ce que Karen se plaigne que, même dehors, elle avait encore trop chaud. C'était le genre de journée qu'on aime surtout en y repensant après. Donc elles étaient rentrées, avaient allumé la télévision et regardé un programme après l'autre, *Transactions immobilières*, *L'Argent du placard*, *À chacun son défi*, *La Poule aux œufs d'or*[1], pendant quatre bonnes heures. À un moment donné, Ruth avait sorti un petit pétard, qu'elles s'étaient passé sans commentaire. Puis, à la fin de *La Poule*, elle en avait proposé un autre, qu'elles avaient fumé aussi. Cela n'était pas nouveau, plutôt une tradition du lundi après-midi, pour accompagner la télé ou s'amuser avec les cheveux de Karen. Parfois seulement Ruth et Heidi fumaient, parfois Karen aussi – elle n'avait rien d'une vieille grand-mère. Heidi ayant congé le lundi, c'était comme prolonger le week-end, et bien dommage qu'il ne commence pas le jeudi soir... Parce qu'elles fumaient,

1. Programmes fictifs.

et parce que le soleil, envahissant le salon, se reflétait sur l'écran, elles avaient tiré les rideaux, se mettant à l'abri de la rue et des indiscrets.

Micky était absent cet après-midi-là, car il avait rendez-vous à la bibliothèque principale de Barnstaple, où il souhaitait s'inscrire pour emprunter livres et DVD. On lui avait dit qu'un rendez-vous n'était pas nécessaire, mais il voulait qu'on soit là pour le recevoir. Micky expliqua aux employés que la lecture ne l'intéressait pas beaucoup à l'école, mais qu'il désirait maintenant s'y mettre. Ils s'étaient gentiment pliés à sa demande, lui faisant visiter les lieux et s'appliquant – leur expression – à « comprendre ses besoins ». Heidi devait commenter plus tard que les gens fréquentaient moins souvent les bibliothèques qu'autrefois ; elle savait que les petits vieux aimaient leur Shakespeare et tout ça. Ils vous traitaient comme une reine si on s'intéressait à ces choses.

Le petit Archie dormait à l'étage dans la chambre d'amis. Les autres enfants étaient revenus – Hannah et China avaient pris Harvey à la sortie de la maternelle, à côté de leur école. Hannah n'avait plus qu'à rentrer et leur préparer à manger. Tout cela était normal ; Heidi se trouvant soit au travail, soit chez Ruth, cela se passait tous les jours comme ça. Quant à Micky, on ne savait jamais s'il serait là ou pas.

Vers cinq heures et demie, les trois femmes avaient levé les yeux. Elles regardaient l'émission d'Adam Riley, qui interviewait Jude Vakilzadeh de la série *Je veux vivre toujours*. L'actrice présentait sa nouvelle collection de taies d'oreiller, draps et housses de couette, ce que Heidi se rappellerait avec une certaine précision. Un des enfants était là. Elle avait pensé d'abord, embrumée, à

China, mais elle se trompait. C'était Hannah, qui était passée par le jardin, la porte étant rarement fermée, et gagnait maintenant le salon, une main serrée dans l'autre.

– Je n'en ai pas pour longtemps, lui avait dit sa mère. Mets quelque chose au four, je serai là à six heures.

Les petits étaient censés savoir qu'il ne fallait pas la déranger les jours de congé, mais au moindre tracas, au moindre problème – Harvey avait perdu son chapeau de cow-boy, il n'y avait plus de biscuits au chocolat, China avait frappé Hannah –, l'un d'eux rappliquait aussitôt, généralement en larmes.

Or Hannah ne pleurait pas.

– China n'est pas revenue de la galerie, avait-elle annoncé. Je ne sais pas ce qu'elle fiche.

Contrariées, les idées lentes à cause des deux joints d'herbe, Heidi, Ruth et Karen devaient confirmer toutes trois qu'elle avait bien dit ça. Karen pensait qu'elle avait ajouté : « Et j'ai peur. » Sans doute l'avait-elle imaginé, pour compléter le tableau de la petite fille dodue en train de tripoter ses mains derrière la fumée doucereuse que dissipait le soleil. Devant le papier peint mauve à motif cachemire qui arrivait à mi-mur, Hannah se dressait tel l'improbable héraut d'une catastrophe.

– Elle ne va pas tarder, lui avait répondu Heidi. Et je serai là vite.

Mais Hannah avait insisté. China était partie depuis une heure et demie. Hannah et Harvey étaient allés la chercher, quatre fois ils avaient parcouru les deux cents mètres séparant la maison de la galerie, dans un sens comme dans l'autre.

– Elle a dû rendre visite à une copine, avait dit Ruth, énervée.

Hannah n'y croyait pas. Harvey avait demandé un sandwich au beurre de cacahuète et à la confiture, il s'était mis à brailler. Quand China était partie à la galerie, elle avait bien vu qu'il pleurait, elle aurait dû revenir tout de suite.

– De toute façon, je savais qu'elle n'était allée voir personne, pour la bonne et simple raison qu'elle n'a pas d'amis, devait déclarer Heidi, très calme, à la police. Elle n'a jamais été très entourée. Ils l'enquiquinent à l'école, ils racontent qu'elle est grosse et qu'elle ne sent pas bon. Elle ne sent pas mauvais, mais à cet âge, on trouve toujours des prétextes pour se chamailler, n'est-ce pas ? Je savais qu'elle n'était chez personne. Pour être honnête, j'ai pensé au début qu'elle faisait une farce à ses frères et sœur. Et je m'étais dit qu'elle aurait droit à une raclée.

Il était sept heures et demie quand Micky est rentré. Après son rendez-vous à la bibliothèque, il avait prévu de retrouver un de ses associés dans un pub près de la gare, où ils avaient éclusé nombre de bières, jusqu'à ce qu'il se décide à filer. (Tout cela avait été confirmé par un employé de la bibliothèque, par l'associé en question, ainsi que par la serveuse du pub, un rien gênée. Celle-ci affirma qu'elle ne lui aurait jamais servi les derniers verres si elle avait su qu'il conduisait.) Au retour de Micky, plusieurs voisins étaient rassemblés devant la maison de Heidi. En le voyant descendre de voiture, son T-shirt à bandes bleues et jaunes flottant sur un gros ventre et une poitrine naissante, ils avaient émis un murmure collectif d'excitation satisfaite.

– Qu'est-ce qui se passe ? avait demandé Micky.

La porte de la maison était grand ouverte. Ruth était venue à sa rencontre en le regardant d'un air sombre. Vers huit heures, la police était arrivée.

4

Aucune raison de s'inquiéter, bien sûr. Il y a une procédure. Élaborée, perfectionnée par la police dans le cadre de mille affaires qui n'échouent jamais au tribunal. Cinq heures au maximum dans la plupart des cas. Rechercher un enfant repose sur différentes étapes, un champ qu'on élargit au fur et à mesure, moyennant des renforts, des incursions successives dans la sphère publique. Par métaphore, on parlerait d'une série de cribles, chacun plus fin que le précédent. De manière prévisible, on filtre d'abord les proches, qui sont très peu. On examine ensuite un plus grand nombre d'individus, et, au bout d'un moment, tout le monde est passé à l'un ou l'autre crible. Avec célérité, la procédure prend de l'ampleur, s'intensifie. Autre métaphore : un escalator, abrupt comme une falaise, qui redouble de vitesse. Mieux encore : un ascenseur en verre, sur un mur extérieur, qui s'élève comme une flèche. Soit l'affaire est vite réglée, en toute discrétion, soit elle atterrit à la une des journaux nationaux. Le premier cas étant le plus fréquent : on n'en entend plus parler, les seules personnes au courant restent dans le cercle familial. Mais c'est une procédure, et on la suit.

La police s'est présentée vers huit heures : un homme et une femme, qui prirent des notes, assis chacun à une extrémité du canapé, dans le salon abricot de Heidi. Leurs carnets sur les genoux, ils essayaient de sourire.

– N'ayez crainte, dit l'un d'eux. Un enfant disparu ne le reste pas longtemps.

Il avait raison. Ils voulurent savoir à quelles fêtes d'anniversaire China était invitée, qui étaient ses meilleurs amis, où ils habitaient ; d'une façon générale, qui elle connaissait dans le lotissement. Les frères et sœur sont arrivés, ajoutant une dizaine de noms, trébuchant les uns sur les autres dans leur précipitation : ils voulaient aider.

– Elle n'est avec aucun de ces enfants, dit Ruth, l'amie de Heidi – sa belle-sœur, en réalité, qui, méprisante, entrait et ressortait du salon. Vous perdez votre temps.

Les policiers expliquèrent à Heidi – Ruth s'éclipsant sans les écouter – qu'une enquête débutait toujours ainsi. Ils repartirent une demi-heure plus tard avec le nom de toutes les relations de China que Heidi et les mômes purent leur rapporter.

Avec des effectifs plus nombreux, la police se rendit à une trentaine d'adresses dans le quartier – pour la plupart, les semblables maisons jaunes du lotissement. Les agents frappaient aux portes, des parents ouvraient en se demandant qui les dérangeait. On sortait un enfant de son lit, ou il quittait sa télé, mais non, personne n'avait vu China depuis cet après-midi. Elle n'était plus là, tout le monde le savait, certains dirent qu'elle avait disparu ; elle était dans la rue, et d'un instant à l'autre : plus personne, signalèrent les mieux informés. À minuit, les policiers étaient arrivés au bout de leur liste. D'une façon générale, l'expérience montre qu'à cette heure un enfant perdu est revenu chez lui par ses propres moyens. Pas China.

*

Kitty était du matin ; elle aimait se lever tôt, bon pied bon œil, et faire un tour. Quand Dennis était encore là, qu'ils avaient pris leur retraite, il préférait si possible rester au lit jusqu'à dix heures, dix heures et demie. Debout depuis sept heures, Kitty se réservait ces moments – elle lisait, s'occupait tranquillement des bacs à fleurs dans la cour, vaquait à toute activité réclamant le silence. Ou elle refermait simplement le portillon derrière elle pour goûter le Hanmouth des premières lueurs, apprécier le vent, ou le soleil, enfin le temps quel qu'il fût, et les humeurs changeantes de l'estuaire.

Maintenant seule, elle aimait toujours se lever tôt. Ce n'était pas le cas de tout le monde, juste d'un petit nombre, une sorte de club qui complotait dès sept heures du matin. C'est ainsi qu'elle avait rencontré la moitié des gens qu'elle connaissait en ville, en les saluant lors de leur promenade autour du kiosque à journaux. Aujourd'hui, alors qu'elle tournait dans Fore Street depuis sa petite allée privée, elle se trouva devant Harry, un autre membre du club, qui avait le *Guardian* en main.

– Ça grouille de policiers, ce matin, lui dit-il après les habituelles formules de politesse. Savez-vous ce qui se passe ?

– Je n'ai vu personne, je viens de sortir.

– Il y en a vraiment beaucoup. Sur la Wolf Walk, d'autres encore qui farfouillent dans le parking, devant le cabinet médical, et il y en a même un, masqué-palmé, les jambes pendantes au bord du quai. Enfin, des dizaines, quoi.

– Mon Dieu, dit Kitty. Quelle affaire ! La reine est attendue ?

– Pas que je sache. Je me demande vraiment de quoi il s'agit.

Levant son parapluie en guise d'au revoir, Harry laissa Kitty poursuivre son chemin.

Sans annonce d'aucune sorte, l'étape suivante de la procédure avait été lancée pendant la nuit. Dès potron-minet, frêles et kaki, vingt policiers avaient été dispatchés dans les coins les moins fréquentés de la commune : tout ce qui paraissait sauvage, abandonné, couvert de mauvaises herbes. En bordure de Hanmouth, l'aube nuageuse révélait des agents inspectant les terrains inoccupés : refuges pour oiseaux, huttes, remises et ateliers désertés, tels qu'on en trouve partout en Angleterre. Pendant la nuit chaude, les renforts étaient arrivés par fourgons. Dans les champs autour de la ville, dans les bois, en cuissardes dans l'estuaire boueux, ils marchaient à pas curieux de héron, tête baissée, chacun à moins de deux mètres du précédent. Lentement, gracieusement, ils examinaient les terrains vagues, les sols en friche, les bois et les clairières, même les parties envasées du fleuve. Harry avait bel et bien vu un homme-grenouille assis au bord du quai, et bientôt, quand le commandement ordonna la relève, il y en eut quatre de plus, à égale distance les uns des autres, qui plongeaient dans l'eau profonde le long de la jetée et de la Wolf Walk, refaisant surface un peu plus loin, et ainsi de suite. Sur le quai se dressait un gradé qui ne prenait aucune note : un subalterne s'en chargeait à sa place. On venait de temps en temps l'informer des progrès accomplis. La veille au soir, il ne savait encore rien de la disparition de la petite. Mis ce matin au courant, il faisait le tour des coins isolés, des cachettes, des endroits dans lesquels un enfant aurait pu s'égarer sans pouvoir en ressortir. L'humeur était calme et systématique. La police suivait la procédure. Tandis que, vers onze heures, la marée descendait, les fonds humides et boueux sifflèrent sous le ruissellement des eaux, mimant le bruit des oies ou de la pluie. N'étant plus immergés qu'à mi-cuisses, les hommes-grenouilles durent s'éloigner vers la mer, où l'estuaire maintenait ses profondeurs et ses mystères.

– Apparemment, dit Doreen Harrington au café à onze heures, ils recherchent une fillette disparue.

– En sortant, j'ai vu les plongeurs de la police dans l'estuaire, répondit son amie Barbara. Ils pensent qu'elle s'est noyée ?

Peu soucieuse des bonnes manières, Doreen enfourna tout en parlant une bouchée de son scone au fromage, puis une gorgée de café.

– Je n'en sais rien. J'ai discuté avec un jeune gendarme très sympathique. Il rentrait dans le vieil atelier abandonné derrière chez moi, je n'ai pas remarqué tout de suite qu'il portait l'uniforme. Je l'ai pris pour un gosse qui allait faire des bêtises, alors j'ai pointé le bout de mon nez, et il m'a tout expliqué. C'est une petite fille des lotissements, là-bas, qui a disparu hier dans l'après-midi et qu'on n'a pas revue. Ils ignorent ce qui lui est arrivé. Les hommes-grenouilles, c'est juste par précaution.

Venant d'écouter son récit détaillé, Mary et Kevin, les propriétaires, la rejoignirent – lui depuis la cuisine, tablier de boucher à rayures bleues, maculé de farine ; elle en costume à dentelle de serveuse, son crayon à la main.

– J'espère qu'elle n'a pas été... qu'on ne soupçonne pas un de ces... dit Mary.

– Pédophiles ? lâcha ouvertement Doreen. Ils n'en savent rien du tout.

– Ils n'iraient pas la pêcher dans l'estuaire, s'ils pensaient à des pédophiles ? remarqua Barbara.

– Ils procèdent méthodiquement, par déduction, dit Doreen, dont le neveu travaillait à la gendarmerie du comté de Hampshire. Je ne doute pas qu'ils fassent tout ce qu'il y a à faire.

*

La police avait en sa possession une autre liste de noms. Contrairement à celle des relations de China, collectée auprès de la mère, des frères, de la sœur, de la tante, de Micky et d'autres amis, celle-là restait bien à l'abri dans un ordinateur. On ne l'imprimait pas sans bonne raison, et personne n'y avait accès en dehors des services de police. Elle comprenait les noms d'individus du Devon et des Cornouailles qui avaient été condamnés ou accusés de crimes sexuels envers des enfants. Trente ans auparavant, certains avaient sauté leur nièce de huit ans, et venaient récemment d'être libérés après des décennies passées à boire le thé de la prison, que des générations d'agresseurs, employés à la cuisine, agrémentaient de leur pisse. D'autres avaient été arrêtés pour les photos de jeunes enfants, nus et insouciants, qu'on avait trouvées dans leur disque dur – par dizaines de milliers. Un autre encore avait eu la malheureuse idée de coucher en 1987 avec un maçon de vingt ans qui, à cette date, n'avait pas l'âge légal pour des relations de même sexe ; celui-là figurait aussi sur une liste de cinglés fantasmant, la bave aux lèvres, sur des bambins. Il semblait impossible de l'en retirer et, comme le reste de la liste, il reçut une visite de la police dans la petite maison rose et mitoyenne de Drewsteignton qu'il partageait avec ledit maçon, maintenant âgé de plus de quarante ans. Leur fenêtre était ornée d'un autocollant arc-en-ciel.

– Quelqu'un l'a enlevée, répétait Heidi. Je suis sûre qu'on l'a enlevée, absolument sûre.

Il y avait foule auprès d'elle dans le salon abricot : cinq agents de police, Micky, Ruth, et un journaliste local. Les flics ignoraient comment il était arrivé ici, qui l'avait appelé, cependant il prenait des notes sans rien dire, comme pour faire concurrence à l'inspectrice qui, assise sur l'accoudoir du canapé, l'imitait. Il y avait également un homme dont on ne savait pas ce qu'il venait faire dans l'histoire : un dénommé Calvin, bien habillé, joli garçon. Apparemment, un des agents le connaissait, l'avait accueilli d'un « Bonjour, M. Calvin », de sorte que personne ne contestait sa présence. Il semblait même rendre service à Heidi ; à l'occasion, elle se tournait vers lui au lieu de répondre à une question. On n'imaginait pas qu'il fût un de ses amis, ni un de ceux de Micky. Cependant il souriait, hochait la tête ou fronçait les sourcils lorsqu'elle le regardait. Ce Calvin jouait une sorte de rôle, de sa composition sans doute. Les enfants étaient assis dehors sur les marches, sous la surveillance silencieuse de Karen, la mère de Ruth.

– Elle n'est pas tombée dans l'estuaire, insistait cette dernière. Je l'ai déjà dit. On sait qu'elle ne jouait pas à cache-cache, qu'elle n'est pas allée voir une copine sans prévenir. On vous l'a déjà expliqué hier. Je vous affirme qu'elle a été enlevée.

– Il faut étudier toutes les possibilités, répondit un des policiers. Nous avons détaché un grand nombre d'agents sur cette affaire. Ils ont commencé ce matin à rendre visite à tous les individus connus de nos services dans cette zone. Soyez sans crainte, ce sera fait.

– Mon Dieu, jeta Karen en entrant dans le salon. Vous dites qu'il y a des gens, aux alentours, connus pour ce genre de chose ?

– C'est la première étape, déclara l'agent.

– Ici, dans le lotissement ? demanda Micky. Mais qui ?

– Pas forcément dans le lotissement.

– Des gens qui habitent Hanmouth ? Le vieux Hanmouth ? dit Ruth.

– Je suis navré, fit l'agent de police, mais je ne peux pas répondre à cette question.

*

– Il paraît qu'une petite fille a disparu...

Sam était dans sa boutique de l'autre côté de la rue, c'est-à-dire à trente mètres, mais Billa avait finalement préféré l'appeler, sinon Tom lui aurait demandé où elle partait.

– Oui, je sais, poursuivit-elle. Non, hier seulement. Un policier a frappé pour savoir si on avait une remise, derrière, ou quelque chose dans le genre. Comme pour un chat égaré... Non, pas du tout. Je ne crois pas qu'elle soit de Hanmouth à proprement parler. Kitty a dit qu'elle habitait dans ce lotissement d'après-guerre, celui qui borde la route, là-bas... Voilà. Mais Tom a discuté avec un autre agent, apparemment plus haut placé dans la hiérarchie, et celui-là disait qu'ils craignent maintenant que la petite ait été enlevée. Ce n'est pas épouvantable ? Non, personne n'a rien vu. D'une minute à l'autre, elle n'était plus là. Pas de voiture ni rien. C'est pour ça qu'ils ont cru au départ qu'elle avait fugué, je suppose, mais là ils pensent à un enlèvement. On n'imagine pas ce genre de chose à Hanmouth, vraiment. Ça vous inspire, ce roman japonais ? Je me demande pourquoi on a accepté ça, je n'accroche pas du tout... Oui, passez vers six heures, ou quand vous aurez fermé. Frappez en chemin chez Kitty, on prendra l'apéritif.

La voix de l'ancien général de brigade retentit dans le bureau à côté :

– Aurais-tu invité quelques individus louches à boire toutes nos bouteilles avant de nous jeter dehors ?

– J'en ai bien peur, répondit Billa. Ne joue pas les grincheux. Tu es vraiment lamentable. De toute façon, il n'y aura que Sam.

– Je te préviens tout de même : on n'a plus une seule goutte de Campari. Il lui a fait un sort la dernière fois.

Billa ayant prévu quelques courses en sus du Campari, elle partit au Coop de Fore Street et trouva dans la rue, devant chez elle – comme en face de la librairie, de l'agence de voyage et de la bijouterie –, des groupes de deux ou trois personnes en train d'échanger des propos inquiets à voix basse. À les voir s'interrompre, tête baissée, tandis qu'elle approchait, elle aurait bien pu croire qu'on parlait d'elle. Comme annoncé, il y avait aussi deux policiers qui frappaient aux portes. Billa se fit la réflexion qu'ils n'étaient pas encore passés chez elle.

Elle acheta ce dont elle avait besoin – une plaque de beurre Lurpak, un peu de lessive au cas où, du papier-toilette, et des biscuits apéritifs pour grignoter avec le Campari. Incroyable comme on venait à manquer de ces choses entre deux allers et retours au supermarché. Arrivée à la caisse, Billa remarqua sur le tourniquet le journal local, qui paraissait le soir. Sur la une était reproduite la photo d'une enfant joufflue qui souriait à pleines gencives, à l'évidence un portrait réalisé à l'école, et qui ne la mettait pas à son avantage. La seconde photo, juste à côté, représentait une femme blonde, plutôt jolie, visiblement angoissée, assise sur un canapé jaunâtre, et munie de la première. Un jeune type enveloppé avait posé un bras sur son épaule. La manchette, au-dessus, demandait : « OÙ EST CHINA ? »

La caissière aurait pu être très séduisante, avec ses fins cheveux roux, sa peau translucide et ses taches de rousseur – si seulement elle avait fait aligner ces dents en forme de pierre tombale, pensa Billa.

– C'est réellement affreux, commenta la rousse en indiquant le journal. Terrible, cette histoire.

– On n'imaginerait pas que ça puisse arriver près de chez soi, dit Billa. La pauvre maman...

Presque sans s'en rendre compte, elle prit un exemplaire de ce journal, d'une pauvreté débilitante, qu'elle n'avait encore jamais acheté ni lu. Quand Sam entra dans le salon une heure plus tard, déclarant : « Mais c'est affreux ! », Billa et – plus étonnant encore – Tom qui, pour une fois, s'était joint à eux, avaient appris quantité de choses sur l'affaire et cette malheureuse famille. Tom crut reconnaître la mère, mais la petite fille : personne. Vraiment choquant que de telles choses puissent se produire, quasiment sur le pas de votre porte. Kitty et Sam restèrent finalement pour dîner, et Billa insista pour que Sam téléphone à Harry et l'invite lui aussi.

*

La disparition de China était maintenant officielle. Deux agents de police furent postés à demeure chez Heidi. À la cuisine, Ruth fumait ses Marlboro Lights l'une après l'autre, attendant que son amie requière ses services. On installa Karen dans une chambre d'hôtel en lui expliquant qu'on aurait besoin d'elle le lendemain matin. Anxieux et énervés, les enfants ouvrirent de grands yeux lorsqu'on les coucha avant d'interroger les adultes. Dans les rues, les groupes de recherches se mirent au travail, porte après porte, tels des militants fatigués en période d'élections. Le troisième jour, bien avant neuf heures, la maison dominait une sorte de camp de réfugiés, avec parasols argentés, batteries de voitures, tentes, chaises et échelles en aluminium, hommes et femmes s'ignorant les uns les autres, le regard rivé vers la rue, poursuivant d'incessants monologues. Derrière eux, un rideau parfois dansait, et l'on devinait une petite tête. Les foules avaient doublé l'après-midi, et les premiers visiteurs débarquaient dans la rue principale de Hanmouth.

5

Les jours suivants, discutant à l'abri des oreilles indiscrètes, un habitant – quelque cynique millionnaire du Strand, face à quelque autre cynique millionnaire – s'arrêta après une ou deux heures de propos convenus et jaugea son interlocuteur, laissant celui-ci en faire autant. Qui, le premier, énonça la chose ? Peu importe, elle serait bientôt sur les lèvres de tout le monde :

– Pensez-vous... Je veux dire, serait-il tout à fait impossible que... Je sais que cela paraît franchement incroyable, mais je me demande malgré moi si...

À la fin de la semaine, Hanmouth se posait la même question, la presse aussi, et secrètement, plus discrètement encore, les policiers entre eux.

– Tu n'irais pas penser, n'est-ce pas, que Heidi...

On se regardait, les yeux écarquillés, on portait une main à sa bouche, puis on l'en éloignait et, à voix basse, on se remettait à chuchoter.

6

Dans une chambre à l'étage d'une maison du Strand dont les fenêtres à petits carreaux donnaient sur l'estuaire, une jeune fille était entourée de ses vingt-huit compagnons. Ils avaient été vingt-sept plus tôt ce matin-là ; comme d'autres fois, la jeune fille avait suivi une des fréquentes recommandations de sa mère : « Pourquoi ne vas-tu pas te promener un peu, au lieu de rester enfermée toute la journée ? Sors, fais-toi quelques amis. » Hettie avait traîné autour de la poste, et s'était acheté un stylo-bille. Elle était restée un instant devant la mairie et le Menu-Crottant, au cas où un touriste aurait la bonne idée de la prendre en photo et de lui demander si elle connaissait la victime. Mieux encore, le ravisseur aurait peut-être tenté de l'enlever à son tour, et alors elle aurait crié, sorti son épingle à chapeau de sa poche pour la lui planter dans la main jusqu'à ce qu'il saigne, qu'il hurle, qu'il implore sa pitié, le nez dans sa chemise blanche de petite fille. C'eût été du meilleur effet devant tous ces curieux pèlerins arrivés en ville. Hettie était assise sur le muret devant le foyer municipal lorsqu'une des amies de sa mère, tirant une absurde poussette pleine de grandes fleurs blanches, l'avait reconnue et saluée. C'était la vieille Billa, celle qui habitait dans cette maison de guingois qui vous fichait la trouille parce qu'elle ressemblait à un nid de sorcière.

– Dis à ta maman que je suis ravie de la voir ce soir, avait-elle lancé.

– D'accord ! avait dit Hettie, avec son sourire le plus niais.

La pauvre Billa ne s'était pas rendu compte que Hettie se moquait, alors la gamine lui avait fait au revoir de la main, bien qu'elles fussent à soixante centimètres l'une de l'autre.

Billa ne comprenait toujours pas : émettant un petit rire, elle avait répondu de même, comme si c'était Hettie qui était stupide.

Inutile, donc, de persister. Hettie était là depuis cinquante ans, personne n'était venu la photographier ni la kidnapper. Autant s'en aller. Telle une gymnaste saluant un nombreux public en se voyant décerner le grand prix, elle avait bondi du muret pour atterrir sur ses deux pieds, en première position de danse classique, les talons joints et les orteils tournés vers l'extérieur. Ce qu'on ne remarqua pas, mais c'était toujours ainsi. Sur le chemin du retour, elle était d'abord entrée chez le bouquiniste dire bonjour à Maggie qui travaillait là. Sans rien lui acheter – Maggie répéterait à maman qu'elle était passée, ce qui revenait au même. Puis elle s'était rendue à l'endroit qu'elle visait depuis le début, retardant l'échéance, mais s'en faisant une joie. À savoir le magasin d'antiquités sur le quai, où elle avait snobé la vieille femme au comptoir, vêtue d'un cardigan marron bien trop chaud pour la saison. Hettie avait fait semblant de regarder les étals du rez-de-chaussée, les tasses à thé dépareillées, les services de verres, les couverts dont personne ne voulait car tout ça venait directement de chez les morts. (Verres levés devant des lèvres putréfiées ; les os de la face visibles sous les joues décharnées ; les couverts scellés dans les poings, oui, la rigidité cadavérique ; la dame était morte vendredi devant sa portion de hachis Parmentier, et on ne l'avait retrouvée que le lundi ; il avait fallu l'enterrer avec couteau et fourchette, chacun dans une main ; le reste de l'argenterie partant chez l'antiquaire de Hanmouth.) Hettie était ensuite montée à l'étage. Brûlant d'impatience, elle avait gagné l'autre étal, auquel elle n'arrêtait pas de penser et sur lequel, l'an dernier, elle avait trouvé son épingle à chapeau ; celle qu'elle avait dans sa poche, qu'elle emportait partout, qui lui servait de porte-bonheur. Et là, il y avait ce qu'elle cherchait.

– Bonjour, jeune fille, avait dit la dame à la caisse, près de l'entrée. Vous êtes sûre ? On a d'autres très jolies poupées, là-bas dans le coin.

– Oui, je suis sûre, avait dit Hettie en tendant sa pièce de 2 livres.

– C'est que celle-là... n'a plus de bras droit, comme vous pouvez le voir. Vous ne voulez pas une poupée qui ait tous ses membres ?

– Je ne savais pas qu'on en fabriquait avec tous leurs membres, fit Hettie, sarcastique. Moi, en tout cas, je n'en voudrais pas. Ça ne doit pas être très beau.

La vieille avait pris la pièce ; l'ironie ne lui avait pas échappé. Hettie avait emporté la poupée manchote pour la confronter à son destin.

Dans la chambre du haut, les participants étaient au nombre de vingt-huit, et Hettie avait tout arrangé.

Vingt-sept, qui étaient là depuis toujours, avaient leur nom usuel : L'Enfant-Triste, Harriet, Lucinda, Vraies-Larmes, Mon-Petit-Poney n° 1 et n° 2, Mon-Petit-Poney-Robe-de-Mariée, Kafka, Raifort, la Petite-Hattie, Madame-le-Lordmaire-de-Reckham, Cappuccino, Ensanglantée, Morte-en-Couches, Mère, la Grande-Hattie, la Mort, la Veuve, Pornographie-Enfantine, Un-Peu-Juive, l'Emmerdeuse, Jolie-Fille, N'a-qu'un-Œil, En-Costume-d'Homme, Rebecca Holden, Rouge-à-Lèvres et Trou. La vraie Rebecca Holden était une camarade de classe aux beaux cheveux raides, mince, qui ne parlait jamais à Hettie, bien que celle-ci eût toujours de meilleures notes qu'elle. Douze poupées étaient aujourd'hui alignées en deux rangées, les Poneys parmi elles, qui formaient le jury. On comptait également deux avocats, deux suppléants et le greffier du tribunal. Ensuite le public, la famille de la victime, et la presse. Pornographie-Enfantine faisait office de juge car ses cheveux blancs et bouclés ressemblaient à une perruque. La poupée manchote n'avait pas de nom particulier, et Hettie n'allait pas perdre de temps à lui en inventer un. Elle serait simplement L'Accusée.

– Avez-vous autre chose à dire pour votre défense, avant que nous rendions notre jugement ? demanda Pornographie-Enfantine avec une grosse voix de magistrat.

– Moi, j'ai quelque chose à dire, intervint Un-Peu-Juive qui, sur le banc des parents, zézayait curieusement. C'était ma petite fille et vous me l'avez prise !

– Assassin ! Pédophile ! Monstre ! lancèrent dans l'assistance la Petite-Hattie et Madame-le-Lordmaire-de-Reckham, bondissant chacune dans une main.

Oubliant qu'elle faisait partie du jury, Mon-Petit-Poney-Robe-de-Mariée s'exclama :

– Espèce d'ordure !

– Silence dans la salle ! jeta Pornographie-Enfantine, de cette voix basse, particulière, qu'elle prenait pour présider. J'ai étudié les nombreuses preuves qu'on m'a fournies, et le jury a rendu son verdict. À l'évidence, vous êtes coupable de toutes les charges retenues contre vous. Vous avez kidnappé et pédophilisé cette innocente victime, qui était jolie comme un cœur et belle comme le jour. Je vous condamne à vingt années d'épingle à chapeau.

L'Accusée, qui n'avait rien dit jusque-là, bondit dans la main gauche de Hettie et, brandissant son bras valide, supplia qu'on lui inflige tout, tout, tout – sauf l'épingle à chapeau. Trop tard ! L'épingle et Trou, le bourreau, étaient déjà dans la main droite de Hettie, qui commença à la châtier, une fois, deux fois, trois fois, sur fond de petits cris et grognements. Au bout de quelques instants, il devint trop ardu de tenir Trou et l'épingle d'une main pour frapper la nouvelle poupée dans l'autre. Hettie lâcha Trou et continua de poinçonner la tête, le corps, les jambes, maintenant silencieuse. Un quart d'heure plus tard, L'Accusée était déchiquetée, la bouche de caoutchouc en pièces sur la moquette, entre un des deux yeux, pathétique, et des lambeaux de cheveux arrachés aux mailles du scalp, lequel offrait un spectacle fascinant. Outre les ravages de l'épingle à chapeau, les vingt-sept poupées alignées considéraient, satisfaites, le sort réservé aux auteurs de mauvaises actions.

– Voilà, dit Pornographie-Enfantine, avec ici la voix de Hettie, qui l'agita à la verticale pour son bon plaisir.

Que cela vous apprenne à ne plus kidnapper ni torturer personne.

– Tu sais que j'ai mon groupe de lecture, ce soir ! cria Miranda au rez-de-chaussée.

– Oui, répondit Hettie, percevant l'excitation contenue dans la question de sa mère.

– Qu'est-ce que tu fais là-haut ? demanda celle-ci d'un ton inquisiteur.

– Rien. Je bricole.

– Tu es la bienvenue, si tu veux nous rejoindre.

– Je préfère regarder la télé.

S'ensuivit un soupir volontairement assez lourd pour se propager dans l'escalier et traverser l'épaisse porte de la chambre.

– Franchement, commenta Kafka d'une voix mûre et étudiée qui ne lui ressemblait pas, ça rime à quoi ce ton de reproche ? Miranda a quand même eu le temps de s'habitu...

– C'est vrai, dit Hettie, lui coupant la parole.

On ne savait jamais ce dont Kafka était capable quand elle avait ses humeurs.

7

Kenyon fendait au pas de charge la foule nonchalante de la gare de Paddington. L'Ouest ennuyeux, lent et borné, régnait déjà sur les quais, et Kenyon courait tel un Londonien bien déterminé – comme un beau diable, le veston au bras, son billet dans une main, son cartable et son sac dans l'autre. Il lui restait deux minutes, sinon moins, avant le départ du train. (Acheté avec parcimonie un mois et demi plus tôt, le billet avait coûté 30 livres, pour ce train uniquement. Si Kenyon le ratait, il ne serait plus valable et il faudrait en prendre un autre, au double du prix ; alors Kenyon courait.) Son existence bien réglée, organisée des semaines à l'avance, était calquée sur les horaires de la First Great Western. Au dernier moment, ce soir, le ministère avait demandé des éclaircissements sur les taux d'infection en Ouganda, cités dans l'article que Kenyon lui avait remis. Ensuite, le métro s'était arrêté sans explication peu après Euston Square. Repoussant un groupe d'Espagnols hyperchargés qui hésitaient sur le côté à prendre, puisqu'en Angleterre, Kenyon avait monté les marches noires et huileuses de la gare, puis les escalators, flottant en diagonale dans un vide indiscernable, une vision cauchemardesque d'un Piranesi plongé dans les transports en commun. Il traversait maintenant la « piazza », récemment rebaptisée pour lui donner, peut-être, un air de réjouissance. Les vacanciers en partance vers l'ouest, avec leurs planches de surf, leurs sacs à dos gonflés comme des moutons, leurs grosses valises marron exhumées des penderies, se dressaient sur son chemin comme à dessein, tel un village en miniature. Zigzaguant, Kenyon biaisait entre les esprits lents et les bras encombrés, comme un homme divisé entre la quasi-certitude d'avoir perdu quelque chose et le besoin féroce d'atteindre ce train et pas un autre, là-bas, derrière le tourniquet.

Il avait lu quelque part que l'identité du train de 16 h 05 pour *Nimportoù* résidait dans sa distinction, ses différences, et que, sans doute, s'il ne roulait qu'une fois, un train pouvait n'avoir aucune identité. Cependant le 16 h 05 restait le même jour après jour, bien que la loco et les wagons puissent varier, le personnel changer, comme la composition des voyageurs. Peut-être vrai d'un point de vue philosophique, saussurien, mais rien de ce qui avait trait à celui d'aujourd'hui ne paraissait remplaçable ou interchangeable. Kenyon continuait de s'agiter avec son billet, ses sacs devant lui, ses jambes à son cou, vers le composteur près du tourniquet et le premier wagon accessible. Devant celui-ci, le chef de train levait déjà un bras. Ce 16 h 05, pensait Kenyon, était véritablement unique, et il ne remarqua guère le jeune homme qui, sur le quai, agenouillé devant une valise noire ouverte, ne semblait pas pressé de monter, ni vraiment décidé à partir. Sur le moment, il n'y prêta pas attention.

– Moins une, dit le chef de train, sur le ton inutile du reproche.

Kenyon se hissa péniblement dans son wagon de première, où les autres passagers lui accordèrent un vague coup d'œil avant de se cacher derrière leur journal, se pencher sur leur livre, ou simplement se détourner. Empourpré, haletant, chiffonné, en sueur, il s'avança péniblement dans le couloir avec ce sac et ce cartable qu'on aurait cru pêchés dans une poubelle, et s'affaissa enfin sur son siège réservé. Il allait voyager en sens inverse de la marche, ou, comme un homme de son âge et de sa classe le disait encore, à contre-voie. Ce qu'il fallait attribuer à sa propre distraction, le jour de la réservation, ou à l'incompétence de la compagnie de chemin de fer. Autour de lui, tout le monde s'affairait habilement, de façon à n'avoir pas besoin de le regarder pour l'instant.

Sur le quai, le chef de train donna un coup de sifflet et, de nouveau, leva le bras. À l'intérieur, un signal électronique annonça le verrouillage des portières. Presque au même moment dehors, le jeune homme au duffel-coat beige passe-partout, parfaitement inadapté à la température du jour et à la saison en général, se redressa lentement au-dessus de sa valise noire. À distance, un premier cri fut suivi de plusieurs autres, plus violents, à peine audibles dans le compartiment. Le train se mit en branle. L'homme tendit son bras droit, la main gauche serrée autour du poignet. Un bruit retentit, semblable à celui d'un ballon qui éclate, puis un deuxième. La rame prenant de la vitesse, Kenyon eut seulement le temps d'apercevoir une foule indistincte en train de reculer, courir et se jeter sur le sol de marbre – ou peut-être, touchés par une balle, les gens s'effondraient-ils ?

La petite silhouette déterminée ne bougeait pas, elle, son arme à bout de bras. Émergeant de la verrière, le train déboucha dans le virage protégé, les rails luisant sous le même soleil que les immeubles de l'ouest londonien bordant les voies.

– Vous avez vu ça ? demanda Kenyon, à personne en particulier, et personne ne lui répondit.

Peut-être n'avait-on rien vu. Les autres passagers gardaient le nez collé sur leur journal, sans tenir celui-ci suffisamment droit, signe qu'aucun d'eux ne le lisait vraiment. Considérant ses cheveux ébouriffés, son odeur de transpiration, ils ne daigneraient sans doute le dévisager qu'au moment où, calmé, Kenyon cesserait de souffler comme un bœuf. Il ne lui restait donc plus qu'à déchiffrer les unes de la presse, consacrées à la petite ville où il résidait et à laquelle il se rendait. Demain, les mêmes journaux feraient leurs gros titres avec ce qu'il venait d'entrapercevoir, l'histoire d'un jeune homme qui s'était mis à tirer sur la foule de la gare de Paddington par un après-midi ensoleillé. Aucune ne mentionnerait ce que Kenyon trouvait de plus remarquable : le train s'était mis en route exactement au même moment, comme si la fusillade n'était qu'un détail futile, presque insignifiant, dans l'activité ordinaire de la gare. Et, tandis que la rame poursuivait son chemin dans une molle indifférence, voire une totale absence de réaction, il conclut qu'on l'arrachait à une catastrophe pour le précipiter dans une autre. Le monde était exposé à une épouvantable pléthore d'informations, et l'on se gardait bien de promouvoir et de partager les réponses utiles à celles-ci. On ne savait pas ce que c'était, vraiment, de quitter le site d'une tuerie pour celui d'un enlèvement, dans un compartiment de première classe, sans autres annonces à écouter que celles de la voiture-bar, boissons chaudes et froides, sandwiches et collations légères.

Il aurait pu s'agir d'une fièvre délirante. Mais à Reading, le premier arrêt, les quais grouillaient de passagers en attente de trains qui n'arrivaient pas. Ils avaient bien cette allure d'Anglais patients, droits comme les arbres d'une forêt, à qui l'on demande de ne pas bouger jusqu'au prochain communiqué concernant une lointaine catastrophe. Aussi lointaine fût-elle, celle-ci n'était cependant pas assez grave pour rapprocher des inconnus et, pour l'instant, ils gardaient leurs distances sans émettre de commentaires. On diffusa un message sur les quais. « À cause d'un incident... », commença la voix. Les portières se refermèrent, le train repartit. Tel un oiseau désespéré, les haut-parleurs répondirent à l'intérieur : « Pour le confort des voyageurs montés à Reading, la voiture-bar est ouverte. Vous y trouverez thé, café, alcools et boissons fraîches, sandwiches et collations légères. Veuillez, si possible, faire l'appoint. » Sur la route de l'Ouest, il n'y avait après tout rien pour les en écarter.

8

Au début d'une soirée de printemps dans une ville moyenne des côtes de l'Angleterre, une foule bruyante, plus importante que d'habitude, attendait sur le quai de la gare. Quelqu'un avait jadis placé entre les voies de grands bacs en béton avec des plantes, dont personne ne s'occupait plus depuis des années. Une misérable prairie rectiligne y survivait cependant. De maigres asters et reines-des-prés s'y étaient reproduits, étendant même leur territoire le long des rails. Leurs tiges surdimensionnées déployaient des fleurs inégales, périodiques comme des irruptions cutanées.

Hanmouth avait dissipé jusqu'ici une atmosphère de vacances. Caroline observait froidement les autres passagers en tripotant les perles du collier marocain à son cou. Cette ligne de train était fréquentée par les bidasses du camp de Reckham, des gamins décharnés, couverts d'acné, affublés d'une unique coupe de cheveux qui leur allait plus ou moins bien. À leur contingent s'ajoutait une humanité hétéroclite et colorée, doublée d'une progéniture revêche et désolante, qui avait fini par atterrir dans les tristes cités de chômeurs où le train s'arrêtait en chemin. Tous se dirigeaient vers Barnstaple pour un après-midi de loisirs, de shopping, ou quelques heures d'instruction obligatoire. Mais il y avait aujourd'hui de nouveaux candidats : couples guindés en tenue correcte d'apéritif dominical, et quelques spécimens assimilables aux professions libérales. L'un d'eux s'était infiltré, semblait-il, dans un groupe d'adolescents des bords de mer, composé d'un « gothique » adipeux, efféminé, arborant un très long manteau de cuir noir et un fard à paupières violet, des mèches noires comme la mort collées à son crâne par une sueur abondante, ainsi que de trois blondes, propres et dépareillées, en minijupe ou robe à fleurs, d'allure générale pastel. L'homme – un journaliste – portait un polo et donnait l'impression d'une tête bien pleine plutôt que d'une tête bien faite. Il consignait leurs commentaires dans un petit bloc-notes dont il tournait successivement les pages. Tout en parlant, les gamines se penchaient sur son épaule pour admirer ses dons de sténographe.

Caroline se détourna, comme soudain privée de goût ou de jugement. Elle connaissait le sujet de la discussion et pensait, quant à elle, que si l'on avait une opinion sur ces choses, on s'adressait à la police. Sinon, il était préférable de se taire.

Il était assez rare de croiser sur ce quai des voisins de Hanmouth, bien que le train fût au moins aussi commode que la voiture pour gagner Barnstaple. Il supprimait aussi cette corvée insensée d'avoir à chercher une place de parking. Et il était plus inhabituel encore de trouver Kenyon ici, un jeudi, par cette soirée douce et malgré tout festive. Personne ne lui avait appris, semblait-il, qu'une petite fille venait d'être enlevée dans sa ville.

Sa tenue de travail s'était largement délabrée pendant ses trois heures de périple depuis le bureau de l'ONG à Islington jusqu'au quai de Barnstaple. (Caroline avait entendu plusieurs fois le détail de ses pérégrinations hebdomadaires. Quand sa femme recevait chez eux, un invité ou un autre s'apitoyait sur lui et engageait la conversation. Kenyon avait tendance à leur ressasser l'itinéraire qu'il empruntait chaque semaine pour se rendre de Hanmouth à Islington, aller et retour, supposant à juste titre qu'on s'intéresserait moins à la propagation du sida en Afrique, laquelle occupait cependant ses journées.) Il avait son veston plié dans le creux du bras, son cartable usé à ses pieds, dont les coutures se défaisaient à chaque coin. Mais aussi l'air de quelqu'un qu'on venait de plonger, la tête la première, dans un bac rempli d'eau sucrée. Malgré les efforts qu'il déployait pour les rabattre du plat de la main, ses cheveux rebiquaient dans tous les sens. Sa chemise blanche et sa cravate rouge auraient pu n'avoir jamais été repassées. Kenyon atteignait le bout d'un voyage apparemment si long, si épuisant que, dans son intérêt à lui, Caroline hésita à le saluer. Mais il la vit. Alors, avec le dernier sourire d'une journée pleine de sourires officiels, il s'approcha d'elle.

– C'est absolument incroyable. Vous n'auriez pas un journal, je veux dire un journal du soir ?

– Pour être franche, ça devient insupportable, répondit Caroline. Vraiment, je ne veux pas lire une ligne de plus là-dessus. Cette fillette, et son horrible famille. Et tous ces gens qui...

Elle frissonna comme pour les repousser.

– Non, c'est réellement... réellement... ahurissant. À Paddington, juste au moment où le train...

Incapable d'expliquer, Kenyon renonça.

– Il y a un monde fou aujourd'hui, non ?

– Hanmouth... *Hammuth* est une destination prisée, ces derniers temps, dit Caroline.

Puis, comme Kenyon ne semblait pas comprendre, ou peut-être considérait-il une coïncidence, une rencontre fortuite qui occupait ses idées depuis trois heures, elle murmura :

– Vous savez, ces pervers qui se délectent du malheur...

Elle s'en tint là.

– Les... Ah oui, cette pauvre petite fille, et son horrible famille, comme vous dites. Ça me laisse perplexe, moi aussi. Ils croient pouvoir découvrir le coupable, ou c'est juste la curiosité ? Des voyeurs, elle appelle ça, Miranda. Au téléphone, elle avait toujours une anecdote à raconter sur eux, un groupe différent à chaque fois. Certains ont voulu prendre nos fenêtres en photo, depuis la rue, comme si la petite était attachée sur une chaise au salon, avec un bâillon sur la bouche. Que cherchent-ils, en réalité, ces gens ?

Assis sur un banc, deux parents, deux enfants, tous de belle corpulence, attirèrent l'attention de Caroline. Leurs bras faisaient des allers et retours si réguliers pour nourrir leur bouche, tel un quatuor au fonctionnement complexe, qu'ils répondirent en quelque sorte à sa place.

– Vous avez reçu la visite de la police ? demanda Kenyon.

Depuis une semaine ou deux, cette question-là servait d'entrée en matière aux conversations estuariennes.

– Oui, il y a deux jours. Un coup de bol, d'ailleurs. Parce qu'on pouvait tous dire où nous nous trouvions le soir où elle a disparu. On devait se réunir plus tard chez Miranda, pour le groupe de lecture, et on était une douzaine à potasser, chez les uns chez les autres, mais pas tous ensemble. Vous savez comment elle nous enguirlande quand on n'a pas bien lu, alors on tâte le terrain entre nous. *La Littérature nazie en Amérique.*

– Pardon ?

– *La Littérature nazie en Amérique.* C'était notre programme.

Kenyon avait toujours l'air ahuri.

– Le livre ! Sans qu'elle le sache, bien sûr, on s'était regroupés à deux ou trois, pour échanger des notes sur l'auteur, Roberto Bolaño. Les policiers ont dû nous prendre pour des conspirateurs, puisqu'on leur a tous dit la même chose. On ne complote rien, bien sûr, ça se trouve comme ça, c'est tout.

– Alors tout le monde avait un alibi, sauf Miranda ?

– Elle était à la fac, je pense. Mais vous aussi, vous en avez un, je suppose.

– Oui, curieusement, j'étais à Londres. Il faut que j'aille à ces comités de lecture, un jour. Ça a l'air très intéressant.

– Ah, un autre homme serait le bienvenu, et si vous aviez lu le livre, je vous conseillerais d'être à l'heure.

– Comment ça ?

– Voilà pourquoi je me dépêche de rentrer. Le groupe de lecture. C'est ce soir, vous ne saviez pas ?

– Ah, mon Dieu, vraiment ? Je n'arrive jamais à voir Miranda toute seule et je le regrette bien.

Caroline regarda Kenyon en se demandant pourquoi il ne mentionnait pas aussi sa fille. Puis le visage de Hettie lui vint à l'esprit – bornée, les narines épatées, un début de moustache sous le nez, jetant autour d'elle assiettes, livres, couteaux – et même un jour une petite table –, répétant inlassablement que personne ne s'occupait de ses envies ou besoins. Caroline admira soudain son père d'arriver à la chasser de ses pensées. Si du moins c'était le cas.

– Enfin, je n'ai pas à me plaindre du comité de lecture, puisqu'on a d'excellents alibis, grâce à lui. Même si je ne vois pas comment on aurait pu soupçonner l'un quelconque d'entre nous. Mais j'ai toujours été terrorisée par ce genre de chose... Vous savez, les cellules aveugles dans les commissariats, les deux flics qui vous cuisinent, et « que faisiez-vous entre six heures et demie et »...

Caroline hésita, par manque d'imagination peut-être.

– ... la nuit du vingt-trois au vingt-quatre septembre ? Vous comprenez ? Les violences policières.

– Les violences policières ? répéta Kenyon.

– Oui, les séries à la télé. Je suis une spectatrice assidue.

– Mais si ça devait arriver dans la réalité, on serait obligé de répondre...

– ... qu'on n'en sait rien, bien sûr.

– Ou alors : « Je crois que je préparais le dîner, ou peut-être regardait-on un truc idiot à la télé, mais je ne me rappelle jamais de quoi il s'agissait. »

– Il y a Sky Plus maintenant. On peut enregistrer pour plus tard. Donc un programme télé ne peut pas vraiment servir d'alibi. La police judiciaire ne se baserait pas là-dessus.

Caroline observa Kenyon, ses yeux rouges, ses bajoues moites et son absence d'humour. Quel curieux individu était-il pour procéder à de telles déductions !

– Heureusement, conclut-elle, Miranda est une perle. Le rendez-vous et le lieu sont prévus des semaines à l'avance. Ensuite, elle consigne tout dans son journal. Du moins, c'est ce qu'on m'a dit. C'est extraordinaire d'avoir la force d'écrire chaque jour dans un journal. Je n'aurais pas l'énergie de faire la moitié de ce qu'elle fait, ni de le coucher sur le papier.

– Je crois qu'elle aime ça, dit Kenyon sans enthousiasme. Le train arrive. Je vous aide avec vos bagages ?

9

Au dire de tous, Miranda, l'épouse de Kenyon, était une perle. Située à l'endroit précis du Strand où une imposante série d'hôtels particuliers succédait à la partie la plus pittoresque de la ville – d'anciennes demeures de pêcheurs, habitées par des couples gays –, sa maison était une merveille, réaménagée chaque année. Il y en avait peut-être de plus chères à Hanmouth mais, lorsqu'elle l'avait achetée, cinq ans plus tôt avec Kenyon, le prix était le plus élevé jamais atteint ici pour une vente immobilière. Débarrassé de toute tonalité rurale ou maritime, son salon se distinguait par un bureau en acier des Wiener Werkstätte, un portrait de Meredith Frampton, représentant un pharmacien tenant un lys blanc d'une main, l'autre posée sur un éventail d'éprouvettes rutilantes, et deux chaises longues en cuir Mies van der Rohe, dotées d'appuie-tête en forme de bonbons à la réglisse, sur lesquelles les visiteurs non avertis se perchaient comme des elfes dans le creux d'un coude. (Revenant leur leçon apprise, ils choisissaient un des trois fauteuils également présents, peut-être moins distingués, mais plus confortables.) Il y avait toujours à la porte une boîte destinée à collecter de l'argent pour une cause africaine ; une petite étagère dans l'entrée présentait quelques classiques du répertoire professionnel de Miranda (les poétesses de la Régence), ainsi que ses deux mémoires sur le sujet, et les deux dernières sélections du prix Booker. Généralement aussi, un ou deux Harry Potter, ou des récits prépubères du même genre – non pour mettre en valeur les lectures de Hettie, puisqu'elle n'ouvrait jamais un livre, mais pour suggérer que Miranda, loin d'être une intellectuelle intimidante, était restée jeune fille au fond d'elle-même, avec un goût marqué pour la fantaisie. On remarquait également des exemplaires dédicacés, car elle consacrait chaque année une semaine entière au salon du livre de Dartington. Les plus recommandables de ceux-ci migreraient plus tard dans son bureau à l'étage, les autres étant donnés au RNLI[1] ou son équivalent des airs, lesquels les revendraient une livre ou deux dans une de leurs nombreuses boutiques.

Miranda portait une coiffure au carré, et d'austères lunettes à monture noire comme ses cheveux, rappelant la fente d'une boîte aux lettres. Question vêtements, elle avait une préférence marquée pour les encolures médiévales (sans époque spécifique), et retouchait ce qu'elle pouvait afin d'opposer angles et lignes droites à ses courbes et rondeurs excessives. Compte tenu de sa taille et de son âge, elle bannissait tout apport de velours flottant rouge ou mauve ; idem pour les colliers exotiques et les dégâts potentiels du catalogue Hampstead Bazaar. Contrairement à la plupart des habitantes de Hanmouth,

1. Royal National Lifeboat Institution (Institution royale nationale des bateaux de sauvetage), institution caritative dédiée aux sauvetages en mer.

Miranda ne subissait pas l'influence d'une Judi Dench en soirée des Oscars, et s'habillait, autant que possible, dans une géométrie noir et blanc que n'aurait pas désavouée l'épouse grasse d'un architecte de Weimar. Miranda était une perle, et Kenyon avait l'habitude qu'on le lui répète ; tout bien considéré, il ne se débrouillait pas si mal.

Groupes de lecture, comités de quartier, œuvres de bienfaisance, et trois réceptions par an – Miranda se tenait en haute estime dans sa charmante chaumière hors de prix. Tout le monde ou presque la trouvait extraordinaire, même si l'on se demandait comment ils arrivaient à payer cette maison, Kenyon avec son salaire de fonctionnaire, elle avec celui d'un prof de fac. Il vivait depuis si longtemps avec sa merveilleuse épouse que, tel le serveur d'un restaurant offrant une vue unique sur le Parthénon, il avait cessé depuis belle lurette de l'apprécier comme elle le méritait.

– Qu'est-ce qui a bien pu les rassembler ? se demandait Hanmouth en l'absence de Miranda (qui arrivait souvent en retard).

Autour de la longue table recouverte de velours vert, devant l'emploi du temps surchargé, distribué par le fanatique d'Excel du comité, ou lors d'une réception d'été dans un jardin, sinon le cou tendu vers le voisin de la rangée derrière, également membre du groupe de lecture, avant le lever de rideau des *Bacchantes* ou de *Woyzeck*, mis en scène par Miranda Kenyon pour la troupe des Hanmouth Players, on se posait les mêmes questions. « Où se sont-ils rencontrés ? » « Comment arrivent-ils à payer cette baraque ? » « Leurs familles ont-elles de l'argent ? » « À quoi ressemblaient-ils, plus jeunes ? » Et surtout : « Que font-ils, de quoi parlent-ils, seul à seul ? » Hettie ne semblant pas les intéresser ni les occuper suffisamment, les spéculations allaient bon train sur une vie sexuelle dévorante ; alors les lumières s'éteignaient, le rideau se levait, et tout Hanmouth, rassemblé au foyer municipal, se concentrait sur le début de *Marat/Sade*.

Kenyon était absent la semaine ; Miranda n'avait que sa fille pour compagnie, et on l'imaginait à la table du dîner, ferme et compréhensive à la fois, jusqu'au retour du père. Caroline s'étonnait encore de l'avoir trouvé ce jeudi soir à la gare de Barnstaple. Il travaillait à Londres, « pour une ONG » répétait son épouse, sans être toujours bien comprise de ceux qui posaient la question. « Il est détaché pour cinq ans, avec un engagement ferme des Finances. » On se le représentait, réduit à deux dimensions, passer comme une pièce dans la fente d'un tronc tout de même assez considérable. Kenyon souriait, expliquant que son « affectation » était une façon de dire que le ministère se passerait très bien de lui pendant une dizaine d'années.

Sans pour autant s'en enquérir, personne ne savait réellement ce pour quoi, au juste, on le salariait. Il y avait un rapport avec le sida en Afrique. C'était mieux que les Finances, disait Miranda. Évidemment, lorsqu'elle mentionnait le « ministère », on était censé deviner qu'il avait d'importantes responsabilités. Il était question de balance des paiements, de politique des revenus, ou de savoir si les taux d'intérêt allaient monter ou redescendre – monter d'accord, disait-elle, mais pourquoi descendre ? Les verbes choisis ne manquaient pas d'intérêt : comme si nous autres humains correspondions à un taux de base – zéro –, que nous étions ce « rien » que lesdits taux prétendaient améliorer, alors que se passerait-il s'ils revenaient à zéro pour nous regarder en face ? Oui, nos mensualités d'emprunt seraient peut-être plus tolérables, supposait-elle, mais pourquoi tous ces allers et retours, vraiment je vous le demande ? Et parler d'« intérêt », quand tout cela est d'un ennui si épouvantable, insupportable, lamentable...

Voilà comment s'exprimait Miranda, et elle était plutôt bonne, dans ce genre de discours. Kenyon souriait aimablement, sans trop faire attention, sans jamais relever que ces termes – « balance des paiements », « politique des revenus » – évoquaient surtout l'époque où ils se faisaient la cour, sinon la dernière fois qu'elle avait réellement prêté attention à ce qu'il lui révélait de ses activités. Les taux d'intérêt n'avaient pas rapporté un penny au ministère depuis huit ans qu'il était affecté à l'ONG. En revanche, tout le monde savait ce qu'elle faisait dans la vie : au moindre prétexte, elle brandissait son postcolonialisme.

Selon elle, Kenyon avait été muté dans un secteur où l'on pouvait au moins vérifier l'utilité de son action. Qui pouvait assurer que la politique monétaire, et son inconstance, améliorait quoi que ce soit, et quelles fins servait-elle ? (« Non, pas monétaire », contestait Kenyon, au demeurant incapable d'affirmer si elle comprenait ou pas ce qu'elle racontait.) Dans l'ONG de lutte contre le sida, les scélérats et les héros étaient faciles à distinguer. Il y avait en Afrique des cardinaux catholiques qui, à propos de préservatifs, mentaient ouvertement à leurs ouailles. Il y avait aussi des orphelins. Le ministère s'était jadis conduit de façon identique : il y avait eu d'un côté Thatcher, la sorcière, et le monétarisme, qui se moquaient bien d'étrangler les gens ; de l'autre, les mineurs. Une opposition morale qui paraissait actuellement hors de propos. De nos jours, il n'y avait ni cardinaux ni orphelins aux finances ; plus rien ne laissait de traces nulle part, tout était hors d'échelle.

Miranda s'était montrée fort diserte quand son mari avait changé d'orientation professionnelle ; et elle l'était toujours. Grâce à quelque mécanisme bienvenu, le ministère avait maintenu le salaire de Kenyon lorsqu'il l'avait détaché à Living with Aids (Africa)[1], pour une durée initiale de cinq ans. Dans un moment d'exubérance, elle l'avait entraîné dans une banque où elle avait raconté quelques pieux et invérifiables mensonges. Ils avaient obtenu un prêt équivalent à six fois le montant de leurs salaires combinés, ce qui leur avait permis de quitter leur petite maison de pêcheur pour leur belle résidence du Strand. Quatre années s'étaient écoulées, et c'était comme s'ils y avaient toujours habité. En privé, Kenyon se plaignait parfois de ne pouvoir faire d'économies, et ils semblaient régulièrement manquer de tout vers la fin du mois. Par chance, ils avaient décidé de confier l'instruction de leur enfant au public. Mais cette maison était certainement un bienfait. Mieux encore, le ministère n'avait pas annoncé le rapatriement de Kenyon. Pour quelque raison – quoiqu'avec un sentiment de culpabilité, son mari étant si aimable, si capable –, les relations de Miranda se demandaient souvent si les Finances n'auraient pas eu intérêt à s'en débarrasser. Enfin, peut-être pas. Elle espérait bien qu'il resterait cinq années de plus à Living with Aids. Ça lui plaisait tant qu'il soit employé d'une ONG.

1. « Vivre avec le sida (Afrique) ».

10

Les gens parlaient beaucoup dans le train bondé. Kenyon et Caroline se tassèrent sur la même banquette, dans le sens de la marche, avec leurs divers sacs empilés sur les genoux. Les uns derrière les autres dans l'allée, sept ados poussaient des cris. Ils allaient d'abord au Bear ; non, au Pincers ; mais l'un d'eux avait dit à Carrie qu'ils seraient au Jolly Porters, et ils savaient qu'elle l'avait perdu, son portable, et donc, qu'est-ce qu'ils allaient faire ?

– Ces gens, commenta Caroline, ajustant son sac à provisions sur ses genoux et parlant assez fort pour être entendue. Je me demande ce qu'ils s'attendent à voir ici.

– C'est absolument incroyable, dit Kenyon. Au moment où on quittait Paddington, un jeune type a sorti une arme et s'est mis à tirer sur la foule.

– Oh là là ! Dans le train ?

– Non, sur le quai. Je l'ai juste aperçu quand on a démarré. Je n'ai pas vu les journaux, on ne nous a rien dit pendant le voyage, donc je n'ai aucune idée des dégâts.

– Épouvantable, admit Caroline. On dirait que ça arrive de plus en plus souvent, ce genre de chose. Vous avez eu de la chance d'y échapper. Vraiment, je ne peux pas imaginer ce que ces gens viennent faire à Hanmouth. Comme s'il y avait déjà foule, alors il faut y aller. Trafalgar Square la veille du premier de l'an. Ils y vont sans savoir pourquoi. Ça doit être le pouvoir du nombre... Du nombre d'imbéciles, surtout.

Deux filles devant eux, dont l'une au téléphone, la main collée sur l'autre oreille, se retournèrent simultanément pour la dévisager. À un mètre de distance, elles haussèrent les épaules aussi outrageusement qu'elles purent, avant de se retourner à nouveau.

– Vous discutez de quel livre, ce soir ? Ah, je me rappelle ce qu'elle a dit : Miranda préfère que je n'y assiste pas, et elle ne préparera pas le dîner.

– Vous n'avez rien mangé à Paddington ?

Refoulant un souvenir qui lui revenait à l'esprit, Kenyon reconnut qu'il le faisait parfois.

– C'est très, très bon, ce qu'ils vendent maintenant, dans les snacks. Il y a des sushis sur tapis roulant, à Paddington, non ? demanda Caroline.

– Ouh-ah-haaaa !... crièrent quatre adolescents au fond du wagon, surpris par le train qui penchait dans le virage de St Martin.

Ils se laissèrent tomber les uns sur les autres avant de se redresser, hilares.

– Non, j'irai manger un morceau au pub du quai, déclara Kenyon. Après avoir salué ma femme, comme un bon mari.

– Vous aurez de la chance si vous trouvez de la place. C'était bourré partout, toute la semaine. Vous ne saviez pas ? Des touristes, des journalistes, des équipes de télé, et ça bouffe comme des chancres. Ça boit aussi, bien sûr. Hanmouth est littéralement assiégé. Miranda ne vous a rien dit ?

– Si, si, admit Kenyon. J'ai cru qu'elle exagérait.

– Pas cette fois.

11

Il y avait dans l'air un bruit nouveau, mélange de désaccord, de reproche et de plaisir. Un bruit qui ressemblait au chargement mal arrimé d'un gros camion sur l'autoroute ; à la voix de basse des bandes-annonces au cinéma qui se raclerait la gorge ; à un chœur masculin du pays de Galles, répétant le mot « RHUM » à l'unisson. C'était le bruit d'un foyer municipal de l'ouest de l'Angleterre, dont les moindres fauteuil et espace libre étaient occupés par les curieux, les journalistes et cameramen, les habitants, toute personne qui n'avait pas de raison ou mille bonnes raisons d'être là. La salle était pleine et il y avait encore du monde dehors, où des dizaines de badauds attendaient en cette douce soirée de la fin du printemps. De temps à autre, l'un d'eux faisait un bond pour tenter d'apercevoir, derrière les portes ouvertes et par-dessus les têtes, les six individus disparates rassemblés sur la scène.

Le commissaire principal jeta sur l'assistance un regard blessé et réprobateur. Il avait un air ovin, fragile, un long visage aux lèvres molles couronné d'une tignasse blanche ébouriffée, moutonneuse, et lorsqu'il tenta d'imposer quelque autorité, il bêla.

– Je le répète : nous faisons tout notre possible dans cette affaire, bien conscients de l'urgence qu'elle présente. Nous suivons actuellement plusieurs pistes, dont certaines paraissent prometteuses. Personne ne devrait douter de l'efficacité des mesures policières mises en œuvre.

Ce fut l'emploi de ce mot – efficacité – qui suscita le vaste murmure d'opposition satisfaite. Il n'eut qu'à le prononcer une fois pour provoquer une réaction collective de réprobation, un sentiment confus d'hostilité. Et voilà qu'il le répétait, tel un passe-partout commode et officiel, emprunt de pragmatisme flegmatique et confiant. La colère et le dégoût redoublèrent dans la salle, bien décidée à en venir aux faits. Une des femmes arrivées en avance avec Ruth, meilleure amie de la mère affligée, mais moins connue que celle-ci, se leva alors. On comprit qu'elle avait choisi sa place, comme Ruth et les trois autres individus, exactement entre les caméras de télévision et la scène. Cette femme tendait le bras avec une propension au tragique, comme si elle prêtait serment devant un tribunal.

– Je voudrais dire au commissaire qu'il ne s'agit pas à proprement parler d'une « affaire ». C'est peut-être ainsi qu'il voit les choses dans son joli bureau, où il remplit des formulaires à longueur de journée. Pour moi, comme pour Heidi et Mick à ses côtés, et cent autres personnes qui souffrent de l'absence de China, ce n'est pas une « affaire » non plus. Heidi et Mick ont déjà versé toutes les larmes de leur corps et n'en dorment plus la nuit. Non, ce dont il s'agit ici, c'est de China, la meilleure amie de ma petite fille Natasha. Cela fait maintenant dix jours que China a disparu. Dix jours, dix nuits, et ça continue. Il peut lui être arrivé n'importe quoi. Qu'a-t-on découvert ? Rien. Aucun résultat.

– Je peux affirmer à l'assistance... commença le commissaire, s'accrochant au micro sans terminer sa phrase.

La première intervenante avait, semblait-il, interprété l'acte un d'une mise en scène élaborée dont on attendait fermement la suite. À peine se fut-elle rassise que Ruth se levait, et les caméras, jugeant inutile d'en revenir au policier, se tournèrent légèrement vers la tante de la petite fille – c'était bien elle, hein ? Les journalistes la connaissaient maintenant fort bien. Calvin, le responsable médias, leur avait présenté cette femme noire au visage dur. Ils avaient dû admettre qu'elle ne s'en laissait pas conter, et voilà dix jours qu'elle répétait énergiquement la même chose. La police la connaissait aussi, comme ses dénonciations aussi enthousiastes qu'improductives. Ruth n'ayant encore jamais eu devant elle un aussi vaste public, elle allait exploiter au mieux des arguments qu'elle avait pris le temps d'affiner.

– Il y a des années que les policiers ne font plus de rondes ici. Où étaient-ils ? Ils remplissaient leurs petits papiers dans leurs petits bureaux. Et aujourd'hui qu'ils sont revenus, que font-ils ? Ils ne frappent pas aux portes, non. Ils savent, et nous aussi, que des délinquants sexuels vivent parmi nous à Hanmouth. Un des hommes du commissaire me l'a appris, mais on ne veut pas nous dire leurs noms ni où ils habitent. Les parents sont forcément inquiets. On pense que, la prochaine fois, ce sera notre fille ou notre petite-fille. Ça ne sera pas plus difficile de les kidnapper que pour China. Nous voulons savoir, c'est notre droit. Qu'a-t-il à répondre, le commissaire ?

Sur la scène, devant les panneaux bleus de la police de l'ouest anglais, la mère de la petite siégeait, tout à fait détendue, au côté du commissaire hébété. Elle paraissait si calme qu'elle se fiait peut-être, après tout, à la devise inscrite derrière elle, en lettres bouclées d'une pseudo-écriture manuscrite : *Sécurité et assistance pour tous les citoyens.* Heidi gardait les yeux baissés sur ses mains croisées. Ses longs cheveux blonds lui tombaient comme un rideau sur le visage. Elle était devenue Helen pour les journaux qui avaient déniché son véritable prénom ; parfois même « Tragique Helen » – mais, bien sûr, personne ne l'appelait jamais comme ça. En pose ou prises contre son gré, les photos de son masque de madone, refusant de pleurer, faisaient d'excellentes premières pages, avec généralement, en médaillon, une vieille photo d'école de China. Plein d'initiative, un des quotidiens avait joint la mère de Heidi à Yeovil pour mettre la main sur des clichés anciens, où on la découvrait à l'âge de dix ou quinze ans. Les deux femmes étant depuis longtemps brouillées, la mère fut aussitôt priée d'éviter sa fille et Hanmouth. Plusieurs journalistes supposaient d'ailleurs que Karen, la maman de Ruth, était aussi celle de Heidi.

Près de cette dernière se trouvait Micky, le beau-père de China, avec son air imbécile, son crâne rasé, sa bouche entrouverte et sa lèvre tombante. Le voyant ainsi, ses différents visiteurs l'avaient cru sous le choc, ou en proie au chagrin. Pour leur part, les gens du cru avaient croisé mille fois sa tête ronde et son regard inexpressif devant les pubs minables de la ville, et jamais ils n'auraient cru que Micky était précisément de Hanmouth. Quelques-uns s'étonnèrent en apprenant que la belle-sœur – enfin, si c'était ça – résidait à Hanmouth même, et non dans une des sinistres banlieues qui séparaient celui-ci de Barnstaple. Cependant Micky était connu jusqu'à Heycombe. Il avait coutume, et depuis longtemps, de montrer son pénis aux nouveaux venus et aux étudiantes lorsqu'il faisait la tournée des bars. Donc, non, il n'était pas abruti par la peur ou le chagrin, c'était son expression habituelle.

Le commissaire principal se prit à penser que la mère avait préparé sa sœur – ou belle-sœur –, qu'elle lui avait fait répéter auparavant ses propos accusateurs. Puis il considéra que d'autres, certainement nombreux, avaient participé aux répétitions. Il s'aperçut que la mère et le beau-père étaient habillés de neuf de pied en cap, et pourtant ce n'était pas les vêtements – neufs également – qu'ils avaient portés le matin même lorsqu'il leur avait rendu visite. Le commissaire avait aperçu l'étiquette encore collée sur une de ses chaussures, lorsque cette femme s'était agenouillée pour essuyer une trace de confiture sur la joue d'un des jeunes enfants. Les journaux lui avaient fourni de l'argent, notamment le *Quotidien Machin* pour l'interview qu'elle avait accordée à prix d'or deux jours auparavant. La presse avait largement rapporté que Heidi avait demandé du liquide, bien que tous les journaux concernés eussent implicitement accepté de n'en rien dire dans leurs colonnes. Le couple avait profité de la situation et, au dire de la police comme de la presse, il savait ce qu'il faisait. Comme s'il avait tout organisé avant la disparition de la petite fille, mettant son plan à exécution dans les meilleurs délais. Heidi avait pris son visage entre ses mains une ou deux secondes avant que Ruth se lève, et ce geste, lui aussi, semblait préparé. Elle ne voulait pas montrer son air satisfait devant l'embarras de la police.

– Je peux vous garantir... dit le commissaire. Je garantis à tous, ici présents, que, de fait, nous frappons à chaque porte. Ces recherches nous ouvrent déjà un certain nombre de pistes encourageantes. Dans l'intérêt de l'enquête, il n'est pas souhaitable de divulguer en quoi elles consistent exactement. J'ajoute que, dans les heures qui ont suivi la disparition de China, nous nous sommes rendus sans tarder chez toutes les personnes des environs figurant sur notre liste de délinquants sexuels. C'est naturellement la première chose que nous avons faite. Nous les connaissons, et ce fut notre première priorité.

Alors une autre interruption, depuis le fond de la salle. Cette fois, un homme qui ne ressemblait en rien aux relations de Heidi et Micky, toutes aussi déplorables et indéchiffrables du point de vue généalogique. Celui-ci avait bien l'air d'un habitant de Hanmouth, et l'on ne tarda pas à reconnaître le caissier du grand magasin d'antiquités sur le quai. Le genre de type qui, en temps ordinaire, se plaindrait facilement de Heidi et Micky. Malgré la douceur de cette soirée de printemps, il portait une cravate et une veste en tweed. Son épouse près de lui hocha la tête pendant son intervention.

– Qui est-ce ? cria-t-il. Qui sont ces délinquants qui vivent dans notre communauté ? Nous voulons savoir leur nom. J'ai des petits-enfants et... et...

Intéressée, Heidi releva les yeux. Elle n'avait pas anticipé cet aspect-là des choses.

– Je vous garantis que... répéta le commissaire.

– Et ce n'est pas la première chose que vous avez faite ! Vous avez commencé par envoyer une patrouille dans mon jardin et, sans demander la permission d'entrer, vos gars ont quadrillé le champ derrière la maison, puis ils ont perdu leur temps à interroger des gens innocents. Ma femme et nos petits-enfants... nos petits-enfants, comme je vous disais, ont besoin de savoir...

– Je vous assure que l'enquête a pris en compte immédiatement tous les délinquants de la liste, sans en oublier aucun. Mais compte tenu des fortes, euh, émotions concernant cette affaire, nous ne...

– Cette affaire ?

– ... nous ne pouvons pas révéler le nom de ces personnes qui, bien qu'elles soient connues de nos services, n'ont rien à voir avec la disparition de China. Je ne doute pas que vous compreniez le bien-fondé de cette décision.

– Il ne s'agit pas d'une affaire, mais de...

– Nous voulons savoir...

À l'extrémité de la table à tréteaux, M. Calvin, en costume bleu, le cheveu blanc bien lissé, prenait des notes. Le commissaire avait eu le loisir, ces derniers jours, de faire amplement sa connaissance. Calvin habitait le Strand, la rue la plus en vue de Hanmouth. C'était le genre de personnage respectable qui, en d'autres circonstances, se serait tenu à l'écart des O'Connor et de ce type de gens. Lorsqu'on l'avait prié de le faire, il s'était présenté à la police comme « un ami de la famille », à qui il servirait d'intermédiaire. Il avait affirmé aux journaux qu'il était leur « conseiller », et c'était arrivé à l'oreille du commissaire. Un agent doté d'une bonne mémoire avait rappelé que Calvin n'était en fait que le président du Comité de voisinage, qu'il avait fait pression pour qu'on installe des caméras de surveillance, d'un bout à l'autre non seulement de Fore Street, mais également du Strand, et dans quelques rues tranquilles derrière celui-ci où aucun crime n'avait jamais été commis. On ne pouvait affirmer que cette vigilance millimétrique eût permis d'arrêter qui que ce soit depuis deux ans, cependant les caméras, et les panneaux annonçant leur présence, devaient leur existence à Calvin et son comité. Fort de son autorité pseudo-légale, il gérait maintenant sans complexe les desiderata et la campagne du couple O'Connor. Sans s'en ouvrir mutuellement, la police et la presse se trouvaient déjà des raisons de le détester. Calvin adressa un petit sourire sec à ses amis, ou clients, finit d'inscrire quelque chose dans son carnet orange puis, avant de le refermer, arracha la page qu'il tendit à Heidi.

– Je souhaiterais que Heidi et Micky prennent un instant la parole, dit le commissaire, résigné. Nous comprenons tous quelle période difficile ils traversent, et nous ne pouvons que louer leur courage de s'être joints à nous ce soir.

Relevant les yeux sous la frange blonde qui lui barrait le front, Heidi se tourna vers sa gauche – pas vers Micky, mais vers M. Calvin dans son costume à trois boutons.

– Regardez-la, dit au fond de la salle Billa, l'épouse du général, à son amie du groupe de lecture, et elles l'étudièrent toutes deux.

Malgré ses quatre enfants, les années consacrées à ceux-ci et à ses compagnons, dans cette triste maison du lotissement Ruskin, sur la route de Torcombe ; malgré aussi les heures de sommeil perdues pendant la semaine écoulée, et cette garde-robe neuve, tout droit sortie d'une chaîne d'habillement à bon marché, elle restait superbe.

Billa Townsend parlait à voix basse et Kitty comprit où elle voulait en venir. Heidi était toujours la splendide héroïne du collège ; onze ans passés depuis n'avaient rien altéré dans son visage parfait, ni ses pommettes relevées, ni ses yeux verts, ni la mèche claire qui tombait comme une ombre sur des joues toujours bronzées ni, point essentiel s'il en est, son nez d'aigle ou de duchesse. Billa et Kitty l'avaient vue avec regret abandonner ses études à seize ans pour s'en aller avec ce Nigel, triste et minable. Elle avait dû avoir une raison de le faire, comme pour les deux qui avaient suivi, deux nullités, dont une qu'elle avait épousée. Le mariage n'avait pas duré. Sans doute avait-elle aussi une raison de sortir avec Micky Thomas, de sept ans son cadet. Depuis son départ du collège, Hanmouth n'entendait guère le son de sa voix, sinon pour suggérer un rinçage légèrement coloré. Depuis un an ou deux, on avait surtout vu son compagnon traîner dans les pubs les plus mal fréquentés ; on connaissait les opinions stupides de cet homme qui poussait les jeunes femmes dans les toilettes à l'heure de la fermeture. Heidi avait en main la page que M. Calvin avait arrachée. Elle la regarda à peine.

– J'aimerais simplement vous remercier... commença-t-elle platement, calmement (et le commissaire, galant, ajusta le microphone devant sa bouche). Remercier tous ceux qui nous aident en versant des fonds à notre souscription Sauver China. Nous sommes très sensibles au fait que certains, alors qu'ils ne la connaissent pas, envoient des chèques de 30, ou 40, ou 50 livres pour prendre part aux dépenses de la famille et au suivi de l'enquête. China est une petite fille adorable. Ce n'est pas un ange, elle est espiègle comme tous les enfants de huit ans. Je voudrais seulement dire à ceux qui la retiennent qu'il faut penser à nous, nous ses proches qui l'aimons tant, à qui elle manque terriblement. Ses petits frères et sa sœur ne comprennent pas ce que ça veut dire, « enlevée », mais ils pleurent tous les soirs en se couchant. Alors, je vous en prie, rendez-la-nous vite saine et sauve.

Les caméras conservèrent un instant leur angle de vue, attendant peut-être que Heidi se mette à pleurer. Vrai, c'était arrivé une fois.

– Pas de cœur, cette nana, murmura un opérateur à son preneur de son, avant, déçu, de baisser sa caméra.

Le commissaire principal termina son discours en demandant une fois de plus la collaboration des habitants, comme il l'avait fait la veille, ce qu'on n'avait pas besoin de filmer. Les six intervenants se levèrent – le policier et sa consœur chargée de la protection des O'Connor, Calvin, l'avocate, Micky et Heidi. Comme sur les marches de l'église, une fois le mariage célébré, ils s'unirent deux par deux, le commissaire avec Heidi, M. Calvin prenant fermement Micky par le coude, l'avocate et la policière fermant le cortège. Silencieuse et solennelle, la salle les imita à son tour, telle une communauté de fidèles. La foule, qui n'avait pu trouver place à l'intérieur, était massée à l'entrée et dans la rue devant le foyer. Contenue par les agents, elle reflua en deux rangées pour ouvrir le chemin à Micky, Heidi et leur escorte officielle.

– Ces délinquants sexuels... on a besoin de savoir, monsieur le commissaire, répéta sur leur passage l'homme qui avait crié dans la salle, quoique cette fois sur un ton plus modéré.

Heidi sourit une seconde de toutes ses dents ; le commissaire sembla ne pas entendre.

Si, à l'intérieur, l'atmosphère avait été solennelle, elle ne l'était plus à l'approche de la rue. Les gens dehors qui ne se connaissaient pas étaient unis par la curiosité et un certain esprit de fête. Les yeux rivés sur Heidi et Micky, un homme finissait son cornet de glace. Beaucoup n'avaient pas pensé à se changer eu égard à la situation. Sortant de la piscine, les messieurs étaient en tongs et maillot de bain sous leur T-shirt ou débardeur, ou arboraient un short Vilebrequin tape-à-l'œil ; leurs amies un sarong sur les reins autour d'un bikini mouillé, ou un corsage de jersey. La foule, qui observait le petit cortège comme un groupe de célébrités, s'étendait jusqu'au Coop et au Case Is Altered[1], l'un des pubs les plus agréables de Hanmouth, lequel, à l'évidence, profitait largement de l'afflux de visiteurs. Une femme était venue spécialement de Londres, disait-on, tandis qu'un groupe d'Allemands très excités parlaient d'autres vacanciers tombés par hasard, perplexes, sur cette scène réjouissante.

Un véhicule de police bloquait la rue, cerné par la foule au milieu de laquelle on se fraya un chemin. Protégés par un cordon d'uniformes, Heidi et Micky montèrent à l'arrière. Micky étudiait ouvertement les inconnus qui le dévisageaient. Tous braquaient sur lui un téléphone-caméra par-dessus l'épaule des agents. L'inspectrice en charge de l'enquête prit place à l'avant, et l'on commença à se quitter, non sans regret. Le véhicule put alors se mettre en marche. Accompagné par

1. Approximativement : « Ça change tout ».

deux agents, le commissaire principal rejoignit difficilement, dans ce tohu-bohu, sa voiture avec chauffeur garée derrière le foyer et la caserne des pompiers. Les vedettes du spectacle étaient maintenant parties. En quittant la salle, le public oublia les raisons de sa présence, sans rien perdre pour autant de son enthousiasme. Plusieurs groupes d'habitants se saluèrent gaiement. Déçus de ne connaître personne, les étrangers se dispersèrent.

12

– C'était *bien* triste, dit Billa Townsend, l'épouse du général, à son amie Kitty.

Le ton était ferme.

– Eh oui, approuva Kitty, comme émerveillée que, par un pur hasard, dans le large éventail de conclusions possibles, Billa arrive à la même qu'elle. Vraiment très triste. Je regrette presque d'être venue. Rien que de voir cette pauvre maman... ce qu'elle doit ressentir... Je n'ose pas imaginer. C'est affreux.

– Nous allons être en retard à notre groupe de lecture. On ferait mieux de se dépêcher.

Tournant le dos au foyer, elles prirent la direction du quai au bout de Fore Street, vers la longue rangée de maisons hollandaises précédant celle de Miranda. Les deux femmes arboraient toutes deux un filet à provisions, contenant un livre – le même –, un gilet vert ou bleu, matelassé et sans manche, ainsi qu'un visage dur, revêche, vieux et poilu. Maintenant que la police était partie, l'atmosphère de fête dans les rues avait quelque chose d'inconséquent, voire d'imprudent. Devant le Case Is Altered, une douzaine d'hommes buvaient et fumaient. Billa et Kitty n'en connaissaient aucun. Par la fenêtre ouverte du pub, on entendait une voix féminine, gueulant dans le juke-box, demander si l'on n'aimerait pas avoir une copine aussi sexy qu'elle. Billa ne comprenait pas pourquoi il devenait nécessaire de faire un tel vacarme à tout propos, et Kitty s'empressa de l'approuver. Trois enfants d'ailleurs, peut-être ceux de ces hommes, se dressaient sur leurs mains en s'appuyant sur le passage cocher ou la tonnelle du pub. On n'aurait pas cru appartenir à une communauté où rôdait un dangereux kidnappeur.

– Tout paraît si normal, dit Kitty. Nous nous rendons comme d'habitude à notre réunion, à l'heure prévue avant les événements, comme s'ils n'avaient jamais eu lieu. Pour parler normalement du livre au programme.

– Je ne vois pas ce qu'on était censées faire. On se plaint toujours de ne pas avoir assez de temps pour les finir, ces livres. Même avec un mois de délai. On aurait eu du mal à choisir quelque chose de plus approprié, même si... (les bruits de foule s'atténuèrent lorsqu'elles abordèrent la courbe de Fore Street)... le groupe avait tenu à parler d'un sujet plus pertinent. Je suppose que vous pensez à une histoire d'enlèvement ?

Ce n'est pas ce que Kitty avait en tête, et elle n'aurait d'ailleurs pas su l'exprimer. Les deux femmes arrivèrent devant la maison de Billa, de style géorgien, dont la façade sans relief avait tout d'un décor de théâtre. Elles l'étudièrent de haut en bas. Derrière la fenêtre de la cuisine, le général conduisait d'une main l'orchestre de Classic FM, qui ronflait jusqu'au seuil entre les écarlates pélargoniums. À l'évidence, il maniait le fer avec l'autre ; le général aimait faire son repassage de la semaine le mardi soir, et rien ne pouvait l'en distraire pendant la *Soirée Dvořák.*

Ses deux occupations l'absorbaient tant qu'il ne vit pas Kitty et Billa passer ; elles ne tentèrent pas d'attirer son attention. Il avait consacré son existence à assembler des fusils, à enseigner l'assemblage des fusils, à inspecter ses troupes en vérifiant que leurs fusils avaient été assemblés normalement, gagnant la certitude finale que ses hommes étaient correctement formés et surveillés, avant, tout rayonnant d'orgueil, de reculer d'un pas ou deux derrière Sa Majesté. Aujourd'hui à la retraite, le général maintenait autour de lui l'ordre et la discipline qu'il avait respectés toute sa vie, soignait ses tenues comme autrefois son uniforme de soldat, et sans doute avait-il dû, à l'armée, s'acquitter de petites corvées domestiques quand cela s'était révélé nécessaire. Cependant, les améliorations successives des appareils ménagers étaient parvenues non sans mal à le circonvenir, et le général devait se battre contre les nouveaux fers à vapeur et les programmes des lave-linge modernes.

Plus loin sur leur chemin, les deux femmes aperçurent une autre petite foule, devant le pub jaune sur le quai.

– Vous l'avez lu ? dit Kitty.

– *Les Quatre Sœurs Makioka*[1] ? demanda Billa. Oui, bien sûr. Nous aurions mieux fait d'en discuter quand il fallait, au lieu de nous réfugier devant *Crimewatch UK*[2] à la télévision. Miranda aura la primeur. Je suis parée, mais ce n'est pas l'enthousiasme.

1. Jun'ichirō Tanizaki.
2. Équivalent de *Témoin n° 1.*

Des hauteurs d'une maison du Strand émergea le prélude de la première suite pour violoncelle seul de J.-S. Bach, aux aigus surjoués et sirupeux. C'était John Gordon, frustré et sanglotant, courant après de trop fuyantes harmonies. Il s'y mettait chaque soir à sept heures, avant le dîner. Billa et Kitty connaissaient l'œuvre, puisque c'était le seul morceau de son répertoire, qu'il présentait à toutes les fêtes, tous les dîners, en prenant bien soin de l'annoncer avant chaque réception. Certains disaient que c'était aussi la seule réussite (et quelle réussite…) dans l'existence de John. Il l'avait appris à l'école, bien des années auparavant et, chaque soir à sept heures, ouvrait sa fenêtre à l'étage pour le jouer entièrement, deux fois de suite. Chacun savait qu'il répéterait les mêmes erreurs le lendemain, sans amélioration, malgré une pratique constante et de vagues autocritiques.

Les rideaux de la maison suivante, derrière un salon dont les fenêtres mordaient le bas de la chaussée, étaient soigneusement tirés. La chose était notoire. Les enfants des Lovell étaient partis à la City, P.R. à Dubaï, et le petit dernier, si difficile, à Oxford pour étudier le japonais. Livrés à eux-mêmes, les Lovell avaient recommencé à explorer leur sexualité, généralement avant le coucher du soleil, dans le salon, la cuisine, voire parfois l'entrée. Au retour de son cabinet médical à Barnstaple, M. Lovell se dévêtait dans le couloir, pendant que Mme Lovell, charnue à souhait, quittait le jardin pour venir à sa rencontre en se débarrassant de ses jupe et corsage. Ce soir, leurs joyeux couinements avaient pour accompagnement les notes aiguës d'un piano tintinnabulant, qui improvisait un contrepoint contemporain à la suite pour violoncelle du voisin. C'est qu'ils s'affairaient au salon, sur le clavier désaccordé de leur Yamaha droit. Cela arrivait à certains, cette obsession du déshabillage à un âge où il est plus raisonnable de rester couvert. Et l'on n'acceptait qu'une fois – par étourderie, négligence, ou inconscience – leurs invitations à regarder avec eux leurs photos de vacances.

De l'autre côté de la rue, dans un jardin individuel, un chien était assis, fasciné par le poulailler devant lui. Ses longues oreilles rousses battaient le sol à mesure que ses yeux tristes suivaient le déplacement des poules. Elles sortaient, rentraient, se pavanaient comme des girls au music-hall. Stanley était le basset de Sam, fromager-affineur et gay de son état, et de son ami le notaire, « l'Horrible Gâchis », Harry Milford – *lord* Harry, mais oui –, dont l'étude se trouvait à Bidecombe. Subjugué par les espèces plus petites que la sienne, le chien passait de longues heures euphoriques devant le poulailler des Kenyon. Ceux-ci n'y voyaient pas d'inconvénient, même si les plus vieux Hanmouthites prétendaient vulgairement qu'il filait les chocottes à leur volaille. De toute façon, Miranda doutait que cette race de poules ponde jamais des œufs.

Au bout du Strand, à l'endroit où la rue se transformait en étroit chemin pavé, bordant sur deux cents mètres une grève boueuse gris taupe, la dernière maison appartenait à Mme Grosjean, qui avait une ruche. Avec ses lattes blanches horizontales, celle-ci, fort imposante, avait quelque chose d'un asile de fous en Nouvelle-Angleterre. Stanley aimait plus encore les abeilles. Cela tenait peut-être au bourdonnement râpeux qui se dégageait des lattes, du moins le pensait-on. Cependant

Mme Grosjean soupçonnait Stanley de vouloir lui voler son miel et, lorsqu'elle le voyait assis devant sa ruche, l'en chassait avec des cris inquiets en faisant claquer son torchon. Pour autant qu'on sache, ni les abeilles de Mme Grosjean ni les poules de Miranda Kenyon ne se plaignaient des assiduités du chien. Elles se déplaçaient autour de lui en émettant leurs bruits habituels de poules et d'abeilles, et Stanley paraissait tout à fait content de méditer en leur présence. En cas de pluie, cependant, il préférait le mystérieux simulacre de vie sociétale symbolisé par le lave-linge de Sam et lord Quel-Gâchis, lorsqu'il passait à l'essorage dans la cuisine. Le seul ordre qu'il comprenait, du fait que tout Hanmouth le lui répétait constamment, était : « À la maison, Stanley. »

13

– J'aimerais qu'ils rentrent chez eux, dit Miranda en regardant par la fenêtre, alors qu'à part quelques individus les foules de curieux ne s'étaient pas aventurées jusqu'à chez elle, et d'ailleurs il n'y avait plus personne dehors. Comment va lord Quel-Gâchis ?

– Ça va, répondit Sam en la rejoignant à la fenêtre.

Un jour, Miranda était arrivée chez les marchands de fruits et légumes au moment où il en sortait. Les deux horribles vieux schnoques qui tenaient la boutique parlaient de lui en arrangeant leurs reinettes fripées sur l'étal. Oui, c'était le petit ami du notaire, là, celui qui avait son étude en ville, à Bidecombe. Ils habitaient derrière le Strand dans une des anciennes maisons de pêcheurs, enfin deux qu'on avait réunies. Ça faisait grand, maintenant, rien que du bois et du verre à l'intérieur. Quel gâchis, avait entonné la mégère, comme si elle croyait qu'un beau monsieur comme ça, avec une bonne situation et une grande baraque – deux maisons réunies – lui aurait mieux convenu, à elle ou à son immonde mari, voire à une de leurs imbéciles de filles. Ils étaient moins élogieux à l'égard de Sam qui, n'étant après tout qu'un fromager, ne faisait pas un si beau parti. Ou peut-être était-ce à cause du fait que, même si lord Quel-Gâchis avait depuis peu une légère tendance à l'embonpoint, Sam était, lui, tout bonnement gras. Avec son crâne rasé et ses belles joues, il avait un certain charme mais, comme il l'admettait lui-même, il n'avait plus de quoi faire rêver les jeunes filles. Miranda avait écouté les propos incongrus des épiciers, leur avait acheté au hasard un sac de tomates espagnoles et velues, puis elle avait filé à la boutique de Sam pour lui rapporter aussitôt la conversation. Ils avaient bien ri, et depuis ce jour, Harry était surnommé lord Quel-Gâchis, bien qu'on s'abstînt, naturellement, de le dire devant lui.

– Plus enjoué que jamais. Avec un nouvel accès d'hypocondrie parfaitement charmant. Harry se prépare aux délices d'un futur goitre.

– Qu'est-ce que c'est que ça ? fit Miranda.

– Dieu seul le sait, répondit Sam. Le mot est assez drôle pour que j'aie envie de le répéter.

– Sciatique.

– Furoncles. Hémorroïdes.

– Kystes tentaculaires, offrit gentiment Miranda, comme on inventerait une nouvelle race d'animaux de compagnie.

– Goutte, renchérit Sam.

C'était une des choses qu'il appréciait le plus chez elle : elle comprenait tout de suite la plaisanterie. Nul besoin de lui expliquer. Plus qu'aucune autre femme de sa connaissance, Miranda avait l'esprit vif, aimait broder sur des absurdités, saisissait le principe sous-jacent.

– Zona, ajouta Sam.

– Ça, c'est pas drôle, quand on l'a. Une de mes vieilles tantes en a souffert terriblement. C'est en fait une forme de varicelle. Tous ces trucs, c'est le nom qu'ils portaient avant, qui est marrant. Parkinson parlait de paralysie agitante, et aujourd'hui on dit simplement Parkinson, non ? Mais pour la varicelle, on n'a rien inventé qui donne l'impression d'une maladie grave. C'en est une, quand même. Ça serait plus drôle si les psys regroupaient leurs patients dans les catégories : timbrés, cinglés, brindezingues et branquignols. La varicelle, ça ressemble au vermicelle, mais ce n'est pas drôle du tout.

– Non, tu rigoles, c'est terrifiant, d'avoir le vermicelle. C'est bien pire que Harry avec son goitre, et je doute franchement qu'il en ait jamais un. Quoi que ce soit, ça n'est jamais drôle, même si le mot peut prêter à rire. Goitre : rigolo. Leucémie : pas du tout. Les enfants ont les oreillons, en principe, non ? C'est un drôle de mot, ça aussi. Elle les a eus, Hettie ?

Miranda gagna sa table de jeu en noyer pour arranger le vase de fleurs. Sam comprit qu'il venait de tomber sur un de ces moments rares et imprévisibles dans l'existence de Miranda où elle ne se laissait plus aller aux jeux de l'esprit.

– Tu n'es pas beaucoup plus avisée que moi, en fait. Ce n'est pas Stanley, encore, là-bas ?

– Qui regarde mes poules. Elles semblent s'être habituées à lui. Si j'étais une poule, devant un grand basset immobile qui épie tous mes gestes à moins de trente centimètres, je lui donnerais un coup de bec sur le museau. Je n'ai pas remarqué qu'il les empêche de pondre. Seulement, elles ne le feraient pas devant lui, même s'il n'attend que ça, je suppose.

– Il y a des gens qui n'arrivent pas à pisser quand on les regarde. C'est pareil. J'admire le sang-froid de tes gallinacées.

– Il te regarde, Stanley, quand tu vas aux toilettes, le matin ? Allez, c'est sûr, tu rougis. Je le savais. Et ça ne t'empêche pas de pondre ?

– Oh, je t'en prie.

Sam se pencha et frappa à la fenêtre pour attirer l'attention de Stanley, de l'autre côté de la rue, dans le jardin clôturé. Sourd comme la plupart des bassets, le chien ne réagit pas, les yeux rivés sur le poulailler. Ou peut-être avait-il entendu : les toc, toc sur les fenêtres l'accompagnaient partout où il allait, chaque jour de sa vie. Une femme passa à ce moment-là.

– Tiens, elle est venue cet après-midi à la boutique, celle-là, dit Sam. M'a pris une livre de gjetost du Wiltshire et un plateau à fromage en olivier pour sa cuisine neuve.

– Pas une de nos touristes morbides ?

À l'instant arrivaient Billa et Kitty pour la discussion du soir, avec leurs exemplaires des *Quatre Sœurs Makioka*, reconnaissables dans leurs filets à provisions. Miranda alla dans le couloir leur ouvrir la porte. Moment étrange pendant lequel Sam l'entendit accueillir ses visiteuses en deux dimensions, depuis l'extérieur et l'intérieur à la fois, tel un chœur à deux voix. Curieusement, l'autre femme, qui lui avait fait un signe de la main, se plaça entre Billa et Kitty. Sam s'engouffra dans le couloir si vite qu'il manqua de renverser la table japonaise en bois laqué.

– Vous ne me connaissez pas, expliquait la passante par-dessus l'épaule impassible de Billa, avec son gilet vert. Mais je sais que vous êtes Miranda Kenyon. Ravie de vous rencontrer. J'habite dans l'immeuble, là-bas, au dernier étage. Avec mon mari. Je m'appelle Catherine Butterworth.

Les quatre femmes formaient un groupe disjoint. Sam adorait ce genre de situation embarrassante où les rôles sont mal définis, et celle-là n'avait quasiment pas de précédent. Miranda ne pouvait inviter Billa et Kitty à entrer sans congédier de fait Catherine Butterworth. Elles restaient de biais entre Miranda et la nouvelle venue, un sourire figé à la bouche, sans vraiment répondre à quiconque. Celui de Miranda ne valait guère mieux. Sans doute, se dit Sam, Billa n'était-elle pas habituée aux présentations du style : « Vous ne me connaissez pas, mais... »

– Bonjour, Sam, dit Catherine, qui lui fit de nouveau signe.

Il ne s'en souvenait pas, mais il fallait bien croire qu'il lui avait dit son nom.

– Bonjour Catherine. Ça vous a plu, le gjetost ? C'est assez particulier.

– Très particulier, même. Un petit goût de caramel. Plus dessert que fromage. Bien, je vous laisse tranquilles. Nous offrons un apéritif la semaine prochaine – samedi vers six heures. Notre fils vient visiter notre nouvel appartement. Il sera avec son nouvel ami, alors on a pensé qu'il aimerait rencontrer quelques-uns de nos voisins, aussi. Vous êtes tous invités. Nous serions ravis. Nous habitons l'immeuble là-bas, le Woodlands. Quel nom idiot. Au dernier étage, le numéro 6, d'ailleurs le seul appartement de l'étage. N'oubliez pas de venir.

– Au dernier étage de cet immeuble qui nous gâche la vue, dit Miranda après avoir salué Catherine et cornaqué Billa et Kitty vers la table et les verres.

Le fino pour Kitty ressemblait à de l'urine dans une grande éprouvette, et Billa avait son Campari tonic, certainement inspiré du mess du général, et dont l'effet carminatif ne tarderait pas à s'imposer. Sam, qui en avait déjà fait l'expérience, se réjouissait à l'avance des puissants borborygmes qui ponctueraient bientôt divers stades du débat consacré aux *Quatre Sœurs Makioka.*

– Je ne connais aucun de ses résidants, poursuivit Miranda. Je ne sais même pas à quoi ils ressemblent. Je me demande à quoi ils pensaient, les gens, quand ils ont planté un truc aussi monstrueux entre le Strand et l'estuaire. Ils devaient être fous à lier dans les années 1960. Ça jure dans le paysage.

– Nous sommes allées à la réunion, coupa Kitty.

– Ah, quelle chance ! dit Sam. Alors, quoi de neuf ?

– Ah oui, que le sujet soit clos quand Kenyon arrivera, fit Miranda.

– Il rentre ce soir ? s'étonna Billa. Je croyais que...

– *Tabou*, précisa Miranda. Je me demande si on a discuté d'autre chose pendant soixante-douze heures, le week-end dernier. Et qu'on passait nous voir pour en parler, et qu'ensuite c'était au téléphone, etc. Sans oublier Hettie (Miranda baissa ici la voix), qui sort de sa chambre, non pas pour annoncer une fois de plus qu'elle nous déteste, mais parce qu'elle veut tout savoir de l'affaire. Donc (fin de l'aparté), au bout de trois jours de Heidi, de Micky, de la pauvre China, et de...

– ... Hannah, et Archie, et, euh... compléta Sam en les comptant sur ses doigts.

– Kenyon, excédé, a déclaré qu'il ne voulait plus rien entendre, même si on devait retrouver leur pauvre China en train de camper sous le cassissier au fond du jardin.

– Harvey, se rappela Sam, satisfait. C'est le quatrième. Ce qu'il est laid, ce gosse, vraiment incroyable. Je comprends pourquoi ce n'est pas lui qu'on a enlevé. Je n'aurais pas imaginé qu'un enfant puisse être porcin et bovin à la fois. Qu'il ferait pleurer les lecteurs du *Sun* dans leurs chaumières, avec une tête pareille. Je trouvais déjà que la gamine n'était pas chouette, mais quand on voit les autres, on se dit que le pire est toujours certain, finalement. Je reconnais que c'est confondant.

– Franchement palpitant, dit Billa. Pourquoi Kenyon n'aurait-il pas envie d'en parler toute la journée, et même au saut du lit ? Tom se régale déjà, quand il part faire sa tournée le matin, de savoir que quelqu'un va lui révéler, au détour de Fore Street, un nouveau potin croustillant, ou une hypothèse intéressante. Hier, c'était les frères et sœur qu'on aurait chargés de cacher China. Puisqu'on ne peut pas les accuser de malfaisance, à cet âge.

– Ils ont été les derniers à la voir, ajouta Kitty. Pas idiot. Elle est dans le jardin, derrière le vieil abri antiaérien, et on lui passe des chips par le grillage. Mais je ne comprends pas pourquoi le mari – ou l'amant, ou le compagnon, ou qui que ce soit –, pourquoi il est allé se forger un alibi à la bibliothèque. N'importe quoi d'autre aurait mieux fait l'affaire. Ça paraît tellement bizarre qu'un type de ce genre s'intéresse brusquement aux livres.

– Kitty, on ne vient plus chercher de la lecture à la bibliothèque, observa Sam. Ça n'est plus du tout ça.

Maintenant, c'est les DVD, qu'on choisit devant un ordinateur.

– Quand même, s'il a emprunté quelque chose, avec l'informatique, ils peuvent dire que c'était lui et qu'il est venu à une heure donnée.

– Oh, Billa, fit Miranda. Il suffisait qu'il passe par la grand-rue de Barnstaple, et les caméras de surveillance auraient fait aussi bien. Je me demande ce qu'il a emprunté. Pas *Les Quatre Sœurs Makioka*, je suppose.

Le petit groupe avança les hypothèses les plus farfelues, quant aux livres ou films que Micky avait bien pu sélectionner.

– L'agence pour l'emploi était une meilleure idée, dit Sam.

– Et pourquoi ? demanda Kitty, pas toujours la plus vive d'esprit.

– À sa place, je ferais plus ou moins la même chose. Choisir un endroit assez officiel pour m'assurer un alibi. Pas la bibliothèque, c'est absurde. J'irais à l'agence pour l'emploi, vérifier qu'on me versera mon allocation chômage, par exemple.

– Et la mère, à quoi ressemble-t-elle ? s'enquit Miranda.

– Franchement épouvantable, dit Billa. Elle vous donnerait la chair de poule. Elle est là, à contempler le vide en se tripotant les cheveux, sans aucune expression. Comme si elle étudiait les nuages. Beaux cheveux, quand même, non ? Aussi blasée qu'ennuyeuse.

– Vêtue de neuf des pieds à la tête, ajouta Kitty. Grâce à l'argent récolté par sa souscription, sûrement.

– Un autre verre, Kitty ? proposa Miranda.

– Ce n'est pas de refus, dit l'intéressée. La salle était pleine : il y avait absolument tout le monde, même des qu'on ne connaît pas, venus s'amuser un peu. On était debout au fond, Billa et moi, et il fallait s'estimer heureuses. Et ces gens surexcités, mettant en cause les compétences de tout un chacun. Aussi idiot qu'incommodant. Sans oublier John Calvin qui met toujours son nez partout, celui-là.

– Il paraît qu'on s'est bagarré hier soir au Case Is Altered, rapporta Billa. Tom est tombé sur le patron en faisant sa petite promenade, ce matin. Il lui a dit que, depuis vingt-cinq ans qu'il tient le pub, il n'avait jamais vu ça. Ces gens de la ville, il disait...

– Dans la file, à la poste, cet après-midi, il y en a qui appelaient ça des pèlerins !

– Sam, quel horrible mot ! Ce sont les rustres qui parlent comme ça. Je ne veux plus entendre ces préjugés.

Sam savait déjà que, par « préjugés », Miranda impliquait « vulgarité ». Nullement impressionné, il poursuivit :

– Un agent sympathique est venu au magasin. Selon lui, ils espèrent vraiment arrêter quelqu'un assez vite. Il a fait mine de m'interroger sur mon emploi du temps, au cas où j'aurais oublié de mentionner quelque chose plus tôt, mais j'ai bien compris qu'il voulait discuter le bout de gras. « Vous avez un suspect, alors ? » je lui ai demandé. Il m'a répondu : « Même deux. » Il ne m'a pas vraiment fait un clin d'œil, mais il avait l'expression qui va avec, si vous voyez ce que je veux dire.

– Je suis sûre que la gamine est en camp de vacances quelque part, jeta Billa. Ils lui ont teint les cheveux et ils l'ont envoyée quinze jours prendre du bon temps.

– Moi, ce qui me dérange vraiment, dit Kitty, et je sais que ça peut sembler futile, même snob, mais qu'importe, ces gens lamentables ne m'intéressent pas. En revanche, il y a un point qui me chagrine. C'est que, pour le monde entier, Hanmouth est maintenant une espèce d'immonde lotissement, rien d'autre, et tous ses habitants à l'image de Heidi et Micky. On lit partout dans les journaux que ce sont des résidants de Hanmouth, et franchement, ce n'est pas vrai. Ils vivent dans leur affreux lotissement à Ruskin, où je n'ai jamais mis les pieds, et dont je me tiendrai le plus loin possible, aussi longtemps que possible.

– J'ai vu un photographe travailler au milieu de l'estuaire, s'empressa d'ajouter Sam. Dans le bateau de Brian Miller. Il prenait des photos de l'église, et du Strand, et du quai. Et le *Sun* présentera tout ça comme la ville de Heidi, n'en doutez pas.

– Ah, comme s'ils avaient les moyens de vivre ici !

– Ou, plus exactement, comme si on pouvait inventer une histoire pareille quand on a une maison sur le Strand. C'est peut-être cynique, mais quand on ne manque de rien, qu'on a des principes dans la vie, un minimum de sincérité, on ne s'en va pas faire la une des journaux avec des enfants kidnappés. Tout ça prend sa source dans la gêne matérielle.

– Ils ont des lave-vaisselle, Miranda, objecta Billa. Ce ne sont pas des pauvres. Mais vous avez raison. Pour autant qu'on sache, les enfants ne disparaissent pas dans le vrai Hanmouth, si ? C'est le manque d'instruction, l'ignorance, l'oisiveté et l'avarice qui sont en cause.

– Et la drogue, glissa Sam. Ne pas oublier. Il n'avait peut-être pas le droit de le dire, mais le policier a quand même fait allusion au fait qu'elles fumaient de la drogue, les deux femmes, au lieu de surveiller leurs gosses, ce jour-là. Et en plus, le copain de la mère, il en aurait vendu, c'est inscrit sur son casier judiciaire.

– Quelle affaire lamentable, dit Miranda. J'ai hâte que cette bande d'ivrognes, de fauteurs de troubles, de voyeurs, de journalistes et d'impresarios de matches de boxe aillent voir ce qui se passe ailleurs.

– Je lui tordrais le cou, à cette bonne femme, assura Billa.

Comme quoi Heidi, Micky et leurs quatre enfants – dont l'un disparu et, croyait-on, enlevé – n'inspiraient ni confiance ni compassion aux membres des groupes de lecture de Hanmouth.

14

Cet après-midi-là, Catherine avait passé un agréable moment à faire les boutiques de Hanmouth. Elle avait commencé par le Bazar oriental. Il n'y avait pas à proprement parler de vitrine, plutôt un étalage de marchandises mal éclairées, placées de façon aléatoire à mesure des arrivées. La porte était tendue d'un grand tissu brillant, rouge et violet, retenu par une embrasse. De l'intérieur, sombre, provenait un bruit de clochettes, comme dans les temples orientaux, et Catherine crut reconnaître l'odeur des bâtons d'encens. Il fut un temps où David adorait ça, il fallait toujours qu'il en allume quelques-uns pour faire ses devoirs de physique dans la chambre du fond à St Albans.

Sans trop céder à la dépense, elle s'était ensuite rendue chez Sam, le fromager-affineur. Elle l'avait remarqué en train de promener son chien le long de la Wolf Walk, ou de lire le journal le dimanche à midi, à la terrasse du pub sur le quai, avec ce qui devait être son compagnon. Au bout d'un mois ou deux, elle avait reconnu le patron de cette sympathique petite boutique, aux présentoirs encastrés dans des murs carrelés de blanc. On le voyait souvent dialoguer longuement dans la rue avec d'autres

Hanmouthites, le marchand de journaux et le boucher. Il semblait apprécié de tout le monde, et Catherine présumait qu'elle ne s'intégrerait jamais si elle ne faisait pas sa connaissance. Sam s'était montré charmant, cet après-midi. Il lui avait refilé son gjetost du Wiltshire, ainsi qu'un gorgonzola venant d'une ferme proche, sur la route d'Iddesleigh, et plus étonnant encore, une bûche de chèvre parfumée au chocolat.

– Produit par des lesbiennes du pays de Galles, avait-il expliqué inutilement.

Puis, comme il avait le temps de discuter un peu, il avait montré le sachet qu'elle portait, avec l'emblème du Bazar oriental, et il avait demandé, très chaleureux, ce qu'elle faisait à Hanmouth. Habitait-elle en ville ? Il avait même frappé dans ses mains quand Catherine avait annoncé son désir de réaménager la chambre d'amis, qui n'avait aucune personnalité, rien que ces murs écrus de l'ancien-propriétaire-qui-était-mort. Peut-être la couleur datait-elle de la construction ? s'était-elle interrogée. Enfin, les anciens occupants n'y avaient pas vu d'inconvénient, avaient laissé la chose telle quelle.

– Eh bien, avait répondu Sam à juste titre, ce n'est pas pour dire, mais ça jaunit, la peinture, vous savez. Elle était peut-être blanche au début, c'est-à-dire il y a quarante ans.

– Sans doute, sans doute, avait admis Catherine, ravie de cette conversation.

Elle avait envie d'égayer cette pièce, la meubler, lui donner une vague touche personnelle avant la première visite de son fils. David allait présenter son nouveau compagnon, dont elle ignorait tout.

– Elles n'ont pas essayé de vous vendre le bouddha ? avait demandé Sam en parlant des deux sœurs du Bazar. Vous ne l'avez pas vu ? Un mètre vingt, tout doré ? Ça fait dix ans qu'elles l'ont. Depuis le temps, je crains que personne ne le leur prendra jamais – c'est presque devenu un gag. Jurez-moi que vous ne l'avez pas acheté.

– Non, non, le rassura Catherine.

– Il nous arrive des catastrophes, à nous autres commerçants. Des trucs dont on ne peut plus se débarrasser. C'est facile de s'enthousiasmer, sur l'instant. Enfin, c'est un vieux copain, maintenant, le bouddha. Je me demande ce qu'elles feraient sans lui, Lesley et Julia.

Bien sûr, ils avaient ri tous deux. Catherine avait été tentée de parler du nouvel ami de David, mais il aurait été impertinent de faire un lien entre ceux-ci et son interlocuteur. Elle ne connaissait pas le nom de cet ami ; rien ne permettait de supposer que Sam savait qu'elle était au courant, à propos de son ami à lui ; la gêne aurait bientôt teinté leurs propos. (Catherine pensa qu'elle avait le don d'éviter les faux pas.) Une heure plus tard, elle était rentrée avec ses fromages expérimentaux, un plateau en olivier pour les présenter, un beurrier en céramique, orné de poulpes, d'encornets, de poissons et de souriantes anémones de mer, ainsi que d'une jolie glace, provenant de la boutique voisine, bordée d'un tissu matelassé, incrusté de tessons de miroir et brodé de fil d'or.

– Tu vas nous remplir la maison de saletés, observa Alec entre les oreilles de sa bergère en cuir vert.

C'était sans méchanceté de sa part, il disait cela chaque fois que Catherine rapportait quelque chose.

Lorsque, dans la rue, après avoir entendu frapper à la fenêtre, elle aperçut Sam qui, derrière, faisait un geste vers elle, elle avait naturellement répondu de la même façon. Il avait fallu qu'il frappe à nouveau, et qu'un chien trotte près d'elle pour qu'elle comprenne que Sam s'adressait à celui-ci. Elle avait bien sûr reconnu le basset, dont elle savait le nom avant celui de son maître – lequel l'appelait, impatient, presque tous les matins quand Stanley clopinait le long du Strand. Il avait été plus compliqué d'apprendre le nom de Sam, et il restait encore à découvrir celui de son compagnon, plutôt joli garçon. Catherine avait bien prêté l'oreille, alors qu'ils déjeunaient ensemble, un dimanche, pour ne récolter que quelques « chéris » somme toute assez crispés.

Elle n'ignorait pas qui était Miranda Kenyon. Quand cette dernière avait ouvert sa porte aux deux femmes, Catherine s'était propulsée sur le seuil, où elle avait pu expliquer sa méprise, mais aussi inviter tout le monde à l'apéritif qu'elle organisait le week-end prochain, pour la venue de David et de son copain. Elle avait prévu, avec Alec, de convier les amis qu'ils s'étaient faits depuis leur installation à Hanmouth. Cela s'était passé moins bien qu'espéré. Incroyable comme trois ou quatre petites phrases pouvaient se figer dans les airs avant de tomber sèchement par terre entre des inconnus. Au moins, elle avait pris les devants. La maladresse, l'embarras s'estomperaient à l'avenir. À bonne allure, Catherine remonta la petite pente de Fore Street avant d'arriver sur le quai, après l'agence immobilière, le bistro français aux nappes blanches et la boutique des bonnes œuvres. Elle se força à penser que Sam avait été attentif, même gentil avec elle, cet après-midi. L'attention et la gentillesse, ce n'était pas du tout la même chose, et il lui avait témoigné les deux. Il n'y avait aucune raison de craindre qu'Alec et elle ne se fassent pas de relations agréables.

Cependant elle ne pouvait rapporter à Alec certaines rebuffades – c'était un homme et il ne s'intéressait guère aux petits détails de la vie en société. Au bout de quatre ou six semaines, Catherine avait pris de l'assurance devant certains visages familiers. Elle avait commencé à dire bonjour, et on lui avait répondu. Elle connaissait même déjà quelques noms. Ceux qu'elle croisait avant neuf, voire dix heures, étaient certainement des résidants, croyait-elle, pas des touristes. On lui rendait parfois son salut avec enthousiasme, comme cette femme qui promenait un petit terrier blanc, toujours debout plus tôt que tout le monde. Parfois aussi, on lui répondait sans trop de conviction, voire une fois sur deux, sinon pas du tout, ce qui était grossier. Presque chaque matin, elle rencontrait un vieil homme, grand, avec un visage long, nerveux, et un air entendu, inconsistant, idiot. Comme il suivait toujours le même itinéraire, profitant comme elle de l'air frais, puis s'arrêtant prendre le journal, ils se croisaient à un endroit ou un autre. Après un mois ou deux, Catherine avait risqué un bonjour, suivi d'un commentaire sur le temps qu'il faisait. C'était le genre de journée qu'elle adorait – le ciel bleu, le vent printanier qui poussait les nuages vers les terres à la vitesse d'un cheval au galop, l'odeur de sel qu'il portait sur des kilomètres dans le canal de Bristol, les mouettes qui l'embrassaient, se glissant de part et d'autre des courants d'air, reculant et revenant. Alors qu'elle traversait la pelouse perlée de sel qui offrait un raccourci devant la petite église, Catherine avait souri et dit : « Belle journée » au long visage maintenant familier. Le vieux l'avait étudiée comme si elle était un arbre ou une espèce animale. Catherine se rappelait les définitions du dédain dans les romans du XIXe siècle. Avant d'arriver à Hanmouth, Alec et elle avaient parfois été ignorés ou négligés, mais jamais méprisés si ouvertement.

En fin de compte, un horrible bonhomme. Après cette mésaventure, elle l'avait entendu faire la loi dans la rue, son dentier mal fixé, crachant son accent du Devon, épais, sans joie, sur ceux qu'il jugeait bon d'enguirlander. Catherine savait que cette supériorité de façade était foncièrement déplaisante, que ces gens-là, hermétiques à la gentillesse et à la courtoisie, ne méritaient pas qu'on s'attarde sur eux. Blessants quand même. Impossible d'expliquer ça à Alec. Il lui demanderait pourquoi elle prenait les choses autant à cœur. En quoi il n'avait pas tort.

15

– Quelle jolie ville, avait dit Catherine alors qu'ils quittaient Hanmouth en voiture, cinq ans auparavant.

Ils étaient venus de St Albans rendre visite à Barbara, l'ancienne secrétaire d'Alec à l'usine de papeterie. Tous deux s'étaient toujours bien entendus au bureau, pourtant Catherine avait été surprise que Barbara les invite à passer un week-end prolongé chez elle et Ted, son mari, dans le Devon. Cela avait été merveilleusement agréable. Barbara et Ted vivaient dans un hameau – pas même un village – de maisons chaulées autour d'un port, un lagon un peu trouble, mais pittoresque avec ses skiffs penchés et ses vieux bateaux de pêche. Dans leur jardin, Barbara et Ted avaient planté des lobélies et des géraniums dans une barque. Sur la route du retour, malgré ce week-end charmant, Catherine et Alec avaient pensé que leurs hôtes paraissaient un peu seuls dans leur jolie retraite maritime. Lorsqu'ils avaient mangé au pub sur le port, l'accueil avait été souriant, mais le sourire professionnel. Un peu frustrant. C'était le seul pub du village, ou du hameau, lequel comptait à peine une vingtaine de maisons.

Ils avaient cependant beaucoup apprécié ce court séjour. Barbara leur avait suggéré de se rendre de l'autre côté de l'estuaire, dans une petite ville du nom de Hanmouth, juste en face de Cockering. « Une ville historique », avait-elle dit, sans insister. Même à distance, là-bas sur sa rive, elle donnait l'impression d'être colorée, active. Une rangée de façades blanches, et sur un promontoire, par-dessus les falaises rouge steak, hautes d'une dizaine de mètres, une église pseudo-romane, au clocher rectangulaire où flottait un drapeau. Le tout faisait martial et festif à la fois. Le jeudi soir, en cas de beau temps, les variations des carillons traversaient l'estuaire. Catherine et Alec étaient arrivés un jeudi après-midi ; à sept heures, tandis qu'ils prenaient l'apéritif, Barbara les avait fait taire pour qu'ils entendent leur musique lointaine. Les tintements et bourdonnements de leurs permutations mathématiques se fondaient dans le ciel, la mer et les cris des oiseaux. Depuis Cockering, la nuit, la ville ressemblait à Monte-Carlo – des grappes d'illuminations, réfléchies par la marée haute.

Ils y étaient allés le samedi et, à leur grande surprise, la matinée avait passé très vite. Ils avaient flâné entre les cafés, les boutiques, la librairie. C'était jour de marché sur la grand-place, et dans le foyer municipal. Le Women's Institute[1] vendait gâteaux et bocaux, son stand était le plus grand et le plus en vue. D'autres présentaient un optimiste bric-à-brac, des plantes maturées en pot, du petit artisanat : bougies psychédéliques, suspensions en macramé, couvertures en batik. Plus près

1. « Institut des femmes britanniques », la plus grande organisation féminine du Royaume-Uni, fondée en 1915.

de la jetée mouillaient de petits et gros bateaux, propres et brillants comme des frigos ; d'élégantes embarcations 1900, dotées de rutilantes garnitures en cuivre, les enserrant tels des corsets, et de prétentieux remorqueurs, trapus, professionnels. Parmi eux flottaient toutes sortes de pieds palmés et becs en spatule – cygnes, oies, canards, foulques au regard vif – qui nageaient et plongeaient, jouant avec le courant jusqu'au milieu de l'estuaire. Les bateaux attendaient tranquillement le retour de leurs propriétaires. D'ici, on ne distinguait même plus Cockering.

Sur le quai se dressait un bâtiment carré, en brique, début de siècle, devant l'arrêt du bus pour Barnstaple. Assis sur le marchepied, la portière ouverte derrière lui, le chauffeur était vaguement absorbé par un roman policier. Trois oies, semblables à de vieilles amies sans rien d'urgent à faire, le reluquaient sur l'aire de stationnement : avait-il du pain dans ses poches ?... L'entrepôt, qui avait dû jadis servir de pêcherie, était maintenant rempli d'antiquités de toutes sortes et provenances. Les noms des pubs à proximité, anciens et coquets, paraissaient avoir une histoire à raconter – The Case Is Altered ! Des banderoles bleues, blanches et rouges, zigzaguaient d'un côté à l'autre de la grand-rue, très haut dans le ciel. Elles dataient sans doute du Hanmouth Festival et du défilé conduit par sa reine, à l'occasion dudit festival en 2008. Catherine et Alec avaient tout appris à ce sujet en lisant les panneaux disposés dans les vitrines des magasins. Alec avait pensé que c'était un peu court, comme parade. Fore Street – comme on appelait souvent la rue principale dans le Devon – faisait à peine cinq cents mètres de long.

Il y avait deux restaurants italiens, l'un prétentieux, l'autre avec des nappes vichy et un menu de pizzas ; également un bistro français, dont les nappes et murs blancs, les verres et les couverts semblaient refléter le sourire de Catherine, même lui apporter du brillant. En revanche, autant qu'elle pût se rendre compte, ni traiteur chinois avec plats à emporter, ni doner-kebab. Mais une fromagerie, dans laquelle le patron, un bonhomme grassouillet en tablier rayé bleu et blanc, faisait gentiment déguster des lamelles à ses clients. Et, mieux encore, un boucher. On n'aurait jamais cru que les boucheries permettraient un jour d'évaluer l'indépendance et la vitalité des cités britanniques. Il y a quelque temps encore, elles passaient inaperçues ; cela n'était que d'ordinaires boutiques auxquelles on ne prêtait guère attention, quelle que soit l'importance de la ville. Aujourd'hui elles étaient devenues une sorte de thermomètre, un indice de bonne santé ; le dernier boucher de St Albans avait jeté l'éponge trois ans plus tôt, après un combat inégal contre le rayon viandes du Tesco. Sans raison véritable, Catherine et Alec avaient pris la file devant le magasin pour y acheter deux livres de saucisses maison.

– Des poulets de plein air, on n'en aura plus d'autres avant mardi, avait appris le serveur au client précédent.

Intérieurement, Catherine frissonnait de honte à l'idée que sa propre ville n'ait pas eu besoin d'un vrai boucher. Hanmouth était active et gaie. De retour chez Barbara pour le dîner (soupe, wensleydale, salade), Alec et elle avaient convenu que, s'ils quittaient jamais St Albans, ce serait le genre d'endroit où ils aimeraient vivre.

Ni l'un ni l'autre ne se rappelait précisément quand ils avaient réellement décidé de déménager. Mais ils y pensaient de plus en plus, eu égard au nombre croissant de rendez-vous pris avec les agents immobiliers. Ils n'avaient d'abord regardé que les vitrines, qui, à leur grande frustration, n'indiquaient pas le prix des biens les plus chers et les plus alléchants. Certaines demeures prestigieuses étaient présentées sur une brochure en papier brillant. Au fil des entretiens, ils firent bientôt semblant de vouloir acheter. Indiscrets, ils visitèrent une demi-douzaine de maisons bien au-dessus de leurs moyens, grimaçant tristement car elles ne comportaient pas de buanderie, de bibliothèque, ou de salle de musique.

C'était embarrassant de revenir voir les mêmes agences, un mois plus tard, avec d'autres intentions. La nouvelle version voulait que, tout bien considéré, ils ne souhaitaient plus s'installer pour de bon à Hanmouth (contrairement à ce qu'Alec, qui en faisait trop, avait avancé au départ). Voilà, ils cherchaient en réalité une résidence secondaire. S'ils avaient jusque-là inventé des réticences, elles étaient maintenant réelles. Rejetés, les bicoques de pêcheur, les mitoyennes de l'entre-deux-guerres, les anciens hospices, car trop chers, ou trop petits, orientés est, ou ouest ; ou alors c'était la maison la plus moche d'un joli quartier (gênant), la plus jolie d'un quartier affreux (ostentation). Il ne semblait pas y avoir d'inconvénient spécifique que l'immobilier à Hanmouth ne fût capable d'illustrer.

16

Ils durent affronter les commentaires de David, leur fils, à qui ils n'avaient fait part de leurs intentions qu'à ce moment-là. Il avait exprimé ses doutes. Bien qu'il travaillât maintenant à Londres, David habitait toujours St Albans et faisait l'aller et retour chaque jour. Ce n'était peut-être pas la personne à consulter à propos d'un projet si aventureux. Il n'y avait pas que lui sur place, ils avaient des relations. Ses parents connaissaient leur quartier, la ville, ses ressources. Et en cas de problème, si l'un d'entre eux tombait malade ? Chez eux à St Albans, ils pouvaient compter sur l'aide des voisins, des amis. Dans cette ville du Devon qui leur plaisait tant, personne ne se soucierait d'eux, ne leur prêterait secours. Ils se débrouillaient très bien, ici. Il fallait penser à tout ça.

À l'évidence, Alec ruminait ces objections lorsque, pour la septième fois depuis le début de l'année, ils se retrouvèrent dans une agence à Hanmouth. L'une des trois. La journée se prêtait mal aux visites : il pleuvait déjà lorsqu'ils avaient quitté St Albans et, le froid aidant, il tombait de la neige fondue lorsqu'ils arrivèrent à destination : on distinguait à peine l'autre côté de Fore Street.

Maria, leur interlocutrice – ébouriffée, désordonnée, des montagnes de papiers sur son bureau, telle une Reine Blanche d'*Alice* en CDI –, leur avait dit au téléphone qu'une jolie maison venait d'être mise en vente. Devait-elle leur envoyer tous les renseignements ? Elle avait pouffé en posant la question, mais elle pouffait tout le temps sans qu'aucun de ses propos ne soit jamais drôle. Ils s'étaient mis en route le matin même. Maria s'était étonnée de les voir, bien qu'Alec lui eût affirmé qu'ils seraient là l'après-midi. Elle n'avait pas pu tout d'abord retrouver les clefs : elle savait bien qu'elle ne les avait pas accrochées au panneau ; elle les avait posées un instant – hurlement de rire – avant de retirer son manteau et de se préparer un petit café. Si, si, elle les avait récupérées en chemin – puisqu'elle passait par Apthorpe Avenue pour se rendre à l'agence. Bref ricanement. Avec un concerto pour piano de Mozart en fond sonore sur Classic FM, Maria entreprit de décrire la maison, tout en renversant la moitié de son bureau en traquant ces clefs. Très agréable, une construction d'avant-guerre, le même propriétaire depuis quarante ans, qui l'avait fort bien entretenue.

Catherine commença à se douter, et, Maria continuant, fut bientôt sûre de l'avoir déjà visitée huit mois auparavant. Faute de trouver preneur (orientée ouest, vendeur intraitable sur le prix), elle avait été retirée de la vente et on venait certainement de la remettre sur le marché. Maria avait oublié – savait-elle même ce qu'elle faisait ? – qu'elle la leur avait montrée. Comme elle manqua bientôt d'inspiration, Alec se mit à la couper, plaçant d'impertinentes observations d'ordre général (peut-être David n'avait-il pas eu tout à fait tort).

Voulait-il vraiment s'installer dans une ville où il faudrait nouer des liens à partir de rien ? Et si Catherine ou lui se mettaient à débloquer ? Il y avait aussi l'aspect sécurité, n'est-ce pas ? Ils y avaient à peine pensé. Si Hanmouth était une ville riche, ce n'était pas le cas des banlieues. Les cambriolages étaient-ils fréquents ? Ne risquait-on rien à se promener dans les rues la nuit ? Il y avait quand même beaucoup de pubs, n'est-ce pas ? On entendait de ces choses à propos des villes de province – cela n'était pas mieux, à ce qu'on disait, que le samedi soir à St Albans.

Maria ne s'intéressait guère aux remarques d'Alec, qui, maussade, se défaisait peu à peu de ses habits d'acquéreur potentiel. Se voulant encourageante, elle s'esclaffait bêtement, ponctuait ses questions de quelques « Bien sûr que... », « Je crois que vous trouverez... », ou encore « Il y a un tel, euh, euh, esprit de communauté ici... », suivis d'un bruyant éclat de rire. Cessant bientôt de rechercher ces clefs, qui, avoua-t-elle maintenant, pouvaient aussi bien être chez elle, puisqu'elle les avait prises, non pas ce matin, mais la veille au soir en rentrant, elle regarda vers la fenêtre où, derrière la mosaïque de panonceaux « À vendre », une silhouette sombre émergeait du rideau de neige de la fin d'après-midi.

– Voilà qui tombe à pic, fit-elle avec certitude. Notre cher M. Calvin. Il n'a pas l'air trop pressé d'aller nulle part. Et il a tellement plus à dire sur cet aspect des choses que je ne saurais le faire moi-même.

Maria avait bondi, envoyant un range-crayons faire un vol plané avec ses trois stylos. Lorsqu'elle avait passé la tête par la porte, une rafale d'air frais ozonisé s'était engouffrée dans l'agence. Après une courte discussion, elle avait laissé entrer cet homme, dont le pardessus et le chapeau d'astrakan étaient couverts de neige fondue. Tel un magicien bien entraîné, il les avait ôtés d'un seul geste pour les accrocher au portemanteau. Puis, retirant ses gants marron en peau d'autruche, il les avait soigneusement alignés sur le bureau catastrophique de Maria. Lorsqu'il avait frotté ses chaussures bien cirées au dos de ses pantalons rayés, la gauche avant la droite, il ne semblait plus avoir mis les pieds dehors. Mince, M. Calvin se tenait droit, avait de petits yeux en boutons de bottine, des traits lisses comme ses cheveux blancs peignés, et de larges mains plates en forme de nageoires qu'il passa inutilement, l'une et l'autre, sur son crâne.

– Notre cher M. Calvin, dit Maria.

Le sourire onctueux glissa d'Alec à Catherine, de Catherine à Alec, sans marquer la moindre inflexion. Le type de sourire qu'affichent les dauphins, pensa Catherine, gravé dans leur figure, dans le cartilage, quasiment insignifiant. Elle se demanda ce qu'il voyait : une femme à l'expression inquiète et maternelle dont l'image la prenait si souvent au dépourvu dans les vitrines des magasins ; et son mari chauve, pugnace, vêtu d'un de ces anoraks beiges, fades, matelassés et à gros boutons, aux poches aux multiples finalités, qu'on ne peut acheter dans l'intention de plaire, charmer ou séduire. Si du moins c'était la vocation d'un anorak.

– M. et Mme Butterworth recherchent une maison à Hanmouth, dit Maria. Ça fait un petit moment qu'on travaille dessus. Lors de nos premières visites (elle fit un geste vers le sombre hiver au-dehors), on a dû s'asseoir en chemin pour manger une glace, tellement il faisait chaud. Pourriez-vous...

Son rire à ponctuer les phrases remonta la gamme des aigus et s'arrêta abruptement.

– Le meilleur des bonjours ! dit Calvin, imitant l'accent irlandais. Que la journée vous soit bonne !

Puis, très déconcertant, il s'en revint à l'anglais ordinaire.

– Vous adorerez cette ville. J'ai quitté Liverpool il y a dix ans, sans jamais le regretter. Même si je reconnais qu'on ne vous a pas réservé un temps agréable aujourd'hui.

Alec dressait l'oreille, sensible à l'irruption d'un extraverti au sourire facile.

– La ville nous plaît, déclara-t-il.

Maria entra dans le vif du sujet.

– M. Butterworth se posait des questions sur la sécurité à Hanmouth. Et soudain... vous voilà. Comme si l'on vous envoyait pour fournir les réponses. Auriez-vous deux minutes à nous accorder ? À Hanmouth, il faut l'avoir de son côté, M. Calvin. Il est arrivé, il a secoué tout le monde, il a pris la tête du Comité de voisinage, qui comptait plutôt sur les endormis, avant... ha, ha, ha !

Encore ce rire assommant. Guère étonnant que cette fille n'eût pas de collègue, qu'elle semblât n'en avoir jamais eu.

– Je crois qu'ils se contentaient de poser des autocollants sur les réverbères, jeta Calvin. Ce qui est à peu près aussi utile qu'une théière à chocolat, comme on dit à Liverpool.

– On a aussi un Comité de voisinage à St Albans, admit Catherine. Mais il n'y a que les autocollants pour parler d'eux. Je ne sais pas qui s'en occupe, ni où et quand ils se réunissent.

– Eh bien, à Hanmouth, vous le sauriez, affirma l'homme. Oui ! Oui ! Oui ! Nous avons recruté des membres actifs de la communauté pour former un nouveau comité. Dès la fin de notre première réunion, nous avons lancé une enquête et demandé aux habitants ce qui les inquiétait le plus. L'un des pubs qui causaient beaucoup de problèmes, au bout du Strand, nous nous sommes opposés au renouvellement de sa licence. « Eh, ta gueule ! Arrête de mater ma nana ! » « Attends, ce qu'elle est moche, Keith ! » Il a dû fermer. C'est maintenant un salon de thé. Une belle réussite. Les étudiants faisaient la tournée des douze, auparavant, mais aujourd'hui il n'y en a plus que onze, même s'ils ont gardé la formule. De toute façon, ils ne savent plus compter après le huitième, paraît-il. Tout ça, dès la première année ! Puis nous avons fait pression sur la police et exigé des caméras de surveillance. Il n'y a plus guère de quartiers dans le centre de Hanmouth qui n'en soient équipés aujourd'hui. Une bonne chose, n'est-ce pas ? Le taux de criminalité à Hanmouth est aussi bas que possible.

Imitant l'accent passe-partout, ni vraiment britannique ni vraiment américain, mais mortellement sérieux de certains présentateurs de télévision, Calvin posa la question :

– Comment justifier le coût de ces caméras, alors, s'il n'y a pas de crimes ? Mon ami, voici la réponse. Il n'y a pas de crimes car les criminels savent qu'on les tient à l'œil. L'éventualité est écartée d'entrée de jeu, elle ne se présente même pas. *Voilà*[1].

Il réfléchit un instant avant d'ajouter :

1. En français dans le texte.

– *Monsieur*[1]. Mais nous regrettons que les quartiers excentrés soient privés de caméras. Celles de Fore Street sont là depuis cinq ans, et la technologie a fait des progrès depuis. Nous pensons à en installer de nouvelles, semblables à celles qu'on essaie en ce moment à Middlesbrough, équipées d'un haut-parleur. Lorsqu'un agent de police repère un jeune prêt à faire des siennes dans la rue, il n'a qu'à appuyer sur un bouton pour le prévenir : « Eh là, eh là, à quoi ça rime, tout ça ? Circulez, circulez. Pas d'infraction sur la voie publique, je vous prie ! » Alors Johnny L'Agresseur, ou Lee Roy La Cambriole et ses copains bronzés prennent leurs jambes à leur cou, leur pince-monseigneur et leur pic à glace. Parce que « Ça craint vraiment, mec », comme ils disent, et ils s'en vont cambrioler une maison un peu moins protégée, un peu moins surveillée, suffisamment éloignée, dans un endroit auquel vous et moi n'attachons pas beaucoup d'importance. Voilà l'idée. D'ici un an, j'ai de bonnes raisons de penser qu'on les aura, les modèles sonorisés. Hanmouth... (longue inspiration, regard sincère) ... est une des villes les plus sûres du pays. Demandez à qui vous voudrez.

Maria l'agent immobilier souriait depuis le début. Tandis que Calvin passait d'un accent à l'autre, elle s'était esclaffée, puis elle avait gloussé, pouffé, ricané, hululé et enfin rugi. Lorsqu'il imitait le jeune Noir tremblant devant un haut-parleur qui lui ordonnait d'aller sévir dans une communauté moins innovante, on aurait cru qu'elle allait se précipiter dehors en hurlant et mouiller sa culotte.

1. Idem.

En fin d'après-midi, Alec et Catherine avaient visité un grand appartement moderne qui occupait tout le dernier étage d'un petit immeuble en bordure de l'estuaire, bien entretenu, joliment construit, avec lambris en noyer dans le hall, rampes et garnitures diverses en bois de rose, sols en marbre noir à chaque palier. Ça avait beaucoup de chic et ils avaient fait une offre. L'ancien propriétaire y avait vécu jusqu'à sa mort, et les pièces, vidées depuis longtemps, étaient propres, spacieuses, accueillantes. Un appartement – Catherine et Alec n'y avaient jamais pensé. Les maisons de pêcheurs et les vieux hospices avaient perdu de leur intérêt. Leurs particularités se doublaient toujours d'énormes inconvénients. Le temps s'était amélioré, et l'on voyait depuis les fenêtres des reflets d'argent sur la grève boueuse, le long des eaux moirées, dominées par un ciel de zinc, parcouru de clartés fugaces. Sur l'autre rive, la tour du château était parfois enveloppée d'un puits de jour, sous des nuages qui se dispersaient à grande vitesse. Les pièces s'emplissaient d'une lumière liquide. Quatre cygnes volaient très haut, et le battement régulier de leurs ailes ressemblait à celui, solennel, d'un lointain tambour, ponctuant le déroulement de quelque mystérieuse cérémonie. Pour la première fois depuis des mois, Catherine s'était souvenue – et ressentait de nouveau – qu'elle avait envie de vivre ici, pas dans une rue de St Albans où la maison d'en face avait les dimensions précises de celle depuis laquelle on la regardait. Et elle se fichait un peu de savoir qui étaient les habitants.

– Il est drôle, ce M. Colvin, avait dit Alec sur la route du retour.

– Calvin, je crois que c'était, avait répondu Catherine qui, surprise, ne voulait pas ouvertement le contredire.

– Un genre de boute-en-train, j'ai l'impression. Ça vaudrait sans doute la peine de mieux le connaître quand on sera là-bas. Il est sûrement au centre d'une foule d'activités.

– Ça ne m'étonnerait pas.

– J'espère que la M25 ne sera pas trop embouteillée.

– Ça serait bien notre chance.

17

– Allez, avait dit Catherine à David, le soir même au téléphone. On n'a pas un pied dans la tombe, encore. On sera très bien, tu verras.

18

– Je ne faisais rien de mal.

Sur la table : une panoplie de matériel photographique devant la mallette vide. Le policier tripotait le dos de l'appareil, essayant d'allumer le petit écran numérique.

– C'est mon métier, poursuivit l'homme.

– Mais oui, dit la jeune femme un peu masculine qui s'était présentée comme son assistante. On essayait de prendre de bonnes photos, c'est tout. Sans intention de nuire à quiconque.

– On n'est jamais assez prudent, fit l'agent. Ce n'est pas une conduite très normale, ça, hein ?

Le terrain de jeux se divisait en deux zones. Dans la première, ouverte, herbeuse, des adolescents couraient et jouaient aux jeux des grands, football ou base-ball. L'autre était réservée aux plus jeunes. Avec ses toboggans et balançoires aux couleurs vives, ses manèges ingénieux et variés, le lieu était prisé par les moins de neuf ans. Le conseil municipal de Barnstaple avait récemment rénové le site, remplaçant l'asphalte sur lequel on s'écorchait les genoux par un matériau mou, ajoutant d'autres jeux et structures, et clôturant le tout.

En cette saison, il y avait peu d'endroits où les jeunes de Hanmouth pouvaient s'amuser, et c'en était un.

Cet après-midi-là, une mère y avait laissé son fils de sept ans, le temps d'aller chez le boucher acheter un poulet pour le dîner. Cela n'était pas la première fois, elle trouvait cela tout naturel ; il y avait beaucoup d'autres enfants sur le terrain. Elle ne croyait d'ailleurs pas à cette histoire de kidnapping. En revenant, elle aperçut, étonnée, deux adultes qu'elle n'avait jamais vus : un homme chauve et replet, à genoux dans l'enceinte du terrain de jeux, l'œil collé au viseur d'un gros appareil, en train de photographier les petits.

– Mais qu'est-ce que vous faites là ? avait-elle demandé.

L'autre adulte, à la silhouette androgyne, avait passé l'index sous son menton. Le photographe s'était aussitôt relevé pour quitter les lieux à pas vifs, passant devant la maman.

– Non, non, non, avait protesté celle-ci. Vous n'allez pas partir comme ça.

Les inconnus ne s'étaient pas arrêtés. La mère avait ordonné à son fils de rester où il était, et elle les avait suivis en composant un numéro à trois chiffres sur son portable.

– Au vu des circonstances, dit le policier au commissariat, ce n'est pas très malin de faire ce genre de choses, comprenez-vous ?

– C'est mon métier, répondit le photographe.

– Vous n'avez pas besoin de photographier des enfants que vous ne connaissez pas sur un terrain de jeux. C'est un peu chercher les ennuis, quand même. Au vu des circonstances.

– On me commande certaines photos, et je les fais, dit l'homme.

– Je ne vous accuse de rien.

– Tant mieux, parce qu'il n'a rien fait de mal, jeta l'assistante.

– Jess ! fit le photographe.

– Mais pour votre sécurité, je vous retiens ici, annonça l'agent. Les gens sont sur les nerfs. Cette femme qui a porté plainte, qui vous surprend en train de photographier son petit sans sa permission, sans celle de M. Calvin ou d'une autorité, elle vous voit là, un parfait inconnu, pourriez être n'importe qui, avec cette affaire pas réglée, le ravisseur en liberté... Comprenez ce que je veux dire ? Elle est très remontée.

– Eh bien, je suis tout à fait navré, admit l'homme.

– Ah, parfait ! dit l'agent, non pas au sujet de ces quelques mots d'excuse, mais de l'appareil, qui, en émettant quatre notes de musique, venait de s'allumer, l'écran révélant la dernière photo prise. Bien. Je ne vous confisque pas le matériel. Je vois que c'est votre outil de travail, et je pense que la leçon vous sera profitable. Mais je vais sortir la carte mémoire et la garder le temps qu'on soit sûrs de ce qu'elle contient.

– Vous ne pouvez pas faire ça tout de suite et me la rendre ?

– Impossible. Nous avons besoin de l'examiner très soigneusement.

19

La voiture de police commença à s'éloigner du foyer municipal. Dans la rue, les photographes collaient leurs objectifs aux fenêtres. Certains, professionnels, travaillaient pour la presse. Les autres utilisaient de petits appareils numériques, ou leur téléphone portable. Heidi et Micky s'efforçaient de rester immobiles. Son attaché-case en cuir marron moucheté sur les genoux, M. Calvin était à l'avant avec le chauffeur. À l'arrière, l'agent de liaison – une femme – était censé aider le couple et lui remonter le moral. Le chauffeur conduisait, l'oreille tendue.

– Dieu merci, on en a fini avec ça, lâcha Heidi.

Elle avait un accent mi-londonien, mi-américain, qui n'empruntait rien du tout au Devon. Sa petite voix n'exprimait rien que l'ennui.

– J'ai horreur de ces regards insistants. Les gens ont pris leur décision et ils ne nous aideront pas.

– Qui ça, Heidi ? demanda M. Calvin.

– Ces snobs, qui habitent le vieux Hanmouth. Je leur ai coupé les cheveux, pour la moitié d'entre eux, et l'autre moitié n'ira jamais chez le coiffeur à Hanmouth, ni même à Barnstaple. Ils sont encore plus snobs, ils vont à Bristol ou à Londres pour ça. Bien sûr qu'ils me reconnaissent, mais ils ne diraient pas bonjour. Ils m'examinent comme si j'étais un zoo et qu'ils avaient payé l'entrée.

– Tout le monde se fait beaucoup de souci pour China, Heidi, dit l'agent de liaison. Ils ne seraient pas venus aux nouvelles s'ils n'attachaient pas d'importance à la disparition de la petite.

– Mais oui, approuva Micky. Garde ça en tête, ma fille.

– Non, c'est du bidon, rétorqua Heidi alors que la voiture ralentissait devant le passage à niveau.

Une femme guindée avec un Jack-Russell en laisse jeta un coup d'œil vers la banquette arrière et se détourna rapidement – quelqu'un là-dedans était une offense au bon goût.

– Ils s'en fichent, poursuivit Heidi. Tout ce qu'ils veulent, c'est se voir à la télé.

– Waouh, waouh, waouh ! Regarde, maman, je passe à la télé ! Je suis célèbre, fit M. Calvin. Plus ils seront nombreux à s'intéresser, plus on aura de chances de retrouver China. J'admets qu'ils ne sont pas tous très sympas, ils ne se comportent pas toujours comme il faudrait, mais ils veulent participer. Ceux qui ne veulent rien savoir... la police devrait quand même se demander pourquoi il y en a qui tiennent tant à rester à l'écart...

En proie à la plus vive incrédulité, le chauffeur, qu'ils ignoraient, sentit son visage se figer.

– Ça ne serait pas arrivé, assura M. Calvin, s'il y avait des caméras dans votre rue. Mais évidemment, quand on les propose à la police avant que les ennuis arrivent, ils vous envoient balader. « Pas indispensable, nous considérons que votre requête, en cas d'approbation, serait un usage abusif des fonds publics. » Et le jour où une fillette est kidnappée, ils ne savent plus quoi faire.

Le train passa, les barrières se relevèrent et la voiture repartit. Dans un silence notable, que brisa M. Calvin.

– Vous vous rappelez que la BBC vient vous interviewer. Vers sept heures, ils ont dit.

– Oui, répondit Heidi.

– Je suis présentable ? demanda Micky. Ou faut que j'enfile ma chemise neuve ?

– Tu es très bien comme ça, dit sa compagne. Ça fait mauvais effet de se changer toutes les cinq minutes. Je suis certaine qu'ils montreront des images de la conférence de presse.

– Franchement, je ne pense pas que ça ait beaucoup d'importance, glissa l'agent de liaison.

– Monsieur Calvin ? fit Heidi.

– Oui, Heidi.

– J'aime bien votre cartable.

– Merci.

– C'est pas courant, c'est quoi, comme cuir ?

– De l'autruche, je crois.

– J'en avais jamais vu. Ça fait penser à un truc imprimé, plutôt.

– Non, non, c'est comme ça, le cuir d'autruche. Vous voulez parler des petits trous, des petits cratères ? C'est là qu'il y avait les plumes.

– Ouais. Où est-ce que vous l'avez acheté ?

– À Milan, je crois. J'ai pris les gants aussi, qui vont avec. Ah, chérie, ils sont trop beaux. À mourir, vraiment.

– Heidi... commença la policière, encore peu au fait des imitations de Calvin.

– Z'étiez en vacances ? demanda Micky.

– Non, c'était pour affaires. Je n'aurais pas dû, mais j'ai craqué. Ça coûtait vraiment cher. Je les adore.

– Vous êtes dans les affaires ? J'savais pas, dit Micky. Je croyais que vous...

– Tu croyais quoi, Micky ? fit Heidi, maussade.

– Je croyais que...

D'un geste, il désigna l'intérieur du véhicule, l'étroit contingent du désastre et de la nécessité.

– ... c'était ça, son job.

– Heidi, reprit l'agent de liaison. Je voudrais vous rapporter, à vous et à Micky, ce que nous avons fait aujourd'hui pour retrouver China. Et ce que nous ferons demain.

Toujours revêche, la coiffeuse s'avachit contre son compagnon.

– J'ai appris que vous êtes allés voir le beau-père de Hannah.

– Marcus, dit la policière. En effet, c'est exact. Ça fait partie de l'enquête.

– Les frères de Micky, aussi, disent que vous vouliez savoir ce qu'ils fichaient.

– Dominic et – la policière consulta ses notes – Vlad, c'est ça ?

– Vlad n'est pas son frère, dit Heidi.

– Eh non, fit Micky.

– C'est le petit ami de sa sœur, Avril. Il est polonais.

– Ukrainien, nous a-t-il dit. Vous comprenez que nous devons connaître l'emploi du temps de toutes personnes liées de près ou de loin à China, même si c'est pour les écarter. Vous pouvez certainement le leur expliquer si elles pensent qu'on les dérange pour rien. J'admets que, si elles fournissent vraiment des efforts pour retrouver China, elles puissent être vexées qu'on les considère suspectes.

– Je me fous de ces gens, jeta Heidi. Mais laissez Marcus là où il est. C'est un salaud. Je ne veux pas le voir rappliquer sous prétexte qu'il se ferait du souci pour elle. Il y a des années qu'il ne donne plus de nouvelles. Ni à moi ni à Ruth, d'ailleurs. Je ne sais pas ce qu'il devient et je ne veux pas qu'il mette son nez là-dedans.

– Heidi, il faut bien que nous envisagions toutes les possibilités, objecta l'agent de liaison.

Heidi parut sur le point de la contredire, mais, boudeuse, se tourna vers la vitre et regarda les champs défiler au-dehors.

– Et nous avons poursuivi les visites à domicile, indiqua la policière.

– Cela vous a-t-il permis de récolter des indices ? demanda M. Calvin.

– Non, cela nous a permis de rencontrer une grande partie des habitants, de couvrir une large proportion du voisinage immé...

– Cela n'est franchement pas très...

– Nous avons passé en revue les délinquants sexuels du comté, poursuivit l'agent, impassible.

On ne lui coupait pas la parole aussi facilement que ça.

– Les délinquants sexuels, répéta Calvin.

– Connus de nos services, oui.

– Dans la région, dit Heidi. Alors, qui c'est ?

– Vous savez que nous ne devons pas communiquer ces listes. Même pas à vous. Je ne suis pas sûre que nous disposions d'une piste grâce à elles, mais nous suivons encore trois ou quatre spécimens qui ont évoqué un emploi du temps un peu vague en ce qui concerne cet après-midi-là. Peut-être ont-ils de bonnes raisons pour cela, ou alors étaient-ils tranquillement tout seuls. Comme je disais, nous continuons à frapper aux portes, et cela durera encore deux ou trois jours. Nous avons commencé à quadriller différents secteurs, et cela n'est pas fini. Mais aussi – la policière accéléra le débit –, nous souhaitons vous interroger à nouveau, vous deux, Ruth et les enfants, au cours des prochaines journées. N'ayez pas peur, il arrive souvent qu'en retraçant les événements une deuxième ou une troisième fois, on se rappelle soudain certains détails qui se révèlent très utiles pour l'enquête.

– Je vous ai dit tout ce qu'il y avait à dire, marmonna Heidi, les mains serrées sur ses bras. Et plus d'une fois.

– Une perte de temps de recommencer, renchérit Micky. Feriez mieux d'aller boucler ces délinquants, là. Je veux savoir qui c'est. Je vais aller les voir, moi, et leur faire cracher le morceau. On nous avait caché l'existence de ces gens dans le lotissement. C'est l'un d'eux qui a enlevé China.

– Oui, enfin, Micky... fit le conducteur, sans se retourner.

– N'y croyez pas trop, intervint Calvin. De nos jours, la police sait tout sur tout le monde. Avec les informations dont elle dispose, elle devrait arriver à retrouver China. Tout est enregistré sur des fichiers informatiques : qui a été condamné pour possession de photos cochonnes avec des enfants, qui a changé de patronyme, qui ne paie pas sa redevance télé, et le type de produits qu'on achète au supermarché. Ça sert à quoi, selon vous, les cartes de fidélité ? À nous surveiller, et la police se sert de ces données. Elle a des fichiers avec l'ADN des criminels, et celui des suspects placés en garde à vue. Si on m'écoutait, tous les ADN du Royaume-Uni seraient répertoriés. Alors on retrouverait le moindre criminel à partir d'un cheveu laissé sur les lieux. On peut vraiment compter sur la police, de nos jours, Heidi.

– Ah, la police, dit-elle. Qu'a-t-elle fait pour nous ?

– Je suis aussi impatient que vous, répondit Calvin, mais parfois il faut laisser faire les professionnels. Et nous voilà rendus.

La voiture ralentit en s'engageant dans la rue de Heidi. Une cohorte de photographes, d'équipes de télévision, de badauds, de petits garçons curieux à vélo, se massait devant chez elle comme pour une visite officielle de la famille royale. Tous attendaient tranquillement, et laissèrent passer le véhicule. La policière et M. Calvin, avec sa belle mallette marron, descendirent d'abord, puis protégèrent Heidi et Micky jusqu'à la porte d'entrée. On distinguait, par la fenêtre, le personnel de la BBC en train d'installer une caméra. Depuis l'intérieur, l'éclat vif d'un projecteur illumina un instant la rue. Les deux policières – l'une devant la maison, l'autre près de la voiture – échangèrent un signe de tête. La porte se referma sur les arrivants. Très vedette américaine, Heidi alla se préparer pour son gros plan.

– La journée est finie pour moi, dit l'agent de liaison en se rasseyant à côté du conducteur. Il faut repasser tout de suite au commissariat ? J'aimerais faire un tour chez Marks and Sparks avant qu'ils ferment.

– Très chic.

– Je peux quand même me payer leur poisson au four, une fois de temps en temps.

– Je vous raccompagne, offrit doucement le chauffeur. J'ai mieux à faire que rester ici.

Puis il reprit les mots de Heidi :

– « J'aime bien votre cartable. »

– On ne sait jamais ce que les gens vont dire, dans ces situations, releva la policière sur un ton de reproche.

– On sait ce qu'ils ne vont *pas* dire. Ou ne devraient pas. Beau cartable. Elle croyait peut-être qu'il allait le lui donner.

– Pauvre fille. C'est vrai qu'il est bien, ce cartable.

– Pas mécontent de changer d'air, admit le conducteur. Je ne les aurais pas supportés plus longtemps, ces deux-là. Et l'autre zouave, pourquoi est-ce qu'il faut le trimballer partout ?

– John Calvin. On n'est pas obligés de les aimer.

– Encore heureux, dit le chauffeur, ralentissant à l'approche du rond-point de Ruskin. Si j'étais Micky...

– Je sais ce que vous allez dire.

– Si j'étais Micky, poursuivit-il néanmoins, je ne parlerais pas trop des listes de délinquants sexuels.

– Vous croyez qu'elle est au courant ?

– En ce qui le concerne ? Je ne pense pas. Lui-même n'a pas l'air tellement clair là-dessus.

– C'était quoi, déjà ?

– Outrage à la pudeur. Deux fillettes de douze ans. Pas terrible. Il y a quatre ans. Et ce n'était pas la première fois.

– Non, on n'est pas obligés de les aimer, répéta l'agent de liaison.

– Heureusement, dit le conducteur en entrant dans le parking du commissariat.

20

S'excusant aussitôt arrivé, Kenyon promit de revenir saluer tout le monde lorsqu'il serait plus présentable ; lui facilitant la tâche, Billa et Kitty rappelèrent que le train de Londres était toujours bondé, et le voyage fatigant.

– Absolument incroyable, ce que... commença-t-il mais, se ravisant, il se dirigea vers l'escalier.

On savait qu'il était susceptible de redescendre comme de ne pas le faire. Les rares fois qu'il se trouvait là lors d'une réunion du comité de lecture, il se contentait de dire bonjour, puis restait à l'étage toute la soirée, exactement comme aujourd'hui. Caroline sonna peu après. Ils avaient marché ensemble depuis la gare, dit-elle, mais s'était arrêtée chez elle déposer ses courses de Barnstaple ; elle était fatiguée, et qui étaient tous ces gens lamentables dans Fore Street ?

La prochaine fut Sukie, la collègue américaine de Miranda. La fac renouvelait chaque année un protocole d'échange. Un petit institut du Kansas avait jadis envoyé à ses frais un professeur de littérature étudier la correspondance de Bryher, conservée au sous-sol de la vieille bibliothèque de l'université de Barnstaple.

Personne n'ayant jusque-là épluché les lettres de la poétesse lesbienne, l'Américain avait proposé de le faire, non parce qu'il s'intéressait particulièrement à elle, mais parce que les archives en question se trouvaient très, très loin du Kansas et qu'un généreux protecteur ne demandait qu'à financer le tout.

En pratique, les archives se révélèrent trop limitées pour justifier la création du programme d'études qu'avait envisagé l'institut du Kansas, et le professeur s'ennuyait. Le petit groupe des profs de Barnstaple prit l'habitude de l'inviter à déjeuner, à dîner, et, de suggestion en suggestion, on finit par lui attribuer des cours. (En 1973, les choses se passaient encore simplement, sans procédure officielle.) Au bout de quelques mois, l'Américain et le spécialiste local de Chaucer – mais cela aurait pu être n'importe qui – commencèrent à sortir ensemble. Une chose en amenant une autre, le professeur étranger retourna dans le Kansas avec la triste nouvelle que les archives Bryher étaient plus vastes et sans doute plus précieuses qu'on ne l'aurait imaginé. Il évoqua de longs rayonnages gris s'enfonçant dans les profondeurs d'un sous-sol poussiéreux, éclairé par d'hésitants néons. Un sacré coup de chance pour une petite fac comme celle de Quincunx ! Le corps enseignant se félicita des liens établis avec un établissement aussi ancien et distingué que l'université de Barnstaple. Les Quincunctiens, pour l'ensemble instruits et curieux, étaient ravis : entretenir des relations avec un endroit proche de celui où était né l'homme qui avait interrompu Coleridge en train de composer *Kubla Khan*, ça n'était pas si mal. Bryher, cette illustre inconnue, faisait office de cerise sur le gâteau.

Aussi lointain et secret fût-il, l'institut ne manquait pas de ressources financières. En l'espace de deux ans, un authentique programme d'échange était lancé. Les Anglais se réjouissaient d'être débarrassés pendant un an des plus jeunes professeurs américanophiles. Les Américains se réjouissaient de venir dévorer – disaient-ils – les théâtres et les endroits touristiques. Par là, ils ne se référaient pas aux Hanmouth Players, ni à la troupe de la fac et à ses laborieuses mises en scène de *Week-End*[1] ou d'*Œdipe roi.* Ni, bien sûr, à la statue du Menu-Crottant, ou à l'église paroissiale romane de Hanmouth, avec ses douze tableaux néoclassiques, représentant des nymphes en haut-relief pleurant entre les joncs, etc., tous commémoratifs des propriétaires d'esclaves de la Régence anglaise. Non, ils parlaient de Shaftesbury Avenue[2], de l'actrice de *Friends* qui jouait dans *John Gabriel Borkman*, et de l'installation de la Tate Modern, aussi lugubre qu'inévitable, consacrée aux victimes de l'Holocauste – qu'ils auraient pu d'ailleurs admirer au Kansas.

Pour les résidents d'outre-Atlantique, le Devon était en quelque sorte un faubourg de Londres. Depuis Quincunx, il fallait rouler trois bonnes heures avant de prétendre à la moindre pièce de théâtre, ou à un de ces rebuts de Corot qui semblent émailler le continent nord-américain ; compter trois heures *d'avion* pour apercevoir une soprano en train d'esquisser une demi-croche en allemand sur une scène d'opéra. Alors qu'au bout de deux heures de train, vous aviez Simon Russell Beale dans *La Cerisaie* : un raccourci vers la haute qualité.

1. Noël Coward.
2. Une rue des théâtres à Londres.

L'émouvant adultère fondateur n'était qu'un lointain souvenir. Le spécialiste de Chaucer n'avait plus rien d'un Oliver Twist à la belle tignasse noire encadrant une alléchante peau mate. C'était aujourd'hui une antiquité aux yeux cernés, combinant malencontreusement une calvitie affirmée et une queue-de-cheval poivre et sel. Le chaucérien se regardait un peu trop souvent dans la glace en rappelant à son image qu'il avait bien eu cette « alléchante peau mate ». L'ouvrage sur *Le Parlement volatil* et les retrouvailles souhaitées de longue date avec l'esthète du Kansas à la belle bite devraient attendre la retraite, dans trois ans. Mais depuis le temps, les résidents quincunctiens avaient leurs quartiers en ville. L'agence de location réservait aux familles américaines un pavillon de brique rouge avec trois chambres à coucher, qu'elles appréciaient en général. Depuis son arrivée à Hanmouth, Miranda réservait elle aussi une place dans son groupe de lecture pour un Américain. Sukie, qui avait publié vingt-trois articles académiques et un livre entier sur Sylvia Plath, était une ancienne alcoolique. Elle avait refusé un verre de vin dès la première réception où on l'avait invitée, demandant aussitôt le numéro des AA de Barnstaple, expliquant qu'il lui était nécessaire de garder le contact, avant d'avaler gaiement une belle gorgée d'eau pétillante.

– J'espère ne pas déranger, dit-elle en passant la porte, faisant référence à la forme, ou l'informe, qui l'accompagnait : son fils aîné.

– Bien sûr que non, répondit Miranda, laquelle pensait cependant que ce garçon – hm, Michael ? – était sûrement capable de se débrouiller sans sa mère.

Quinze ans, un mètre quatre-vingt-douze, pubescent et malodorant. Quel était le problème ? Était-il pyromane ? Ne fallait-il pas le laisser seul dans une maison pourvue d'une boîte d'allumettes et d'un plein bureau de notes sur Rossetti (était-ce bien Rossetti ?) ?

– Veut-il s'asseoir avec nous ? Non, évidemment, tu n'y tiens pas, Michael. Je vais en haut chercher Hettie.

Quelque chose dans l'attitude du jeune garçon suggérait qu'il la connaissait déjà. Voûté, il semblait marcher à reculons. Sukie gagna le salon pour saluer l'assemblée.

– Je vous présente mon fils. Viens, entre, Michael.

À l'étage, retentirent pour toute réponse des protestations insistantes. Les regards se hissèrent un instant vers l'endroit où le plancher craquait. Avant que lesdits bruits se transforment en paroles véhémentes, sûrement embarrassantes, tout le monde se mit à parler en même temps.

– Que pensez-vous de...

– Allez-vous à la même école...

– Miranda aimerait sûrement que vous...

– Mon Dieu, n'est-ce pas...

Dans l'embrasure de la porte, Michael, semblait-il, n'osait pas aller plus loin. Le cadre lui arrivait aux tempes. Sa bouche entrouverte laissait voir son impeccable dentition US.

– Et pourquoi faut-il que... ? cria la voix en haut, les derniers mots remplacés par un gémissement.

Il y eut une brève réplique de Miranda, dont on ne comprit pas le sens exact. Toutefois le ton, autoritaire, coupa court à la discussion.

– Voilà Hettie ! fit-elle, en haut des marches.

Sa fille, derrière elle, iodlait une série de grincements. Pour une gamine de treize ans, Hettie était assez costaud.

Son visage s'articulait autour d'un nez récemment surdéveloppé, et ses cheveux emmêlés lui tombaient sur la figure. Elle descendit l'escalier en tenant son coude droit dans sa main gauche, sa grosse poitrine ramassée par-dessus. De l'autre main, elle tirait sur ses mèches. L'après-midi avait donné lieu à diverses expérimentations avec fard rouge et ombre à paupières.

– Bonjour, Hettie, lui dit Sam.

La jeune fille passait assez de temps dans sa boutique à lui extorquer des lamelles de fromage pour qu'il la salue. Les autres imitèrent Sam de bon cœur ou sans entrain. Elle marmonna vaguement quelque chose.

– Tu connais Michael ? continua Sam.

– Eh bien, si vous montiez ? offrit Miranda. Tu lui montreras tes trucs. Vous pouvez allumer la télé dans la chambre, si vous voulez.

Ni Michael ni Hettie ne semblèrent accueillir favorablement cette proposition. On retint son souffle. C'était comme si un général des armées, par pur esprit de bravade, venait de jeter un ordre à une bande d'indigènes turbulents, potentiellement violents. Mais cette fois, les indigènes parurent obéir. Regardant à peine le garçon, Hettie se retourna. Il la suivit.

– À se demander pourquoi... m'a fait descendre, marmonna-t-elle.

– Dieu soit loué, se félicita Miranda, presque avant que la porte à l'étage se referme avec une résolution peut-être excessive. J'avais pensé que nous aurions eu la paix pendant un an encore, avant le début de ces histoires. Je maudis la puberté.

– Ça commence tellement plus tôt qu'à notre époque, observa Kitty.

– Pas avant mes quinze ans, approuva Billa. Vous ne deviez pas être beaucoup plus jeune. On n'aurait pas cru que ça devienne si précoce. Mais de nos jours...

– On parle de filles qui ont juste neuf ou dix ans, dit Kitty.

– Je n'en reviens pas, admit Billa. J'aimerais savoir ce qu'en pensent les parents, mais je n'ai pas l'impression qu'on puisse faire grand-chose.

– Je trouve ça très charmant de voir une fille se transformer comme ça en jeune femme, déclara Sukie, en fait atterrée, qui accepta un peu d'eau gazeuse avec une rondelle de citron vert. Ces petits ennuis qui prennent de l'importance... bon Dieu, on a toutes vécu ça, ce qui ne nous a pas empêchées d'en rire par la suite. Je me rappelle que ma mère...

– Je sais que c'est affreux, comme idée, mais ça serait tellement bien de pouvoir les envoyer quelque part pour leur treizième anniversaire. On les récupérerait le jour de leurs vingt ans et ils nous raconteraient leurs belles aventures, jeta Miranda. D'accord, on peut faire plus maternel, dans le genre.

– Je me rappelle que ma mère... tenta Sukie.

– Ça existe, les pensions, souffla Sam.

– Oh, impossible, fit Miranda. On ne pourrait jamais l'expédier dans une pension, Hettie.

– Nous aurions tous un mot à dire sur les pensions, se rappela Sam qui se leva pour se servir un autre verre. Une petite resucée, Billa ?

Il n'avait pas compris ce qu'impliquait Miranda.

– Il a mangé, Michael, ou est-ce que je leur monte des sandwiches ?

– Il a mangé, mais il acceptera sûrement avec plaisir, répondit Sukie. Quand j'avais son âge... Évidemment, je buvais, à cette époque-là. Je me souviens que ma mère...

– Bien, je m'en occupe.

Miranda s'en alla à la cuisine, laissant Sukie évoquer ses soirées juvéniles avec la bouteille de vodka.

La maison avait été agrandie de chaque côté ou presque par le précédent propriétaire. Derrière la façade, trois pièces avaient été réunies pour former un grand salon ; la salle à manger, à droite dans l'entrée, était rarement utilisée. Meublée de verre et d'acier (dans une coque de verre et d'acier), la cuisine au fond faisait une remarquable adjonction, éclairée la nuit tel un bord de mer illuminé. Ni Miranda, ni Kenyon, ni encore moins Hettie n'aimaient spécialement se prélasser dans un jardin, et aucun des trois ne regrettait d'en avoir sacrifié la moitié pour leur merveilleuse cuisine. Deux ou trois fois l'été, Miranda se coiffait d'un chapeau à bords flottants spécialement conservé à cet effet. Elle prenait place dans l'un des quatre transats avec un gin tonic et un roman de Virginia Woolf, puis elle attendait qu'on sonne et qu'on puisse la découvrir dans cette situation. En matière d'extérieurs, elle préférait parcourir les rues de Hanmouth et admirer les oiseaux dans le ciel de l'estuaire. Impossible de rencontrer par hasard ses amis et relations en restant toute seule dans son jardin. Il y avait à l'étage trois chambres à coucher, ainsi qu'un bureau doté d'un futon ; tout en haut, les anciens occupants avaient converti les combles en un espace indéterminé. Si l'on mesurait quelques centimètres de plus que Kenyon, on pouvait y rester debout à condition de se placer sous la poutre centrale.

Après avoir monté les sandwiches et une grande bouteille d'une boisson gazeuse radioactive – «Je sais, j'ai renoncé à lui faire boire des trucs plus sains, et si je leur faisais une vraie orangeade, ils n'en voudraient pas» –, Miranda avait resservi tout le monde, rempli des assiettes ovales de toasts en forme d'étoile, tartinés de Marmite, de *bruschetta*, de légumes crus, de sauces, de beignets de poisson et de *Scotch eggs*[1] miniatures, achetés chez le traiteur. À contrecœur, ils avaient délaissé le sujet de la pauvre China – sur lequel ils étaient revenus sans presque le vouloir.

– Bien, dit Billa. *Les Quatre Sœurs Makioka.*

Comme elle n'accentuait pas les bonnes syllabes, Miranda prit soin d'insister sur le *o* de *Makioka* lorsqu'elle ouvrit la discussion.

Une demi-heure plus tard, Kenyon, lavé, brossé et affamé, descendit à la recherche d'un peu de nourriture pour son dîner solitaire à la table de la cuisine. S'arrêtant devant la porte entrouverte, il se demanda s'il n'allait pas entrer, leur parler des meurtres auxquels il croyait avoir assisté à la gare de Paddington, voire demander s'il pouvait allumer la télévision au cas où on en parlerait aux actualités. Il entendit son épouse déclarer: «Eh bien, quand nous sommes allés au Japon, Kenyon et moi, il y a deux ans...» Elle s'exprimait avec assurance. Elle avait trouvé son rythme de croisière. Alors il pensa aux nouvelles de neuf heures qu'il écouterait à la radio de la cuisine.

1. Œufs durs enrobés de viande, panés et frits.

21

Lorsque, deux ans plus tôt, ils étaient allés au Japon, Miranda et Kenyon s'étaient d'abord rendus à Kyoto. Non sans raison. Elle lui avait suggéré de visiter les coins historiques avant d'aborder quoi que ce soit de contemporain. « Procédons par ordre », avait-elle dit. Sans ouvrir un seul guide touristique, Miranda avait fait ses recherches dans des ouvrages d'histoire générale et d'histoire de l'art, des précis d'architecture et de jardinage, empruntés à la bibliothèque de la fac et traînés chez elle à peine les billets d'avions étaient-ils réservés. Elle avait également consulté l'Internet, prenant conseil auprès d'anciens voyageurs, leur demandant quels hôtels choisir, quels sites isolés visiter, dans quels restaurants manger, en tenant compte chaque fois de la nationalité et du probable niveau culturel de ses interlocuteurs. Cela terminé, elle avait chargé une de ses étudiantes de maîtrise de compiler toutes ces informations dans deux classeurs distincts, le rouge pour elle, le vert pour Kenyon et, après avoir laissé leur voiture dans le parking longue durée, elle lui avait tendu le sien dans la zone des départs de l'aéroport de Heathrow. Miranda ne s'abaissait pas à feuilleter les guides ; si parfois elle en emportait un, elle prenait soin de ne l'ouvrir que dans sa chambre d'hôtel, veillant à recopier les idées pertinentes dans un petit carnet relié de cuir – souple comme celui des chaussons de ballerine en répétition. Visiter un site historique avec un guide en main était tout simplement au-dessus de ses forces.

Ils avaient laissé leur fille en Angleterre. On aurait pu penser que leur voyage au Japon s'apparentait à une célébration, une lune de miel glorifiant le jour où Hettie, âgée de onze ans, pouvait enfin prendre des vacances sans ses parents. L'école avait organisé une sortie d'une semaine au parc naturel de Dartmoor. D'aimables collègues de Miranda, employés à la bibliothèque, avaient offert de la prendre la deuxième semaine. Ils avaient une fille du même âge, Mabel, qui serait avec elle les huit jours précédents. Hettie n'avait pas davantage protesté que d'habitude. Kenyon s'était demandé si les deux filles s'entendaient si bien que ça, leurs précédentes rencontres n'ayant apparemment pas suscité beaucoup d'enthousiasme. On les avait envoyées à l'étage ensemble, et elles étaient redescendues ensemble sans avoir noué aucune sorte de lien. Kenyon songeait toutefois aux vacances familiales des dix dernières années, caractérisées par des bouderies dans un coin ou un autre ; l'été précédent, Hettie avait dénié que le baroque sicilien fût aussi plaisant et spectaculaire que les avis autorisés le prétendaient. Deux ans plus tôt, après avoir courageusement accepté le projet, Miranda s'était répandue en sarcasmes sur les cinq jours programmés à Disneyland-Paris. Elle s'y était finalement plus amusée que Hettie. D'un bout à l'autre de Main Street USA, elle avait déroulé un long monologue sur l'impérialisme sémiotique et culturel. Cela devait donc être agréable. Hettie n'avait voulu y aller que pour imiter ses camarades de classe ; les animaux démesurés qui lui fourraient leurs gros doigts pelucheux dans la figure ne l'avaient pas ravie. Repensant à ces deux séjours malheureux, Kenyon avait conclu que les vacances en famille ne leur valaient rien de bon, qu'il fallait dignement fêter l'indépendance estivale de sa fille. Après quoi il s'était demandé où il aurait bien envie de mettre les pieds.

(Cet après-midi en Sicile : après la dispute, les deux femmes de Kenyon avaient pris des directions opposées, Hettie vers leur hôtel, Miranda en vadrouille avec son classeur personnel. Kenyon se trouvait sur les marches d'un bâtiment imposant, palais, cathédrale, musée ou autre. Au-dessus de lui, un à-pic jaune d'extravagance en cours d'effritement ; courbes, reliefs, bouquets fleuris en pierre, enfants ailés de grès prêts à l'envol ; devant lui, le sol marbré d'une place luisant au soleil de l'après-midi, comme entièrement recouverte d'un centimètre d'eau. Personne aux alentours. Il faisait plus de trente degrés, même beaucoup plus. Avec son short d'Anglais et ses sandales d'Anglais, Kenyon était assis en pleine lumière, entouré de trésors baroques et siciliens. Après avoir bu une longue rasade de la bouteille d'eau glacée qu'il venait d'acheter, il avait fermé les yeux dans la chaleur et le silence. Son cerveau avait mis de longues minutes avant de recommencer à fonctionner ; ses pensées revenaient vers la maison, l'argent, le travail, les budgets. C'est probablement vers ces longues minutes-là qu'il avait envie de retourner.)

– Je sais que tu t'es un peu ennuyé, hier, lui avait dit Miranda en sortant de leur hôtel de Kyoto, avec nattes de jonc, cloisons mobiles en papier, et des chaussons qu'on leur tendait sans cesse.

Trois matins de suite, ils avaient petit-déjeuné de miso, de maquereau frit et froid, accompagné d'une marinade de légumes émincés, de riz, et d'une espèce de tofu verdâtre, délayé dans de l'eau fraîche et salée.

– Non, je ne dirais pas ça.

– Bon, il y a plusieurs choses que j'aimerais voir, et j'aurai plus vite fait si tu acceptes qu'on se retrouve au *ryokan* à quatre heures.

Miranda avait travaillé sa question et Kenyon ne protesta pas. À ce stade de leurs vacances, il fallait généralement s'attendre à une manœuvre de ce type. À la vérité, il ne s'était pas du tout ennuyé la veille. Kenyon avait aimé cette étendue déserte de gravillons, à peine meublée d'un rocher ou deux, qui faisait office de jardin dans cette partie du monde. Il s'était plu à regarder la mousse qui couvrait une grosse pierre, et il appréciait les craquements des planchers dans les temples. Il en avait fait chanter un en se balançant sur ses pieds. Ça l'avait amusé, reposé, que les quatre temples de leur programme soient quasiment les mêmes, excepté leur taille et le nombre de visiteurs présents. Tout ça était fort agréable en soi, et il se passait bien des explications que Miranda lui offrait de temps à autre, concernant le zen, la contemplation, les représentations de la Grande Tortue nageant dans le néant, et autres choses du même genre.

Elle monta dans un taxi, lui fit au revoir avec un grand sourire. D'un geste vengeur, il rangea son classeur personnel dans son sac à dos et se mit à marcher, arrivant peu après dans une avenue commerçante, animée, sans intérêt historique, bordée de grandes enseignes et de boutiques d'électronique. Ils l'avaient déjà parcourue une dizaine de fois dans d'autres taxis, et le quartier n'avait pas suscité de commentaire. Kenyon s'arrêta au coin d'une rue, comme s'il attendait de pouvoir traverser. Quand le feu passa au rouge, il ne bougea pas, savourant l'étrangeté de ces klaxons et du mouvement en général. Il aimait regarder les gens bien habillés, et cette foule l'était uniformément. Les Japonais semblaient se vêtir selon leur âge et leur situation sociale, sans remettre en cause le bien-fondé d'une telle garde-robe.

Kenyon observa un moment les piétons au carrefour. Au bout de dix minutes, il entra dans un grand magasin, déambula à l'intérieur en étudiant des objets parfaitement ordinaires : casseroles, assiettes, cintres. S'il en apercevait qui n'existaient pas chez lui – éventails pour hommes, kimonos, étals de bonbons à la confiture de haricots, à la gelée, aux marrons – il passait tristement son chemin.

Il aborda un nouveau quartier où des arbres ombrageaient une rivière coulant le long de la rue. Des hommes en tenue de sport moulante attendaient les touristes à côté de leurs rickshaws. Ils ne portaient pas de chaussures, mais des chaussettes à semelle de caoutchouc, marquant une nette séparation entre le gros orteil et les autres, comme s'ils se servaient de leurs pieds pour attraper différents objets. Un peu plus loin, Kenyon gagna une rue flanquée de maisons aux façades en bois, dotées de deux minuscules étages. Pittoresque, et pourtant pas un seul touriste. Il y en avait eu partout la veille, photographiant tout ce qu'ils pouvaient.

Kenyon commença bientôt à avoir faim. Il avait essayé d'avaler son petit déjeuner, sans y parvenir vraiment. À midi, il irait donc déjeuner quelque part. Il ignorait à quel moment déjeunaient en général les Japonais, mais on accepterait certainement que lui, un visiteur anglais, souhaite se restaurer à cette heure-là. Ça existait, en Angleterre, des gens qui déjeunent à midi. À midi donc, il passa devant un restaurant. Derrière le portail en bambou, Kenyon aperçut un petit jardin de quatre mètres carrés, avec pont miniature, une mare pour les carpes, un système d'écoulement en bambou, et quelques mousses disposées çà et là. Pas de menu, pas de prix, et il se demanda s'il s'agissait vraiment d'un endroit où manger. On lui avait rapporté cette histoire invraisemblable, concernant des touristes à Hanmouth, qui, franchissant le portail d'une propriété, s'étaient assis à la table du jardin pour commander du thé avec des scones. Il se remit en marche.

Une série de vrais restaurants l'attendait un peu plus loin, chacun doté d'une vitrine avec trois étagères de plats moulés dans du plastique – brillants, toc, rien de très appétissant ; qui aurait envie d'avaler ça ? Kenyon avait pour principe que tout établissement exhibant ainsi la nourriture, qu'elle fût crue, cuite ou artificielle, avait une clientèle d'illettrés. Il ne tenait pas à manger avec des analphabètes. Kenyon reprit son chemin, se rendant compte quelques minutes plus tard qu'il était incapable de lire la carte. De fait, les plats en plastique lui étaient directement adressés.

D'autres suivirent : un sympathique bar à sushis, plein de bruyants convives qui semblaient tous se connaître ; un austère fast-food à l'américaine ; puis une devanture en bois, coulissante, d'une simplicité équivoque, certainement un menu de quinze plats et 20 000 yens à l'addition. Rien ne lui convenait ; impossible d'entrer tout seul dans aucun de ces endroits. La faim le taraudait. Il imagina Miranda en train de s'installer au même moment – après avoir visité les trois temples et les deux célèbres jardins inscrits sur sa liste – à une table recommandée, bon repas, prix raisonnable. Il voyait les serveuses en kimono présenter le menu, puis reculer avec une révérence ; sentait l'odeur acide, quoique plaisante, des nattes de jonc dans le restaurant impeccable où Miranda trônait seule, portant son bol de miso à sa bouche avec deux mains reconnaissantes. En sueur, Kenyon s'assit au bord de l'eau et ressortit le classeur de son sac. Il n'y avait pas un mot dedans sur les restaurants, et Miranda avait le guide avec elle.

– Alors, bonne journée ? lui demanda-t-elle quand ils se retrouvèrent à l'hôtel.

– Très bonne.

Il avait fini par entrer dans un grand magasin où il avait acheté une douzaine de pâtisseries à la patate douce et aux châtaignes ; tellement affamé que, sans se soucier du qu'en-dira-t-on dans ce pays au décorum ostentatoire, il en engouffrait déjà une dans l'escalator en remontant à la surface.

– Très bonne journée, vraiment. Intéressante, cette ville, hein ? Je me suis laissé guider par mon humeur, je suis même entré dans *un* temple, je serais incapable de te dire lequel. Il n'y avait aucun panneau en anglais, ni rien. Mais un genre de cérémonie à l'intérieur – avec un de ces tambours traditionnels, je crois. Je suis resté assis à rêvasser.

Miranda parut se satisfaire de ce blabla, inspiré de leurs incursions des journées précédentes. Elle lui parla ensuite de ce qu'elle avait vu.

– Je pensais qu'on pourrait aller voir une pièce de kabuki, ce soir, avait-elle proposé à la fin.

Kenyon avait accepté. Il était si heureux d'avoir Miranda dans ces circonstances, Miranda qui savait toujours quoi faire, où aller, où manger.

– On peut même dîner avant, si tu veux.

Il l'avait regardée du coin de l'œil. Avait-elle deviné ?

22

Avec une certaine facilité, la conversation parfois s'écartait du roman choisi. On attendait décemment dix ou quinze minutes pour aborder – telle la rivière affluant dans le fleuve – les problèmes courants, sans rapport avec ce que Sam appelait le menu du jour. Après deux heures consacrées aux injustices gouvernementales, aux vacances, au supermarché qui avait voulu s'installer dans la campagne là-bas, ou toute autre actualité, quelqu'un rappelait forcément :

– Mais on a à peine étudié le livre...

Ce qui était sûr, c'est qu'on parlait.

On avait rapidement épuisé le sujet de Heidi et de ce prétendu enlèvement. Tous y étaient allés fort joyeusement de leur petit discours, suivi d'un bref silence. À l'évidence, chacun avait déjà partagé son point de vue avec les autres membres du groupe, dans les mêmes termes exactement, et plutôt deux fois qu'une. Il n'y avait rien à ajouter, rien n'était intervenu entre-temps pour leur faire changer d'avis, redonner un peu d'optimisme, tout cela ne valait pas la peine d'être répété, c'était embarrassant.

Et donc la discussion sur *Les Quatre Sœurs Makioka* avait démarré lentement. Kitty et Caroline précisèrent toutes deux, avec assez d'insistance, qu'elles l'avaient lu. Mais on oubliait aisément, semblait-il, le nom des personnages, l'action, l'histoire.

– Si, si, je l'ai lu, répétait Kitty.

Alors Miranda soumit l'accessoire redouté, auquel elle ne recourait qu'en cas d'urgence avérée : un questionnaire à l'usage des groupes de lecture qu'elle avait déniché sur l'Internet, augmenté de ses propres épigrammes et observations, mûrement élaborées. Finalement – elle ne s'était jamais autant ennuyée au cours de ces soirées, et elle ne se priverait pas de le faire savoir aux autres membres d'ici un jour ou deux –, elle était allée dans le couloir déloger Kenyon de la cuisine, où il se débrouillait avec deux tranches de rosbif froid et un petit bol de pickles aux couleurs improbables. En tout cas, les invités n'auraient plus rien à bouffer.

– Chéri, dit-elle. Comment... comment s'appelait ce temple à Kyoto ?

– Il y en avait une sacrée tapée, répondit Kenyon, la regardant par-dessus la monture de ses lunettes.

– Tu sais duquel je veux parler. Il y avait un de leurs petits jardins carrés avec quinze pierres entre les mousses, mais on avait beau regarder depuis n'importe quel angle, on pouvait seulement en compter quatorze. Tu sais bien duquel il s'agit.

– Oui, dit Kenyon. Je crois me souvenir. Enfin, il me semble.

Le groupe était alors en émoi. (D'un bout à l'autre de Hanmouth, on attendait avec impatience chaque nouvelle scène entre Miranda et son mari.)

– Pourquoi tu me demandes ça ?

– Comment il s'appelait ?

– Kenzo-ji. Non, ça doit pas être ça. Kenzo, c'est le parfumeur. Senso-ji, alors.

– Non, c'est à Tokyo, celui-là.

– Bon, enfin, un truc dans le genre. Mais pourquoi tu me demandes ?

– Kitty pensait... commença Billa, et, cinq minutes plus tard, tout le monde parlait en même temps.

Il était d'ailleurs étonnant de constater que Kenyon, apparemment peu doué pour la conversation, un art dans lequel brillait sa compagne, renversait admirablement la tendance. Soudain les déclarations fracassantes de Miranda ne produisaient plus d'effet, plates comme la garniture noire qui sert d'écrin aux diamants. Alors que son mari, pourtant le contraire d'un bateleur, agissait sur le groupe telle la levure sur la pâte à pain.

Comme pour enfoncer le clou, Kenyon leur raconta l'histoire de sir Oliver Franks et de sa boîte de fruits confits, révélée à l'époque par le *Washington Post*[1].

– Oui, c'est drôle, dit l'Américaine. J'aurais adoré lire cet exemplaire du *Post.* Ça devait être du temps de Katharine Graham.

À quoi les autres n'avaient rien à répondre. D'un air de regret, Billa retourna son verre au-dessus de son nez, presque à la verticale. Un mince reste rosâtre de Campari et de soda glissa le long de la paroi. Par sympathie, Kitty se lécha un doigt qu'elle passa sur le faux plat Palissy serpents-et-fruits dont se servait Miranda pour

1. En 1948, une station de radio contactait plusieurs ambassadeurs à Washington, leur demandant ce qu'ils désiraient pour Noël. Réponse du Français : « La paix dans le monde. » Réponse du Soviétique : « La liberté pour tous les peuples asservis par l'impérialisme. » Du Britannique : « Comme c'est gentil de demander ! J'aimerais beaucoup une boîte de fruits confits. »

présenter ses canapés. Kitty ramassa toutes les miettes, gratta autour d'une tête de crapaud en faïence, se lécha le doigt une deuxième fois. Billa posa son verre sur la moquette, qui produisit un infime bruit mat.

– Mince ! Une chance qu'il soit vide, dit-elle.

– Bien, il faudrait que j'y aille, annonça l'Américaine.

Comme répondant aux ordres, son fils apparut, rougissant, sur le pas de la porte, précédé de Miranda et sa fille. Quelque chose s'était passé en haut : si elle avait les cils plus noirs suite à quelque expérimentation avec le mascara, Hettie rayonnait sans rien d'artificiel. Souriant jusqu'aux oreilles, elle mâchonnait ses cheveux qu'elle tenait dans une main, les yeux rivés sur le garçon.

– J'espère que vous vous êtes bien amusés, dit Sukie inutilement.

Synchrone, le garçon déclara :

– Merci de m'avoir reçu, madame Kenyon.

Silencieuse, Hettie se contenta de hocher la tête, incapable, semblait-il, de détacher son regard du jeune homme. Était-elle déjà tombée amoureuse, et aussi vite ? Personne n'en savait rien, personne ne souhaitait être le témoin de leur passion. Les deux adolescents étaient montés à l'étage gris et ternes, ils en revenaient polis et brillants comme le verre.

– Je te raccompagne, dit Hettie en retirant ses mèches de sa bouche.

– Ne dis pas de bêtise, objecta l'Américaine. Je suis là pour le raccompagner, et réciproquement. L'un ou l'autre suffira.

– Chère petite Hettie, fit Kenyon sans aménité. Comme tu sais être gentille, quand tu veux.

23

Les rues de Hanmouth se déployaient de façon imprévisible autour des quatre dignes avenues. En matière d'architecture, on trouvait littéralement de tout dans les allées et venelles, inégales et sinueuses, qui reliaient les grandes artères. De petits hospices autour d'un mouchoir de poche de verdure, des maisons géorgiennes trapues, avec un chat à la fenêtre ; des villas début XXe, très Stanley Spencer, où l'on croyait deviner, au centre d'un bow-window, le spectre d'un aspidistra. Quelques maisons mitoyennes art déco, reproduisant les courbes superbes d'un paquebot, avec toit plat et fenêtres métalliques ; l'architecte ayant prévu du soleil, elles étaient sombres, striées, perméables à la pluie. Les concepteurs avaient construit nombre de bâtisses sans trop penser à leur intégration dans le paysage. Depuis quelques années seulement, les habitants qui souhaitaient ajouter un auvent sur leur toit, ou créer un jardin d'hiver, étaient censés faire en sorte que leurs modifications correspondent aux styles préexistants.

À mi-chemin de Powell Lane se dressait une maison des années 1890, transformée dans les années 1930 et agrandie après la guerre. Jadis propriété d'un commerçant prospère, elle fut ensuite louée à deux artistes lesbiennes – l'une était potière, l'autre auteur de romans et récits de voyage. Échouant près de St Ives dans les années 1950, elles n'étaient pas allées plus loin que Hanmouth. La romancière avait joui d'un succès inattendu trop tard dans sa carrière pour penser s'installer dans quelque endroit plus glamour. De fait, sa chronique d'un périple en train depuis Londres vers la Syrie avait atterri sous quantité d'arbres de Noël à Hanmouth, les ventes se poursuivant bien au-delà de 1973 ; les gains avaient été investis dans un grand atelier avec verrière, au fond du jardin, doté d'un nouveau four électrique pour Bettie.

La verrière était envahie par le lierre et les glycines ; on ne l'avait pas nettoyée depuis que Sylvie avait acheté la maison aux deux femmes, lorsqu'elles étaient parties prendre leur retraite à Alep. Cela faisait au moins dix ans. La lumière était filtrée par une couche de feuilles brunes, détachées du pommier les deux derniers automnes. Sylvie les ramassait sur la pelouse, sur les parterres de fleurs, s'imposait un minimum de propreté pour éviter au moins les commentaires des voisins. Mais dresser une échelle contre le mur et s'attaquer au toit ne figurait pas au nombre de ses priorités. D'ailleurs elle aimait bien cette lumière beige.

Elle était pour l'instant assise devant une tasse de thé, le poste allumé sur Radio 4. Sylvie avait à l'atelier une antique bouilloire qu'elle remplissait à l'évier, et deux tasses – non pour les invités, qui n'étaient pas conviés ici, mais afin d'utiliser la première pendant que l'autre séchait dans l'égouttoir. L'une affichait l'inscription La Meilleure Tante du Monde, la seconde était un trésor d'avant-guerre, rose et bleu, que Lydd avait déniché dans une brocante pour lui offrir. À la radio, l'émission *Woman's Hour* présentait un reportage sur des cours de cuisine dispensés dans un quartier déshérité et violent d'une ville américaine. Devant un cliquetis d'ustensiles en fond sonore, la voix prenait des accents inquiets. Sylvie n'écoutait pas vraiment. Sa tasse entre ses mains, elle contemplait sa vieille et immense table de cuisine au milieu de la pièce – et les cinq classeurs pleins à ras bord de petites coupures, format timbre-poste, toutes sur le même sujet, qu'elle avait rassemblées par vagues successives, les détachant grossièrement d'une quinzaine de magazines achetés à cent ou deux cents kilomètres à la ronde. Partout elle avait stupéfié tout le monde par ses choix, et il lui serait strictement impossible de retourner dans ces endroits-là. Les coupures étaient classées selon des principes bien définis. Il était temps de se consacrer à l'Œuvre : le galeriste allait téléphoner dans la journée pour prendre des nouvelles.

On poussa la porte de l'atelier, qui résista, et l'on poussa encore.

– Je me demandais ce que tu aimerais manger au déjeuner, jeta Tony, quarante-quatre ans, barbe et cheveux blancs, portant les jean et chemise à carreaux de sa jeunesse.

– N'importe quoi. Du pain, du fromage.

– Ici au Betty Shabazz Community Center, commentait la journaliste à la radio, Honore et LaWonda sont en train de terminer leur *tarte aux framboises*[1]. Elles suivent le cours de pâtisserie depuis...

1. En français dans le texte.

– On peut peut-être trouver mieux, répondit Tony. Je voulais aller au marché paysan, ce matin.

– Ne te mets pas en quatre, fit Sylvie.

Tony, qui enseignait comme elle au nouveau collège de Barnstaple – l'allemand, non pas les arts – habitait chez elle depuis que sa femme l'avait fichu à la porte, deux mois auparavant. Sylvie, qui l'aimait bien, lui avait offert une des deux chambres d'amis « aussi longtemps que tu en auras besoin ». La séparation provisoire, comme Tony l'avait présentée, paraissait prendre une tournure définitive. Si elle ne connaissait pas Christa, son épouse, Sylvie en avait beaucoup entendu parler au cours des deux derniers mois. Ils s'étaient rencontrés à Leipzig peu après la réunion des deux Allemagne – « Tout juste si on ne dansait pas sur le mur. » Cela avait été le coup de foudre, et ils s'étaient mariés dans la foulée. Tony se demandait aujourd'hui si son charme personnel ne tenait pas surtout à la possibilité d'un job loin de Leipzig et des années de reconstruction à prévoir. Il ne comprenait plus ce qu'une fille de l'âge de Christa fichait avec un vieux casse-pieds, de huit ans son aîné. À ce point de son discours, il s'arrêtait toujours pour que Sylvie lui fasse remarquer qu'à l'époque il avait... quoi ? Moins de trente ans, en tout cas. Il semblait que leur relation était justement basée sur la différence d'âge ; peut-être que si, au départ, la gamine avait eu dix-sept ans, elle en donnait toujours l'impression.

Mais cela, Sylvie ne le disait pas. Elle se demandait combien de temps Tony resterait chez elle. Non qu'il la gênât – il était calme, ordonné, ne posait aucun problème. Elle était sûre que, bientôt, il cesserait d'aider ici et là, de savoir ce qui lui ferait plaisir au déjeuner, d'acheter des accessoires pour la cuisine – il s'apercevait toujours de ce qui manquait –, et de ranger un fouet dans le tiroir de gauche pour la prochaine omelette. En revanche, elle voulait qu'il ne vienne plus dans l'atelier.

– Je suis passé devant le foyer municipal, hier soir, dit-il.

– Ah oui, il y avait une réunion ?

– Tu la connais, cette petite fille ? Celle qui a été kidnappée.

– On ne peut pas dire, non. C'est à propos de ça, c'est tout ? Les gens ont l'air tellement inquiets.

– Il y a quelque chose d'ironique, là-dedans, dit Tony. Je suis revenu ici en pensant trouver le calme, échapper à tout ça, et ça me colle aux semelles.

– Je crois que ça ne te colle nulle part, Tony. Je ne vois pas en quoi ça te concerne.

Ce qu'elle regretta d'avoir dit en remarquant son expression. Il était tellement gentil, après tout. Mais elle ne pouvait s'empêcher de parler brutalement, tout simplement parce qu'il habitait chez elle. Cela faisait partie des attributions.

Tony se pencha pour ramasser un petit bout de papier.

– Tu as fait tomber un truc. Où est-ce que je le mets ?

– Oh, n'importe, répondit-elle en l'étudiant pendant qu'il posait soigneusement la chose sur la table, conscient, à l'évidence, qu'elle s'en servirait bientôt.

Mais impossible, pour lui comme pour un autre, de ne pas s'y attarder une seconde. À peine avait-il aperçu ce que représentait le minuscule carré de papier, Tony se détourna. Curieux de constater les réactions suscitées par une image aussi petite – le sujet que Sylvie avait choisi et pour lequel elle avait rassemblé cette iconographie. Tony venait de se révéler utile : le sujet en question était provocant, donc forcément intéressant.

– Je vais y aller, dit-il, raide, sans la regarder en face. Travaille bien.

– Toi aussi.

Elle vit la porte se refermer derrière lui. Comme tout à l'heure, elle raclait sur le sol, et il dut la tirer fermement depuis l'extérieur. Sylvie se leva, posa sa tasse sur la table, prit la coupure qu'il avait cueillie par terre. Elle l'étudia : c'était, hors de tout contexte, une photo d'un pénis en érection. Elle la replaça au bout d'un moment dans son classeur orange, parmi neuf cent quarante-six autres photos de la même chose. Il était temps d'arrêter cette collection et de se mettre réellement au travail. Le cliché seul n'avait en soi aucun sens pour Tony. Sylvie se demanda, sans y accorder beaucoup d'intérêt, à quoi le sien ressemblait dans le même état. Elle eut l'idée d'un titre. Quand, par centaines, ses photos seraient collées sur les facettes de la boule disco cachée sous la table, elle appellerait peut-être son œuvre *Érection*. Ça aurait de la gueule.

– Eh bien, en guise d'introduction, nous apprenons à ces jeunes l'art de la pâte brisée, poursuivait la radio. D'ici une semaine ou deux, ils seront prêts pour leur première tarte Tatin.

24

Une fois le portail refermé derrière lui, Tony resta un instant indécis. Il pouvait aller à droite, vers la voie ferrée, les prairies qui bordaient la ville et le marché paysan établi dans une structure moderne, comme il l'avait annoncé à Sylvie. Ou emprunter, sur sa gauche, la rue principale de Hanmouth. Où ses courses lui coûteraient moins cher et lui donneraient l'impression d'être un gars du coin – les riches de Barnstaple et des alentours rentraient souvent du marché paysan avec un coffre plein de fromages artisanaux et de légumes hors de prix. Il prit à gauche.

Sylvie était sympa de l'héberger. Elle enseignait depuis deux ans au collège. Quand le bruit avait couru que l'administration voulait recruter une artiste digne de ce nom, Tony n'y avait vu qu'un voile de fumée. Sans doute leur nouveau directeur, le dynamique Ahmed Khalil, voulait-il se donner des airs, pour la façade. Il avait fait circuler un article sur Sylvie, publié par une revue d'art contemporain, lequel décrivait son travail dans des termes qui ne signifiaient rien pour Tony. Il était convaincu qu'elle le laisserait indifférent. Puis elle était arrivée, petite, soignée, modeste et, au bout de quelques semaines, s'était révélée une bonne enseignante. Les élèves parlaient d'elle dans les couloirs, des devoirs qu'elle leur donnait. En outre, elle s'était établie à Hanmouth. Les profs, pour la plupart, avaient imaginé quelque figure typiquement métropolitaine – « une nana sortie d'un squat à Hoxton », avait dit Jean Stevenson, à la tête du département médias. La réalité jouait en faveur de Sylvie.

Qu'elle la dirige ou pas, tout le monde se rendait compte que sa section avait la cote. Les gamins affluaient en nombre toujours plus grand vers les arts graphiques. On ne pouvait pas en dire autant de Tony. Pendant ses propres études, l'allemand avait été une matière comme une autre ; pour lui comme pour tout le monde, et l'Allemagne un pays européen qu'on était susceptible de visiter. Peut-être même exerçait-elle une sorte de fascination, eu égard au Mur et à la guerre froide ; en 1987, Tony avait emmené un groupe de première à Berlin-Ouest, et ils avaient fait un tour de l'autre côté ; ces mêmes élèves, qui avaient aujourd'hui dépassé la trentaine, s'en souviendraient toujours. La chute du Mur, un événement considérable, avait eu de vives répercussions, mais de faible portée dans une petite salle de classe du monde libre. D'année en année, le nombre d'inscrits s'amenuisait. Oui, les langues étrangères perdaient de leur intérêt, et dans le cas de l'allemand, on n'atteignait même plus la dizaine. L'an dernier, Tony s'était aperçu que, à l'exception d'un seul, tous les élèves qui avaient pris l'allemand au bac étaient plus ou moins parents. Avant de soumettre une interro surprise sur l'accord de l'adjectif, il avait demandé aux autres les raisons pour lesquelles ils avaient choisi une matière différente.

La réponse, penaude, ne s'était pas fait attendre : l'allemand, c'est pas marrant, ça vaut pas la peine. À cause de l'accord adjectival, peut-être ? Oui, notamment. Quant à l'Allemagne – la musique, la nourriture, les gens, les équipes de foot –, les élèves avaient tout dénigré pendant une bonne heure. Humiliant. Tony ne comprenait pas. En outre, on était devenu moins exigeant, question résultats. L'accord adjectival n'avait jamais été spécialement marrant.

Il n'avait plus fait de sondages de cette sorte, cependant il pensait que ses jours étaient désormais comptés. On apprenait que, faute d'étudiants, les facs commençaient à fermer leurs départements d'allemand. Horrible, incroyable. Un jour du dernier trimestre, Ahmed Khalil avait voulu voir Tony. « Juste pour bavarder, avait-il dit. Rien d'officiel. Il faudrait penser à une stratégie à long terme. » Pas besoin d'un dessin. De fait, l'échange avait été décontracté. Quittant son bureau, Khalil avait prié Tony de s'installer sur un des fauteuils autour de la table basse, puis il s'était assis lui-même. Souriante, la secrétaire avait aussitôt apporté du café. Tony n'était donc pas viré. (Peut-on licencier un prof parce que sa matière n'amuse plus ?)

Voudriez-vous enseigner d'autres langues étrangères ? lui avait-on demandé. L'espagnol, par exemple. Non, il ne le parlait pas, mais il était disposé à s'y mettre rapidement, avait-il dit à M. Khalil. Ce qui, d'une certaine façon, pouvait être vrai.

La rue de Sylvie menait à une intersection en T, ainsi qu'au portillon blanc, en face, qu'il fallait ouvrir pour traverser la voie ferrée à pied. Tony regarda soigneusement à gauche et à droite avant de s'en approcher.

De l'autre côté de la voie, le chemin qui prolongeait la rue vers le marché paysan et les prairies marécageuses était noir et ombreux. Se serait-on trouvé à Barnstaple ou dans une ville plus grande, on aurait réfléchi à deux fois avant de s'y engager seul. Tony eut un court réflexe de méfiance en distinguant trois silhouettes, trente mètres plus loin, sous de longs rameaux de lierre. Ce n'était que des enfants, dont un assez petit. Lorsqu'il s'avança vers eux, la plus grande des filles émit un bruit indistinct en l'apercevant. Sans hésiter, les bras serrés, elle s'éloigna en courant, suivie par les deux autres. Il y avait une voiture au bout du chemin, dont le moteur tournait au ralenti. Le conducteur se pencha, ouvrit la portière passager, et la fillette monta. Le véhicule fit une courte marche arrière, puis fila rapidement le long du chemin, sans prendre les autres enfants. Quand Tony revint dans la rue principale, ils s'étaient envolés.

Comme tout le monde à Hanmouth et au-delà, il avait entendu parler de la petite fille disparue. Celle qui, de son propre chef, était remontée dans la voiture lui ressemblait assurément. Fallait-il que ça lui arrive à lui, Tony, de retrouver sa trace ? Il s'arrêta un instant pour rassembler ses esprits. Elle portait un pantalon blanc, pas très propre, et des tennis roses – non, pas des tennis, ces espèces de chaussures en caoutchouc, pleines de trous, qu'on disait confortables. Et un sweat-shirt gris à capuche. Tony essaya de se rappeler les vêtements des autres, mais il n'y avait pas vraiment prêté attention. Il se souvint cependant de leur allure. La grande était grassouillette, une adolescente, un peu gauche, empotée. Il repensa à la fuite vers la voiture ; cette fille-là, plus jeune, avait couru maladroitement, gênée. Ah, la voiture – gris métallisé. La belle affaire : elles l'étaient toutes, aujourd'hui. C'était en tout cas un petit modèle, une Fiat peut-être. Tony n'avait pas eu le temps de relever l'immatriculation. En revanche, il avait bien vu le conducteur. La trentaine, sans doute, métis, mince ; une moustache à la Zapata, à moins que cela ne fût une illusion d'optique ?

Tony rentra. Vingt minutes plus tard, deux agents de police, assis carnet en main dans la cuisine de Sylvie, notaient tous les détails, pendant que leurs collègues parcouraient les routes dans un rayon de cinquante kilomètres autour de Hanmouth, à la recherche d'une voiture métallisée, une Fiat peut-être.

25

– Écoutez, Heidi, dit l'agent. Ça doit finir par vous peser de garder les enfants tout le temps à la maison. Je vais les emmener faire une promenade en voiture.

– Hannah et Harvey vont très bien, rétorqua Ruth.

Les relations entre cette policière et la famille étaient imprégnées d'animosité tacite. Elle faisait régulièrement des suggestions semblables, et, depuis un ou deux jours, Heidi s'était mise à répondre à certaines allusions, un peu trop évidentes, par des remarques du style : « Je sais que vous me prenez pour une mauvaise mère, n'est-ce pas ? » Non, non, l'assurait-on.

On avait chaud dans le salon obscurci par la fumée. C'était devenu un endroit public où, en sus de la police, entraient et ressortaient à loisir assistantes sociales, psychologues, porte-parole, M. Calvin et d'autres encore. Des agents se relayaient à l'entrée – comme au 10, Downing Street, persiflait Ruth. On s'efforçait en général de repousser les journalistes, d'empêcher les photographes de coller leurs objectifs aux vitres. Cependant une douzaine de personnes n'avait pas besoin de sonner à la porte. Interdit aux visiteurs occasionnels, l'étage avait été fouillé trois fois de fond en comble. Par contre, le rez-de-chaussée ressemblait à une sorte de supérette, où l'on passait muni de ses dossiers, carnets, sacs de provisions, biscuits, théières remplies ou à remplir, papier-toilette, nourriture livrée ou rapportée. Les fenêtres restaient hermétiquement fermées, et l'atmosphère à l'intérieur était douceâtre, voire putride. Heidi avait les cheveux gras et ternes, les yeux hagards et cernés. Deux semaines plus tôt, elle formait encore avec Micky un couple improbable. Elle finissait maintenant par lui ressembler, portait même un de ses vieux T-shirts arborant la griffe d'un couturier italien. Ceux de la campagne Sauver China étaient posés sur le dossier d'un fauteuil en cuir, prêts à être enfilés avant la prochaine interview.

– Je sais qu'ils vont bien, répondit la policière. Ils ne s'en sortent pas si mal, après tout. Mais il serait bon pour eux de prendre un peu l'air, et ce n'est pas donné à tout le monde de se promener dans un véhicule de police. Ça ne vous plairait pas, les petits ?

Elle serra les mâchoires ; parler aux enfants n'était pas son fort.

Perchés chacun à un bout du canapé, Hannah et Harvey se regardèrent. D'un caractère placide, Hannah semblait tenir davantage de Micky que de sa mère – bien que la filiation fût impossible. Sous une tignasse châtain, bouclée, Harvey avait une petite tête de bouledogue et l'air d'un gosse prêt à commettre les pires horreurs. Depuis des jours, tous deux ne parlaient plus aux policiers. Quand la psychologue pour enfants était venue les interroger, leurs comptes rendus du fatal après-midi semblèrent soudain frappés d'amnésie. On n'avait rien pu en sortir. Parfois, lorsqu'ils étaient seuls à l'étage, de terribles éruptions de violence, entrecoupées d'éclats de voix, menaces, cris de douleur et projections d'objets divers, suggéraient aux nombreux visiteurs que le calme et la tolérance dont ils faisaient preuve en bas – tels un lion et un hippopotame côte à côte dans leurs enclos respectifs – cachaient en réalité quelque chose.

– Je ne sais pas, dit Hannah. Ça serait mieux de rester avec « m'man ».

– Maman ne s'en portera pas plus mal, répondit l'agent, rétablissant la voyelle tronquée.

Cette petite parlait comme les mille DVD, pas tous recommandables, qui lui servaient de garde d'enfant.

– Allons-y, on sortira par l'arrière.

Le petit Archie dormait tranquillement dans son porte-bébé, derrière l'écran 76 cm de la télévision, dont le bourdonnement paraissait l'anesthésier, et où personne n'irait lui marcher dessus.

– Il se trouve, Heidi, annonça l'autre agent, que nous aimerions aborder avec vous des faits nouveaux. Avec Ruth également, si vous voulez bien nous rejoindre ?

Prenant Harvey par la main, la policière guida Hannah devant elle vers la cuisine, dont la porte n'était pas verrouillée. Ils débouchèrent dans le jardin. Ceux du lotissement étaient reliés entre eux par un sentier qui aboutissait à la route d'Exeter, où un véhicule de brigade était censé les attendre. Les agents se débrouilleraient pour que leur petite promenade ressemble autant que possible à ce qu'on avait promis aux enfants. Sans doute même les laisserait-on activer la sirène, si cela devait les amener à révéler plus facilement qui était l'homme avec qui on les avait vus parler dans un coin tranquille du vieux Hanmouth. Révéler ou – plutôt – confirmer son identité. L'agent allait détacher le crochet rouillé du portail quand Ruth poussa un cri dans la cuisine, dont la porte était restée ouverte. Elle criait tellement fort que les reporters, postés dans la rue de l'autre côté, l'avaient peut-être entendue ; voilà qui allait sûrement clarifier les choses pour Heidi au salon. « Ce con de Marcus ! » avait lâché sa belle-sœur, furieuse, incapable de se retenir. Les enfants s'observèrent. Hannah transmit silencieusement un message à son frère : « La ferme. »

– Nous y sommes, dit la policière.

Miracle, le véhicule attendu était là, sans qu'aucun journaliste ou badaud n'ait pu y attacher la moindre importance.

– Voyez ? C'est une voiture toute simple, en fait, qu'on a modifiée un peu.

– C'est vous qui l'avez peinte ? s'enquit Hannah. Ou vous demandez aux gens qui les fabriquent ?

– Les lettres et les couleurs, tu veux dire ? Non, je crois que la police s'en occupe. Je vous présente mon ami Bob, un pro du volant. Salut, Bob.

L'agent Green les salua d'un vague geste de la main ; c'était un ronchonneur, qui n'allait pas créer une atmosphère chaleureuse, propice à la situation, mais il faudrait faire avec.

– Où on va ? demanda Harvey à sa sœur, ou demi-sœur.

– Ils veulent nous balader un peu, répondit celle-ci. Allez, monte et tais-toi.

– C'est sympa, non ? dit la policière, souriante, en se tournant vers eux. Attachez vos ceintures, les enfants. Bob aime bien conduire vite, de temps en temps. Il a le droit, quand on poursuit les gens qui font des bêtises.

– Bof, fit Hannah.

– On peut brancher la sirène, un moment, si vous voulez.

– Pour quoi faire ?

– Je pensais que ça vous plairait.

Sans répondre, les mâchoires serrées, ils ne tournèrent pas la tête quand la voiture passa au bout de leur rue, dédaignant les hordes qui, le dos au véhicule, en bloquaient l'accès, espérant quelque rebondissement. Les uns tripotaient oisivement leur matériel, d'autres avaient leur portable collé à la bouche, ou, assis sur les murets, une console de jeux entre les mains. Puis, plus loin de l'épicentre, des piétons longeaient les lieux, au cas où, en mangeant une glace pour se rafraîchir.

– Tu n'es pas retournée à l'école, hein, Hannah ? dit la policière.

– M'man veut pas. Elle préfère qu'on reste avec elle.

– Je sais. Donc tu ne sors pas beaucoup. C'est cool.

– Oui, ajouta le petit Harvey, qui avait une voix grave – aussi grave que ses yeux étaient ternes. On quitte pas la maison.

– Ce n'est pas ennuyeux, à force ? Depuis tout ce temps...

– On veut rester près de m'man, fit Hannah. Vaut mieux rester près d'elle en ce moment.

Ils respectaient le scénario imposé. L'agent se rappela qu'ils n'étaient pour rien dans tout ça ; ce n'était pas leur faute ; ils n'étaient que des enfants, ni mauvais ni malfaisants. Elle avait en quelque sorte un faible pour les entêtés – ça ne leur servait jamais à rien, finalement, de répéter la même chose. Elle se souvint d'un type, le mois précédent, qu'ils avaient arrêté après une rixe, devant un pub, de ce côté-ci de la ville. Il avait trop regardé les séries policières à la télé. Pendant une heure, il s'en était tenu à son petit scénario : « Je n'ai rien à déclarer. »

– Là-bas ! fit Harvey. Un lapin ! Quatre lapins !

Au bord de la route à deux voies, juste avant le pont de l'estuaire, quatre lapins gambadaient en effet, chacun dans une direction différente. Puis quelque chose les effraya, sans doute un faucon crécerelle dans le ciel, et ils se réfugièrent comme un seul homme sous une haie.

– Avec les lapins, y a rien à faire, commenta le conducteur un peu plus loin. On peut leur tirer dessus, les piéger, les gazer, on en trouvera toujours autant. J'ai un petit jardin potager, moi.

– On vous donne quand même un peu de répit ? demanda la policière aux enfants.

– Qu'est-ce que ça veut dire ? fit Hannah.

– Eh bien, qu'on vous laisse sortir.

Mutisme.

– Par exemple, continua l'agent, mon petit doigt m'a dit que vous étiez dehors, tous les deux, ce matin.

Les lèvres serrées, Hannah finit par hocher la tête.

– C'est les autres flics qui vous l'ont dit ?

– Oui, admit la policière, s'efforçant de paraître aussi chaleureuse que possible.

Pensant aux livres d'histoires à l'heure du coucher, aux voix qui accompagnent les pubs pour les boissons chocolatées, aux gentilles mamans animaux dans les dessins animés, elle reprit la parole.

– Votre maman ne vous oblige pas à rester enfermés, si ? Qu'avez-vous fait, ce matin ?

– Rien, dit Hannah.

– J'ai toujours aimé les promenades à l'estuaire, dit la policière. À votre âge, j'allais observer les oiseaux, faire des ricochets. Mon frère venait pêcher. Vous n'avez pas d'amis qui font ça ?

– Non, non, pas nous.

– Où vas-tu quand tu as envie de t'échapper, Hannah ?

– Sais pas.

L'agent laissa filer le silence. La voiture emprunta vers la droite une route plus étroite, bordée de hauts talus, à flanc de colline – la première rangée de collines qu'on voyait depuis le vieux Hanmouth, sur l'autre rive.

– On faisait des sorties avec l'école, ici. Je me rappelle le jour où on a visité le château de Cinderham. Tu y es allée ?

– Ouais.

– Alors, ça t'a plu ?

– Ça m'a soûlée.

– Où étiez-vous ce matin, vous deux ?

– Dehors, c'est tout.

– Oui mais, Hannah, une de mes amies dit vous avoir vus dans le vieux Hanmouth, toi et Harvey. Vous y étiez ?

– Sais pas.

– Je pense que si, Hannah. Je sais que vous parliez à quelqu'un. Qui était-ce ?

– On parlait à personne.

– Je suis sûre que si.

– Si j'y étais, vous le savez. Avec vos caméras partout, vous auriez vu qu'on parlait à quelqu'un. Seulement, vous nous avez pas vus, alors on n'y était pas.

– La télésurveillance ne fonctionne pas partout, Hannah. Et mon amie dit que...

– Faut qu'elle s'achète des lunettes. Elle sait que dalle, votre amie. C'est une gouine, elle aussi ?

– Tu n'es pas très polie, Hannah.

– Ouais, ben, vous faites un peu lesbienne. Pas vrai, Harvey ? Eh, regarde, comme elle fait goudou. Elle veut me chouchouter. C'est pour ça qu'elle nous balade.

– Hannah, rien ne sert de nier. Je sais que, Harvey et toi, vous avez vu China, ce matin. Et tu sais que je le sais. Pour l'instant, tu ne risques rien. Dis-nous seulement où elle est partie, et avec qui.

– Vous êtes ouf. Et affreuse. On l'a pas vue, China, on sait rien.

– C'est ce que disait Marcus, aussi.

– Ouais, ben, c'est un menteur, dit Harvey. Un enfoiré de menteur.

– Ta gueule ! jeta Hannah en lui donnant un coup sur la tête.

– Alors, Harvey, qu'est-ce qu'elle t'a dit, China ?

Ils se turent. La policière sentit qu'elle pouvait prendre un risque.

– Je répète, qu'est-ce qu'elle avait à dire, China, pour qu'elle demande à Marcus de vous voir ?

Ils gardaient les bras croisés. En aucun cas, ils ne devaient parler de Marcus ; ils avaient entendu Ruth hurler son nom dans la cuisine ; le petit jeu des devinettes – tu brûles, tu refroidis, tu te réchauffes, non, glacial – allait ici prendre fin.

– Garez-vous, monsieur Green, le pria l'agent. Nous savons exactement ce qui s'est passé. Si vous parlez maintenant, les enfants, vous n'aurez pas d'ennuis, et votre maman non plus. Mais si vous continuez à raconter des histoires, elle pourrait bien se retrouver en prison, et vous dans un foyer. Et pas le même, vous serez séparés. Compris ? Voilà ce qui vous attend si vous ne m'apprenez pas pourquoi vous avez parlé à China ce matin, et où elle se trouve maintenant.

Le conducteur s'était arrêté sur une aire de croisement, à l'ombre d'un if. Dehors résonnaient les bruits de la campagne : le chant des oiseaux, des bêlements au loin. À l'intérieur de la voiture : rien. Hannah contemplait ses genoux. Presque aussitôt, Harvey se mit à brailler, le barrage rompu par un flot de mots indistincts ; sans doute les derniers gémissements d'une enfance trop courte. La policière s'abstint de tout commentaire.

– La ferme ! jeta Hannah, révoltée, en le bourrant de coups.

Mais Harvey, qui n'en pouvait plus, balbutiait :

– Au revoir... c'est China... elle voulait que... j'ai dit... elle a dit... il fallait... elle voulait qu'on... se dise au revoir. Elle voulait pas... partir... sans dire au revoir... elle voulait pas.

Le torrent se tarit, entrecoupé de sanglots ; Hannah se radossa au siège. Elle avait fait son possible, n'est-ce pas ? L'agent Green redémarra un instant plus tard, sans hâte, calmement, reprenant la direction de Hanmouth et Barnstaple le long de la route escarpée. La policière pêcha dans son sac un sachet neuf de mouchoirs en papier, qu'elle tendit, sans un mot, à Hannah. Sans remerciement ni commentaire, la petite fille entreprit de nettoyer le visage de son frère.

– Il l'aime, sa China, dit-elle. C'est elle qu'il préfère d'entre nous.

On ne lui demanda pas de s'étendre là-dessus ; personne n'en ressentit le besoin.

26

– Ce con !
– … serait plus simple si vous…
– Qu'il aille se faire foutre, c'est pas…
– Ruth, pourquoi tu parles de lui ?
– Jamais. Je ne veux plus en entendre parler, jamais, jamais, jamais…
– Qu'est-ce qui se passe ?
– Heidi, je n'ai pas…
– Ruth, qu'est-ce qu'il a fait, Marcus ?
– Heidi, inutile de…

À la cuisine, Ruth avait deux policiers devant elle. Comme arrivé de nulle part, M. Calvin retenait Heidi à la porte. Stupéfait, les joues flasques, négligé, Micky se tenait dans l'entrée. Le petit Archie commença à crier. Il commençait à faire très chaud dans cette maison.

– Il vaudrait mieux s'asseoir pour discuter de tout ça, proposa un des policiers. Et bien examiner les faits encore une fois. Emmenez-la, je vous prie.

Il s'adressait à M. Calvin.

– Sans doute pas, répondit celui-ci. Elle est la mère de la petite, et elle a parfaitement le droit d'entendre ce qui sera dit.

– Il serait temps de faire jaillir la vérité. Sortez-la, s'il vous plaît, ou je m'en occupe moi-même.

Côté rue, presque toutes les maisons autour de chez Heidi avaient le même jardin. Les architectes avaient prévu de la verdure, dessiné des allées, un court parterre de fleurs, un carré de pelouse. Vingt ans plus tard, quasiment tout le monde avait remplacé cette ébauche d'harmonie par du ciment, et il n'y avait plus que des voitures devant les portes. Seul le vieux couple qui habitait en face avait conservé l'agencement original, une haie de troènes, quatre rosiers et quelques clématites en pot devant les fenêtres. Les enfants du voisinage aimaient se rassembler là et leur jeter des œufs.

Personne n'avait pris garde au chat sous la haie de troènes. La foule amassée devant la maison avait entendu crier à l'intérieur, et cela suffisait pour qu'on redouble de vigilance, le regard braqué sur les fenêtres. Une Ford Mondeo rouge apparut au bout de la rue. Peut-être le conducteur eut-il un accès de fureur en voyant tous ces gens qui, n'ayant rien à faire là, lui bloquaient la voie sans raison. Le moteur vrombit, et le véhicule gagna de la vitesse en atteignant la foule, qui se dispersa. À cet instant précis, le chat quitta la haie d'un bond ; une photographe l'aperçut – une jeune assistante qui ressemblait à un garçon – et elle comprit, en jetant un coup d'œil sur les troènes, pourquoi elle ne l'avait pas vu plus tôt. Tapi dans l'ombre, le chat était entièrement noir, noir comme une panthère, et il courait maintenant au milieu de la rue, tel un coup de pinceau prolongé, devant la Ford rouge qui arrivait. On aurait pu croire un instant qu'il aurait traversé avant qu'elle l'atteigne. Mais non. Il se baissa, tenta de se déporter, cependant sa tête et son épaule passèrent sous une roue, juste au moment où il voulut reculer, constatant qu'il était trop tard. La voiture poursuivit sur son élan.

Sans savoir ni quand ni comment, l'assistance s'était détournée de son spectacle habituel et, la main sur la bouche ou le front, observait la scène en silence – le chat couché sur le flanc, les pattes étalées dans chaque sens sur l'asphalte, le torse en proie à une série de contractions. Il se retourna sur lui-même, les contractions se transformèrent en spasmes, de plus en plus violents. Il parut s'affaisser, jusqu'à ce qu'un dernier sursaut, plus brutal encore, le torde littéralement, et alors il ne bougea plus. Du tout.

– Mon Dieu, dit quelqu'un, tandis qu'on sortait une couverture du coffre d'un véhicule.

– Il y a une clinique vétérinaire en ville, observa un autre. Ça serait encore le mieux.

Une femme ramassa le corps inerte de l'animal et monta dans une voiture avec un inconnu.

– A-t-on relevé l'immatriculation ? fit une voix.

Il semblait bien que non, et un journaliste suggéra qu'avec tous ces policiers dans le coin, l'un d'eux aurait pu y penser. Un second affirma que, si c'était un délit de renverser un chien sans faire de déclaration, on avait toute liberté avec les chats.

– Il est mort, dirent les gens. Il bougeait plus, vous avez bien vu. Comment voulez-vous survivre à ça ? La bagnole lui est passée dessus.

L'excitation retomba et, quelqu'un se rappelant pourquoi on était là, les regards se tournèrent de nouveau vers la maison. Les rideaux étaient soudain ouverts ; derrière la fenêtre, deux agents de police, un homme et une femme, observaient la scène avec anxiété. Derrière eux encore, le copain de Heidi et, le cou tendu pour essayer de voir, Heidi elle-même. Entre-temps, les cris et les questions demeurées sans réponse avaient suscité la fureur. Heidi, d'ordinaire si calme et discrète, s'était mise à hurler derrière la porte de la cuisine, elle voulait comprendre ce qu'insinuait Ruth, et qu'avait-on fait de ses enfants, où étaient Hannah et Harvey ?

Depuis des jours, les conversations dehors se limitaient à une sorte de murmure ininterrompu, comme la présence de tous ces gens.

Brusquement, les bruits n'étaient plus les mêmes, des voix s'étaient élevées et s'étaient tues très vite. Un des policiers avait aussitôt filé à la fenêtre. Ils n'avaient pas vu passer la voiture, seulement le chat pris de convulsions au milieu de la rue, et la horde des journalistes qui, bizarrement, leur tournaient le dos.

– Merde, fit un agent.

– Qu'est-ce qu'il y a ? demanda Heidi.

– Un chat. Qui vient de se faire écraser.

– Oh là, dit une policière, qui s'approcha pour se rendre compte.

Passant dans le salon, Micky la rejoignit, les yeux grand ouverts, fasciné, répugnant.

– C'est affreux, dit la policière. Pauvre bête.

Elle s'aperçut que Heidi, soudain muette, était captivée par l'incident. Les bras croisés, elle avançait vers la fenêtre, attendant que le petit désastre prenne fin et qu'on recommence à s'occuper d'elle. Elle avait cependant un air réjoui, comme si c'était la première chose intéressante qui lui arrivât depuis des jours, des semaines, des mois, ou toujours. Ce qui frappa la policière et s'inscrivit dans sa mémoire. Heidi avait en général un comportement étrange, et c'était comme une ultime bizarrerie ; non pas une façade apprêtée pour l'occasion, mais l'expression d'un caractère fondamentalement singulier, imperméable. Toute la famille s'était plainte des indiscrets, des badauds, des guetteurs, de ces accès de curiosité vulgaire, doublée d'une absence totale de cœur, à propos d'un drame plus poignant, la disparition d'un enfant, quelles qu'en soient les véritables circonstances. Déplorer cette attitude revenait à ignorer un élément essentiel de l'humanité. Refuser d'assister au spectacle de la souffrance – bien qu'improbable, car mise en scène – était en quelque sorte accepter de n'être guère plus qu'un animal. Heidi prêtait attention à l'événement, non parce qu'il la concernait, mais parce que, de la même façon que pour les curieux et les voyeurs, c'était un divertissement, une attraction extérieure. Elle se souciait d'un chat – pas le sien, celui de quelqu'un d'autre, un chat qui, commettant une grave erreur dans l'échelle féline des supputations, était mort atrocement sous les roues d'une voiture. Heidi se révélait humaine, comme les spectateurs au-dehors dans leur soif de tragique, prêts à l'étancher n'importe où. La policière observait la jeune femme, vêtue d'un vieux T-shirt de Micky, lavé mille fois, aux manches trop amples sur ses bras minces ; à la fenêtre, Heidi s'associait à cette mini-tragédie, au public rassemblé sans vergogne autour de celle-ci. La policière comprit qu'elle aurait aussi bien pu se trouver de l'autre côté, avec la foule ébahie, qu'à l'intérieur, dans son rôle de madone éplorée. Alors elle comprit que Heidi était capable de tout.

27

– Voilà la vérité, dit la policière. Voilà les faits. Hannah nous a parlé, et Ruth a confirmé. Nous savons que China était avec Marcus. Mes collègues sont partis chez lui, là-bas. Et nous savons que Hannah a vu China hier dans le vieux Hanmouth.

– Jamais de la vie, contra Heidi.

– Elle nous l'a dit. Comme quoi Harvey voulait revoir sa sœur, qui refusait de s'en aller sans lui dire au revoir. Où est-elle maintenant, Heidi ?

Sous la surface, cette dernière se mettait peu à peu à bouillonner. Elle se détourna, se leva. Rien ne l'étonnait depuis des semaines, mais voilà qui faisait exception à la règle.

– Elle a dit quoi, Hannah ?

– Donc vous saviez où était sa sœur, Heidi.

– Elle a dit quoi ?

– Elle nous a dit que China voulait leur dire au revoir. Où est-elle partie ?

– HANNAH !

– Elle n'est pas là, Heidi.

– HANNAH !

– Où est China, Heidi ?
– Où était-elle, Heidi ?
– RUTH !
– Nous avons emmené Ruth au commissariat pour qu'elle nous donne d'autres précisions. Mes collègues sont en route pour interroger Marcus. China se trouve-t-elle chez lui ?
– HANNAH !
Le policier qui, à la fenêtre, étudiait la foule au-dehors se retourna. Il regarda Heidi, repliée sur elle-même, crispée, blanche, en état de choc, et Micky à la porte, qui avait enfilé par-dessus son polo marin à manches longues ce qui était sans doute l'un des derniers T-shirts Sauver China. Derrière lui se dressait l'omniprésent John Calvin. Depuis qu'on l'avait mis sur l'affaire, qu'il avait trouvé Calvin sur son chemin, le policier se demandait à quoi exactement il lui faisait penser, avec ce corps de désossé, ses impeccables cheveux courts, ses sourcils noirs et ses traits réguliers, comme dessinés à l'ordinateur. Il avait soudain la réponse : Calvin ressemblait à une marionnette en bois peint. Calvin fit un geste inintelligible : on aurait cru saisir une demi-seconde d'un mouvement entier, qui aurait alors délivré sa signification. La position des bras, des yeux et de la bouche aurait pu s'expliquer à condition de savoir quel personnage il incarnait, sous les fils du marionnettiste. Le policier résista à la tentation pressante de donner voix à ce qui le travaillait depuis quelques jours : « Monsieur Calvin, nous n'avons plus besoin de vos services, vous n'êtes pas à votre place. » Il serait temps de le faire plus tard, de préférence à l'écart de Heidi et Micky.

28

C'était une belle journée. Kenyon adorait la fin du printemps et la ville qu'il habitait. Il fallait que, oubliant sa très jolie maison et la vue depuis ses fenêtres, il se rappelle ce qu'elle lui coûtait – combien ils devaient encore rembourser – pour que, tel un étron sous le sapin de Noël, la beauté verse dans la laideur. (Depuis six mois, Kenyon était souvent à découvert, ce qui ne lui était plus arrivé depuis dix ans. Son salaire du mois dernier n'avait pas entièrement renfloué son compte bancaire. Il pensait le moins possible au solde de ses cartes de crédit. Il avait cependant un découvert autorisé de cinq mille livres, qu'il n'avait même pas demandé, et dix mille autres livres disponibles en crédit, et... Non, non, surtout ne pas y penser, de toute façon, il était loin d'avoir tout épuisé.) Mettons ça entre parenthèses, Hanmouth est un endroit merveilleux. Le soleil recouvrait la surface de l'estuaire d'un lustre métallique ; avec la réverbération, la lumière virevoltait, miroitait le long du canal de Bristol, vers la mer. À contre-jour, la folie sur la colline en face était une silhouette noire, et la colline elle-même comme dénuée de relief. Le chant mélancolique des oiseaux aquatiques, du râle des genêts

– couramment appelé roi des cailles, n'est-ce pas ? – se détachait du bourdonnement de l'autoroute, et soudain, *flap*, *flap*, *flap*, trois cygnes, quittant la réserve ornithologique, chevauchèrent majestueusement le ciel par-dessus le Strand, en direction de l'autre rive. Leurs mouvements étaient lents, réguliers, et leur envergure telle qu'ils paraissaient planer.

Lors de ses promenades matinales, Kenyon partait plus volontiers à gauche, ces derniers temps, vers la Wolf Walk, d'où il apercevait le large. À droite, c'était Fore Street. Nous étions vendredi, et il n'était pas si souvent le vendredi à Hanmouth. Un autre veillerait sur les orphelins africains, malades du sida ; un autre allait se taper les questionnaires impossibles des journaux spécialisés ; discuterait du budget 2011-2012 avec le responsable du Trésor ; se demanderait à voix haute depuis quand on empruntait votre tasse sans avoir la décence de la laver après emploi et de la remettre à sa place. C'était une denrée rare, les jours de congé ; un par semaine, normalement, mais avec les obligations de dernière minute... Cette semaine, Kenyon s'était échappé pour avoir le sien.

Il avait enfilé son Barbour en coton huilé, coiffé sa casquette à deux visières – ridicule mais vénérée. Miranda la lui avait offerte à Noël, deux ans plus tôt, avec une panoplie de Sherlock Holmes. Personne ne s'attendait à ce qu'il la porte, mais elle lui donnait, croyait-il, fière allure, ainsi qu'un air méditatif, et donc il la mettait. Penchées sur la rue toute droite, les maisons, pittoresques, arboraient un désordre de tons pastel. À cette heure, les bouteilles de lait attendaient sur les paliers – le jour viendra assez vite où on ne les livrera plus, pensa Kenyon, et tout le monde achètera son lait au supermarché, comme le reste. Les fenêtres du petit immeuble années 1960, dans son jardin coquet, étincelaient dans la lumière du matin. Une silhouette indécise avançait à contre-jour vers Kenyon : faisant mine de regarder le ciel, d'étudier les jardins, d'examiner ses ongles, jusqu'au moment où, à trente mètres environ, elle fut assez proche pour reconnaître un voisin, et se préparer à le saluer. Ça devait être le type du Comité de voisinage. Calvin. Il s'appelait John.

– Bonjour, John, dit Kenyon. Belle journée.

– Très belle, répondit Calvin, qui hésita avant de poursuivre. Vous savez qui est Heidi, je suppose ?

Kenyon était souvent absent, et cette affaire le rebutait. S'il pouvait y couper, il se passait d'écouter les commérages, ces ragots de villageois qui avaient atterri dans les journaux. Il aurait préféré ne rien en penser du tout. Quant à Calvin, il ne le connaissait que de loin ; celui-ci s'était installé deux ans plus tôt dans une longue maison malcommode à l'autre extrémité du Strand. Trois fois de suite avant lui, elle avait semblé trouver un acquéreur, mais tous s'étaient dédits. Il y avait un problème de droit de passage dans le jardin attenant, qui n'était apparu qu'à un certain stade de la vente, croyait-il se souvenir. Enfin, Calvin l'avait achetée, racontant à tout le monde qu'il avait fait une bonne affaire. Quelques semaines plus tard, il avait constitué son fameux Comité de voisinage. Kenyon se rappela qu'il était marié ; il était rare, déjà, qu'il rencontre cet homme par hasard et, n'ayant croisé son épouse qu'à une seule occasion, il ne voyait pas pourquoi elle ne s'appellerait pas Heidi.

– Non, dit-il. Je ne suis pas au courant. Rien de grave, j'espère ?

– Cela dépend, cher monsieur, de ce que vous entendez par grave. Si, je suppose que ça l'est un peu. Elle m'a trompé. Elle nous a tous trompés. Menés en bateau. Il faut dire les choses. Il n'y a pas eu d'enlèvement. C'est ce qu'affirment les agents, du moins. Ce qu'ils ont annoncé. N'ont jamais cru un mot de ce qu'on leur racontait, tous autant que nous sommes. Ils ont bien écouté mes questions, mais dans leur tête, ils ont toujours pensé que la petite fille était saine et sauve quelque part, dans un endroit connu de sa mère. Une cachette, un cachot. Heidi la cachottière, ha, ha !

L'entendant, Kenyon eut le temps de comprendre son erreur et rougissait maintenant.

– Donc cette femme... fit-il pour relancer son interlocuteur.

– Oui. La police m'a avoué à mots couverts que Heidi et sa copine avaient tout manigancé. On a vu deux autres de ses enfants en présence de China, ici même à Hanmouth, il y a deux jours. Mais ça, la police pense que Heidi ne le sait pas. Ils supposent que les deux autres ont contacté la petite, ou peut-être que c'est elle qui... Enfin, la plus grande aurait un téléphone portable. Soudain, China est là, dans la voiture d'un gars qui ressemble beaucoup à Marcus McColl.

Kenyon se montra à la fois distrait et intéressé.

– Marcus McColl, le frère de Ruth, qui est aussi la meilleure amie de Heidi. Sa belle-sœur au départ. La police pense que, depuis le début, la petite était chez le frère de Ruth. Ce n'est pas un kidnapping. Le but du jeu était de récolter de l'argent avec leur souscription Sauver China. J'ai un de leurs T-shirts. Ça deviendra peut-être un objet de collection, un objet de culte.

Ah, mais si, ça ne manque pas d'intérêt. Vous vous rendez compte de ce que ça vaut ? Vous verrez, dans vingt ans, ça sera au programme de *Voyages et antiquités*[1] sur la BBC.

– Mais où est-elle, alors ?

– La police est partie la chercher, tôt ce matin, chez Marcus. Ruth a craché le morceau, Heidi confirmant plusieurs points pendant l'interrogatoire. Elle sera inculpée aujourd'hui.

– Quelle affaire épouvantable.

Calvin se mit à l'ombre et Kenyon, soudain ébloui par le soleil, fit un pas de côté. Il distingua mieux maintenant la silhouette soignée de l'autre homme, ses cheveux toujours bien lissés, son long pardessus gris, cette espèce de géométrie étudiée. Il remarqua aussi son air hagard, les poches qu'il avait sous les yeux et ses paupières rougies. Perte de confiance en soi et manque de sommeil. Kenyon comprit que Calvin avait mûrement décidé d'arpenter les rues pour tout raconter, qu'il voulait prendre les devants avant que Hanmouth produise sa propre version de l'histoire. Méritoire, en un sens. Par une journée normale, Calvin n'aurait pas trouvé le temps de glisser un mot au mari souvent absent de sa voisine Miranda, cet individu qu'il connaissait à peine.

– Finalement, le point positif, termina John, c'est que la police prend les choses au sérieux, ou du moins fait semblant. Puisqu'ils ont accepté qu'on installe de nouvelles caméras. Si on les avait eues plus tôt, peut-être aurait-on les images de China en compagnie des autres enfants. Alors à quelque chose malheur est bon, sans doute.

1. *The Antiques Roadshow.*

Il leva la tête vers les anges et le bon Dieu. Kenyon suivit son regard. Jamais il ne l'avait aperçue, mais elle était là, fixée au réverbère devant la maison de lord Quel-Gâchis, une boîte à chaussures grise, oblongue, avec un œil rivé sur le trottoir, qui les scrutait tous deux pendant qu'ils parlaient. Ça datait de quand, ces caméras ? Kenyon tenta de se sentir rassuré.

– Je dois y aller, dit Calvin.

– Vraiment navré, assura Kenyon, sans savoir vraiment de quoi.

– Mais ce qui... me met réellement en colère, c'est que...

Kenyon attendit.

– Oh, qu'importe, après tout.

Kenyon devina à quoi il pensait : l'apport de nouvelles caméras ; le *bobby* de plus dans le secteur ; la capacité d'explorer les étages du voisin ; les relevés d'empreintes digitales, les échantillons d'ADN ; le principe selon lequel, si l'on n'avait rien à cacher, on n'avait rien à craindre ; tout cela s'écroulait si, finalement, personne n'avait kidnappé China la petite grosse. Pourtant ça n'était pas du vent. Des inconnus, chaque jour, enlevaient des enfants. Deux ou trois fois par jour, assurément. Au moins Calvin et son comité avaient obtenu une chose. Ils l'avaient, leur *bobby*, qui frapperait à la porte avec des mots aimables, une aiguille épointée pour prendre une goutte de sang, et ses tampons du Petit Imprimeur pour vous encrer la pulpe des doigts.

– Putain, merde, faut que j'y aille, dit John.

29

La camionnette banalisée s'arrêta dans Bristol Street. Le quartier était colonisé depuis longtemps par les étudiants, les petites agences de pub, les jeunes employés des médias. Autrefois, la rue avait accueilli des immigrés frais arrivés des Caraïbes dans les années 1960, remplaçant de vieux couples d'ouvriers modestes ; puis ç'avait été le tour des étudiants, des universitaires blancs, de jeunes couples fauchés, vivotant des arts ou de la culture. Dans deux bâtiments en particulier, des enfants d'immigrés avaient trouvé du travail dans les stations de radio, et à l'antenne locale de la BBC. On ne manquait pas de leur dire bonjour. On en était très fier.

La rue avait été peu à peu rénovée. Seule une maison n'était toujours pas retapée. Celle-là ignorait les magazines et leurs bons conseils ; pas d'allée dans le jardin, tracée avec des fragments de vieilles assiettes ; pas de miroirs sertis dans le mur de clôture ; pas de parterres monochromes, pas de gazon synthétique, pas de nains ni aucun ornement dénotant l'ironie ou sa cruelle absence. Ni couleur vive ou pastel discret pour la façade en stuc ; aucune décoration dans le cadre des fenêtres, aucun slogan en faveur d'une cause ou d'un parti politique. Marcus McColl avait ici vécu toute sa vie, trente ans, excepté deux années inexplicables à Hanmouth avec Heidi. La queue entre les jambes, il était revenu chez sa mère, et il y était resté quand elle avait disparu. Si, il y avait une suspension en macramé derrière la fenêtre, contenant un chlorophytum mort. Les rideaux étaient ouverts, une lampe allumée sur une table à cinq heures du matin, révélant à la rue l'image d'un intérieur poussiéreux, d'un abandon insoupçonné.

La police était déjà venue, mais pendant la journée. Des agents, deux par deux, qui avaient frappé, attendant qu'on leur ouvre pour entrer ; qui s'étaient assis, avaient parlé au monsieur. Ils étaient maintenant huit ; ils soulevèrent le loquet du portail, traversèrent le jardin, et d'un seul méchant coup de bélier, fracassèrent la porte. Une fenêtre s'éclaira de l'autre côté de la rue ; enroulant le rideau de la chambre sur son torse nu, le mari d'une directrice de création publicitaire jeta un coup d'œil au-dehors. Quelque part, un bébé se mit à pleurer. Les deux agents – costauds, la visière sur le nez, anonymes, deux insectes luisants – lâchèrent le bélier, poussèrent un cri d'avertissement.

Personne au rez-de-chaussée ; apparemment, la lampe était restée allumée toute la nuit. La porte de la cuisine était fermée, mais pas verrouillée. Une tasse, un verre et deux petites assiettes dans l'égouttoir. Tout était propre, rangé, mais – comme s'en souvinrent ceux qui étaient déjà venus – rien n'avait changé depuis trente ou quarante ans dans la cuisine en formica blanc. La gazinière était coiffée d'un gril surélevé, le carrelage ocre derrière le plan de travail garni de reliefs jaunes et bruns, à la mode des années 1960. McColl avait conservé les bonnes habitudes de sa mère ; il n'y avait aucune tache, aucune trace de saleté, même à l'arrière de la cuisinière, pourtant souvent maculé de graisse. Mais il n'avait pas eu les moyens de moderniser quoi que ce soit, ou pas voulu le faire.

Les bottes des policiers résonnaient bruyamment dans la maison. Rien ne provenait de l'étage, ni cri d'enfant, ni protestation d'aucune sorte. Quittant la cuisine, ils s'engagèrent lentement dans l'escalier, entrèrent dans la plus grande chambre à coucher. L'un d'eux s'agenouilla devant le lit à deux places, releva le cache-sommier plissé, en nylon violet à fleurs. Des panneaux d'aggloméré étaient fixés autour du lit, retenus seulement par des bandes de velcro. Le policier en retira un, ôta casque et visière, et s'allongea sur la moquette immaculée pour regarder dans l'ombre en dessous. Un collègue lui tendit une torche, qu'il eut du mal à attraper à cause des gants épais qu'ils portaient tous deux.

– Elle n'est pas là, dit le premier, fouillant avec le bras.

Il récupéra un, puis deux magazines ; en grosses lettres roses, des cadeaux étaient proposés sur la couverture : un stylo-bille pailleté, la photo d'un orchestre de garçons aux grands yeux de cockers.

– À mon avis, ce n'est pas la mère de M. McColl qui a laissé ça là, dit un des hommes.

Car, après tout, ils se trouvaient dans la chambre de celle-ci. Comme la cuisine, elle n'avait quasiment pas changé : les murs tapissés jusqu'à mi-hauteur, le style surchargé du papier peint, la coiffeuse à trois miroirs, en forme de haricot, qui tournait le dos à la fenêtre. La maman y avait autrefois posé ses parfums et ses poudres, certainement ; ses médicaments à la fin de sa vie. Aujourd'hui le plateau de verre, terriblement nu, ne laissait plus voir que la dentelle en dessous. Marcus dormait sans doute dans cette pièce. Qu'allait-il mettre sur une coiffeuse en acajou à trois miroirs articulés ?

– Ma fille lit ce magazine, affirma un autre. C'est le numéro de la semaine. Je l'ai aperçu hier soir sur la table basse.

Le premier policier repassa un bras sous le lit. Sa main gantée rencontra un petit flacon, qui résista lorsqu'il voulut le dégager. La moquette paraissait visqueuse autour.

– Ça non plus, ce n'était pas à la mère, conclut-il en retirant un curieux micmac : un gant de toilette vert, collé à un flacon de vernis à ongles rose.

Le capuchon manquait, la moitié du liquide avait coulé sur le verre, et l'autre, apparemment, sur le sol.

– Elle a dû le faire tomber et essayer de le cacher, fit une voix. Pauvre gosse. Elle avait sûrement peur de se faire engueuler s'il s'en apercevait.

– Ils ont dû filer en toute hâte, dit un second. Il n'aura pas pris le temps de nettoyer.

Le premier agent jeta les magazines, le gant de toilette, le flacon de vernis, dans différents sacs en plastique à fermeture éclair que lui tendait patiemment un collègue.

– On en tirera facilement quelque chose, commenta le premier, pensant aux empreintes digitales, à l'ADN – aux traces physiques impossibles à supprimer.

Les six hommes dans la chambre, et les deux autres qui, solennellement, gardaient la porte, ressemblaient à d'anonymes dignitaires célébrant quelque ésotérique rite funèbre. Un de ceux qui avaient retiré casque et visière se tenait légèrement à l'écart – un blond aux cheveux ébouriffés, les joues rouges et brillantes, presque encore un adolescent, enfin initié à ces échanges secrets.

– J'aimerais savoir, dit-il au bout d'un moment, comment ça se fait qu'on ait visité cette maison un certain nombre de fois, depuis le début de l'enquête, sans jamais tomber là-dessus.

– Chaque chose en son temps, répondit assez sèchement un autre, probablement un supérieur.

Quand le premier agent ressortit avec le premier sachet plein (cela durerait toute la matinée), la radio du conducteur, restée dans la camionnette, se mit à grésiller. La rue était maintenant réveillée et plusieurs voisins alentour, pieds nus ou en chaussons, se dressaient devant leur porte, emmitouflés dans une robe de chambre. Ils ne voyaient en fait qu'une intervention de la police, avec effraction, dans une maison de la rue ; aucun n'aurait pu faire le lien avec Hanmouth et la petite fille disparue. Dans les prochaines heures, tous seraient interrogés. Tandis que les agents – poursuivant le rite avec gravité, sans échanger un mot – emportaient leurs curieux talismans, de vagues gouttelettes commencèrent à tomber. Un crachin qu'on remarqua à peine sous une nouvelle aube grise du printemps finissant.

30

— J'ai bien peur qu'ils aient disparu, dit l'officier à Heidi.

La pièce aveugle, destinée aux entretiens, était éclairée par des néons. Heidi ne savait pas si c'était le jour, la nuit, l'aurore ou le crépuscule. Relevant la tête, elle émit un son qui ressemblait à celui d'un animal. Le stylo à la main, le carnet ouvert, son avocate était assise près d'elle, en l'attente de quelque chose à écrire.

31

Parfois Gordon Jordison considérait ses sorties du vendredi soir pour ce qu'elles étaient exactement, et alors il se dégoûtait lui-même. Six ou sept ans auparavant, il n'en avait jamais entendu parler, et n'aurait pas cru possible que cela existât. Mais il avait lu l'article du *Guardian*, qui parlait de cette nouvelle pratique. Gordon l'avait même relu entièrement une douzaine de fois, pendant que les enfants se disputaient le jouet en plastique du carton de céréales. Sa tasse de café à la main, Marion discutait avec son amie Anthea, en faisant les cent pas avec son téléphone sans fil. Un samedi matin dans leur cuisine : tout était normal. Et donc, il s'agissait de personnes qui fréquentaient des parkings discrets, un peu partout en Angleterre, pour des ébats avec les femmes des autres sur le capot de leur voiture. On appelait ça « dogging ». Balades coquines, sexe en plein air.

Cela passait par l'Internet, expliquait-on, et Gordon était monté dans son bureau après le petit déjeuner pour étudier la chose. Il savait que l'Internet était envahi par le sexe, il avait déjà surfé un peu. Mais cela n'était pour lui qu'une version géante des *Playboy* de sa jeunesse, et il avait parcouru ce qu'il y avait comme photos, passivement, sans beaucoup d'intérêt. Jamais il ne lui serait venu à l'esprit que des gens puissent produire leur propre pornographie, échanger des images, se servir d'Internet pour se rencontrer et se renseigner mutuellement. Cinq minutes plus tard, il avait l'œil rivé sur un site dénommé southwestdogging.com. Le vendredi suivant, à une heure encore raisonnable, il éteignait le moteur de sa voiture dans une petite aire de stationnement de l'A361 et n'en croyait pas ses yeux.

Dans le monde du «plein air», Gordon était un citoyen de deuxième rang et ne se faisait pas d'illusions à cet égard. Le dessus du panier se composait en tout et pour tout de quatre femmes – pas plus de quatre dans le Devon, pensait-il. Au fil des ans, il avait vu chacune d'elles se faire baiser par des dizaines d'hommes, et savourait par avance l'impact d'une éventuelle cinquième sur leur petit réseau. Parfois, une inconnue apparaissait sur le siège passager d'un véhicule nouveau. Les arrivants verrouillaient les portières et faisaient l'amour pour l'assistance qui se branlait autour – parmi laquelle Gordon, franchement obèse, cherchant sa biroute sous ses bourrelets, le pantalon en accordéon sur les chevilles. Il faisait partie des solitaires, sans dignité et sans valeur sur ce marché. Dans ce monde, les types qui emmenaient leur épouse se faire sauter par de multiples inconnus n'étaient pas de ridicules et pitoyables cocus, mais des héros, hardis et effrontés. Forcément, ils n'éprouvaient que du mépris pour les bonshommes qui, de l'autre côté du pare-brise, se bousculaient comme des chiens vers le spectacle d'une créature aux cuisses ouvertes.

Gordon connaissait une demi-douzaine de sites dans un rayon de quatre-vingts kilomètres autour de chez lui. Les lieux de rencontre changeaient de temps en temps ; southwestdogging était gratuit – et l'on s'apercevait soudain que des caméras avaient été installées sur une aire de stationnement. Il y avait un forum sur le site, où les internautes publiaient des mises en garde. À l'occasion, on proposait un nouvel endroit – ce qui venait d'arriver, deux jours plus tôt. Fluffysdoggingqueen[1] avait laissé un message, indiquant qu'elle avait pris un super pied dans les buissons au kilomètre 3 de la B3227. Au début, Gordon s'était demandé si l'endroit était correctement indiqué ; Fluffysdoggingqueen était probablement une imbécile, avec une haleine impossible, vingt kilos de trop et les racines des cheveux apparentes sous la teinture. Inutile de se déplacer pour rien. Mais, tout de même, si c'était une star des parkings et des aires de service...

Ce vendredi-là, Jordison ne put se libérer qu'à la tombée de la nuit et, atteignant le croisement de la B3227, se demanda sérieusement s'il n'allait pas laisser tomber et repartir. Trois kilomètres plus loin, il découvrit le portail d'une ferme, ouvert sur une allée conduisant à quelques arbres, dressés dans l'obscurité. Était-ce le bon endroit ? Gordon ralentit. Il semblait n'y avoir personne : rien qu'un champ au bas d'une colline, et un petit bois. Pour s'en assurer, il s'engagea un instant entre les battants du portail, comme s'il voulait faire demi-tour. Les phares de la Jaguar balayèrent le terrain, sur lequel se trouvait un véhicule, à une douzaine de mètres

1. Approximativement : « fourrée en plein air ».

environ. La route était déserte, et Gordon se gara sur le bas-côté. Si d'autres personnes arrivaient au lieu de rendez-vous, elles reconnaîtraient la Jaguar, pensa-t-il. Cela ferait office de signal, et il y aurait bientôt affluence.

Comme il n'avait pas plu depuis un moment, le champ labouré était sec. Quelques traces de pneus se croisaient par terre ; elles paraissaient dater d'un jour ou deux. Gordon se dirigea à pied vers ce qu'il croyait être la voiture d'un couple ou d'un voyeur – mais peut-être pas ? Il eut l'impression qu'on l'avait abandonnée là, devant le petit bois. Autant vérifier, après quoi il passerait sa soirée par pertes et profits, maudissant Fluffysdoggingqueen et sa méconnaissance des routes secondaires.

Gordon trébucha dans un sillon, manqua de tomber une première fois, mais pas la deuxième. Sa main heurta un objet dur et pointu, sans doute une pierre. Se relevant d'un bond, il se frotta les mains comme pour suggérer à d'invisibles spectateurs qu'il s'était simplement accroupi. Enfin, il n'y avait personne alentour – c'était maintenant une certitude. Tout de même, prudemment, Gordon continua vers la silhouette noire de l'autre voiture, se rendant compte qu'il n'y avait personne à l'intérieur non plus. Il se retourna et trébucha encore, non pas dans l'herbe, dans une ornière, mais sur quelque chose de mou, comme du tissu. Lorsqu'il se pencha en tâtonnant, Gordon pensa, avec un haut-le-cœur, que sa quête de chair nue était en quelque sorte récompensée. Car sa main se refermait sur une autre main, froide et caoutchouteuse. Pensant encore au sexe, il crut, l'espace d'une demi-seconde, que c'était celle d'un de ses compères. Gordon n'avait aucune raison d'imaginer qu'il venait de tomber, à moitié caché par les hautes herbes à l'orée du bois, sur le cadavre de Marcus McColl, un couteau planté dans les côtes, les jambes sous le coffre de sa vieille Ford Escort. Voilà ce que Jordison avait découvert dans le noir, et il dut passer quelques heures à expliquer à la police ce qui l'avait persuadé de franchir un portail ouvert, à peine visible depuis la route. Face à son épouse incrédule, les explications se révélèrent plus longues et plus ardues encore.

32

– Seulement, voyez, exposa la policière à Ruth McColl, nous ignorons quelles étaient les intentions de votre frère. Pour la sécurité de China, il faut tout nous dire, Ruth.

– Je vous ai déjà tout dit. Je n'en sais pas plus que vous. Et mon frère est mort. Vous pensez que ça me laisse froide, peut-être ?

– Moi qui croyais qu'on tenait une piste, dit la policière à l'intention de son supérieur. Là, je me demande vraiment ce qui nous reste.

– Les listes d'appels de son portable, ça donne rien ?

– Il n'en avait pas. Ne se servait presque pas de son fixe, non plus. Aucune idée de ses relations.

– Quelqu'un a bien dû voir quelque chose.

– La petite a vraiment disparu, cette fois.

– Ce qui s'appelle faire chou blanc, dit le supérieur. Ça arrive.

33

Les tout-petits, uniformément vêtus de minuscules polos blancs et de minuscules pantalons marine, se mettaient en rang sur le quai de la gare. Tous portaient une casquette de base-ball aux couleurs de l'entreprise du père, de la mère, ou rapportée d'une récente promenade en famille. En attendant leur train, les grandes personnes pensèrent que, du temps de leur jeunesse, le soleil ne semblait pas si inquiétant. Elles ne se rappelaient pas que leur école les ait jamais obligés à se couvrir la tête par une belle matinée de mai.

– Tout le monde en rang derrière son maître ou sa maîtresse ! ordonna la responsable de la sortie, et les petits se rangèrent de nouveau, certains main dans la main avec leur meilleur copain. Tout le monde s'est mis de la crème solaire ? demanda cette dame, et une forêt de menottes se leva. Bien, on va faire une petite enquête en attendant le train, dit-elle. Qu'avez-vous emporté à manger au milieu de la matinée ? Qui a une pomme ? Bien. Qui a un autre fruit ? Bien. Qui a des fruits séchés ? Vous savez ce que c'est, les fruits séchés ? Personne ? Si, parfait : des abricots, des raisins, des pruneaux. Mais tout le monde ne lève plus la main. Y en a-t-il qui n'ont rien emporté, ce matin ? Oui ? Qu'est-ce qu'ils ont, alors, ceux-là, voyons ça.

Autour d'elle, les différents instituteurs étudièrent leurs groupes respectifs avec attention.

– Qu'est-ce que c'est, Chloë ? Un paquet de chips. Oui. Y a-t-il d'autres parents pour qui les chips, c'est comme les fruits ? Parce qu'on avait bien dit qu'il fallait un fruit ou un légume, ce matin, hein ? Un bâton de saucisson, Jacob ? Eh bien, un fruit, c'est tout de même meilleur pour la santé, n'est-ce pas ? Restez bien derrière votre maître ou votre maîtresse. Ne vous écartez pas, c'est dangereux, les quais de gare.

Les autres voyageurs, certains proches de la cinquantaine, pensèrent à révéler à la directrice d'école ce qu'ils avaient emporté – ou ce qu'ils se proposaient de faire – pour déjeuner : les Ficello Spaghetti qu'on avait achetés pour les enfants, mais tant pis, le hamburger qu'ils avaleraient au pub avec une pinte de bière, le pétard qu'ils fumeraient dans le parc.

Le train avait du retard, et les gamins commençaient à gigoter, sous l'œil vigilant des adultes qui s'efforçaient de les garder en rangs.

– On continue ! fit la directrice. Qu'avez-vous pris au petit déjeuner ? Tout le monde n'a pas petit-déjeuné ? Si ? Ah. Jacob, qu'as-tu mangé, toi ?

Mais Jacob, vaincu par sa timidité, se réfugia derrière son meilleur ami Ben, qui, sentant les regards converger sur lui, se cacha derrière Jacob. Ils se tortillèrent ainsi tour à tour pendant une bonne minute. Puis, sans que cela paraisse prémédité, ils se mirent brusquement à se taper dessus, tirant sur leurs vêtements, etc.

– Jacob, Ben ! lança la directrice, qui alla les séparer. On ne fait pas l'imbécile au bord de la voie !

Autour d'eux, les grandes personnes se remémoraient leur jeunesse ; ce qu'ils mangeaient à cet âge-là au petit déjeuner. L'un pensa au porridge ; un autre à ses biscuits ; un autre encore à une froide banlieue londonienne, au brouillard derrière les fenêtres, à son père qui, au bas de l'escalier, avalait en vitesse une tasse de thé avant de courir vers la gare. Avec ses longs cheveux roux en bataille, sa mère souriait devant l'évier dans un peignoir rose. On recommandait, à la fin des années 1960, un bon apport de protéines pour bien commencer sa journée ; il y avait, sur la table, deux œufs à la coque, un pour lui dans le coquetier bleu en porcelaine, l'autre pour sa sœur dans le coquetier vert.

Un sifflement dans le virage. Le train apparut entre les haies dans le soleil du matin. Les grandes personnes empoignèrent leurs bagages ; les tout-petits prirent les mains de leur camarade, la droite dans la gauche, et la gauche dans la droite.

PREMIER IMPROMPTU

QUELQUES MOTS DE L'OMNISCIENT NARRATEUR

Kenyon referma la porte derrière lui à huit heures dix-sept. Telles de grosses veines noires, des câbles montaient en face de la maison vers une caméra fixée au portail de la Clinique du bateau. Son œil unique consigna l'heure ainsi que, s'il avait pu voir en couleurs, le costume bleu de Kenyon et l'imper d'un jaune étrange qu'il portait à son bras. Elle le vit regarder le ciel, hésiter un instant, puis ouvrir son parapluie, un modèle classique, non télescopique, à la poignée en bois noueux. En visionnant l'enregistrement, toute personne en déduirait plus tard que les prévisions de ce matin-là pour l'ouest de l'Angleterre – averses légères et passagères – s'étaient révélées exactes, comme la météo le publierait le lendemain.

La caméra en face de la maison ne serait pas le seul appareil à conserver une trace électronique. Pendant qu'il faisait couler son bain, Kenyon avait consulté ses e-mails, se connectant à sept heures quatorze pour finir à sept heures vingt-deux ; il avait lu six courriels, dont trois en provenance de l'Australie, arrivés dans le courant de la nuit, à propos d'une conférence à Canberra à laquelle il devait assister en janvier. Sauvegardés à distance dans plusieurs bâtiments affectés à des services de télécommunications, ces e-mails et les réponses de Kenyon seraient donc consultables sur demande par tout mandataire de l'État. Enregistré à distance également : le nom des trois sites qu'il avait visités pour une lecture rapide, en attendant que la baignoire soit pleine. L'un retraçait la filmographie de Rita Hayworth, qui, dans ses rêves de la nuit, faisait une singulière apparition dans *La Mélodie du bonheur*. À la grande satisfaction de Kenyon, et contrairement à ce rêve envoûtant, Rita Hayworth n'avait jamais tenu le rôle d'une religieuse dans l'adaptation de la comédie musicale de Rodgers et Hammerstein. Une fois lavé, et vérifié en vitesse que son épouse dormait toujours, Kenyon avait passé un bref coup de fil sur son portable, debout au comptoir de la cuisine, une serviette violette autour de la taille, et une autre, bleue, sur les épaules. L'appel commença à sept heures cinquante-trois, pour se terminer quatre-vingt-dix secondes plus tard, à sept heures cinquante-quatre. À sept heures cinquante-six, Kenyon composa le même numéro et ne parla cette fois que neuf ou dix secondes. Le numéro, les heures et la longueur des communications seraient conservés dans les fichiers électroniques d'une autre société de télécoms, pour y rester jusqu'à ce qu'un organisme officiel demande à les voir, ou qu'ils soient détruits, ou encore, plus probablement, jusqu'à la fin des temps. Après quoi, personne n'enregistra plus les mouvements et les actes de Kenyon avant qu'il sorte de chez lui sous l'œil attentif de la caméra au-dessus de la Clinique du bateau. Il alla prendre une tasse de café.

Installée au printemps 2004 par crainte du vandalisme, et toujours opérationnelle, ladite caméra le filma en train de traverser son champ de surveillance, de la gauche vers la droite. Puis Kenyon échappa à toute observation extérieure, le temps qu'il atteigne le quai, cinq cents mètres plus loin. Il fut alors pris en charge par la caméra du pub, braquée sur ses clients ; par celle de l'arrêt d'autobus, avec vision panoramique sur le parking ; par celle installée à l'entrée du magasin d'antiquités. Petite silhouette en costume bleu, son imper jaune au bras, il passait du champ de la précédente à celui de la suivante. Certaines distinguaient seulement une sorte de champignon noir au chapeau nervuré : le dôme du parapluie. Il aurait été nécessaire de procéder à des recoupements pour établir correctement l'identité de la figure qui se mouvait d'une caméra à l'autre, comme passe un objet de main en main dans une file d'inconnus. Cela ne serait pas toujours possible, les caméras fixées à la devanture des bijoutiers enregistrant des informations à l'usage d'individus extérieurs au système de télésurveillance. Enfin certaines, n'ayant jamais filmé rien ni personne, se contentaient d'être plausibles : c'était de simples boîtes vides, des placebos, à effet dissuasif.

Kenyon s'arrêta à l'extrémité de Fore Street, devant le distributeur automatique de billets de la HSBC, un cube de métal encastré dans la façade blanche d'un bureau de douane du XVIIIe, aux fenêtres discrètement blindées, voire tout bonnement murées. Les fichiers de la banque auraient montré que, à huit heures vingt-huit, Kenyon retira 100 livres, avec pour incidence un solde négatif de 4 524,20 livres. Un enquêteur attentif, employé par la banque, par un organisme public, par une de ces agences permettant d'évaluer la solvabilité de clients potentiels, ou encore un pirate, qui, par curiosité, ou pensant à quelque action malveillante, se serait intéressé aux finances de Kenyon – bref, l'un ou l'autre de ces instances ou individus aurait observé qu'il bénéficiait d'une autorisation de découvert de 5 000 livres, que son salaire lui serait viré trois jours plus tard, réduisant le découvert en question sans totalement le couvrir, et que son autre carte, de crédit celle-là, présentait un débit de 7 477,98 livres. Cependant, ni les enquêteurs ni les caméras filmant Kenyon ce matin-là n'auraient décelé la vague d'inquiétude, l'accès de panique qui s'emparèrent de lui lorsqu'il inséra sa carte usuelle dans l'appareil. Allait-il bientôt atteindre la limite des 5 000, ou l'avait-il déjà dépassée ?

Par ailleurs, toute personne en mesure d'enfreindre les protocoles de sécurité aurait trouvé quelque intérêt à apprendre que la prochaine personne à se servir du distributeur n'était autre qu'Anna McLeod, seize ans, en séjour chez ses grands-parents, et qu'à neuf heures dix-neuf, elle retira 20 livres – un écart aussi long qu'inhabituel entre deux utilisateurs à ce moment de la matinée. C'était seulement la quatrième fois qu'Anna McLeod retirait du liquide avec sa propre carte – sa mère lui avait prêté la sienne deux fois, mais certainement pas trois. Tirer de l'argent se traduisait chez elle par une certaine excitation, de l'exubérance, comme si elle ne se rendait pas compte qu'il s'agissait de son argent, et qu'en l'occurrence elle n'en avait pas spécialement besoin. Les mémoires informatiques, les objectifs des caméras consigneraient l'essentiel de ces choses, et elles continueraient. Avant la fin de l'année – plus précisément le dernier jour de celle-ci –, Anna McLeod quitterait une fête à Exmouth sur le siège passager d'une vieille Fiat au conducteur éméché, et la police l'arrêterait en possession de deux comprimés d'une substance illégale. Alors les composantes intrinsèques de son corps – son esprit, son sang, sa peau, ses cheveux –, la configuration particulière de son acide désoxyribonucléique, résultant de l'association de Marianne McLeod et (à l'insu de tout le monde, puisque caché dans la double hélice) de Stewart, le patron au service des cartes grises de la préfecture où Marianne avait travaillé six mois en 1993 (sans rapport avec Mungo, son mari comptable et écossais), l'ADN donc d'Anna, produit d'un ovule et d'un spermatozoïde bien précis, serait pour toujours inscrit dans le fichier d'un ordinateur, prêt à être consulté par un agent fatigué du service médicolégal, chaque fois qu'un crime serait commis, n'importe où dans le pays.

Kenyon prit cet argent qu'il considérait le sien, et poursuivit son chemin dans Fore Street. Il n'avait jamais eu affaire à la police ; n'avait jamais été soupçonné d'un crime quelconque, à tort ou à raison. Personne n'avait donc son ADN, excepté lui-même et, bien sûr, Hettie. En revanche, son aspect extérieur pouvait être authentifié par les caméras de la police à la sortie de la poste, et celles du foyer municipal qui, braquées sur la statue du Menu-Crottant, tinrent seulement compte de ses jambes, pas plus haut que le genou. Celles, privées, des trois pubs, de la galerie d'art contemporain d'un trader de *hedge funds*, d'un autre bijoutier et de la boutique de souvenirs saisirent son visage concentré, tendu, et sa démarche rapide. Peut-être quelque observateur, suivant sa procession de caméra en caméra, prêterait-il attention au défilement des secondes et des minutes au bas de l'écran, et se poserait-il des questions sur les horaires des trains au départ de Hanmouth ? Puisqu'il se rendrait compte que, selon les dernières caméras, installées au-dessus de la porte du Three Ferrets[1], Kenyon s'était mis à courir, alors qu'il lui restait deux cents mètres à couvrir pour arriver à la gare, et que le train de Bideford s'était déjà mis en marche.

Comme la borne à la gare refusait les pièces et les billets, Kenyon introduisit sa carte bancaire et tapa les quatre chiffres de son code, que l'appareil conserva dans sa mémoire. La caméra au-dessus de la borne garda une trace de la scène, ce qu'auraient pu faire également, quoiqu'avec moins de détails, celles placées aux extrémités des deux quais. La base de données de la compagnie ferroviaire reconnaissait l'utilisateur, sa carte et la procédure par laquelle il se procurait ses billets chaque semaine depuis plusieurs années. Sauf que Kenyon les achetait à l'avance, pas le lundi matin au moment du départ. La borne enregistra également qu'il ne partait pas aujourd'hui pour Londres, sa destination habituelle. En sus des 100 livres retirées plus tôt, le compte de Kenyon fut débité de 2,30 livres. Une information elle aussi sauvegardée, à l'usage éventuel des autorités ou de tout organisme spécialisé.

L'apparition du train fut contrôlée par les caméras des quais, indifférentes au spectacle qui s'offrait à Kenyon : la lumière bleutée du matin ; les collines voilées de brume de l'autre côté de l'estuaire ; la grande mouette qui, telle la barre oblique des claviers d'ordinateur, chevauchait le vent en biais, virant de bord vers la gare, puis en sens inverse, avec un cri rauque et joyeux ; une légère baisse de luminosité, alors qu'un nuage passait brièvement sous

1. « Les trois furets ».

le soleil ; la lune muette en forme d'ongle dans le ciel ; le chien qui aboyait gaiement en courant après le train dans un jardin en bordure de voie. Tout au plus quelques ombres dans le flux numérique des anges électroniques ; Kenyon, lui, y prêtait attention. Les caméras le talonnèrent alors que, sans prendre le train pour Londres, maintenant arrêté, il ressortit de la gare ; elles le suivirent alors qu'il montait la petite pente vers, cette fois, la gare routière ; tandis qu'il attendait, puis qu'il montait dans l'autocar pour Harvesthaye, où il paya son billet en liquide (quelque investigation supplémentaire serait sans doute nécessaire pour ne pas perdre sa trace ici) ; enfin, une douzaine d'autres virent le car cheminer vers le haut de la colline, passer devant l'hôpital et divers bâtiments eux aussi protégés, et il resterait encore une douzaine de caméras sur le chemin.

Le hasard voulut qu'il descendît en face d'une banque et qu'il longeât ensuite un lycée, au portail doté de deux grands objectifs, avant d'atteindre, trois minutes plus tard, une maison. On ne l'aurait donc pas perdu de vue. À cinquante occasions, Kenyon avait été filmé, et ses actes enregistrés, entre le moment où il s'était réveillé et celui, à neuf heures trente, où il arriva à destination. Les anges électroniques, lointains observateurs, auraient pu découvrir qu'il avait téléphoné deux fois à un homme qui habitait à dix kilomètres de chez lui, et qu'il se trouvait maintenant devant la porte de sa maison ; ils auraient conclu que Kenyon avait retiré suffisamment d'argent pour tenir un jour ou deux, avec des pizzas qu'ils iraient chercher au coin de la rue. En revanche, les anges ne pourraient qu'ignorer, la porte n'étant pas surveillée, avec quelles délices, quelle joie, son hôte, un certain Ahmed Khalil, le recevait ; et la façon dont, une fois la porte refermée, ils se tombèrent dans les bras, s'absorbant l'un l'autre avec une vigueur concentrée sur les bouches, les mains, les vêtements de Kenyon qui atterrirent par terre, tandis qu'Ahmed ouvrait sa robe de chambre et que son ami se mettait à genoux. Les anges ne pouvaient deviner, non plus, que les deux hommes, au seuil de la cinquantaine, éprouvaient ensemble pour la neuvième fois un sursaut libidinal, une sensation de jeunesse. Les caméras dans la rue ne détiennent pas les secrets du cœur humain ; il leur était impossible d'observer les retrouvailles secrètes de Kenyon et Ahmed. Cependant nous les vîmes, vous et moi.

DEUXIÈME PARTIE

LE ROI DES BLAIREAUX

« Le Roi des Blaireaux est l'un des meilleurs amis et voisins de l'Oncle, mais il était parti demander un prêt dans une banque étrangère. »

J. P. Martin, *Uncle Cleans Up*

1

De l'écume remontait de son estomac barbouillé. Les nains avec leur lance-flammes miniature s'étaient mis au travail tôt le matin. David se réveilla avec un flux de vomi brûlant au fond de la gorge, qui débordait dans sa bouche. Aussitôt il s'assit dans son lit, repensant qu'il n'avait rien chez lui contre l'acidité gastrique. Sinon, il aurait pris deux bonnes cuillerées de quelque chose, la veille, après son dîner solitaire : poulet rôti, petits pois et purée, moelleux au caramel arrosé de crème anglaise, et Dieu sait combien de biscuits au thym couverts d'une lamelle de caerphilly[1] du Borough Market[2], qu'il était allé chercher plusieurs fois à la cuisine, pendant les spots publicitaires, pour les avaler devant la suite du programme. N'oublions pas la bouteille de vin blanc après les deux gin tonics. Tu y as droit, s'était-il dit hier soir, en se servant le premier tandis qu'il se rappelait cette journée de merde, cette semaine de merde, et sa vie de merde. Tu y as droit, se disait-il maintenant, en sueur dans le noir, tandis que le

1. Fromage du pays de Galles.
2. Grand marché de gros et de détail au sud de Londres.

vomi délayé refluait lentement au fond de sa gorge. Son cœur battait comme un tambour cassé. N'avait-il pas un pincement, aussi, à la poitrine – cette horrible raideur qui annonce une crise cardiaque ? Sans bouger, David écoutait les incontrôlables rébellions de son corps, et bientôt sa crise d'hypocondrie disparut.

Il chercha sa montre sur la table de chevet. Était-ce sa vision, ou simplement ses yeux, cependant il eut du mal à distinguer le cadran phosphorescent. Huit heures moins dix. Il avait quand même réussi à dormir « d'un seul trait » – l'expression de son ami Richard – avant que ses crampes le réveillent ; c'est-à-dire sans faire un tour aux toilettes. Une chance, pensa-t-il. « Après trente-cinq ans, on se lève toujours au moins une fois », répétait Richard – dont c'était presque le seul précepte dans l'existence. David, qui avait trente-six ans, ne dormait plus « d'un seul trait » depuis dix ans. Et donc, s'il y était arrivé cette nuit, c'est parce qu'il avait bu.

Finalement, il se força à se lever vraiment, enveloppant sa graisse dans son yukata en coton bleu. Il chercha la ceinture – qui pouvait se trouver n'importe où dans le capharnaüm de son appartement. Alors David attrapa l'autre peignoir, celui qui se boutonnait, et se traîna vers la cuisine, où ses pieds butèrent contre les emballages vides qu'il y avait déposés la veille, sans les mettre ensuite à la poubelle. Il n'avait pas eu l'impression d'être soûl en allant se coucher, mais bizarrement il l'était maintenant. La fatigue, voilà ; ça ne l'empêcherait pas d'aller à Londres tout à l'heure. Il ouvrit le mitigeur en grand, et l'eau commença à couler. Une bonne tasse de café, et il prendrait le volant sans problème, direction le Devon, pas la porte à côté tout de même. Mauro l'attendait chez lui à Clapham, à neuf heures et demie ; David serait sans doute en retard, mais Mauro attendrait.

Il ferma le robinet et se glissa dans la baignoire. Dehors, dans les hauteurs, un hélicoptère de la police faisait le raffut habituel. De plus en plus souvent, les soirées du week-end, on était réveillé par leur hélico, survolant St Albans à la recherche d'un voyou en fuite avec des sachets d'herbe dans une voiture volée. Ils quadrillaient un quartier après l'autre, avec leur infrarouge, ou leurs ultraviolets, ou allez savoir quoi. La délinquance et les hélicoptères étaient parmi les principales raisons qui avaient poussé ses parents, l'année précédente, à s'installer dans ce lointain village du Devon. David pensait que c'était pareil partout – sirènes, hélicos, voitures volées, le bruit, le chaos. Mais il n'avait encore jamais entendu le maudit engin un samedi matin à l'heure du petit déjeuner. Soudain il lui apparut que, curieusement, il faisait encore nuit.

Il finit de s'enduire de savon à la lavande, plongeant, soufflant et se rinçant les narines dans l'eau du bain tel un morse adipeux, puis il se lava la tête avec le reste de shampooing à la fleur d'oranger, glissant dans la baignoire pour mouiller ses cheveux et se rinçant de même. Il n'y avait pas d'horloge à la salle de bains, et il aurait fallu changer, depuis au moins sept mois, la pile de celle de la cuisine, dotée d'un épais sourcil de graisse au-dessus de la gazinière. Quand même, pour huit heures du matin, il faisait drôlement sombre à cette époque de l'année. Laborieusement, David considéra les faits et s'étonna. Enveloppé d'une serviette, il repassa par la cuisine obscure pour regagner sa chambre, où il alluma la lampe de chevet, contempla ses draps et la couette en désordre. De nouveau il consulta sa montre : elle indiquait deux heures moins le quart. Voilà, il l'avait tenue à l'envers, tout à l'heure ; il s'était trompé, il avait cru qu'il était – quoi ? – huit heures moins dix et non une heure vingt.

Une idiotie qui s'ajoutait à ses angoisses nocturnes, à l'acidité gastrique, l'insomnie, la peur de la solitude, l'état de ses finances, je-suis-maudit, et les autorités qui finiraient bien par lui tomber dessus, pour une infraction ou une autre. Sans compter la perspective de mourir dans son sommeil, obèse comme il l'était ; pas mal, ça. Pour couronner le tout, il était désormais susceptible de se réveiller n'importe quand, de se méprendre sur l'heure, de se laver, s'habiller, même quitter son domicile en ayant lu l'heure de travers. Pas étonnant qu'il ait l'impression d'être soûl, désorienté ; il s'était couché seulement une heure et quart plus tôt. Les gens normaux, comme Mauro, dormaient au même instant ; les gens normaux, comme Mauro, avec son sourire éclatant, ses yeux noirs, son torse rasé – piquant toutefois sous une main caressante –, se faisaient en ce moment lécher des pieds à la tête, s'envoyaient en l'air somptueusement, comme déjà, cette semaine, avec un certain nombre de partenaires d'un soir. Voilà certainement ce que faisaient les gens normaux comme Mauro à cette heure de la nuit. Éteignant sa lampe de chevet, David se mit à fixer l'obscurité et continua un long moment. Qu'est-ce qui lui avait pris de demander à Mauro de l'accompagner chez ses parents, pour le présenter comme son nouveau copain ?

2

David avait rencontré Mauro huit mois auparavant. Trois couples qu'il connaissait – de près ou de loin, dont un parmi ses relations de travail – avaient annoncé chacun à son tour leur intention de profiter des nouvelles lois et de se marier. « Ce n'est qu'une formalité », avaient-ils commenté, en guise d'excuse pour ne pas l'inviter. Ces unions plongeaient David dans la mélancolie. Jusque-là, la vie gay avait eu l'apparence d'une joyeuse série de remaniements ministériels, en vertu desquels tout le monde était seul un moment, puis en duo un autre moment. Il suffisait de rester tranquille, le sourire à la bouche, pour que, tôt ou tard, quelqu'un vienne s'asseoir dessus.

L'avènement des mariages de même sexe devait saborder cette théorie. David ne pouvait plus considérer que les couples autour de lui profitaient d'un intervalle entre d'inévitables périodes de solitude. Il avait pensé que, pour les intéressés, toute nouvelle relation ne constituait qu'un épisode de plus, forcément provisoire, dans une chaîne indéterminée. Cela notamment parce qu'il croyait qu'un jour ou l'autre, une fois épuisé le champ des possibles, un de ses amis gay finirait par le choisir comme compagnon. À sa grande surprise, il s'était aperçu, bien au contraire, que ceux-ci avaient foi dans la permanence de l'arrangement. Les jeux de chassé-croisé de ses copains de jeunesse étaient finis, laissant place à une sorte d'euphorie cadenassée. David ne les voyait plus ; ils avaient disparu derrière le portail du jardin et le catalogue de Heal[1].

Deux ans avaient passé depuis ses dernières vacances partagées, en l'occurrence avec sa mère. (Elle avait toujours voulu visiter Venise, ce qu'ils firent, « tant qu'elle était encore capable de marcher », disait-elle ; au fil des églises, ils s'étaient parfois télescopés, tenant leurs miroirs comme des plateaux pour étudier les fresques au plafond, et murmurant d'affectueuses excuses. Les gens les prenaient pour mari et femme – assez gros, le mari.) David n'avait couché avec personne depuis un an, la fois précédente remontant à 2005. Les deux hommes en question avaient été de jeunes prostitués, choisis sur un catalogue Internet, le choix en lui-même s'étalant sur plusieurs jours. David avait téléphoné depuis St Albans et s'était rendu chez eux, à Earls Court ou King's Cross. Pas une réussite, ni avec l'un, ni avec l'autre. Le dernier en date, après avoir minutieusement examiné le corps de David, s'était révélé incapable de la moindre érection. Fermant les yeux, il avait sûrement tenté de penser à quelque chair plus excitante, sans parvenir pour autant à un résultat. David s'était montré poli, encourageant, compatissant, et finalement un peu vache. « Ce n'est pas moi, avait dit le professionnel. Mais je ne suis pas une machine, tu sais. C'est toi. Avec quelqu'un

1. Meubles, décoration, etc.

d'aussi gras, on n'arrive à rien. » Un reproche que David avait humblement accepté, avant de se rhabiller, de donner la somme demandée, de repartir à la gare en ruminant exactement les mêmes pensées que d'habitude.

– Évidemment, ce n'est pas à St Albans que tu trouveras ton bonheur, avait commenté Richard, David lui faisant part de sa mauvaise fortune. Tes parents n'habitent plus là, et les seules gens que tu connaisses, c'est tes copains de lycée.

– Et le mec du *off-licence*[1], ajouta David, qui avait pour coutume d'anticiper tout commentaire acerbe à propos de ses défauts.

– Oui, je l'attendais un peu, celle-là. Nous buvons beaucoup trop. Nos parents ne picolaient pas. Maintenant, oui, et comme des trous, mais pas quand ils avaient notre âge. Comment se fait-il que notre meilleur pote, aux uns comme aux autres, soit le mec du *off-licence* ?

– Je ne sais pas, avait répondu David, irrité que la conversation se perde en conjectures sur la vie d'aujourd'hui. De toute façon, je ne vais pas me mettre à la colle avec lui.

– Faudrait peut-être que tu fasses des efforts. La communauté gay, ça te dit quelque chose ? Ça existe aujourd'hui dans les grandes villes, à Londres, à Manchester, où tu voudras. Mais, euh, à St Albans, tu n'as pas dû en entendre parler. Enfin, bref, c'est des bars, des boîtes, et des mecs tellement bourrés qu'ils coucheraient même avec un gros nase comme toi.

– Merci.

---

1. Magasin de vins et spiritueux.

– Je t'en prie. Va savoir, tu en rencontreras peut-être un qui t'aimera pour ce que tu es. Ça paraît improbable, je te l'accorde.

– Tu peux me mettre cinq cents pédés bourrés devant moi, je ne saurais toujours pas comment engager une conversation. Pas dans mes cordes. Je me demande comment j'ai réussi à rencontrer des mecs, jusque-là.

– Moi, je sais comment on fait dans une boîte. Tu achètes des poppers, tu en sniffes un peu de temps en temps. Tu verras comme on se pressera autour de toi.

– Je ne supporte pas ce truc.

– Tout le monde dit ça, rétorqua Richard. Tu n'en reviendras pas. Tous ces gamins qui vont se coller sur des obèses pour profiter d'un flacon noir à trois heures du matin. Suis mon conseil, je t'assure.

– Je vais me remettre au boulot, avait dit David car, depuis leurs bureaux respectifs, ils se téléphonaient au milieu de l'après-midi.

Dymphna, collègue et patronne de David, arpentait la moquette du petit couloir sans exactement le regarder, mais sans non plus détourner les yeux. Comme si elle n'avait pas entendu la conversation depuis le début, dans le petit espace qu'ils se partageaient, ou comme si elle voulait le rappeler à l'ordre.

Richard, qui était graphiste, vivait à Londres. David admirait comment, armé d'un simple diplôme de français, il avait embrassé une carrière, atterri dans un immense bureau blanc aux tables grandes comme des icebergs. C'était une ancienne église méthodiste, réaménagée, on nageait dans un espace infini. Comme David, Richard avait apparemment oublié tout le français qu'il avait appris. Avec sa chemise blanche, son costume noir, ses courts cheveux gris et son visage glabre, il ne ressemblait plus guère à ce collégien du privé, aux accents militaires, qui, sortant un soir de sa réserve, dix-sept ans plus tôt, avait parlé de sa sexualité contrariée dans une chambre d'étudiant à Reading, quelque part vers le quinzième étage d'une résidence universitaire. Richard n'était plus le même, à une exception près. Lorsque, à l'époque, il avait abordé le sujet, il n'avait pas voulu passer à l'acte avec David, même à quatre heures du matin après moult verres d'alcool. David n'avait pas besoin de lui reposer la question : il refuserait encore aujourd'hui.

Richard habitait Parsons Green, repeignait les murs en blanc tous les deux ans, renouvelait une partie du mobilier tous les cinq ans, prenait un nouveau Brésilien à demeure tous les trois ans. C'était ahurissant, un jeu de poupées, non pas russes, mais sud-américaines, sans intervalle visible de jalousie ou de désespoir. David se demandait comment il avait pu conserver l'amitié d'un tel prodige, une telle rareté, un tel cadeau ; et lorsqu'il rencontrait parfois – inévitablement – les copains de Richard, ceux-ci donnaient l'impression de penser la même chose. Par contre, après ses études à Reading, David était revenu vivre dans la ville où il avait grandi. Fidèle, il y était resté, comme il était fidèle à la masturbation.

– Tu dormiras ici, lui offrit Richard. Tu ne vas tout de même pas rentrer à St Albans un samedi soir. Sors un peu, charge-toi avec ce que tu voudras, tu verras bien ce qui se passe. Va savoir, quelqu'un te proposera peut-être un lit plus agréable qu'ici.

– Pas de bol, dit le même Richard quelques jours plus tard, alors que David avançait une date. Rodrigo (son actuel Carioca, songeur et menaçant) a promis, il y a des mois, d'aller à l'anniversaire de son meilleur copain. On peut pas faire l'impasse. Ça fait déjà trois fois qu'on remet la date.

– Bon, la semaine suivante, alors ? demanda David, tout en trouvant bizarre qu'une fête d'anniversaire puisse être programmée depuis des mois et repoussée trois fois.

– Pas mieux. J'ai invité quatre collègues graphistes avec leurs compagnons, des Australiens, comptables, pour qu'ils étudient Rodrigo d'aussi près que ça leur chante. Qu'est-ce qu'ils ont, les comptables, en Australie ? Ici, on dit toujours que c'est les stewards et les coiffeurs. Là-bas, faut croire que c'est les comptables. Je ne vais pas te les imposer. Bon, voyons comment arranger ça. Tu viens samedi soir, on se fait un apéro sympa, tu passes ta soirée où tu veux, on fera le bilan et le compte de résultat dimanche au déjeuner, et tout sera pour le mieux.

– Dans le meilleur des mondes, dit platement David.

Il s'y était attendu.

Il alla quand même à Londres. Rodrigo-le-Brésilien se leva paresseusement dans le salon en L, sans lâcher la télécommande, sans éteindre le Grand Prix, se contentant de baisser le volume au minimum.

– Salut, je m'appelle Rodrigo, dit-il en tendant la main.

Il avait la peau bizarrement calleuse pour un avocat – si, comme l'affirmait Richard, c'était bien son métier.

– Bonjour, je m'appelle David, répondit celui-ci, sarcastique, puisqu'il l'avait déjà rencontré deux fois.

Il s'efforça de trouver quelque chose dans l'apparence du Brésilien – en jean, pieds et torse nus, et cette poignée de main de bûcheron – qui ne soit pas érotique. Impossible. Rodrigo s'éclipsa sur un simple regard de

Richard, pour ne réapparaître que dix minutes avant leur départ. Ni Richard ni lui n'étaient habillés pour un dîner, et n'apportaient quoi que ce soit – un cadeau, une bouteille, un bouquet de fleurs. En quittant l'appartement – Rodrigo et Richard vêtus de vieux sweats à capuche, David dans son costume disco tout neuf –, il les soupçonna d'aller voir *Je suis une légende* à l'Odeon de Fulham Road. Lors de leur conversation, Richard avait abordé différents sujets par les mots : « Tu te souviens ? » C'était odieux d'être devenu insortable ; David se demanda ce qu'il pourrait bien montrer dans un night-club qu'on aurait envie de garder avec soi et, l'espace d'un instant, il envisagea, dans ses beaux atours, d'aller voir également *Je suis une légende*. Ou peut-être un autre qui le tentait aussi : *P.S. I Love You.*

David paya à la caisse, un trou peint en noir à l'entrée du Vauxhall Club.

– Merci, chéri, lui dit d'une voix traînante la blonde maigrichonne assise derrière, avant de lui donner un coup de tampon encreur sur l'intérieur du poignet.

Pour être à l'aise, il avait enfilé de vieilles bottes noires, mais le reste était neuf : jean blanc, chemise noire, chaîne en argent. Ça faisait très disco, un tantinet ringard, et surtout le noir l'amincissait. En sortant, David avait annoncé qu'il allait faire les bars de Soho. C'était vrai, sauf qu'il avait bu un café dans une brasserie en lisant un bouquin. Il n'avait pas envie d'être soûl. Puis il était passé dans un sex-shop acheter un flacon de poppers, comme le lui avait recommandé Richard – Richard qui connaissait son affaire.

3

La boîte était à peu près vide. Évidemment, la soirée commençait seulement. Après le dîner, les clients se retrouvaient pour l'instant dans les bars de Soho, s'envoyaient une ligne de cocaïne, de kétamine, ou quoi que ce soit, dans un bel appartement ressemblant à celui de Richard. Ils afflueraient après minuit, plus probablement vers une heure. David commanda un verre qu'il emporta dans un coin sombre avec vue sur l'entrée de la piste, un espace distinct, plein de sons et de vibrations. Pour l'instant, un homme seul y dansait, ou plutôt se tortillait dans un costume bizarre, excentrique, mal assorti, effiloché – une sorte de paysan qui maîtrisait mal ses mouvements. David l'observa, tandis qu'apparaissaient des groupes de deux ou trois, prêts à se ruer vers la piste, et qui, finalement, hésitaient. Comme des oiseaux se posant une seconde sur un fil, ils reculèrent, les mains sur les joues, en se parlant assez bas pour qu'on ne les entende pas. Le DJ logeait dans une tourelle éclairée dans un angle ; dans l'autre, un balcon de verre permettait d'entrevoir une pièce surélevée : le salon VIP.

La piste n'était pas grande mais, d'après sa modeste expérience, David supposait qu'elle le serait bien assez une fois pleine. Ce qui, toutefois, ne semblait pas devoir arriver. Une demi-heure plus tard, le danseur champêtre aux yeux fous se tortillait toujours seul ; les hommes restaient autour de la piste, accrochés à leur verre, entre intimes, ricanant le doigt tendu. Aller le rejoindre, y être le deuxième, revenait à se présenter avec lui, ce qu'à l'évidence personne ne souhaitait. Des heures plus tard, un « deuxième » de cette sorte serait condamné à rentrer seul chez lui. On se contenta ici et là de quelques mouvements et dandinements rythmés jusqu'à ce que, minuit et demi approchant, une des stars de la boîte, visiblement, se plantât sur la piste avec force déhanchements ; puis un deuxième, et un troisième, et tout un groupe. La glace était rompue, la nuit pouvait commencer.

David attendit encore une heure pour les imiter, diluant sa présence pour éviter d'être remarqué. Quitte à se fondre dans une foule, autant qu'ils soient cent plutôt que vingt. Dans une autre boîte, il s'était vu une fois danser devant la glace ; il avait cru jusque-là faire la même chose que tout le monde. Mais ce qu'il avait aperçu, ces flottements balourds d'ursidé, lui avait à jamais retiré ses illusions. Il se contentait maintenant de se dandiner d'un pied sur l'autre, avec un grand sourire – que quelqu'un lui rendit soudain, lui accordant en quelque sorte une place. Pas si mal.

David doutait qu'il fût réellement possible de faire des rencontres dans ce type d'endroit. Son ambition se limitait, ce soir, à pouvoir raconter quelque chose le lendemain à Richard. Pensant à ce dernier, il se rappela le petit objet noir qu'il avait glissé sous la ceinture de son pantalon. Il dégagea le flacon et, non sans maladresse, en dévissa le capuchon, puis le porta à ses narines, la gauche, la droite, et de nouveau la gauche. Un étourdissement, une légère sensation de nausée, rien de merveilleux. Alors il remit la chose à sa place en se demandant combien de temps encore il aurait besoin de rester ici.

– J'adore-j'adore-j'adore ! lui glissa une voix à l'oreille. Je peux en sniffer un peu ?

C'était un petit homme, propre sur lui, très séduisant, avec des sourcils noirs couronnant deux yeux bruns pétillants. Musclé sans être un fana de la gonflette. Il avait dû récemment se raser le torse, et David éprouva une envie irrésistible de glisser ses deux mains sur cette peau douce et râpeuse en même temps. Mais il se borna à tendre la minuscule bouteille. Sans cesser de le regarder, l'homme l'ouvrit, renifla une, deux, trois fois, la remit sous la ceinture de David et, contre toute attente, lui embrassa la joue.

C'était Mauro.

– On dirait que ça a marché, alors ? jeta Richard le lendemain, devant un gratin de poisson au pub bobo du coin, tout en bois, cuivre et verre.

La salle dominait le jardin de Parsons Green[1], qui avait dû, jadis, appartenir audit pasteur. David évitait son image, plus effrayante que d'habitude, dans les miroirs aux murs. Outrageusement en forme, Richard semblait s'être couché à une heure raisonnable, sans avoir bu, puis s'être levé assez tôt pour faire son jogging dominical. David ne lui demanderait pas si le film était bon.

– Plus ou moins, répondit-il prudemment.

1. Parsons Green, un quartier chic de Londres ; littéralement : « le jardin du pasteur ».

Si cela n'avait pas fonctionné, pourquoi serait-il rentré à neuf heures du matin, le sourire aux lèvres, saluant Richard qui prenait son petit déj', pour disparaître aussitôt, titubant, dans la chambre d'amis ?

– Alors ? Son nom ? Ça valait la peine ? Fantastique ?

David se concentra. Il y avait d'abord eu le taxi, avec Mauro et son ami – comment s'appelait-il ? Ensuite les poches et les sacs fouillés à la recherche des clefs, sur le trottoir de Clapham High Street. Enfin, la porte entre les deux boutiques – Mauro habitant, semblait-il, au-dessus d'un salon de bronzage. Puis était apparu un petit emballage, et David avait accepté une ligne de drogue après l'autre, y voyant un prélude à d'éventuels ébats. L'ami, plus très frais à cette heure, s'était mis à délirer, puis il s'était figé et, lové sur le canapé, avait commencé à ronfler, un coussin sur la tête.

David et Mauro s'étaient regardés ; Dieu sait quelles inepties ils s'étaient raconté les heures précédentes. Mauro s'était levé ; « Fais pas gaffe, avait-il dit en se dirigeant vers la chambre contiguë. Je ne t'ai encore jamais croisé, là-bas. J'y vais avec Susie. On travaille ensemble. La grande fille à la robe verte, tu te souviens ? Elle veut devenir lesbienne. Quelle idiote. » Mauro avait tenu ce genre de propos anodins, entrant et ressortant de la chambre où il se déshabillait peu à peu. Allongé sur le canapé, David observait avec plaisir le petit homme brun qui revint successivement sans chemise, sans chaussures, sans chaussettes, sans pantalon, en papotant ingénument. Après quoi Mauro resta devant lui, vêtu seulement d'un impeccable slip blanc, souriant, amène, songeur, comme un employé des bonnes œuvres. Il leva le bras droit et le maintint au-dessus de sa tête à l'aide de sa main gauche. Nu, avec ses adorables touffes sous l'aisselle, il s'était gratté en bâillant, avait affiché un sourire plus vague en se détournant légèrement.

– C'était super, avait-il dit. Donne-moi un coup de fil, un de ces jours.

Sans comprendre tout de suite, David s'était finalement redressé, « merci-de-m'avoir-reçu » et, confus, il avait embrassé Mauro.

– Merci, Mister Poppers, avait dit l'Italien. Note mon numéro, si tu veux.

– Oui, admit David, au pub de Parsons Green. Oui, vraiment. C'était fantastique. Franchement, je n'espérais pas grand-chose et...

– C'est toujours comme ça. Tu vas le revoir ?

David réfléchit. Il pouvait y avoir tant d'innocentes fourberies dans la réponse à fournir. Mais c'était aussi l'occasion de faire valoir à Richard, et à tellement d'autres, qu'il existait réellement ; que rien ne justifiait qu'il n'ait pas de petit ami, même s'il n'en avait jamais eu. Et il ne voyait rien qui empêche un Italien charmant du nom de Mauro, spectacle réjouissant dans son slip blanc au pas de la porte à huit heures du matin, de lui conférer quelque dignité en l'invitant à partager son lit. Ce qu'il n'avait pas fait, bien sûr, et ne ferait pas. Mais si David parvenait à se montrer en sa présence, s'il arrivait à arranger ça, on le regarderait différemment. Sans doute aucun. Puisque, après tout, il existait réellement.

– Il m'a donné son numéro. Donc je suppose que je le reverrai.

– Ah, comme c'est ennuyeux, fit Richard, admiratif.

4

Quand ses parents lui avaient fait part de leur intention de quitter St Albans, David avait eu du mal à y croire – il avait l'habitude de leur rendre visite une fois par semaine. Trois ans plus tôt, son père avait pris sa retraite, invitant quelques amis, voisins et collègues à une petite réception. Depuis, David avait élevé au rang de décision morale son incapacité frileuse à quitter la ville dans laquelle il avait grandi. Tant que son père travaillait, leurs relations semblaient marquées par une sorte de dépendance, David craignant de s'aventurer trop loin dans le monde extérieur. Lorsque Alec partit à la retraite, les rôles ne s'inversèrent pas du jour au lendemain, comme par effet de bascule ; David y voyait plutôt la lente progression d'une marée montante, atteignant une période de mortes-eaux, d'équinoxe parent/enfant, après quoi la dépendance s'effacerait, sans trop affecter au départ son existence.

Ses parents habitaient un pavillon propret, en brique, avec une porte d'entrée bleue sous un porche en bois mouluré, de style suisse, autour duquel le chèvrefeuille grimpait l'été, répandant son parfum dans la petite salle à manger sombre. Une sonatine de Clementi, aussi malmenée fût-elle, ramenait toujours David à l'odeur du chèvrefeuille ; celle des marches quand, assis dehors à l'âge de seize ou dix-huit ans, il attendait le résultat des examens, sachant que son avenir venait d'être décidé (et pensant aux hommes sept fois par minute). Lorsqu'il était petit, leur porche lui paraissait extrêmement joli, leur maison semblable à aucune autre dans la rue, plutôt inspirée d'une photo ou d'un puzzle. De la même façon sa mère, vêtue d'un foulard en soie et d'un grand col de dentelle recouvrant ses épaules, lui avait toujours paru la plus jolie des mères, la plus agréable, si différente des autres. Lorsqu'elle chantait dans un groupe, lors d'un concert ou à la messe de Noël, il la reconnaissait entre toutes. La musique de ses pas, dans le couloir de l'école ou à l'hôpital, était charmante, incomparable. Il pensait avoir une chance incroyable, et crut jusqu'à la fin de l'adolescence avoir été élu, choisi.

La réception avait eu lieu dans la salle paroissiale de l'église de leur rue. Ce qu'on appelait maintenant le foyer municipal. Peut-être auraient-ils mieux fait – ses parents – d'organiser ça chez eux. Mais toujours inquiets, ils craignaient jusqu'à leurs propres amis. On renversait des choses ; même armés des meilleures intentions, après un verre ou deux, les gens prenaient appui sur une table qui n'était pas faite pour ça. Donc ils avaient choisi le foyer municipal, où l'ambiance n'était pas formidable. Tous trois s'y étaient rendus plus tôt ce jour-là, essayant d'éteindre une lumière ici ou là pour créer un semblant d'atmosphère, sans obtenir beaucoup mieux que de vagues halos bleus, fluorescents, dans deux angles opposés, le reste souffrant de l'obscurité.

Quand les invités étaient arrivés, au nombre attendu, il devint évident qu'Alec et Catherine n'avaient pas apprécié combien il en faudrait pour remplir une salle de dimensions moyennes, comme celle-là. Toute l'inquiétude des semaines précédentes, les efforts déployés pour maintenir la liste des relations, voisins et collègues, dans des proportions raisonnables, se révélèrent superflus. Bien habillés, ils formèrent de petits groupes volontairement distincts, semblables à des apprentis nageurs rassemblés par îlots dans le bassin pour enfants à la piscine. David était de loin le plus jeune de tous ; sa mère lui avait suggéré d'inviter quelqu'un, et ils auraient été ravis, qui que cela fût. Mais cela ne fut pas.

– On se demande ce qu'on ferait sans lui, avait-elle dit à l'épouse du pasteur.

Était-ce simplement vrai ou à cause du curieux éclairage, certainement raté, cependant elles semblaient arborer toutes deux exactement la même nuance de turquoise. Ni l'une ni l'autre ne paraissait l'avoir remarqué. Sauf que Catherine, sur son trente et un, portait une robe neuve, contrairement à l'épouse du pasteur – Philippa, c'était ça ?

– Oui, David, votre fils, n'est-ce pas ? disait celle-ci.

Elle avait un visage rond, séduisant, et une expression généreuse et attentive, sans doute requise par la fonction. Ou peut-être était-elle naturellement généreuse et attentive.

Tendant soudain le bras, comme un oiseau donne un coup de bec, Catherine avait attrapé par la manche son fils qui passait près d'elle.

– Je vous l'ai présenté ?

– Je n'en suis pas certaine, dit Philippa.

– Je me demande ce qu'on ferait sans lui. C'est une telle chance de l'avoir près de nous. Au moins, on peut compter sur lui.

Philippa sourit et, légèrement choqué, David comprit quelle serait désormais la situation. Depuis quelques années, sa mère répétait exactement la même chose – « quelle chance » – et, tant que son père travaillait, on savait bien ce qui se cachait derrière. Le fils, cramponné à la gaine-jarretelles de maman, incapable de parcourir un kilomètre au-delà du foyer maternel, était le plus dépendant des deux ; l'aspect sentimental, jusque-là, avait donné le change. Le père partant à la retraite, les mots de maman s'imprégnaient maintenant de vérité. Pas aujourd'hui, ni demain, mais avec le temps père et mère finiraient par dépendre de leur fils. Et les épouses des pasteurs méthodistes, entendant cette même phrase prononcée au cours d'une réception à l'église, semblaient y déceler quelque vérité.

– Puis-je vous apporter un autre verre, Philippa ? avait suggéré David.

– Oh, c'est très gentil de votre part, avait-elle répondu, et il s'était fait l'effet d'un adulte, conversant avec des adultes.

5

Médiocre, évidemment. Cependant David croyait que son choix de vivre en appartement, dans une maison victorienne réaménagée, située derrière la cathédrale, à moins d'un kilomètre du domicile parental et de son porche en bois ouvragé, ne symbolisait pas l'inévitable défaite d'un petit pédé mal dans sa peau, gras et craintif, mais la décision d'un homme acceptant son devoir. Oscillant entre le dégoût de soi et l'impression de s'en tirer à bon compte, il savait que rien ne changerait dans sa vie : ni son job assommant, ni son logement banal, son maintien dans ces lieux et l'influence qu'ils exerçaient sur lui, alors que tant d'autres préféraient partir. À moins qu'un de ses parents meure subitement, bien sûr.

Il n'avait pas réagi quand ceux-ci lui avaient appris que, contrairement à leurs habitudes, ils ne déjeuneraient pas avec lui samedi ; le week-end prochain, ils rendaient visite à l'ancienne secrétaire d'Alec. David ne se souvenait pas d'elle ; jamais il n'avait réellement écouté son père quand il évoquait son travail. Lorsqu'il venait le samedi, il laissait Alec regarder son *Grandstand* – quel que soit le titre actuel de l'émission de sport – dans un silence complice. Pour entamer la conversation, ils attendaient que Catherine vienne chercher une louche, une soupière – sa mère tenait à préparer un vrai déjeuner, profitant des apparitions comptées et régulières de David pour se livrer à quelque expérience culinaire qu'Alec aurait vue d'un mauvais œil le reste de la semaine.

– N'oublie pas qu'on ne sera pas là le week-end prochain, lui dit Catherine, dans l'embrasure de la porte.

Elle portait le vieux tablier ciré de son mari, représentant le corps d'une strip-teaseuse avec de vrais pompons au bout des seins. Destiné aux messieurs à l'heure du barbecue, c'était censé être drôle. L'un et l'autre se l'appropriaient pour faire la cuisine et, non, ça ne l'était pas quand Catherine s'en servait. On y voyait plutôt un triste rappel de son âge.

– Pourquoi ? Où allez-vous ?

– Je pensais que ton père te l'avait dit. On part dans le Devon. Tu ne lui as pas dit, Alec ? Il me semblait t'avoir entendu.

– Oui, je lui ai dit. Tu regardes vraiment ça ?

David ne comprit pas tout de suite que son père s'adressait à lui. Il ne se rendait pas compte que, de fait, il avait les yeux rivés sur le téléviseur – et que ceux-ci, en outre, brillaient d'une ferveur lubrique. C'était un reportage sur la gymnastique masculine.

– Non, dit-il, rougissant et tournant la tête. Je croyais que c'est toi qui aimais le sport.

– N'importe quoi ! jeta son père. Catherine, je voulais te demander... si on doit partir jeudi, tu as quelqu'un pour te remplacer vendredi matin ?

– J'ai tout arrangé, répondit-elle.

Le vendredi, Catherine tenait bénévolement la boutique de souvenirs de la cathédrale.

David voyait sa semaine bouleversée par ce séjour inopiné chez une ancienne collègue et son mari, dans une commune du Devon dénommée Cockering. Une perspective qui ne lui plaisait guère. Ces déjeuners du samedi souvent l'énervaient, il fallait leur donner des conseils sur ceci ou cela, s'enquérir poliment de leurs petites activités de retraités, s'inquiéter des amis impossibles qu'ils fréquentaient. Mais en réalité, les autres jours de la semaine, David devait parfois se retenir de parcourir les huit cents mètres qui le séparaient de leur domicile. Ce n'était pas la solitude, son inaptitude à la cuisine, ni vraiment l'amour qui le poussaient vers eux. Plutôt qu'il ne supportait pas le désordre de son appartement, alors que leur maison propre et chaleureuse, ni trop pleine ni trop vide, lui manquait. Rien n'y traînait par terre, le panier à linge n'était pas à moitié plein qu'on s'occupait déjà de la lessive, au lieu de – par exemple – le laisser déborder sur le carrelage, jusqu'à la cuisine, même dans l'entrée, le salon et la chambre. C'était toujours ainsi chez David ; il avait depuis longtemps dépassé le stade auquel il est encore temps de faire appel à une femme de ménage ; depuis des années, il n'invitait plus personne chez lui, pas même ses parents. En revanche, on pouvait toujours débarquer chez eux à l'improviste, ce qu'il ne faisait pas ; et donc ils allaient lui manquer ce samedi-là.

Ils avaient passé un excellent week-end, rapporta Catherine. Qu'avaient-ils fait ? Oh, parler du bon vieux temps, et ils étaient allés au pub. C'était vraiment bien. C'était si joli là-bas – comme une belle carte postale. Et si tranquille ; oui, c'est qu'ils ont l'air un peu lents, les gens du Devon. Quelque chose de prudent, de réservé, dans le ton de sa voix attira l'attention de David.

– Elle est adorable, expliqua Alec. J'ai toujours eu un faible pour elle, on est très copains. Ted est très bien, aussi...

– Il est plus que sympa ! coupa Catherine avec un air de reproche. Ton père serait resté tout le temps avec Barbara à parler de gens qu'on ne connaît ni d'Ève ni d'Adam, évidemment. Ted n'arrêtait pas de les interrompre, comme il en a parfaitement le droit quand sa femme et un invité deviennent un peu assommants, enfin, il était chez lui, quand même. Vraiment sympa, Ted. Dimanche matin, avant de déjeuner, il a compris qu'on ne les arrêterait pas, alors autant laisser Alec et Barbara discuter de leurs anciens collègues, et il m'a dit : « Allez, Cathy », oui, il m'a appelée comme ça, mais il n'y a pas de quoi s'offusquer, c'est tout naturel. « Allez, Cathy, allons faire un tour en voiture pendant qu'ils préparent le dîner, ces deux-là. » On a longé la côte, jeté du pain aux mouettes et, quand on est rentrés, ils avaient épuisé le registre de leurs vieilles connaissances et préparé une excellente *cottage pie*[1]. Ted est charmant, n'écoute pas ton père.

Deux semaines plus tard, David partit à Londres s'acheter des chaussures neuves. Il lui restait suffisamment d'amour-propre pour ne pas le faire à St Albans ; il s'approvisionnait couramment chez Marks & Sparks s'il venait à manquer de chemises en coton, de chaussettes ou de pull-overs classiques à col en V, mais les chaussures, non. Prenant congé le vendredi après-midi,

1. Sorte de hachis Parmentier.

il devait retrouver Richard à six heures dans un bar de Rupert Street, aux tabourets bien alignés autour d'un comptoir en verre. Ici et là, un homme lisait le magazine gay distribué gratuitement dans le quartier, ou rédigeait des SMS sur le clavier de son téléphone. Un ordinateur ouvert devant lui, un pauvre idiot surfait sur l'Internet. Même quelqu'un comme David se dit qu'ils feraient mieux d'éteindre leurs appareils, d'économiser la batterie, et de se parler les uns aux autres. Comme Richard tardait, il commanda un Campari soda, non qu'il aimât spécialement le goût, mais au moins ça le sortait du lot. Il choisit un tabouret avec vue sur la rue, sortit son portable de sa poche et, pour passer le temps, commença un long texto, presque un compte rendu de journal intime, à l'intention de Richard.

– 'Scuse, 'scuse, 'scuse, fit ce dernier, arrivant en coup de vent, les cheveux couverts de gel dans un désordre étudié. Je le crois pas. On est vendredi après-midi, et ce connard de client appelle pour dire que ça va pas, ils veulent une nouvelle mouture dans les meilleurs délais. Belinda nous annonce qu'ils seront là, lundi à onze heures, pour voir ce que ça donne. Je lui réponds, on se barre, c'est le week-end, qu'ils aillent se faire foutre, lundi on leur présente le même projet exactement, on verra bien s'ils s'en aperçoivent. Apparemment, elle est pas d'accord. Comment vas-tu, chéri ? Alors, ces pompes ? Sont-elles belles ?

On leur servit leurs verres, puis Richard salua quelques connaissances, ex, partenaires d'un soir, ou ce qu'on voudra, et ils s'installèrent dans un coin tranquille. Ignorant volontairement la salle, Richard regardait fixement David, lequel comprit qu'on voulait le flatter ;

une heure durant, il aurait son ami rien que pour lui, nonobstant les opportunités alentour, si délicieuses et accessibles. Une façade que David trouva légèrement injurieuse, comme si l'évidence voulait que rien de plus intéressant n'ait lieu à l'intérieur du bar. Alors il parla de ses parents.

– Et, finit-il, ma mère m'a dit ce matin qu'ils retournent le week-end prochain dans le Devon. Alors qu'ils ne vont jamais nulle part.

– Tu exagères. Je me rappelle qu'ils ont visité la Normandie, il y a deux ans. Et tu as accompagné ta mère à Florence, non ?

– Venise. Mais tout de même.

– Tu sais ce que je pense ? demanda Richard. Je pense qu'ils ont besoin d'évasion. Ils ne quitteront peut-être pas leur femme, mais ils font un truc échangiste.

– Quoi ?

– J'ai dit : « Ils ne quitteront peut-être pas leur femme, mais ils font un truc échangiste. » Avec un petit coup de Cockering[1], hein ? C'est joli, comme nom. Ah, entre vieux potes, ton père et le mari de sa secrétaire se tapant dans la main une seconde dans le couloir, le temps de passer d'une chambre à l'autre...

– Tu es vraiment trop, dit David.

– Quoi ? Ce n'est pas ce que tu imagines ? C'est à ça que tu voulais en venir, j'ai l'impression. Pas évident de trouver le bon couple pour jouer à ce genre de jeu, mais...

– Richard, je t'en prie.

---

1. Jeu de mots avec *cockring* : « anneau pénien ».

6

Lorsqu'il allait voir ses parents, toutes les semaines, David prenait soin de repasser une chemise, de porter un jean et un chandail propres et sans trous – les mites s'en étaient donné à cœur joie, récemment, dans sa penderie. Il faisait, en outre, un crochet pour acheter une bonne bouteille de vin chez Oddbins, plutôt que chez le *off-licence*, toujours ouvert sur son chemin. Il pensait également à prêter un livre à sa mère, un de ceux qui lui avaient plu, ces derniers temps. Bref, c'était un bon fils, comme le prouvait sa constance, à ses parents et à lui-même.

– Pour l'instant, on ne fait que chercher, lui dit sa mère. Mais on n'a rien signé.

– Comment ça, rien signé ?

David était prêt à tomber en larmes. S'ils n'avaient rien signé, c'est qu'ils pensaient à le faire.

– Mais enfin, poursuivit-il. C'est un risque... inconsidéré.

– On ne s'en va pas à l'aventure, dit-elle. Ce n'est pas si loin.

– Oui, mais...

David rassembla ses pensées. Des pensées maussades, sinistres.

– ... écoutez, vous n'êtes plus tout jeunes. Et s'il vous arrivait quelque chose ? Vous ne connaissez personne dans cette ville. Ce n'est pas comme ici. En cas d'urgence, qui vous aiderait à... à...

– Hanmouth, lui rappela Catherine. Je comprends ce que tu veux dire, mais il serait dommage de ne pas en profiter tant que nous jouissons de nos facultés.

– David n'a pas tort, admit son père. Ce qu'il dit mérite réflexion.

– Dans dix ans, il sera trop tard, expliqua patiemment Catherine. Nous sommes parfaitement capables de nous faire de nouveaux amis. Hanmouth est une petite ville charmante. Il y a des groupes de lecture, le WI[1], un Comité de voisinage. Tout le monde se rend visite tout le temps, là-bas.

– Tu détestes le WI, objecta David, au bord des larmes.

Quelques terribles minutes – il envisagea de s'installer lui-même dans le Devon, peut-être pas au même endroit, mais un peu plus haut sur la côte, dans une ville moins importante depuis laquelle il pourrait facilement venir le samedi. Il se censura.

– Je ne comprends pas ta réaction, dit sa mère. Et je te trouve bien rabat-joie, tout d'un coup. Enfin, on ne déménage pas en Patagonie. C'est à trois heures de route. On prend le volant et on arrive pour déjeuner, si tu nous invites.

Il sembla, les mois suivants, que tout était revenu au point mort. Personne ne parla plus de Hanmouth,

1. « Women's Institute », cf. note p. 111.

notamment les trois week-ends pendant lesquels les parents y retournèrent, sacrifiant le déjeuner du samedi. David sentait confusément que quelque chose les opposait maintenant ; ils avaient paru si déterminés. Et il se maudit ; aurait-il été un peu plus malin, un peu plus conciliant, ils l'auraient tenu au courant, lui auraient peut-être même demandé de les accompagner pour se faire une idée.

Telle une femme négligée, malade de s'être découvert une rivale, il ne pensait plus qu'à Hanmouth. Hésitant une semaine ou deux, il finit par céder à la tentation et jeta un coup d'œil au site Internet de la ville. Celui-ci était l'œuvre d'un habitant, pêcheur amateur, lequel avait une conception curieuse de ce qui pouvait intéresser le monde extérieur. On y trouvait quantité de commentaires personnels sur les caprices de la météo maritime depuis plusieurs décennies. « La grande tempête de 1954 a laissé à Hanmouth un Souvenir impérissable. En une Seule nuit, elle a emporté les Bancs installés aujourd'hui le long de la Wolf Walk pour ne les lâcher qu'en pleine Mer. » Avec son style approximatif, le pêcheur jetait l'opprobre sur la petite ville ; Alec et Catherine n'envisageaient pas sérieusement de s'installer dans un endroit où l'on capitalisait n'importe quel mot, où le niveau d'instruction était aussi bas. Mais les photographies étaient splendides : Hanmouth était pittoresque en diable, avec ses façades blanches, son église sur le promontoire, son cimetière vert et l'if qui se dressait au-dessus de l'étincelant estuaire. Il y avait également le portrait de nombreuses personnalités : trois bouchers en blouse blanche ; une petite fille souriante qui, chez le fromager, présentait fièrement une tranche de stilton sur la lame d'un couteau ; une dame bien en chair, les lunettes suspendues sur sa poitrine, souriant elle aussi, quoique devant des étagères jaunâtres, pleines de livres d'occasion ; tout un groupe de volontaires devant la boutique des bonnes œuvres du Devon Sea Rescue ; une demi-douzaine d'autres photos du pêcheur à la retraite, de ses blonds enfants et petits-enfants, les premiers comme les seconds nantis et plantureux. « Les photos suivantes sont des Vues aériennes de Hanmouth, prises lors d'une virée d'Aviation Légère avec un ami en juillet 2004. » David était certain qu'aucun ami de ses parents ne détenait de parts dans la société Aviation Légère – la sémantique défaillante s'ajoutant aux mauvais augures –, et lui non plus bien sûr. Il eut alors l'idée de faire une recherche sur l'immobilier à Hanmouth.

– Alors, les chinoiseries, c'est prêt ? l'interrogea la patronne à l'autre bout de la pièce cloisonnée. J'aurais voulu y jeter un coup d'œil aujourd'hui.

– Oui, presque, répondit David en regardant les annonces.

Au bout de cinq minutes, il poussa un soupir joyeux en s'adossant à son siège. Il ne se passerait rien. Il ne connaissait pas les prix de St Albans, mais il était sûr qu'aucun bien n'y atteignait les sommes à sept chiffres qu'on pratiquait dans cette petite ville du Devon. David se demanda si ses parents s'en étaient aperçus : à l'évidence, un bref coup d'œil sur la vitrine d'un agent immobilier leur aurait appris que ce n'était pas un endroit pour eux. Il espéra que, pour le seul plaisir de déménager, ils n'allaient pas reporter leur choix sur un trou pourri.

– Tu as l'air de bonne humeur, dit Catherine lorsqu'il se présenta, le samedi, à l'heure du déjeuner, vêtu d'un chandail neuf, d'une chemise repassée et, même, d'une cravate. J'ai fait une *cottage pie.* Et on a visité un appartement qui nous plaît beaucoup. On va te montrer le descriptif.

7

La semaine suivant leur première rencontre, David téléphona à Mauro. Quasiment impossible de résister. Il avait besoin que le réel rattrape les vagues indications qu'il avait fournies : pour Richard, et sans doute Rodrigo, David n'avait pas seulement rencontré un type dans une boîte, mais il avait aussi couché avec lui, à leur satisfaction générale. Il avait ainsi rapporté les faits, moins pour sauver la face que pour ménager Richard, qui s'était après tout donné du mal pour lui. L'expérience lui avait appris cruellement qu'un petit ami inventé de toutes pièces, sans aucune base réelle, restait forcément improbable – David se rappelait un épisode fort désagréable avec Dymphna au travail, quand il la prenait encore pour une amie. Elle avait d'abord posé des questions déplacées, puis simplement trop de questions, pour recommencer plus tard devant tout un groupe, en réprimant un éclat de rire. Cependant Mauro était réel ; et personne n'avait besoin de savoir où ils en étaient de leurs relations, ni ce qu'ils avaient fait exactement (David se souvint de Mauro en slip devant la porte de la cuisine, les bras levés au-dessus de la tête, qui souriait et bâillait à la fois). En sus de Richard, il avait malgré lui raconté à sa voisine – la croisant dans l'escalier, leur poubelle à la main –, mais aussi à sa mère, qu'il avait rencontré quelqu'un et que ça se présentait très bien.

Il s'était maudit, par la suite, de s'être confié à Vanessa. Elle était parfaitement capable, si elle en avait l'intention, de compter le nombre de soirées qu'il passait seul chez lui, le nombre de fois que ses pas lourds à l'étage étaient précédés ou suivis d'une autre démarche, légère ou impatiente. Mais c'était une très bonne idée d'en avoir parlé à Catherine. David devait honnêtement reconnaître que leur départ pour Hanmouth, trois mois plus tôt, avait motivé son escapade à Vauxhall, sa virée sur une piste de danse et chez un charmant Italien, jusque-là inconnu. S'il n'avait pas vu disparaître l'aspect le plus tristement stable d'une vie qui en comportait bien d'autres, il ne serait jamais parti à l'aventure. En s'éloignant, ses parents l'avaient à leur insu confronté à son existence, qu'il se proposait maintenant d'enrichir. Sa recherche plus sérieuse d'un compagnon avec lequel se faire voir aurait notamment, pensait-il, un effet bénéfique sur ses relations avec Catherine et Alec, puisqu'il serait capable de le leur présenter, d'en discuter avec eux, etc. Certes, la présence d'un amant, l'épanouissement sexuel, le saint-frusquin érotique – le nez contre l'oreiller, le deuxième corps pressé contre le sien – ne manquaient pas d'intérêt ; mais il voyait tant d'avantages à retirer lorsque, arrivant à une fête, on lançait à une connaissance : « Vous connaissez *untel*, mon ami ? » (Une vague de bruit blanc, à ce moment, dans l'esprit de David, imaginant un vrai prénom.) C'était cela l'essentiel, plus que de faire valoir à ses parents que, oui, il était normal après tout, oui, j'ai rencontré quelqu'un et ça se passe plutôt bien, oui, on vous rendra visite quelques jours, quand vous voudrez, il serait temps – là, il prendrait un ton taquin, viril, voire parental – que vous le voyiez, mon copain.

– Allô ? fit la voix.

D'une traite, David bredouilla l'endroit, l'heure, les suites de leur rencontre, puis cinq détails précis le concernant, rappelant même à Mauro les vêtements qu'il portait à cette soirée-là, finissant par lâcher, l'œil rivé sur un carré de mur blanc :

– Enfin, M. Poppers, quoi.

– Ah oui ? Comment vas-tu ? C'est gentil d'appeler.

Il y eut un bruit de tonnerre en arrière-plan tandis que Mauro, certainement, passait près d'un marteau-piqueur. Tout en préparant sa réponse, David attendit un instant pour être entendu normalement.

– Allô ? Allô ? fit Mauro, sans comprendre la raison de ce silence.

– Je me demandais ce que tu faisais samedi ?

Cela ne paraissait pas très compliqué. Un instant plus tard, ils étaient convenus de se retrouver devant un verre à Vauxhall, et peut-être de poursuivre en boîte – pas la même, Massimo s'étant fait jeter de la précédente, même rosser par le videur, et tu n'imagines pas pourquoi ! David l'écouta avec plaisir raconter sa petite histoire, sans que l'Italien atteigne vraiment de conclusion. David s'était posé la question de savoir de quoi ils pourraient parler, sobres et en plein jour, et il avait maintenant la réponse. Il s'en sortirait très bien.

8

Les améliorations souhaitables ne concernaient pas que sa vie personnelle. David travaillait pour une société dont, parmi d'autres choses, il fallait toujours expliquer trois fois le champ d'activité avant d'être compris, ce dont il n'était jamais vraiment sûr. La boîte fournissait du texte, en anglais, à des clients étrangers. « Ah, des traductions, quoi ? » demandait-on. Non, pas exactement : la patronne de David s'était aperçue, ou du moins le croyait-elle, que d'un bout à l'autre du monde, les entreprises n'aimaient rien tant qu'afficher quelques mots anglais sur leurs emballages, l'anglais étant la langue de l'espérance, que ce soit en Arabie Saoudite, en Chine ou au Paraguay. Sur les T-shirts, les brochures commerciales, les quatrièmes de couverture des livres de poche, les dépliants touristiques, l'idiome de Sa Majesté n'était pas censé apporter du sens, mais un parfum de mobilité sociale, d'élégance, d'enthousiasme, d'énergie, et patati, et patata. Les paragraphes que rédigeait et vendait David, accolés à toute sorte de produits matériels ou linguistiques à destination de populations non anglophones, n'avaient pas pour vocation de dire quelque chose, seulement d'aider à vendre. « Mais tout le monde parle anglais, non ? » le reprenait-on. Apparemment pas. D'autres, plus subtils, répliquaient : « Enfin, leur anglais de cuisine, ils ne peuvent pas l'écrire eux-mêmes ? » À quoi David répondait que son style approximatif et sa sérieuse boîte britannique pouvaient se vanter d'un anglais de cuisine particulier, et particulièrement fiable. Un des paragraphes de David commençait par « Embrassez mon monde de rêves », et se poursuivait dans une veine similaire. La boîte s'étant lancée dans l'import-export, David devait vaquer à d'autres tâches. Mais trois ou quatre fois par semaine, il quittait l'univers des factures, des registres et des bons de commande en ligne pour embrasser le Monde des Rêves, et écrire des conneries une heure ou deux.

La maison avait établi des relations avec plusieurs sociétés japonaises. Dymphna avait passé là-bas trois ans à enseigner l'anglais avant de jeter l'éponge, le combat étant inégal ; cependant elle avait à sa disposition tout un éventail de jeunes Nippons prêts à se lancer dans les affaires. C'est eux qui, au début, avaient rédigé les slogans imprimés sur les T-shirts : « Moi Branché Papillon », « Chaque Homme Fera Agilement Sa Meilleure Vie Sportive », « Invitation À La Vie Grande », « Nuages En Croco ». David était très fier d'un de ceux qu'il avait inventés ; l'illustration parfaite, selon lui, de ce que souhaitaient les fabricants de T-shirts japonais et qu'ils aimeraient inventer eux-mêmes : « Super ! Taille nomade : À découvrir entièrement. À tous les temps les occasions, la mode de vie dans votre Vie. C'est au plus près. » Il n'avait pas reçu de commentaires des intermédiaires qui briefaient ses clients, ni à l'époque ni depuis qu'ils étaient partis à l'attaque de marchés plus importants.

À ses yeux, son travail consistait à amuser les touristes anglais séjournant à Tokyo et Shanghai, et il voulait bien croire que les Japonais chargés d'acheter et de revendre ses slogans prêts à porter, étaient d'aimables complices, certainement amusés.

Il y avait une nouveauté depuis deux ans. Dymphna était revenue d'un voyage en Chine, où elle avait découvert que les adolescents de Pékin se promenaient volontiers avec des livres aux titres anglais dans le texte. Non pour les lire, mais par effet de mode : les Chinois lisaient peu la langue. Elle s'était demandé s'ils s'y intéressaient vraiment et, de fait, un gamin aux cheveux bronze chrysanthème, vêtu d'un polo de cricket sur un pantalon à carreaux écossais, constellé d'épingles à nourrice, s'était attiré des ennuis parce qu'il arborait un exemplaire du *Zéro et l'Infini* d'Arthur Koestler, probablement oublié dans une chambre d'hôtel par un touriste militant. Si l'on pouvait garantir à la jeunesse que ses livres de façade ne contenaient rien de politique, et que, de plus, ils ressemblaient plus à l'idée d'un ouvrage anglais qu'on se faisait en Chine qu'audit ouvrage en soi, il y avait de l'argent à se faire, avait pensé Dymphna.

Évidemment, cela revenait à imprimer du charabia, qui retiendrait pourtant l'attention des autorités, susceptibles de perdre un temps précieux à la recherche de messages codés – allez savoir ce qu'elles pourraient exhumer d'un texte aléatoire, sans queue ni tête ? Bien sûr, il était également possible de fourguer de vrais livres, romans ou autre, mais dans ce cas on aurait un problème de copyright. Quant aux ouvrages anciens, les polices de caractères utilisées dans ces lointaines époques étaient susceptibles de déplaire aux Chinois et à leurs amis, et jamais on n'amortirait le coût de tout recomposer dans une police récente. En définitive, le plus économique revenait à s'adresser à de prétendus groupes de création littéraire et, tant qu'on y était, à leurs copains, enfants, relations et parents, pour qu'ils élaborent les livres eux-mêmes. On leur donnerait 100 livres sterling à condition qu'ils renoncent à tout droit d'auteur pour les siècles des siècles.

David n'écrivait rien lui-même : son temps était précieux puisque, en tant qu'employé déclaré, il fallait le payer le salaire réglementaire minimum. En revanche, il rédigeait le baratin des quatrièmes de couv', et les titres. C'était le plus important : sans doute ces jeunes Chinois n'ouvriraient-ils jamais aucune page des ouvrages en question, cependant les titres et le blabla étaient offerts aux regards admiratifs des passants dans les rues. David imaginait des filles aux cheveux noirs et luisants, enveloppées d'une *qipao*, croisant de luxueuses condisciples dans un centre commercial high-tech en marbre et verre fumé, un sac Chanel contrefait à un bras, un de ses livres dans l'autre. Parfois un membre du groupe littéraire de St Albans se plaignait que leur manuscrit avait déjà un titre, à savoir *Ma mère m'a traitée de connasse.* Il leur répondait que le marché chinois était particulièrement sensible à certains titres, et qu'un de ceux préférés là-bas était : *Le rossignol rêve d'un monde meilleur pour l'éternité.* Il lisait parfois un paragraphe de ce qu'on lui livrait, et il n'en fallait pas plus : une avalanche d'égocentrisme apitoyé et compatissant.

« Mais j'écris ça pour qui ? s'est demandé Moron Pranxfucker[1] en arpentant les ruines du New York postapocalyptique. En soupirant, il balançait des rafales de mitraillette sur les zombies rampants qui hurlaient et criaient, menaçants. Les gratte-ciel noircis se dressaient comme des dominos gigantesques qui finiraient par détruire le monde entier à force de tomber successivement les uns sur les autres. Est-ce pour moi que j'écris, ou pour un public qui ne comprendra jamais rien à ma plume ? Mes réflexions ne sont-elles vraiment destinées à personne, ou quelqu'un prend-il des notes quelque part ? Oui, peut-être pour la première fois de sa vie – sauf quand, trois jours plus tôt, avant que les événements se précipitent, il s'était dit que, de toutes les nanas qu'il avait couvertes de foutre, sa copine Marlena Friendly était sans doute la moins mignonne –, Moron Pranxfucker avait raison. Quelqu'un écrivait ça quelque part et quelqu'un d'autre le lisait, et on sait, vous et moi, qui écrivait et qui lisait, même si Moron Pranxfucker n'en avait pas la moindre idée. Soudain un zombie plus balèze que d'hab' a déboulé d'un porche voisin que Moron a subitement reconnu : celui de Macy's, le grand magasin, lui aussi en ruine. Le zombie fondait sur Pranxfucker comme un rat géant dressé sur les pattes arrière, et tout le monde a pensé à ceux du clip *Thriller* de Michael Jackson, et Moron Pranxfucker l'a mitraillé une fois, deux fois, trois fois en pleine gueule. Mais il continuait d'avancer, alors Moron lui a balancé une dernière salve, et cet enfoiré s'est écroulé. »

1. « Crétin Superbouffon ».

David renommait ce genre d'invention *Je t'aime, antilope de la lune*, ou *Le Baiser de l'arc-en-ciel à l'oiseau heureux*, puis il envoyait aux auteurs, en Irlande du Nord, un chèque de 100 livres pour les aider à entretenir leurs blogs littéraires. Ça leur faisait plaisir d'être publiés, même pour une clientèle incapable de lire trois mots d'anglais consécutifs. Certains de ses « auteurs » avaient un diplôme universitaire de création littéraire. À bien y réfléchir, c'était à pleurer.

9

– Tu as quelque chose de prévu, ce week-end ? lui demanda Dymphna à son bureau, sans quitter des yeux l'écran de son ordinateur.

– Je pars à Londres, répondit David. Voir Mauro.

– Très bien.

Elle se tut un instant, pendant qu'elle déplaçait le curseur sur sa feuille de calcul. Dymphna posait parfois des questions, mais ne s'intéressait pas beaucoup à David. Pendant l'entretien d'embauche, avec ses bas rouge vif et ses babies à lanière et bouton, elle avait eu l'air d'une petite fille qui jouait à la marchande derrière son grand bureau. David était assis devant elle sur une simple chaise. La première fois qu'ils s'étaient revus ensuite, libérée des formalités d'usage, elle avait voulu savoir – comme ça, en passant – s'il avait des enfants. Non, avait-il expliqué, puisqu'il était gay. Il avait appris par la suite qu'elle n'avait rien contre les gays, mais qu'elle aimerait mieux qu'on ne brandisse pas toujours son identité sexuelle comme un étendard.

– Je vais rester avec Michael, moi, dit-elle finalement. Toby a bientôt trois ans, il est assez grand pour accepter un petit frère ou une petite sœur. On essaie d'en faire un deuxième, tu sais.

– Oui, je sais.

– Et c'est la bonne période dans le mois, on a fait les calculs avec le cycle d'ovulation. Le moment optimal tombe samedi après-midi. Ma sœur emmène Toby aux balançoires entre deux et quatre heures. Tout est arrangé. Je ne sais pas si on peut être aussi précis que ça, mais enfin, à une ou deux heures près, ça devrait coller.

– Ah, je vois, dit David. Non, on va juste sortir dîner, peut-être un ciné après.

– Bien.

Dymphna déplaça un nombre d'une cellule vers une autre, rectifia, le remit dans la case initiale, et rectifia de nouveau, tout en fredonnant un petit air, ce qu'elle faisait fréquemment pour donner l'impression d'être concentrée. Depuis sept ans que David travaillait en face d'elle, il n'avait jamais réussi à en reconnaître un seul. Comme elle n'était pas du genre à écouter de la musique, encore moins à s'en souvenir, il avait conclu qu'elle les inventait au fur et à mesure. Elle vous aurait expliqué qu'entre son mari et leur enfant de trois ans elle n'avait pas de temps à consacrer à ça – pas plus qu'aux livres, au cinéma, ni à quiconque en dehors des liens du sang et du mariage.

– Bien, dit-elle à nouveau. Tu vas les finir aujourd'hui, les textes pour les Chinois ? Si je les envoie demain, ils les auront lundi matin à la première heure en allumant les machines.

– Il en reste combien à faire ?

– Aucune idée. Je leur en ai promis dix.

Se retournant vers son ordinateur, David se mit à écrire.

« Le bonheur n'est interdit à personne. On reste parfois chez soi, à attendre un cadeau du ciel. L'amour est une si belle chose. Est-il venu chez vous ? Si personne ne vous aime, il faut le dire à tous vos amis. Alors peut-être, quand vous avez perdu confiance, que tout espoir s'est évanoui, il frappera à votre porte, ou passera par les fenêtres, au moment même où vous vous sentez seul, si seul. Il vous prendra dans ses grands bras et vous serrera très fort. Ce sera peut-être un petit homme brun, ou une jolie blonde, mais l'amour est partout, prêt à vous combler de bonheur. C'est comme un feu de joie qui brûle au fond de votre âme. Ouvrez en grand, et vous verrez qu'il est prêt à entrer, à remplir votre vie de joie et de rires. Rappelez-vous toujours, conclut David (pensant à Mauro qui, dans son impeccable slip blanc, lui avait souhaité une bonne nuit en bâillant, un bras au-dessus de la tête, comme au comble du bonheur) que le monde regorge de charmes et vous aime, vous aussi. »

– Pourquoi dit-on « battre la chamade » en parlant du cœur ? demanda-t-il. D'où ça vient ?

– Aucune idée.

Tous deux observaient leur écran – David son texte, et Dymphna la même chose, puisqu'il venait de le lui envoyer.

– Si, je crois que c'était un terme militaire au départ, se souvint-elle.

– Mais ça veut dire quoi ?

Se tournant vers lui, elle l'étudia de pied en cap.

– Il y en a qui sont de bonne humeur, observa-t-elle – se référant, pensa-t-il, à son regain d'inspiration.

L'Italien avait proposé qu'ils se retrouvent dans un bar que David ne connaissait pas ; quelques recherches en ligne lui montrèrent que, si l'endroit ressemblait à celui de leur rencontre, il convenait mieux aux débuts de soirée. David passa la porte dans l'allégresse ; contrairement à la semaine précédente, il avait mis des vêtements normaux ; il avait maintenant l'impression d'être accepté dans ce monde. Tout semblait se passer remarquablement bien.

Comme pour confirmer l'impression, Mauro, déjà sur un tabouret, conversait avec le barman. Depuis quelques jours, David se demandait s'il allait le reconnaître, tant les souvenirs et l'expectative avaient peu à peu brouillé son image ; il restait surtout celle d'un faune en train de bâiller, un bras au-dessus de sa tête. Mais bien sûr David le reconnut et, quand Mauro se retourna, avec quelque chose d'incertain, il le reconnut également.

– Je suis lamentable, dit-il. J'ai pris mon après-midi au boulot parce que je voulais faire les boutiques, que j'ai besoin de T-shirts, mais finalement je n'ai pas eu le courage, alors je suis descendu à Soho. J'ai couru les bars l'un après l'autre, avec un copain qui est resté là-bas quand je suis venu ici.

– Donc tu as bu ?

– Beaucoup trop. Et il est seulement six heures et demie. Ça fait une éternité que je suis là, à picoler et à blaguasser. Désolé, vraiment.

– Pas de problème, dit David en souriant.

Mauro baissa la tête et, des deux mains, ébouriffa ses cheveux puis se recoiffa vaguement. Se redressant, il s'ébroua et commanda une dernière bière.

– Tu es sûr ? Ça ne serait pas mieux de manger quelque chose ?

– Ouais, emmenez-le, suggéra le barman. Un sandwich ne lui ferait pas de mal.

– OK, manger, convint Mauro.

Ils s'exportèrent vers un restaurant portugais à proximité. David prit des côtelettes d'agneau, l'Italien un genre de poulet mijoté aux haricots. Dans le soleil déclinant du soir, il sembla s'éclaircir les idées. Au bout d'une heure ou deux, après moult Coca-Cola, il avait recouvré ses esprits ; sans se contenter de vaguement hocher la tête, Mauro écoutait vraiment ce que lui disait David. Telle une balise un instant recouverte par les vagues, sa gentillesse naturelle remontait à la surface. David paya le repas – ce qui lui parut normal –, ils repartirent au bar, Mauro recommença à boire, et David eut l'impression de revenir plus ou moins au point de départ. Les amis de Mauro se joignirent progressivement à eux, d'autres les saluant en passant, avec force exclamations – l'un deux, une étonnante colonne de muscle, vêtue d'un débardeur en haillons, s'écria carrément (« Hourra ! », « Youpi ! », « Alléluia ! » ou quelque exclamation archaïque du même genre) en apercevant l'Italien, repensant sans doute à de fameuses cabrioles. Un de ces hommes qu'en temps ordinaire David aurait à peine osé regarder dans un bar. Étant ici des héros, ou ceux de la soirée, ils se montrèrent courtois, s'intéressant à lui, riant de ses plaisanteries et poursuivant sur le même ton. Entre amusement et confidence, ils évoquèrent les soirées précédentes, et celles à venir en suggérant que David y aurait sa place. De quelque façon, Mauro l'avait cautionné auprès de ce groupe sympathique, et là au comptoir, tant qu'il prenait soin de ne pas se voir dans le miroir, rien ne l'empêchait de se prendre pour un beau gars, sûr de lui, au milieu de sept autres. Mauro rayonnait d'une sorte d'orgueil ; peut-être y avait-il une raison, peut-être l'Italien était-il ravi de l'avoir rencontré ? Mais que veut-il ? se demanda quand même David, avant de se rappeler que tout le monde ne fonctionnait pas comme lui. Cela existe, les gens nonchalants, faciles à vivre, prêts à s'ouvrir à des inconnus. Ce qu'il pouvait comprendre.

Un nouveau bar, le troisième ; puis une boîte et, à quatre heures et demie ou cinq heures du matin, on parla de se rendre à un « after ». David y était, semblait-il, invité.

– Allez, viens ! dit Mauro.

Mais David était alors aussi soûl que l'Italien, et les premiers trains de la journée partaient pour St Albans. Son instinct lui dit qu'il conserverait l'estime du groupe en rentrant maintenant, même s'il paraissait encore assez tôt pour ces messieurs. Il dit au revoir à Mauro, discrètement, et se dirigea vers la porte ; tout le groupe, l'un après l'autre, lui souffla des baisers tandis qu'il traversait la foule et les battements furieux de la piste de danse. C'était l'une des choses les plus agréables qui lui fussent jamais arrivées.

10

« Un arc-en-ciel s'élève par-dessus un joli paysage à la campagne, où de petits animaux vivent en paix les uns avec les autres au milieu de fleurs champêtres. Après la pluie, toutes les couleurs se dessinent dans le ciel, et tout paraît neuf et joyeux. C'est un pays où les gens sont très beaux et nagent dans le bonheur. Laissons-les s'embrasser, dormir ensemble, et partageons leurs douces amours du printemps, de l'été, de toutes les saisons de l'année. Sur la table en bois bleu foncé, des oranges fraîchement pelées attendent au soleil. Des perroquets vert vif et des perruches approchent en sautillant pour goûter aux fruits délicieux. C'est un de ces matins où tout peut arriver, un de ces matins où votre vie peut changer, s'enrichir de mille beautés qui ne la quitteront plus », écrivit David, seul au bureau.

11

Les semaines suivantes, David et Mauro prirent l'habitude de se retrouver en ville, de dîner quelque part, puis d'aller dans un bar – ou une série de bars –, avant d'atterrir dans une boîte. D'après les amis de l'Italien, les soirées avec lui se terminaient le plus souvent par un « chill-out », à savoir que Mauro et ses compagnons s'envoyaient en l'air, à deux ou trois ou quatre, sur le canapé de quelqu'un, son lit ou la moquette. Parfois aussi, apprit David, Mauro ramenait un inconnu chez lui quand la soirée finissait tard le matin. Il ne pouvait s'empêcher d'imaginer la scène : Mauro, nu et souriant, enlaçant une silhouette, qui, loin d'être floue ou imprécise, était simplement un autre Mauro, embrassant son sosie comme devant un miroir. À ce stade, David était déjà dans le train du matin pour St Albans, généralement vide. Il avait tenu un jour jusqu'à huit heures, pas davantage faute d'énergie, et s'était retrouvé assis derrière un vieux couple en train de déballer son petit déjeuner. Fermant les yeux au démarrage, David avait été réveillé en sursaut par ses propres ronflements.

– Y en a qui roupillent un peu fort, là-bas, avait dit la vieille dame.

– Il a dû se lever trop tôt, avait mollement répondu le mari.

Ils s'étaient tus un moment.

– Il y a du bœuf là-dedans ?

– Oui, il y a de l'œuf.

– Non, du bœuf ?

– Non, pas de bœuf.

– Je te demande, parce que, la dernière fois, le bœuf t'a rendue malade.

– Mais non, c'est pas de la viande froide, c'est de la confiture. Regarde, je vais le couper en deux, tu as qu'à prendre la moitié.

– J'en veux pas, de la moitié.

– Comme tu voudras. Tu as emporté les sucrettes ?

Bercé par le *tagam-tagam* des boggies, David regardait par la fenêtre. Après une aurore nuageuse, il y avait au-dessus de Finsbury Park, comme aurait dit Catherine, un ciel assez bleu pour confectionner un costume de marin. Une couche d'humidité sur un long toit reflétait un soleil d'or.

Les liens qu'il avait noués avec Mauro restaient encore à définir. David ruminait diverses raisons, pas toutes simples, d'en parler à sa mère, maintenant installée à Hanmouth avec Alec. Sa nouvelle « relation » lui permettait de se faire valoir un peu, de ressortir de l'ombre ; il pouvait rassurer Catherine, comme quoi sa vie prenait un nouveau tour, et peut-être, derrière tout cela, pensait-il que ses propos deviendraient réalité. Mais oui, si au fin fond du Devon, quelqu'un voulait bien croire qu'il avait désormais un certain Mauro pour compagnon, le monde entier ne manquerait pas de confirmer la chose un jour ou l'autre. En outre, un fait récent les liait davantage :

deux mois après leur rencontre, Mauro avait déménagé dans le même quartier, à Clapham. Son ancien appartement était assez minable, avec ses portes en contreplaqué et le vieux canapé qui sentait le chien ; le nouveau, au rez-de-chaussée d'un immeuble des années 1930, était tout de même plus chic, avec un hall d'entrée digne d'un transatlantique. Bien que basses de plafond, les pièces étaient larges. Mauro le partageait avec deux autres garçons, qui avaient mis l'annonce sur un site de locations gay. Le précédent propriétaire ayant conservé sa caution, l'Italien n'avait pas de quoi payer la suivante, équivalant à deux mois de loyer. Et David, réjoui que Mauro s'adresse à lui, avait signé le chèque le cœur léger.

Entre ses trois points cardinaux – St Albans, Londres et Hanmouth –, la distance rendait improbable l'émergence d'un conflit, quel qu'il soit, lorsqu'il faudrait définir plus précisément la nature de ses relations avec Mauro. Pour changer, David lui avait proposé de se retrouver, le prochain vendredi soir, non pas à Vauxhall, mais dans un bar de Soho. En arrivant, David était tombé sur Richard qui, assis au bar, attendait lui aussi quelqu'un.

– Tiens, un revenant ! fit Richard. On dit que tu es tout le temps à Londres, en ce moment. Pas un mot, pas un coup de fil. Les enfants pleurent dès que je prononce ton nom.

– Ça n'est pas une façon de présenter les choses, répondit David qui, terriblement embarrassé, imaginait la scène qui allait se jouer d'un instant à l'autre.

Avant qu'il puisse rectifier quoi que ce soit, Mauro passait déjà la porte, guilleret, les bras chargés d'une série de sacs en accordéon inversé, coiffé d'un ridicule chapeau mou que David n'avait encore jamais vu.

– Chéri, bonjour-bonjour-bonjour, dit-il, embrassant David comme tous les autres exactement. Ah, quelle... Attends, je vais te raconter ça...

– Je te présente Richard, fit David d'un air sombre.

– J'ai entendu parler de vous, dit Richard. On est tellement contents que David ait rencontré quelqu'un. Vous avez l'air d'être vraiment la personne qu'il faut.

David resta muet ; Mauro accepta le compliment sans rechigner, puis se prêta à la conversation sans entretenir d'équivoque. À l'évidence, Richard en conclut que le contrat était signé, payé, la livraison effectuée, et que ces messieurs fermaient les rideaux sur les regards indiscrets. Le moment vint où David aurait pu déclarer : « Non, non, on ne sort pas ensemble, ni rien. » Et le moment passa. D'un air misérable, il écoutait Richard vanter les joies du couple, exprimer l'espoir que Mauro déracinerait enfin David de St Albans. Enjoué, l'Italien répondait aux questions de Richard, sans un regard vers David, sans l'esquisse d'un démenti.

Puis Rodrigo apparut avec trois amis brésiliens. L'un d'eux, énorme, boutonneux, mesurait un mètre cinquante-cinq – David était ravi. Rodrigo fit les présentations. Contre toute attente, le petit homme s'appelait Edison.

– Enchanté ! dit David, saisissant l'occasion, fort rare, d'aguicher avec condescendance.

Visiblement, même un Rodrigo se reconnaissait des obligations envers cet ami qui avait tout d'un boulet. Les Brésiliens emmenèrent Richard, et David prit le taureau par les cornes.

– Je ne lui ai rien dit, confessa-t-il. Ni qu'on sortait ensemble, ni rien. Je ne sais pas ce qui lui a mis ça dans la tête. J'aurais bien rectifié, mais je n'étais pas sûr de ce qu'il pensait, et ensuite ça se serait mal...

– M'est égal, affirma l'Italien. Il peut penser ce qu'il veut, cela n'a pas d'importance.

L'espace d'un instant, David contempla l'inconcevable : ses désirs allaient devenir réalité ; s'ils ne semblaient mener nulle part, ses rapports avec Mauro, certes agréables, s'inscrivaient dans une entreprise de séduction à long terme. Il fallait seulement être assez fin pour le percevoir. L'Italien ne s'était pas offusqué des présomptions de Richard, qui les voyait déjà coucher ensemble, parce que l'événement était programmé pour le soir même. David se flattait que Richard se soit trompé devant Mauro seulement, plutôt que devant les nombreux amis de celui-ci.

Quand, le lendemain après-midi, David se réveilla en sueur avec la gueule de bois – sans avoir consommé avec son compagnon –, il se demanda pourquoi celui-ci ne s'offusquait pas qu'on les croie ensemble. Pour la première fois, David considéra sous un autre jour les 2400 livres qu'il lui avait prêtées, et les ferventes promesses de remboursement qui avaient suivi, sans effet, au cours des semaines.

12

Depuis Cockering, la vue sur l'estuaire était aussi jolie que depuis Hanmouth. Catherine aimait cependant le regarder depuis Cockering, car Hanmouth dessinait un long ruban, ou une série de banderoles : le parking et la nouvelle école, le toit et les vitres étincelantes de la clinique, et l'église perchée sur son cap, cernée par les vertes pelouses du vieux cimetière. Puis le lacis désordonné des rues, des bâtisses, des boutiques, en dents de scie derrière les voiliers amarrés à la jetée de pierre ; le Strand et ses maisons hollandaises, dont les pignons se répondaient comme une polyphonie, avec pour point d'orgue central l'immeuble rectangulaire où Catherine vivait avec son mari. Depuis le port circulaire de Cockering, où la marée s'était retirée, laissant bateaux et petits remorqueurs couchés sur le flanc dans l'épaisse vase noire, Hanmouth paraissait si gai, si agréable. Catherine et Alec rendaient souvent visite à leurs amis Barbara et Ted, dont ils s'étaient considérablement rapprochés depuis leur déménagement. Du moins les voyaient-ils beaucoup plus qu'à l'époque de St Albans. Une de leurs rares disputes avait éclaté quand Alec avait prétendu qu'ils étaient chez eux à peine six jours plus tôt, c'est pourquoi il serait inopportun de frapper à leur porte à l'improviste : « Je ne crois pas qu'ils tiennent à nous avoir tout le temps sur le dos. Ce serait plus agréable pour tous si l'on espaçait les rencontres. » Catherine n'avait pas perçu de réticences de leur part ; Barbara semblait toujours ravie de les retrouver. Mais Alec, qui était bien un homme, se contentait de passer les jours, voire les semaines, sans autre compagnie que la sienne et celle de Catherine, à regarder la télévision le soir, lire un livre ou le journal, sans nourrir spécialement de conversation, lâchant seulement quelques remarques ponctuelles. Ce qui revenait, pour elle, à accepter de vieillir avant l'âge ; surtout avec le contre-exemple des alertes pipelettes des deux sexes qui, en ville, fréquentant clubs de lecture, réceptions, sans oublier le Comité de voisinage, couraient sans cesse d'un bout de Ferry Road à une extrémité du Strand. Un bon moyen de rester jeune, de s'intéresser à la vie et aux autres.

Il se trouva que Barbara était enchantée de les voir.

– Bon Dieu, c'est la fièvre à Hanmouth, dit-elle sur le perron en essuyant ses mains sur son tablier.

Ted se dressait derrière elle avec son *Daily Telegraph*.

– On ne parle que de ça dans le journal et à la télé, poursuivit Barb. Ils ont interviewé le patron du pub, la directrice de l'école et pendant que Justin Webb[1] faisait ses commentaires, je crois avoir reconnu, dans un coin de l'image, la dame qui travaille à la librairie. Tu ne penses pas que ça soit elle, Ted, mais moi si.

1. Présentateur bien connu de la BBC.

– C'est quelqu'un d'autre, assura-t-il. La caméra n'arrêtait pas de bouger, donc tu ne peux rien affirmer avec certitude.

– Vraiment affreux. On a vu les hommes-grenouilles de la police fouiller dans l'estuaire. On ne peut souhaiter qu'elle... Enfin, ça serait déjà mieux que...

Barbara fit entrer ses visiteurs. Au salon, plusieurs pages du journal étaient éparpillées par terre, et il restait des miettes dans une assiette, signe que Ted avait pris un deuxième petit déjeuner ; les grands mots-croisés-concours étaient à peine commencés, et un recueil de cartes routières ouvert sur la table basse.

– Un voyage en perspective ? demanda Alec en indiquant les cartes.

– Ils finissent par penser qu'elle a pu être enlevée, hein ? dit Barbara. D'abord, ils supposaient qu'elle s'était perdue et qu'elle était tombée dans l'estuaire, ou dans un fossé, ou... Et maintenant on l'aurait kidnappée. C'est affreux, non ?

– On prépare nos vacances d'été, répondit Ted sans enthousiasme. Il faut que Barb ait déjà tout organisé le jour du départ. Même trois mois avant. On a réservé les hôtels et le reste.

– Ce sont des cartes de France ?

– De l'Europe. Plutôt bien faites, regarde.

– Je vois mal comment on aurait pu l'enlever, cette petite. En plein jour, avec des tas de gens autour, et quand on constate qu'elle n'est plus là, personne ne s'est aperçu de rien.

– Vraiment effrayant, jeta Alec. Je n'aimerais pas élever un enfant, en ce moment.

– Ah non, approuva Barbara, émue. Tout a l'air si dangereux, maintenant. Mais à Hanmouth, quand même !

– Je me demande, dit Ted. Il y en a qui dorlotent leurs gosses, ils restent tout le temps chez eux, pas de sortie non accompagnée, et dès qu'ils volent de leurs propres ailes, les gamins sont incapables de résoudre le moindre problème, parce qu'ils ne sont pas habitués. Si j'avais des enfants aujourd'hui, je ferais comme j'ai toujours fait, je les enverrais se promener en début d'après-midi, avec la consigne « retour cinq heures à la maison ».

On évoqua les avantages respectifs de la liberté et des contraintes, on pensa aux moins de dix ans qui avaient besoin d'être surveillés, aux différences entre les sexes. Barbara observa que c'était très bien de laisser ses enfants livrés à eux-mêmes quand tout le monde en faisait autant, mais s'ils étaient les seuls dans ce cas, et qu'un pédophile rôdait dans le voisinage, alors forcément il leur tomberait dessus. Alec raconta qu'un après-midi où, à l'âge de neuf ans, dans les années 1950, il faisait justement ce qu'il voulait, il s'était perdu dans un collecteur d'eaux pluviales, et son frère l'avait retrouvé juste avant la tombée de la nuit.

– Tes parents n'étaient pas inquiets que tu sois en retard ? Je parie qu'ils n'avaient rien remarqué ? dit Ted.

– Oh, si. Ils se faisaient un sang d'encre, ils allaient appeler la police.

S'opposant à leurs conclusions communes, l'anecdote suscita un court silence. Comme un seul homme, les deux couples portèrent leurs tasses de café à leurs lèvres.

– À propos, dit Catherine. David nous rend visite la semaine prochaine. Il n'est encore jamais venu. Nous comptons bien vous voir, pendant qu'il sera là.

– Je me souviens de lui, affirma Barbara. Un bon petit garçon. Toujours à l'écart en train de lire quelque chose. Très indépendant.

Catherine avait un jour tenté de lui expliquer quel métier il faisait. Barbara avait souri, hoché la tête, sûre d'avoir bien compris ; toutefois, à l'évidence, il était difficile de faire valoir les avantages d'une telle profession. Il fallait croire que Barb n'avait pas tout oublié, bien qu'elle eût assemblé, dans son esprit, l'image d'un petit garçon, tranquille dans un coin pendant que les grands parlaient sérieusement, avec celle d'un passionné de littérature. Les livres n'avaient jamais trop compté pour David, même s'ils étaient maintenant son gagne-pain.

– Il est devenu beaucoup plus sociable, dit Catherine. Et il a un nouvel ami. Ils viennent nous voir ensemble. C'est la première fois qu'il nous en présente un, je crois.

– Mais non, voyons, objecta Alec. Rappelle-toi Teresa, quand il était en première. Ils étaient comme cul et chemise à l'époque, toujours fourrés ensemble.

– Oui, d'accord, reconnut Catherine, seulement il y a amies et amis, tu sais bien.

– On utilise le terme « compagnon », aujourd'hui, observa Barbara. À son âge, « petit ami », c'est un peu déplacé. Ça va quand on a vingt ans. Imagine qu'il vous présente son petit ami, et vous voyez un monsieur de cinquante ans, à moitié chauve, passer la porte.

– Mais que fait la femme de ménage ! s'exclama Ted, qui, d'un bond, alla se placer devant la baie vitrée donnant sur le jardin. Ces vitres sont couvertes de crasse. Il y a combien de temps qu'elle n'est pas venue ?

– Comment s'appelle-t-il, cet ami ? demanda Barbara.

Bonne fille, après des années de mariage, elle était habituée aux réflexes pudibonds de son Ted. Le laisserait-elle faire qu'on ne parlerait jamais que de femmes de ménage. N'y prêtant plus attention, elle s'en revint au sujet abordé.

– Eh bien, je ne sais pas, admit Catherine. Il nous a seulement avertis qu'il voulait emmener quelqu'un, et nous le présenter. Tu connais le nom de son ami, Alec ?

– Oh non, ce n'est pas le genre de chose qu'il me dirait.

13

Coincée entre les antiquités orientales et le bureau du parti conservateur, la fromagerie du gay Sam était installée depuis environ cinq ans dans le tournant de Fore Street, au coin d'un immeuble. Les tories auraient tout de même pu repeindre leur façade en blanc et changer leurs rideaux. À l'évidence, aucune des trois boutiques n'avait grande utilité, personne n'ayant réellement besoin du parti conservateur, ni des bricoles du lointain Orient, ni des fromages de Fred & Gordon. (On confondait souvent le nom du magasin, en caractères romains, dorés, sur fond bleu marine, avec celui des propriétaires. Sam avait l'habitude d'être appelé Fred dans la rue par des gens qui croyaient le connaître. Le magasin s'approvisionnant à l'intérieur d'un cercle de cent cinquante kilomètres autour de Hanmouth, son nom faisait référence à deux variétés qu'elle ne revendait pas : Gordon Zola et Fred Leicester, approximations enfantines du gorgonzola et du leicester rouge[1]. Ce genre de calembour tordu, qu'il fallait souvent expliquer, avait les faveurs

1. *Red Leicester.*

des commerçants du nouveau millénaire.) Pendant des années, Sam avait tenu un stand au marché le dimanche matin. Quand, après avoir insulté son dernier client, l'horrible vieux quincaillier avait mis la clef sous la porte, Sam avait amoureusement convoité l'intérieur, attiré par le romantisme des murs et le sol poussiéreux, jonché de lettres d'organismes officiels qui jamais ne recevraient de réponse. Après discussion avec lord Quel-Gâchis, celui-ci avait déclaré qu'ils avaient les moyens d'acheter.

Plein de réserve et de respect, Sam avait pris sa place parmi les modestes repreneurs de commerces en déclin, les créateurs de nouvelles affaires, les épouses entichées de projets miniatures. Hanmouth regorgeait de cette sorte d'entrepreneurs, anciens gérants à domicile, qui ouvraient dignement un stand, puis une boutique et, confrontés aux réalités économiques, finissaient par jeter l'éponge et rentrer chez eux. On trouvait des dentelliers, des peintres en batik, d'humbles potiers et de moins humbles céramistes autoproclamés, des flibustiers du macramé, des producteurs de papier, des artistes conceptuels, des bijoutiers et des vendeurs de bijoux, des aquarellistes, des relieurs, des sérigraphes sur tissu. Des éleveurs locaux de crémant avaient leurs points de vente. Un gestionnaire de *hedge funds*, prenant sa retraite à trente-quatre ans avec 25 millions de livres à la banque, avait soudain monté une galerie, longue de douze mètres, qui ne présentait et ne vendait qu'une vingtaine de ses peintures abstraites. (Lorsque, une fois par an, un voyageur lui en achetait une, l'ex-gestionnaire allait chercher la remplaçante dans son stock ; c'était comme l'hydre de Lerne, dont les têtes repoussaient constamment.) Certaines affaires avaient toujours existé, d'autres revenaient à la vie de gré ou de force, d'autres encore se révélaient aussi originales qu'improbables. Une dénommée Eunice Jorna avait ouvert une boutique où l'on moulait l'empreinte des pieds de votre bébé pour la couler dans le bronze en guise de souvenir. Elle s'en sortait très bien. Cinq ans plus tôt, cependant, un couple était entré pour demander un bronze de ses pieds – le gauche pour l'un, le droit pour l'autre. Leurs pieds n'étaient pas plus laids que ceux de n'importe quel couple, mais les oignons et les poils sur les orteils du monsieur, des orteils en marteau d'ailleurs, ne se révélèrent pas plus intéressants une fois reproduits qu'au naturel. Depuis, Eunice Jorna ne faisait plus d'exception à la règle : des bébés et personne d'autre. Le cas ne s'était plus présenté.

Sam évitait le n'importe quoi : il vendait du fromage, quelques conserves locales, des plateaux en bois d'olivier et de cerisier, les bols, plats et assiettes des céramistes du coin, des services à fondue, des couteaux en forme de petites haches et ce genre d'attirail. En parcourant la région, il avait noué des liens avec les fermiers et les producteurs – de minuscules affaires d'arrière-cour pour certains, quand d'autres donnaient dans le rutilant et le semi-industriel. Sam écoulait des dizaines d'imitations bizarres de fromages étrangers connus : bleu d'Auvergne lesbien, vignotte galloise, Boursin de l'Essex, gjetost du Wiltshire. Les jeunes filles de la ville venaient offrir leur aide plusieurs après-midi en semaine, parfois le dimanche, et le reste du temps il s'arrangeait tout seul. Ça ne le dérangeait pas qu'une petite queue se forme devant sa devanture. Les gens aimaient sa boutique, pensait-il. On ne trouvait pas ses fromages n'importe où ;

parfois on ne les trouvait que chez lui, et il n'aurait même pas dû vendre certains – selon les critères sanitaires de l'Union européenne, il aurait plutôt fallu en interdire la production. Ce qu'il expliquait volontiers à ses clients ; alors ceux-ci lui en achetaient une demi-livre en rigolant. On l'appréciait. Sam était toujours prêt à vous faire goûter une lamelle de quelque chose. Il se croyait inventif, plusieurs crans au-dessus du vulgaire épicier ; la plupart des années, il rentrait tout juste dans ses frais. Tel un rayon de soleil, il frayait avec les mouleurs de pieds, les dentellières, et Eleanor Redwood qui, du haut de son mètre quarante-cinq, était férue de *raku* et friande d'hommes noirs – ils vivaient de leur métier. Derrière eux se dressait une armée confuse de formes platoniciennes, dépourvues de talent, qui s'échinaient sans aucun gain, pour leur propre plaisir et les cadeaux de Noël. Et encore de modestes confituriers, des adeptes du glaçage sur pâtisserie, avec leurs propres hiérarchies et snobisme, inaccessibles à moins de montrer patte blanche et qui vous accueillaient comme un anthropologue chez les Kikuyus. Dix ans auparavant, la galerie d'art abstrait du gestionnaire de *hedge funds* était encore une poissonnerie.

14

Quand lord Quel-Gâchis – oui, bon, Harry – avait droit à une matinée de libre chez le notaire, laquelle tombait en ce moment le mercredi, il aimait bien venir à la fromagerie où il s'installait dans l'arrière-salle. Harry était un associé passif, comme le clamait Sam devant tout le monde, cependant il vérifiait les comptes. Le mercredi donc. Certes, il consultait les registres, mais à vrai dire, Sam lui racontait chaque soir au dîner ce qu'il avait vendu pendant la journée, combien il avait mis dans la caisse, et cela ne faisait jamais un long discours. Même si Harry oubliait quelques détails, il ne lui fallait pas une matinée entière pour se rappeler l'essentiel. En réalité, il adorait s'asseoir dans l'arrière-salle, manipuler la paperasse, ressortir embrasser un de leurs amis quand ceux-ci passaient au magasin en se plaignant de ne pas faire de chiffre ou, au contraire – mais cela datait – de ne plus savoir où donner de la tête. Il adorait jouer au marchand, comme Sam d'ailleurs.

– Qu'est-ce que c'est ? demanda Harry, rejoignant son ami, un reçu à la main.

– Aucune idée, chéri. Il y a quoi, dessus ?

– Rien, justement. Pas d'en-tête, pas d'objet, pas de date, ni ce que c'est ni pour qui, juste un montant, 22 livres. Ça peut être n'importe quoi.

– Mais c'est récent ? dit Sam qui porta à son nez, pour le sentir avant d'en grignoter un bout, son croissant de onze heures.

Le pâtissier oubliait parfois de séparer les croissants nature de ceux qu'il fourrait au Nutella et à la pâte d'amande – Sam se croyant légèrement allergique à cette dernière. Mais c'était le bon et il mordit dedans à pleines dents.

Harry revint dans le petit bureau et lui répondit par la porte ouverte :

– Oui, on dirait. Enfin, c'est avec les papiers récents. Comme un truc que tu aurais sorti de ton portefeuille pour le fourrer avec le reste.

– Voyons... 22 livres ? Ce n'est pas le boucher ? Non. J'ai pris des affaires chez le grossiste, mais c'était plus que ça, et il donne toujours une facture détaillée. Ah oui – les polars que j'ai achetés chez Frank Cohen Books. Je voulais voir s'ils avaient le roman japonais qu'on est censés lire, et ils ne l'avaient pas, alors j'ai fait des réserves. Il y en a vraiment pour 22 livres ?

– Tu m'épates, dit Harry au bureau. Et tu me les as cachés, tes polars.

– Du tout. Ils sont empilés sur la table de chevet. À propos...

Les « à propos » de Sam ne se basaient pas sur une association d'idées. Tout simplement, il pensait à autre chose.

– ... les gars ont téléphoné pour savoir si on voulait y aller samedi soir.

– Les gars ?

– Peter.

– Oh, ben non.

– Arrête, on s'amusera un peu. Ça fait trois mois qu'on évite les soirées. Ils penseront qu'on n'a plus envie, et ils ne nous appelleront plus. On aime bien, quand même, non ?

Harry ressortit de l'arrière-salle. Comme à son habitude, il avait chaussé ses lunettes pour étudier les papiers et fureter dans les affaires de son compagnon. Il les retira alors – un geste adorable, innocent, vulnérable. Clignant des paupières, les yeux clairs au milieu d'un visage rond, chevelu et barbu, il déclara :

– J'aime bien si tu aimes bien.

– On a déjà parlé de ça, je crois.

– Oui, souvent. Ça ne me dérange pas d'y aller, mais, tu sais, j'ai déjà baisé avec tous, plusieurs fois à chaque fois, et toi aussi, et ça ne me déplaît pas qu'on reste toi et moi.

– Je suis d'accord.

– D'un autre côté, on trouve toujours autre chose à faire quand ils nous invitent ces derniers temps, alors peut-être qu'on a décroché.

– Tu veux dire que je te suffis ? Que tu ne demandes pas mieux que coucher avec moi jusqu'à la fin de ta vie ? dit Sam, les sourcils levés.

– Non, non bien sûr, répondit affectueusement Harry. Je ne dirai jamais ça, chéri, tu le sais.

– Je t'aime, fit Sam, rayonnant.

Ils se comprenaient fort bien. Après leur rencontre, ils étaient restés huit mois à ronger leur frein pour cause de romantisme déclaré ; non qu'ils ne fussent pas rassasiés l'un de l'autre, faisant œuvre de chair soir après soir. Mais ils s'étaient auparavant donnés généreusement, du moins autant que le Devon, les Cornouailles et deux week-ends annuels à Londres le permettaient. (Comme ils avaient respectivement vingt-huit et trente et un ans, il était incroyable qu'ils ne se fussent pas trouvés plus tôt.) Pendant ces huit mois de timide monogamie, tous deux avaient assuré qu'ils s'en contentaient, que leur existence prenait une nouvelle tournure, cela pour le mieux. Aucun n'aurait déclaré qu'ils n'auraient plus envie d'un autre homme, ni que Sam (ou Harry) comblerait à jamais les désirs de Harry (ou de Sam). En revanche, ils affirmèrent qu'ils ne se voyaient pas reprendre leurs habitudes d'antan, faites de contingences et d'abondance.

Compte tenu du poids de l'habitude, on s'étonnera que leur pseudo-contrat ait duré huit mois avant de passer par pertes et profits. Lorsqu'ils en parlaient maintenant, ils avaient plutôt tendance à en rire. Ils s'étaient, après tout, rencontrés dans un bar de Bideford – le Crown, qui, sans être un bar gay, Bideford en étant dépourvu, en avait adopté les couleurs le temps d'un après-midi et d'une soirée, pour recevoir les participants de la seule et unique Gay Pride du Devon. (Soixante-trois hommes et neuf femmes s'étaient rassemblés, paradant d'une extrémité à l'autre de la grand-rue avant de se retirer dans l'aimable établissement, qui, malgré la non-récurrence de l'événement, garderait à tout jamais, pour la jeunesse stupéfaite d'un comté et demi, la réputation d'un bar gay, faisant l'objet de divers gages et défis chez les péquenauds qui, à gorge déployée, avaient ri de la Bideford Pride, de son unique char bruyant, garni de guirlandes de Noël empruntées pour l'occasion. Le défilé n'avait pas duré plus de onze minutes.) Après une demi-douzaine de bières entrecoupées de doux baisers et caresses – on savait toujours, disait Sam, si on avait envie de continuer ou pas, si l'autre ressentait la même chose, et il n'avait pas douté un instant de son désir pour lord Quel-Gâchis –, ils avaient poursuivi dans les toilettes du pub, Harry se révélant un élément de grande valeur lorsqu'il avait sorti de sa poche deux grammes de cocaïne premier choix – à Bideford ! – et baisé Sam avec assez de vigueur pour qu'il s'en souvienne toute sa vie. Ce dernier se rappellerait le décor dans le moindre détail, les parois du box tremblant comme une remise sous la tornade, tandis qu'il posait un pied sur le bord de la cuvette, puis sur le distributeur de PQ, et enfin sur le réservoir. Sans oublier les visages muets d'admiration qui les attendaient dans la salle, lorsqu'ils revinrent, vingt-cinq minutes plus tard.

Après une rencontre de cette sorte, il était peu probable que Sam (ou Harry) soit fondé à croire en la fidélité ou la monogamie inhérente de Harry (ou de Sam). Ni qu'à partir du moment où ils s'étaient choisis, un changement puisse survenir dans leurs habitudes et leurs penchants naturels. Et donc huit mois plus tard, lors d'un dîner chez Adam et Blaise, ils avaient reconnu que cela n'avait pas eu lieu, que cela n'aurait pas lieu, et que cela ne nuirait en rien à leurs relations.

Adam et Blaise étaient surtout les amis de Sam, l'esquisse d'un groupe auquel Harry présenterait quelques-uns des siens au fil des ans – le fils de l'ancien jardinier de son père ; un couple de Londoniens, remontant à sa folle jeunesse, venus à Hanmouth se reconvertir dans la confection de meubles ; et un serveur espagnol découvert, curieusement, dans un pub au milieu du Dartmoor. Sam avait gardé ses copains de lycée, ou de fac, d'autres qu'il connaissait depuis des années, sans se rappeler où ni comment ils s'étaient rencontrés – depuis toujours, ils faisaient partie de son existence, et eux-mêmes, à l'occasion, amenaient leurs potes : Mick et Ali ; Peter de Bideford ; Phil et Steve, qui tenaient le garage de Barnstaple. Il y avait aussi Andy, il y avait aussi Adam, qui avait souhaité s'associer à Sam. Adam avait un faible pour les Africains, et c'est au Sénégal qu'il avait rencontré Blaise. Il y était retourné cinq fois la même année, rapportant celui-ci la dernière avec lui, ravi et remonté contre les mises en garde de ses amis. Lesquels s'étaient trompés, Blaise étant devenu plus anglais que la reine. Douze ans plus tard, il se débrouillait aujourd'hui très bien dans l'immobilier. C'était chez eux que l'heure de vérité était arrivée, que l'intervalle monogame avait pris fin.

Depuis, ils s'étaient reçus les uns les autres, plus ou moins une fois par mois. Plutôt barbus, chevelus, un tantinet trop gros (dans les quatre-vingt-dix kilos, pour la plupart), tous approchaient de la cinquantaine. Les Ours se retrouvaient, dînaient, passaient de l'alcool à la coke, au speed, voire à des pilules d'autre chose, puis un premier pelotait un second, d'autres se bécotaient, on les imitait avec un flacon de poppers, et le second suçait le premier, alors un troisième, surexcité après une bonne ligne, déchirait sa chemise, et c'était parti. Lors d'une des soirées initiales chez Adam et Blaise, ceux-ci avaient disparu sans raison apparente, pour revenir cinq minutes plus tard avec un petit plateau de drogues, tous deux nus et (dans le cas de Blaise surtout, raide comme un mât dodelinant sous la tempête) arborant une érection. C'était un petit cérémonial pour les nouveaux arrivants, et, par la suite, on avait pareillement souhaité la bienvenue au fils du jardinier et au serveur espagnol. Les Ours n'en faisaient pas plus, pas moins.

Leurs réunions ne suivaient aucun calendrier précis, contrairement, par exemple, au groupe de lecture de Miranda, avec ses rendez-vous fixés chaque premier jeudi du mois. Deux semaines ou trois s'écoulaient après la dernière sauterie, et alors un Ours téléphonait. « Quoi de neuf ? » demandait-il. Après consultation des agendas, on programmait une nouvelle soirée huit ou dix jours plus tard, chez l'un ou l'autre. Ils se passaient le mot, on repousserait la date, compte tenu des occupations de chacun ; on établirait le menu – rien de trop compliqué, en général un rôti, des légumes, à tout le moins une version élaborée de *shepherd's pie*, des pâtes à l'italienne, une purée de céleri. On commandait du poppers frais et une vingtaine de préservatifs à disposer ici et là – les Ours apportaient eux-mêmes les stupéfiants. Ils buvaient du vin blanc, de la vodka, des Negroni (Sam), de la bière à la fin et, plus surprenant, des boissons gazeuses sucrées américaines. Certains Ours étaient davantage prisés que d'autres – il valait mieux s'envoyer le jardinier et le serveur espagnol avant qu'ils se tombent dans les bras, car sinon ils faisaient pour ainsi dire chambre à part et n'en sortaient plus. Aussi courtoisement que possible, on s'efforçait de ne pas rester trop près du Peter de Bideford, de sa bouche entrouverte, son ventre de bébé, son pubis duveteux et ce long pénis déprimant, trop fin, doté d'un prépuce flasque qui dépassait le gland d'un centimètre ou deux. Cela mis à part, tout le monde couchait avec tout le monde, sans forcer personne, on profitait d'une diversion bienvenue de son épouse ou du compagnon habituel, c'était la petite partouze mensuelle. Et Peter baisait ainsi une fois par mois. Du moins le croyait-on.

– Je n'ai vraiment pas envie d'aller chez lui, dit Harry. Désolé, c'est comme ça. Je n'ai rien à lui reprocher, mais je ne veux pas qu'il se croie autorisé à me fourrer la langue dans la bouche sous prétexte qu'il a mis un rôti au four.

– S'il n'y avait que sa langue... Enfin, je comprends. Surtout que celui qui aura droit à ses faveurs, ce n'est pas toi, mais moi.

– Tu n'as qu'à t'en prendre à toi-même, dit Harry.

Pendant la dernière réunion, trois mois auparavant, Sam avait laissé Peter le baiser, par pure bonté d'âme. Peter avait appelé le lendemain ; au téléphone, Harry lui avait répondu que Sam était sous la douche et qu'il le rappellerait. Il avait répété la même chose le surlendemain, et le jour suivant encore. Peter s'était ensuite montré moins insistant ; après quoi Sam et Harry avaient trouvé une excuse pour ne pas se rendre à deux ou trois soirées consécutives.

– Je suppose qu'on n'est pas les seuls, dit Sam.

– Les seuls à quoi ? Ah... Tu penses que les autres n'auront pas envie d'y aller non plus ? Pas sûr.

– Mais on s'abstient ?

– Si on continue comme ça, ils arrêteront de nous inviter.

Un garçon et une fille étant entrés dans le magasin, Sam changea de sujet. Les gamins lui empoisonnaient la vie ; ils ne lui achèteraient jamais un bout de fromage, ne s'intéressaient qu'à son petit bric-à-brac d'accessoires. Ces deux-là étudièrent tout ce qu'ils virent, soulevant chaque article avant de le reposer, et de même avec les plateaux – comme si quelque chose était caché dessous. Ils examinèrent le couteau au manche en forme de ver (un ver à fromage, évidemment). À dire vrai, ils paraissaient perdus l'un dans l'autre. C'était Hettie, la fille de Miranda, flanquée d'un garçon qui avait un air vaguement familier : le jeune Américain qui, l'autre jour, l'avait accompagnée dans sa chambre, sans enthousiasme aucun, pour redescendre un moment plus tard avec elle, ruisselant d'érotisme. Curieusement, Sam n'avait pas tout de suite reconnu la jeune fille ; sans doute l'érotique ruissellement lui conférait-il une aura aussi inattendue qu'invraisemblable.

– Bonjour, Hettie, lui dit-il.

– Bonjour, répondit-elle, nullement embarrassée.

Un court silence.

– Que puis-je faire pour toi ?

– Vous avez du fromage ?

– Qu'est-ce qui te ferait plaisir ?

– Je ne sais pas, dit-elle en ricanant. Vous avez vu mon nouveau bracelet ?

Elle sortit un colifichet oriental d'un sac en papier sale ; peut-être une preuve d'amour que l'Américain avait pêchée pour elle à la boutique voisine.

– Ta maman est chez toi ? s'enquit Harry depuis l'arrière-boutique.

– C'est votre petit ami ? demanda-t-elle.

– Tu connais Harry. Il est venu chez toi à Noël, tu ne te souviens pas ?

– Ah si. Je savais qu'il s'appelait Harry, pas que c'était votre ami.

À côté d'elle, l'Américain écarquillait les yeux, signe qu'elle avait préparé cette petite comédie.

– Eh bien, dit Harry, sortant du bureau avec son exemplaire du *Guardian*, lu, relu, froissé et gribouillé. Je suis sans doute trop vieux pour qu'on me donne du « petit ami », maintenant. Mais ça doit être l'idée, je suppose.

– C'est ton petit ami, Hettie ? demanda Sam avec un signe vers le garçon, car elle n'allait pas s'en tirer comme ça. Il n'est pas trop vieux, lui, pour qu'on l'appelle ainsi.

Sans renchérir tout de suite, la jeune fille ajusta l'unique bracelet autour de son poignet ; mais il était conçu pour de petites Indiennes aux articulations graciles, pas pour ses gros os et ses mains bouffies.

– Je vous déteste, dit-elle alors. Ne revenez jamais, jamais, jamais chez nous. Si je vous vois, je vous claque la porte au nez et je dirai à maman qu'il n'y avait personne ou que c'était encore les chanteurs de Noël qui faisaient la quête. Je vous déteste.

– Au revoir, Hettie, répondit Sam, impassible.

Rouge comme une prune, penaud, l'Américain suivit la jeune fille au-dehors.

– Comme j'aimerais encore avoir l'âge de dire ces choses, continua Sam. « Je vous déteste. » Tu te rappelles la dernière fois que tu as jeté ça à la figure de quelqu'un ?

– Dieu peut-être, oui, mais pas moi.

Harry retourna dans l'arrière-salle. Sam, qui en avait assez de Nusrat Fateh Ali Khan – si c'était bien son nom –, retira le CD de l'appareil pour mettre la bande originale de *Dil Se*. Puis il replaça correctement les céramiques sur les étagères, en se demandant s'il n'allait pas changer la présentation. Au lieu d'installer les plus petites devant, et les autres derrière, il les répartit de gauche à droite par ordre de grandeur. Il contempla son œuvre et conclut au bout de cinq minutes : ça ne lui plaisait pas. Puis il revint changer le CD en se rendant compte, une fois de plus, qu'il aimait seulement le premier morceau, celui qui, dans le film, rythme les mouvements des danseurs sur le toit du train. Donc les Scissor Sisters, maintenant.

– Pour ce qui est de Peter, dit Harry, ressortant à nouveau du bureau.

– Pour ce qui est de Peter.

– Franchement, je nous vois mal y retourner.

– Ouais.

– Mais si on n'y va pas ?

– Ils ne nous inviteront plus.

– Je suppose. Pourquoi on ne les appellerait pas pour qu'on fasse ça chez nous ?

– Chez nous ? Samedi ?

– Pourquoi pas ? Je suis sûr que, si on téléphonait à tout le monde, pour leur dire : « Écoutez, chez Peter, on n'a pas envie, c'est notre tour, venez ici », ils seraient d'accord.

– Même Peter ?

– Bien sûr. Il doit y avoir un siècle qu'il n'a... Putain !

Ce « putain » exprimant la surprise devant un corps qui, dehors, s'affalait lourdement.

15

C'était une belle journée, et Catherine avait décidé d'aller se promener. S'ils étaient moins nombreux qu'avant, il restait encore dans la rue quelques visages inconnus. Cette affaire d'enlèvement avait attiré les voyeurs, qui avaient ensuite disparu. Évidemment, pensait Alec, maintenant qu'on a arrêté la mère, ça n'a plus rien d'intéressant. Catherine voyait bien que non. On ne savait toujours pas ce qui était arrivé à la petite fille. Eux-mêmes perplexes, les journaux brouillaient les pistes avec leurs requêtes péremptoires en première page : DITES-NOUS ! intimaient-ils. Au nom de qui, mystère. Les rues s'étaient vidées, les visiteurs d'un jour étaient partis ailleurs, les jeunes avaient une semaine de vacances. On croisait cependant quelques étrangers, seuls ou deux par deux, des gens affairés, semblait-il, qui s'arrêtaient au coin des rues en levant la tête, photographiaient les carrefours, les immeubles, les promeneurs. Parfois ils s'allongeaient par terre, leur appareil sur les yeux ; ou encore vous effrayaient-ils en vous collant leur objectif sous le nez. Cela n'était pas des touristes ordinaires, ils étaient là dans un but, certains avaient l'air de se connaître, se saluaient avec défiance. Enfin, ils travaillaient, quoi, sans égard pour la population. Où paraîtraient leurs photos, avec quels commentaires, Catherine l'ignorait et ne leur poserait pas la question. L'heure n'était plus à la simple curiosité vulgaire, mais à l'investigation, ce qui n'avait rien de réjouissant.

Au moment où Catherine passait devant chez lui, M. Calvin ouvrit sa porte jaune. L'entrée de sa maison était légèrement en contrebas de la rue. Il portait un costume léger, sable, sur une chemise bleue, et un mouchoir en soie aux motifs cachemire dans la pochette du veston – un zeste d'ostentation, probablement.

– Bonjour, lui dit-elle, à quoi il répondit de même après une brève hésitation.

Cet homme vivait-il seul ? Une fois refermé sa porte, il prit la même direction que Catherine, qui pensa à entamer une vraie conversation – elle n'aurait pas parlé de l'enquête, du rebondissement concernant cette femme (son amie, sa cliente, qui était-elle ?) qu'on avait arrêtée. Cela aurait été moins embarrassant de marcher ainsi de conserve ; deux cents mètres plus loin, elle se serait arrêtée dans une boutique. Peut-être, en évoquant David, qui venait passer le week-end avec son ami, aurait-elle rappelé à M. Calvin qu'elle l'avait invité à l'apéritif, samedi en début de soirée.

– C'est... commença-t-elle, un peu hésitante.

On aurait pu croire qu'elle toussait, qu'elle se raclait la gorge – qu'importe. De toute façon, M. Calvin improvisa une sorte de pantomime, se frappant le front, et « Tss ! », puis il haussa les épaules, tout ça pour faire demi-tour vers chez lui, afin de chercher ce qu'il y aurait oublié. Ils s'étaient à peine salués, et Catherine ne vit pas de raison d'attendre qu'il retrouve son portefeuille, son mouchoir, son panama ou quoi ou qu'est-ce. À l'évidence, cette comédie avait pour but de la laisser prendre de l'avance, de permettre à M. Calvin de marcher seul. Un procédé qu'elle jugea grossier. Sans doute voulait-il s'éviter d'avoir à justifier pourquoi il avait soutenu les O'Connor, cette triste famille, devant une personne qu'il ne connaissait pas bien.

– Tu veux faire un tour ? demanda Tony à Sylvie, dans la cuisine de celle-ci.

Les années précédentes, ils avaient, individuellement, profité de cette semaine de congés pour s'échapper quelque part. Pas cette fois. Ils étaient livrés à eux-mêmes jusqu'à la reprise des cours. Sylvie avait avancé dans son travail ; Tony avait consulté des avocats pour son divorce.

– C'est bientôt l'anniversaire de ma sœur. Je ne sais jamais quoi lui acheter comme cadeau.

– Prends-lui des sels de bain, suggéra Sylvie, plongée dans un article du journal. Tu te rends compte ? Cette maladie dont ils parlent, là. Ça te tombe dessus sans prévenir, on se sent parfaitement bien, on ne s'aperçoit même pas qu'on l'a attrapée.

– Comment ? On se sent bien avant de l'avoir ?

– Non, bien après. C'est ça qui est effrayant.

– Et on en meurt ?

– Non, on garde le truc dans l'organisme. Il faut faire un examen pour savoir si on l'a. Il n'y a aucun symptôme.

– C'est affreux. Qu'est-ce que je fais, pour ma sœur ?

– Les sels de bain, répéta Sylvie. C'est ce que j'offre à ma mère pour le sien depuis que j'ai quatorze ans. Je ne suis pas sûre qu'elle aime ça, mais elle doit compter dessus, maintenant.

– Ma sœur a vingt-neuf ans, je ne vais pas lui acheter des sels ?

– Offre-lui une PlayStation, alors. C'est plus original. Vous êtes nés d'un même lit, ou ton père s'est remarié ?

– J'ai seulement quarante-quatre ans. Oui, je sais, la différence d'âge. Elle n'était peut-être pas prévue au programme. Je me rappelle le jour où ma mère m'a appris que j'allais avoir un petit frère ou une petite sœur. C'était franchement déplaisant.

– Quand ils ont décidé de faire un autre enfant, tes parents ne se sont pas posé la question de savoir si ça te plairait, je pense.

Tony se tut un instant. En fait, il avait longtemps cru le contraire – que la famille tiendrait compte de son avis avant de prendre une décision.

– J'étais fils unique jusqu'à l'âge de quinze ans. Ça donne une certaine idée de soi.

– Eh bien, tu vois, dit Sylvie, lisant et relisant l'article.

– Tu viens faire un tour, alors ?

Une tranche de toast entamée dans la main gauche, elle leva les yeux vers lui, derrière ses grandes lunettes d'homme tachées de confiture rouge.

– Hm. J'espérais passer la matinée à coller mes pénis en érection sur des bouts de papier. J'ai beaucoup de retard.

Elle s'interrompit. Tony ne fit pas de commentaire.

– Bon, OK, dit-elle. Allons voir ce qui se passe.

Sans finir son toast, ni son café, Sylvie laissa sur la table un archipel de miettes, ainsi qu'une traînée rouge sur la une du *Guardian*. D'un geste, elle indiqua qu'elle allait se débarbouiller la figure, puis, sans se presser, elle se dirigea vers les toilettes du rez-de-chaussée. Tony ramassa le journal, le secoua, retira les pages Santé maculées de confiture, et étudia les bilans environnementaux. Des bruits gutturaux, presque militaires, le choc de l'eau et des matières solides, s'affrontèrent brièvement derrière la porte blanche à gros rivets. D'ici peu, Tony avait l'intention de suggérer à Sylvie d'utiliser plutôt les toilettes du haut pour ses besoins matinaux – au moins tant que les autres n'avaient pas terminé leur petit déjeuner. Et de refermer la porte derrière elle en sortant. Aussitôt elle monta à l'étage, revint avec un chemisier non repassé, à peine plus présentable que son pyjama.

– Il fait quel temps ? demanda-t-elle devant le portemanteau.

– Aucune idée. Je n'ai pas mis les pieds dehors.

– Qui a rapporté le journal ?

– Personne, répondit Tony. C'est celui d'hier. Je voulais prendre celui d'aujourd'hui en sortant.

– Je me disais bien que j'avais déjà lu cette histoire de maladie invisible.

Billa, qui enfilait son manteau, changea d'avis en passant la porte. Se retournant, elle le retira et le remit sur le crochet dans l'entrée. Il faisait sombre dans le couloir dallé, décoré d'aquarelles du XVIIIe siècle, sur lesquelles de grands arbres, telles des houppes de verdure, abritaient des vaches accablées de soleil. Les parties boisées de l'imposte auraient dû être repeintes depuis cinq ou six ans ; le jour qui passait à travers le verre bullé trop fin, vieux et déformé, jetait un léger voile sur les dalles foncées. Grâce à ses murs épais de cinquante centimètres, la chaleur ne rentrait pas dans la maison. Le bruit non plus, d'ailleurs, et les volets étaient fermés. Mais, d'expérience, Billa savait depuis le couloir s'il faisait chaud dehors (c'était le cas), et si des étrangers étaient encore là à bavasser dans les rues (son intuition lui dit que la plupart étaient repartis). Elle avait l'intention de rendre visite à Kitty, d'acheter un bon quart de sharpham rustic chez Sam, de prendre des nouvelles des uns et des autres, peut-être même de trouver un P. D. James que le général n'aurait pas encore lu – chez Frank Cohen Books ou aux bonnes œuvres. Il aimait bien ses P. D. James, le général. Et jamais il ne livrait le fin mot de l'énigme quand Billa lisait le même roman après lui, suggérant seulement : « Le moine, il a quitté le monastère ? Prends garde, il n'est pas si transparent que ça. »

– Tu as besoin de quelque chose ? lui demanda-t-elle. Tu as tout ce qu'il te faut ?

– Presque tout, ma chérie. D'importantes choses à faire. Des découvertes vitales à révéler. Tant d'innovations à faire connaître. Et que la populace, béate d'admiration, s'empressera de transmettre, avec son goût pour le scandale. C'est parfait, il me reste une demi-heure de Jeremy Kyle[1] à savourer.

– Allons, dit Billa. Ça n'est pas que des ragots, tu sais. Moi j'ai des choses vitales à acheter. On n'a plus de Cif, par exemple.

– Ce n'est pas à Mme Carcrash[2] de s'occuper de ça ? dit le général en sortant du salon. Pas très bien organisée, son affaire. Elle raffole de ce truc immonde,

1. Présentateur d'une émission de téléréalité.
2. Mme « Accident de Voiture ».

apparemment. Elle sait quand il n'y en a plus et elle pourrait donc en rapporter. Elle se prendrait une petite commission dessus pour arrondir ses fins de mois et...

– Il y a sûrement une explication rationnelle. Ce qu'il fait beau, aujourd'hui ! J'espère que tu ne vas pas passer la journée à regarder ces dégénérés rabâcher leurs problèmes à la télé.

– Pas toute la journée, ma chérie, dit le général et, cette fois, Billa referma la porte en bois rose derrière elle.

– Gros pédés, grosses tapettes, marmonnait Hettie. Ces emmanchés, ces enculés, ces enfoirés, de quel droit ils se permettent de me parler comme ça ? continua-t-elle dans sa barbe.

– *Faggots*, appuya lourdement Michael.

Ils épluchaient, devant la poste, les petites annonces pour les promeneurs de chiens, les femmes de ménage, les pianos, les coffrets d'argenterie, les maisons à vendre, les locations chez l'habitant. Une dame avec deux enfants, le premier dans une poussette et l'autre qui traînait des pieds, dépassa non sans mal les deux ados qui ne bougèrent pas d'un pouce.

– C'est américain, ça, *faggots*[1], observa Hettie. Ça veut dire quoi, de traiter quelqu'un de saucisse plate entourée d'un morceau de crépine ? Franchement débile. On ne dit pas ça ici.

– *Fags*, proposa alors Michael d'une voix sourde.

– Encore plus bête, traiter une folle de cigarette – faut vraiment être idiot. En Angleterre, on ne dit ni

1. Explication : *faggot* : « tante » (argot américain), mais aussi « crépinette » (anglais britannique). En outre, l'abréviation *fag* veut dire « clope » en anglais britannique, mais reste « pédé » en argot US.

fag, ni *faggot*, pour ça. Quand on demande une clope à quelqu'un, ce n'est pas pour le prier d'introduire son pénis là où je pense – enfin, si on est un homme, bien sûr. Tu ne peux pas parler un anglais décent ?

– Mais on parle anglais, nous aussi.

– On ne dit pas ces trucs-là, voilà. Nous, on parle l'anglais de la reine, et on a des tonnes d'expressions : péter la rondelle, taper dans le tas de charbon, défoncer la boîte à cachous, terrasser la fosse septique. Va te faire tasser la merde, on leur dit aussi. À Sam et à son petit ami, tiens, ils n'ont qu'à laisser leurs fromages et se tasser la merde, tous les deux, ça leur donnera des couleurs. Ah, tu les vois en train de se mazouter le pingouin ?

Michael hocha la tête. Avec ses phrases nerveuses, son débit haché, son élocution percutante, Hettie ne s'adressait pas à lui, évidemment, mais aux quelques personnes qui entraient et sortaient de la poste. Cela étant, il ne voyait pas bien à quoi servait ce bureau : les habitants de Hanmouth envoyaient-ils constamment des paquets à leurs parents et amis ? Il y avait toujours du monde là-dedans. Que venait-on y faire ? Y avait-il quelque activité occulte derrière la papeterie, les calendriers, et les employés au fond, dans leurs guichets de verre ? Michael s'interrogeait.

– On s'ennuie ici, jeta Hettie. Tu ne trouves pas qu'on s'ennuie ? Si j'habitais en Amérique, je n'en partirais jamais. New York, Chicago, LA, DC, SF, LV.

– C'est quoi, LV ?

– Ah, tu n'y connais rien ! C'est Las Vegas, ça va plus vite, tout le monde dit ça. Mais non, je te taquine. C'est pour rire. Je viens de l'inventer. Imagine qu'on te raconte : « Je pars à LV », tu n'y comprendrais rien – tu les prendrais pour des ouf, des mabouls.

– Il arrive qu'on s'ennuie aussi, là-bas.

Michael préférait cependant lui donner l'impression d'habiter un pays fabuleux. Ses parents rappelaient parfois que, pour les étrangers, l'Amérique n'était pas forcément l'endroit le plus intéressant du monde, ce qu'il trouvait curieux, étroit, erroné. Moins par patriotisme que compte tenu des faits, tout simplement, il avait vanté à Hettie son existence outre-Atlantique. En réalité, son lieu de résidence, avec ses scieries, la place centrale et l'horloge du tribunal, le restaurant et le Walmart en bordure de la ville, n'était pas si différent de Hanmouth, exception faite des drapeaux devant les immeubles de bureaux et la plupart des maisons individuelles.

– Ce que je m'ennuie, répéta Hettie. Regarde ce taré, là-bas.

Au milieu de la grand-rue, entre la papeterie-journaux-location-de-vidéos et la fromagerie, un homme était accroupi par terre. Vêtu d'un chandail noir à col roulé, d'un jean également noir, de lunettes de soleil plantées dans sa tignasse, il prenait une photo en contre-plongée.

– Quel imbécile ! s'exclama la jeune fille. Si une voiture arrive derrière, il va se faire renverser et passer dessus. Il suffirait d'un coup de klaxon pour qu'il s'affale. Allez, viens !

Hettie prit son élan en sautillant, et Michael la suivit, comme toujours raide lorsqu'il courait, les coudes serrés près du corps, telle une marionnette en bois.

– On le chope ! cria-t-elle. Prends à droite...

En équilibre instable, l'homme se levait maladroitement. En passant, Hettie le poussa très légèrement vers

Michael, qui, lui, bouscula plus franchement le pauvre individu. Lequel se retrouva les quatre fers en l'air au milieu de la rue. Son appareil claqua sur le bitume.

– Tu as vu ça ? fit la jeune fille. Tu as vu ? Trop génial.

– Trop ! cria Michael.

Hettie ne pouvait savoir à quel point il aimait cette expression, si ordinaire pour elle, mais qui enrichissait son vocabulaire d'Américain. Le matin même au petit déjeuner, Michael avait déclaré à sa mère que ses toasts étaient « trop bons ».

– Trop ! répéta le garçon en se retournant vers Hettie qu'il avait dépassée.

Soudain, bizarrement, une vieille dame surgit de nulle part et, sans le vouloir, il la heurta de plein fouet. Par jeu, Hettie, témoin de la scène, bouscula à son tour le jeune homme, se projetant dans son dos, les faisant tomber l'un et l'autre. La dame émit un drôle de bruit, pas tout à fait un rire, presque le cri d'une mouette.

Ils s'enfuirent sans l'aider à se relever. Personne n'avait rien vu. La vieille femme n'aurait pu affirmer avec certitude qu'on l'avait renversée. Cinq minutes plus tard, les deux adolescents filaient au-delà du Strand, de la maison de Hettie, jusqu'au bout de la Wolf Walk, où la courbe du trottoir suivait celle de l'estuaire, de la mer, des collines et du ciel – où les oiseaux ventrus, marchant lourdement dans la boue piquetée, ressemblaient à des directeurs d'école furieux et menaçants. Hettie et Michael s'affalèrent sur un banc, haletant et bombant le torse, exagérément, jusqu'à en faire un jeu, une parodie d'essoufflement. Faisant mine d'étouffer, de mourir, la jeune fille s'écroula à terre où elle imita fort bien la mort par asphyxie. Puis elle se releva et se rassit.

– Ça n'est pas drôle, non, quand même, dit-elle. Ils se sont peut-être fait mal. Tu as pensé à ça ?

– Oui, la vieille dame. C'était une vieille dame, l'autre.

– La femme du colonel. Billa.

– Quoi ?

– Elle se fait appeler Billa, expliqua Hettie. Je ne sais pas si c'est un diminutif. Ni même si ça existe, un nom pareil. Peut-être que c'est un homme, et qu'elle s'appelle Billiam. William. Ce n'était pas ta faute.

Michael, silencieux, se demandait où les oiseaux allaient faire leurs besoins, s'ils avaient un endroit pour ça, ou s'ils faisaient n'importe où, à l'endroit où ils étaient, même s'ils devaient ensuite marcher dedans, planter leur bec dans la boue pleine de fientes et d'autres saletés. Allez savoir.

– Ce n'était pas ma faute, dit-il finalement.

– Moi non plus ! fit Hettie, indignée. C'est elle qui n'aurait pas dû être là, au beau milieu du chemin. Des fois, on a besoin d'aller vite quelque part, et les gens comme Billa, la femme du colonel, ils comprennent même pas ça. Comprennent rien, ceux-là.

– Personne ne vient jamais ici, remarqua Michael après quelque temps.

Passé le marivaudage de la ville et du fleuve, la journée se fondait paisiblement, sans souvenir aucun, dans le bleu du ciel.

– Je n'ai jamais vu personne ici, insista le jeune homme.

Cela n'était pas franchement exact, mais la remarque correspondait à l'humeur, au moment, et donc il en avait fait part. Tous deux ne bougeaient plus ; au-dessus de leurs têtes, le *kraarque, kraarque* d'un oiseau ; à leurs pieds, le minuscule clapotis de l'estuaire entre deux marées ; puis le lointain ronronnement d'un bateau à moteur, remontant le canal de Bristol vers le large.

– Je t'aime vraiment, Michael, dit Hettie. Vraiment, vraiment.

Il resta immobile. Un instant plus tard, la main tremblante de la jeune fille glissa de son coude vers son cou, effleurant sa nuque pour finalement épouser la forme de son crâne. Il se laissa faire tranquillement ; Hettie ne semblait pas attendre de réponse de sa part.

– Je t'aime tellement. Jamais, jamais, jamais je n'ai aimé quelqu'un autant que toi. Je t'aime, Michael. Je vais même te montrer mon épingle à chapeau, je crois.

16

Harry et Sam se précipitèrent à la porte tandis que, dans la rue, les gens se tournaient vers la forme allongée sur le trottoir.

– Ça va très bien. Mais j'ai été renversée par, par...

C'était Billa. La jupe indiscrètement relevée sur des bas troués, les cheveux plaqués d'un côté de la tête, elle paraissait sonnée, vieillie.

– Ça va très bien, assurait-elle, quoiqu'à personne en particulier.

Autour d'elle, quatre ou cinq bons Samaritains semblaient en douter : tous Hanmouthites, plus ou moins reconnaissables.

– Ne bougez pas, dit avec une certaine autorité cette femme qui habitait l'immeuble en bordure de l'estuaire.

– Billa, entrez boire une tasse de thé avant de repartir, offrit Sam.

– Oh oui, merci, lui dit-elle.

– Non, ne bougez pas, répéta la femme.

Sam se rappela son nom : Catherine.

– J'étais infirmière, poursuivit celle-ci. On recommande de rester immobile jusqu'à l'arrivée de l'ambulance. Quelqu'un en a-t-il appelé une ?

– Inutile ! protesta Billa, d’une voix pourtant incertaine, faible, âgée. Je n’ai rien du tout.

– On n’est jamais trop prudent, dit Catherine qui, sans hésiter, palpait d’un geste exercé, professionnel, les jambes et les hanches de la vieille dame. Ça ne vous fait pas mal là ? Et là... là ?

– C’est une vilaine chute. Je suis tombée comme une masse, vraiment. Une sacrée culbute. Je ne comprends pas ce qui s’est passé. Mais j’ai toujours été fragile des chevilles. Ça m’arrive si souvent de m’effondrer comme un tas de... un tas de...

– Laissez-moi vous chercher un... dit une femme au chemisier pas repassé, maculé de taches si vieilles qu’elles ne partiraient jamais au lavage. Un coussin, ça ira ? Tony ! lança-t-elle à son compagnon, un homme aux cheveux blancs, courts, et au regard inquiet, qui ne lui ressemblait guère. Enfin, ne reste pas les bras ballants !

– Mais non, ça va très bien. Je vous remercie du fond du cœur. Vous êtes gentils, tous, mais je vous promets, je n’ai rien de cassé. C’est juste mes chevilles, ces pauvres chevilles – il faut toujours qu’elles me laissent tomber aux pires moments.

Elle fit un geste vers celles-ci, et l’on se rendit compte qu’une d’elles enflait déjà. Une entorse peut être aussi douloureuse qu’une fracture, fit observer quelqu’un.

– Évidemment, quand il n’y a rien pour amortir... Je n’ai pas eu l’impression de glisser, pourtant.

– Je crois que c’est deux gamins, dit Sam. Ils vous ont renversée, et ils sont partis ventre à terre.

– Mon Dieu ! À Hanmouth ! s’exclama une femme. Incroyable !

– Tu sais qui c'est ? demanda Harry à son ami.

– Non. Je n'ai pas eu le temps de voir.

Sam étudia la rue, déserte à l'exception de John Calvin, vingt ou trente mètres plus bas, en train de contempler une vitrine comme si rien ne s'était passé ou qu'il ne s'était rendu compte de rien. Curieusement, c'était celle des œuvres Sea Rescue, dans laquelle une paire de chaussons de bébé semblait terriblement l'intéresser.

– Bien, fit Billa, s'accrochant au bras de Catherine et se redressant lentement. Allons boire cette tasse de thé, Sam, et ensuite je rentrerai chez moi. Sans finir ma promenade, si cela peut vous rassurer. Je ne voudrais pas vous inquiéter.

Chacun d'un côté, Sam et Harry l'épaulèrent jusqu'au magasin (« Mais j'y arriverai bien toute seule ! » disait-elle), où ils l'ancrèrent sur le fauteuil en osier blanc, dans lequel les clients parfois hésitaient entre deux sortes de fromage.

– Quelle histoire ! dit gentiment Catherine en suivant Sam dans leur étroite cuisine. Je crois qu'elle n'a rien de cassé, mais quand même, il serait plus prudent d'appeler une ambulance.

– Billa refuserait de monter, répondit Sam. Elle est la mieux placée pour savoir si c'est grave ou pas. Si ça l'était, elle n'hésiterait pas. Voyons comment elle va après une tasse de thé.

– Pensez-vous qu'elle aimerait venir à notre petite réception ? demanda l'ex-infirmière. Vous vous rappelez ? On sert l'apéritif samedi. J'espère que vous serez là avec votre ami. Vous êtes les bienvenus.

– Harry, vous voulez dire ? Ah, c'est bête... Harry, j'allais expliquer à Catherine que c'est vraiment dommage, elle nous invite samedi soir, et on vient juste d'inviter nous aussi de vieux amis à dîner. Désolé, vraiment.

– Moi aussi, dit Harry qui, à la porte, se demandait visiblement qui était cette Catherine. Oui, on a du monde. Rien d'extraordinaire, mais on ne peut pas décommander.

– Bien ma chance. Euh... ce n'est peut-être pas si contraignant, juste en début de soirée ? De six à huit ? Notre fils sera là pour le week-end avec son nouvel ami, un Italien paraît-il. Je serais heureuse de les présenter à de... quelques... nouvelles relations et voisins. En fin d'après-midi, quoi ? Passez un petit moment, c'est tout près. Nous habitons au Woodlands, l'immeuble au bout du Strand. Vous y penserez ? Dernier étage, samedi de six à huit heures.

– Je regrette, fit Harry. Nous aurions bien aimé, mais il faut voir Sam quand on reçoit du monde. Il a des crises d'angoisse dès quatre heures de l'après-midi. Pour rien du tout. On les connaît depuis si longtemps qu'ils ne feraient pas la grimace si on oubliait de passer l'aspirateur. Mais c'est comme ça. Sam n'est pas le genre de bonhomme à inviter les jours où il reçoit.

– Vous exagérez certainement. Enfin, si vous changez d'avis, nous sommes juste au bout de la rue. On serait ravis de vous voir, ne serait-ce que dix minutes. Quand vous aurez dressé la table et mis les plats au four, vous serez soudain les bras ballants... Je m'occupe du thé ?

La fille un peu bohème – qui s'appelait Sylvie – s'était assise à l'intérieur avec son ami Tony ; un copain du général, accompagné de son épouse, très férue de théâtre amateur, avait installé Billa correctement dans le fauteuil, les jambes bien droites avec ses bas déchirés. Devant cette assistance improvisée, Billa répétait de nouveau qu'elle ne comprenait pas comment elle avait pu tomber, puisqu'elle n'avait glissé sur rien. Le copain du général annonça qu'il irait chercher celui-ci d'un instant à l'autre ; Sylvie déclara à l'épouse qu'elle avait bien vu deux enfants renverser cette femme avant de prendre la fuite ; quelqu'un d'autre confirma.

– Eh bien, Billa ? lança une voix à la porte. Toujours le centre d'attraction, apparemment ?

Cela pouvait être Kitty comme n'importe qui. La conversation s'anima, se diversifia et, depuis la cuisine, Sam aperçut celui qui, avec un *oh!* réprobateur, souleva un plateau à fromage en forme de vache et le retourna, au cas où le prix serait affiché dessous. Pas de quoi s'affoler ; on finirait bien par lui acheter quelque chose. Profitant de ce qu'elle distribuait les tasses, Catherine invita toute l'assistance à son apéritif.

– Maintenant que c'est dit, il faut vraiment le faire, ce dîner, souffla Harry à son compagnon.

– Pas de problème, répondit Sam, saisissant la dernière tasse vide, marquée « Le Meilleur Cousin du Monde » (qui avait laissé ça ici ?) et secouant la théière au cas où il en resterait pour lui. Si je prépare une *shepherd's pie*, ça va ?

17

Mauro dormait et la sonnette le transperça comme une épée, qui se retira, puis recommença. Il s'enroula en jurant dans sa couette. Mauro ne savait plus quel jour on était, et encore moins pourquoi on sonnait ce jour-là. Étirant un bras au-dessus de sa tête, il se souvint, bâilla intensément, secoua sa carcasse et, bondissant hors du lit, entreprit quelques exercices sommaires, écartant plusieurs fois bras et jambes. Alors, en slip, il s'approcha de la fenêtre et étudia la rue à travers les rideaux. M. Poppers était là, sur le trottoir, les clefs de sa voiture dans une main. Il leva les yeux et leurs regards s'emboîtèrent. Mauro lui offrit son sourire le plus radieux, avec un geste qui signifiait « J'arrive », ou « Tu es là », ou « Attends ». Il enfila une robe de chambre et descendit ouvrir.

M. Poppers avait fait irruption au bon moment dans la vie de l'Italien. Faute d'une alternative plausible, Mauro avait quitté Rome. Il avait perdu sa place de serveur dans cet horrible restaurant, près du Colisée, qui était exclusivement destiné aux touristes – personne ne revenait jamais à l'Incantevole, reconnaissable à son enseigne bleue, à la sirène peinte qui, sur la corniche, vous invitait à entrer. Le principe était le suivant : lorsqu'une table commandait de la *bruschetta* et des assiettes de pâtes, on lui servait à la place un plateau d'huîtres sur un lit de glace, de grands plats de risotto, une *grigliata mista*[1], des salades compliquées avec des quartiers d'œuf dur disposés en pétales sur le dessus. Si les clients consommaient sans rechigner, pensant à un cadeau de bienvenue, tant mieux ; s'ils renvoyaient le tout, on le refilait plus tard, dans le même état, à une autre table. Dans tous les cas, l'addition à la fin affichait un total de 600 euros.

Le patron s'appelait Paolo Crichetti – un type sec et pontifiant, au crâne rasé, au regard perçant et perspicace, qui paraissait plus âgé que ses trente ans. Son affaire n'était pas promise à un grand avenir, et le service de Mauro y fut des plus courts. Il eut cependant le temps d'observer que deux clients sur trois contestaient la note, certains exigeant d'appeler les *carabinieri*, de sorte qu'on réduisait le montant à, disons, 120 euros. Prenant son déjeuner ailleurs quatre jours par semaine, Crichetti laissait Mauro s'occuper des opérations. À son retour, ce dernier devait lui rapporter combien de touristes avaient réglé le total, combien avaient négocié. Tout avait fort bien marché quelques mois, jusqu'à ce que le patron débarque un jour à l'improviste ; il s'était aperçu que, chaque midi, son serveur mettait directement 400 ou 800 euros dans sa poche ; Mauro, congédié, pouvait s'estimer heureux qu'on en reste là, lui dit-il. Mauro ne sut jamais vraiment qui l'avait dénoncé ; sans doute était-ce le chef Ghanéen, qui, sans plaisanterie, travaillait au

1. Grillades mixtes.

noir. Le soir même, Mauro écrivit une lettre anonyme aux services de l'immigration, leur suggérant de rendre visite au Ghanéen et à son employeur marron.

Peu après, les parents de Mauro lui demandèrent de quitter leur domicile ; ils n'avaient plus assez d'argent. Mais ça ne leur coûtait rien de le loger, répondit-il, sinon une tasse de café le matin, ou parlaient-ils de l'eau du bain ? Non, cela n'avait rien à voir, il le savait très bien – ils lui expliquèrent patiemment qu'il n'était pas très agréable de devoir toujours cacher son sac ou son porte-feuille, au cas où leur propre fils... Ils s'inquiétaient aussi qu'il consomme des drogues dans l'appartement...

Et ses amis disparaissaient, comme la glace dans le café – il avait pourtant cru que c'en était, des amis, ces gars qu'il draguait, qu'il embrassait, avec qui il dansait, à qui il offrait des pétards, qu'il présentait les uns aux autres, emmenait à Ostie dans une boîte en plein air et raccompagnait sur une Vespa d'emprunt. Il leur avait confié des secrets, les avait écoutés jusqu'au petit matin, dans leur chambre du septième étage d'un immeuble d'Europa[1]. Seulement, réflexion faite, ils en avaient tous après lui ; des histoires circulaient ; il leur devait 500 euros, peut-être 50, voire 5 000 – non, cela ne pouvait pas être vrai. En tout cas, ils ne lui faisaient plus confiance, ils ne pouvaient plus l'aider, ils ne répondaient plus quand son numéro s'affichait sur l'écran du téléphone. Mauro avait oublié que Paolo Crichetti était le frère d'un jeune garçon qui l'avait suivi partout, un été entier, et à qui il avait fait les honneurs d'Ostie sur la Vespa bleu marine ; c'était grâce à lui qu'on l'avait pris

1. Quartier de la périphérie de Rome, construit dans les années 1930.

à l'Incantevole. Comme Paolo avait vendu la mèche, personne n'embaucherait plus ni ne logerait Mauro nulle part, même s'il remboursait les 50, les 500 ou – non, ce n'était pas possible – 5000 euros qu'il devait.

– Rome est une petite ville, avait jeté Marco, qui, maintenant âgé de vingt ans, s'était rangé et poursuivait des études de commerce avec sa sœur jumelle Su-Ellen. Il faut partir, Mauro. Changer d'air.

– Mais je n'ai rien fait, moi. Je n'ai rien fait de mal.

– Bon vent.

Parfois, avait pensé l'Italien, il suffirait peut-être de monter dans un avion et, là-haut dans les airs, de prendre une décision, pour atterrir deux heures plus tard dans la peau d'un autre. Ce qui lui était arrivé dans le vol Rome-Londres. Les passagers à bord, jetant un œil distrait aux consignes de sécurité que les hôtesses, surmenées, leur expliquaient avant de proposer boissons chaudes ou rafraîchissements, ne pouvaient remarquer la transformation – pourtant il y avait de quoi déchirer le ciel bleu par-dessus les nuages. Mauro deviendrait un type bien, un ami fiable, pour ceux qu'il n'avait pas encore rencontrés. Il ne jugerait plus les gens, ne se droguerait plus. Non, il serait quelqu'un d'honnête, capable de résister à la tentation. Il ne ferait rien qu'on puisse lui reprocher plus tard avec raison – car ce qui le chagrinait par-dessus tout, lorsqu'il avait volé de l'argent, n'était pas qu'on l'engueule ou qu'on le voue aux gémonies (comme Paolo Crichetti, sa mère et d'autres encore), mais d'entendre cette voix intérieure murmurer : « Oui, c'est vrai, je l'admets, je suis comme ça. »

Les premières semaines à Londres, il avait tenu parole. Sa note réglée, il avait quitté en plein jour l'hôtel bon marché où il avait atterri à King's Cross – on avait toutefois exigé qu'il paie chaque matin en avance. Mais il était mieux maintenant, il marchait droit. Mauro avait trouvé, pour quelque temps, une place de serveur dans un restaurant tenu par des Siciliens. L'anglais qu'il avait parlé aux touristes américains de l'Incantevole faisait apparemment l'affaire dans une pizzeria londonienne, à condition que les clients montrent du doigt ce qu'ils voulaient sur la carte. Puis il avait déniché une chambre dans un appartement qu'il partageait avec quatre autres garçons, tous gays, tous étrangers, qui l'avaient emmené dans un bar de Soho, puis un second, et enfin dans une boîte. Mauro ne buvait pas beaucoup ; il suffisait de commander un premier verre, après quoi on vous offrait les suivants, autant que vous vouliez. Dans les clubs, il y avait toujours quelqu'un pour vous faire inscrire sur sa liste d'invités. Au bout d'un mois, Mauro connaissait toutes les boîtes, et on commençait à le connaître. Deux fois par semaine, sinon trois, un homme ou deux l'emmenaient chez lui ou chez eux. Il respectait ses bonnes résolutions ; comme si le vieux Mauro était resté en Italie ; alors qu'ici il n'avait que de bons amis. Il pouvait être qui il voulait.

M. Poppers était une curiosité. Il y en avait toujours des comme lui dans les clubs, de gros mecs chauves, âgés, qui ne sentaient pas bon, ne semblaient pas comprendre pourquoi on préférait ceux qui prenaient soin de leur corps, se parfumaient, avaient encore des cheveux et s'habillaient correctement. Mauro partageait alors à Clapham un autre appartement, au-dessus d'un salon de bronzage, avec Christian, un garçon mi-allemand, mi-brésilien, au teint mat et à la mâchoire carrée, qui avait un drôle de tic. Toutes les vingt secondes ou deux minutes, il tournait la tête à gauche ou à droite, pour appuyer quelque remarque bizarre de son cru. Ils travaillaient ensemble à la très chic *churrascaria* brésilienne de Gloucester Road, où ils démontraient une rare dextérité dans l'art de découper la viande sur une broche verticale. Ils avaient fait les fous un soir, s'étaient même partagé un jeune Anglais, mais ils étaient surtout de sages colocataires. Christian était là quand Mauro avait rencontré M. Poppers – oui, David. Le week-end avait été plutôt chargé. La veille, ils s'étaient rendus en bande à l'inauguration du Sister, une boîte de Vauxhall dont le nouveau patron avait compté sur ses amis pour ramener du monde. Les amis en question n'étant pas si nombreux, la fête avait tardé au rendez-vous. Faisant contre mauvaise fortune bon cœur, les mêmes étaient revenus le lendemain à Vauxhall, dans un autre club, où, à deux heures du matin, on n'avait toujours rien à se mettre dans le nez. Les dealers, apprit-on, avaient été arrêtés la semaine précédente. Mauro avait partagé un X avec Christian, puis une demi-ligne avec un inconnu, et après, plus rien. Tous avaient remarqué M. Poppers et son petit flacon. « Je m'en fous », avait lancé Mauro en se dirigeant vers lui. « J'adore-j'adore-j'adore », lui avait-il dit. Et David s'était révélé un porte-bonheur car, cinq minutes plus tard, trois revendeurs avaient franchi la porte l'un après l'autre, pleins de bonnes choses à répandre. Ç'avait été une super soirée et, en plus de ça, mais qu'est-ce que c'était drôle, Mauro était rentré avec ce mec qui s'était endormi, et M. Poppers par-dessus le marché. Y a des jours, faut pas se poser de questions.

Il y eut un petit problème quelque temps plus tard, à la fin d'un mois où ni Mauro ni Christian n'avaient assez d'argent pour régler le loyer. Haussant les épaules, Christian pensa que l'agence n'avait qu'à se payer sur les deux mois de caution qu'ils avaient versés pour entrer dans les lieux.

– C'est possible, ça ? demanda Mauro.

– Pour un taudis pareil ? Oui, je dirais que c'est possible, répondit Christian, passant le doigt dans un trou de la porte en contreplaqué.

Ce n'était pas l'avis de l'agence. À la fin du mois suivant, les deux hommes étaient de nouveau incapables de payer leur loyer. Sans ménagement, on leur fit savoir qu'ils avaient le choix entre régler les arriérés et partir à la fin du mois en cours, ou quitter les lieux dans les cinq jours, auquel cas l'agence engageait des poursuites. Mauro avait entendu parler d'une chambre qui se libérait à proximité, dans un bel immeuble en brique des années 1930, dont les fenêtres aux cadres métalliques rappelaient celles de certains paquebots. Il connaissait un des occupants, avec qui il avait d'ailleurs couché. Christian préféra retourner dans le nord de Londres, pensant – avec une grimace – que les choses arrivaient naturellement à leur terme.

L'ennui, c'est qu'on réclamait également deux mois de caution pour la nouvelle chambre : 1 200 livres. Lorsqu'il tenta d'argumenter, promettant de fournir l'équivalent d'un mois, Mauro se heurta à un refus. Il n'avait pas 1 200 livres.

– Demande à M. Poppers, conseilla Christian. Tu auras qu'à le sauter une ou deux fois. Pas la mer à boire.

– Ne parle pas de lui comme ça.

Mauro n'exploitait pas David, ne se voyait pas ainsi : il était bienveillant et David était son ami. Leurs sorties avaient pour lui un aspect sentimental. Il aidait David à s'affirmer, à accepter le monde d'aujourd'hui, à perdre un peu de poids. Ne se moquait pas de lui dans son dos ; il le défendait, comme certains de ses copains à qui il avait jugé opportun de le présenter. Cependant il manquait à Mauro 1 200 livres. M. Poppers, lui, les avait, et même le double quand l'Italien pensa à multiplier la somme par deux au dernier moment. Il y avait évidemment un prix à payer pour ça, et Mauro s'y conforma de bon cœur, sans éclater de rire. Avec le temps, se dit-il, David oublierait sa dette à condition de promettre souvent de le rembourser, et de se présenter comme son petit ami. Ce n'était pas cher payé – donc il accepta aussi d'accompagner David en province, lorsqu'il rendrait visite à ses parents. Il avait connu plus pénible, comme corvée.

18

– Entre, entre ! dit Mauro, qui actionna le loquet pendant que David donnait un coup de pied de l'autre côté.

Les parties communes de l'immeuble avaient du style, de jolies boiseries, mais les portes à panneaux et les battants des fenêtres, datant de la construction, avaient tendance à se bloquer. Étant déjà venu, David savait quoi faire et donna un nouveau coup de pied. La porte s'ouvrit.

– Je ne suis pas du tout prêt, dit Mauro, indiquant son torse nu et la serviette blanche ajustée sur ses hanches.

– Je vois ça, fit David, et ils s'embrassèrent sur les joues, penchés l'un et l'autre pour ne pas se toucher. Tout le monde dort ?

– Ça m'en a l'air, répondit Mauro, reprenant avec un grand sourire l'expression que David lui avait apprise la semaine précédente. Viens dans ma chambre pendant que je m'habille.

Ce qui avait été le salon servait maintenant de chambre à l'un des colocataires, et il n'y avait d'autre endroit où s'asseoir que celle de Mauro. Celui-ci s'en alla à la salle de bains avec ses vêtements du jour. Une fois encore, David s'étonna que l'Italien ait si peu d'affaires. L'appartement de David croulait sous un inutile bric-à-brac qu'il n'aimait pas toujours et dont il avait oublié la provenance ; on se serait cru dans une boutique de souvenirs, un bazar plein de curiosités ; ici une figurine de policier, poussant quelque juron innocent, là un vase poussiéreux d'aspect saugrenu ; les surfaces dégagées étaient chez lui une denrée rare. Il se promettait, un de ces quatre, de remplir un grand sac avec toutes ces saletés pour les descendre à la poubelle. Alors que la chambre de Mauro ressemblait à une chambre d'hôtel qu'on venait d'occuper six jours durant. Il devait avoir un appartement à Rome, ou sa chambre de garçon, religieusement préservée par ses parents. Personne ne pouvait vivre avec si peu de choses.

Ses cheveux noirs mouillés, peignés, Mauro revint, vêtu d'un T-shirt jaune, propre, et d'un jean délavé ; David n'en croyait pas sa chance ; il connaissait quelqu'un comme lui, c'était même son ami. L'Italien lui parla du restaurant, de pourboires laissés dans les soucoupes qui disparaissaient bizarrement ; il y en avait un, dans l'équipe, qui piquait ceux des autres. On se demandait qui, et Mauro avait son idée :

– Je sais qui c'est, ce connard. Je déteste les voleurs, s'il y a un truc que je ne supporte pas, c'est bien ça.

David réprima un bâillement – rien d'étonnant, avec cette nuit en pointillé –, tandis que son ami, poursuivant ses explications, retirait de la penderie et des tiroirs un slip, des chaussettes, une chemise de rechange et un sweat-shirt.

– J'emporte une veste ? demanda Mauro, à quoi David répondit oui.

L'Italien haussa les épaules et, contre toute attente, se munit également d'un veston dans une sorte de tweed, d'un jaune peu courant en Angleterre.

– Je ne t'ai jamais vu avec ça.

– Une cravate ? Je prends une cravate aussi ?

– Je n'irais pas jusque-là. Tu devrais la mettre plus souvent, cette veste, la couleur te va bien.

– Je ne l'ai pas choisie.

– Un cadeau ? La veste, je veux dire.

Vague hochement de tête.

– Oui, j'imagine, dit David. Je parie que... que c'est tes parents. Ils te l'ont donnée pour, euh, tes vingt et un ans, par exemple.

Elle était en parfait état avec quelque chose d'ancien – comme si Mauro l'avait rarement portée pendant les sept années qui le séparaient de ses vingt et un ans, justement.

– Je la trouve très bien. Les plus beaux vêtements dorment toujours au fond de l'armoire.

– Pas de cravate, alors ? Je croyais qu'on en mettait une pour aller voir la maman ou le papa de quelqu'un.

– On va dans le Devon, pas aux Oscars. Mais ils vont faire une sorte d'apéritif, tu ne regretteras pas d'avoir ton tweed.

– Je ne sais pas s'il me va encore.

À quel endroit de son corps Mauro aurait-il emmagasiné de la graisse ? Son torse musclé n'avait pas pris un gramme en dix ans et, lorsqu'il enfila la veste, par-dessus jean et T-shirt, il était impeccable, évidemment. Le tweed jaune faisait ressortir son teint mat, comme celui du T-shirt, plus clair, uni, qu'il portait en dessous. Plus admirable encore : son pantalon restait parfaitement plat en haut des cuisses, sans rien qui gonfle dans ses poches. David entassait dans les siennes clefs, porte-feuilles et articles divers, qui lui bourraient un gros balluchon de chaque côté.

– Ça passera, dit-il.

Mauro plia le veston qu'il fourra dans son sac en cuir marron, par-dessus les autres vêtements. Ce sac était plus élégant que David n'aurait imaginé ; il se demanda d'où il provenait, comme d'ailleurs la veste. Ils sortirent.

Une fois dans la voiture – quel émoi, plus conjugal qu'érotique, quand David plaça le bagage de Mauro à côté du sien dans le coffre de la Peugeot métallisée. C'était plus agréable encore que de le voir prendre place à sa gauche, avec un soupir d'aise. Une fois dans la voiture, donc, l'Italien se mit à parler. David avait nourri quelque inquiétude à ce sujet. Lorsqu'ils se rencontraient, tant de choses facilitaient leurs échanges : la compagnie des autres, l'alcool, l'heure de la soirée et parfois les drogues. À ces moments-là, il importait peu qu'on se taise ou qu'on discute. David ne se rappelait pas avoir fourni beaucoup d'efforts pour trouver quelque chose à dire, ou combler un vide. Aujourd'hui, ils allaient rouler plusieurs heures, sobres et en pleine journée, vers ce lointain Ouest qu'il connaissait à peine, où il présenterait l'Italien à ses parents, où il faudrait parler, sans nécessairement boire, pendant tout le week-end.

– Tu es déjà sorti de Londres ? demanda-t-il en dépassant Clapham.

– Je suis allé à Brighton, une fois. On va où ?

– Ça t'a plu, Brighton ?

– Oh, je ne sais pas. Il faisait froid, il pleuvait, on a fait les bars et on est rentrés. Je ne me rappelle plus pourquoi on y est allés – Christian avait un jour de congé et j'ai raconté que j'étais malade. Il avait envie de faire un tour. On lui avait dit que c'était bien, Brighton.

– Tu n'es pas allé ailleurs ?

– C'est loin, où on va ?

– Loin de Brighton ? Non. Pas vraiment la même direction. Mais tu dois la connaître, cette ville où habitent mes parents, maintenant. Hanmouth. Han-mouth. Ils en parlaient à la télé.

– On peut mettre un CD ? J'en ai quelques-uns dans mon sac.

– C'est une drôle d'histoire, dit David, se rendant compte au même moment qu'il avait pris le pont de Vauxhall et non celui de Chelsea, voire un autre, plus à l'ouest (mentalement, il recomposa son itinéraire). C'est là qu'une petite fille a disparu. Il n'y avait que ça dans les journaux. Le père et la mère sont passés à la télé, à pleurer tout ce qu'ils savaient. Il y avait des policiers qui la cherchaient partout, là-bas. D'abord, ils ont cru qu'elle était tombée dans le fleuve, ou qu'elle s'était perdue, puis ils ont appelé les gens à la rescousse : « S'il vous plaît, où que vous soyez, libérez-la »...

– Ouais, je suis au courant. C'était au Portugal, non ? Une petite fille de deux ou trois ans ? Qu'ils n'ont jamais retrouvée ?

– C'est une autre affaire, ça. Je te parle de Hanmouth, où mes parents ont emménagé. Ça s'est passé un ou deux mois après leur arrivée. Ils disent qu'on ne pouvait plus bouger, à cause des journalistes et des curieux. Hanmouth est une petite ville du Devon.

– Non, je n'ai pas dû en entendre parler. Mais c'est horrible. Tes parents, ils la connaissaient ?

– Ils ne l'ont jamais vue. Ensuite les flics, après ces demandes d'information, ont commencé à douter. Brusquement, ils arrêtent la mère de la petite. Ils pensent qu'elle a tout manigancé, qu'elle a planqué la gamine quelque part, juste pour aller pleurer à la télé.

– Pour quoi faire ? C'est idiot.

– Pas tant que ça... À la télé, elle disait qu'ils en perdaient le sommeil, qu'ils avaient besoin d'argent pour mener une campagne afin de la retrouver. Et les gens lui ont envoyé des chèques. De l'argent, beaucoup d'argent.

– Combien ça ferait, au total ? Un million, tu crois ?

– Je n'en sais rien, c'est resté secret. Mais enfin, ils l'ont arrêtée, la mère.

– Seulement, elle va le garder, l'argent. Quoi qu'il arrive, elle a 1 million de livres.

– Je ne pense pas, dit David, gêné par la remarque de Mauro et cette tournure d'esprit. Il y a une loi, comme quoi les bénéfices tirés d'une activité frauduleuse, etc. Les gens qui dévalisent une banque, ils le rendent, l'argent.

– Pas s'ils l'ont bien caché et que la police ne le trouve pas. Tu crois qu'elle est assez fine pour ça, la maman ?

– Ce n'est pas tout, il y a eu un rebondissement. Elle finit par avouer et indiquer à la police où elle a planqué la petite, quelque part chez un ami à elle, ou une connaissance. Quand ils y vont, les flics, il n'y a plus personne. Volatilisés. La mère n'en sait pas plus, elle ignore où ils sont partis. Ensuite, on découvre l'ami dans un champ, assassiné. Mais pas la petite fille, qui a vraiment disparu, pour le coup.

– Non, elle sait où elle est, la mère. Elle ferme sa gueule, c'est tout.

– Je n'ai pas l'impression.

– Je parie qu'elle a mis son million au frais avec la gosse, bien à l'abri, et le jour où elle sortira de prison, elle ira les récupérer et *pan, pan, pan*! fit Mauro, les doigts en forme de pistolet, tirant de gauche à droite, l'imaginant poursuivie par la police dans une voiture de sport, et braquant son arme, le bras tendu vers la lunette arrière.

David eut envie de lui demander quel âge il donnerait à la mère, dans cette bien triste histoire. Cette enthousiaste fusillade, telle que Mauro se la représentait, semblait sortie d'un scénario hollywoodien, mettant en scène deux femmes le long des autoroutes américaines. Puis il pensa qu'il s'en foutait.

– Ouais, peut-être, dit-il. Bon, ça devrait rouler mieux sur l'A4, quand on y sera.

– Eh, j'ai le CD d'Armand van Helden. Je peux le mettre ?

19

La veille, David avait écrit sa dernière chinoiserie :

« Pourquoi faire semblant d'être malade ? Raconter qu'on a la fièvre, qu'on délire, qu'on a besoin de se coucher, les couvertures jusqu'au bout du nez ? Le sang et les draps font du monde un trou rose, un cocon dans lequel le cœur bat. Un mensonge n'est jamais oublié, et vous saurez un jour que personne n'y a cru, à votre maladie. On a voulu vous donner l'impression, vous permettre de sécher, d'être absent au boulot, de vous allonger pendant que les bonnes âmes vous apportaient bonbons et bols de soupe, pour vous réchauffer, vous requinquer. L'affection d'une mère est là pour ça, même si l'on n'est plus bébé. C'est cet amour qui sait. Une mère devine que le monde est plus beau lorsqu'on l'abandonne, blotti sous l'édredon rose ou bleu, en attendant que ça s'arrange. Une journée de bonheur commence quand votre maman, un doux sourire aux lèvres, se penche en murmurant : "Je sais que tu n'es pas malade, tu as seulement besoin de repos. Mais aujourd'hui ça ira mieux, sors et regarde le monde, ce monde merveilleux où le soleil brille, oublie que ça ne va pas, cette maladie qui n'en est pas une.

Lève-toi, bâille, étire-toi, souris à la vie extérieure. Guéris." Il en va de même pour l'amour. Mieux vaut non plus ne pas faire semblant, avec lui.»

20

Le mardi matin à onze heures, Miranda tenait un séminaire sur la littérature postcoloniale, destiné aux étudiants de deuxième année. Sur quinze inscrits, quatorze seulement s'étaient présentés la première semaine, serrant nerveusement sous un bras leur exemplaire d'*Oronoko*[1] et quarante pages de polycopiés (avec son austère coupe au carré et cette façon de tapoter sur la table avec un crayon lorsque, interrogé, un étudiant ne répondait pas, Miranda effrayait ceux qui ne la connaissaient pas). Elle avait consulté sa liste. Il y avait bien un quinzième nom, une Sophie Warren qui ne lui disait rien du tout. Miranda avait commencé son cours, dans cette salle grise et aveugle, éclairée par de tristes néons. Elle était bonne prof, respectait les bons élèves. Dans cette classe, par exemple, elle n'embêtait pas Fayçal Khalil avec des questions sur l'histoire coloniale. Pour autant qu'elle sache, il était né à Sutton et son père, pensait-elle, travaillait au lycée de Barnstaple. Il n'avait sans doute pas de connaissances approfondies sur le sujet, ni un intérêt particulier pour celui-ci. Mais

1. Aphra Behn, 1688.

elle tenait à l'avoir de son côté. Lorsqu'il éprouvait le besoin de parler, elle le traitait avec déférence. Miranda était bonne prof.

Les deux semaines suivantes, Sophie Warren n'était toujours pas là – par ailleurs, d'autres étudiants du début cessèrent d'assister au séminaire, c'était convenu. De mauvaise grâce, Miranda satisfaisait à l'obligation de faire l'appel et d'inscrire les présents sur un registre ; on n'était plus à l'école primaire, elle aurait refusé un poste dans un établissement plus strict en matière d'absentéisme, mais elle le faisait et cela n'allait pas plus loin. Miranda supposait que Mlle Warren s'était trouvée par erreur sur la liste de ses élèves, et qu'au bout de quatre semaines elle avait atterri ailleurs.

La cinquième semaine, Miranda avait découvert une nouvelle tête parmi les dix filles et deux garçons de son séminaire. Un visage docile, le menton baissé sur un livre ouvert, les habituels cheveux blonds et la raie au milieu. On l'aurait crue protégée par les deux étudiantes qui l'entouraient – mais pourquoi ? Eh bien, la même coiffure, les yeux également baissés, les mains pareillement croisées sur les genoux. Elles étaient le reflet l'une des autres, comme les douces symphonies de Rossetti[1], et peut-être l'une des trois s'appelait-elle Rosalys ? Ce que Miranda pensa à leur dire, sur le ton sardonique qu'elle employait parfois avec elles. Elle se contenta de demander son nom à la nouvelle arrivante.

– Sophie Warren, déclara celle-ci, comme Miranda s'y attendait.

1. Allusion au poème « La Damoiselle élue ».

– C'est la cinquième semaine du séminaire. Où étiez-vous passée ?

– J'ai eu des problèmes familiaux. Mais j'ai rattrapé les cours.

– Des problèmes familiaux, ou avez-vous un problème avec vos études ?

– Familiaux, j'aime mieux ne pas en parler.

– Cela n'est pas très satisfaisant, dit Miranda. Vous avez raté la moitié du semestre. Sans doute avez-vous récupéré les notes de quelqu'un, qui aura suivi correctement ou pas. On n'apprend pas par procuration, et le résultat, je le sais d'expérience, c'est qu'on passe à côté de l'essentiel. Il manquera des points au contrôle continu. Ensuite, c'est malheureux, on fera l'impasse sur un autre cours. Et à l'examen, on s'en sort juste au-dessus de la moyenne. On quitte l'université avec un diplôme qui, aujourd'hui, n'a plus beaucoup de valeur. On a perdu trois ans de sa vie et on se retrouve vendeuse chez Dolcis jusqu'à la fin de ses jours. Inutile de penser au mariage, car personne ne veut épouser une vendeuse de chaussures. La morale est la suivante : on ne sèche pas les cours. Cela vient un peu tard pour Sophie, bien sûr, mais ça reste valable pour les autres.

Au nom de Dolcis, un certain nombre d'étudiants – pas tous, loin de là, disons les plus futés – s'étaient esclaffés. Avec plaisir, Miranda remarqua que Fayçal Khalil, tranquille et raisonnable, était du côté des rieurs. Elle aurait détesté que son seul étudiant de couleur prenne parti contre elle. Les autres paraissaient furieux, révoltés ou simplement estomaqués qu'on leur tienne ces propos. Impossible de savoir, toutefois, ce que pensaient Sophie Warren et ses deux acolytes, tête baissée sur leurs livres.

À la pause, Miranda retint Mlle Warren pour lui demander ce qui se passait.

– Après tout, lui dit-elle, gloussant intérieurement, si le reste des professeurs est au courant, on peut peut-être faire quelque chose pour vous ?

– J'aime mieux ne pas en parler. J'ai des problèmes familiaux, et c'est tout.

– Dans ce cas, évoquer ce genre de problèmes chaque fois qu'on ne veut pas venir en cours ou écrire un essai, ce n'est pas très honnête envers les autres étudiants, quand même.

Alors Sophie Warren fit mine de pleurer bruyamment, sans pour autant verser une larme. Miranda attendit que ça se calme.

– Mince, répondit enfin Sophie, haineuse. C'est vraiment incroyable. Jamais, de toute ma vie, jamais personne n'a osé m'insulter comme ça. Je me demande si je ne vais pas le dire à mon père.

– Bonne idée. Si ces problèmes vous gênent dans vos études, nous souhaiterions en discuter avec lui, même avec votre mère si elle est par là.

Mlle Warren repartit dans ses geignements.

– Écoutez, lança-t-elle en refaisant surface. Ça n'est pas nouveau. Il y a des années qu'ils ne s'entendent pas. Et maintenant que j'ai emménagé dans cette ville de merde, ils pensent à divorcer. Je suis très malheureuse. Pendant ces quatre semaines, j'ai voulu rester auprès de ma mère.

– Je comprends très bien, convint Miranda avec toute la compassion du monde. Dans une telle situation, les professeurs se font un devoir d'écrire aux parents pour exprimer leur inquiétude, en espérant, évidemment, qu'ils feront leur possible pour que votre travail ne soit pas affecté par un affreux divorce et les conséquences qu'il suppose. Car votre travail, de notre point de vue, reste la chose la plus importante.

– Quoi ? Certainement pas. Je vous interdis de leur écrire. Et puis quoi encore ?

– Si, si, c'est notre devoir.

Miranda avait déjà recouru au procédé – en évitant de rire aux larmes – chaque fois qu'un ou une flemmarde avait évoqué le décès de sa grand-mère, le divorce de circonstance, voire un frère emprisonné en Thaïlande pour trafic de drogue. Hélas, cette occurrence-là s'était révélée exacte, et l'étudiante en question avait affirmé que ses parents étaient reconnaissants à l'université de lui avoir apporté son soutien.

– Bien sûr, si je constate que votre travail, maintenant que vous êtes là, ne souffre pas de cette situation – en d'autres termes, si vous êtes présente aux cours et que vous rendez vos devoirs à l'heure –, alors peut-être vos parents se passeront-ils du réconfort de gens qu'ils ne connaissent même pas. Je me demande. Qu'en pensez-vous ?

– Je pense que vous êtes une affreuse salope ! répondit Sophie Warren, assez fort pour être entendue par les étudiants de retour à la fin de l'interclasse, avec gobelets de café, chips et bananes.

21

Quand Kenyon revenait de Londres, le jeudi soir ou le vendredi après-midi, il aimait se délasser d'une semaine pénible et du voyage de retour en se mettant aux fourneaux. Habituellement, il envoyait un petit mot à Miranda avec une liste d'aliments, qu'elle ajoutait aux courses de la semaine. Il se débrouillait bien, et ni son épouse ni Hettie n'était très difficile à contenter. Donc il faisait souvent des expériences. Kenyon achetait toujours ses livres de recettes en deux exemplaires, un pour son bureau dans la capitale, l'autre pour Hanmouth. La semaine, il prenait ses repas dans les restaurants proches de son appartement à Londres ; sa femme et leur fille mangeaient selon un précepte bien établi, comme quoi l'on n'était pas esclave de sa cuisine, contrairement à ce qu'avait été la mère de Miranda. Ce qui se traduisait par des plats préparés aussi sains que possible, mais aussi des pâtes, raviolis et lasagnes à la sauce tomate, agrémentés d'une salade. Le retour de Kenyon était un moment heureux pour toute la famille. Son tablier à rayures bleues noué autour de la taille, il hachait les oignons et écrasait l'ail, en retournant la lame du couteau pour ce dernier.

Par une belle journée ensoleillée comme celle-ci, il avait envie d'un plat estival – à mettre au four, malgré la chaleur. Kenyon tomba sur une recette de poulet au citron, parfumé aux amandes et au safran. Avec peut-être une salade aux herbes : estragon, persil et aneth. Il envoya un e-mail à Miranda, avec les ingrédients, et prends du sumac chez Harvey Nichols, tant que tu y es. C'était quoi, le sumac ? Aucune idée. Cependant tout était là quand il rentra.

Miranda se servait rarement de sa cuisine pour faire la cuisine. En revanche, quand Kenyon était là, elle s'y asseyait avec un verre de vin blanc, bavardait avec lui pendant qu'il se lançait dans ses recettes sophistiquées. Un truc de mec, pour elle. Le jour où l'art culinaire avait échappé aux femmes pour servir d'apanage à la gent masculine, il avait fallu que celle-ci, évidemment, en fasse un fromage. Elle le lui avait déjà dit : « C'est plus fort que toi. Tu es un homme, tu fais tout comme les hommes, cela n'est qu'un passe-temps, mais tu veux que ça soit aussi compliqué que possible. Parce qu'on reste le patron, le maître, et forcément les regards convergent vers toi. » La remarque avait suivi une sorte de bœuf bourguignon, assez irrationnel, pour lequel Ken avait fendu des pieds de porc (sans les servir) et laborieusement confectionné des croquettes. Il avait accepté la critique de bon cœur ; Miranda avait mangé le ragoût français ; puis ils avaient fait la vaisselle ensemble avec leur fille.

Miranda était assise à la table de la cuisine devant un verre de vin blanc et un bol de noix. Jeudi soir, elle avait terminé sa semaine, comme son mari, avec qui elle discutait, sans se préoccuper pour l'instant de

Hettie. Celle-ci n'avait pas manqué d'attentions depuis dimanche.

– Et Susie était là. J'ai déjeuné avec elle après son topo. On est allées à la brasserie près de la cathédrale.

– Qui est Susie ?

– Susie Aboagye, dit Miranda. Tu la connais. Tu l'as rencontrée en 2000 quand on a organisé la conférence. Elle avait un poste à l'université de Floride. Susie habite maintenant en Angleterre, elle est prof à Manchester. Elle est descendue pour son intervention, et elle a dormi sur place.

– Tu aurais pu l'inviter ici.

– Tu sais bien qu'il ne faut pas. On a un budget pour les frais de réception, et si on ne s'en sert pas, on nous le réduit l'année suivante quand on en a besoin. Et puis, il y a eu cette affaire avec une étudiante. La fille s'est pointée en cinquième semaine, ce qui bat tous les records, en racontant qu'elle avait rattrapé mes cours.

– Dieu du ciel, fit poliment Kenyon en mesurant une quantité de sumac.

Il y avait une ambiguïté dans la recette. Ici et là, on comprenait que la poudre rouge et acide devait être intégrée à la cuisson – prudemment, Kenyon en avait goûté un peu sur le bout du doigt –, alors qu'on demandait à la fin de la servir à part. Il décida de faire les deux.

– Le problème, c'est qu'ils veulent tout avoir en ligne, maintenant. Comme si le relationnel ne servait à rien.

– Exactement.

– Et elle avait quoi, comme excuse ?

Miranda évoqua les problèmes familiaux de Sophie Warren, et son idée d'exprimer ses regrets aux parents puisqu'ils allaient divorcer. Stupéfait, Kenyon se retourna devant le four.

– Tu vas finir par dépasser les bornes, un jour.

– Non, aujourd'hui. J'ai écrit la lettre : je suis navrée de ce qui leur arrive ; je comprends, et la fac avec moi, qu'un divorce peut être très déstabilisant. Mais comprennent-ils que la situation handicape Sophie dans ses études, puisqu'elle a été absente plusieurs semaines de suite, qu'elle est tombée en larmes pendant un cours, et pourriez-vous, s'il vous plaît, etc. Elle a rejeté ses problèmes sur eux, j'ai simplement répété ses propos.

– Tu n'aurais pas dû, vraiment.

– Eh bien, c'est fait. Elle sera confrontée à ses actes. Je n'ai pas du tout l'impression que ces gens-là pensent à divorcer.

– Mais c'est terrible, Miranda. Si elle a menti, ils seront furieux contre elle.

– Bof, comme disent mes étudiants. Je ne m'attends pas à des répercussions. La question, c'est que ça n'est vraiment pas juste envers ceux qui travaillent dur, qui sont assidus, qui participent aux discussions. À quoi bon si on obtient exactement le même diplôme en empruntant les notes du voisin qu'on déchiffrera plus ou moins bien ? Je trouve ça malhonnête.

En bout de table, Hettie reproduisait à l'identique la posture de sa mère, qu'elle écoutait avec une attention troublante. Elle respirait à travers ses lèvres entrouvertes et ses yeux passaient d'un parent à l'autre. Hettie avait devant elle un verre turc, vert, soufflé main, renfermant quelques bulles, plein surtout d'un liquide marron pétillant dans lequel des glaçons tintaient autour d'une rondelle de citron. Lentement, mécaniquement, sa main faisait des allers et retours entre sa bouche et les biscuits apéritifs, quasiment insipides, qui avaient sa faveur. C'était son rituel des jeudis ou vendredis soir. Il lui arrivait même de mettre pour l'occasion son plus joli corsage.

– Ton premier Coca, Hets ? demanda son père. Tu sais qu'on n'aime pas que tu en boives trop.

– Mon *apéritif*[1], répondit-elle sèchement. Évidemment que j'avale pas les Coca les uns après les autres.

– Les parents de Michael le laissent en boire autant qu'il veut, dit Miranda, réprimant une sorte d'allégresse et se léchant les babines tel un trompettiste avant ses exercices.

– Mon *apéritif*, répéta Hettie. Un verre avant le dîner. J'en prends qu'un seul, bien sûr.

– Il y a des gens, paraît-il, qui en avalent plus d'un avant de manger, fit Kenyon avec une voix de fausset.

– Et qu'est-ce qui va se passer, maintenant que tu as réglé tes comptes avec cette fille ? demanda Hettie.

– Il ne s'agit pas de régler ses comptes. Je me fiche de la revoir ou pas. Si j'ai écrit à ses parents, c'est pour qu'elle sache qu'on ne raconte pas de mensonges sans que ça porte à conséquence.

– Et si ce n'était pas un mensonge ? S'ils allaient vraiment divorcer ? Tu aurais l'air malin, fit Hettie. Je la vois d'ici, la fille : « Je vous l'avais dit ! »

– Non, rejeta Miranda. Ils admettront sans doute que, pernicieusement, leurs chamailleries sapent les efforts de leur fille à la fac et ils feront profil bas.

– Tu as dit quel mot, là ?

1. En français dans le texte.

Miranda répéta, certaine d'avoir déjà employé le mot « pernicieux » devant elle.

– Il se trouve aussi, poursuivit-elle, que j'ai quelques étudiants valables dans cette classe. Il y a un garçon qui n'est jamais absent, qui lit tout ce qu'il faut lire. Il fait des efforts, il prend des notes. Il est venu me voir pour comprendre mes appréciations, il est là pour assimiler un savoir. C'est une question d'éthique : on en a ou on n'en a pas. Et je ne vois pas pourquoi j'aiderais ceux qui ont envie d'être ailleurs.

– Comment s'appelle-t-il ? demanda Hettie.

– Fayçal Khalil. Aucune importance, c'est juste un exemple.

– Un immigré. Parce qu'ils travaillent dur, c'est connu. J'ai entendu dire que... commenta Hettie.

– Oui, il paraît, dit Miranda, obligeante. Ou peut-être se sent-il obligé d'en faire, des efforts, puisqu'il est le seul deuxième année de couleur dans cette fac à la con. Ce n'est quand même pas inné, de travailler correctement.

Kenyon avait soulevé un pot de cannelle, pour simplement le reposer ; déplacé le plat en pyrex d'un millimètre dans un sens, puis dans l'autre ; ouvert et refermé le placard sans rien en sortir ; fait trois fois le tour de la table pour finalement se planter devant la fenêtre au moment précis où le chien Stanley, mélancolique, déféquait au milieu de la rue, sans se rendre compte, apparemment, qu'un camion John Lewis[1] arrivait droit sur lui. Chose rare, Hettie et sa mère échangèrent un regard complice, empreint de pitié et d'inquiétude.

1. Chaîne de grands magasins haut de gamme.

– Tu es sûr que ça va, chéri ? dit Miranda. Tu as l'air en proie au doute, soudain.

– Je me demandais si... j'avais mis du poivre dans la marinade.

– Je ne crois pas, dit Hettie. Mais je n'ai pas regardé tout le temps.

– C'est ce garçon dont le père travaille au lycée ? s'enquit Kenyon, avant de s'emparer du couteau le plus grand de son assortiment, un couperet de boucher qu'il brandit des deux mains au-dessus du poulet étêté et bridé.

– Il me semble, répondit Miranda. Mais le prénom du père, j'ai oublié. Le fils étudie à Barnstaple, et ses parents l'ont fichu à la porte, si je me souviens bien. Tu as une bonne mémoire, chéri.

22

– Et alors, David, là-bas... À quatorze ans, ça devait être la première fois qu'il entrait dans un bar... il va au comptoir commander une pinte de bière, et il ne sait pas comment on dit en français. Il fait ce qu'il peut, le pauvre, il demande à la serveuse : « Je peux avoir un demi-kilo de bière, s'il vous plaît ? » Un demi-kilo ! Elle répond... Pas vrai, David ? Et elle répond, qu'est-ce qu'elle lui a dit, déjà ? Ah oui, que...

C'était une des histoires préférées de son père, et on n'était pas arrivé au bout. Alec avait le fou rire ; un gin tonic en main, Mauro l'écoutait poliment. Catherine avait les larmes aux yeux et le mouchoir aux paupières. David se demanda un instant si tous deux n'avaient pas commencé à boire avant leur arrivée ; évidemment, recevoir leur faisait cet effet, c'était la foire et les larrons, on se tapait le cul par terre. Moi aussi, j'aurais des choses à dire, pensa David, sur ces vacances dans le sud de la France, vingt ans plus tôt. Et, à propos de système décimal, mes histoires à moi sont bien meilleures ; ce jour où j'ai prétendu avoir mal à la tête, où je voulais rester à l'hôtel dans le noir, pendant que vous alliez voir un amphithéâtre romain. À peine aviez-vous claqué les portières que j'ai retrouvé à la piscine l'Allemand de la chambre à côté, et on est remontés ensuite, et c'est là qu'il m'a baisé. J'avais quatorze ans, lui vingt-huit ; il a dû avoir la frayeur de sa vie, après, parce qu'il m'a donné une adresse bidon, à Munich où il n'a peut-être jamais fichu les pieds. Mais quatorze et vingt-huit, là, on a une vraie histoire.

Alec semblait avoir fini avec la sienne.

– Alors vous voyez, disait-il, rouge d'hilarité, alors qu'il n'y avait rien à voir. Ravi de vous rencontrer, Mauro.

– C'est quoi, ce château là-bas ? demanda l'Italien, toujours poli.

Les grandes baies vitrées donnaient sur l'estuaire. Le salon était décoré avec goût. David ne reconnaissait pas le tapis persan sur la moquette beige, toute neuve. En déménageant, ses parents s'étaient débarrassés de quantité de choses, offrant à leur fils divers meubles qu'il n'avait pas plus qu'eux envie de garder. Il ne restait ici que des objets de choix, les plus jolis, les trophées. L'appartement de Hanmouth ressemblait au bilan aseptisé de ces émissions de télé où l'on vous prenait par la main pour, comme disait le titre, « désencombrer votre intérieur ». Pire, à une chambre dans une maison de retraite, où les liens tacites et temporels du mobilier avaient disparu, jetés en chemin dans une poubelle. La vue était belle depuis les fenêtres ; le fleuve aux plis d'argent – l'estuaire –, puis les prairies grasses et humides, le pub solitaire sur le cap au-dessus, avec ses murs blancs, et le fleuve qui scintillait de nouveau derrière. Enfin les collines en surplomb, et la route escarpée qui sinuait jusqu'aux crêtes. Le château dont parlait Mauro était peut-être une ancienne folie, ou l'inhabitable tourelle d'un excentrique de l'époque victorienne, placée à cet endroit précis pour le meilleur effet.

– Ah, fit courtoisement Alec. « La » vue. C'est elle qui nous a convaincus.

– La ville nous plaisait déjà, renchérit Catherine. On a eu du mal à trouver un endroit convenable. Pour être francs, on n'aurait jamais imaginé vivre en appartement. Mais, en réfléchissant...

David réfléchissait, lui aussi. Mauro se comportait parfaitement bien ; il n'était pas grand, mais là, dans sa tenue décontractée, il avait belle figure dans la lumière rasante d'une fin d'après-midi. David se pardonna d'avoir pensé un moment qu'il n'était pas tout à fait habillé comme il fallait. Dans le salon de ses parents, il comprit au contraire que, avec son T-shirt jaune, ses pieds nus et ses sourires de cinq secondes, l'Italien avait une touche irrésistible de chenapan des rues. Presque aussitôt entré, Mauro avait retiré ses Onitsuka Tiger – un geste de politesse, très *home sweet home.* Alec et Catherine avaient vite sympathisé avec lui, ce qui était visiblement leur intention. À nouveau, David se demanda ce que Mauro allait porter le lendemain, une question qui lui rappela la gêne ressentie auparavant, quand sa mère, sans autre formalité, les avait conduits dans la chambre d'amis, dotée d'un unique grand lit. Insouciant, Mauro avait posé son sac et, se retournant, était reparti au salon, sans vraiment laisser le temps à Catherine – qu'il avait tout de suite appelée ainsi – de lui offrir de se reposer, de s'allonger une seconde. David pensa qu'il faudrait plus tard aborder le sujet de savoir, selon les mots de son père, « comment ils voulaient dormir ». Pourvu que l'Italien ne l'oblige pas à passer la nuit dans le fauteuil face au lit.

– Le château ? dit Alec. Sur la corniche derrière le village de nos amis – enfin, le village où ils habitent. C'est une petite partie de l'ancienne demeure seigneuriale. Des comtes de Bakewell, si je ne me trompe. Il paraît qu'en haut de la tour on domine trois comtés. Nous n'y sommes pas allés.

– N'écoutez pas ce qu'il dit, Mauro, intervint Catherine. Il croit faire de l'humour. On ne voit pas trois comtés de là-haut, à moins de survoler le canal de Bristol. Mais il ne date pas d'hier, c'est vrai, les Bakewell y ont vécu des siècles. On ira peut-être demain, profiter du beau temps.

– Je suis navré qu'il faille rentrer après le déjeuner, dit Mauro. C'est sûrement magnifique.

– Oh, les vieilles pierres, vous connaissez, jeta Alec, qui, pour dissiper toute ambiguïté, ajouta : Puisque vous êtes de Rome.

– En effet, dit l'Italien, et la conversation, au lieu de rebondir, en resta là. Puis-je avoir un autre gin tonic, s'il vous plaît ?

David resservit Mauro en même temps que lui-même, insistant sur le gin pour ce qui le concernait.

– Il a l'air très bien, dit Alec à son épouse tandis qu'ils lavaient les verres, et que « les garçons » – l'appellation désignée pour le week-end – se pomponnaient dans leur chambre. Pas de quoi se formaliser.

– Du tout, approuva Catherine, essuyant un verre et l'examinant à la lumière avant de le poser sur le plan de travail.

Ceux-là ne seraient pas utilisés pour l'apéritif. Ils en avaient loué à cet effet, chez Oddbins, encore rangés dans leurs cartons sous le petit comptoir. Les plus beaux resteraient à l'abri dans le placard.

– Oui, il a l'air très bien, répéta Catherine. Je me pose toujours...

Faute de savoir précisément comment traduire son intuition, elle s'interrompit.

– Je me pose toujours des questions sur David, quand même.

Alec sécha ses mains, les agita un instant, étudia ses ongles.

– Une petite promenade, peut-être ? Il faut se bouger un peu, sinon on ne sortira pas de la journée. On peut leur montrer Hanmouth.

Catherine se demanda si elle avait parlé.

– Oui, ça ne sera pas long, dit-elle.

N'ayant pas compris elle-même ce qu'elle voulait dire, elle trouvait étrange que son mari ne fasse pas de commentaire sur David. Peut-être avait-elle touché un point sensible car, finalement, Alec était à fleur de peau, aujourd'hui.

23

Une fois admis que le dîner se tiendrait chez Sam et Harry, les Ours s'aperçurent, pour certains, qu'ils n'avaient rien de spécial à faire ce soir-là. Il se trouvait que cinq ou six autres en avaient parlé également, décidant qu'ils n'avaient pas envie d'aller chez Peter. Ils n'avaient rien contre lui mais, s'il organisait la soirée, mieux valait l'éviter. Sans vraiment procéder à un sondage, on avait anticipé les réactions du groupe, et déclaré comme des gamins : « Ouais, ben, j'irai si tout le monde y va. » Les participants n'avaient guère montré d'enthousiasme au départ ; on appréciait cependant Sam et Harry, qui savaient recevoir. Tout de même, c'était un peu sec de leur part d'annoncer de but en blanc qu'ils préféraient s'occuper des retrouvailles, puisque – la belle excuse – Harry avait absolument besoin d'être à Hanmouth ce soir-là en particulier. Peter n'avait protesté que pour la forme – appelant, quelques jours plus tard, pour reconnaître d'une voix lasse que c'était aussi bien, il avait oublié que son beau-frère fêtait le même samedi son départ à la retraite. Donc *exit* Peter.

Le téléphone avait beaucoup sonné et les Ours – excepté Peter – seraient au complet. Mieux que ça :

Steve voulait savoir s'il pouvait amener un copain à lui, un mécanicien qui avait récemment quitté Londres avec femme et enfant. «Je l'ai sauté deux fois dans l'arrière-boutique. C'est bon ?» De son côté, Blaise s'était trouvé deux fervents soupirants le mois dernier, et Adam avait bien envie de les mettre à contribution. Ces imprévus étaient quasiment de rigueur.

Il fallait maintenant faire la tournée des objets fragiles et/ou de valeur dans le salon – la tabatière XVIIIe, l'étui à cigarettes en émail cloisonné, non signé, mais probablement Cartier. Sous l'effet de la coke, les Ours agitaient en tous sens leurs membres, bras et jambes ; il valait mieux retirer tasses et porcelaines précieuses et les ranger ailleurs jusqu'au lendemain. Stanley le basset avait le don de se faufiler sans jamais rien casser, mais après un verre ou deux les Ours se révélaient beaucoup moins doués. Il fallait admettre également qu'à la dernière minute on n'invitait pas toujours des gens très fréquentables. Lesquels pouvaient se révéler le clou de la soirée, comme ce Darren qui, un ou deux ans plus tôt, s'était présenté sans ambages : «Je suis cambrioleur.» Phil l'avait ramassé quelque part et il avait eu beaucoup de succès. Darren n'avait plus fait apparition : il purgeait une peine de quatre ans.

La soirée s'annonçait très, très bien. En général, on téléphonait le lendemain pour tailler le bout de gras, ce qui s'était passé, qui avait fait quoi, en concluant le plus souvent par un : «Plus jamais ça» à propos d'un abus quelconque. Cette fois, la moitié des Ours avait appelé avant, brûlant d'impatience, et pouvaient-ils prendre quelqu'un en chemin, apporter quelque chose ? Le désir grandissait. Harry fit bien remarquer – sans doute n'avait-on pas voulu l'admettre ou le comprendre – que Peter refroidissait tout le monde. « Où est-ce qu'on l'avait ramassé, celui-là ? » demanda Sam. Harry ne s'en souvenait plus. Quelqu'un l'avait emmené, et il était resté, avec ses mains baladeuses qui ne valaient de plaisir à personne. Tant mieux si le beau-frère fêtait ce soir-là son départ à la retraite, on s'en arrangerait. Il n'y avait plus aucune raison d'inviter Peter. Un peu dur, sans doute, mais voilà.

En tout et pour tout, ils devaient être quatorze. Le salon de Sam et Harry n'était pas plus chic que celui de quelqu'un d'autre, mais ils avaient accumulé au fil des ans un certain nombre d'objets qu'il fallait mettre à l'abri – les céramiques suédoises, les cinq tasses à thé hagi-yaki, le vase d'un faïencier local (qui avait son four à Dartmoor), rouge vif, quatre-vingt-dix centimètres de haut sur un socle d'à peine dix de diamètre. La lourde argenterie victorienne dont Harry, gentiment, avait débarrassé ses parents était sous clef au grenier : on ne s'en servait jamais. On ne pouvait pas craindre, cependant, que les Ours s'approprient le reste de l'héritage, trop encombrant : ni le tapis de Tabriz qu'un arrière-arrière-grand-oncle avait acheté en Iran, ni (trop laid) le Fuseli verdâtre (Sam biglait pour lire), représentant *Bertram de Roussillon, esclave de sa femme Hélène.* Les canapés et fauteuils blancs étaient recouverts de tentures revenues avec Sam de ses explorations en Inde. Enfin, on monta à l'étage le lit de Stanley – qui chaque fois toussait et soupirait lorsqu'on déplaçait sa couche. Il savait ce que cela impliquait. Et maintenant, il était temps de faire des provisions.

Harry avait fait un tour à Plymouth chez son vieux dealer, aujourd'hui à la tête d'une petite société de taxis fort respectable, d'où il était revenu avec douze grammes de coke et de la ket[1]. Les six flacons de poppers étaient arrivés par la poste ; les capotes et le lubrifiant avaient été placés ici et là dans des bols (sans valeur), et un saladier en plastique, plein de godes, était planqué sous le canapé, au cas où quelqu'un voudrait s'amuser avec au cours de la soirée.

Au supermarché Sainsbury, Sam avait acheté trois livres de steak haché, des pommes de terre, des oignons, des tomates, des champignons – suffisamment pour une grande salade –, ainsi que plusieurs bacs de glace à quelque chose – on se passait de pudding dans ce genre de soirée. Le caviste avait livré une caisse de bouteilles de vin blanc et plusieurs autres de bière, qu'on rangea au frigidaire avec les poppers. Tout cela était très réjouissant.

– Je croyais qu'on avait des carottes, s'inquiéta Sam, le samedi après-midi.

– Des carottes ? dit Harry.

– Oui, j'avais cru.

– Et pourquoi tu veux des carottes ?

– À ton avis ? Pour la *shepherd's pie.* Ça fait partie des ingrédients.

– Est-ce que je sais, moi ? S'il y en a pas, y en a pas. Il faut que je m'occupe de tes carottes ? Tu ne peux pas faire sans ?

– C'est au bout de la rue, et il m'en faut trois, dit Sam.

– Trois ou trente, c'est pareil. Bon, on va passer chez l'épicier, j'ai l'impression.

1. Kétamine.

Harry n'ayant rien de mieux à faire, ils y allèrent ensemble, pour s'assurer que « tout était sous contrôle », selon l'expression de Sam.

– Je suis certain que j'ai oublié d'autres trucs, dit ce dernier, qui, en refermant la porte, poussait Stanley dans la rue.

Le chien reniflait autour de lui comme s'il craignait la pluie – toute promenade étant exclue en cas de météo défavorable.

– Mais je le saurai chez l'épicier. Allez, Stan !

– Elle sera très bien, ta *shepherd's pie.* Ils s'en ficheront un peu, de toute façon.

– Détrompe-toi. Combien de fois on s'est retrouvés à la cuisine, pendant une fête, à chercher ce qu'il pouvait bien y avoir dans les *vol-au-vent*[1]. Je t'ai raconté l'histoire du concours de goulasch chez les travelos à Berlin ?

(Un ami allemand lui avait rapporté qu'un soir, dans un bar à Berlin, deux travestis avaient comparé leurs recettes du goulasch. L'un des deux tenait la sienne de sa mère et, l'autre la trouvant nulle, ils avaient commencé à s'engueuler. Le patron avait réglé l'affaire en les invitant tous deux, ainsi que plusieurs drag-queens du coin, à préparer le goulasch maternel et à l'apporter au bar, afin que les habitués puissent se faire une idée et consacrer le vainqueur. Sam avait tant aimé l'anecdote qu'il ne ratait jamais une occasion de la placer.)

– Oui, oui, oui. Attends, rappelle-moi le nom de...

Ils marchaient vers l'endroit où leur rue croisait le Strand. Une petite femme propre sur elle, avec des jambes d'oiseau, venait à leur rencontre. Elle ne les avait

1. En français dans le texte.

pas encore aperçus, et Sam paraissait la connaître – nouvelle à Hanmouth, elle voulait inviter tout le monde, elle était vraiment charmante, un moulin à paroles, elle lui avait même acheté du gjetost, et elle s'appelait, s'appelait...

– Catherine ! Je savais que je le savais !

Son mari – une sorte de policier à la retraite, vêtu d'une doudoune beige – l'accompagnait, suivi par un type obèse, morose et renfermé. La trentaine environ, ce dernier arborait sans vergogne un pantalon carmin en velours côtelé et un chandail bleu pétant. Couperosé, essoufflé, il avait un air franchement malsain. En revanche, le petit homme brun à ses côtés, bien habillé, avait des yeux noirs expressifs, intelligents, un visage alerte, une beauté naturelle et sensuelle : il irradiait l'érotisme à cent mètres à la ronde. Sam et Harry échangèrent un regard éloquent.

– J'espère vraiment vous voir tout à l'heure, dit Catherine après les présentations.

Le gros bonhomme était son fils, David, et le petit mec bandant « le bon ami de celui-ci ».

– Vous en avez de la chance, David, dit Sam, pince-sans-rire, en lui serrant la main.

David rougit sans répondre.

– C'est ce soir, alors ? demanda Harry. Nous recevons des amis tout à l'heure, mais peut-être pourrions-nous passer un moment. Quelle heure est-il ?

Sam en était presque certain : la dernière fois qu'on leur avait posé la question, ils avaient trouvé impossible de consacrer ne serait-ce qu'un quart d'heure à Catherine – trop de préparatifs, trop de stress. Cependant il ne lui en voulait pas d'insister, maintenant qu'elle faisait miroiter ce magnifique appât – si c'était bien son intention.

– On peut sûrement s'échapper une demi-heure, dit Harry. C'est au bout de la rue, et une *shepherd's pie*, ça ne risque pas de s'abîmer.

– Lequel est le cuisinier, dans le couple ? demanda Sam, histoire d'établir clairement les choses, au bénéfice du charmant Italien.

Il donna un coup de poing enjoué à l'épaule de son compagnon, et poursuivit, d'une voix efféminée, sur le ton de la confidence :

– Il y a des gens qui ne se rendent vraiment pas compte, et Harry est de ceux-là, de ce que cela représente de préparer un dîner pour plusieurs. Il est terrible. Il croit qu'il suffit d'enfourner un plat et ensuite de le poser sur la table. Comme si je n'avais pas quelques heures de travail devant moi.

– Alors ce n'est pas possible ? demanda Alec, le mari, qui paraissait un peu lent.

– Si, si, répondit Sam. Avec plaisir. Mais pas plus d'une demi-heure, malheureusement.

– À tout de suite, renchérit Harry, serrant une dernière fois la main de l'Italien avec une œillade langoureuse.

Celui-ci n'avait pas besoin d'être encouragé davantage.

– Un sacré veinard, ce vieux David, dit Sam, une fois les deux groupes repartis chacun de son côté.

– Achetons donc une carotte de plus. On ne sait jamais qui passera à l'improviste après le dîner.

Sam s'arrêta devant le distributeur de billets – avec toutes ces courses, et les drogues, il n'avait plus de liquide. Comme toujours, il avait du mal à se rappeler son code secret.

– Une carotte de plus ? dit-il alors que l'appareil lui crachait 200 livres. Une carotte de plus ?

– Vraiment sympathique, comme duo, murmura Alec, tandis que Mauro et lui contemplaient la vitrine du Devon Sea Rescue, et les dons posthumes proposés à la vente : une maison en porcelaine avec l'inscription « Souvenir d'Exeter », une poupée Cabbage Patch, un napperon de dentelle grand comme une peau de chèvre, et sept romans de Barbara Taylor Bradford. On ne les connaît pas bien, mais ils sont toujours agréables. Sam tient le magasin de fromages, dans la grand-rue. Je ne sais pas ce que fait l'autre.

– Ils ont l'air très bien, admit Mauro qui, chaleureusement, sourit à Alec, et tous trois – ce dernier, sa femme et David – pensèrent qu'Alec s'entendait à merveille avec l'ami de son fils.

C'était si simple et si facile.

24

Il restait peu à faire avant la réception. David avait examiné les quatre plateaux ovales chargés d'amuse-gueules, de dominos de pain noir garnis de plusieurs couleurs, les petites pommes de terre fourrées au fromage frais, les tartelettes prêtes à être garnies du hachis à la tomate, avec oignon, ail et persil, qui attendait dans un bol. Les assiettes étaient recouvertes de film alimentaire. David en avait relevé un bout, ici et là, puis rapidement, tant qu'on ne le voyait pas, il avait prélevé une douzaine de canapés sur les bords. Non qu'il eût faim – ils avaient déjeuné au pub, sur le quai, dont ils n'étaient ressortis qu'une heure plus tôt. Mais l'expérience lui avait appris qu'on ne pouvait jamais manger autant qu'on voulait dans ces circonstances, sous le regard d'invités qui évaluaient votre consommation autant que la leur. Il avait ensuite soigneusement recollé le film transparent.

Alec lisait le journal, assis au salon où Catherine avait pris place sur l'appui de la fenêtre, côté ville.

– Mauro vient de sortir, dit-elle en prononçant son nom à l'italienne. Il avait besoin de passer un coup de fil. Comme quoi le réseau n'est pas bon, ici.

– Il est aussi bon qu'ailleurs, non ? observa David.

– Il souhaitait peut-être s'isoler une seconde. Il ne faut pas lui en vouloir. C'est un charmant jeune homme.

Pendant toute son enfance, David avait vu certains objets au salon. Tous ceux accumulés au fil des ans n'avaient pas survécu au déménagement. Notamment, les assiettes commémoratives du jubilé de la reine, les porcelaines de mauvais goût, très marquées années 1970, qu'il avait offertes à sa mère pour Noël ou un anniversaire, voire ce drôle de bouquet de fleurs, conservé sous vide dans une coupole de verre – ces choses étaient parties aux bonnes œuvres. Autant qu'il pût juger, il ne restait plus des bibelots hérités des quatre grands-parents qu'un chérubin bavarois en bois sculpté (du côté paternel) et un vase géométrique (du côté maternel), qu'on aurait pu voir à *Voyages et antiquités*, et qui, malgré leur laideur, étaient sans doute précieux. Mais tout ce qu'ils possédaient n'étant pas laid, ils n'avaient pas eu besoin de tout jeter. Jeune garçon, David avait adoré une babiole, un petit faisan en émail, joliment fait, agrémenté de nombreuses couleurs. Il avait des yeux en grenat et, si l'on soulevait la partie supérieure, on découvrait qu'il s'agissait d'un écrin, également émaillé à l'intérieur, dans une teinte translucide. Plein de candeur, David avait cru à l'époque que ce n'était pas à proprement parler un coffret à bijoux, mais, avec ses teintes lumineuses, un joyau en lui-même. S'il devait comprendre plus tard comment on fabrique l'émail (trois semaines de cours en travaux manuels), et apprécier le pouvoir colorant des oxydes métalliques, le faisan n'avait jamais perdu de sa magie. Sans doute n'avait-il pas beaucoup de valeur, cependant David le trouvait précieux, tant l'habileté de son créateur était éclatante.

Pour quelque raison, l'écrin n'était plus à sa place sur la console.

– Maman.

– David, répondit Catherine.

Mais il se ravisa.

Pourquoi le faisan aurait-il dû se trouver sur cette console neuve ? Du plus loin que David se souvînt, il avait toujours été sur le buffet à St Albans – le buffet que, justement, cette console remplaçait aujourd'hui. David se rappela l'avoir vu ce matin en arrivant ; il l'avait forcément remarqué, ravi qu'Alec et Catherine aient conservé un objet qui lui était cher. Il se demanda si sa mère l'avait retiré à cause de la réception ; peu probable. D'autres, plus fragiles et précieux, étaient encore sur les tables, et il doutait que ses parents fréquentent des gens susceptibles de leur faucher quoi que ce soit, même les deux grosses folles que sa mère avait saluées, contre toute attente, comme des amis.

– Qu'y a-t-il, David ?

– Je me demandais seulement quand les invités allaient arriver.

– D'ici une heure ou deux, je pense, répondit Alec. On va se préparer une tasse de thé.

Se levant, David se dirigea vers la chambre d'amis – « leur chambre », avait dit Catherine. Son sac de voyage bleu marine était posé à la verticale à côté du lit ; Mauro avait jeté le sien, négligemment, sur le fauteuil. David s'approcha de la fenêtre. Elle donnait sur l'estuaire et les collines de l'autre rive, donc pas de Mauro en vue. S'il était vraiment sorti téléphoner, c'était pour programmer sa soirée du lundi, peut-être même celle de dimanche. Son agenda était un damier très serré, une mosaïque de rendez-vous, David en était sûr. Une heure de libre, et vite un ou deux hommes.

Il hésita un instant, tourna en rond, puis tâta rapidement le cuir plissé du sac de son ami, sans spécialement remarquer de bosses. Se faisant la réflexion qu'il exprimait surtout sa libido, il ouvrit la fermeture éclair et plongea ses deux mains dans les slips, chaussettes, pantalon et chemise froissés de Mauro. Il s'ensuivit une sorte d'étourdissement complexe. Suant, haletant, David était partagé entre l'excitation sexuelle et un profond sentiment de culpabilité. Il ignorait ce qu'il allait dire si l'Italien entrait subitement dans la chambre ; même au nom de leur relation de façade, Mauro pouvait difficilement accepter un tel sans-gêne, et il aurait tout lieu de prendre son sac puis, direction la gare, le premier train pour Londres.

Quelque part en dessous, emmailloté dans un slip kangourou terriblement étroit, David sentit une forme dure, lisse, résistante ; eh bien, se dit-il, je ne cherchais rien d'autre. Les deux bras dans le sac, il déballa la chose sans encore la sortir et, un instant plus tard, le doute n'était plus permis. C'était, comme il le savait déjà, le faisan en émail de sa mère. Sans perdre de temps, David le confia à sa poche et referma le sac, en se fichant bien que Mauro, inévitablement, s'aperçoive qu'il l'avait fouillé. L'Italien verrait bien que l'écrin volé avait eu tôt fait de retrouver sa place.

– C'est quoi, ça, là ? demanda David au salon, faisant mine de découvrir un objet par terre.

– Pardon ? dit Catherine. Oh, le petit coffret à bijoux. Mais comment est-il tombé ? J'ai dû le renverser tout à l'heure en faisant le ménage. On l'a depuis des années, et je le trouve toujours adorable. Tiens, voilà Mauro. Il en avait des choses à dire, au téléphone.

25

La sonnerie de l'interphone retentit à six heures cinq exactement. Il y avait quelque chose d'artificiel dans la posture des quatre hôtes. Libérant de la place au milieu pour les invités, Catherine avait poussé toutes les chaises contre les murs, afin qu'on puisse s'asseoir si on le souhaitait. La télévision, centre d'intérêt s'il en est, se trouvait elle aussi contre un mur, tel un divertissement occasionnel et éphémère. Quand tout le monde serait arrivé, le salon paraîtrait adapté à la situation ; mais jusque-là, il semblait idiot de rester debout, et donc Catherine, Alec, David et Mauro étaient curieusement assis aux quatre extrémités de la pièce, comme dans la salle d'attente du dentiste.

Catherine s'était relevée et rassise toutes les vingt minutes, pour vérifier qu'elle n'avait rien oublié. S'il n'était jamais allé à Rome, Alec l'avait cependant accompagnée, deux années de suite, au lac de Côme (ils avaient préféré la première fois), et certes, elle avait visité Venise avec David, qu'elle avait toujours voulu voir, et qui lui avait plu, pensait Alec. À les en croire, il était difficile, là-bas, d'échapper aux pièges à touristes. Bien qu'il eût des amis vénitiens, Mauro ne connaissait pas Venise, où l'on faisait d'excellents plats de pâtes, disait-il, à l'encre de calamar. «Je vous mitonnerai ça, un de ces jours», lança-t-il dans un élan subit d'enthousiasme. Quand, cela restait à déterminer, puisqu'il repartait le lendemain avec David après le déjeuner. En outre, quoique pour des raisons différentes, il était improbable que l'un et l'autre se revoient jamais. Improbable également que Mauro, entre le samedi soir et le déjeuner du dimanche, trouve le temps d'acheter ici – à Hanmouth – des seiches avec leur encre, et non des calamars, comme il les désignait à tort. Cette conversation devenait absurde ; David n'écoutait même plus. Il n'avait aucune clémence pour Mauro et son bavardage, pas davantage pour son père qui s'efforçait d'entretenir la discussion ; la dernière demi-heure avant cette pseudo-réception pour laquelle ils avaient, tous quatre, porté leurs efforts, se révélait pénible au-delà de tout. La sonnette retentit, coupant court à d'autres considérations paternelles à propos de l'Italie ; David se leva, mais Catherine avait déjà filé dans le couloir.

– À l'heure, dit Alec en regardant sa montre. Je laisse ta mère s'en occuper. Elle sait qui elle a invité.

Peu habituée à s'en servir, Catherine décrocha maladroitement l'interphone – « Allô ? » – et appuya sur le bouton pour ouvrir en bas. Elle s'essuya rapidement les mains sur son tablier bleu et blanc, le retira et s'en alla le suspendre à la cuisine, revenant impeccable dans sa robe verte, droite, un modèle tout de même assez jeune. Pour la première fois depuis des années, David se rappela, avec un pincement au cœur, qu'elle était extrêmement jolie. Cette nuance de vert lui allait à merveille, s'accordait parfaitement avec le simple collier d'ambre, la broche ambre et argent.

– Chère madame, bonjour ! Quel plaisir de faire mieux connaissance !

Cette femme avait un style très caractéristique : coupe de cheveux et lunettes carrées. Elle traversa le couloir telle une propriétaire inspectant par surprise l'appartement de son locataire.

– Comme c'est gentil d'être venue, lui répondit Catherine. En avance. Je crains toujours qu'il y ait quelqu'un de pas très...

Aïe, voilà qu'elle mettait les pieds dans le tapis... Comment, de fait, aurait-elle invité des gens « pas très... » ?

– Non, ne refermez pas la porte, dit Mme Au-Carré, tandis qu'Alec les rejoignait dans l'entrée, un grand sourire aux lèvres. Bonjour, je suis Miranda Kenyon, je ne crois pas que nous nous connaissions déjà. Si ? Ah. Pardonnez mon incorrection. Mais oui, bien sûr, je me souviens. Ne refermez pas, Catherine, je suis venue avec Sam. Il passait devant chez moi dans son beau costume de soirée, alors j'ai pensé qu'il me servirait de chevalier servant.

– Il est là ? demanda Catherine, sortant sur le palier jeter un coup d'œil vers la cage d'escalier, ses marbres et ses cuivres. Oui, le voilà.

– Le pauvre, il se traîne, dit Miranda. Oh, j'ai pris l'ascenseur. Et Kenyon ne sera pas long.

– Mon mari non plus, déclara Sam, qui s'essuya le front en souriant.

En fait de costume de soirée, il portait un blue-jean délavé et une chemise de bûcheron.

– Dès que je trouve un escalier, faut que je monte. Le seul sport que je pratique. C'est gentil, chez vous ! dit-il en embrassant les lieux d'un regard admiratif.

– Oui, cela devient présentable, admit modestement Catherine, qui s'en alla chercher à boire, laissant ces messieurs dames s'installer au salon.

– Tout à fait charmant, renchérit Miranda, chaleureusement. Kenyon voulait m'accompagner, mais... Je ne sais ce qui l'a retenu. Je ne peux pas dire qu'il attend la baby-sitter, puisque ma grande nouille est plantée devant son *X Factor*. Pas besoin de baby-sitter ! Je suis sûre qu'il ne va pas tarder.

– Vous habitez loin ? s'enquit David, civil.

– Non, presque en face. Quelle belle vue vous avez, de si haut. Nous n'avons pas cette chance. Notre maison aurait plutôt tendance à s'enfoncer dans le sol. Ce que c'est joli !

– Vous deviez mieux en profiter avant que l'immeuble soit construit, dit Alec. Il doit vous gâcher le paysage, quand même ?

– Eh bien... fit Miranda. Nous ne sommes pas à Hanmouth depuis si longtemps que ça. Il n'y a pas encore dix ans. L'immeuble était déjà là quand nous avons acheté, nous ne pouvons pas nous plaindre. D'ailleurs, nous sommes très bien. Du champagne ! Quelle bonne idée ! Vous nous gâtez !

On frappa à la porte.

– J'ai laissé entrouvert, glissa Sam, saisissant un verre et engouffrant une poignée de cacahuètes. Pour vous éviter d'aller et venir toute la soirée. Ai-je bien fait ? Ah, bonjour, on s'est croisés tout à l'heure.

– Bonjour, dit Mauro sur un ton entendu, cependant les visages se tournèrent vers les nouvelles arrivantes : deux sœurs retraitées qui vivaient deux étages plus bas, et leur terrier Bedlington.

– J'espère que cela ne vous dérange pas, s'excusa Isobel, ou peut-être Marian – toutes deux avaient une grosse voix, de grandes mâchoires, d'épais cheveux, de gros derrières et du poil au menton. Nous avons emmené Poppet, car elle s'ennuie toute seule.

– Bedlington, très intelligents comme chiens, ajouta Marian, ou peut-être Isobel. Ça aime jouer, ça a besoin de distractions, de problèmes à résoudre.

– Et de promenades, fit l'autre sœur.

– Du champagne ! s'exclamèrent-elles ensemble.

– Rien qu'un verre, alors, dit la première. Enchantée, je m'appelle Isobel Wallace. Poppet pourrait-elle avoir un petit bol d'eau, ce serait gentil ? Très intelligents, les Bedlington, reprit-elle pour David, le choisissant plus particulièrement comme interlocuteur. Cependant, il faut remarquer que...

– Vous auriez dû emmener Stanley, jeta Catherine, amusée, à Sam près d'elle. Nous l'aurions bien accueilli.

– Ah, parce que vous connaissez Stanley ! Un vrai pro, celui-là, toujours sur la brèche, à se faire des copains dans notre dos. Non, non, il est très bien où il est. Et puis il fouette un peu. Il l'aime bien, son amie – son nom, déjà ? Oui, Poppet... Il ne rate jamais une occasion de la mordre sauvagement.

– Je n'en crois rien, dit Catherine. On l'entend souvent le soir, cette Poppet. Elle est un peu surexcitée, parfois.

Ils regardèrent ensemble l'espèce de petit mouton, esquisse mal dessinée d'un vague quadrupède, frais sorti du coiffeur pour chiens avec une touffe grotesque sur la tête. Il courait déjà vers les amuse-gueules en jappant pour qu'on lui en donne.

– Mais voici M. et Mme Calvin.

Leur présence étonna tout le monde, notamment Catherine, ce monsieur l'ayant snobée récemment. Calvin tenait un objet étrange dans ses bras, enveloppé de papier de soie. Il était accompagné d'une femme grande, mince, mal à l'aise, au visage et aux cheveux longs, peu soignés, et qui n'avait pas vraiment fait l'effort de s'habiller pour la circonstance. Sam et les sœurs Wallace, qui ne se rappelaient pas l'avoir déjà vue, la dévisagèrent avec intérêt.

– Je vous ai apporté un petit cadeau pour votre crémaillère, annonça John Calvin. Sûr que dans trois mois, vous direz : « C'est qu'j'y aurrrions pas pensé, nous autrrres, à un machin parrreil, mais maintenant qu'on a ça à la maison, je trrrouve que c'est bigrrrement prrratique. Frrranchement, je sais pas comment on s'arrangeait avant. »

Le tout avec une voix de fausset.

– John ! le coupa son épouse, lui donnant un coup de coude.

Elle, en revanche, avait une voix grave et raffinée. Des yeux mobiles, aussi.

– Enfin, voilà, poursuivit son mari. Pour vous souhaiter la bienvenue dans notre petite ville !

– C'est fort aimable à vous, répondit Catherine. Un peu tard, quand même, pour une crémaillère – nous sommes là depuis des mois. Mais si on y avait pensé plus tôt, on n'aurait pas su qui inviter. Vous connaissez tout le monde, je suppose ? Non, je vous présente notre fils, David.

Compliqué de servir à boire à M. et Mme Calvin, de leur présenter éventuellement quelqu'un et d'ouvrir leur cadeau en même temps. Plutôt amusé, Sam découvri que ledit cadeau provenait de son magasin, un objet dont il avait mis au moins deux ans à se débarrasser. Cela avait été une regrettable erreur, ce qu'il avait eu largement le temps de constater – de longs mois pendant lesquels Harry et lui avaient rebaptisé la chose « Notre produit de beauté ». Si quelqu'un avait fini par l'emporter, ce n'était sûrement pas Calvin, mais alors qui ? Un petit boutiquier comme Sam, dans une petite ville comme Hanmouth, faisait rapidement le tour de ses fournisseurs ou distributeurs, notamment en période de fêtes. « Notre produit de beauté », un genre de plateau en papier mâché, avec des trous conçus pour recevoir des fromages de formes diverses – un éléphant des Indes trônant au milieu –, était l'œuvre d'une fille d'un fromager local, à qui Sam n'avait pas eu le courage de dire : « Non, je ne peux pas vendre ça chez moi. » Mais un mystérieux client l'avait acheté et donné à un mystérieux bénéficiaire, lequel l'avait transmis, pour des raisons analogues, à un second bénéficiaire que le remier ne devait pas aimer beaucoup. Qui sait, peut-re était-ce John Calvin et sa femme, tout à fait le genre personnes à se pointer, aux alentours de Noël, chez gens qui ne tenaient pas à se faire de cadeaux. Mais Calvin étaient comme ça, ils aimaient établir des . On entendit Catherine s'exclamer :

ormidable. Regarde, Alec ! C'est...

avait entamé une conversation avec un couple ixantaine d'années.

s n'avez pas eu de problème pour vous garer ? dait le mari.

j'habite dans la rue en face. Donc la voiture ng...

– Oh là, ça nous a pris un temps fou, dit l'épouse.

Elle portait un chemisier fauve, un collier violet par-dessus, elle avait des cheveux raides, très courts, et la bouche serrée comme un bouton de fleur prêt à éclore.

– La croix et la bannière de se garer ici, c'est connu, fit l'homme.

– On aurait cru avoir moins de mal un samedi soir. On a tourné en rond un bon moment, et on a fini par trouver une place devant le cabinet du médecin, sur le stationnement payant.

– Vous avez mis des pièces dans l'horodateur ? demanda Sam.

Le couple échangea un regard incertain.

– J'ai pensé qu'à cette heure de la journée...

– Tu penses, tu penses... Tu ne penses à rien ! dit l'épouse. Maintenant, il va falloir que je retourne payer.

– Non, pas à cette heure, affirma Sam qui, en fait, ignorait tout de la chose.

Pour autant qu'il sache, les contractuelles patrouillaient les rues paisibles de la petite ville vingt-quatre heures sur vingt-quatre, et les fautifs se retrouvaient avec un sabot jaune fixé à une roue.

– Où avez-vous rencontré Alec et Catherine ?

Le couple se calma un peu.

– Mon épouse Barbara, qui, avec ses idées géniales, va nous faire récolter une bonne amende de 60 livres, travaillait autrefois avec Alec à St Albans. On a déménagé ici en partant à la retraite, et ils nous ont plus ou moins suivis.

– Vous habitez Hanmouth ?

– Non, de l'autre côté de l'estuaire, à Cockering. Ça fait une sacrée balade de venir ici, depuis Cockering, quel que soit le chemin. Dites-moi, Sam, vous prendriez quelle route, vous ?

– C'est ce que j'appelle une race vraiment intelligente, les Bedlington, voyez-vous ? expliquait Isobel Wallace (ou peut-être Marian) à Miranda – et pour la deuxième fois à David, qui, sans la quitter des yeux, se pencha en arrière pour saisir deux canapés sur le buffet, mâchant le premier et avalant le second avec une bonne rasade de champ'. Et les chiens intelligents ont leurs bons et leurs mauvais côtés, je peux vous le dire...

Kitty venait d'arriver, dans tous ses états, serrant une bouteille de chardonnay-sémillon, enveloppée de papier mousseline en lambeaux, choisie chez Coop au dernier moment. Elle s'attendait à retrouver Billa.

– Oui, je pensais que vous passeriez la prendre, dit-elle à Miranda, arrachant celle-ci aux théories bedlingtoniennes. Ou est-ce que vous comptiez sur moi ?

– Pour être franche, je ne me suis pas posé la question de savoir comment elle viendrait, répondit Miranda en reconnaissant la robe que mettait toujours Kitty pour sortir, avec ses volutes de pétales sombres, imitation pot-pourri. Dans ce cas, il fallait me le dire. Le général est parfaitement capable de l'accompagner, tout de même.

– Oh non, fit Kitty sérieusement. Tom évite toutes les réunions. Quand l'avez-vous vu pour la dernière fois à une réception ? Il préfère rester chez lui, s'il peut, et qu'on vienne lui rendre visite.

Elle baissa la voix d'une octave, et le menton dans sa poitrine, pour imiter, sans doute, l'intonation du mari de Billa inspectant les troupes avant le défilé.

– « Tout à fait content. Comblé. Mais n'allez jamais chez les autres essayer leurs fauteuils et boire ce qu'ils appellent du vin. » Très exigeant, Tom, avec cette sorte de chose. Excessif, même. Non, je ferais mieux de retourner la chercher, je pense.

– Kenyon peut peut-être la prendre en chemin ? offrit Miranda. A-t-elle encore les jambes en compote ?

– Oh, c'est épouvantable. Je n'arrive toujours pas à comprendre qu'on ait pu la renverser comme ça, et filer sans s'assurer qu'elle n'ait rien. La pauvre était couverte de bleus, sur les genoux, les cuisses, les hanches, partout. À vous soulever l'estomac. Ah, la voilà ! Billa, comment êtes-vous venue ?

– Que voulez-vous dire, « comment je suis venue » ? Bonjour, bonjour, bonjour. Merci mille fois de m'avoir invitée, Catherine, et vous aussi, Alec. C'est si agréable d'avoir de nouveaux voisins. On ne rencontrerait plus personne à cet âge de la vie. Quel bel appartement ! Et quelle jolie vue ! Du champagne ! Hmmm ! Non, ça va très bien pour l'instant. N'ayez crainte : dès que j'ai besoin de m'asseoir, je hurle. Eh bien, Kitty, j'ai pris à droite en sortant de la maison, j'ai marché jusqu'au quai et je suis arrivée. Je ne vois pas ce qu'elle veut dire, cela n'a rien de si extraordinaire.

– Je pensais que Miranda passerait vous chercher, et Miranda pensait que je le ferais moi-même, alors nous étions en train de nous dire que le mieux serait que Kenyon s'en charge.

– Tiens, le voilà, remarqua Billa. Kenyon, j'espère que vous n'avez pas fait un détour par chez moi, en vain ?

– Non, répondait Mauro à quelqu'un. Je viens de Rome. Et c'est à Londres que j'ai fait la connaissance de David, même s'il n'y habite pas.

– Ah, David est leur fils, c'est ça ? dit John Calvin.

– John ! le coupa sa femme, et tous les visages convergèrent sur elle. Arrête ! lui ordonna-t-elle, comme s'ils étaient parfaitement seuls.

Calvin se musela donc et, pour le bonheur de tous, on ne sut jamais s'il allait faire une imitation d'un homosexuel londonien ou un sketch avec l'accent italien.

– Nous connaissons David depuis qu'il est tout petit, expliquait la vieille amie de Cockering. Je travaillais avec son père, Alec, et je me rappelle quand il passait nous voir. Il était très timide et se cachait toujours quelque part : derrière un portemanteau, une armoire basse, un bureau. Il fallait lui parler très, très gentiment pour qu'il vous réponde.

– Déjà, je trouvais que c'était un fils à sa maman, jeta le mari.

– Eh bien oui, évidemment. Ce n'était pas la peine de relever, Ted. Il y a des choses qui ne sont pas toujours bonnes à dire.

– Nous avons visité l'Italie en voiture, il y a moins de cinq ans, apprit Ted à Mauro. On avait pensé embarquer la voiture dans un train, l'Eurostar – ou l'Eurotunnel, c'est ça ? Mais on s'est dit ensuite qu'on avait tout le temps. Alors on est partis à Poole, pour prendre le ferry de Cherbourg, et je devine ce que vous allez dire, on aurait pu choisir Plymouth-Roscoff, ou même Weymouth-Saint-Malo, ce qui nous aurait fait gagner du temps en France, et il y avait Portsmouth aussi. Surtout maintenant avec la concurrence du tunnel, il y a des ferrys qui vont partout depuis Portsmouth. Mais on a discuté de tout ça et, au bout d'un moment, on a opté pour Poole-Cherbourg.

– C'était pas mal, le ferry, dit la femme.

– Ensuite, de l'autre côté, on avait le choix, question itinéraires, lâcha Ted, comme une confidence. Comme je vous disais, on avait programmé une bonne semaine pour arriver en Toscane, le voyage faisait partie des vacances. À notre place, vous seriez passé par où, depuis Cherbourg, pour gagner le Chiantishire, comme on dit ici ?

– C'est le surnom de la Toscane, sans doute parce qu'il y a tellement d'Anglais là-bas, expliqua son épouse.

– Et je peux vous dire que... poursuivit Ted. Oh, il n'est plus là. Parti se resservir un verre. La chose à faire, évidemment. Mais c'était bien, ces vacances, hein ?

Il commençait à y avoir pas mal de monde, des gens qui se connaissaient mal, voire pas du tout et qui, étonnamment, se mettaient à converser.

– La nôtre, oui, confirma Marian Wallace à Kenyon. Elle s'appelle Poppet. Un terrier Bedlington. Terriblement intelligent, comme chien. Non, elle fait exprès, elle sait très bien qu'on n'aboie pas à l'intérieur, et c'est une race qui n'aboie pas beaucoup, en général. Elle un peu, si, mais on est habituées, pour ainsi dire. Non, ne lui donnez pas de saucisson... Non, non, non ! Ah ! Et voilà ! C'est vrai qu'elle est irrésistible quand elle tend la patte comme ça, en inclinant la tête.

Quelques notes de musique emplirent brusquement la pièce – un morceau de jazz, crépitant, bruyant ; pas ce qui convenait le mieux aux circonstances. Mais couper le son serait revenu à admettre une erreur, et il était maintenant difficile de le faire. Un silence aurait paru étrange derrière le brouhaha. Alec se redressa : la chaîne se trouvait sur une table basse dans un coin de la pièce, près des CD rangés sur l'étagère murale. Un sourire aux lèvres, il se dirigea vers la cuisine, où Mauro l'avait précédé. L'homme qu'ils avaient rencontré cet après-midi dans la rue – Sam, pensa Alec – était déjà là, appuyé contre l'évier, un verre à la main. Aucun des deux ne fit attention à lui. Alec sortit une bouteille de champagne du frigo, et s'en revint au salon resservir ses invités.

– Alors, dit Sam, tandis qu'Alec battait en retraite, comme en s'excusant.

– Alors, répéta l'Italien, qui sourit en haussant les épaules.

Comme deux danseurs entamant un numéro, ils se rapprochèrent l'un de l'autre. Derrière eux, sur la rive opposée de l'estuaire, le soleil se reflétait sur une fenêtre du lointain château, en haut de la colline boisée.

26

Harry était resté à la maison donner coup de fil sur coup de fil, pour motiver les retardataires, les assurer qu'il y aurait à manger – ce n'était pas toujours le cas – et faire un dernier décompte de ses hôtes. Le téléphone avait déjà beaucoup sonné chez les Ours, mais Harry se préparait à cette fête avec enthousiasme, et il avait envie de le communiquer. Il se servait des lignes fixes, pour cela. Allez savoir si un Ours n'était pas en voiture avec sa mère, revenant des courses de la semaine. De moins en moins de gens utilisaient leur ligne fixe. Récemment, un ami à Londres avait lâché un « Allô ? » étonné en l'entendant sonner, et, une fois reconnu Harry, avait affirmé que c'était délicieusement rétro d'utiliser ces bons vieux combinés.

Sam était parti à l'apéritif de Catherine, où Harry le rejoindrait plus tard. Assis à la fenêtre du salon, Harry vit une drôle de voiture s'arrêter devant la maison, apparemment conduite par une femme. S'il ne s'intéressait pas spécialement aux automobiles, il sut au premier coup d'œil que ce n'était pas n'importe laquelle. Un modèle ancien, certainement, sans doute américain, un rien suranné, probablement retapé. En tout cas, elle en imposait : le bleu pastel de la carrosserie, les ailes relevées à l'arrière, en forme de lunettes papillon. Le genre de bagnole qu'on rafistole à ses moments de libre, pensa Harry, et quelque chose lui dit que son propriétaire n'était pas cette femme replète au volant, mais le type blond pas rasé, aux cheveux ébouriffés – d'ailleurs pas mal et assez mince, malgré sa chemise et son pantalon élimés –, qui en sortait avec une bouteille de vin dans sa grosse main. Sans doute se rendait-il à une fête ? Difficile de le croire, puisqu'il la porta à ses lèvres et s'envoya une rasade. La fille klaxonna et, manœuvrant avec difficulté, repartit dans la rue étroite et sinueuse. Le type la regarda s'éloigner, inquiet pour ses ailes papillon, tandis qu'une demi-douzaine d'autres personnes surveillaient la scène derrière les rideaux de leurs maisons blanches, craignant, de leur côté, que lesdites ailes éraflent leurs propres véhicules, garés le long des trottoirs. Contre toute attente, le blond s'approcha de la porte, sonna et posa sa bouteille maintenant vide sur le rebord de la fenêtre.

– C'est moi, Spencer, annonça-t-il. Le copain de Steve. Il a dit que je pouvais venir, ouais ?

Harry se souvint alors de ce mécanicien, employé au garage, qui avait récemment quitté Londres et que Steve avait sauté deux fois dans l'arrière-boutique, sur le bureau.

– Chouette bagnole. Moi, c'est Harry. Mais ne la laissez pas là, cette bouteille, on va la mettre au tri.

– Ouais, merci, dit Spencer, qui la lui donna en entrant et referma la porte derrière lui. Une DeSoto de 1961. Je l'ai entièrement remise en état. Toit rigide, sans montants. Il a fallu la repeindre, mais la couleur est d'origine. Tu as entendu le moteur ?

– C'était votre femme ? demanda Harry en jetant la bouteille dans le container adapté, près de la porte. Au volant ?

– Ouais, c'est ça.

Cela n'avait rien d'inattendu. Parmi les Ours, il y en avait plusieurs qui, n'ayant pas, ou plus, le permis de conduire, se faisaient accompagner par leur sœur, mère ou père.

– Elle s'en fout, poursuivit Spencer. Je lui demande pas où elle va, elle me demande pas ce que je fais. Bon, alors on va prendre notre pied, ouais ?

Il avait de l'allure, certes, mais cette façon qu'il avait de vous tâter l'entrejambe, à pleine main, et de se frotter à vous, était plus agressive qu'obligeante.

– Ça fait un moment, dit-il, avant de pousser un genre de grognement, semblable au moteur d'une DeSoto de 1961, toit rigide, sans montants.

– Faut encore attendre un petit peu, répondit Harry, qui se détacha en souriant. Personne n'arrivera d'ici une heure, sinon deux, plus exactement. Mais il n'y a pas de problème, vous êtes le bienvenu.

– Steve m'a dit six heures et demie. Enfin, je crois. Y a personne, encore ? Bon, ben, on va se mettre à l'aise, pas vrai ?

Se déchaussant, Spencer se vautra sur le canapé blanc, projeta ses baskets au milieu du tapis persan, puis il allongea les jambes, les yeux fermés, en glissant ses deux pouces le long de sa poitrine.

– Ouais, murmura-t-il. Dix-huit heures trente, il a dit.

– Non, huit heures trente, je pense. Vous étiez militaire[1] ?

– Ouais, admit Spencer en jouant avec ses pouces. C'est à cause du dix-huit heures trente ? Deuxième pompe un jour, deuxième pompe toujours.

– Je vais vous chercher une bière, offrit Harry, amusé.

– Ouais, super, dit Spencer en se redressant. Chouette piaule. C'est pas mal, une bière, mais, Harry... C'est Harry, ouais ? Tu sais ce qui serait mieux avec ? Ben ouais, tu sais. Enfin, t'as rien d'autre ?

– Vin, gin, whisky...

– Non, euh... C'est Steve qui m'a dit... Moi, la coke, j'adore. J'sais pas où t'arrives à en trouver, ici, mec... M'enfin, comme disait Steve...

– Chaque chose en son temps.

Harry craignit de faire vieux jeu, pisse-froid, père-la-rigueur ; selon toute apparence, Spencer était complètement fou, mais ils l'avaient invité avec l'intention de s'amuser plus tard avec lui.

– Enfin, si vous en voulez maintenant, d'accord.

– Ouais, dit Spencer, qui, se laissant couler entre le canapé et le tapis, se fit plus désirable encore. Sûr que j'en veux. C'est ton clebs ? Tu peux pas le foutre ailleurs ? Il me les brise un peu, mec.

Lorsqu'ils recevaient, Sam et Harry avaient un principe : les boissons restaient visibles, accessibles, mais pas les drogues, celles-ci étant hors de portée immédiate, réparties en deux ou trois cachettes, au cas où un invité vorace ferait main basse sur elles. Harry alla chercher

1. Dans les pays anglo-saxons, l'armée emploie toujours la forme « longue » : dix-huit heures à la place de six heures.

une bière fraîche à la cuisine, puis souleva une lampe près de la fenêtre du jardin, sous le socle de laquelle se trouvait un sachet Ziploc.

– Dégage, Stanley, dit-il au chien. Tu montes. Allez, allez !

Il avait pensé que Spencer aurait profité de son absence pour se déshabiller entièrement, mais le mécano n'avait retiré que son jean et son T-shirt, posés en tas à côté de lui. Le type était allongé par terre avec ses chaussettes blanches et son AussieBum serré. Stanley, qui, pourtant, en avait vu d'autres, s'ébroua comme s'il sortait de l'eau, puis se détourna et monta lourdement les marches. Peut-être sa courte mémoire de basset effaçait-elle toute scène réellement traumatique – jusqu'à la prochaine fois seulement.

– Bien, mon chien. Eh, mais vous êtes bronzé. Pris des vacances, récemment ?

– Non, mec. Je suis allé aux UV, dans la semaine. Ça le fait ?

– Très bien, dit sincèrement Harry, qui posa la bière et le sachet sur la table.

S'agenouillant, il passa les mains sur le torse poilu, presque maigre, de Spencer, s'arrêtant en chemin pour lui tordre les tétons, une fois puis deux, avant de glisser plus bas et de soupeser le caleçon bien rempli, tels les fruits en promotion au marché du coin.

Spencer gémit.

– Oh, ouais. Ouais, ouais.

– Le problème, c'est que... commença Harry, improvisant une échappatoire à la séquence d'événements qui, autrement, ne manqueraient pas de se produire.

Il retira ses mains.

– ... tu as carrément deux heures d'avance. Il y a eu un quiproquo, je ne sais pourquoi, mais c'est comme ça. Et j'ai promis tout à l'heure de faire un tour à côté chez quelqu'un, histoire de prendre l'apéro, peut-être dix minutes, une demi-heure tout au plus.

– OK, OK. Je peux rester là, tout va bien. Si quelqu'un arrive, je le fais entrer, on s'occupera.

– J'ai une meilleure idée, dit Harry, pensant au Fuseli et à la plus jolie – la quatrième en partant de la gauche – des tasses hagi-yaki. On se fait une bière et une petite ligne, rapido. Ensuite, voilà, tu te rhabilles et on file au bout de la rue. On ne restera pas longtemps, le temps de chercher Sam, mon mari, et on rentre aussitôt.

– C'est des mecs aussi, là-bas ? Putain, vous savez vivre à Hanmouth !

Harry ne comprit pas tout de suite de quoi il retournait.

– Non. Rien à voir. Des voisins qui nous invitent pour l'apéro. Pas très exaltant. On y va, on prend Sam, on repart. Tu sauras te tenir cinq minutes, non ?

Comme il en doutait un peu, Harry ajouta franchement :

– Tu peux rester dehors, si tu préfères.

– Mais pourquoi pas ici ? Putain, je vais rien voler, mec, si c'est ça qui te fait flipper.

– Je n'ai pas peur.

Le mieux était peut-être de téléphoner à Sam, de s'excuser, lui demander de revenir, et tant pis pour ce bel Italien qu'ils avaient l'intention de cajoler un peu.

– Allez, on se fait un rail, dit Harry.

27

Du monde arrivait encore : probablement personne ne s'était attendu à en trouver autant, et la plupart, sans doute, étaient venus par compassion, pour que les nouveaux voisins ne puissent pas dire ensuite qu'on les avait snobés, ce qui aurait nui à la réputation de Hanmouth.

– Donc vous n'habitez pas ici depuis si longtemps que ça ? disait gaiement Catherine à Miranda.

– Pas encore dix ans, je crois.

– Nous, ça fait un peu plus longtemps, assura Billa. Quinze ans en septembre. Bien sûr, on avait déjà la maison depuis quelques années. C'était d'abord un placement, et on a décidé de s'y établir quand Tom a pris sa retraite de l'armée. Donc nous vivons ici depuis quinze ans, oui.

– Moi aussi, dit Kitty. J'ai emménagé peu avant vous, un an peut-être. Je me souviens bien, tout le monde voulait savoir qui occuperait votre belle maison.

– Allons, allons !

– Si, si. Bien sûr, on ne voit qu'elle ou presque, on passe sans cesse devant et on comprendrait mal qu'elle reste vide. Sam n'est pas là depuis si longtemps non plus, n'est-ce pas, Sam ? Sam ? Oh, il a filé.

– À la cuisine, je crois, supposa Catherine. Il y a une chose qui m'étonne, cependant. J'aurais pensé que tous les habitants étaient originaires d'ici, ou au moins du Devon. Que c'est un de ces endroits où l'on met cinquante ans à se faire accepter, sauf peut-être vos enfants. Personne n'est du Devon, ici ?

– Pas moi, non, dit l'homme qui faisait la navette sur l'estuaire dans un canot.

Alec avait eu une longue discussion, fort instructive, un matin avec lui, et l'avait invité. Ce gars-là semblait esseulé, pensait-il, et il respirait la gentillesse.

– Nous sommes arrivés de Sheffield, il y a huit ans. Je travaillais dans la sidérurgie et je prenais ma retraite. Mais mon épouse a disparu il y a cinq ans.

– Il y en a, des natifs de Hanmouth, affirma Kenyon. Cette fille, cette femme plutôt... Vous vous rappelez cette histoire d'enlèvement, le mois dernier ? Ces gens-là n'ont jamais vécu ailleurs.

Un bref silence s'ensuivit. On venait d'abandonner Hanmouth pour Heidi et China. Le flot s'était tari depuis l'inculpation de la mère, et quiconque avait un minimum de goût évitait le sujet. Se trouvant le plus souvent à Londres pendant le gros de l'affaire, Kenyon n'avait guère eu l'occasion d'en discuter sur le moment, et sans doute se rattrapait-il maintenant.

– Nous devons bien connaître quelques indigènes, enfin ? jeta Miranda. Je ne peux pas croire que nous soyons tous des nouveaux venus, même d'anciens nouveaux venus.

– Vous paraissez tellement bien établis, comme si vous faisiez partie des murs, remarqua Catherine. Bon, c'est encourageant...

– Nous ne sommes pas d'ici non plus, annonça Laura Calvin, d'une voix si basse qu'on n'y prêta aucune attention.

– Je sais qui, dit Miranda. Je viens d'y penser : Harry. Le Harry de Sam, lord Quel-Gâchis. Tiens, quand on parle du loup... Bonjour, Harry, on parlait justement de vous.

Derrière lui se trouvait un parfait inconnu, arborant une tenue négligée qui aurait pu passer, peut-être, dans une boum chez les moins de seize ans : pas rasé, les cheveux dans tous les sens, des yeux fuyants un peu fous. Il braquait autour de lui un sourire inquiétant, constant et circulaire, tel le faisceau d'un phare.

– J'espère ne pas abuser, dit Harry, suave, à Catherine. C'est un de nos invités de ce soir. Il a fini de travailler tôt cet après-midi à Barnstaple, et il est venu directement. J'ai pensé que vous ne m'en voudriez pas de l'amener, plutôt que le laisser seul à la maison avec Stanley.

– Ah ouais, Stanley ! fit l'homme, qui éclata de rire.

– Stanley, le chien, vous avez oublié son nom ?

– Non, bien sûr, dit Catherine. Allez, prenez un verre, tous les deux.

– Comment s'appelle votre ami ? demanda Miranda.

Harry la fixa un instant d'un air absent. Elle dévisageait l'inconnu qui, au lieu de se détourner, soutint son regard, avec quelque chose qui ressemblait enfin à une expression. Il se remit à rire, imité par Miranda.

– Spencer, répondit-il sans animosité. Et vous, p'tain, vous êtes qui ?

– Miranda, dit-elle. Oh, p'tain, enchantée !

Non sans surprise, David voyait l'appartement de ses parents se remplir d'homosexuels. D'où sortaient-ils tous ? Il y en avait un, de Hanmouth, qui discutait à la cuisine avec Mauro ; un autre, également de Hanmouth, qui venait d'arriver avec un homme dont on ne pouvait supposer qu'Alec ou Catherine le connaissait. David pensait qu'en toute justice il aurait dû lui-même être leur centre d'intérêt, or il n'était même pas à la périphérie. Depuis trois quarts d'heure, il était coincé dans un angle du salon avec les sœurs Wallace, qui se relayaient devant lui. Dès que l'une était à court de commentaires sur le terrier Bedlington, ou avait simplement envie de souffler, l'autre venait la remplacer. Poppet continuait de courir dans une forêt de jambes en poussant des gémissements. Difficile de croire qu'elle pût être la source d'aussi nombreuses anecdotes, drôles ou tragiques. Pendant ce temps, Mauro souriait jusqu'aux oreilles, comme s'il ne s'était jamais autant amusé à une fête. Un des deux gays du coin lui avait passé un bras à l'épaule ; tous deux se rapprochaient des derniers arrivants, dont cette espèce de débraillé sexy. David commençait à craindre de rester bloqué, à jamais exclu du périmètre dans lequel il voulait, il avait besoin de se trouver.

Il n'avait jamais brillé lors des réceptions, même petit, quand, soumises à un ordre strict, avec différentes étapes – les jeux, les cadeaux et la suite –, les réceptions étaient beaucoup plus simples. Peu avant l'âge de onze ans, se rappelant quelques-unes des précédentes, il avait annoncé à sa mère qu'il n'en voulait plus pour son anniversaire. David s'était bizarrement fourré dans le crâne que, les fêtes étant des activités puériles, il était temps de devenir trop grand pour y participer. Mais que faisait-on, sinon ? Ça, il ne s'en souvenait pas. Cependant, aussi affreuses ces réunions fussent-elles, puisque, sous les rires méprisants des autres, il finissait toujours par courir en pleurant dans les bras de sa mère, il était encore pire de les éviter. Cette année-là, quasiment aucun de ses camarades de classe ne l'avait invité ; ou peut-être une fois, si, encore était-ce pour le remercier d'une précédente invitation. Et David s'était trompé sur toute la ligne : on n'était jamais trop grand pour échapper aux fêtes, ces brillantes vitrines d'éclats de rire et de beauté – malgré les maussades figurants qui, faisant bonne figure dans la marge, s'efforçaient d'entretenir d'égocentriques conversations.

– Pardonnez-moi, dit-il aux deux sœurs, l'une à sa gauche, l'autre à sa droite, resplendissantes après trois quarts d'heure de propos canins.

Il se rappela l'expression consacrée :

– Je ne voudrais pas monopoliser votre attention.

Elles le regardèrent, ébahies ; eh bien, ils étaient dix-sept dans le salon, qu'il aille s'occuper des autres !

– Non, Trade n'a jamais été surpassé, disait le débraillé sexy, qui s'interrompit un instant pour renifler bruyamment, le doigt sous la narine. Il y a dix ou quinze ans, c'était la meilleure boîte. Le top.

– Eh, attends, Spencer, remarqua le plus distingué des deux gays locaux (Harry, celui-là ?). Tu avais quel âge, il y a quinze ans ?

– Dix-sept. J'avais dix-sept ans. J'avais encore jamais vu ça. Les trucs qu'ils faisaient au Trade, merde !

– Je crois que c'est plus ça, maintenant, dit Mauro. Mais il paraît que c'était fabuleux à l'époque.

– Le bon vieux temps, s'esclaffa Harry. Et aujourd'hui, il y a quoi ?

Toujours attentionné, Mauro présenta à son tour David à Sam, Harry et Spencer ; tous le saluèrent gentiment, rapidement. Puis l'Italien passa en revue Soho, Vauxhall et Shoreditch.

– Et il y a Bitch, conclut-il. Pas mal. C'est à Vauxhall. Dans les Rooms.

– C'est là qu'on s'est rencontrés, dit David, histoire de s'insérer dans la conversation. Toi et moi. Tu te souviens ?

– Ah bon ? C'est vrai ? Je ne sais plus.

– On a fini tard ! ajouta David en s'esclaffant.

Ce qui ne fit rire personne.

– Eh, dit Spencer, passant une main dans le dos de Mauro et s'arrêtant négligemment au niveau des fesses. Tu vas venir tout à l'heure ?

– Venir où ?

Sam et Harry échangèrent un regard qui pouvait signifier n'importe quoi à un observateur extérieur, mais qui ne souffrait d'aucune ambiguïté entre eux. Le vieux couple se consultait tout simplement.

– On a invité quelques potes, dit Harry.

– Dans la soirée, ajouta Sam.

– Ce sera avec plaisir, si Catherine et Alec veulent bien se passer de vous, ajouta Harry qui renifla lui aussi, un doigt sous une narine.

Stupéfait, David se rendit compte qu'ils avaient tous sniffé quelque chose avant d'arriver ; il était même étonnant que Mauro ne s'en soit pas aperçu, qu'il ne se soit pas débrouillé pour leur emprunter une petite ligne à consommer vite fait dans la chambre d'amis.

– Une fête ? dit l'Italien.

– À ne rater sous aucun prétexte. Elles sont célèbres, leurs fêtes, à ces deux-là ! lança Spencer. Tu as le cul bordé de nouilles, d'arriver le bon week-end.

David devina que, s'il répondait : « Ah, je ne sais pas », impliquant d'une façon ou d'une autre qu'ils étaient venus rendre visite à ses parents, qu'il paraissait difficile de les quitter pour finir la soirée avec des gens qu'ils rencontraient seulement – alors l'invitation ne vaudrait plus que pour la seule personne (Mauro) que ces mecs tenaient à voir, et l'Italien n'y verrait pas d'inconvénient : il n'avait pas vocation à être parfait en tout lieu et toute heure. Quant à lui, David supposait qu'on ne l'invitait aussi que par pure politesse – si, de fait, il était invité. Ils voulaient Mauro, et ils l'auraient. En d'autres termes, l'Italien était pour David le droit d'entrée à une orgie, une débauche de sexe et de drogues.

– Ouais, pourquoi pas ? dit-il. On leur faussera compagnie. Quelle heure ?

– C'est quoi, votre fête ? demanda Mauro.

– Une petite soirée entre copains, répondit Sam.

– Des copains comme vous ?

– Comment, comme nous ? dit Harry.

– Des ours ? C'est comme ça que vous dites ? C'est ça ?

À nouveau, Harry et Sam échangèrent un regard et, cette fois, l'œil brillant, terriblement amusés, se tournèrent vers David – comme si tous trois avaient fait connaissance une éternité plus tôt, dans la sphère bienveillante des obèses et libidineux. Deux secondes plus tard, ils éclataient de rire.

– Allez, fit Sam, baissant la voix. On va se marrer.

D'un geste vif, sans vraiment se cacher, Harry sortit de la petite poche de son jean un bout de papier plié plusieurs fois, qu'il tendit à Mauro.

– Tiens, lui dit-il doucement. Ça te mettra les pendules à l'heure.

L'Italien ne manifesta ni hésitation ni surprise, comme si, depuis son arrivée dans le Devon, il s'était attendu à ce menu cadeau, qu'il recevait maintenant, aussi incroyable que cela paraisse, dans le salon des parents de David. Tout naturellement, la chose prit place dans une poche identique de son jean. Il y avait dans la pièce différents groupes incompatibles : les deux sœurs ronchons, vieilles filles assurément, obsédées par ce terrier qui assaillait leurs chevilles ; la mère bien-aimée de David, charmante et empourprée, sa réception ayant eu le succès escompté, et elle avait donc bien fait. Derrière elle, une vieille snob, qui répétait : « Ce que je veux dire... » à un homme mince et raide, qui tenait son coude droit de la main gauche, l'autre étant collée à sa joue ; Alec qui, obstinément, resservait du champagne à tout le monde ; et Ted et Barbara, engagés dans un débat sur les routes nationales. Il y avait ce splendide panorama sur les rives du fleuve ; et enfin ce type, ce voleur, usurpant le rôle du petit ami, qui, devant tout le monde, venait d'accepter un sachet de drogue d'un quasi-étranger. Dans le style particulier de ses chinoiseries, David se fit la réflexion que, le jour où les mondes se télescopent, la honte vous monte au cœur.

– La vue est vraiment magnifique, d'ici, déclara l'Italien. Vous avez une aussi belle vue de chez vous ?

– Non, pas vraiment, répondit Sam. Mais c'est pas mal quand même.

– Ce qui est bien à Hanmouth, c'est qu'on peut toujours aller se promener le long de l'estuaire, rappela Harry, fiérot.

Spencer lui tapota l'épaule et lui chuchota quelques mots.

– Attends qu'il soit revenu, lui dit Harry. Mais tu n'y vas pas avec lui. C'est trop gros, on va avoir des ennuis. Je ne me vois vraiment pas vivre ailleurs.

– Eh, fit Sam, l'attitude de Spencer devenant gênante. Tu mates le type là-bas ? Le grand maigre ? C'est le mec du Comité de voisinage. S'il te chope, il appelle la maréchaussée. Calme-toi un peu, fais-toi discret.

– J'adore les longues soirées d'été quand le soleil se couche derrière le château, commenta Harry. Toujours adoré ça. Voilà comment je vois le paradis. Quand je mourrai, et que je monterai au ciel, c'est ce qui m'attend là-bas.

– Ils disaient tout à l'heure... commença David. Enfin, je crois bien les avoir entendus dire que vous êtes la seule personne du groupe qui soit native de Hanmouth. Les autres étant des pièces rapportées, apparemment.

– Oui, sûrement, répondit Harry, tandis que Mauro, estimant qu'un temps assez long s'était écoulé pour minimiser toute relation de cause à effet, prit nonchalamment la direction des toilettes.

On entendit John Calvin faire ses adieux à Catherine, laquelle étudiait ce curieux groupe d'hommes, dont tous n'avaient pas été invités. Visiblement, elle n'avait pas attendu tant de monde.

– C'était fort sympathique. Merci encore de nous avoir reçus, mais... *hé ho, hé ho, on rentre à la maison !*

De fait, Calvin chantait les Sept Nains.

– Au revoir, ajouta son épouse. Ravie de vous avoir rencontrée.

– Qu'est-ce qu'ils complotent, ceux-là ? dit le mari de Miranda en rejoignant Sam, David, et Spencer qui tapotait toujours l'épaule de Harry.

David ignorait son prénom : tout le monde l'appelait Kenyon.

– J'ai une passion pour les potins, déclara ce dernier.

– Oh, vous ne comprendriez pas, affirma Sam. Il n'y a pas de vraies pipelettes chez les hétéros.

– Qui est-ce que vous traitez d'hétéro ? demanda Kenyon, flegmatique. À ce compte-là, on peut tous se traiter de quelque chose.

– Attendez, fit Harry. Ces chaussures, là... Il n'y a pas un seul homo sur terre qui saurait vous dire où acheter ça.

Elles étaient d'un brun très clair, évasées sur les côtés et vaguement matelassées, l'empeigne étant cousue façon édredon. Des chaussures confortables, sans doute commandées sur catalogue par la maman ou l'épouse. Ils étudièrent ensuite celles de Harry, des boots australiennes, bien cirées et luisantes comme une châtaigne ; puis celles de Sam, avec ses boucles argentées et ses lanières en cuir, très bdsm, dont la dernière à la cheville, négligemment ouverte. Puis, tous se détournèrent honteusement au spectacle des souliers de David, qui décevait en quelque sorte sa tribu sexuelle.

– P'tain, lança Spencer, avec son débit traînant et ses phrases hachées, qu'est-ce qu'ils peuvent bien foutre quand il se réunit, leur comité de merde ? Ce mec qui vient de partir, là, qu'est-ce qu'il BRANLE avec les autres CONS, chier !

– Je n'en ai aucune idée, répondit Kenyon. Tout ce que je sais, c'est qu'ils se réunissent le mardi. Calvin, bien sûr, ça le passionne, mais les autres, je ne sais pas qui c'est. En tout cas, ils ont pas mal d'influence, ils arrivent à leurs fins. Quelle heure est-il ? Vous n'aviez pas du monde à dîner, Harry ?

– Ouais, dîner ! répéta Spencer, s'esclaffant une fois de plus. Un super dîner de chez super. Il vient, lui ? fit-il à propos de Mauro, de retour des toilettes avec les yeux brillants.

– Eh, regardez ses chaussures ! dit Kenyon, enjoué. Elles ne sont pas si différentes des miennes, si ?

– Boh. C'est un vrai marron au moins, dit Sam, Kenyon devant pouvoir faire la différence entre une paire d'Onitsuka Tiger, avec le liseré orange dernier cri, et les tourtes à la viande qui lui servaient de pompes.

– Les miennes sont aussi moches que ça ? demanda Kenyon, et Spencer haussa la voix, fatigué de ces histoires de grolles.

L'entendant, les autres personnes qui, dans la pièce, nourrissaient une demi-douzaine de conversations se sentirent interpellées, soumises à cet appel pressant et étranger.

– Oh, beauté ! poursuivit Spencer. Tu viens tout à l'heure, hein ? C'est qu'on va t'attendre, mon gars.

Mauro sourit, tandis que Spencer lui passait les bras autour de la taille, appréciant ses hanches fermes, sa peau soyeuse. Puis, sans se soucier ni de l'endroit où il se trouvait, ni des présents, il glissa une main sous la ceinture du pantalon et l'agita, mimant un rat en train d'étouffer sous la toile. Le sourire aux lèvres, l'Italien ne fit rien pour décourager le geste hardi du débraillé cocaïné. Au contraire, pensa David, ça semblait bien lui plaire.

– Ouais, quand tu seras là, je vais te...

La voix ne fut plus qu'un souffle, Spencer murmurant à l'oreille de Mauro ce qu'il lui ferait, et que l'Italien serait sommé d'accomplir.

– ... je parie que t'aimes ça, conclut-il, retirant sa main et refaisant surface dans le champ du perceptible.

Peut-être avait-il parlé une langue que l'Italien ne comprenait pas, celui-ci continuant de sourire sans répondre, comme pour lui souhaiter gentiment bonne chance. Sam et Harry avaient le visage figé ; Miranda l'air intéressée ; Kenyon observait calmement la scène de ses yeux clairs, tel un maître d'école attendant qu'un élève arrête de faire l'imbécile et lui donne la bonne réponse, après quoi il rendrait son jugement. Derrière eux, Alec, sa triste bouteille de champagne sous le bras, offrait encore à boire. Troublé et mécontent, il semblait se demander qui était l'homme que David avait introduit chez eux. Il lui reprochait tacitement d'avoir amené ce lointain et coupable représentant de sa tribu, cette espèce de Spencer, spoliant ainsi sa petite réception qui aurait pu être autrement agréable. Alors le père croisa le regard du fils et, loin de révéler quelque complicité entre eux, ce fut l'expression mutuelle d'un désaveu. Ce n'était peut-être pas Spencer que condamnait Alec, pensa David ; après tout, le débraillé n'était que l'inévitable trouble-fête, l'incident susceptible d'arriver à tout le monde, une catastrophe imputable à des gens qu'on connaissait à peine. Non, ce n'était peut-être pas lui, mais bien Mauro qui paraissait dégoûter son père, cet Italien brillant d'un éclat contre nature ; Mauro qui, tenant d'une main le verre qu'avaient loué les parents pour servir le champagne, laissait un inconnu lui glisser un doigt jusqu'à la raie des fesses. Oui, Mauro, finalement.

– Une petite resucée ? marmonna Alec.

– Ouais, fit Spencer, désobligeant. Sers-nous à boire, mon vieux.

– Non, interdit Sam. Allons-y, maintenant. On a abusé. C'était formidable. David... David ? Venez aussi, si vous voulez. On sera contents de vous voir.

– Ouais, p'tain, c'était super, dit Spencer à Alec. Il est temps de passer à autre chose, quoi.

À moins de trois mètres, Billa répétait obstinément à Kitty qu'elle avait prévu un gigot, qu'elle serait ravie de l'avoir à dîner, et Kitty était enchantée, elle ne demandait pas mieux, les deux femmes faisant en sorte de se regarder exclusivement, sans prêter attention à ce qui se tramait autour d'elles.

28

Comme des troncs déplacés par les crues printanières ; comme des bateaux libérés de leurs amarres par le courant ; comme des objets jetés dans le lit d'une rivière, asséchée au mois d'août sous le ciel du Devon, mais qui revient avec force les emporter ; comme des bêtes qui, au terme de leur jeunesse, retrouvent leur lieu de naissance ; ainsi les Ours remontaient la piste vers la maison de Hanmouth, à toute vitesse sur les routes de campagne, oubliant leurs soucis en chemin, fonçant dans leurs Toyota Civic, Ford Primera, Golf Gti, Peugeot, Fiat, Ford Ka, Jaguar, Bentley, métallisées avec une touche de blanc, de bleu, de rouge, argentées à la lumière du soir comme des truites dans le ruisseau. Ils arrivaient d'Ashreigney et d'Iddesleigh, de Bishops Tawton et de Bratton Fleming, de leurs bâtisses en pierre qui parsemaient la lande tels des champignons ; de leurs rez-de-chaussée de Barnstaple à la façade écaillée ; d'immeubles au centre de Cullompton, Chittlehampton et Huish ; d'anciens hospices de Cheriton Fitzpaine et de Clyst ; de villes célébrées pour leur retable, pour un pub aussi vieux que la royauté, pour une sculpture des trois enfants de

Babylone préservée dans un manoir, et pour la phrase de Charles Ier : « Une chose est sûre, c'est qu'il pleuvra toujours à Tavistock. » Ils étaient vêtus de cuir, de treillis, de chemises écossaises, de kilts rouge et vert, de slips blancs immaculés (ou alors ils n'en avaient pas), et ils apportaient des bouteilles, grandes et vertes ou bien noires et minuscules, dans leurs poches ou dans le vide-poches. Les Ours arrivaient seuls ou par deux : Mick et Ali ; Phil et Andy ; Adam, Blaise, et Steve qui tenait le garage de Barnstaple. Des hommes solides, costauds, bientôt plus gras que gros, quatre-vingt-dix kilos, cent, cent dix et cent vingt, de ces gars qui soupirent au réveil comme certaines dames ronflent la nuit, et quelques-uns encore à qui tout cela plaisait. Le fils de l'ancien jardinier de Harry ; Charles, Robert, Kevin ; et on mettait les gaz en écoutant Lady Gaga. Tous se dépêchaient car ils avaient entendu parler du mécano de Steve, que Steve avait sauté deux fois dans l'arrière-boutique, sur le bureau. Celui qui s'appelait Spencer. Les caméras de surveillance les virent sur les routes dépasser les limitations de vitesse.

Ils suivaient des chemins qui suivaient des rivières, sans penser au nom des torrents ou ruisseaux ; leurs faubourgs refoulaient les eaux de pluie vers le canal de Bristol ou la Manche ; par le Dart avec ses saumons, par l'Erme, l'Avon, le Lynn et le Tamar si bien caché, et encore le Torridge, la Tavy et le Taw – qu'ils regardaient à peine. Pourtant ils les aperçurent, les franchirent, s'en éloignaient d'un kilomètre ou trois, insouciants, comme aveugles, non comme des voyageurs avec un objectif, mais comme on fuit une menace derrière soi. Contrairement à bien des adultes, ils craignaient d'être en retard ; à fond de train dans leurs automobiles, ils réfléchissaient, parlaient de sexe, d'hommes, de cette soirée. Le trouble et la passion les échauffaient déjà ; la plupart des passagers et au moins deux conducteurs avaient avalé une bière, un verre de vin, une pilule ; reniflé de l'anesthésiant pour cheval, ou les feuilles broyées d'une plante sud-américaine à propos de laquelle ils racontaient des absurdités ; à quel moment vraiment, disparaissait le vert et les feuilles devenaient-elles blanches ? Atteignant la périphérie de cette ville de moyenne importance, ils prirent soin de ralentir, pleins de dignité, en hommage aux chères caméras qui fonctionnaient très bien. Certains baissèrent même le son de l'autoradio, tandis que les immeubles paraissaient épaissir, que d'affreux lotissements tournaient le dos à la route. L'un ou l'autre se souvint que la petite fille avait habité par là, que sa mère l'avait cachée et ensuite perdue, peut-être définitivement. Et soudain les maisons devenant jolies, Hanmouth se révéla. Arrivant presque en même temps, quelques Ours se reconnurent, si inquiets d'être en retard, de rater ce pour quoi ils affluaient. Les deux pouces levés, ils klaxonnèrent, firent le V de la victoire et de la virilité. Certains avaient parcouru de bonnes distances, ils ne venaient pas pour rien.

– Putain, quel cauchemar de se garer ici, dit Mick en se remettant les parties en place, suant et serré dans son pantalon de cuir noir. Et c'est pas demain que ça va changer. Il y en a au moins pour dix minutes d'aller chez eux depuis la gare.

– Oh, ta gueule, répondit Ali sur le siège passager. C'est pas toi qu'on va regarder.

Car il portait un kilt en tissu camouflage vert et, sous sa veste en cuir, rien d'autre qu'un harnais d'anneaux en acier et de sangles noires.

– Alors, arrête de me les briser avec ton parking !

29

Une demi-heure plus tard, c'était comme s'il n'y avait jamais eu personne chez Catherine et Alec. Leurs hôtes, qui s'en allaient, semblaient s'être faufilés comme des chats entre les meubles, les verres et les assiettes. Rien n'était dérangé, déplacé ou renversé. Sur l'impeccable moquette neuve – elle dégageait encore un peu l'odeur du magasin et de la colle –, on distinguait toujours les bandes parallèles imprimées par l'aspirateur. Tous avaient mangé proprement, sans répandre une miette ou une goutte de liquide, comme s'ils avaient voulu passer inaperçus. Au fur et à mesure, Alec avait rapporté plats et bouteilles à la cuisine, sans omettre de donner un petit coup d'éponge par-ci, par-là. Lui-même, Catherine, David et Mauro se retrouvaient dans un salon bien tenu, sans un mégot par terre, personne n'ayant fumé la moindre cigarette. On les aurait crus sur le point de recevoir pour l'apéritif.

– Au revoir, Marian, disait Catherine. Au revoir, Isobel. Ah oui ! Pardon ! Au revoir, Poppet... Oui, toi aussi, tu y as droit...

– J'en sais plus sur les terriers Bedlington qu'on n'eût jamais pu espérer, commenta Alec en s'affairant dans le salon. Je vais aller chez Questions pour un champion, option terriers vieilles filles.

– Quelle drôle d'idée d'emmener un chien à un apéritif, pensa David. Elles auraient pu le laisser chez elles une demi-heure.

– Ce clébard, approuva son père. Il a failli me faire tomber dix fois. Ce qu'il gueule, le matin, dans la cage d'escalier !

– Quand il aboie, on a les yeux qui sortent des orbites.

– Tu lui as balancé un coup de pied, je t'ai vu, dit Alec. Tel père, tel fils.

– Je croyais que personne n'avait remarqué, ricana David.

Un court moment de complicité entre les deux hommes, ennemis des Bedlington, puis un ange passa, et Alec s'en revint à la cuisine.

– En Italie, dit Mauro, se retournant devant la fenêtre, on n'emmène pas un chien chez les gens s'il ne sait pas se tenir. Et même, d'ailleurs, je ne sais pas. Enfin, je n'ai jamais vu d'animal embêter tout le monde comme celui-là. C'est pour ça qu'on dit chez nous : « Au lieu de faire l'amour, les Anglais, ils achètent un chien. »

– Tiens, peut-être.

– Eh, David, demanda Mauro. Tu l'as essayé, ce truc ? C'est bon. Comment ils font, pour trouver ça ici ? Je reviendrai.

– On ne m'en a pas proposé.

– Ben, tu avais qu'à demander. Tu es un peu bête, quoi. On y va, chez eux ? On peut y aller bientôt ?

– Tout s'est très bien passé, déclara Catherine en revenant dans le salon. On avait précisé de six à huit, et personne ne s'est éternisé, ce qui est parfait. Ils sont arrivés à l'heure, et repartis avant qu'on s'ennuie. Tu as rencontré des gens qui te plaisent, Mauro ?

– Oh oui, oui, tout à fait.

À la porte de la cuisine, Alec avait enfilé le tablier aux nichons dorés par-dessus sa plus belle chemise et son pantalon en sergé kaki. Derrière lui, les vingt-quatre verres de location, tachés, graissés, marqués de rouge à lèvres, certains encore à moitié pleins, ou au quart, étaient alignés sur le lave-vaisselle en trois rangées bien nettes, tel un douteux instrument de musique. Il aurait pu jouer *Edelweiss* dessus avec une fourchette.

– Est-ce que je les ai bien tous ? murmura-t-il.

Mais personne n'avait eu l'idée de casser un verre, même par accident, même à cause de Spencer, et Alec commença à les ranger dans les casiers de l'appareil.

– Oui, ces types rigolos, dit Catherine, vérifiant malgré elle qu'aucun de ses bibelots et babioles n'avait disparu.

Elle faisait aussi bien. David vérifia en même temps – le petit bijou de faisan était à sa place.

– On ne les connaît pas vraiment, poursuivit-elle. Mais je cause de temps en temps avec Sam. C'est lui qui tient la fromagerie. Je lui ai acheté cette pâte molle que personne ne veut goûter. Il faut soutenir les producteurs locaux, je pense. Et Harry, son compagnon, est tellement sympa. Vous savez qu'il est lord ? Pas un vrai lord, comme ceux qui siègent à la Chambre, d'ailleurs ils n'y vont plus, mais le fils de quelqu'un d'important, puisqu'on l'appelle lord Harry quelque chose. Tellement gentil, tellement simple, pas le genre qui se mouche du pied, qui se donne des airs.

Catherine semblait prête à poursuivre ainsi, comme pour repousser une échéance. Était-ce à cause de Spencer ?

Faudrait-il parler de cette incroyable et – maintenant qu'il était parti – déplorable apparition ? Arborant un pantalon et un T-shirt moulants, un regard endormi et lubrique sous des cheveux et sourcils aussi blonds qu'en bataille, ce Spencer avait surgi parmi les veuves de militaires, les affiliées Bedlington et quelques hommes timides et maladroits, vêtus avec plus d'élégance que n'en suggéraient leurs visages ternes ou simplement bêtes. Il avait tout d'une erreur, d'une livraison de bas étage, d'un colis déposé à la mauvaise adresse, dont on n'aurait découvert que trop tard le contenu intrinsèque. En définitive, il s'était retrouvé là où il fallait ; Mauro et lui s'étaient attirés comme les particules élémentaires d'un test de science physique. Irrésistiblement, telle la main va au cul.

– Ils font une petite fête eux aussi, jeta David, s'étonnant lui-même. Harry et Sam. Ils nous ont proposé d'y aller un peu plus tard.

– Gentil de leur part, commenta Alec à la cuisine. Mais je ne sais pas si j'ai vraiment envie.

– Ils ne voulaient pas dire nous quatre, expliqua Catherine. C'est à David et Mauro qu'ils ont posé la question.

– Pas très poli, dans ce cas. Tu es sûre qu'ils ne pensaient pas à nous ?

– Ils ne doivent pas avoir envie de recevoir des vieux.

– Bon, donc, ça ne vous tente pas, dit Mauro. Ça vous embête qu'on y aille ?

Catherine rougit. Plus que toute autre chose, David le savait, elle détestait la goujaterie. Dieu merci, elle ne relevait pas toujours les petites piques, les mots de travers. Elle levait un sourcil et l'on ne faisait plus attention à elle. Catherine acceptait de fermer les yeux, de trouver des excuses aux voisins, aux relations, aux autres bénévoles du stand à la cathédrale, même aux inconnus à l'arrêt de l'autobus. « Ils ont tellement d'ennuis, remarquait-elle. Tellement de choses à faire. » À l'évidence, Mauro n'avait pas tant de problèmes, pas tant d'obligations ; après son trait de coke, il avait les yeux brillants comme du plastique et, s'il était leur invité du week-end, il avait envie de se distraire un peu mieux, elle le voyait bien.

– Mais non, dit-elle. Ça vaut sûrement le coup. Je n'avais rien prévu de spécial à dîner, de toute façon. Allez-y. Amusez-vous.

Alec faisait soudain un sacré raffut dans la cuisine.

30

– Bravo. Une fois de plus, bravo. Ils vont penser : « Ah, on les invitera encore, M. et Mme Calvin, ils sont si amusants, ils ont de la conversation. Elle surtout. » Tu parles. À te voir là, raide comme une prétendante au trône, comme une marquise... À faire la grimace comme si ça puait le poisson pourri chez eux, ou la merde de chien.

– Tu es injuste, John, dit Laura.

Ils descendaient le Strand vers leur maison. Dans son sac « sauvez l'environnement » en toile de jute, Calvin avait toujours sa bouteille de cava espagnol. Ils l'avaient apportée au cas où la réception ressemblerait aux siennes, car, dans les siennes, les gens apportaient toujours du cava. On n'attendait pas autre chose. Celle qu'il avait ce soir, un cava supérieur, lui avait été offerte par un invité moins radin que d'habitude, c'est pourquoi il l'avait mise de côté. En arrivant, cependant, Calvin avait remarqué que Catherine servait du vrai champagne. Il avait laissé sa bouteille dans le sac, posé celui-ci dans l'entrée, sous la petite table du téléphone, pour le reprendre en repartant, comme s'il avait l'habitude d'apporter ses courses aux apéritifs.

– Tu n'es pas juste. Tout le monde n'est pas aussi à l'aise que toi, dans une soirée.

– Tu rates toujours toutes les occasions, ma fille. Tête et sang de Dieu, quand je pense au nombre de fêtes où je t'ai emmenée. Que tu as eu l'honneur d'embellir, comme une tapisserie haut de gamme. Quelle réjouissance !

– John, pas dans la rue.

– Tu pourrais témoigner un petit peu d'intérêt aux autres, au lieu de rester plantée comme un navet de compétition. Une vraie racine, blanche et la gueule ouverte. Pourquoi on nous invite, à ton avis ? Pour avoir le plaisir de te contempler, avec ton air idiot, à ne jamais dire un mot ? Ce que tu appelles de la timidité, ça n'est que de l'égoïsme, voilà. Je fais un effort, moi, au moins. Tu vois bien. Ils ne sont pas mécontents de l'avoir, le p'tit Johnny, à leurs apéros, alors que toi, ils sont obligés de te supporter. Et...

Il s'interrompit subitement. Deux hommes sortaient d'une élégante Saab décapotable, gris métallisé, en lunettes de soleil malgré l'heure tardive. Tous deux le crâne rasé, et l'un portait une courte barbe rousse. Le moins grand était affublé d'une jupe, un kilt en treillis militaire, avec un genre de harnais au-dessus, tout en cuir et acier, qui lui comprimait le torse. Peut-être l'avait-il acheté lorsqu'il était moins gras, ou l'avait-il serré un peu trop. Toujours est-il que les sangles faisaient saillir ses hanches comme des B majuscules et que, autour de ses mamelons dressés, la chair bombée ressemblait à des blancs de poulet. Son ami offrait un spectacle moins saisissant avec un simple pantalon de cuir, quoique bourré à craquer comme un vieux Chesterfield, et un T-shirt noir affichant un curieux slogan.

– Tu vois ? dit l'homme au kilt. On a fini par en trouver une juste en face.

Sans accorder un regard à Calvin et Laura, ils verrouillèrent les portières et traversèrent le Strand vers Little Matcham Street.

– Des gays, commenta inutilement Laura. Il y en avait deux qui reçoivent des amis ce soir, j'ai entendu. Pour ça qu'ils sont partis tôt.

– Scandaleux de se montrer dans cette tenue, fit Calvin. Il y aurait pu...

– ... y avoir quelqu'un, oui, finit-elle à sa place.

– Voilà qui devrait intéresser le Comité de voisinage.

31

Ils avaient vite débarrassé, entassant la vaisselle sur le plan de travail à l'entrée de la cuisine. Les Ours étaient là depuis deux heures, derrière les rideaux bien tirés. Ces soirs-là, Harry voulait parfois les fixer avec des pinces à linge, ce qu'on avait omis, et il l'admettait volontiers : il s'inquiétait un peu trop des voisins. Sur la table en acajou du coin salle à manger, un solide meuble victorien aux quatre pieds droits couronnés de volutes, un homme était allongé sur le dos, les genoux pliés, la tête renversée sous un bord. Spencer. Sur la moquette, par terre, un autre homme tenait une position à peu près symétrique, quoique les jambes à la verticale, et les mains derrière les genoux. Mauro. Comme tous les Ours, ils étaient nus, quoique l'Italien eût gardé ses chaussettes blanches. Spencer et lui remuaient en rythme, selon l'énergique chorégraphie qu'on leur imposait à chaque extrémité. Tous se servaient de ce qui pouvait servir. Un flacon de poppers passait de main en main – celle d'Ali, qui baisait Spencer d'un mouvement circulaire, *andante*, audit Spencer qui se détourna de la bite rose rhubarbe de Harry, opiniâtre et dressée comme une grue. Le mécano sniffa deux fois, narine gauche, narine droite, puis, dangereusement, aspira une pleine bouffée par la bouche. Celle-ci à peine libérée, Harry y remit ses couilles en lui prenant le flacon, sniffa de la même façon avant de le tendre, par-dessus son épaule, à Steve. Lequel Steve, avec un claquement professionnel, ajusta et relâcha une capote sur le tronc robuste de sa queue, gavée au Viagra, puis, avec un petit peu d'élan, l'enfonça dans le cul de Harry, qui poussa un bref gémissement étudié. Lui mordillant l'oreille, Steve composa une cadence de son cru, le relâchant pour sniffer de temps à autre. Quelque part en dessous, une main assurée, encourageante, accompagnait le mouvement à la base du scrotum. Peut-être celle de Robert, voire plus bas encore, celle de Kevin.

– Il dit de passer de la funk, remarqua Ali, avachi à côté sur Blaise. T'entends ce qu'il chante ? Non, en fait, il dit au petit Blanc de passer de la funk.

– C'est pas à moi qu'il parle, puisque je suis pas blanc, répondit Blaise.

– Je sais que tu es pas blanc, dit Ali. T'es mignon. Regardez ça, c'est pas mignon ?

Blaise lui glissa deux doigts sur une partie de son anatomie, qui réagit gaillardement. S'ils avaient terminé pour l'instant, ils n'allaient pas tarder à s'y remettre.

– Ah, toi. Et cette coke. Elle est vraiment trop bonne, j'en veux encore.

– Eh ben, allons-y, dit Ali, se relevant pour atteindre le buffet sur lequel un bon paquet de poudre était broyé.

Trop nase pour tracer proprement une ligne, il saisit le billet de 10 roulé sur lui-même et, ne fermant qu'un œil pour bien voir ce qu'il faisait, dessina un huit en reniflant sur le bois de rose. Puis il se laissa retomber comme un sac de patates sur les cuisses de Blaise.

Tout le monde s'affairait autour de Mauro, dans un manège interactif de bouches, de culs, de mains, de bites. L'Italien jouissait d'une considérable popularité. Peut-être sa relative petite taille expliquait-elle l'attention prêtée à ses attributs, beaucoup moins diminutifs. Depuis un an, ou davantage, les Ours s'étaient le plus souvent contentés les uns des autres, tolérant quelquefois Peter, qui, Dieu merci, n'était pas là. Son absence, et l'arrivée de ces deux remplaçants spectaculaires, faisaient de cette soirée une réussite. On avait entendu parler de Spencer, que Steve avait sauté deux fois dans l'arrière-boutique, sur le bureau. On s'était réjouis d'avance de le voir, mais on n'avait pas prévu un second cadeau en la personne de Mauro. Les Ours se régalaient. Dans un an ou deux, ils évoqueraient encore l'événement. Se marchant presque sur les pieds dans leur ardeur, Adam et Phil, Mick, Andy et les autres se refilaient les seins, la bite et les lèvres ouvertes de Mauro, ou se passaient son cul, broutant, mordant, branlant, remuant et remplissant l'Italien qui ouvrait de grands yeux, projetait ses gros bras derrière lui, se tortillait en criant: «Madonna!» Adam et Phil, Mick, Andy et les autres faisaient de lui ce qu'ils voulaient, et il ne demandait pas mieux. Ils semblaient suivre un programme préétabli.

Depuis de longs mois, David voyait un film projeté au fond de son crâne, dans lequel Mauro se faisait prendre de force, son corps nu s'offrant sans résister d'un type velu au suivant, à Londres au moment où David, angoissé, cherchait en vain le sommeil dans son lit solitaire à St Albans. Le misérable spectacle avec lequel il se martyrisait de bonne grâce avait maintenant lieu en réel, devant lui. David possédait une minable collection de films pornos – de la baise industrielle empaquetée dans de lumineux dessous de verre –, coincés dans une enveloppe sur l'étagère entre deux romans de Nabokov. Contrairement à sa mise en scène des plaisirs de Mauro, les DVD n'avaient pas besoin d'être visionnés en boucle toute la nuit. En outre, on pouvait utiliser l'avance rapide sur l'appareil, lui-même doté d'un interrupteur marche/arrêt, alors qu'ici l'Italien paraissait jouir indéfiniment. Pendant de longs mois également, David avait gaiement imaginé ce qui arriverait si, par hasard, le charmant Mauro lui montrait jamais ses fesses ou même son pénis... Si, par exemple, il sortait de la douche devant lui et que sa serviette, mal attachée, glissait autour de sa taille... Ces pauvres fantasmes se réalisaient ici à la puissance dix, au domicile d'un inconnu où, les présentations à peine terminées, douze hommes poilus baisaient à tour de rôle l'amour de David. Les avait-on d'ailleurs vraiment présentés ? David n'était pas sûr d'apprécier ce qu'il voyait. Accroupi, nu et le dos collé à la tapisserie, les couilles pendouillant entre les talons, il affichait un vague sourire, son verre à la main, comme si après s'être bien amusé, il se reposait un peu avant de reprendre, un instant plus tard, la partie de catch érotique.

– Non, mais, c'est les paroles : il dit au petit Blanc de mettre de la funk, recommençait Ali.

– Ouais, je sais, répondit Blaise.

– C'est débile.

– Non, pourquoi ?

– Je te dis que c'est débile, parce que la funk qu'il lui dit de mettre, c'est celle sur laquelle il chante.

– Je comprends rien à ce que tu racontes.

– Il parle pas d'un autre morceau de funk qui serait meilleur que celui-là, sur le disque, celui qui dit : « Mets de la funk, p'tit Blanc. »

– Ouais, c'est super, ces vieux morceaux.

– Donc, il lui dit : « P'tit Blanc, tu passes ce disque, qui est vachement funky », mais il dit ça dans le disque qui passe déjà, que le petit Blanc a déjà mis, parce que, s'il l'avait pas mis, il pourrait pas dire au p'tit Blanc de le mettre. Tu piges ?

– Ouais, mais ça cloche, ton histoire, répondit Blaise. Parce que c'est peut-être pas le petit Blanc qui a mis le morceau au début. Ça pouvait être un Noir. Ou une Noire. Ou même...

Il dodelina de la tête en essayant de fixer son regard sur quelque chose.

– Cet Italien, là, poursuivit-il, il en a jamais assez, non ?

– Quel cul ! fit Ali. Je vais aller lui remettre un coup, je crois.

– En tout cas, ça lui plaît pas, la funk, à ce mec.

– Quoi... Pourquoi tu...

– Parce qu'il arrête pas de demander Madonna, dit Blaise qui, les yeux dans les yeux, essaya de garder son sérieux.

Presque au même moment, Mauro poussa un nouveau « Madonna », de plaisir ou de stupeur, sa bouche étant soudain libérée. Les deux hommes éclatèrent de rire, gloussant et toussant comme des petits vieux à une parodie de rodéo.

32

– Eh, David, dit Sam en s'asseyant face à lui.

Il était soudain plus costaud que gros. Habillé, il avait l'air épais, rondouillard, mais nu, révélait le torse d'un sergent-major. Une curieuse silhouette, un peu cubique, et une odeur animale, inattendue quoique assez plaisante. Dans la rue ou dans sa boutique, il semblait indolent, paresseux, satisfait, avec ses bonnes fesses et ses hanches grasses. Dévêtu, il donnait l'impression d'une pile, d'une puissance contenue sous une pilosité généreuse, capable d'assommer un policier, d'abattre un arbre, de dépasser en courant la voiture du laitier. D'un geste amical, il tendit sa grosse main et, la glissant sous les genoux de David, lui soupesa les bourses.

– Ça va ? Tu ne t'ennuies pas ?

– Non, non, super, je fais une pause.

– Ton copain non plus, il ne s'ennuie pas.

– Mauro. Ouais, on pourrait le penser.

Ils s'interrompirent le temps de jauger les intenses voluptés de l'Italien.

– Il paraît qu'on a une relation étrange, risqua David. Il faut croire que ça nous convient.

Sam s'esclaffa.

– J'en connais un rayon, moi, sur les relations étranges. Tu as remarqué ? C'est mon mari qui est en train de le fister.

– Ah, ouais, fit David, misérable.

– Si vous descendez ici régulièrement, il faut nous laisser vos numéros de téléphone. On se réunit en général tous les mois, tous les mois et demi. Revoyons-nous.

– C'est Mauro que tu as envie de revoir, non ?

– Je n'ai pas dit ça. Tu as dit toi-même que tu ne t'ennuyais pas. Il faut...

Sam fit un geste hardi de la main, plus intime que le précédent. Peut-être était-ce la surprise, ou sa main glacée comme la bière qu'il venait de poser, toujours est-il que David sursauta franchement.

– Ça n'a rien d'obligatoire, tu sais.

David affirma derechef qu'il s'amusait bien.

– Je te regardais tout à l'heure faire le tour de la pièce. Le cœur n'y était pas, hein ? Tu essaies l'un, tu essaies l'autre, mais tu recules. Tu tâtes un bout de fesse, et tu doutes, comme si tu avais peur d'être rejeté. Ça le fait pas, Dave. C'est comme si tu demandais la permission. Excuse-moi si je... Écoute, si tu hésites, que tu as l'air inquiet, que tu t'attends à un refus, les gens le remarquent et c'est ce qui va se passer, ils disent non. Je veux dire, dehors. Mais pas ici. Ici, personne ne te dira non. Pas cette bande de salopes.

– Salope toi-même ! lança Steve. On n'a pas rencontré notre mec dans les chiottes du pub, nous.

– Bon, d'accord. Mais c'est vrai, reprit Sam, ils ne te diront pas non. Regarde ton copain. Ça ne lui a jamais traversé l'esprit qu'on puisse le rejeter, lui, une fois qu'il a enlevé sa chemise. Et on lui a toujours dit oui, je parie.

– Mais...

– Je devine ce que tu vas me répondre. Qu'il a l'air qu'il a, et pas toi. OK. Et comment ça se fait, que tu aies cet air-là ? Ce n'est pas ta taille, ton poids, ton nez. C'est – et tu le sais – cette angoisse que tu trimballes. C'est vrai que tu as l'air angoissé. Quand tu as fait le tour du salon, pour peloter tout le monde, rapidement, tu ne nous as pas donné le temps de t'envoyer promener, de te dire : « Casse-toi, le gros ! » Ce que tu n'entendras pas ici. Et quand tu en voyais un qui n'était pas ton genre, à ton avis – Spencer par exemple –, on aurait cru que tu attendais de le voir se tourner ailleurs pour le toucher. Tu ne voulais pas qu'il sache que c'est ton doigt, qu'il avait dans le cul. Mais il s'en fout, je t'assure. Ensuite, pour ce qui est de Mauro, tu n'as pas osé l'approcher à moins de vingt centimètres. Voilà ce que je ne comprends pas.

– C'est de la gêne, je suppose. De faire ça en public.

– Ouais, il y a des gens comme ça. Baiser, ce n'est pas du tout pareil, selon qu'on est deux ou plus. Il y a aussi des couples qui ne couchent pas ensemble, tant qu'il n'y a pas un... Harry et moi, on s'en fout, on aime bien faire ça à deux, et ça nous dérange pas d'être plus nombreux. Mais Ali et Mick... Tu les connais, Ali et Mick ?

– Ouais, le gars avec le kilt ?

– Mick m'a dit que tous les deux, avec Ali, ils n'ont rien fait ensemble depuis deux ans, sans un troisième, ou un autre couple, ou quatorze mecs comme ce soir. Pas envie. Mais toi et Mauro, ce n'est pas pareil ?

– On a dû se lasser. C'est vrai qu'on ne couche plus ensemble, plus beaucoup. Je l'aime, seulement il fait ses trucs de son côté, et moi du mien.

– Ça, pour faire ses trucs, il fait ses trucs, admit Sam en jetant un coup d'œil vers l'Italien. C'est toi que je ne vois pas faire grand-chose. Je te vois surtout le regarder se faire baiser, et je n'ai pas l'impression que ça te soit très bénéfique. On dirait que tu as oublié comment c'était, de baiser avec lui. Et tu regardes parce que c'est pas mal, comme spectacle, mais c'est tout. En tout cas, je ne crois pas que ça te rappelle quoi que ce soit. Tu vois ce que je veux dire. Ça doit être ton air angoissé. Parce que tu as vraiment l'air angoissé, hein ?

– Je vais essayer d'arranger ça, offrit bravement David.

– Je vais te dire un truc. Je te baise, si tu veux. Ça ne me dérange pas. Au contraire, je serais ravi.

– Sam, c'est la chose la plus agréable qu'on m'ait jamais dite. C'est vrai ? Tu me baiserais ?

– Mais oui, bien sûr, confirma Sam en espérant quand même que David n'insisterait pas trop. Tu veux une ligne, d'abord ? Il y a encore de quoi s'en faire trente.

33

– Quel dommage qu'il vous faille repartir si vite, dit Catherine. On espérait que vous resteriez déjeuner, au moins.

Ils prenaient, le lendemain, leur petit déjeuner. La veille, David avait eu l'impression de tituber à l'aurore dans les rues ; en fait, ils n'étaient partis chez Sam que vers huit heures, et le dîner avait été expédié en trente minutes. Veillant à ce qu'on ne perde pas de temps, Spencer avait répété comme un gosse le jour de Noël : « Ça y est, on peut ? On peut ? Eh, Sam, on peut maintenant, ouais ? » Et donc la fête touchant à sa fin, Sam ayant, de bonne grâce et avec le sourire, honoré sa promesse envers David, Mauro s'était enfin relevé en s'essuyant de partout, étourdi, engourdi, un sourire mou aux lèvres, mais fou de gratitude envers Harry qui s'était ménagé toute la soirée pour lui offrir son dû, lequel avait été grandement apprécié. Tout cela terminé, donc, David et l'Italien avaient pris congé vers onze heures et quart, tirant les bords, hésitant en chemin, rentrant sans faire de bruit chez Alec et Catherine qui regardaient à la télé le film du samedi soir. Il fallait les voir, ces deux hommes – et Mauro serait volontiers resté un moment à tenir des propos incohérents aux parents. David se demandait comment il avait réussi à le convaincre d'aller se coucher. Ils se retrouvaient maintenant tous quatre attablés dans la petite salle à manger, autour des toasts dans le grille-pain, des deux cartons de céréales, du beurrier et de la cafetière, des pots de confiture, de marmelade d'orange et de miel.

– Oui, il faut que je vous quitte, expliquait Mauro. J'avais oublié que je travaille, ce soir.

– Comme c'est triste, dit Alec.

Surpris, David et Catherine le regardèrent. Il fit une grimace amusée. Mauro avait tenté de voler un bibelot ; s'était fait peloter chez eux par un individu débraillé ; avait sniffé de la coke dans leurs toilettes ; puis s'était fait baiser ailleurs par une dizaine d'inconnus. Mais David n'aurait jamais cru que son père le prendrait en grippe. Il s'attendait à ce qu'Alec l'apprécie autant que lui.

Tout Hanmouth parlait de l'apéro de Catherine, et seulement quelques-uns des agapes chez Harry et Sam.

– Il n'y a pas de raison de supporter ça, jetait John Calvin. S'habiller pour une fête, d'accord, mais en arriver là ?

Son épouse lui rappela les divers accomplissements du Comité de voisinage.

Dans le compte rendu qu'elle présenta à son mari, Billa omit certains éléments voyants, s'attardant plutôt sur les sœurs Wallace et leur Bedlington. Entre les toasts au miel et les céréales pour enfants qu'ils préféraient entre toutes, elle composa une histoire amusante, comme elle savait le faire quand Tom était resté chez eux plutôt que de l'accompagner. Revenant d'une longue et agréable promenade avec Poppet, Isobel prépara le dîner du chien qui bondit en aboyant. Devant Marian encore en robe de chambre, elle reconnut avoir croisé des gens intéressants mais qui, tout de même, paraissaient fréquenter quelques individus bizarres ; si elle s'était amusée, elle n'y retournerait pas ce soir. Le batelier amateur pensa à téléphoner à l'un de ses enfants ; comme ils s'inquiétaient de le savoir seul, c'était une bonne idée de leur apprendre qu'il était sorti de ses quatre murs pour rencontrer de nouveaux amis. Sylvie lisait un journal vieux de trois jours, et Tony un autre de quatre.

– Foutre, dit Harry, étudiant les dégâts au rez-de-chaussée : des objets renversés, deux verres cassés, et une capote était tombée à côté d'une des trois corbeilles disposées pour celles-ci.

Quittant son juste sommeil de basset, Stanley posa un regard interrogateur sur son maître qu'il avait suivi.

– Pas encore, idiot, lâcha ce dernier.

Sam dormait à l'étage ; l'air clapotant sur ses amygdales gratifiait la maison d'un bruit de fond exquis et chaleureux. Dans son vieux peignoir, Harry se dit que, le chien aurait beau insister, la promenade matinale n'était pas concevable pour l'instant. L'alcool et les drogues de la veille ne pouvaient à eux seuls expliquer son épouvantable migraine. L'oppressante odeur de pieds qui flottait dans la pièce devait y être pour quelque chose ; elle était quasiment visible. Il restait aussi un flacon de poppers ouvert sur le buffet en bois de rose. Une chance qu'il n'ait pas culbuté. Harry alla ouvrir en grand les portes-fenêtres, puis la fenêtre latérale, afin de créer un courant d'air.

– Allez, andouille, dit-il à Stanley qui sortit d'un pas lourd faire son caca matinal.

Il préférait la rue, mais se contenterait du jardin.

– Il y a du café ? demanda Spencer en descendant l'escalier, une serviette blanche autour des hanches.

– Eh ! Je croyais que tu étais parti. Rentre chez toi, Spencer ! À la maison !

– C'était tout à fait charmant, dit Kitty au téléphone à son amie Angela, qui habitait Clun.

Kitty maintenait le combiné entre le menton et l'épaule tout en fouillant le placard de la cuisine. Elle était sûre d'avoir encore des baies de genièvre, mais il fallait croire que non.

– Ça fera date, dit Ali à Blaise.

– C'était beaucoup plus sympa que je n'aurais imaginé, dit Miranda à Hettie.

– On devrait les inviter à dîner, approuva Kenyon, qui, mâchonnant son muesli avec difficulté, se faisait une fois de plus la réflexion que, pour être mangeable, il fallait mettre ce truc à tremper toute une nuit dans le lait, ce que les Suisses, il le savait, pratiquaient depuis longtemps. Ici ou au Case Is Altered. Oui, ça serait peut-être mieux au pub.

– Une des meilleures soirées à ce jour, assurait Steve qui, au téléphone avec Andy, ajouta : Maintenant il faut récupérer Spencer.

Suivirent divers commentaires sur les activités douteuses auxquelles d'anciens militaires, mariés et âgés d'une trentaine d'années, s'adonnaient fréquemment.

David avait placé les sacs dans le coffre de la voiture, sans ressentir cette fois le moindre émoi conjugal en les voyant côte à côte.

– Bien, dit-il à père et mère, sur le parking de leur immeuble.

Un vent pénétrant soufflait depuis la mer.

– Bien, dit-il à nouveau.

– Contente de t'avoir vu, dit Catherine. Même si c'était rapide. Et ravie de vous avoir rencontré, Mauro.

– C'était très sympathique, affirma celui-ci, qui l'embrassa sur les deux joues avant de se retourner vers Alec pour lui serrer la main.

David pensa soudain qu'il aurait été normal d'apporter une sorte de cadeau. Mais Mauro n'avait rien apporté. Voilà qui allongeait sa liste de doléances ; David s'étonnait qu'une aussi vive attirance puisse se transformer en aigreur pure et simple, sans passer par la phase intermédiaire d'une relation classique. Il avait presque autant envie de divorcer de l'Italien que d'une liaison avec lui.

Lorsqu'ils eurent quitté Hanmouth, Mauro annonça aux abords de l'autoroute :

– Je vais me reposer un peu. Mal dormi cette nuit.

David n'avait pas bien dormi non plus ; s'il avait enfin couché dans le même lit que l'Italien, il savait que rien ne pourrait, rien ne devait plus arriver après cette soirée. Et il avait subi qu'il se tourne et retourne, toutes les cinq ou dix minutes, tel un dauphin des mers chaudes.

– Ça doit être la coke, dit-il.

– Ouais. Elle était bonne. Tu as fini par en prendre ?

– Sam – tu vois qui c'est ? Il m'en a donné un peu en partant. Un demi-gramme, je crois.

– Tu parles ! Ça se donne pas comme ça, un demi-gramme.

– Si, si. Je l'ai dans mon portefeuille.

– Tu lui as piqué, tiens. C'est pas beaucoup, ils se rendront pas compte.

David surmonta un brusque accès de colère, d'une violence qui le surprit. Il mit son clignotant en repérant la bretelle d'accès ; l'autoroute pour Londres se déroulerait devant lui.

– Non, je ne l'ai pas volé. Tout le monde n'est pas forcément comme toi.

Mauro mit un instant à enregistrer ce qui ne pouvait être qu'une insulte. Il le prit mal.

– Ta gueule, David. Je n'étais pas obligé de t'accompagner, ce week-end.

– Voilà.

– Ce n'était pas une très bonne idée.

– Sans doute.

– Eh, puisque tu as de la coke, donne-la-moi. Je peux en sniffer un peu sur une clef, pendant que tu conduis. Ah, ça serait cool !

– Et puis quoi aussi ?

– Ah, tu vois que t'en as pas. Tu racontes des conneries.

– J'en ai.

Roulant le chandail qu'il avait sur les genoux, Mauro en fit un oreiller qu'il cala contre la fenêtre. À l'évidence, il avait envie de dire quelque chose.

– Tes parents, je crois pas qu'ils m'aiment beaucoup. Ils ont dû comprendre qu'on sortait pas ensemble.

Ce que David, tristement, ne contesta pas.

– Ça paraîtrait bizarre à n'importe qui, de toute façon. Ces mecs, là, les Ours... Tu sais ce qu'ils m'ont dit sur toi ? Ils m'ont tous dit que...

– Je m'en doute. Que tu es un mec super, fabuleux, extraordinaire, alors qu'est-ce que tu fous avec un... Ouais, j'imagine. Je les connais, tes histoires, Mauro.

– Tu crois que j'invente des trucs ? Eh, Mister Poppers, regarde-toi. Tu trouverais ça normal, vraiment, de voir ensemble deux types comme nous ? À quoi ça rime ? Pour quoi tu te prends ?

David admirait le don de l'Italien pour repérer les expressions idiomatiques. Mais ce « pour quoi tu te prends ? » était de trop. C'était d'ailleurs plutôt à lui, David, de poser la question.

– Ça, je ne sais pas, mais ce que j'aimerais, dit-il, c'est que tu commences à me rembourser les 2 400 livres que je t'ai prêtées.

– Pas de problème. M'est égal. Je peux te les donner tout de suite, si tu veux.

– Parfait. Je ne demande pas mieux. C'était bien gentil, tout ça, mais...

– Ça va très bien. Je veux revoir ce type.

David se tut.

– Celui-là, à la fin. Je sais plus son nom... Bon, enfin, c'est chez lui qu'on était. Un lord quelque chose. Je l'aime bien, lui. C'était le meilleur de tous. Putain, comment il baise ! Je veux le revoir.

– Quelle chance.

La conversation s'arrêta là pour l'instant. L'autoroute était dégagée – ni camions ni autocars, que des voitures, distantes les unes des autres et d'allure modérée. De chaque côté, des talus herbeux, d'inutiles arbres grêles et, parfois, dans un virage, la vue lointaine des landes sous un ciel moutonné. Un panneau indiquait plusieurs centaines de kilomètres jusqu'à Londres, où habitait Mauro ; rien sur St Albans, où David se représenta un instant sa solitude, l'appartement qu'il avait laissé sale et en désordre, qu'il retrouverait dans le même état. Après trente kilomètres de silence, Mauro inséra un CD dans le lecteur. David le retira au bout de trois ou quatre minutes, découvrant qu'il n'aimait pas la *dance music* et ne l'avait jamais aimée. Sans rien dire, l'Italien garda la tête contre la vitre à contempler le paysage.

Une demi-heure plus tard, David prêta attention au panneau annonçant une aire de services.

– Je vais m'arrêter là.

Pas de réponse.

David mit son clignotant, ralentit, s'engagea sur la voie d'accès. Malgré la faible circulation, l'aire était pleine de monde et de véhicules. Il tournicota un moment, puis, décidant de s'en foutre, se gara sur une place handicapés, pensant que, si un agent arrivait pour verbaliser, il ne trouverait pas le propriétaire de la voiture, et Mauro ne sortirait pas.

– Tu descends ?

– Non, je reste dormir un peu. Tu peux me passer les clefs ?

– Te passer les clefs ?

– Ouais, comme ça je peux écouter un peu de musique en attendant.

– Tu crois que je vais te les laisser ? Tu rêves !

– Ta gueule. Je vais pas te la voler, ta caisse.

David descendit, ses clefs à la main. Lorsqu'il était petit et partait en voyage avec ses parents, ces endroits avaient un semblant d'identité. On ne les confondait pas : l'un se targuait de sa passerelle au-dessus des voies, l'autre était connu pour servir du bon poisson, le troisième avait une façade bleue plastifiée. Tout respirait aujourd'hui l'uniformité des sociétés multinationales ; le panneau à l'entrée était surmonté de deux enseignes bien connues : un fast-food américain, et une chaîne de cafétérias. Qu'ils fussent ou pas propriétaires du site, leurs logos étaient reconnaissables. Les bâtiments ensuite, avec leurs baies vitrées intégrales, remplaçant les murs du sol au plafond, étaient conçus pour offrir aux familles affamées une vue rafraîchissante du parking pendant qu'elles se goinfraient. De fait, quelle que soit l'heure, lesdites familles étaient toujours là à s'empiffrer d'interactions complexes d'hydrates de carbone et de graisses saturées. À droite, la cafétéria ; à gauche, le fast-food ; droit devant, la symphonie prolétaire des machines à sous, puis le triste échantillon de CD de la supérette. David prit à gauche. Le petit déjeuner paraissait loin. Aujourd'hui, rien qu'aujourd'hui, il oublierait son régime, si secondaire en l'occurrence. En outre, les illustrations au-dessus des serveurs, ingénieuses inventions gorgées de sucre, de vinaigre et de sel, étaient si réconfortantes, exactement de quoi bâfrer comme un malpropre, un dimanche en fin de matinée.

David paya son hamburger, son gigantesque cornet de frites, son quasi-seau rempli d'une boisson catastrophique aux reflets chatoyants. Loin de rappeler l'avantageuse photographie, le petit pain et la viande avaient l'air d'avoir attendu longtemps dans leur carton. David sentit les regards converger sur lui, mais qu'importe : manger.

– Y en a qui ont faim, fit à la table voisine une voix avec l'accent de Birmingham.

Il continua, soufflant à peine entre une bouchée de burger, une poignée de frites, une grande rasade de soda. Sa bouche lui disait pourtant que tout ça était répugnant, mais comment s'empêcher ? C'était un vide qu'il bouchait, et il s'y consacra, respirant bruyamment par le nez, braquant un œil triste devant lui, sans s'occuper de quiconque, bien conscient de s'exposer à la face du monde – mâchonnant, l'esprit vide, laid et grossier et seul, l'image même qu'il voulait donner. Jamais sa mère ne pourrait croire qu'il se donnerait ainsi en spectacle, avalant sans moufter, à onze heures du matin, cette bouffe minable et plébéienne. Son hamburger trop vite terminé, sa dernière frite dans le gosier, les mâchoires encore en mouvement, il se releva pour commander la même chose.

Les autres clients, qui l'observaient déjà, et les serveurs aussi, se donnèrent des coups de coude alors qu'il revenait à sa place, chargé d'un nouveau plateau avec hamburger, cornet de frites et baquet de liquide pétillant. Il s'en fichait. Après coup seulement, le premier burger lui parut délicieux : il fallut pour cela que le deuxième, inutile, englouti voracement, forme dans sa bouche une masse imprégnée de salive, et lui tapisse la gorge tel un tampon ouaté menaçant de l'étouffer. Au bord de la nausée, David se força à l'avaler – ça passait mal et il se demanda une seconde si, en dernier recours, il serait capable d'appliquer sur lui-même la méthode de Heimlich. En sueur après un tel effort, les doigts poisseux, couverts de grains de sel, il rougissait, c'est sûr ; tous les liquides de son corps dansaient, crépitaient le long de ses membres, d'une articulation à la suivante. Il haïssait Mauro. Ne voulait plus jamais le revoir. Ce voleur, cette pute sans considération, ce... Mauro... Comment David avait-il pu tomber si bas, laisser entendre qu'un tel individu deviendrait un jour son compagnon ? Et de continuer à s'empiffrer de sucres et de graisses, tout en maudissant l'Italien, dehors dans la voiture.

Il vint à bout de sa deuxième commande, essuya grossièrement ses mains sur son pantalon en velours rouge, et ressentit un point de côté en se levant. L'expression était vieillotte, mais éloquente. Un vrai point sur le côté : comme si on lui avait percé le flanc avec une aiguille et qu'on tirait maintenant sur le fil. David sentait son cœur rugir contre la masse farineuse et gluante que transportait douloureusement son œsophage. S'il revenait tout de suite à la Peugeot, Mauro lui demanderait certainement un peu de coke avant de repartir, et il aurait probablement tout englouti avant qu'ils arrivent à Londres. David se dirigea résolument vers les toilettes.

Il n'y avait personne ou presque, et les cabines, commodément, étaient dotées de portes pleines, sans les ouvertures en haut et en bas censées dissuader les drogués et les obsédés sexuels. David pensa que, s'il devait jamais recommander à un voyageur le meilleur endroit de la terre pour baiser, chier ou sniffer en toute intimité, ce serait celui-là. Comble de la dérision, il y avait également une étagère au-dessus du réservoir. David passa l'index sur celle-ci et l'inspecta : la pulpe de son doigt était blanche. Comme il s'en était douté, il n'était pas le premier à s'autoriser un remontant matinal dans un chiotte de l'autoroute. Sam n'avait pas lésiné : le sachet contenait un bon demi-gramme. Suffisamment pour David, pas assez pour le partager. Il en versa un petit tas large comme l'ongle ; hésita, puis pensant à Mauro, glouton, en remit autant et même encore un peu. Refermant le sachet, il le rangea dans son portefeuille – étonnant comme ça partait vite, un demi-gramme – puis, avec sa carte de crédit, traça une ligne bien nette, grande comme le bras, qu'il sniffa avec un billet de 20 livres enroulé, un coup à gauche, un coup à droite.

Elle était bonne et, presque aussitôt, David éprouva le besoin de chier. Il défit sa ceinture, descendit son pantalon, s'enfonçant dans le siège plus vite qu'il ne s'y était attendu. Elle était bonne. Son cœur battait dans sa cage thoracique, bien rembourrée, avec un bruit d'éponge mouillée contre une paroi. Elle était bonne. David eut une sensation bizarre : il avait froid aux extrémités alors que sa tête, son visage brûlaient. Aimait-il vraiment ça, la coke ? Ce n'était pas la première fois qu'il se posait la question. Il lui faudrait rester un bon moment assis, tranquille, avant de pouvoir regagner la voiture. Finalement, il n'était plus très sûr d'avoir envie de chier. S'il y arrivait, ça irait certainement mieux, pourtant. Mais elle était bonne, ce qui semblait lui avoir échappé la veille au soir. Mauro tuerait père et mère, pensa-t-il, pour mettre la main sur un demi-gramme de cette coke.

34

Mauro regarda M. Poppers s'éloigner d'un pas lourd et furieux vers les restaurants. Une fois qu'il aurait mangé, sa bonne humeur reviendrait. Et ils conviendraient que Mauro avait respecté tous ses engagements. La soirée chez les Ours avait été une bonne surprise, et de quoi se plaignait-il, David ? Il s'était fait mettre, lui aussi, non ? David entra dans le bâtiment. Quel dommage qu'il n'ait pas laissé les clefs, Mauro aurait pu écouter Miss Platnum. C'était bête de penser qu'il volerait la voiture ; bête, mais aussi grossier et insultant. Cela dénotait un manque certain d'éducation. Enfin, l'Italien s'en moquait. Il replaça son pull contre la fenêtre, posa la tête dessus et s'endormit rapidement.

Lorsqu'il releva les yeux, vingt minutes s'étaient écoulées. M. Poppers devait se calmer en se remplissant la panse. Mauro bâilla, vif et rapide comme un félin, puis s'étira doucement, un membre après l'autre. Repensant au jackpot de l'Euromillions – 105 millions ce week-end –, il imagina, histoire de passer le temps, comment il dépenserait la somme s'il gagnait. Il achèterait une villa sur la Costa Smeralda, avec un jet-ski ; un palais à Rome, une Ferrari et une Rolls-Royce ; il donnerait 100 000 euros à chacun de ses parents ; 1 000 seulement à Paolo Crichetti, par la poste. Il se trouverait un amant blond, allemand, qui aurait toujours vingt-quatre ans ; le larguerait, en pleurs, le jour de son vingt-cinquième anniversaire, avant d'accueillir le suivant. Ah ouais, il se comporterait comme une vraie salope. Il se payerait cet immense canapé rouge, en L, qu'il avait vu dans un magasin de meubles à Milan ; il coûtait 20 000 euros et il occupait la moitié d'une pièce. Non, la pièce serait assez grande pour en mettre deux, ce serait un salon d'apparat avec de hauts plafonds...

Il finit par manquer d'imagination. « J'achèterais un Tintoretto », se dit-il, faute de mieux. Mais il ne connaissait que le nom et trois tableaux étudiés à l'école. Et, s'il était encore possible d'en acquérir un, il ne savait pas très bien à quoi s'attendre. M. Poppers commençait à être un peu lourd, là. Sortant son portable de sa poche, Mauro téléphona à Christian et tomba sur le répondeur. Il se rendit compte que, sans doute pour la première fois de sa vie, il était debout et sobre un dimanche matin après huit heures passées au lit. Inutile d'appeler qui que ce soit d'autre. Fouillant dans la boîte à gants, il découvrit une bouteille d'eau, tiède, à moitié pleine, dont il but une gorgée. Puis des bonbons mous, qu'il sortit un par un du sachet, en les décollant. Il les tria par couleur : les rouges, les verts, les oranges, les noirs, les jaunes, les violets. M. Poppers n'aimait pas les noirs, puisqu'il y en avait encore sept. En revanche, il aimait bien les verts et les rouges : il n'y en avait plus qu'un de chaque. Mauro essaya un noir : ça allait. Les bonbons étaient alignés sur le tableau de bord comme les panneaux du verrier avant qu'il compose son vitrail. Il regretta que David ne lui ait pas laissé un peu de coke, quand même. Ç'aurait été sympa.

Un coup d'œil sur son portable lui apprit qu'il était seul depuis trois quarts d'heure. Trop. Il était temps d'aller chercher M. Poppers. Tant pis pour la voiture, Mauro descendit et claqua la portière sans la verrouiller. Il inspecta le fast-food, la cafétéria, la salle de jeux vidéo, la supérette. Pas de David. Mauro se demanda une seconde s'il n'avait pas fichu le camp en douce, gagnant Londres par d'autres moyens, ou l'endroit où il vivait (c'était où, déjà ?). Mais cela n'aurait pas de sens. David n'était pas aux toilettes non plus, puisqu'elles étaient fermées. Deux employés en pantalon bleu et chemise blanche, dont un à la mine grave, expliquaient aux clients que, malheureusement, les toilettes hommes étaient inutilisables. Ils s'attiraient des commentaires furieux.

– Vous pouvez aller chez les dames, dit le premier.

– Qu'est-ce qui se passe ? interrogea un homme.

– Quelqu'un est très malade, à l'intérieur.

– J'attendais mon ami qui n'est pas ressorti depuis une heure, expliqua Mauro. Et je ne le vois nulle part.

Les deux employés échangèrent un regard.

– À quoi il ressemble, votre ami ?

Mauro décrivit M. Poppers aussi clairement que possible.

– Il portait un pantalon rouge, ce matin.

– Et il s'appelle ?...

L'Italien ne comprit pas la question, qu'il pensait incomplète. S'ensuivit un silence touffu.

– Ah ! David, il s'appelle David.

– David...

Cette fois, l'intonation l'induisit en erreur. L'homme compléta :

– David comment ? Son nom de famille ?

Mauro réfléchit. Sans aucun doute, il avait eu la réponse à cette question, dans le temps. Seulement, il n'avait jamais eu besoin d'y répondre. Que dire, dans ce cas ?

– Je ne sais pas. Je l'appelle David, c'est tout.

– Bien, dit l'homme, et alors seulement Mauro s'aperçut que, si les deux mecs portaient la chemise blanche et le pantalon bleu des employés, l'un d'eux était en fait un flic.

Comment cela avait-il pu lui échapper ?

– Je ne sais pas son nom de famille. C'est mon ami. Je n'ai jamais su. Peut-être qu'il ne m'a jamais dit. Moi, je l'appelle...

– Vous ne savez pas son nom de famille.

– Où est-il ? dit Mauro.

– Je crois que je vais vous demander de me suivre.

L'Italien posa sur la porte un long regard pénétrant, comme si elle détenait la clef de son passé, de son présent, de son avenir. Au même moment, une agent de police sortit des toilettes hommes. Il eut le temps d'apercevoir derrière elle une masse informe, carrément étendue par terre. La couverture qui masquait le visage et la poitrine n'allait pas jusqu'au pantalon et son rouge cerise caractéristique. Qu'était-il arrivé à M. Poppers... Qu'avait fait David ? Presque instantanément, Mauro pensa aux clefs de la voiture, dans la poche de son ami, aux responsabilités qu'il devrait assumer, aux 2 400 livres qu'il lui avait empruntées, à l'insu de tout le monde et dont on ne lui parlerait plus. Et comment allait-il rentrer chez lui, maintenant, *che cazzo*, putain, merde, comment faire ? La porte se referma derrière la policière, et l'Italien se rendit dans le bureau du directeur, en haut d'un escalier, où il répondit de son mieux aux questions qu'on lui posait, concernant notamment les enfants et ascendants. Ascendants, un mot qu'il ne connaissait pas encore et qu'il rangea quelque part dans sa tête, au cas où il en aurait à nouveau besoin.

DEUXIÈME IMPROMPTU

DEUX CENTS JOURS

Après le petit déjeuner, il fit soigneusement la vaisselle en fredonnant. C'était une belle journée. Du haut de la colline, on voyait facilement jusqu'à cinq kilomètres alentour. Mais la maison était cachée. Depuis la petite route, on n'apercevait que le toit de chaume, qu'il faudrait d'ailleurs refaire ; il devenait vert, à cause des mousses, et sûr qu'il y avait de petites bêtes qui nichaient dedans. La maison ressemblait à un gros champignon. La petite route n'avait jamais conduit nulle part, alors pas grand monde passait dans le coin. Celle qu'on prenait pour aller à Hartswell, avec sa petite place froide et son unique pub, traversait le village par l'autre bord.

Personne n'avait vraiment de raison de monter jusqu'ici. Sinon les randonneurs – il entendait des pas peut-être une ou deux fois par semaine, jamais plus. Après le coucher du soleil, l'obscurité était vraiment noire. Quand il y avait ni la lune ni les étoiles, c'était comme si on avait un bandeau de laine sur les yeux.

Elle était vieille, cette maison. On ne savait pas au juste quand elle avait été construite. Mais il avait toujours vécu là, comme son père avant lui. Et il l'avait gardée en bon état, réparant ce qu'il fallait, remettant des couches de plâtre, refaisant les peintures. Cinq ans plus tôt, il avait décroché une subvention de la mairie pour remplacer les cadres en métal des fenêtres, qui rouillaient, par du bon double vitrage, en PVC, du sérieux. Et donc avec le vieux fourneau noir, ça allait très bien, le PVC, ça isolait, et le chaume aussi. De toute façon, il était habitué au froid. Il y avait de grosses dalles de pierre à la cuisine, usées, arrondies par les ans ; son père et son grand-père avaient marché dessus, et les autres avant, il leur devait tout. Et bien sûr qu'il s'était jamais marié.

Sans doute y avait-il eu jadis trois maisons, puis les familles s'étaient mariées entre elles, avaient fait des enfants, et des trous dans les murs et, un peu n'importe comment, les trois minuscules chaumières n'en avaient plus fait que deux, et enfin une. Avec leurs drôles de formes, pas toutes de la même taille, les portes n'étaient pas vraiment là où on les attendait. Peut-être avait-il fallu deviner quels murs soutenaient le toit, et ceux qui ne portaient en fait rien. Même lui qui avait toujours vécu ici avait du mal à comprendre l'agencement des pièces. Il y avait des espaces vides entre certaines, et celle en haut dans l'enfilade, dépourvue de fenêtre, ne pouvait servir que de débarras, coincée entre deux autres aux proportions bizarres. Tous ces coins, ces recoins vous laissaient perplexe.

Il s'en alla à la cuisine et écouta. Pas un bruit. Normal, les dalles étaient lourdes et épaisses. Il s'agenouilla et posa une oreille sur le sol froid, comme les Indiens qui cherchent les chevaux dans le lointain. Alors il perçut sous la pierre un miaulement étouffé, impossible à interpréter et, quand il se releva, c'était comme un écho imaginaire, un sifflement dans les oreilles. Peut-être rien du tout.

Il était allé la veille au supermarché de Bideford, où personne ne le connaissait et ne ferait de commentaires sur ce qu'il achèterait. Il avait pris des fruits frais – du raisin, des mandarines, faciles à éplucher avec des petits doigts –, ainsi qu'un peu de fromage, du pain, du jambon, des pickles. Avec le temps, il saurait ce qu'elle aimait manger. Debout dans la cuisine, il prépara un sandwich, rangea dans le frigo ce qui servirait plus tard, sortit un Petit Filou à la framboise, un genre de yaourt, mais plus petit, qu'il plaça à côté du sandwich, de la mandarine et d'un verre d'eau à peine coloré avec l'orangeade. Ça serait mieux de lui donner quelque chose de chaud ; la prochaine fois il achèterait de la soupe, on en trouvait maintenant en carton plutôt qu'en boîte.

Il fallait avoir le coup pour déplacer la dalle, même savoir laquelle on pouvait bouger. Il décrocha la barre de fer de son logement sur le mur et, faisant levier rapidement, il la souleva. Le bruit dans la cave prit la forme d'un cri inarticulé, une voix de petite fille, mais juste une seconde, car elle s'arrêta tout de suite. Il avait éteint la lumière la veille au soir pour qu'elle dorme ; tâtant sur le pourtour de la trappe secrète, il trouva l'interrupteur et ralluma. Se redressant, il se munit du plateau et descendit le court escalier de pierre dont personne ne connaissait l'existence. Il fit l'amour à la petite fille, remonta sans le plateau, referma la trappe et partit au travail. Il était huit heures, un jeudi matin.

Le lendemain était un vendredi. Il pleuvait à verse quand il se leva. Cernée par les nuages, la butte devait être invisible ; l'eau crépitait sur le toit de chaume, tambourinait dans l'allée sans interruption. Lorsqu'il fit couler son bain, la chaudière se mit à trembler, bizarrement, mais elle faisait toujours ça quand c'était humide. Il pensa à ses tâches de la journée, aux douze chevaux dont il s'occupait, et il vit les belles têtes de Molly et Sugar qui traversaient vers lui le champ de Mme F., celui de droite.

– Petit démon, dit-il tout haut, se rappelant le cirque qu'il avait fait la semaine dernière, ce cheval, il n'avait pas arrêté de se tordre dans tous les sens, de mordre même.

Mais il pensait à lui avec tendresse. L'eau du bain avait refroidi, et il se rinça vite les cheveux avec le pommeau de la douche.

– Voilà, ça va. Bien propre.

Le dernier bain datait de mardi, et c'était suffisant de se laver au gant deux fois par jour, entre les deux bains de la semaine, comme toujours depuis qu'il était petit. Une fois séché, il enfila une chemise propre et un des pantalons du week-end.

– Je vais voir ma chérie.

Il descendit au rez-de-chaussée, leva la dalle, et fit l'amour à la petite fille dans la cave. Puis il remonta lui préparer un sandwich, qu'il lui apporta avec un fruit et un Petit Filou à la framboise. Il partit au travail. Il était huit heures, un vendredi matin.

Le lendemain était un samedi. Il faisait un peu meilleur aujourd'hui – mon Dieu, il s'était couvert de boue, la veille. Les nuages filaient comme des voiliers dans une mer bleue, très haut au-dessus de la lande. Ils couraient dans le ciel comme des bêtes sauvages. Il les regarda depuis la fenêtre de sa chambre. Il aurait pu les regarder toute la journée. Il s'habilla. Il ressortit du panier à linge le pantalon de velours marron et la chemise à carreaux marron et verts qu'il portait hier, une vraie chemise de paysan, il aurait dit. Il les avait mis dans le panier avant de se coucher. Y a des gars, quand ils vivent tout seuls, c'est des malpropres, ils laissent traîner leurs vêtements partout, ils font pas leur lessive de la semaine. Il était pas comme ça, lui. Il ne voulait pas qu'on pense qu'il n'y arrivait plus, depuis que sa maman était morte. Et personne ne le pensait. Personne ne lui avait proposé ses services, et il ne se débrouillait pas si mal à la cuisine, finalement. Il emporta le linge sale en bas, des pantalons, des chaussettes et encore d'autres chemises. Quand il ferait la deuxième charge plus tard, le panier serait entièrement vide. Il fourra le linge dans la machine, un modèle économique qui mettait toute la journée pour laver. La vieille, que sa mère avait gardée trente ans, elle le faisait en une heure et demie. Il versa la poudre dans le tiroir, régla le sélecteur sur S, et l'eau commença à gicler avec des glouglous à l'intérieur. Il ne pouvait pas résister à l'envie de rouvrir le tiroir, à ce moment-là, pour regarder l'eau emporter la poudre à grands flots dans le tambour. À nouveau ce sifflement dans les oreilles. C'était elle, sous le carrelage, qui réagissait au bruit de la machine. C'est vrai, elle ne l'avait pas encore entendue, il n'avait pas encore fait de lessive, cette semaine. Il décrocha la barre de fer, bien à sa place. Aujourd'hui, la voix était plus aiguë, plus claire, elle lui écorchait les oreilles. Il descendit à la cave et fit l'amour à la petite fille. Puis il remonta, lui prépara à manger pour la journée, un sandwich, une grappe de raisin pour ses petits doigts, un Petit Filou à la framboise. Elle avait l'air d'aimer ça. Peut-être qu'il essayerait aussi, tiens. Ensuite, il referma la trappe et partit au travail.

– Point de paix pour les méchants, se dit-il comme à chaque fois qu'il y allait le samedi.

Il était neuf heures, un samedi matin.

Le lendemain était un dimanche. Il ne travaillait pas le dimanche. Il avait réussi à passer au marché, tard la veille au soir. Il y avait eu du monde dans la journée, et il ne restait plus de mandarines, que des clémentines. Mais il n'avait jamais aimé les clémentines, et sa maman non plus. Il la revoyait dire : « Je ne sais pas pourquoi, je n'aime pas le goût que ça a. » Il avait acheté des prunes à la place, pensant aussi à prendre des soupes, et des plats tout préparés qu'il suffirait de mettre au four. La soupe, elle pourrait la boire dans une grande tasse. Les plats, elle les mangerait avec les doigts quand ils auraient refroidi un peu. Pas question de lui donner un couteau et une fourchette. Mais elle aimerait ça quand même, la petite fille. Ça serait une surprise pour le dimanche soir – non, à midi, plutôt. Il se vit un instant avec elle, assis de chaque côté de la table de la cuisine, une grande oie rôtie entre eux ; elle porterait une robe blanche, bien propre, elle aurait les cheveux tressés, une bonne petite fille comme avant, et elle frapperait dans ses mains, tout au plaisir de manger en sa compagnie. Elle serait jolie comme ça. Mais il se rappela qu'elle avait seulement les trois survêts qu'il lui avait achetés, la semaine dernière, au grand Asda d'Exeter. Il ne s'était pas trompé de beaucoup, pour la taille. L'un avait un haut blanc avec un pierrot brillant, le deuxième était rose avec une fée sur le devant, le troisième vert avec un arc-en-ciel stylisé, et les pantalons étaient assortis. Elle portait le rose en ce moment, ça faisait une semaine qu'elle l'avait. Il descendit faire l'amour à la petite fille.

Puis il remonta lui préparer un sandwich au bacon, le même qu'il mangeait tous les dimanches matin. Une fois refermé la trappe, il n'y avait pas de travail, aujourd'hui. Alors il s'assit toute la journée devant la télévision, regardant *The Andrew Marr Show*[1], *Something for the Weekend*[2], et deux épisodes de *Friends*, et les rediffusions d'*East-Enders*[3], et *Columbo*, et un western qui avait pour titre *Le Vengeur*. Il se remit à pleuvoir dans la soirée.

Le lendemain était un lundi.

– On va draguer, se dit-il en se levant.

Il descendit à la cave et fit l'amour à la petite fille. Puis, à huit heures, il partit au travail, en se demandant quelle tête ils feraient.

Le lendemain était un mardi et, avant de prendre un bain ou quoi que ce soit, il fila droit à la cave, alluma la lumière, descendit bruyamment l'escalier. Elle était assise au bord de son lit. Il avait tout bien arrangé pour elle, lui avait mis un édredon, une vraie taie d'oreiller et, parce qu'il pouvait faire froid, un radiateur électrique fixé au mur. Elle n'avait qu'à l'allumer, si elle voulait. Il y avait aussi un WC et un lavabo. Il les avait installés lui-même. Elle ne le quittait pas des yeux tandis qu'il avançait vers elle. Et cette expression qu'elle avait, il ne comprenait pas cette expression.

– Je te déteste, lui dit-elle.

– C'est dommage.

– Plus que j'ai jamais détesté personne. Où est m'man ?

– Ta maman...

1. Émission matinale d'actualités.
2. Cuisine et interviews.
3. Célèbre feuilleton (jamais interrompu depuis 1985).

Il n'aimait pas cette déformation, américaine, grossière – on disait maman, pas « m'man ».

– Il faut l'oublier, dit-il. Et il ne faut pas recommencer. Ça ne peut pas continuer comme ça.

Elle braquait sur lui un regard morne. Il indiqua ses joues, et les deux longues griffures qui partaient du coin de l'œil pour rejoindre les commissures des lèvres. Il avait été obligé de raconter à Mme F. et aux autres qu'il s'était blessé avec du fil de fer barbelé. Il ne savait pas s'ils l'avaient cru.

– Si tu recommences, ça va aller mal pour toi. Compris ?

Elle l'observait avec cet air bête qu'ont parfois les chiens lorsqu'ils ont caché ou mangé quelque chose qu'ils n'auraient pas dû, ou qu'ils se sont battus.

– C'est compris ? Il faut que tu comprennes.

Elle finit par hocher la tête. Il ne voulait pas lui rendre les choses plus difficiles. Ne voulait pas descendre à la cave avec un grand couteau, non, ne pas en arriver là. Mais il remonta sans lui faire l'amour, parce qu'elle ne le méritait pas, et il partit au travail sans rien lui laisser à manger, parce qu'elle ne le méritait pas non plus. Il était huit heures, un mardi matin.

Le lendemain, mercredi, il se leva persuadé qu'on était jeudi. Mais pourquoi avait-il cette idée-là dans la tête ? Il comprit. C'est parce qu'il puait. Il n'avait pas pris son bain la veille. Allez savoir pourquoi. Ça ne lui ressemblait pas d'oublier de prendre un bain, le mardi et le vendredi. Il en prenait toujours un, ces jours-là. Alors il se leva et fit couler l'eau. Elle s'était montrée reconnaissante, hier soir, lorsqu'il lui avait enfin apporté quelque chose de chaud à manger. Il n'était pas resté longtemps, mais ce matin, il était d'humeur à pardonner. C'était une belle journée ensoleillée. On voyait les alouettes s'élever et plonger sur la lande, leurs chants descendre du ciel, tandis qu'elles se laissaient porter par les courants. La baignoire pleine, il ajouta même des sels, en fait ceux de sa mère, un grand flacon dont elle ne s'était jamais servie, et lui non plus, mais qui était toujours là. Il voulait être présentable pour la petite fille. Une fois séché et habillé, il composa un petit déjeuner correct sur un plateau, avec les céréales qu'il avait achetées au Sainsbury de Bideford. Il aurait bien versé du bon lait avec la crème dessus, mais le lait, aujourd'hui, se vendait en cartons. Ça n'existait plus, le bon lait avec la crème dessus que sa maman lui gardait pour qu'il soit content. Il fit griller des toasts, qu'il tartina lui-même de beurre et de confiture de fraises, pour qu'elle n'ait pas besoin de couteau, et il lui remplit même un gobelet en carton avec le jus d'orange du frigo. C'était sa façon de dire pardon, de lui demander gentiment d'être gentille avec lui. Il descendit à la cave et fit l'amour à la petite fille. Puis il remonta avec le plateau vide, referma la trappe et partit au travail. Il était huit heures, un mercredi matin.

– Si tu promets de ne pas t'enfuir, de ne pas essayer de me faire mal, lui dit-il le lendemain, je veux bien te laisser monter prendre un bain. Ça te plairait ? Mais, d'abord, il faut me promettre. Sinon, ce n'est pas possible.

– Je m'en fiche, répondit la petite fille. Je m'en fiche de prendre des bains. Où est m'man ? Elle va te tuer. Elle va vraiment te tuer, avec un couteau. Je te jure. Tu la connais pas.

– Tu n'as pas envie de te laver ?

– Ça m'est égal. Je veux pas me baigner dans ta baignoire.

La moutarde lui montait au nez. Elle avait besoin d'un bain. Il pensa à la laver, devant le lavabo, avec un gant de toilette. Mais elle était tellement, tellement sale. Il avait si bien arrangé les choses pour elle ; avait mis de la moquette sur le sol de la cave, douce, chaude sous ses pieds nus. C'était la vieille moquette de la chambre d'amis, avant que sa mère la repeigne, à l'époque où elle pensait faire un *bed and breakfast.*

– Bien, dit-il, et il fit l'amour à la petite fille.

Puis il remonta lui préparer son sandwich – un mauvais sandwich, avec du fromage mal coupé, trop épais, et du beurre sur un seul côté, et juste un petit bout de cornichon, avec un verre d'eau. Il posa un Petit Filou sur le bord de l'assiette. Il en avait goûté un. Ça avait goût de craie, ça ne lui avait pas plu. Il lui apporta l'assiette. Puis il se rendit au travail. Il était huit heures, un jeudi matin.

Le lendemain était un vendredi. Tout allait de travers et comme il avait pris son bain un jour plus tard que d'habitude, il ne voulait plus le prendre aujourd'hui comme il aurait fallu. Le vent s'était levé, sifflait dans les arbres, se répandait dans la lande comme un fleuve plein d'air.

Déterminé, il enfila un vieux chandail par-dessus son pantalon, alla faire couler l'eau à la salle de bains, puis il descendit, pieds nus, et alluma la radio. Terry Wogan pestait contre ses amis imaginaires, alors il monta le son, presque à fond, tira les beaux rideaux jaunes à la fenêtre de la cuisine, ouvrit la trappe. L'odeur d'hier était pire encore aujourd'hui. Il descendit et, sans dire un mot, souleva la petite fille, les bras bien autour de sa taille. Elle hurla tout ce qu'elle savait en donnant des coups de pied. Mais il avait l'habitude des animaux et des ruades, et il remonta l'escalier avec elle, les jambes écartées comme un canard. Elle se tortilla pour essayer de le mordre, alors il lui fit une clef au cou, et elle s'immobilisa. Les cris, les vibrations furieuses de la vieille chaudière en haut, Wogan qui continuait à bavasser – ses auditeurs, leurs animaux de compagnie, leurs gants de jardin... Tout cela faisait un raffut pas ordinaire dans la petite maison. Mais il n'y avait ni voisin ni personne, donc on n'entendait rien.

– Connard ! Salaud ! hurlait la petite fille, ce qui le choqua, comme la première fois qu'elle l'avait traité ainsi.

Il l'emmena à l'étage, où elle n'était jamais allée, et tout droit à la salle de bains. La baignoire était suffisamment pleine ; il s'escrima à retirer le haut et le bas du survêtement. Elle ne portait pas de culotte ; ça aurait été de trop. Elle cria encore, se débattit, tenta à nouveau de le mordre, mais il réussit à la mettre dans l'eau, qui n'était jamais brûlante, à cause de la vieille chaudière. Alors il frotta la petite fille, la rouant de coups avec le savon, lui lava les cheveux aussi bien qu'il put, avec le même savon, pendant qu'elle se tortillait, lui donnait des coups de tête et des coups de pied. Elle gigotait tellement sous la douche qu'il y avait de l'eau partout. C'était comme débarbouiller un animal, naturellement allergique à l'eau, mais il y arriva finalement. Toujours sans rien dire, il jeta une serviette vert sauge sur la petite fille, se débrouillant pour l'essuyer et la maintenir en même temps. Il aurait fallu trois mains. Elle parut soudain se calmer, tandis qu'il frottait, et donc il s'arrêta un instant ;

baissa sa garde ; erreur. Un objet brillant à la main, elle se jeta sur lui. Elle avait réussi à attraper des ciseaux à ongles, mais, plus rapide qu'elle, il lui saisit le poignet et, serrant très fort, les lui fit lâcher. Elle poussa un cri de douleur.

– Pas malin, lui dit-il.

Il la redescendit au rez-de-chaussée, emmaillotée dans la serviette vert sauge, et elle continuait de brailler en se contorsionnant. Et ensuite à la cave, où il fit l'amour à la petite fille. Après lui avoir laissé un sandwich et un fruit, il se rendit au travail. Il était huit heures, un vendredi matin.

Le lendemain était samedi. Pensant à la petite en bas, il se sentit vaincu, contraint, obéissant, comme lorsqu'on tarde à rendre un livre à la bibliothèque. Il se fit couler l'eau pour lui ; peut-être allait-il changer les jours de ses deux bains hebdomadaires ? Et il descendit à la cave.

– Pourquoi tu fais ça ? lança-t-elle à peine avait-il soulevé la dalle. Où est Marcus ? Il te laisserait pas faire, Marcus. Je veux le voir. Tu sais qui c'est, le frère de Ruth. Je veux ma mère.

Il avait la réponse, mais ça ne serait pas pour aujourd'hui. Et aujourd'hui, il n'avait rien à faire, ce n'était pas son jour dans le roulement. Il fit l'amour à la petite fille, puis lui prépara à manger. Ensuite il s'assit devant la télévision, montant le son dès que ses oreilles se remirent à siffler. Il regarda *Saturday Kitchen*[1], et *The Crocodile Hunter Diaries*[2], et deux épisodes de *Friends*, et un film intitulé *Coup de foudre et conséquences*.

1. *La Cuisine du samedi*.
2. Série documentaire sur les animaux sauvages.

Le lendemain était un dimanche. Il descendit tout de suite à la cave et fit l'amour à la petite fille. Puis, au lieu de remonter sans un mot, il se leva et dit :

– Marcus ne viendra pas te chercher. Il t'a vendue à moi. Je l'ai connu pendant dix ans. Il m'envoyait des photos, je lui envoyais des photos, et des fois on se retrouvait pour parler. Pas souvent. C'est à lui que je t'ai achetée, contre 1 000 livres. Je lui ai donné les 1 000 livres, et après je les ai reprises. Mais il ne viendra plus te chercher. Et ta maman est en prison. Tu sais pourquoi elle est en prison ? Parce qu'elle a raconté que les fées t'avaient enlevée, alors que tu étais chez Marcus. Elle le savait, n'est-ce pas, puisqu'elle avait tout mijoté avec lui. Mais ta maman, elle le connaissait pas aussi bien qu'elle croyait. Elle a pas été très maligne, ta maman. Pas maligne du tout. Alors elle le mérite, d'être en prison. Et c'est ta faute à toi, aussi. Parce que tu aurais pu dire quelque chose, il suffisait de chercher un agent et de lui expliquer. Et maintenant, c'est trop tard. Tu veux savoir ce qui lui est arrivé, à Marcus ?

En larmes, elle fit signe que non. Elle ne voulait pas savoir. Il remonta lui préparer un sandwich. Il aurait aimé partir au travail, mais c'était un dimanche matin.

Il sortit prendre la voiture, la vieille Fiesta rouge de sa mère, et il se promena dans les environs pendant trois heures. Au bout d'un moment, la voiture s'engagea dans une grande route, puis une plus petite, et une plus petite encore, bordée, de chaque côté, de mousses vert sombre ou vert clair, comme des coussins profonds, un fouillis de couleurs épanouies. Pas besoin de fleurs quand on pouvait regarder des mousses chaudes et humides comme ça. Ce que c'était bien, tous les verts de toutes les mousses dans tous les bois. La route aboutissait à un étroit parking pour seulement quatre ou cinq voitures, au-delà duquel un portail en hêtre barrait l'accès nord de la lande. Il descendit, l'ouvrit et le referma soigneusement derrière lui. Personne aux alentours. Il vit un panneau avec le nom de l'endroit : Scorhill. Il le reconnut et se demanda d'où ça lui revenait. Ici, l'herbe était rase, broutée par les moutons, les lapins dont les crottes noires s'agglutinaient partout comme des billes ; mais aussi par les trois poneys gras, de l'autre côté du muret de pierre, dont l'un se frottait le cul sur le tronc maigre d'un arbre désolé. À l'école, les garçons avaient dit que là, juste derrière le muret, poussaient des champignons magiques, mais il ne savait pas vraiment ce que c'était ni ce que ça faisait. La colline était là pour qu'on monte en haut, comme vers le ciel, mais la terre détrempée cédait à chaque pas, alors par moments, pour éviter les flaques, il sautait d'un bloc de granite au suivant – comme sur des pierres au milieu d'un gué, sauf qu'au lieu d'une rivière c'était la terre, cette bonne vieille terre riche et fertile. La pente était douce, coupée par un torrent d'ajoncs d'un jaune flamboyant. C'est là qu'il se rappela pourquoi il connaissait le nom de Scorhill ; il n'y avait rien au-delà que l'immensité de la lande, tachetée de jaune, de vert, de brun. La fin de toute civilisation : ni maison, ni manoir, ni village, rien qu'un pont rudimentaire au-dessus d'un ruisseau, et l'exploitation forestière au loin. Le paysage reculait vers l'infini, l'horizon se déployait autour de lui comme s'il était au milieu d'une gigantesque cuvette. Mais pourquoi faisait-il toujours ça, l'horizon ? Mystère. Là-haut dans le ciel, les alouettes chantaient et plongeaient, rebondissant dans des vagues de bleu sous les piles de gros nuages – et les autres oiseaux, comment s'appelaient-ils ? Les druides venaient ici autrefois. En bas de l'autre côté, au centre de cette masse pleine de vie, où la nature ne fournissait aucun effort pour être simplement parfaite, de grandes pierres dessinaient un cercle, encore debout ou tombées par terre. L'herbe était taillée autour d'elles comme dans un terrain de golf. C'était comme ça depuis toujours ; les druides du temps jadis, et les gens, ils avaient tout compris lorsqu'ils avaient dit : « C'est ici. » Car ici, dans ce cercle de six mètres de diamètre, on dominait tout, les odeurs, les lumières et la terre, du lever au couchant. Il était déjà venu là. Il était content d'y être retourné. C'était vraiment une belle journée.

TROISIÈME PARTIE

RIEN
À CRAINDRE

Die andern lachten
Und gingen vorbei.
Wir aber dachten,
Wie schön es sei :

So still zu gehen
Durch's freie Land
Im Abendwehen
Und Hand in Hand.

John Henry Mackay

1

Tel un suricate, Hettie se dressa dans son lit à la première sonnerie du réveil, qu'elle fit taire d'un seul geste. Il était cinq heures du matin. Dehors, à peine le voile gris de l'aurore, comme dans les films d'autrefois, mal éclairés.

Elle était déjà habillée ; s'était couchée ainsi. Il ne lui restait plus qu'à mettre ses chaussures, bien alignées près du lit. Par terre se trouvait un cabas écolo, et la cuvette bleue, ronde, qu'elle avait prise, la veille, à la cuisine juste avant de monter. Hettie récupéra sous le lit la bouteille de white-spirit qu'elle avait volée, elle aussi, dans le placard sous l'escalier. Elle était couverte de poussière : à quoi d'autre ça pouvait servir, ça ? Dans le rang de poupées, tout juste visible à cette heure de la journée, elle préleva Pornographie-Enfantine, celle qui avait les cheveux très bouclés et qui jouait le rôle du juge quand les événements l'exigeaient. Elle était navrée, Hettie, mais il faudrait lui dire au revoir aujourd'hui. Pornographie-Enfantine ferait un cadavre parfait pour des funérailles vikings. Elle atterrit dans la cuvette, avec la grande boîte d'allumettes de cuisine.

Enfin, Hettie sortit de la table de chevet l'objet qu'elle préférait entre tous, son aiguille à chapeau. Elle était désolée de s'en séparer aussi, bien plus que de Pornographie-Enfantine. Mais, après l'avoir achetée, elle l'avait emportée partout dans son sac d'école, et rangée chaque soir près de son lit depuis un an. Maintenant que Michael était là, l'aiguille avait perdu son utilité. Et hop ! dans la cuvette bleue, où tout était bien rangé bien proprement. Alors elle mit la cuvette et son contenu dans son sac réutilisable. On n'y voyait pas grand-chose, mais elle n'avait pas voulu réveiller ses parents en allumant la lumière.

Elle dut faire un peu de bruit en descendant l'escalier.

– Qu'est-ce que tu fais, Hettie ? demanda son père dans son lit.

– Rien.

Derrière la porte, elle reconnut les ronflements familiers et exaspérants de Miranda, qui faisait un bruit d'aspirateur troué, soufflant à l'envers, soufflant à l'endroit...

– Où vas-tu ? fit la voix horizontale de Kenyon, se rendormant déjà.

– Nulle part, murmura-t-elle, glissant de marche en marche.

« Regarder les oiseaux », aurait-elle expliqué s'il avait insisté ; elle avait préparé cette réponse pour le retour, prévu un peu avant le petit déjeuner. Mais il n'était encore nécessaire de rien dire et, son cabas sous le bras, plein d'accessoires mélodramatiques, elle s'en alla célébrer les funérailles vikings de Pornographie-Enfantine. Lesquelles n'avaient donc lieu « nulle part ».

Personne n'était debout à cette heure un dimanche matin. Pas une voiture sur le pont de l'autoroute au-dessus de l'estuaire. À peine le cri aigu d'un oiseau, peut-être un corbeau, puis rien. Le ciel s'éclaircissait vaguement au loin, telle une encre noire barbouillée d'eau. Curieux comme à l'autre extrémité de la journée, à la tombée de la nuit, on était inquiet dans les rues. (La raison pour laquelle Hettie avait acheté son aiguille à chapeau : tous les violeurs, pédophiles, kidnappeurs qui traînaient dans les rues de Hanmouth.) Mais au commencement – à savoir : MAINTENANT –, on n'avait peur de rien. Pourtant le ciel n'était pas plus lumineux. Marchant à pas vifs en direction du quai, elle dépassa le magasin d'antiquités et un autocar sombre, tout seul dans un coin, qui attendait le conducteur du dimanche matin pour son premier trajet. Hettie longea Ferry Road et la petite clinique à bateaux, avec ses mâts dressés comme une forêt de jambes maigres, sans s'arrêter pour lire les annonces – hors-bord et remorqueurs – dans le placard vitré au cadre bleu. Bientôt, elle arriva à la jetée de pierre, sur laquelle dormaient des dizaines de canards, la tête sous l'aile, tels des champignons.

Chaque mois, Miranda et Kenyon achetaient religieusement chez le marchand de journaux un petit livre jaune portant le titre d'*Horaires des marées*. Puisqu'ils vivaient sur une rive de l'estuaire, sans doute se croyaient-ils tenus de savoir à quels moments il était vide ou plein. Sa place était sur la bibliothèque de l'entrée. Hettie supposait être le premier membre de la famille à l'avoir consulté dans un but. En moins d'une demi-heure, elle avait conclu que la marée serait haute à cinq heures et demie du matin, ce dimanche-là qu'elle avait attendu des semaines. Le moment était donc arrivé de procéder à ses funérailles vikings, sans personne pour la déranger.

À marée haute, la jetée s'avançait dans l'eau comme une langue.

Accroupie, Hettie aligna les éléments utiles sur celle-ci. Elle plia d'abord son sac écolo en quatre, qu'elle maintint fermé avec l'épingle à chapeau, et elle plaça l'ensemble au fond de la cuvette. Puis elle ouvrit le bouchon de sécurité de la bouteille de white-spirit. Depuis toute petite, elle était douée pour ça : pousser et tourner d'un même geste. « Fille, viens m'ouvrir ça », lui disait souvent sa mère – qu'il s'agisse d'un tube d'aspirine, d'un flacon de Valium, ou de ce qu'on voudra. C'était censé être drôle.

Elle versa le white-spirit de part et d'autre du sac de jute jusqu'à ce qu'il soit bien imbibé, même qu'il tapisse le fond de la cuvette sur environ deux centimètres de hauteur.

Ensuite, ramassant la poupée, elle lui dit en pensant à l'embrasser :

– Au revoir, Pornographie-Enfantine. Tu as eu une existence remarquable...

Mais elle s'arrêta car ce n'était pas encore le moment de l'oraison funèbre. Cette poupée-là savait se tenir droite, c'est pourquoi elle avait souvent tenu le rôle du juge. Hettie l'installa ainsi, les jambes pliées, écartées, et elle décida de lui ouvrir les bras, en signe de désespoir et de supplication.

Elle dérangea les canards en emportant la cuvette au bord de l'eau. Les petits champignons – c'était fort drôle – avaient soudain des pattes et des têtes endormies. Ils se réveillèrent en cancanant, réveillant d'autres champignons, et allèrent se poser plus loin. Hettie portait solennellement sa cuvette, le liquide vacillant de chaque côté et imprégnant la robe à fleurs bleues et blanches de

Pornographie-Enfantine. Elle la posa sur les pierres, à la limite de l'eau, puis revint chercher les allumettes.

– Ô ma fille, adieu, dit-elle. Va en paix et n'oublie pas tes hauts faits en chemin. Adieu, adieu.

Hettie gratta une allumette et la lâcha dans la cuvette. Elle avait imaginé le genre de flamme bleue, toute frêle, qui enrobe le pudding de Noël que l'on flambe au cognac. Cependant la cuvette prit feu avec un *wouf!* satisfaisant. S'ensuivit une explosion de battements d'ailes et de nasillements, les canards se sauvant à toute vitesse. Jamais encore ils n'avaient été réveillés ainsi, les plumes roussies, dans une odeur de plastique brûlé. Hettie s'aperçut qu'elle aurait bien fait d'apporter un bâton pour pousser son embarcation dans le courant. Mais, rapidement, les flammes diminuèrent d'intensité et, d'un habile coup de pied, elle la projeta en avant. Pas de chance, l'eau était calme autour de la jetée, et le funèbre rafiot se tortillait vainement sur place.

– Enfin, bouge, imbécile !

Puis une sorte de flux s'empara de lui, et il prit son élan. Les cheveux de la poupée s'enflammèrent, chaque mèche produisant une flammèche, sifflant et tremblotant dans le petit matin, puis s'élevant telle une prière. La robe s'embrasa ; peut-être le visage fondait-il ?

Le bateau viking s'éloigna vers le milieu de l'estuaire, avec son chargement de flammes et la poupée stoïque. C'était du plus bel effet, cet incendie naviguant dans les lueurs de l'aube. Comme prévu, Hettie se mit à chanter ce qu'elle se rappelait de la *Marche funèbre de Siegfried* : « Ta-da... Ta-da... Ta-da-da... Tahh... Ta-da-da... », tout en remontant en vitesse, essoufflée, vers la promenade. Elle avait également prévu une oraison, mais il semblait plus amusant de courir parallèlement au bûcher flottant, dont les flammes fusaient vers le ciel autour de l'impassible poupée. Et de courir, et de courir, jusqu'à Ferry Road, puis le long du quai vers le Strand. La chose dégageait maintenant une longue fumée noire et diabolique. Hettie avait espéré que son radeau cheminerait dans l'estuaire jusqu'à la mer ; mais soudain il chavira, victime de sa propre combustion, plongeant la poupée chauve et son visage calciné dans les flots. La chaleur avait dû trouer le fond de la cuvette.

– Mon enfant ! déclama Hettie, se dressant dans le parterre d'herbacées qui faisait face au numéro treize – la demeure des Lovell, nudistes amateurs. Courageusement tu as vécu, noblement tu pars aujourd'hui. Nous t'avons donné la fin héroïque qui sied aux vrais héros. Nombreux furent ceux qui craignirent ton jugement, et il est temps pour toi d'affronter le tien.

Elle se demanda si, après tout, elle n'allait pas patauger quelques mètres, avant le retour de la marée, pour récupérer l'épingle à chapeau qu'elle venait de sacrifier. Mais cela aurait été indigne et elle y renonça.

– Adieu ! Nous pleurerons ta perte, et celle de – elle ne se rappelait plus son nom – cet homme qui a disparu. Adieu mon héroïne, adieu le colonel ! Adieu ! Adieu !

Le courant avala un objet tordu, noirci, à moitié fondu, qui sembla s'accrocher à quelque chose sous la surface de l'eau. Hettie consulta sa montre. Il était six heures et le soleil se levait. Personne n'avait rien vu de ses funérailles vikings. Hanmouth avait dormi d'un bout à l'autre.

2

Les quatre bureaux en angle de l'université étaient l'objet de toutes les convoitises. C'était non seulement les plus grands, mais ils offraient en outre deux vues distinctes sur les alentours. Pour témoigner de leur supériorité, certains de leurs occupants s'étaient fait un devoir d'y installer canapés et tables basses. Les bureaux en façade dominaient les jardins immaculés de la fac, des hectares de forêt, des lacs miniatures – dotés de statues imitation Renaissance avec jets d'eau – et de luisants buissons d'éricacées, actuellement en fleurs, roses, blanches et mauves. Le parc, resplendissant, avait gagné en beauté depuis deux ans, et les parents des futurs étudiants s'émerveillaient de le voir si bien entretenu. Le recrutement de douze jardiniers supplémentaires, rendu possible grâce aux fonds libérés par la fermeture de la section chimie, avait eu l'effet désiré. À la fenêtre du directeur du département d'anglais, à gauche au deuxième étage du bâtiment, le directeur du département d'anglais regardait le jardin. Il trouvait cela reposant. Ça le changeait des budgets, des bourses de recherche, des bilans d'études ; ça le changeait des livres et de la littérature, qu'il en était venu à détester au fil des ans ; et ça le changeait de Miranda Kenyon.

Miranda Kenyon était assise sur le canapé du directeur du département d'anglais. Il l'avait priée de venir au sujet d'une affaire assez délicate, et elle était en train de lire un document relatif à celle-ci. Le directeur du département tenait Miranda Kenyon pour une consœur difficile, un fauteur de trouble, dont le comportement s'opposait au principe de collégialité. Si elle était plus âgée que lui, cela ne justifiait pas qu'elle l'appelle « Benjamin », « Benjie », « petit Benny chéri », ni même « Cliff », comme on le lui avait rapporté. Certes, et d'autres l'avaient fait remarquer, il incarnait une sorte de chic adolescent – le mot était revenu dans plusieurs commentaires à voix haute, à propos de ce qu'il appelait « son charme ». Cela ne lui donnait pas non plus le droit, en pleine réunion du conseil de faculté et devant les vingt autres professeurs, de le prier de bien vouloir cesser de rire après chaque phrase, car elle voyait poindre une nouvelle migraine. Une attitude franchement déplaisante, le directeur se flattant de présider les réunions avec une touche de bonne humeur et de sincère cordialité. Condamner celles-ci au nom d'un mal de tête récurrent était pour le moins désobligeant, sinon carrément agressif. Sans aménité, ni sans chercher à le cacher, le directeur du département d'anglais étudia Miranda qui, un vague sourire aux lèvres, un peu rouge après la montée de l'escalier, lisait la lettre de M. et Mme Warren.

– Miranda, dit-il.

– Oui, Benjamin, répondit-elle, relevant les yeux, faussement surprise, avec un sourire affecté.

On aurait cru un chercheur affairé par une tâche, acceptant avec délice le divertissement promis par une apparition fortuite dans son laboratoire.

– Je vous laisse terminer.

– Merci, je n'ai pas fini, assura-t-elle en considérant la feuille de papier avec attention.

Il aurait juré qu'elle avait terminé ; qu'elle regardait la lettre pour faire durer le plaisir, l'obliger à attendre.

– Eh bien voilà, j'ai fini, dit-elle, retirant ses lunettes et posant sur Ben un œil bienveillant – « mais il en fait des histoires, ce jeune homme », semblait-elle signifier. Je comprends en effet que vous ayez voulu me parler, Benjamin.

– Je devrais peut-être vous demander si ce que rapportent M. et Mme Warren est exact. Leur avez-vous écrit ce genre de lettre ?

– Ce genre de...

Miranda chaussa ses lunettes pour, de nouveau, considérer la feuille qu'elle avait dans ses mains.

– Oh là, là, dit-elle, bien sûr que je leur ai écrit. Mais si nous commencions par le commencement ?

– Pourquoi pas, reconnut Ben, qui perdit l'avantage.

– Les absences prolongées de Sophie Warren à mes cours et le peu de travail qu'elle fournit auraient pour cause des problèmes d'ordre familial. C'est elle-même qui me l'a dit, quand j'ai exigé des explications. Selon elle, ses parents traversent une phase très difficile, qui affecte ses études. Je m'en suis naturellement inquiétée.

– Naturellement. Donc vous avez écrit une lettre à ses parents.

– Comme vous pouvez le constater, j'ai écrit une lettre à ses parents.

– Et ils ont répondu, comme vous pouvez également le constater. Vous remarquerez néanmoins que c'est à moi qu'ils répondent, pas à vous.

– Ce que je trouve un peu curieux, à la limite de l'impolitesse, même.

– Ils ne voient pas où vous auriez pêché qu'ils pensent à un divorce. Ils sont heureux ensemble, ils adorent leur fille, qu'est-ce que ça vient faire, etc. Ils paraissent assez mécontents. Ha, ha, ha.

– En revanche, ça, je le comprends. Je serais terriblement en colère si ma fille racontait à tout le monde que j'ai décidé de divorcer, alors que ce n'est pas le cas. Je serais furieuse contre elle.

– Mais c'est après nous qu'ils en ont, observa Ben, poussant une fois de plus son petit rire.

Se rappelant subitement ce qu'avait dit Miranda à ce propos, il s'arrêta net.

– Sans doute, répondit-elle, souriant comme une élève à sa leçon.

– Je n'arrive tout de même pas à m'ôter de l'idée que votre réaction a quelque chose d'insidieux.

– Ah, mais vous avez le droit d'avoir des idées. C'est entièrement légitime. Je ne conteste à personne le droit d'en avoir et de les exprimer.

– Miranda.

Inspirant profondément, Ben observa le jardin. Trois joueurs de crosse en aidaient un quatrième, au bras visiblement cassé, à monter la colline. Ils ressemblaient aux saisons prisonnières les unes des autres dans la *Danse dans la musique du temps*, de Poussin.

– Miranda. Lorsqu'un étudiant excuse ses absences par le décès de sa grand-mère, ou une mononucléose, ou par le fait que ses parents divorcent et que c'est traumatisant, le croyez-vous généralement ?

– Ben. Faudrait-il, selon vous, que nous les traitions de menteurs chaque fois qu'ils invoquent ce genre de prétexte ? En toute conscience, je ne le pourrais pas.

– Non. Ce n'est pas ce que je dis. Mais je me demande s'il était nécessaire, au nom de la faculté, d'exprimer des regrets aux parents d'une étudiante fautive, les assurant de notre soutien dans l'épreuve pénible qu'ils traversent ?

– En les pressant de ne pas laisser leurs problèmes familiaux compromettre les études de leur fille. Cet aspect-là nous regarde, assurément. N'est-ce pas préoccupant ? Benjamin ?

– Ben, dit-il.

– Je vous demande pardon, Benjamin ?

– Je préfère qu'on m'appelle Ben.

En vain, il s'était efforcé de lui trouver un diminutif blessant. Randy ? Anda ? Mira ? Aurait-il employé l'un de ceux-ci, elle ne se serait pas rendu compte qu'il lui parlait.

– En outre, insista Miranda, nos étudiants répètent souvent qu'ils souhaitent plus de TD, davantage de suivi et d'attention de leurs professeurs. J'ai pensé qu'il serait utile d'aider Mlle Warren par des moyens directs. N'est-ce pas ce qu'on nous recommande toujours de faire ?

– Donc vous avez écrit cette lettre.

– Pas celle-ci, non, dit Miranda en la lui rendant. Il semble qu'elle soit signée de son père. Je suppose qu'il a conservé la mienne. Benjamin.

Lequel la parcourut encore une fois. Ils semblaient réellement au fond de l'impasse.

Dix minutes plus tard, Sukie était en train de lire un avis désespéré sur le panneau d'affichage du département d'allemand, comme quoi l'allemand était une langue amusante à apprendre. Elle sursauta quand Miranda poussa la double porte en chantant *Don't You Wish Your Girlfriend Was Hot Like Me*[1].

– Tu es de bonne humeur, remarqua Sukie.

– Je viens de consacrer une demi-heure à ce pauvre petit Benny.

– Pauvre vieux Benny.

– Il a besoin qu'on vienne lui parler de temps en temps. Mais il est tout à fait inoffensif.

1. « T'aimerais pas que ta copine soit bonne comme moi ? », Pussycat Dolls.

3

À la limite de la ville, si l'on prenait à gauche tout au bout de la Wolf Walk, on rejoignait un territoire de boues, de prairies, d'eaux stagnantes. Des oiseaux nichaient là – migrateurs, échassiers, ainsi qu'un petit piaf terne à gorge blanche qu'on ne voyait pas ailleurs en Angleterre. Le pipit à col blanc était si délicat que jamais il n'aurait traversé le canal de Bristol pour se reproduire au pays de Galles ; non, il préférait Hanmouth, sur la côte nord du Devon. Pour quelque raison bizarre, cette vedette ornithologique avait été officiellement choisie comme emblème de l'estuaire. Alors un triste bateau aux couleurs des Pipit Lines faisait l'aller et retour entre la mer et Hanmouth avec un bruit de pétrolette, et le train qui, entre deux coups de sifflet, tchoutchoutait lentement entre la route et l'eau, avec Hanmouth pour terminus, s'appelait le Pipit Express.

Le volatile fut porté à la connaissance de la Société royale pour la protection des oiseaux, qui déclara qu'on n'en faisait pas assez pour le pipit à col blanc. Au changement de millénaire, sept ans plus tôt, une plateforme avait été construite au-dessus de la zone de reproduction : l'étendue marécageuse, parsemée de buissons, qui succédait à Hanmouth. Sur la plateforme se dressait un abri en pin brut, parcouru d'une longue fente à hauteur d'œil, derrière laquelle les ornithologues amateurs de Hanmouth et d'ailleurs pouvaient se regrouper et observer cet oiseau sans intérêt, sans risquer de l'effrayer. La chose avait coûté 150 000 livres, partagées entre le fonds de la loterie nationale et les pouvoirs publics. Le célèbre présentateur TV qui passait ses week-ends à Hanmouth avait procédé à l'inauguration de l'abri en l'an 2000, dans un ramdam épouvantable (pauvre pipit à col blanc).

Hettie et Michael venaient là pour y être seuls. Jamais on ne les avait dérangés, jamais ils n'y avaient vu personne, et ils considéraient l'endroit comme leur chasse gardée. Quand ils s'y retrouvaient, les mégots par terre étaient ceux des cigarettes que Michael avait fumées. Hettie ne fumait pas ; c'était dégoûtant, ça sentait mauvais, mais cela ne la dérangeait pas parce que c'était Michael, et elle aimait voir ses mégots par terre, là où, précisément, il les avait laissés la fois précédente. Personne ne venait et, pour combler la jeune fille, personne non plus ne nettoyait. Ils s'étaient aujourd'hui donné rendez-vous ; parfois ils parcouraient Fore Street ensemble, se promenaient un moment avant d'atterrir là, mais Hettie avait téléphoné hier pour lui dire : « Il faut que je te voie. À l'abri. Demain après l'école. »

Michael était accroupi dans le coin. Il ne faisait pas froid. L'été s'accrochait à cette journée de septembre avec une sombre détermination. Mais le jeune homme faisait semblant : il avait descendu les manches de sa chemise pour couvrir ses poignets, et sa cigarette dépassait au milieu, tel un étrange animal au museau de feu inspectant les abords de son terrier. Il faisait parfois chaud sur cette Terre, et parfois il faisait froid. Une pensée anodine à la portée de tout le monde. Pourtant on pouvait affirmer que, lorsqu'il faisait froid, on n'imaginait plus l'effet de la chaleur, et lorsqu'il faisait chaud, on ne croyait plus possible qu'il fasse à nouveau froid. Jamais Michael n'avait pensé à ces choses avant d'être venu vivre avec sa mère en Angleterre. Un pays intéressant pour entretenir cette sorte de réflexions, qui l'occupaient maintenant à plein temps. Ses mains cachées sous les manches de sa chemise, il faisait semblant d'avoir froid et de grelotter – les bras serrés sur la poitrine – pour voir si on arrivait à se rappeler la sensation du froid en mimant les gestes habituels en pareil cas. Michael avait découvert qu'on attirait le sommeil en ouvrant grand la bouche jusqu'à bâiller. En revanche, on n'arrivait pas à calmer la faim en actionnant ses mâchoires comme pour manger. C'est qu'il avait souvent faim ; sa mère se plaisait à raconter comment il avalait ce qu'il trouvait dans le frigo, debout devant celui-ci sans refermer la porte. L'expérience consistait aujourd'hui à se souvenir du froid en se forçant à grelotter. Il s'étonnait souvent lui-même avec ces trucs de ouf. « Complètement ouf », se dit-il dans l'abri désert, aussi jargonnant et britannique qu'il avait appris à l'être. Peut-être jargonnait-on comme ça dans toute l'Europe, d'ailleurs. À peine éclairé par la fente horizontale dans le bois, les bras croisés sur le torse dans l'air chaud, plein de poussières en suspension, il sentit une journée d'hiver faire une brève irruption. Puis il cligna des paupières ; l'été était revenu ; un bruit de tonnerre résonnait dehors, menaçant d'écraser les petites marches de l'abri en pin : Hettie.

– Il fallait que je te voie, dit-elle, s'affalant par terre près de lui.

Hagarde, affolée, elle ouvrait des yeux grands comme des soucoupes.

– Il n'y a que toi qui peux comprendre. Personne ne sait ce qui est arrivé ce jour-là, ce qu'on a fait. C'est pas bien, Michael, voilà ce que je veux dire, c'est pas bien, ah non, je ne dis pas le contraire, c'est pas bien. Ça serait idiot, complètement naze, taré, de dire le contraire ! Je n'ai pas voulu que ça arrive, juré, promis, je ne voulais pas. Tu le sais, que je voulais pas.

– Allons, Hettie. Tu es une fille bien, c'est sûr, mais je ne comprends rien à ce que tu racontes. Qu'est-ce qu'il y a ?

– Ça se passe toujours comme ça. On a des tas d'idées, des tas de pensées qui viennent quand on est seul, et ça tourne, et ça tourne dans la tête, *zou ! zou ! zou !* jusqu'à ce qu'on rencontre quelqu'un. Et alors, BOUM ! ça sort comme c'est, exactement comme dans la tête. Mais ils le savent pas, ce qu'on pensait, ben comment ils pourraient, faudrait être fou pour croire qu'ils savent. Ils ont leurs idées, les autres, et c'est pas forcément les mêmes. Le colonel.

– Je vois ce que tu veux dire.

– Non, le colonel !

– Le...

– Celui dont je parle, le colonel. J'en suis restée baba quand j'ai appris. Je suis descendue pour le p'tit déj', et y avait ma mère, super sérieuse – tu sais qui c'est ma mère, Miranda – et elle, on lui avait dit la veille, mais moi, on me dit rien. Le colonel. Et *dring*, et *dring*, pendant que sa chère petite Hettie regardait YouTube sous la couette, alors j'ai pas entendu le téléphone sonner en haut. Je pouvais pas savoir ce que la vieille dame, Kitty, lui disait à ma mère – tu sais, Miranda. Alors, au p'tit déj', ç'a été comme un coup de tonnerre, tellement je m'y attendais pas, et personne n'aurait cru. Ça, il va nous manquer, le colonel.

– Enfin, qui c'est, ton colonel ?

– Oh.

Les yeux de Hettie roulaient dans leurs orbites, ses mains voletaient à la recherche de quelque chose à faire. Du bout des doigts, elle compta sur le mur de l'abri, un, deux, trois, quatre, cinq, six, sept ; puis, comme une grande pianiste, elle plaqua un accord de do majeur. Lorsqu'elle était ainsi dans tous ses états, possédée et poussant les choses à bout, Michael se demandait si elle n'était pas tout simplement, et gravement, folle.

– Mais si, mais si, Michael. Tu te rappelles pas le jour où on courait dans Fore Street, et il y avait une vieille dame devant nous, et on l'a renversée ? Qu'elle est tombée, comme ça, boum ? C'est le jour où je t'ai dit que je t'aime, tu ne te souviens plus ? Je devais être complètement frappadingue, ce jour-là. Enfin, à quoi je pensais ? Mais on l'a fait tomber et on est partis en courant, et personne n'a jamais su que c'était nous, les sales voyous qui ont fait du mal à la gentille Billa.

– Oui, mais qui c'est, le colonel ?

– J'y arrive. Billa, c'est la femme, euh, C'ÉTAIT la femme du colonel. On l'a renversée, et maintenant son mari, il est mort, c'est tragique, c'est HORRIBLE.

– Horrible, oui, dit Michael qui, se levant, jeta un coup d'œil à la fente aux oiseaux.

Le pipit à col blanc était peut-être celui-ci, battant des ailes au milieu d'une douzaine de ses congénères ; ou n'importe quel autre. C'était quand même bizarre de s'intéresser à un oiseau en particulier.

– Oui, horrible. Mais ça n'a rien à voir avec le fait qu'elle soit tombée, enfin, comment ?

– Tu ne comprends pas. Il est mort à cause de ça. Il voulait faire des trucs chez lui, je sais pas quoi, mais des trucs réservés aux femmes, qu'il savait pas faire. Parce que Billa, elle ne pouvait pas, puisqu'elle était tombée à cause de nous, elle avait des bleus jusqu'à la tête, Kitty dit qu'elle en était couverte. Et le colonel, bien sûr qu'il savait pas faire ces trucs, évidemment. On lui avait jamais demandé. Alors il s'est emmêlé les crayons, et les pinceaux, et il est tombé lui aussi, et il en est mort, voilà quoi. Si ON ne l'avait pas renversée, ELLE, elle aurait pu le faire à sa place, et IL n'aurait pas essayé et IL ne se serait pas vautré, parce qu'IL n'y connaissait rien, et IL ne serait pas mort. Et tout ça, c'est de NOTRE FAUTE.

Michael prit le problème sous un angle, sous un autre. Tachée de boue, une petite patte s'approcha de lui et lui caressa la joue.

– Je t'aime vraiment, dit la propriétaire de la petite patte. Vraiment. Peut-être même que je te laisserais aller jusqu'au bout, Michael, si tu me le demandais.

Il ne répondit pas, ne répéta pas ce qu'il avait déjà dit, à savoir qu'il voulait être sûr, parce que ça ne se faisait pas d'aller jusqu'au bout si on n'était pas mariés, ou tout du moins fiancés. Il réfléchit encore. Il semblait bien que Hettie et lui avaient commis un acte répréhensible avec pour conséquence la mort du colonel.

– Que vas-tu faire ? demanda-t-il.

– C'est irréparable. Impossible de remonter dans le temps, pour l'aider à se relever, ou l'éviter avant, en faisant un écart, ou même de ne pas courir du tout, comme des petits enfants sages. Si on avait fait ça, si on pouvait encore le faire, eh bien elle serait vivante aujourd'hui, je veux dire, *il* serait vivant. Je regrette de tout mon cœur, Michael. Je suis bouleversée. Je sais que tout le monde le regrettera aussi. Je le pense sincèrement, Michael.

– Lorsqu'on a fait quelque chose de mal, on peut s'excuser. Tu devrais aller t'expliquer.

Il lui parla du programme en douze étapes que suivait sa mère, notamment celle qui consiste à faire amende honorable auprès des autres participants. Hettie l'écouta, le regard serein, ne suivant que le mouvement de ses lèvres, ponctuant parfois son discours d'un hochement de tête ou d'un « Je vois. »

4

À la mort du général, Billa se crut partagée entre plusieurs états incompatibles. Elle ne savait jamais quand – soudain invisible, comme les veuves et les femmes d'un certain âge sont censées le devenir – elle assisterait malgré elle à une conversation intime entre des inconnus ; puis, d'un moment à l'autre, elle avait la sensation d'être montrée du doigt, observée, décrite. Il lui sembla que, d'un seul coup d'un seul, son statut dans le village était affecté par la disparition du général, et la façon dont il était mort. Vivant dans l'ombre d'une célébrité locale, elle avait toujours souffert d'un certain anonymat, que le veuvage, logiquement, aurait dû confirmer. *A contrario*, la notoriété de son mari rejaillissait sur elle, amplifiée mais aussi compromise par le caractère absurde, horrible, de sa fin. Voilà qui était nouveau et qui, elle s'en doutait, devait en amuser quelques-uns.

Elle avait d'abord remercié Kitty avec effusion quand celle-ci était venue lui offrir une première assiette recouverte de film alimentaire. Puis Billa s'était réfugiée dans le bureau du général à l'étage, dans le fauteuil de cuir rouge où il s'asseyait pour réfléchir. Par la porte ouverte, elle regardait Kitty s'affairer, rentrer et ressortir, apportant une assiette après l'autre, toutes recouvertes du même film brillant dans la lumière de septembre.

– Je ne veux absolument rien vous voir faire, avait dit Kitty, et c'était bien l'avis de Billa. Cela ne me dérange pas... avait-elle poursuivi, en l'absence de la réponse prévue.

Même une vieille amie comme elle éprouvait alors des difficultés à ne pas terminer ses phrases par des points de suspension, proches en vérité de l'interrogation. Comme beaucoup à Hanmouth, elle semblait croire que le procédé aiderait peut-être Billa à révéler ses intimes réflexions.

Mitoyennes, la grande maison carrée de Billa et celle de Kitty, blanche, plus petite, en L, formaient les trois côtés d'une cour pavée, bordée de lobélies en pot, le cimetière de l'église tenant lieu de quatrième. L'herbe incrustée de sel y poussait courbée sous le vent soufflant depuis l'estuaire. Mus par cette curiosité saugrenue qui les force à déchiffrer les inscriptions sur les vieilles pierres tombales, les touristes entraient parfois d'un pas assuré dans la cour, jetant un coup d'œil, par la fenêtre, à la cuisine de Billa ou de Kitty, comme s'ils s'attendaient à trouver Mrs Tiggy-Winkle[1] en train de sortir ses scones tout chauds du four. La maison de Billa avait son entrée principale dans la grand-rue, sinueuse bien qu'assez large. Avec sa porte bleu marine et son heurtoir en cuivre, la façade avait fière allure. Plus simple, plus encombrée, la demeure de Kitty était à l'évidence celle d'une veuve qui avait quitté un vaste logement

1. Madame Piquedru (Beatrix Potter).

dans une ville plus importante. Elle donnait directement sur l'estuaire et les laisses de basse mer, où les avocettes picoraient minutieusement dans la boue. À cause des vents chargés de sel, il fallait tous les deux ans repeindre les murs extérieurs, à un coût prohibitif, disait la voisine.

L'opulente caravane du repas d'enterrement – le service entier de Kitty y était passé, une somme de vaisselle qu'elle avait acquise et éprouvée sur au moins trente années de réceptions – arrivait à destination ; Kitty apportait ce qui semblait être ses dernières contributions. Ouvrant la porte verte de sa cuisine et traversant la cour, elle avait patiemment transporté le tout par ordre de consommation ; les amuse-bouche sur leurs minibrochettes, les tranches de jambon et la salade poulet-pommes-amandes-curry pour plats de résistance, et encore des fruits, du fromage et, chose étonnante, un gâteau. Découvrant celui-ci, Billa s'était levée, avait dignement descendu l'escalier, en se tenant bien à la rampe. Une surprise : elle se demanda si c'était vraiment indiqué. Billa ne se rappelait pas avoir vu, ni s'être vu proposer un gâteau lors d'un repas d'enterrement. Repensant aux anniversaires de son enfance, elle imagina ses invités avant de rentrer chez eux, une tranche de gâteau enveloppée dans une serviette en papier à bordure noire. Mais Kitty avait souvent été primée au Women's Institute pour la qualité de ses pâtisseries, et toutes les occasions étaient bonnes. Cette fois, elle avait confectionné un sombre cake aux fruits et – Billa s'en aperçut en arrivant à la cuisine – elle avait dû se faire violence pour ne pas le glacer. La chose, d'une austère et monumentale solennité, débordait de cerises noires sur l'étagère du vaisselier. L'aurait-elle malgré tout glacé, Kitty n'aurait quand même pas pu, eu égard au contenu, mettre encore une cerise par-dessus.

– Il ne fallait pas vous donner cette peine.

– Mais si, mais si, dit Kitty, ajoutant soudainement : J'ai toujours beaucoup aimé le général... Tom...

– J'espère qu'on mangera tout. Comment savoir ?

– Ça se gardera, de toute façon. Vous savez combien on sera ?

– J'ai oublié combien de faire-part nous avons envoyés.

– Cent quatre-vingts, je pense.

– En tout cas, il y a eu beaucoup de réponses. Même de la part de gens à qui nous n'avons pas écrit, mais qui ont lu les journaux.

– Oui, bien sûr... dit Kitty, une de ces questions déguisées qui, à la fin d'une longue et difficile semaine, devaient encourager Billa à exprimer ce qu'elle ressentait au fond d'elle-même à propos de la bizarre disparition de son mari.

Les gens, pour la plupart, l'appelaient maintenant Tom. Curieusement, c'était toujours le général pour Billa, comme si le terme décelait quelque chose de plus intime. Mais elle baissa les yeux, et l'on passa à un autre sujet.

– Peut-être devriez-vous penser à vous changer ? dit Kitty avec son esprit pratique. Ils vont arriver d'ici trois quarts d'heure, environ ?

Elle avait déjà revêtu un habit de circonstance, noir certainement, mais au corsage d'un jais brillant, tenant davantage de la robe de soirée, semblable aux tenues qu'arboraient les tantes de Billa lorsqu'elles l'emmenaient, petite, au théâtre. Évidemment, les costumes de deuil, ça n'existe plus de nos jours.

– Oui, convint Billa. Mais c'était trop triste de s'habiller tout de suite, et de prendre le petit déjeuner comme ça, seule à la table.

– Je comprends.

– Bien sûr, dans une semaine ou deux, je ferai ça en robe de chambre et ça ne me gênera pas le moins du monde. Mais enfin, pas tout de suite.

Elle disait cela, sachant bien que Kitty s'habillait tard ; elle l'avait souvent vue, dans son peignoir violet matelassé, arroser les plantes ou bien ouvrir la porte de la cuisine au facteur, peu avant midi. Billa doutait que cette habitude date de la disparition de Dennis ; d'après ce qu'il avait dit, à l'époque, ç'avait toujours dû être comme ça. Le général y allait parfois de son petit commentaire. Kitty se contenta d'émettre un bref rire mystérieux ; elle s'arrêta à la porte avant de repartir.

– C'est tout de même...

Billa releva les yeux :

– ... ironique ? finit-elle, lâchant enfin le mot qui résumait la situation – un mot que non seulement Kitty, mais à l'évidence tout le village ou presque attendait.

– Non, pas vraiment ça, dit gentiment Kitty. C'est terriblement triste, surtout. Je reviens dans une demi-heure, pour vous accompagner.

– Merci. Merci infiniment.

Kitty la regarda d'un air curieux ; peut-être n'avait-elle pas employé le ton qu'il fallait avec sa chère vieille amie et voisine.

5

« Ironique » : le mot que le village, le comté, les journaux et même la télévision avaient utilisé à propos de la mort du général, lorsqu'en fait ils voulaient dire « drôle ». Y aurait-elle pensé tant qu'il était vivant, Billa aurait prévu que sa disparition aurait un retentissement public, qu'elle aurait attribué à sa carrière. Tom avait été un homme courageux. Quarante ans durant, sans jamais se plaindre, tous deux avaient parcouru le monde, et fréquenté quelques endroits épouvantables. Droit, honnête, il avait enduré qu'on descende le drapeau britannique dans une demi-douzaine de colonies. Il avait également – le souvenir qu'il préférait raconter – dû se réfugier à toutes jambes dans la canonnière quand, à Aden, les tribus embusquées étaient passées à l'attaque, faisant de leur pays un enfer – pas très honnête, celui-là – à se massacrer les unes les autres. Impénétrables guerres fratricides. Il avait rempli au mieux sa mission en Irlande du Nord et, tandis qu'à Hanmouth Billa récoltait les informations au compte-gouttes, il avait conduit ses hommes aux Malouines, aller et retour, sans faire d'histoires. On l'avait chaleureusement récompensé : ses médailles dormaient, à l'étage, dans un coffret en acajou sur son uniforme de cérémonie. Billa était fière de lui, comme, de fait, le village entier ; lorsqu'il faisait sa promenade matinale, des quasi-inconnus lui lançaient des « Bonjour, mon général ! » depuis l'autre côté de la rue. Elle savait bien qu'à la fin, les journaux se montreraient élogieux. Jamais le moindre scandale, la moindre inconvenance ne l'avaient effleuré ; l'armée le tenait en haute estime, ses hommes l'avaient toujours aimé. Il détestait tout ce qui portait atteinte à l'honneur de la troupe et ne se privait pas de le dire. Les derniers temps, il avait coutume d'éteindre la télévision chaque fois qu'on y parlait de l'Irak ; les décisions intéressées des politiques, l'attitude immorale et incompréhensible des soldats envers leurs prisonniers, tout cela lui faisait horreur. Billa ne pouvait imaginer d'homme plus droit. N'avait jamais pu.

Elle l'avait laissé seul un matin pour aller faire des courses à Barnstaple – le village, ça allait très bien pour les petits riens quotidiens, mais pour certaines choses, comme la confiture de fraises Little Scarlet qu'ils mangeaient au petit déjeuner, il fallait se rendre là-bas. Ça ne la dérangeait pas. Ouvrant la porte, elle avait lancé gaiement : « Me revoilà ! » Il n'avait pas répondu et, au bas de l'escalier, l'attendait l'affreux spectacle qu'elle n'oublierait jamais. Bien qu'il fût déjà mort, Billa avait appelé une ambulance, se sentant bêtement coupable de recourir à l'aide médicale d'urgence, alors qu'il n'y avait plus d'urgence. Qui était-on censé appeler, dans ce cas ? À peine avait-elle raccroché qu'on frappait à la porte : l'ambulance était là avec les infirmiers. Ils n'avaient rien trouvé de drôle ni d'ironique ; ils s'étaient révélés prompts, sérieux, pragmatiques. Sur le moment, Billa ne s'était pas étonnée de les voir arriver si vite ; cela n'était qu'une facette de leur efficacité. Mais, plus tard, à sa grande honte, elle avait compris : sans pouvoir se relever, Tom avait cependant réussi à téléphoner, il n'était donc pas mort sur le coup. Elle n'avait pas réfléchi en voyant le combiné par terre, au milieu de tout le reste, et le fil emmêlé. Serait-elle rentrée cinq minutes plus tôt...

Kitty avait été très bien au retour de l'hôpital ; elle lui avait tenu la main dans le taxi, sans s'offusquer qu'elle ne lui dise rien. Mais le plus utile tenait toujours au même principe : une fois seule, Billa s'était armée de courage et fait la leçon. Elle excellait à ce jeu-là ; déjà la veille de son mariage, aussi incroyable que cela paraisse aujourd'hui, elle avait craint de commettre une terrible erreur en épousant le général (qu'il n'était pas encore) ; ou encore, cinq ans plus tard, en revenant de la clinique où le médecin avait dû leur expliquer qu'ils ne pourraient jamais avoir d'enfants. (Non, elle ne s'était pas trompée en l'épousant, au point qu'ils acceptaient la chose solidairement, en couple indissoluble, sans en reporter la responsabilité sur l'un ou l'autre.) Elle s'était aussi fait la leçon la première nuit dans leurs nouveaux quartiers en Ouganda : les murs étaient couverts de moisissures jusqu'à mi-hauteur, l'odeur était celle d'un animal mort dans une armoire, il n'y avait rien à manger dans la maison, pas de domestiques non plus, et Billa avait failli fondre en larmes à la vue des toilettes, sans doute jamais nettoyées. Donc elle se fit de nouveau la leçon.

Tout simplement, il ne lui était pas venu à l'esprit que la mort du général aurait un tel retentissement ; elle aurait pu, cependant, s'apercevoir de quelque chose, compte tenu de la façon dont bien des habitants lui avaient fait part de leurs regrets – frémissant, l'œil luisant, comme s'ils contenaient une tout autre émotion. Il avait fallu, cinq jours auparavant, que paraisse l'odieuse nécrologie du *Daily Telegraph*, mentionnant les circonstances du décès dès la première phrase, avant, certes, d'en venir à la carrière militaire de Tom, pour que Billa entrevoie un autre aspect de l'affaire. Mais bon, sur le moment, cela ressemblait surtout à une gaffe, un certain manque de tact, comme on s'étrangle dans sa soupe à la table du dîner, et naturellement, cela ne se reproduirait pas. Sauf que, le lendemain soir, la chaîne locale de télévision avait remis ça, quoique sans rien dire des hauts faits du général, ce qui était déjà insupportable, se contentant d'évoquer les circonstances du décès avec une légèreté peu commune. Après avoir reconnu sa maison sur l'écran, Billa n'avait pu s'empêcher de regarder jusqu'à ce que, le court reportage terminé, l'homme assis sur le canapé se tourne vers sa collègue et, ouvertement amusé, déclare : « Finalement, on se fait toujours avoir par les planches à repasser. » Et cette fille avait ri. Billa ne savait plus dans quel pays elle vivait.

Il y avait autant de monde à l'église qu'elle aurait pu le souhaiter. Billa était arrivée tôt, avant son mari, comme pour un mariage à l'envers, Kitty à son bras telle une demoiselle d'honneur hors d'âge. L'assemblée était répartie en cercles successifs, les vrais amis au milieu, et peu à peu les autres avaient un air de foule de carnaval à mesure qu'on approchait des portes, les bancs du fond étant occupés par des dames et messieurs qui, n'ayant jamais connu le général, tenaient plutôt d'une bande de fêtards au sortir d'une nuit blanche. Prenant place devant tout le monde, Billa se demanda quels critères il faudrait retenir, lesquels de ces gens elle devrait inviter chez elle après la cérémonie pour partager les plats de Kitty sous leur protection de cellophane. Oui, les plus proches, certainement. Miranda et Kenyon du groupe de lecture, si gentils, avec leur petite fille qui baissait la tête ; les voisins ; le cousin âgé de Billa et, s'il arrivait, le frère qu'elle n'avait pas vu depuis trois ans (Tom lui reprochait ses manières et sa tendance à se disputer, au pied levé, à propos de n'importe quoi). Sam et Harry, bien sûr, qui avaient mis un costume, une chemise blanche et une cravate noire ; si Billa les aimait beaucoup, ce n'était pas les copains du général, qu'elle réprimandait pour qu'il cesse de les appeler « ses charmants petits pédés dans leur boutique à frometon ». Ils étaient venus pour elle. Mais il y avait aussi des amis à lui, de vieux camarades du régiment, des relations du village. Se retournant, elle salua rapidement, avec un humble sourire, le général Franklin et sa femme ; gentil de leur part d'avoir fait le voyage depuis le Yorkshire. Également un représentant de l'armée, enfin probablement : ce jeune homme très bien habillé, là. Aimable de sa part, à lui aussi.

Plus loin, cependant, d'autres ne devaient pas être bien attristés ; notamment la patronne d'un des pubs les plus mal fréquentés de Hanmouth, une garce. D'ailleurs, ils n'y allaient jamais. Près d'elle, au fond, une fille qui habitait tout au bout de la grand-rue, une artiste, avait dit l'épicier, y allant de ses commentaires sur ses activités et ses relations avec les hommes. Emmaillotée comme un bachi-bouzouk dans diverses écharpes en velours sombre, à motifs bleus et violets, sur une robe noire qu'elle portait de toute façon constamment. Un tissu extensible, une matière à T-shirts. Le général ne l'avait pas connue, il s'en passait bien, et c'était par un pur hasard que Billa avait appris son nom en faisant les courses : Sylvie. Qui étudiait les lieux d'un air intéressé, comme si elle pensait à vite rentrer chez elle pour dessiner la scène. Évidemment – l'épicier étant somme toute disert –, les crayons, les palettes, ça n'était pas son truc ; non, elle vous collait une grenouille morte sur une brique et elle appelait ça de l'art, pour reprendre une des expressions de Tom. Au-delà de son petit groupe – et Billa s'étonnait d'avoir retenu son nom –, on distinguait quelques journalistes sur les marches de l'église, dont un muni d'une caméra vidéo légère, arborant l'autocollant d'une chaîne inconnue. Quel bénéfice tireraient-ils de leur présence ? Sûrement aucun. Et puis, sur le trottoir en face, des gens venus d'on ne sait où, œil braqué, bouche ouverte, qui avaient eu vent de l'affaire, et leurs enfants qui couraient dans la rue. Exactement comme le jour où la fillette avait disparu, quatre ou cinq mois plus tôt, celle qu'on croyait enlevée, quand des centaines de voyeurs avaient accouru. C'était peut-être les mêmes, ce que Billa trouva totalement répugnant. Ils n'avaient pas l'air de penser que quelqu'un était mort, ni qu'on puisse s'attrister d'un fait aussi divertissant.

Eh bien, il fallait s'attendre à ces choses, et elle décida, du moins en surface, de supporter tout ça, de supporter cette Sylvie, la pseudo-artiste, qui, sans jamais avoir adressé un mot à Tom, s'était insinuée dans la foule. C'était au-delà de la curiosité malsaine, ou déplacée. À la fin de l'office, Billa mit un point d'honneur à s'arrêter devant elle. Perplexe, Sylvie leva les yeux ; sans doute ne savait-elle pas, au fond, qui était vraiment Billa, puisqu'elle n'habitait pas Hanmouth depuis très longtemps.

– Merci d'être là, lui dit Billa sur un ton affecté. Je vous en prie, venez tout à l'heure à la maison. Puisque vous avez fait l'effort de dire au revoir à Tom.

Sylvie, si c'était bien son nom, eut au moins la décence de rougir – elle comprenait l'insinuation. Et, comme par contagion, la remarque sembla circonvenir le groupe autour d'elle; au moins cette bande d'intrus n'irait pas plus loin. Ceux qui passeraient la porte de Billa seraient ses invités habituels, exception faite du jeune officier.

– C'est fort aimable à vous d'être venu, lui dit-elle. J'espère que vous n'avez pas trop souffert du voyage. Pour mon mari, l'armée était irremplaçable.

– C'est un honneur de la représenter, répondit le militaire. La constance est pour nous une valeur.

Cela semblait sorti d'une note de service, photocopiée cent fois pour les jeunes officiers délégués aux enterrements. Billa n'aurait pas dû poursuivre, mais elle ajouta, éperdue:

– N'hésitez pas à frapper à ma porte si vous repassez par là.

Erreur de sa part: cet homme n'était qu'un uniforme, rendant hommage à un autre uniforme. Et donc le délégué, aussi insensible que son régiment, s'excusa au bout d'un moment et quitta les lieux. Il avait garé devant la maison une drôle de petite Fiat rouge. Billa le regarda ouvrir la portière, dans son fier costume, monter et démarrer, aussi rigide qu'embarrassé. Elle essaya de se rappeler si le général n'avait pas, lui aussi, été autrefois affecté à ce genre de mission. Sans doute que si; mais cela avait toujours paru secondaire.

6

— « Hanmouth est une vaste communauté aux profils très variés. De nombreuses familles et des personnes âgées ont choisi de s'établir dans notre ville, compte tenu de l'atmosphère chaleureuse qui y règne, et de la sensation de sécurité que l'on éprouve dans ses rues. Grâce aux caméras de télésurveillance, régulièrement placées d'un bout à l'autre de Fore Street et du Strand, et à la police du Devon qui a bien voulu affecter un responsable de secteur, M. Browning, aux affaires courantes de la cité, les résidants peuvent à juste titre se croire protégés du danger, dans un monde de changements rapides et parfois menaçants.

« Si c'est un privilège de demeurer ici, il ne se conçoit pas sans certaines responsabilités. Le Comité encourage depuis toujours les rapports de bon voisinage, et souligne pour cela la nécessité de comportements adaptés. Lors de sa dernière réunion, on a attiré son attention sur le fait que, le 12 juillet dernier en début de soirée, deux hommes vêtus de façon inacceptable ont été vus dans une rue centrale de Hanmouth. Le Comité n'a aucunement l'intention d'imposer un code vestimentaire, quel qu'il soit, et il n'a rien contre les déguisements. Il est cependant convaincu que les costumes fétichistes arborés par ces deux individus n'avaient pour but que d'afficher leurs préférences

sexuelles, et qu'ils n'auraient pas dû être portés en public dans une ville qui compte de nombreuses familles avec des enfants de tous âges.

« *Nous avons de bonnes raisons de croire que ces hommes se rendaient chez vous à votre invitation, et nous insistons sur le fait qu'une tenue correcte est requise non seulement des résidants de Hanmouth, mais aussi de leurs visiteurs. Nous le regrettons bien, mais il nous incombe de vous faire part des réactions de vos voisins, qui ont transmis au Comité de multiples protestations. Nous ne doutons pas qu'à l'avenir vous prendrez soin de préciser à vos invités que, dans l'enceinte de Hanmouth, certaines précautions de style et de comportement sont attendues, eu égard à la sensibilité des familles qui y habitent.* » Va te faire foutre ! dit Sam, sa lecture terminée.

– C'est signé par qui ? demanda Harry, assis avec lui au salon.

Sam avait déjà froissé la lettre, pour la jeter en direction de la corbeille. L'ayant vu faire les cent pas, Stanley sautillait joyeusement à ses pieds, pensant bêtement qu'une promenade était imminente. De fait, avant de sortir, Sam tournait souvent en rond, de cette manière exactement, à la recherche d'un objet perdu ou mal rangé – bonnet de laine, gants, clefs, sac à crottes, portefeuille, sacoche – et il lui fallait en récupérer quelques-uns avant de finalement ouvrir la porte.

– Pas de nom, c'est signé le Comité de voisinage, c'est tout. Il y a qui, dans leur machin ?

– Je crois que je n'en connais aucun, excepté John Calvin, dit Harry. Elle n'en fait pas partie, Helena Grosjean ?

– Non, tu penses aux gens qui habitaient sa maison avant elle. Qui avaient une espèce d'horrible fontaine dans leur jardin de poche. Mais enfin, c'est scandaleux, ce truc.

– Eh bien, mets ça à la poubelle. Et arrête de tourner en rond, tu m'empêches de lire le journal. C'est les conneries habituelles. Tu sais bien qu'ils nous détestent.

– Je ne savais pas qu'on nous détestait, toi et moi.

– Pas toi et moi. Les gays en général. Enfin, tant qu'ils ne pensent pas trop à nous, ils s'en foutent. C'est quand ils se rappellent qu'on existe qu'ils nous haïssent. C'était le soir où il y avait le mécanicien ?

– Et l'Italien.

– Ah ouais, l'Italien.

Un court instant, Harry se laissa aller à quelque agréable rêverie.

– Qui l'avait amené ? demanda-t-il.

– J'essayais de me souvenir. Juan Carlos ? Ce n'était pas un autre serveur de Paddington Park ?

– À Haïti, ils viennent de dégager un gamin de dix ans, enseveli sous les décombres depuis dix-neuf jours. Tu aurais cru ça possible, toi ? fit Harry en agitant le journal vers son ami. Enfin, on a besoin d'eau dans ce cas-là, il fallait qu'il y ait de l'eau à proximité ?

– Et c'était qui ?

– Je ne sais pas, ils ne donnent pas son...

– Pas ton gars d'Haïti, idiot. Celui qui a foutu les boules au comité de mes deux.

– Ça peut être n'importe qui. J'en parlerai aux gars. Il y en a un qui est venu en kilt, avec un harnais et les tétons à l'air, je crois bien. Je leur dirai un mot la prochaine fois qu'on se voit.

Sam cessa de faire les cent pas ; aussitôt Stanley se rassit, sans pour autant le quitter des yeux, avec la même patiente fascination qu'il manifestait devant la machine à laver ou le poulailler. Incrédule, Sam étudia son compagnon.

– Non, Harry. Ce n'est pas ça, le problème. Le comité machin nous balance cette lettre, comme quoi ils n'aiment pas la dégaine de nos potes, alors c'est à eux qu'il faut causer. On n'a pas à obtempérer. Pour qui ils se prennent, à décider de ce qu'on doit se mettre ? Si on ne les envoie pas se faire foutre maintenant, un jour ou l'autre ils frapperont à la porte pour ouvrir nos placards, au nom de ce qu'ils *estiment* – Sam insista bien sur ce mot – décent ou pas.

– J'adore quand tu montes sur tes grands chevaux.

– Fais pas chier, Harry. Ça ne t'amuse pas plus que moi.

– Je m'en fiche un peu. Ils ne se baladaient quand même pas la queue à l'air, si ?

– Bien sûr que non. Il n'y a pas de timbre ?

Sam alla retourner l'enveloppe sur la table.

– Tu as vu qui a mis ça dans la boîte ? C'était ce matin ?

– Aucune idée, dit Harry. Un membre du Comité de voisinage. À part Calvin, je ne les connais pas. De toute façon, je n'ai vu personne.

– Je vais aller le trouver, leur Calvin, avec sa lettre.

Toujours lourdaud, Stanley bondit autour des jambes de Sam en le voyant décrocher sa laisse sur le portemanteau près de l'entrée. Les promenades avaient leurs horaires : avant le petit déjeuner ; en fin d'après-midi quand Sam rentrait de la boutique – le chien sentait trop mauvais pour le garder la journée au magasin, mais ne rechignait pas à rester quelques heures dans sa corbeille si Sam passait en vitesse vers midi ; et une balade rapide au clair de lune pour qu'il fasse sa crotte. Stanley paraissait enchanté, enivré, bien qu'un peu désorienté, puisque Sam et Harry étaient tous deux à la maison, et qu'il était onze heures et demie, un samedi. Il n'allait pas refuser ça.

C'était une belle journée, légèrement fraîche et sans nuage. Sur les arbres, la couleur des feuilles rappelait l'odeur des feux de jardin. Pour Sam, la fin septembre symbolisait le changement, l'embellissement, ce qu'il attribuait à la rentrée des classes, qu'apparemment l'on n'oubliait jamais. Mais plus personne n'allumait de feux de jardin ; ils avaient tant peuplé son enfance, en cette période-là de l'année, par ces ravissantes journées d'automne, que les associations d'idées tendaient à créer l'illusion. Il aurait juré en sentir l'odeur, il venait de la sentir ou il allait le faire. C'était l'odeur qu'il préférait et il l'appelait de tout son corps. Son père en avait allumé un tous les quinze jours. Qu'est-ce qu'on mettait dedans, à l'époque ? Sans doute ce qu'on encourageait aujourd'hui à recycler - les déchets du jardin, les journaux, les emballages papier. Non, jamais ces grandes poubelles vertes, pleines à ras bord de vieux *Guardian*, ne contribueraient au bonheur de l'homme comme, autrefois, un seul feu de bois à ciel ouvert, dégageant un parfum de lapsang souchong sur une banlieue proprette de Londres, aux jardins bien rangés et clôturés. S'il arrivait à calculer correctement le décalage horaire, Sam se dit qu'au retour il téléphonerait à son père. Un de ces jours, il ferait avec Harry le long voyage jusqu'à Auckland. Peut-être même plus tôt qu'il l'imaginait.

Dans le petit square du monument aux morts, deux silhouettes voûtées sur un banc contemplaient le lointain en silence. Elles donnaient l'impression de s'être tues depuis un moment. C'était Catherine et Alec. Sam se rappela qui avait amené l'Italien, puisque c'était le même soir que, deux mois auparavant, il avait bu l'apéritif chez eux. Il pensa à les saluer ; il se souvint de leur avoir dit plusieurs fois qu'il était désolé. À quoi bon le répéter aujourd'hui s'il n'avait rien à ajouter, vraiment ? Il s'avança sans un mot. C'est Stanley qui, la truffe en l'air, soufflant et gémissant, attira leur attention. Catherine se retourna. Elle semblait fatiguée, usée, lourde. Que faisait-elle de ses journées maintenant qu'on lui avait pris son fils ?

– Tiens, Sam, remarqua-t-elle, et il lui dit bonjour.

Son mari se retourna aussi, juste un instant, et s'en revint à la contemplation de l'estuaire. Catherine attendit un peu, sourit tristement à Sam, puis imita son mari. On ne les avait pas vus à l'enterrement de Tom, ce qui était bien compréhensible. Sam et Stanley poursuivirent leur chemin. Catherine avait la main d'Alec dans la sienne. Et ils ne bougeaient pas.

John Calvin habitait sur le Strand, plus loin que Miranda, dans une drôle de maison, pleine de défauts, qu'on avait certainement bâtie, à un moment ou un autre, pour combler un trou entre deux constructions plus importantes. Elle était bien située, mais cela ne devait pas être commode d'y vivre. Depuis qu'ils résidaient à Hanmouth, Harry et Sam y avaient vu quatre propriétaires distincts s'y succéder. Calvin et sa femme étaient tout de même là depuis quelques années. Sans doute s'étaient-ils accommodés des pièces étroites et anguleuses, du crépi granité de la façade qui, malgré son implacable laideur, résistait mieux au sel et à l'humidité qui causaient tant de dégâts aux autres maisons. Personne n'était jamais entré chez eux. Plein d'une audace réfléchie, Sam sonna à la porte grise.

Mme Calvin posa sur lui un regard interrogateur ; sans doute ne le reconnaissait-elle pas, ne se souvenait-elle pas de lui, puisqu'ils ne s'étaient croisés qu'une fois.

– J'aurais souhaité parler à John, dit-il.

Sans répondre, elle recula dans l'obscurité. Ses cheveux raides et ternes, sa raie au milieu et ses lunettes lui donnaient l'air d'une créature souterraine ou sous-marine, d'un kobold échappé des profondeurs à qui l'on offrait une sortie.

Calvin se présenta en traînant des pieds ; ses yeux papillonnèrent de la feuille de papier que Sam tenait en main jusqu'au chien à ses côtés, qui leva du coup les siens vers lui. Il ne dit rien, fronça simplement les sourcils.

– Bonjour, John, fit Sam en attendant une réaction.

– Oui, bonjour, répondit Calvin, incertain.

– Je voudrais adhérer au Comité de voisinage.

Calvin le dévisagea ; perplexe, il se gratta la tête, par maniérisme, puis réellement, comme si le geste suscitait une vive irritation du cuir chevelu. Un épi brillantiné se dressa un instant, comme la crête du coq ou la trappe de la cave. Son autre main vint rapidement aplatir l'épi rebelle, et sa chevelure blanche recouvra l'habituelle horizontalité. Entre-temps, Laura était revenue des ténèbres. Sam eut l'impression d'avoir prononcé la formule magique, et désormais tous les djinns de la maison allaient lui manger dans la main.

– Eh bien, fit John, je ne m'attendais pas à ça.

– Vous vous attendiez à quoi ?

– Pas à ça, dit Laura avec sa voix de corbeau, en reculant vers le salon.

Comme il n'y avait pas d'entrée, on accédait directement à celui-ci depuis la rue. Cela vous situait dans l'échelle sociale du Strand ; certains avaient une entrée, d'autres pas. Une distinction de classe qui s'ajoutait, bien sûr, à celle de votre quartier. Sam, qui connaissait plusieurs de ces maisons, savait que le vent de l'estuaire sifflait ici sous la porte et que, faute d'une vraie entrée, on avait les chevilles gelées toute l'année. Mal éclairé, le salon marron et vert des Calvin ressemblait au dépôt d'un mauvais antiquaire : les meubles étaient mal assortis, bizarroïdes, agencés à la va-vite, sans tenir compte de la cheminée, du téléviseur, ni des meubles eux-mêmes. Chaises, tables et lampes se faisaient face les unes les autres, s'ignoraient sans ordre ni raison.

– Non, je ne m'attendais pas à ce que vous disiez ça.

– Qu'importe, dit Sam, je souhaiterais adhérer au comité.

– C'est une bonne idée, mais je crains que nous soyons au complet.

– Vous me ferez bien une petite place.

– J'ai peur que non.

– Quelqu'un nous a envoyé cette lettre, dit Sam en la montrant. Je voudrais savoir qui.

Calvin y jeta un coup d'œil, la défroissa – Sam l'avait serrée dans sa main.

– C'est marqué le comité en bas, non ?

– Oui, j'ai vu. Mais je me demande qui l'a écrite. J'aimerais dire deux mots à son auteur.

– Eh, c'est le comité, l'auteur, dit Calvin, qui paraissait franchement médusé.

– Exact, fit Laura dans son dos. La lettre est signée par le comité.

– Dans ce cas, je voudrais lui parler. Quand vous réunissez-vous ?

– Je doute que cela soit très opportun, dit Calvin.

– Ni très possible, renchérit Laura en se rapprochant.

La grande tasse qu'elle avait à la main portait curieusement l'inscription La Mère La Plus Géniale Du Monde. Les Calvin n'avaient pas d'enfants, si ? Ou alors étaient-ils grands et volaient-ils de leurs propres ailes ? Pour la première fois, Sam se fit la réflexion qu'avec son visage rose, peu marqué par les ans, et ses cheveux blancs et plats, Calvin pouvait avoir n'importe quel âge. Recouvrant ses esprits, John se lança dans un de ses numéros.

– Euh là ! Mais non ! Ouh ! Faut qu'je vous dise, ma petite dame, faut qu'je vous dise, y en a tellement, tellement qui meurent d'envie de venir au Comit', comme on dit. Ouh là, oui, pour ça, on rigole, ouh là là ! Alors vous comprenez, poursuivit-il avec une voix normale, du moins celle qu'il avait le plus souvent, on leur répète toujours que c'est malheureux mais, compte tenu de l'espace disponible, et votre capitaine vous rappelle les consignes de sécurité, les issues de secours se trouvent au fond, à l'avant et au milieu de l'avion, nous ne pouvons pas laisser venir tout le monde au Comité de voisinage. Désolé, mais c'est la triste vérité.

– Et les membres, qui est-ce ? Je pensais à Helena Grosjean, mais il faut croire que non. Pas Miranda Kenyon, non plus, bien que ça lui plairait certainement.

Calvin posa sur Sam un aimable regard vide.

– J'aurais simplement voulu savoir qui vous avez, dans ce comité.

– Eh bien, moi, fit Calvin, s'esclaffant. Évidemment qu'il y a moi. Écoutez, je ne vais pas rester cent sept ans comme ça, la porte ouverte dans le froid. C'est que ça vous coûte un bras, le chauffage central, en ce moment.

– Ça ne me dérange pas d'entrer.

– J'en serais ravi, mais Laura, mon épouse, est allergique aux chiens. Le poil lui donne de l'urticaire, des pustules grosses d'un centimètre. Violettes. Non, on ne peut pas le faire rentrer.

– Stanley peut attendre dehors et...

Sam ne termina pas sa phrase, Calvin lui glissant « À bientôt », et lui refermant la porte au nez. Il entendit les rideaux froufrouter – Calvin étant sans doute la seule personne du Strand à disposer de voilages pour préserver son intimité et celle de sa femme. Sam se demanda s'il n'était pas écossais. Sur deux petits carreaux de la fenêtre était collé le logo orange du Comité de voisinage, avec ses grosses capitales agressives, symbole d'observation et d'intrusion.

7

Le restaurant était trop près du métro – à deux cents mètres de la station South Kensington. Au double de cette distance, peut-être dans une belle avenue blanche, aurait-il pu revendiquer quelque élégance, escompter une clientèle régulière, satisfaite et sophistiquée. Il existait à Londres nombre de restaurants prétentieux, semblables au Sumac, portant le nom d'un obscur aromate et offrant un menu compliqué, comme lui financés par une douzaine d'amis du patron, banquiers ou traders. L'ancien propriétaire n'avait tenu qu'un an et demi, démontrant malgré lui le manque d'intérêt de la clientèle pour un établissement du type « ranch péruvien ». L'intérieur avait été entièrement démantelé, et la nouvelle déco, aux nuances de gris et de rose pâle, avec surfaces en ardoise, lys blancs surabondants, urinoirs en verre, portes semi-transparentes et cadres en marbre orangé, avait été installée grâce aux fonds des amis. Cependant l'endroit restait trop près d'une station de métro. Éberlués par les prix, les gens qui s'y aventuraient – des touristes en route ou au sortir d'un musée – se contentaient d'un plat unique et d'une carafe d'eau. Les riches habitants du quartier essayaient une fois le Sumac, l'appréciaient, disaient-ils, assuraient d'y revenir, puis choisissaient un autre restaurant, situé plus loin de la bouche du métro. Six mois après l'ouverture, les lys blancs n'étaient plus renouvelés que le samedi, pour durer toute la semaine, flétris et grisonnants. Il aurait mieux valu recourir à la bonne vieille technique de Paolo Crichetti, pensait Mauro, servir des plats que personne n'avait commandés, et faire payer quand même en cas de refus. Pourquoi les restaurateurs anglais n'y pensaient-ils pas ?

L'Italien travaillait là depuis peut-être un peu plus de deux mois. Il commençait juste lorsqu'il avait passé avec David ce week-end dans le Devon qui s'était si mal terminé. Et il était ravi d'avoir enfin quitté la pizzeria, à l'atmosphère bruyante, suffocante, empestant l'origan, qui l'avait employé auparavant. Certes, c'était une pizzeria chic, gastronomique à sa façon, avec des clients bien habillés, des articles de journaux affichés sur la vitrine, mais cela n'en restait pas moins une pizzeria. Mauro rêvait de porter une chemise blanche impeccable sur un pantalon noir, d'accueillir les habitués d'un simple sourire, de refuser d'un haussement d'épaules quiconque n'avait pas réservé. Il lui fallait un élégant sommelier blond, avec un tablier noir qui lui descendait jusqu'aux chevilles. Il devait y en avoir, des endroits comme ça, à Londres !

Luis, un de ses copains, lui avait parlé du Sumac, qu'allait ouvrir un Anglais de sa connaissance, un certain Oswald Bond. « Tu devrais te mettre sur les rangs », lui avait-il dit, et Mauro était allé trouver M. Bond. « Je veux du style, de l'innovation, de l'enthousiasme », avait déclaré celui-ci, et l'Italien avait décroché le job.

Mais, à l'instant présent, Mauro se sentait horriblement mal, et c'était entièrement sa faute. Oswald lui avait promis, ou fait semblant, qu'il choisirait librement ses journées et ses horaires. Les premiers temps, Mauro n'avait pas travaillé le samedi et le dimanche au déjeuner. Puis Oswald Bond avait annoncé qu'il avait besoin de lui ces jours-là précisément à midi, en lui donnant l'impression que cela ne durerait qu'une semaine. À la fin de la suivante, Bond lui avait de nouveau imposé ces horaires-là, sans autre forme de commentaire. Et l'Italien avait assuré les déjeuners du week-end depuis presque un mois entier.

Il avait horreur de ça : le samedi à midi, il n'y avait quasiment que des touristes, grincheux, râleurs, tout droit sortis d'un musée, incapables de dénicher un autre restaurant, rechignant à payer les prix du Sumac. Mauro en avait ras le bol de servir à des tablées de sept un plat direct, sans entrée ni dessert, avec une carafe d'eau du robinet. Tout ça pour un pourboire quasi inexistant. Plus encore, il détestait venir le samedi à midi car on le privait de ses vendredis soir. Or le vendredi soir avait deux fonctions principales : soit Mauro travaillait, et les pourboires étaient copieux, car le Sumac attirait quand même du monde ; soit il faisait la fête dans les bars et boîtes de Vauxhall.

Ce samedi midi, Mauro se sentait vraiment mal. Quand Susie lui avait téléphoné la veille, il n'avait pas su résister et l'avait retrouvée à sept heures dans un bistro avec ses copines gouines. Ensuite, ça n'avait plus arrêté. À cinq heures du matin, Mauro criait à l'oreille de Christian, sur une piste de danse enterrée sous une lointaine arcade de chemin de fer, qu'il allait bosser dans six heures, comme si rien ne devait être plus drôle. « Chéri, avait hurlé Christian, tu fais une petite sieste, comme avant un after, tu avales un bon café, tu te laisses de quoi sniffer une ligne sur la table de nuit, et tu seras frais comme un gardon. Les dieux des gays se chargeront du reste, bébé. » Mauro avait suivi le conseil, ne sortant du club qu'au moment où l'on rallumait les lumières. Maintenant, il ne voyait que lui dans la série de miroirs horizontaux qui couvraient les murs, à hauteur d'œil, dans tout le restaurant. Il était vraiment en dessous de tout.

Pour commencer, il suait ; sa peau marbrée était jaune et rouge à la fois ; il avait les yeux injectés de sang et les cheveux agglutinés dans une masse informe. Une tablée de cinq Norvégiens passait sa commande : père et mère gigantesques, fille aux mâchoires gargantuesques, un frère de deux mètres de haut, et la grand-mère sans doute, au regard bleu nazi. Il était treize heures trente. Après avoir récité pour la neuvième fois les plats du jour, Mauro parvint à leur fourguer les cannellonis aux Saint-Jacques et boudin noir dont la cuisine voulait se débarrasser. Il était seul à assurer le service. Bruno, le petit Anglais, fils d'un ami du patron, et qui depuis deux semaines démontrait son incompétence, s'était fait porter pâle. Mauro doutait qu'il reviendrait jamais. Trop radin ou trop limité par ses faibles recettes, Bond n'avait pas appelé l'agence d'intérim à la rescousse. « Je le remplace », avait-il assuré. Mais une fois de plus, il s'était réfugié derrière le comptoir, devant un verre qui pouvait être, ou pas, de l'eau pétillante.

Quand, devant le passe-plat, Mauro apporta la misérable commande, il se dit qu'il fallait faire quelque chose : il avait l'air trop lamentable.

– On vous demande à la table sept, lança Oswald sur un ton de reproche.

– Je reviens tout de suite, répondit l'Italien en se dirigeant vers les toilettes des clients.

Il était temps de réagir. D'abord, il s'aspergea d'eau froide. Il sentait les excès de la nuit fermenter dans son corps. Sa chair en avait conservé les odeurs et les restituait au grand jour. Mauro s'essuya avec une des serviettes blanches empilées près du lavabo. La petite ligne de coke avait fait effet jusqu'à un certain point ; il était arrivé à l'heure, avec une chemise et un pantalon propres. Mais il ne se voyait pas continuer ainsi jusqu'à une heure du matin, du moins sans un autre coup de main. Il chercha son téléphone dans sa poche. Comme d'habitude, il l'avait mis à l'abri derrière le comptoir. Quand Glen passerait à South Kensington en début de soirée, avec des provisions, Mauro aurait vraiment besoin de lui.

C'est alors, tandis qu'il pissait à l'urinoir, que la catastrophe se produisit. Il eut envie de péter, laissa faire et comprit rapidement son erreur. Un poids lourd et chaud tomba dans son slip. Mauro était encore ivre, mais il avait déjà la gueule de bois, les effets de la drogue se dissipaient et, pour la première fois de sa vie, il venait de chier dans son froc. Trottant maladroitement, pissant encore en chemin, il ouvrit la porte en verre dépoli d'une des cabines. Avant même qu'elle se referme, il descendit pantalon et slip sur ses chevilles. Il ne savait vraiment pas quoi faire. Mauro se déchaussa en toute hâte, les mocassins étaient pratiques pour ça, il retira le pantalon, puis fit une boule de son slip afin de le dérouler au-dessus de la cuvette et de le débarrasser de cette horreur. Ensuite, il se lava comme il put, debout en chemise et chaussettes sur le carrelage froid. Mais impossible de laver le slip, en tout cas pas dans le lavabo, de l'autre côté de la porte, où un client pouvait surgir à tout moment. Il tira de nouveau la chasse et, réprimant un haut-le-cœur, tendit la chose sous le bord intérieur de la cuvette, à l'endroit où l'eau s'écoulait. Cela ne servit à rien. Il ne pouvait ni le remettre, ce slip, ni le jeter dans les chiottes – ces chiottes modernes, imprévisibles, qui se bouchaient tout le temps. En outre, c'est à lui, l'Italien, qu'on ordonnerait d'arranger ça. Impossible, également, de quitter la cabine avec ce truc dégueulasse à la main. Seulement, il n'y avait pas de poubelle dans le box. Mauro était un homme qui s'était oublié sur son lieu de travail. Il entendit la porte des toilettes s'ouvrir avec son bruit caractéristique.

– Qu'est-ce que vous faites là-dedans ? demanda Oswald Bond. C'est inadmissible, Mauro !

– Je ne me sens pas bien. Ça ira mieux dans une minute.

– C'est intolérable. Je vous donne trente secondes pour reprendre le travail, avec une attitude correcte. Vous commencez à me décevoir.

Frissonnant, l'Italien tendit le bras pour placer son slip sale sur le coffrage qui cachait le réservoir d'eau en hauteur sur le mur. Il remonta son pantalon, tira la chasse, sortit de la cabine. Les mains dans les poches, Oswald Bond l'attendait avec un sourire sarcastique.

– Dans certains restaurants, on mesure combien de temps les employés passent aux toilettes.

C'était le chef qui parlait. Oswald passait facilement d'un rôle à l'autre, il savait être copain-copain, et l'instant d'après redevenir un modèle de patron hyper efficace, sans que l'on puisse anticiper les transitions. Elles se produisaient en général au moment où on était le plus vulnérable.

– Je vais peut-être les imiter. Je me demande ce que vous fichez là-dedans, enfermé depuis dix minutes. Quoique je ne tienne pas tant que ça à le savoir, parce que, dans ce cas, je me verrais obligé d'appeler la police. Compris ?

– Je suis malade.

– Malade, oui. Malade hier, malade aujourd'hui. Enfin, tenez-le-vous pour dit, je ne le répéterai pas. On ne disparaît pas comme ça aux toilettes alors qu'il y a du monde en salle. Que cela ne se reproduise pas, OK ? Fin du sermon, conclut-il, reprenant sans raison apparente le mode copain-copain. Au fait, votre portable a sonné, il y a une seconde. Je n'ai pas répondu.

Mauro n'eut pas le temps de consulter son téléphone avant la fin du service de midi et le départ du dernier Scandinave furieux. Il ne connaissait pas ce numéro. Ça ressemblait à une ligne fixe, mais l'indicatif n'était pas un de ceux de Londres. On n'avait pas laissé de message. L'Italien se promit de chercher une autre place dès qu'il serait revenu dans les bonnes grâces d'Oswald Bond.

8

Le ciel, les collines, la vase, l'eau, encore la vase, puis le rivage. C'était un paysage à six étages, une composition simple, qui pourtant formait à la fin une masse complexe, brouillée. Catherine pleurait si souvent en ce moment. Elle avait tout un éventail de pleurs, toute une variété qu'elle avait eu le temps d'étudier à fond. À un bout de la gamme, elle connaissait la crise de colère, désespérée, impuissante, quand vos membres et vos articulations tremblent de douleur, comme secoués par des forces extérieures. À l'autre extrémité, tout simplement, on avait les yeux plus ou moins humides. Mais constamment. Catherine avait l'impression, au mieux, d'incarner l'instant le plus touchant d'un film dramatique. Les battements dans la poitrine, leurs frémissements cadencés, cette espèce de démangeaison poivrée au bord des paupières. Sur le banc qu'elle occupait avec Alec, dans le petit square du Strand à Hanmouth, elle venait de quitter un stade intermédiaire : ni les sanglots, ni l'apitoiement feutré, juste le ruissellement des larmes sur ses joues. Elles coulaient de toute façon, qu'elle pense ou pas à David. Catherine ne se serait pas doutée qu'elle l'aimait autant.

Elle avait dans la sienne la main molle et morose de son mari. Au bout d'un moment, elle cessa de pleurer et le paysage se recomposa, les six étages retrouvant chacun sa place. Fouillant dans son sac à main en cuir, plissé, ridé comme un vieux gant de boxe, elle s'essuya avec un Kleenex. Catherine en avait toute une cargaison.

– Je le rappellerai plus tard, dit-elle. Ce n'était sans doute pas une bonne idée d'essayer à l'heure du déjeuner. Il doit travailler. C'est un petit restaurant, on ne lui aura pas laissé le temps de répondre.

– Notre numéro s'est affiché, sûrement. Il peut rappeler.

– J'aimerais essayer une autre fois.

– Et moi, je n'aime pas te voir dans cet état. Il ne faut pas réveiller le chat qui dort. Il sait où nous trouver. Peut-être qu'il n'a pas très envie de... Tu vois ?

– Les gens ont différentes façons de réagir, dit-elle pour la centième fois.

Elle avait appliqué le postulat à eux-mêmes, à leurs propres réactions, mais aussi à la façon dont les gens les saluaient, ou les évitaient. La disparition de David avait mis un terme à leur début de vie sociale à Hanmouth. Catherine avait appris que le général était mort ; la chose s'était transformée en carnaval, satisfait, blessant. Quant à son propre chagrin, c'est comme si on en avait honte. On l'ignorait ; c'était insuffisant, une tentative infructueuse d'imiter un art dans lequel, apparemment, Hanmouth était passé maître. À l'approche d'Alec et Catherine, deux affligés qu'on connaissait à peine, les gens s'empressaient de traverser la rue ou de regarder la vitrine des agences immobilières. Des affligés qui n'en valaient pas la peine. Maintenant Catherine appliquait le postulat à Mauro, un homme qu'ils n'avaient rencontré qu'une fois, l'hébergeant vingt-quatre heures, sans savoir comment il avait réagi au décès de son compagnon. Pas comme eux-mêmes, sûrement ?

Après l'arrivée soudaine de la police, ils s'étaient vite rendus à l'hôpital. « Son ami est là-bas aussi », avait dit l'agent, aimable. Ils avaient hoché la tête. Sans bien comprendre, ils s'étaient assis à l'arrière de la voiture. Catherine se souvint du bonhomme qui s'était penché vers eux, alors qu'ils remontaient lentement Fore Street. C'était le vieil imbécile qui l'avait snobée au début, cet homme censé tout savoir de Hanmouth, connaître les gens importants – celui qui les avait pris pour du menu fretin. Il avait baissé le menton comme on faisait jadis au passage d'un corbillard. Il avait dû les reconnaître, blancs comme des cachets d'aspirine, des criminels qu'on venait d'arrêter. Satisfait, il avait relevé la tête, avant de poursuivre sa promenade et peut-être de répandre le bruit. Le véhicule avait accéléré après le rond-point à la sortie de Hanmouth, où se dressait l'immense pub où ils n'étaient jamais allés. Catherine était dans le doute ; fallait-il réduire la vitesse, avec la dignité qui sied au chagrin, ou se hâter de retrouver son fils ? On les avait conduits dans cet hôpital inconnu d'une ville inconnue, jusque-là un nom sur la carte, on leur avait fait traverser un hall d'attente, plein à craquer, pour aller directement en salle de soins. David était là. Catherine n'aurait jamais cru le voir comme ça. « Où est-il ? » avait-elle demandé au bout d'un moment. On n'avait pas saisi tout de suite à qui elle faisait allusion. Puis on lui avait signifié que Mauro était parti. Les jours suivants, elle avait retracé son itinéraire : par téléphone, il avait commandé un taxi, lequel l'avait mené à la gare, d'où il avait pris un train pour Londres. Mais elle ne comprenait toujours pas. Ils avaient composé tous les numéros sur le portable de David, et la plupart de ses amis – Dymphna, Richard et quelques autres – étaient présents aux obsèques. Un petit groupe par un triste après-midi. Alec et Catherine s'étaient demandé où ils allaient se réunir, optant finalement pour Bideford, pratique puisque à équidistance de Hanmouth et de l'hôpital. Mauro avait hésité lorsqu'elle l'avait eu au bout du fil. Finalement, il n'était pas venu. Les gens ont différentes façons de réagir à la mort. Et que faire de ce téléphone portable ? Pour ne pas l'éteindre pour toujours, ils avaient laissé la batterie se vider, et ils l'avaient rangé dans un placard avec les autres affaires.

– Tu te rappelles ce jour où on était aux Proms[1] ?

– Qu'est-ce qui te fait penser à ça ?

– Ça me revient, c'est tout.

C'était l'été précédant leur mariage – ils n'étaient pas encore fiancés. Un dimanche après-midi, au parc, ils avaient décidé d'une date à l'automne, et en réalité ils s'étaient épousés en avril, le 2 avril. « On ne peut quand même pas faire ça le 1er », avait dit Alec. Sans doute réfléchissait-on plus longtemps, à l'époque. Mais avant, il y avait eu les Proms. Ces années 1960 n'étaient pas les années 1960 que l'on commente aujourd'hui dans les documentaires, celles des festivals pop, de l'amour libre et tout le bataclan. Non, on habitait encore chez ses parents, à sept rues l'un de l'autre, on cherchait un travail sérieux, on portait des costumes Burton's, on rendait les livres le jour dit à la bibliothèque, on avait

1. Diminutif de « concerts promenades », concerts d'été à Londres et dans toute l'Angleterre, généralement sans places assises, d'où le nom de promenade.

une sœur jalouse qui veillait au grain. Et l'été, on allait aux Proms. Alec et Catherine aimaient ça. Il aimait beaucoup le jazz, mais le classique aussi. Comme tout le monde, en ce temps-là. C'était une soirée d'août, une des plus chaudes qu'elle se rappelait – ou qu'elle pouvait imaginer –, et il l'avait emmenée à Londres dans sa petite Morris Minor, noire et luisante. Il y avait des rideaux sur les vitres arrière, joliment attachés avec des petits nœuds – un gag apprécié de leur bande de copains, et Catherine portait – à sa grande surprise, elle s'en souvenait parfaitement – une robe à pois rouges sur fond blanc, pas vraiment mini, cinq ou six centimètres au-dessus des genoux, avec une ceinture en plastique transparent. Des collants blancs aussi – qu'elle regretterait d'avoir mis, à cause de la chaleur. Et Alec, comment était-il ? En costume gris, sûrement, avec – oui – une cravate fine. Elle se rappelait l'avoir prise dans sa main, plus tard dans la soirée. Dans l'entrée, on avait l'impression que la salle rejetait de la buée ; tous les étudiants se pressaient, debout, marquant leur territoire. Mais eux avaient des places assises. « Je ne peux pas rester debout. Pas pendant tout le concert. Je finirais par m'évanouir. » Elle disait cela alors qu'ils s'asseyaient déjà. Alec ne lui aurait pas imposé ça. Il avait toujours été très attentionné.

Tous deux adoraient Tchaïkovski, le savaient, et Ida Haendel allait jouer le concerto pour violon. Ils l'avaient déjà écoutée ; ils aimaient son long visage grave, la puissance qu'elle dégageait dans l'auditorium. Il y avait au programme, après l'entracte, une symphonie de Malher qu'ils ne connaissaient pas et qui leur avait plu par-dessus tout. C'était comme une histoire, un conte de fées, les voyages d'une bergère allemande subissant les douleurs de l'enfantement, et pour qui tout s'arrangeait à la fin. La semaine suivante, Alec avait offert à Catherine le 33 tours de cette symphonie ; et quinze ans plus tard, il était rentré à la maison avec le coffret de toutes les symphonies de Malher, qu'ils avaient écoutées pendant des semaines, l'une après l'autre, tentant vainement de se réapproprier l'enchantement d'une chaude soirée d'août 1968, d'Alec qui se rapprochait d'elle, rouge et brûlant, sa chemise collée au torse, en murmurant : « Génial », et elle qui répétait : « Vraiment génial. » Le coffret lui ayant coûté une somme, Alec avait éprouvé le besoin de s'excuser. La musique était tout pour eux, en ce temps. Sortant ensuite du Royal Albert Hall – comme c'était facile, à l'époque, de se garer à Londres ! –, les harmonies en tête, revenant après le long finale, les ovations, le mouvement de la foule, Catherine avait poussé Alec sur le capot de la première voiture, et l'avait embrassé pendant une éternité. Un doux souvenir ; bien sûr, à l'époque, il n'y avait pas ces alarmes intempestives sur chaque véhicule le long du trottoir. Maintenant qu'elle y repensait, ce n'était pas une cravate fine, mais une *kipper tie*[1], une des toutes premières, précurseurs des années 1970. Elle retrouvait dans sa main la sensation de l'étoffe large, voluptueuse, tandis qu'elle plaquait son futur mari sur la carrosserie.

– Mais d'où tu nous ressors ça, tout d'un coup ?

– Je ne sais pas. C'est inattendu. Comme une bouffée qui me monte à la tête.

1. Particulièrement larges.

9

– Ce qui compte, c'est d'avoir quelque chose à faire. Trouver une occupation, dit Kitty.

Quand tout le monde fut parti, une ou deux heures plus tôt, Kitty était restée pour mettre de l'ordre. Ce qui ne lui avait pas pris beaucoup de temps et, après avoir bien rangé, elle s'était assise pour parler un peu. Quoi qu'il arrive, elle n'allait pas laisser Billa seule, au début d'une soirée qui promettait d'être longue. Elles avaient discuté de la cérémonie, de la réception, et Kitty évoquait maintenant l'avenir de Billa.

– Je m'étais rendu compte que, tout d'un coup, j'avais des heures et des heures de temps libre. Franchement, je n'aurais pas pensé qu'avoir un mari était aussi accaparant. Extraordinaire. Il faut d'abord vous reposer un peu, et ensuite réfléchir à une activité.

– Un travail, vous voulez dire ? fit Billa, essayant de s'imaginer au comptoir d'une boutique. Mais personne ne m'en donnerait.

– Oh, détrompez-vous ! dit gaiement Kitty. Pas forcément un travail. Juste quelque chose pour vous mettre le pied à l'étrier, quelque chose de nouveau, histoire d'entretenir la matière grise. Vous pourriez apprendre une langue étrangère, vous mettre à la peinture.

– La peinture, sûrement pas ! jeta Billa, atterrée.

Hanmouth fourmillait de peintres amateurs qui se refilaient leurs vues de l'estuaire, ou en tapissaient leurs murs, ce qu'elle trouvait déprimant. Plus déprimant encore lorsqu'ils plaçaient leurs œuvres les uns chez les autres, gages de futures compensations.

– Si, vous seriez certainement très douée, dit Kitty, se méprenant sur la réponse. Je pensais à une chose, poursuivit-elle en finissant son verre. Plus que tout, j'aimerais aller en Italie, un de ces jours. Peut-être au début du printemps, tiens ?

– Bonne idée. Il ne fera pas trop chaud, comme ça.

– C'est triste d'y aller toute seule, quand même.

– Question d'organisation, dit Billa, comprenant avec un temps de retard.

Après tout, sa voisine faisait preuve de gentillesse ; Kitty avait dû glaner quelque part que le chagrin se guérissait avec des projets.

– Excusez-moi. Ça m'est difficile à imaginer. Ne vous inquiétez pas, tout ira bien pour moi.

– Encore ? demanda Kitty, agitant son verre vide.

Certes, elle était fort aimable mais, du fait de sa situation, Billa avait peu à peu l'impression d'être une sorte de bien public, objet de trop nombreuses attentions.

*

– Vous devriez vraiment vous trouver une occupation, dit Kitty un matin, près de la grand-rue. À quoi passez-vous vos journées, je me demande ?

Elle avait de petites courses à faire et l'avait convaincue de sortir.

– Oh, j'ai de quoi m'occuper, répondit Billa. Sam !

– Bonjour, Billa, ma chérie, fit Sam qui sortait de l'épicerie. Je suis vraiment pressé. On a des amis à dîner, ce soir, et je n'ai rien préparé. Vous venez toutes les deux au groupe de lecture, demain ?

– Bon Dieu, ça m'est sorti de la tête, dit Billa. Je crois que je n'ai pas lu une page. Eh bien, courez, Sam ! Vous voyez, Kitty, je n'ai pas le temps de m'ennuyer. C'est vrai que j'aurais pu penser à ce livre, quand même.

– Ce n'est pas ce que je voulais dire. C'est bien de se lancer dans quelque chose de neuf. Bon, je cours aussi.

Chez l'épicier, d'où Sam venait de sortir, Kitty était souvent fourrée. Elle répétait à loisir qu'il fallait soutenir les petits commerçants, faute de quoi on n'aurait plus que les supermarchés, et leurs tomates n'avaient jamais aucun goût. Billa s'en fichait ; les grandes surfaces lui convenaient parfaitement.

– Bonjour ! lança Kitty au vieux couple acerbe qui tenait la boutique. J'en ai pour une seconde.

Ils ne répondirent pas. Suivant son amie, Billa s'arma de patience.

– Vous pourriez étudier quelque chose d'intéressant, vous inscrire à un cours. Apprendre la dactylo, la peinture, faire un peu de théâtre amateur.

Tout en parlant, Kitty faisait des gestes encourageants avec les bras, comme si l'idée lui passait soudain par la tête. Avait-elle oublié qu'elle avait dit exactement la même chose, juste après l'enterrement ?

– Alors... de l'ail, commença-t-elle.

– Vous avez peut-être raison.

Une jeune femme, accompagnée d'un petit garçon aux cheveux roux, un peu chétif, entra derrière elles dans le magasin.

– Il nous faudrait juste quelques pommes. Des goldens, ça ira ? demanda-t-elle au garçon.

– J'aime que les granny smith, maugréa ce dernier.

Ils avaient tous deux un accent londonien à couper au couteau.

– Ils ont que des goldens, ici. Mais elles ont l'air très bonnes.

– Je ne me rappelle pas si j'ai encore des œufs, dit Kitty, comme si elle comptait sur Billa pour lui rafraîchir la mémoire.

– Hm, fit Billa.

Les Londoniens payaient leurs pommes.

– En vacances ? demanda l'épicière en encaissant.

– Oui. C'est joli, par ici.

– Ah, ça nous plaît bien, nous, dit son mari.

Ils regardèrent la mère et le fils s'en aller ; ils étaient à peine sortis que l'épicier lança :

– Ces pèlerins. Rien n'est jamais assez bon pour ceux-là.

Sa femme émit un rire grossier.

Kitty parut ne rien entendre, cependant Billa rougit, comme toujours lorsqu'elle assistait malgré elle à ce genre de scène. Elle n'avait appris le mot que récemment – la pire insulte que l'on puisse proférer. Ça puait le provincial, le bouseux dans toute sa splendeur.

– Ah, zut, dit Kitty. Je n'ai pas d'argent sur moi. Il faut que j'aille au distributeur.

– Je peux vous l'avancer, proposa Billa, mais Kitty était déjà dehors, laissant son panier devant la caisse.

– C'est la deuxième fois aujourd'hui, remarqua l'épicière.

– Ah bon, répondit Billa, mais ce n'était pas à elle qu'ils parlaient.

Elle aurait aussi bien pu ne pas être là.

– À qui c'est, ce panier, alors ? demanda l'homme.

– La dame vient de sortir, elle va revenir. Qui nous a fait ça, tout à l'heure ?

– Le gros. Celui qui vit avec son copain, le notaire. Un lord, il paraît. Les deux de la jaquette, là.

– Ah oui, il paraît. Un lord... notaire... voyez-vous ça ! Quel gâchis, quand même.

Devant le casier de pommes de terre, Billa se sentait aussi invisible que sa solitude, apparemment, le lui imposait. Elle revoyait Sam répéter exactement le même dialogue : ce qu'on disait de Harry et de lui dès qu'ils avaient le dos tourné. Comme si, à la demande du public, les épiciers entamaient un numéro bien rodé. Sauf que le public était absent et que, de toute façon, elle n'en faisait pas partie. Les gens parlaient toujours ainsi en face de témoins négligeables.

10

Elle était presque devant chez elle lorsqu'une voix retentit de l'autre côté de la rue.

– Madame Townsend !

Elle se retourna. C'était, contre toute attente, la pseudo-artiste qui était venue à l'enterrement. Billa croyait pourtant l'avoir envoyée promener, celle-là. Elle était tout enveloppée de noir et de mauve ; une robe moulante, quelque part en dessous, sous des couches de foulards et de châles. Tel un oiseau pressé, la fille traversa la rue en se dandinant. Bien qu'elle ne voulût pas consacrer trop de temps à cette dame, Billa attendit par politesse. « Canard », voilà le mot qu'il ne fallait pas dire, ni même penser, observa-t-elle en son for intérieur.

– Comment allez-vous ?

– Pas si mal, tout compte fait (réponse standard, en ce moment). Merci. Évidemment, c'est éprouvant, tout ça, mais on finit par sortir la tête de l'eau.

– J'en suis ravie. Je voulais vous dire que... Enfin, j'espère que ma présence ne vous a pas dérangée, à l'église.

Le propos paraissait si extravagant que Billa se contenta de pencher la tête d'un côté. Sur le trottoir en face, Kitty fit un signe de la main en revenant du distributeur. Billa l'avait complètement oubliée, comme le panier chez l'épicier, resté sans surveillance sur la caisse.

– Mon nom est Sylvie. Peut-être ne vous en souvenez-vous pas ?

– Non. Je ne crois pas. Nous ne nous connaissons pas, si ?

Bien qu'il ne fît pas spécialement chaud, Sylvie gonfla les joues, souffla bruyamment et s'éventa des deux mains.

– Pas étonnant, dit-elle. Vous deviez être sous le choc. C'est moi... quand ces voyous vous ont renversée, il y a deux mois... qui vous ai aidée à vous relever. Je vous ai emmenée dans la boutique de fromages de votre ami. Sam, c'est ça ?

– Oh, fit Billa.

Voilà une chose que, depuis toujours, elle détestait par-dessus tout : snober les gens, avoir une si haute idée de soi-même qu'on refuse le bonjour à quelqu'un, ce simple geste qui unit deux êtres humains. Confrontée aux humiliations et aux épreuves de l'enterrement, elle avait, malgré elle, malgré tous ses principes, rabroué cette femme, la prenant pour une inconnue. Ce n'était pourtant pas dans son caractère, aimait-elle croire. Billa se demanda une seconde si elle pouvait faire passer sa remarque ambiguë à l'église pour de la gratitude. Elle ne se rappelait plus exactement ses mots, mais cela paraissait difficile, ils paraissaient planer entre les deux femmes.

– Mon Dieu, que devez-vous penser de moi ? Je suis navrée. C'était gentil de votre part d'être venue. Je ne vous ai jamais remerciée pour ce que vous avez fait. Que me serait-il arrivé, sans vous ? Je serais encore sur le trottoir.

– Ne vous excusez pas. Je ne vous reproche rien. Vous étiez bouleversée, je comprends bien.

– Non, je n'étais pas dans mon état normal. Vraiment, je suis désolée. Ça me ressemble si peu.

– Bon, enfin. Quelqu'un d'autre vous aurait aidée. Comme j'étais tout près, ç'a été moi.

– Sans doute, sans doute, mais c'était *vous.* Et je ne vous ai jamais remerciée. Pardonnez-moi.

– Alors d'accord, je suis remerciée.

– Eh bien, soyons amies, dit Billa.

Elles convinrent rapidement qu'elles n'avaient rien de particulier à faire dans l'immédiat. Billa invita Sylvie à entrer boire une tasse de café – il restait du gâteau aux cerises, sans doute encore pour des mois. Mais quand Sylvie proposa de le prendre plutôt chez elle, sans promettre grand-chose d'autre – « On peut toujours griller des toasts » –, Billa fut tentée et accepta. Et, tandis qu'entre les glycines et les magnolias elles cheminaient amicalement dans les petites rues, longeant les maisons mitoyennes, les anciens hospices, les majestueuses demeures du XVIIIe, Sylvie avança que Billa avait sûrement reçu assez de monde comme ça, ces derniers temps. C'était parfois agréable, aussi, d'être reçu chez les autres, même à la bonne franquette. Elle n'avait pas tort. Billa imagina Kitty, les joues rouges, revenant de chez l'épicier avec ses légumes de la semaine, puis sonnant à sa porte – qu'elle pousserait aussitôt, pour s'apercevoir, étonnée, que, n'étant pas rentrée, son amie se passerait aujourd'hui de ses égards, de sa compassion. Cela même qu'il devenait fatigant de recevoir – les égards, la compassion –, aussi fatigant que de veiller à ce qu'un petit enfant ne manque de rien. Billa se réjouit d'aller chez quelqu'un d'autre, ne serait-ce qu'une heure ou deux.

– J'ai entendu parler de vous, dit Billa dans la cuisine de Sylvie. Enfin, sans connaître votre nom. Ce que les gens racontent, quoi...

– Parce qu'ils racontent des choses ?

– Non, c'est que... On dit que vous êtes une artiste, voilà.

– Si c'est tout le mal qu'ils pensent...

– Oui, oui, bien sûr, ils ne disent rien de mal.

– Eh bien, j'enseigne les arts graphiques aux gamins de Barnstaple. Rien de très prestigieux.

– Vous ne faites pas de l'art vous-même ?

Billa se reprit – « faire de l'art », ça paraissait étrange comme expression.

– On peut dire ça ?

– Pourquoi pas ? dit Sylvie en souriant. Oui, je fais de l'art, même quand personne ne regarde, ou qu'ils monopolisent mon attention en mâchonnant leurs bâtons de pastel, ou qu'ils sniffent de la colle. Je passe la moitié de mon temps à les empêcher de faire des bêtises.

– Je pourrais jeter un coup d'œil, un de ces jours, sur ce que vous faites ?

Sylvie reposa sa tasse et parut évaluer son invitée. La cuisine n'était pas aussi effroyablement sale que Billa s'y était attendue. Deux bols étaient posés par terre, près de l'évier, sur une double feuille de journal. Le chat avait éparpillé ses croquettes autour. Dans l'évier lui-même, deux grandes assiettes, une casserole, deux verres à vin, la vaisselle du petit déjeuner. Une bouteille de vin vide sur l'égouttoir. On aurait pu essuyer mieux la table en pin où elles avaient pris place – il restait des miettes de pain et de muesli. Billa avait vu pire.

– Un coup d'œil ? Et pourquoi pas ? Je ne suis pas aquarelliste, hein ?

– Il n'y a que ça, à Hanmouth. Mon amie Kitty a depuis longtemps fait le tour des paysages intéressants. Alors elle prend les mêmes et elle recommence. Ou alors elle reproduit les photos de ses vacances en Tunisie, il y a deux ans. Elle en cale une sur son chevalet, et elle recopie, la langue au coin de la bouche, voyez ?

– Oh, très bien. Et ensuite, quand elle les a toutes reproduites ? Du moins celles qui valent le coup. Il y en a sûrement qu'il vaut mieux laisser de côté, non ?

– Je crois qu'elle est arrivée au bas de la pile. Enfin, c'est une façon de parler, tout ça est numérique, de nos jours. Je suppose qu'elle refera le panorama depuis la Wolf Walk. Ou alors elle partira en vacances ailleurs pour prendre d'autres photos. Mais vous ne donnez pas dans ce genre-là ?

– Non, je ne fais pas comme Kitty, pas vraiment. J'ai tâté de... Je faisais des sculptures de papier et de toile, dans le temps, avec une forme rigide et je montais ça sur piédestal. J'ai même sculpté de l'orme, une fois.

– Un très joli grain, l'orme. Je n'y connais rien, mais j'ai appris ça.

– Oui, c'est vrai. Mais c'est ce que j'enseigne tous les jours à ces jeunes gens, et je n'ai pas envie de continuer en rentrant à la maison. Je travaille sur d'autres idées, en ce moment.

– Alors, je peux voir ?

De nouveau, ce regard évaluateur – et puis Sylvie décida que Billa était de taille. Se levant, elle la conduisit dans le jardin. L'herbe avait besoin d'être tondue, les parterres débarrassés de leurs mauvaises herbes, mais, comme la cuisine, c'était très supportable. L'annexe, ou l'atelier, était indépendante de la maison ; il fallait sortir et traverser la cour, expliqua la jeune femme, qui aimait bien, les matins d'hiver, la sensation de se rendre au travail, de quitter la chaleur de ses murs, même si c'était tout près. Ce n'était pas l'endroit où l'on habitait, on se sentait comme les autres, on se déplaçait pour se mettre dans le bain, même si cela ne prenait que vingt secondes.

– D'ailleurs, c'est bien suffisant, vingt secondes, dit Sylvie en pressant un interrupteur.

Aussitôt une série de néons inondèrent l'intérieur.

– Vous pourriez peut-être retirer les feuilles, suggéra Billa en levant la tête vers la verrière. Vous n'auriez pas besoin de lumière artificielle.

– Vous avez certainement raison. Ça serait une bonne chose. Seulement, j'ai une peur panique de passer au travers, de me pencher trop loin, une fois sur l'échelle, et de perdre l'équilibre. Impossible, dit Sylvie avec un frisson.

– Alors faites venir quelqu'un.

Billa n'était encore jamais entrée dans un vrai atelier, exception faite de la petite pièce carrée où Kitty entreposait son chevalet, ses couleurs et ses invendus. À sa grande surprise, tout ici était bien rangé. Dans un coin, des pages de magazines, arrachées sommairement, empilées dans des casiers, étiquetées avec les symboles mâle/femelle ; sur les étagères, des boîtes contenant pastels, huiles, crayons, fusains ; également des réserves de papier, des carnets à esquisses, et deux grandes toiles vierges. Sur le plan de travail en formica blanc, long de deux ou trois mètres, étaient disposés dans plusieurs corbeilles, accessibles, ses colles, ciseaux, règles, crayons, gommes et taille-crayons ; ainsi qu'un massicot et une lentille de photographe. Au milieu se dressait une œuvre en cours d'achèvement, sinon déjà terminée. Billa, qui n'avait plus les bons yeux de sa jeunesse, murmura :

– C'est peut-être ce qu'on appelle de l'impressionnisme.

De fait, l'image qu'elle contemplait était mouvante, rose, tachetée. Cela ne représentait rien de particulier, cependant la réverbération des petites touches les unes sur les autres lui rappela les toiles impressionnistes qu'elle avait admirées à la Royal Academy, au cours de lointains séjours à Londres. Lorsqu'elle mit ses lunettes, elle comprit aussitôt que l'image ne devait rien au pinceau, qu'il s'agissait d'un millier de photos miniatures, collées les unes à côté des autres.

– Astucieux, dit-elle en se rapprochant, et soudainement, la chose se révéla dans toute sa crudité : chaque minuscule facette était un sexe d'homme.

– Ma parole ! Je n'en reviens pas !

– Oui, c'est l'effet que ça fait, parfois.

Sylvie paraissait insondable ; avait-elle voulu choquer la vieille femme qui l'avait insultée ? Probablement pas. Sylvie était simple et directe. Elle lui montrait son travail, ni plus ni moins.

– Mais alors, comment faites-vous ? Vous avez découpé tout ça dans des magazines ? Et ensuite ? Pardonnez-moi, je serais curieuse de savoir comment vous procédez.

– Je les stocke d'abord dans des bocaux. Ici. J'en avais neuf, de gauche à droite, du plus clair au plus sombre. C'est la couleur qui m'intéresse, en fait, le contraste. Ensuite...

Sylvie poursuivit ses explications, s'attardant sur la colle, la toile, le vernis, les difficultés à trouver son « iconographie », et Billa commentait...

– Je comprends, je comprends.

... d'abord poliment, puis avec un intérêt totalement sincère. Car c'était passionnant, cette idée. Ceux de Tom exceptés, elle n'avait jamais vu d'organes génitaux masculins. Fouillant dans sa mémoire, elle se rappela, certes, une représentation d'*Equus*, vingt ans plus tôt dans un théâtre de la capitale, et peut-être une ou deux autres occasions du même ordre. Mais bon, c'était tout.

– Ah oui, je vois, disait-elle, appréciant l'application de la jeune femme, la constance de son travail, et la plaçant au rang qu'elle méritait, entre les dentellières, les céramistes autoproclamés, les flibustiers du macramé et les peintres en batik de Hanmouth.

Car elle le méritait bien, cette auteur de *découpages*[1], comme elle s'intitulait ; tout autant ou plus que les autres ; cette experte du saucissonnage de quéquettes. À la fin de la matinée, Sylvie avait confié à Billa une paire de ciseaux, et Billa taillait le tour des parties génitales de ces messieurs, si sensibles, avec une adresse remarquable.

1. En français dans le texte.

11

Miranda parlait depuis cinq minutes quand la porte de l'amphi s'ouvrit dans son dos. Elle n'en tint aucun compte. Ses étudiants n'étant pas spécialement ponctuels, elle les laissait entrer et sortir plus ou moins à leur guise, et elle reprit son cours sur *Robinson Crusoé* en s'aidant de ses notes. Pas de fenêtre dans cette salle, l'éclairage était inadéquat – un de ces systèmes qu'on prétend réglables – et le cours programmé à quinze heures le jeudi, un horaire peu favorable. Les autres jours, Miranda faisait elle-même une petite sieste à cette heure. Elle avait devant elle un auditoire amorphe, au regard terne, des gradins constellés de places vides. Surprise, elle constata que ces jeunes gens, posant soudain feuilles, cahiers, crayons et stylos-billes, s'animaient et échangeaient quelques mots.

– Comme je disais... reprit-elle, souhaitant raviver leur intérêt, avant de se tourner pour tenter de comprendre la raison de leur brusque agitation, s'il y en avait une.

Stupéfaite, elle découvrit deux policiers, la casquette à la main, sur le seuil de l'amphithéâtre.

– Puis-je avoir votre attention, s'il vous plaît ? dit l'un d'eux, dont le walkie-talkie, attaché à sa ceinture, se mit à grésiller. Je vais être obligé d'interrompre le cours. Y a-t-il un Fayçal Ahmed dans cette salle ?

Miranda corrigea la prononciation :

– Fayçal. Non, il n'y en a pas. Personne de ce nom ici.

Fayçal Khalil était assis au troisième rang. Était-ce une illusion, ou les deux filles entre lesquelles il se trouvait venaient-elles, légèrement, de s'écarter de lui ? Il leva la main, supposant peut-être que les flics lui demanderaient tôt ou tard son identité, puisqu'il était la seule personne dans la salle à n'avoir pas la peau blanche.

– Il doit s'agir de moi, dit-il. Ahmed est mon deuxième prénom.

Le plus grand des policiers l'étudia une seconde, et sortit de l'amphi. On l'entendit tenir des propos indistincts dans son walkie-talkie. Des vagues de murmures se répandirent dans la salle.

– Silence, je vous prie, demanda Miranda, puis à l'autre agent : Qui vous a permis de faire irruption dans mon cours ?

L'homme ne répondit pas, et son collègue revint.

– Voilà, dit ce dernier à Fayçal. Êtes-vous Fayçal Ahmed Khalil ?

– Oui.

– J'ai confondu votre nom de famille et votre nom de baptême.

– Je n'ai pas de nom de baptême, déclara Fayçal, non sans raison.

– Voulez-vous nous suivre, s'il vous plaît, dit le policier en repoussant d'un geste l'impertinente remarque.

Comme s'il s'y était attendu toute sa vie, l'étudiant résigné rassembla livre, cahier, crayons et stylos, et obéit.

– Nous en resterons là pour aujourd'hui, annonça Miranda une fois qu'il fut parti, alors qu'elle était seulement arrivée à la moitié de sa première page de notes sur *Robinson Crusoé* et la nature du capitalisme.

De toute façon, ils ne l'écoutaient plus et c'était cause perdue. Ils n'auraient qu'à se trouver un livre à lire sur le sujet. Lorsqu'elle sortit de l'amphi, Miranda aperçut, à travers la double porte en verre, Fayçal Khalil que, sans réellement le pousser, l'on « aidait » à monter dans le véhicule de police. Elle se précipita avec ses affaires dans le bureau de Benjy, frappa sans insister, entra sans attendre qu'on l'y invite.

Benjamin était assis à une table avec un homme qu'elle pensait avoir déjà vu dans les bureaux de l'administration. Tous deux paraissaient étudier des chiffres.

– Vous étiez au courant ? demanda-t-elle immédiatement.

– Désolé, Miranda, je suis occupé, là.

– C'est de la plus haute importance. Vous avez autorisé la police à interrompre mon cours ?

– Navré, dit Benjamin. J'ignore de quoi vous voulez parler. Miranda Kenyon, une de nos maîtres de conférence, expliqua-t-il au collègue en aparté.

– Deux policiers ont fait irruption il y a cinq minutes dans l'amphithéâtre trois, me coupant quasiment la parole, en exigeant de savoir si Fayçal Khalil était un de mes étudiants. Avaient-ils votre permission ?

– S'ils l'ont fait, c'est qu'ils pouvaient, répondit l'autre homme.

Miranda reconnut alors l'un des assistants du recteur.

– Et ils avaient certainement de bonnes raisons, conclut-il.

– Moi, je suis sûre du contraire. Benjamin, avez-vous toléré que la police débarque chez moi pour arrêter comme ça un étudiant devant une centaine d'autres ?

– Je ne crois pas avoir besoin de répondre à cette question.

– Nous ne sommes pas là pour empêcher les policiers de procéder normalement à leur travail, remarqua l'assistant. Il n'y a pas lieu de vous énerver.

– J'ajoute qu'il s'agit du seul étudiant de couleur que nous ayons dans cette classe, insista Miranda. Je ne sais pas ce qu'on lui reproche, mais je trouve cela difficilement acceptable.

– La police était certainement fondée à agir ainsi, renchérit Benjamin. Je ne vois pas en quoi cela devrait vous inquiéter.

– Cela ne vous pose donc pas de problème qu'on vienne arrêter un élève au vu et au su de tout le monde, sans prendre le soin de nous informer avant ? Votre idée de directive pour de nouvelles mesures disciplinaires, peut-être ?

– Désolé, Miranda, dit courtoisement l'assistant. Miranda, c'est bien ça ? Vraiment désolé, mais nous avons un travail important à faire. Nous vous avons entendue, et nous vous prions de bien vouloir nous laisser continuer.

Il fit un geste vers la table, encombrée de nombreux papiers : livres de comptes, avant-programmes, projets ministériels, tous rédigés par des gens prêts à croire qu'on y apportait la considération voulue. Tournant les talons, Miranda laissa ces ennemis de la littérature poursuivre leurs basses besognes.

– Si elle pouvait s'occuper un peu moins de la santé des étudiants et nous fiche un peu plus la paix, celle-là, ça ne serait pas du luxe, déclara Benjamin.

– Oh, je connais le genre, approuva, très calme, l'assistant-adjoint du recteur.

12

— Oh attends, elle lui disait, Amy, le chanteur, faut lui dire que je l'aime, et elle lui a répondu, t'as qu'à aller sur MySpace et tu lui dis toi-même, ou tu me donnes ton numéro de portable, et puis je le fais, quoi. Et toi, ton week-end, c'était comment ? Ah, cool. Parce qu'il y avait ce mec, vraiment zarbi, qui a appelé ce William, là. Et Joe, tu le connais, le blond, le copain d'Amy ? Ben, c'était son anniversaire, alors ils lui ont acheté un billet à lui aussi, et le mec au trombone, oh, il était trop bon, comment il dansait, pas croyable. On était, genre, tout en haut, le balcon, ils appellent ça. Et le trombone, comment il jouait des hanches, ouais, tout le concert, et le chanteur pareil, et l'autre à la trompette, ce qu'il était beau en blanc. Mais alors, comment que ça sentait la pisse, là-haut !

À quelques mètres de Mauro, la fille déblatérait dans son portable. À peine le train démarrait-il à Paddington qu'elle avait commencé à débiter ses absurdités, la main sur le fil de l'oreillette. Elle continuait lorsqu'ils s'étaient arrêtés à la première gare, Reading ; le train repartait maintenant et elle n'en finissait toujours pas.

– Mais c'est dingue ! s'exclama Mauro à voix haute, qui n'avait jamais vu personne proférer tant d'idioties avec un tel volume sonore.

Les autres passagers la regardaient d'un sale œil, se cachaient derrière leur journal, parlaient presque aussi fort qu'elle pour dire tout le mal qu'ils en pensaient.

– Y avait vraiment des mecs chelou, hurlait-elle presque. Ouais, ouais, on est à Reading, là.

Il n'avait pris qu'une fois le train en Angleterre, et pas souvent chez lui, en Italie. Certes, il savait que ça existait, mais il avait toujours eu quelqu'un pour l'emmener en voiture, et d'ailleurs, il n'avait jamais eu besoin de beaucoup voyager. Donc il s'y était mal pris. Mauro avait fait la queue à Paddington pour acheter son billet. L'homme au guichet n'avait pas compris, ou ne connaissait pas Hanmouth. Mauro avait épelé de son mieux, alors l'employé avait consulté son registre, pour lui demander ensuite une somme exorbitante. « Mais je ne veux pas une première classe ! » s'était indigné l'Italien. « Non, ce n'est pas une première », lui avait-on répondu. Il avait eu envie de déguerpir, mais il avait pensé aux parents de David, qui l'attendaient. À contrecœur, furieux, avec le sentiment que faire son devoir lui coûtait près de 100 livres, il avait tendu sa carte bancaire, espérant presque que la transaction serait refusée. La dernière fois qu'il avait pris le train, cette drôle de chose, il n'avait pas payé. C'était un dimanche, il sortait de l'hôpital où l'on avait transporté David et, supposant avec raison qu'il n'y aurait pas de contrôleur, il n'avait pas acheté de billet. Aujourd'hui c'était presque une obligation, puisqu'il avait donné sa parole à Catherine et Alec.

En l'occurrence, son découvert accusa le coup, et Mauro monta dans le premier train pour Bristol, où il fallait en prendre un autre. Il s'assit dans une sorte de petit coin salon, jusqu'à ce qu'une famille, père, mère et les deux gosses – obèses, essoufflés, renfrognés, des bagages à chaque main – se dressent devant lui avec leurs petits billets orange. Ils faisaient tout un spectacle de leur mauvaise surprise. Mauro finit par comprendre : ils voulaient qu'il s'en aille, considérant que sa place était *leur* place. Les Anglais étaient décidément de curieuses gens ; ceux-là le forçaient à partir, à reconnaître son erreur, sans lui dire un seul mot ni même le regarder. Circulant dans le train, il fut tenté d'occuper le premier siège disponible, mais il avait maintenant compris le sens des étiquettes à l'arrière des dossiers. Alors il continua, de voiture en voiture, puisque toutes les places étaient prises – non, pas prises : réservées. Il arriva finalement dans un wagon bondé, surchauffé, plein d'odeurs écœurantes, bref inhumain, mais sans places réservées – ou alors aux imprévoyants de son genre. Des gens entassés les uns sur les autres, qui remuaient et se bousculaient. Mauro n'eut pas envie de s'attarder. Mais lorsqu'il atteignit la porte de la prochaine voiture, il aperçut dans celle-ci une nouvelle forêt d'étiquettes blanches. Alors il fit demi-tour et, s'estimant heureux, opta finalement pour une place en sens inverse de la marche. C'est alors que le portable de la fille devant lui avait sonné, et qu'elle s'était mise à parler.

Le coup de fil de la mère de David l'avait surpris. Cette journée-là s'était déroulée comme un rêve. Une ambulance devait venir, alors le policier avait escorté Mauro en bas, afin de suivre celle-ci, plus tard, dans une voiture de police. Il était resté un certain temps dans la « salle des accompagnants ». De toute cette journée, ce dont il se souvenait le mieux était cette pièce triste, ses teintes de pêche, d'abricot, et l'ennui qui s'empara de lui. Il avait fait les cent pas, compté les fleurs sur le tableau au mur, procédé à de menues expériences avec son corps : pouvait-on mettre les deux pieds face à face, orteils contre orteils, pour former une ligne droite ? Vidant puis refaisant son sac, Mauro s'était aperçu qu'on lui avait repris le joli petit oiseau en émail. Franchement, pourquoi se laissait-il encore aller à ce genre de chose ? C'était censé appartenir au passé. Une infirmière était venue demander s'il voulait téléphoner aux parents de David ; il trouvait préférable que l'hôpital s'en charge. Avait-il leur numéro ? Non, mais David l'aurait sûrement ; dans la mémoire du portable, dans sa poche.

– Si vous les connaissez un peu, il vaudrait mieux que ce soit vous, avait insisté la fille. Je sais que c'est difficile, et on le fera si vous y tenez, mais...

Il y tenait. Mauro s'était brusquement rappelé que, dans ses affaires, David avait sans doute encore le demi-gramme de coke dont il s'était vanté. L'infirmière s'en allant en quête du portable – peut-être se trouvait-il plutôt sur le plateau où l'on avait rassemblé les innombrables trucs qui lui gonflaient les poches, lui faisant une panse de ruminant –, Mauro avait cédé à la tentation. Quittant la salle d'un pas vif, il avait gagné les portes de l'hôpital, devant lesquelles attendait un taxi. Il était monté sans hésiter, remerciant les dieux pour leurs largesses.

– Roberts ? avait demandé le conducteur, méfiant.

– Oui.

– Pour la gare ?

C'est bien ce qu'il avait dit au téléphone, non ? avait rétorqué l'Italien en posant son sac de voyage sur la banquette.

Mauro avait ensuite sauté dans le premier train pour Bristol, qu'il savait être une grande ville ; là, il avait traversé le quai et pris la correspondance. À Londres, les issues étaient grand ouvertes, et il était sorti de la gare, son sac rebondissant sur son genou. À peine s'il pensait à David. Avant de descendre dans le métro, il avait téléphoné à Christian pour savoir s'il était là, s'il pouvait venir le voir tout de suite.

Cette fois, le train arrivait à Bristol. Empruntant le passage sous les voies, Mauro hésita à prendre un café à la buvette – brièvement : il disposait à peine d'une minute, il fallait faire la queue, et il se rappela le prix du billet. Le train suivant, plus court, se composait de trois wagons seulement. Il s'arrêta dans dix villes avant d'atteindre Barnstaple. Quatre ou cinq passagers se saluèrent comme de vieux amis ; pas de regards malveillants ici sur une gamine en train de monologuer sur son portable, mais de vraies conversations. Un dernier changement à Barnstaple ; une sorte de fierté provinciale émanait de la gare, avec ses jardinières débordant de fleurs, ses fresques imitation Renaissance sur le thème du voyage. Le train pour Hanmouth partait de la voie 1.

– Avez-vous un titre de transport, monsieur ? s'enquit un contrôleur.

Mauro le lui tendit.

Tout le monde paraissait se connaître dans les voitures ; il y avait une atmosphère de fête, d'excursion scolaire, dont Mauro se sentit exclu. Les passagers jacassaient comme des corneilles sur un fil. Il se demanda s'il reverrait les deux types, là-bas. Probablement pas : il n'allait pas rester la nuit. Tandis que le train cheminait de gare en gare, libéré de Barnstaple, conquérant son indépendance, l'Italien regarda le paysage, qui ne lui rappelait rien. Il avait annoncé son heure d'arrivée à Catherine et Alec. Il y était presque. L'omnibus franchit un passage à niveau, de chaque côté duquel des piétons attendaient ; quelques chiens en laisse frétillaient de la queue en observant la progression du petit tortillard. Les parterres de la gare annonçaient « HANMOUTH » en grandes lettres, taillées dans une sorte d'arbuste ; et les parents de David étaient là, qui inspectèrent l'une après l'autre les fenêtres des wagons. Il les reconnut le premier. Graves, tendus, soucieux, ils se tenaient la main comme des enfants.

– Bonjour, Mauro, dit Catherine, lui serrant la main avec un sourire incertain.

– Vous avez fait bon voyage ? demanda Alec, et Mauro répondit que oui.

13

– On peut en reparler demain, dit Ahmed Khalil, reconduisant Tony à la porte de son bureau, puis éteignant la lumière. C'est un peu dur à avaler, je sais, mais il faut bien envisager d'autres possibilités.

– J'y ai déjà beaucoup réfléchi, répondit Tony, marchant presque à reculons devant Khalil. Depuis des mois, je ne pense qu'à ça. À quoi bon s'entêter à enseigner l'allemand dans cette ville ?

– Eh bien, vous pouvez y ajouter les médias et le cinéma. Ou pas. C'est comme vous voulez. Repensez-y ce soir, ou pendant le week-end.

– J'aimerais mieux en parler maintenant.

– Maintenant, ce n'est pas possible, dit Ahmed. Désolé, Tony.

Nous étions jeudi soir. Quelques semaines plus tôt, Ahmed avait donné la clef de son domicile à Kenyon – la chose à faire, pour qu'il puisse venir et repartir comme ça l'arrangeait. Depuis, Kenyon se débrouillait pour quitter son bureau à Londres peu après le déjeuner du jeudi ; il ne pouvait terminer certaines tâches que chez lui, prétextait-il, et il glissait un slip de rechange dans sa mallette. Ahmed ne savait pas ce qu'il racontait à sa femme ; celle-ci, apparemment, n'avait jamais téléphoné quand Kenyon était là. Aujourd'hui, Ahmed partait tard à cause de cette entrevue avec Tony qui, à la fin des cours, était venu évoquer l'avenir de l'allemand au collège, et la nécessité de justifier ses appointements par d'autres moyens. Il pensa à Kenyon, qui l'attendait probablement déjà dans sa maison de Missouri Avenue, et une vague de plaisir s'empara de lui. Ahmed ouvrit la portière et se glissa comme un chat dans sa voiture.

– Salut ! dit Kenyon en l'entendant entrer.

Il n'était pas – comme c'était arrivé une fois – allongé au lit dans la chambre. Ahmed ne s'y était pas attendu et, depuis l'étage, Kenyon avait dû forcer la voix pour attirer son attention, une demi-heure après qu'il fut rentré. Il s'avança vers lui et ils s'embrassèrent – un long baiser souriant et goulu. Ahmed remarqua qu'il portait ses vieilles pantoufles en cuir jaune ; ils avaient déjà constaté, avec bonheur, qu'ils avaient la même taille pour tout ou presque : 1,60 mètre, 42 pour les chaussures, 44 à la ceinture, 42 à l'encolure. Ahmed était ravi que son ami puisse mettre la clef dans la serrure et enfiler ses vieilles tatanes souples et usées. Un jour, pour voir, ils avaient échangé leurs habits ; ils espéraient beaucoup s'amuser, comme on se déguise ou se travestit, mais le résultat avait été quelconque, décevant. Ils étaient pour ainsi dire parfaitement adaptés l'un à l'autre, depuis le début, lorsqu'ils s'étaient rencontrés au Caffè Nero, assis à des tables voisines, un jour que Miranda donnait cours dans un autre établissement. Ils avaient engagé la conversation, étaient partis ensemble dans la même direction et, à leur grande surprise, s'étaient retrouvés dans le même lit deux heures seulement après qu'Ahmed eut renversé un verre d'eau sur les chaussures de Kenyon.

– C'est parce que c'est toi, avait souvent dit ce dernier en guise d'explication. Parce que c'est toi, voilà.

– Ça me plaît assez, ça, répondait Ahmed.

« Arthur », comme il appelait Kenyon, était peut-être la seule personne à lui faire également cet effet. Il n'y avait pas eu que lui ; mais maintenant si. Ahmed aimait son visage rond, ses yeux perplexes grossis par des lunettes d'hypermétrope, son allure négligée d'étudiant attardé ; ses cheveux qui, à la fin de la journée, rebiquaient dans tous les sens ; sa jolie bouche bien dessinée et ses épaules larges et laiteuses, parsemées de taches de rousseur. En fait, il aimait tout chez lui. Parfois même, il pensait à l'avenir en le regardant.

Kenyon le regardait aussi ; détaillait son visage intelligent, ce don qu'il avait de résoudre les problèmes, son expression souvent perplexe, le blanc resplendissant de ses yeux et de ses dents, le rose léger de ses joues lorsqu'il souriait. Ahmed semblait content de le voir, et il se demanda à quoi il pensait.

– J'ai pris des filets de poulet chez M & S, et une salade, c'est tout. Ça ira ?

– Très bien. Je ne viens pas vraiment pour manger. Quoi de neuf ?

– Oh, comme d'hab'. Il y a des gens qui se font un plaisir d'être chiants, au lycée. Une gamine enceinte à quatorze ans.

– La même que le mois dernier, ou c'est une autre ?

– Une autre. Ça doit être contagieux.

Puis Ahmed lâcha tout d'une traite :

– Fayçal a des ennuis. Mon fils, Fayçal.

– Ah zut. Je suis navré.

Relâchant sa taille, Kenyon dévisagea son ami. Ahmed ne donnait pas l'impression de se faire trop de souci. Kenyon se rappela que Fayçal suivait des cours dans la fac où enseignait Miranda. Un sujet qu'il n'avait aucune envie d'aborder.

– Il se fait appeler Phil. Mais peut-être qu'il a arrêté. Je crois qu'il est revenu à Fayçal.

– Rien de grave ?

– Quand même assez. Enfin, parlons d'autre chose.

– Je ne l'ai jamais vu. Où est-ce qu'il habite ?

– En cité universitaire, à cinq minutes d'ici. Ne me demande pas pourquoi. Ils ont leurs idées, hein ? Il ne voulait plus vivre avec son père, mais il m'apporte toujours sa lessive. Sa chambre est prête, si ça lui dit.

– Je compte les jours.

Ahmed interrogea son ami du regard.

– Jusqu'à ce que Hettie fiche le camp. Elle traverse une phase difficile.

Kenyon ne tenait pas à s'attarder sur ce sujet-là non plus. Mais, l'espace d'un instant, une idée grotesque lui traversa l'esprit : et si Fayçal et Hettie se rencontraient, se plaisaient, tombaient amoureux ? Il imagina une sorte de double mariage, sur deux générations.

Ahmed habitait un appartement dans une rangée de maisons victoriennes à trois étages. La fenêtre du rez-de-chaussée, un bow-window, donnait sur un jardin de poche borné d'une petite haie pelée, jamais entretenue. En revanche, l'intérieur était sympathique, avec ses meubles récents, quoique sans personnalité. En vain, Kenyon y avait parfois cherché un lien avec le Pakistan, mais bien sûr Ahmed n'y avait jamais mis les pieds ; il était né à Londres à la fin des années 1960. Après ce qui avait dû être un divorce douloureux, humiliant, il avait mené avec son fils une existence en tout point anglaise, mangeant sur une table Habitat les plats préparés de chez Marks & Spencer. C'était peut-être une façon de marquer le coup, de symboliser une séparation, cependant Kenyon connaissait d'autres petits-bourgeois, même en Inde ou en Afrique, qui s'étaient pareillement débarrassés de tout ce qui pouvait les apparenter à une origine établie. Le mobilier d'Ahmed, la décoration, ses habitudes alimentaires, vestimentaires, son vocabulaire étaient délibérément anonymes, quelconques. Cependant, vraiment, ce n'était pas le côté cadre supérieur, lisse, commun, interchangeable, qui séduisait tant Kenyon. Lequel aimait beaucoup Ahmed et ne tenait pas à en dire plus.

Au bout de quelques mois, Kenyon connaissait chaque recoin de la maison, même la chambre réservée à Fayçal. Ahmed avait dû oublier qu'il la lui avait montrée, la première fois qu'il était venu. Kenyon prit le sac en plastique des mains de son ami pour le poser par terre dans le couloir. Sympa, Ahmed avait apporté une bouteille de vin – lui-même ne buvait pas, n'avait d'autres critères de choix que le prix : entre 7 et 10 livres. Il achetait parfois un rouge pétillant australien pour accompagner des crevettes, ou un champagne espagnol pour une tourte à la viande. Posément, poliment, avec plaisir même, il se contentait de regarder Kenyon boire. Jamais celui-ci ne prodiguait de conseil pour la prochaine fois ; cela ne lui venait pas à l'esprit. Croisant les bras, Kenyon prit les mains d'Ahmed dans les siennes – la gauche à droite, et inversement. Il l'embrassa, et la bouche d'Ahmed resta collée à la sienne quand il recula vers l'escalier. Lequel des deux entraînait l'autre plus qu'il ne le suivait, aucun n'aurait su le dire, mais tous deux pensaient curieusement à la même chose. Kenyon se demandait quel effet cela faisait d'être Ahmed en train d'embrasser Kenyon, et Ahmed se posait aussi cette question. Ils auraient gaiement inversé les rôles ; bien vite, heurtant en chemin chaises, tables, voire quelques cadres aux murs, ils arrivèrent, les yeux fermés, dans la chambre bien rangée d'Ahmed où ils tombèrent sur le lit comme un seul corps.

14

Sur le plan, la Wolf Walk s'élançait au nord de Hanmouth tel un doigt pointé vers les cieux. Elle prolongeait le Strand au-delà d'un dernier groupe d'élégantes maisons hollandaises, de l'ancienne douane du début XVIIIe, puis d'une villa des années 1930 que le peintre abstrait, gestionnaire de *hedge funds*, avait restaurée à grands frais, la dotant de structures d'acier et de verre dépoli, même d'une double porte en frêne à pivot central. Une allée partait vers la gauche, et l'on accédait à la « promenade du loup » au bout d'une petite digue pavée.

Celle-ci bordait un mur de soutènement légèrement incliné, en pierre et ciment, haut d'un mètre cinquante ; on apercevait par-dessus un verger de poiriers abandonnés, à la santé précaire, compte tenu de l'air salé, de la pluie, de la vase. Personne ne savait à qui il appartenait. Large d'un mètre cinquante également, la Wolf Walk longeait l'estuaire. Échassiers, foulques, mouettes et canards becquetaient dans son tapis boueux, ignorant les promeneurs, picorant vers et larves, se regroupant parfois pour repousser les concurrents d'une autre espèce et préserver une parcelle bien fournie, question garde-manger. Par beau temps, les habitants aimaient bien marcher jusqu'ici et les regarder. C'était un spectacle comique, disaient-ils. Et un excellent point d'observation.

Cinq bancs solides étaient plantés le long de ces huit cents mètres, avec leurs dédicaces respectives. On les avait vissés au sol suite à un incident malheureux, lorsqu'un groupe d'étudiants, un soir d'ivresse, en avait lancé un dans l'estuaire. La jetée au bout du quai, plus proche du centre-ville, convenait mieux aux dédicaces, c'est pourquoi les bancs y étaient plus nombreux, ressemblant aux pointillés d'une ligne discontinue. Parce qu'il fallait y aller, à la Wolf Walk, disait-on également. Trop loin pour les vieux couples fragiles qui, à la fin de leur vie, demandaient à fils et filles d'installer un banc à leur mémoire, une plaque à leur nom. Ceux de la Wolf Walk commémoraient seulement Marjorie, Alan et Queeny qui « l'avaient adorée », et deux autres personnes.

Celui que tout le monde connaissait, dédié à Tracy Wood, se trouvait à l'extrémité, à l'endroit où le doigt sur le plan, légèrement courbe, indiquait au-delà de l'estuaire le canal de Bristol, la mer Celtique et l'océan Atlantique. Ici, on avait pour tout choix de continuer vers la réserve ornithologique, qui n'intéressait personne, ou de faire demi-tour. Pourtant les couchers de soleil étaient divins, avec leurs nuages diaphanes, rose saumon, qui faisaient le bonheur des photographes et des aquarellistes. On se souvenait de Tracy parce qu'elle était morte à l'âge de treize ans, en 1978, cependant l'histoire s'arrêtait là. Sa famille, croyait-on, avait depuis longtemps quitté la région. On avait une idée assez vague des circonstances de sa mort, de sa personnalité, de ce qu'elle représentait. Bien que persuadée du contraire, la population de Hanmouth était trop fluctuante pour entretenir réellement le souvenir d'une jeune femme, décédée trente ans plus tôt. Aucune maison du Strand n'avait été occupée par les mêmes personnes depuis 1978. Mais, un jour ou l'autre, tous les habitants allaient au bout de la Wolf Walk, lisant en chemin les inscriptions sur les bancs, remarquant qu'on vivait ici vieux, et alors ils découvraient Tracy Wood, disparue à l'âge de treize ans, peut-être douze. Les dates en soi ne disaient rien, sinon que le temps avait passé. Alors on se tournait vers sa compagne ou son compagnon en déclarant : « Oui, c'est bien triste. » Et l'extrémité de la Wolf Walk offrait la plus belle vue de l'estuaire.

Personne ne savait pourquoi elle s'appelait ainsi. On avait, d'un côté, une légende populaire ; de l'autre, une explication ennuyeuse, dénuée de tout romantisme. Celle-ci faisait valoir que Wolf Walk était en fait une déformation de Wharf Walk[1]. Les marchands bataves qui, s'installant ici, avaient construit le port et fondé la petite ville prospère parlaient le même hollandais qu'aujourd'hui. Ils prononçaient les *r*[2], même au milieu des mots, comme le soulignait l'historien amateur employé à la librairie, qui avait étudié l'affaire. Pour un Anglais de l'époque, le *r* guttural du Hollandais dans, par exemple, *wharrrrf*, était équivalent au *l* de *wolf*, d'où la déformation. Rien de très extravagant : on allait se promener le long des quais.

1. *Wharf Walk* : la promenade des quais ; *Wolf Walk* : la promenade du loup.
2. Le *r* en début de *rain*, par exemple, se prononce distinctement ; celui de *hard* tend à prolonger la voyelle qui le précède.

D'autres objectaient qu'il n'y avait jamais eu de quais à proprement parler, et que, si les Hollandais roulaient les *r*, voire s'en gorgeaient pour ainsi dire, c'était également le cas des habitants du Devon ; ils étaient même connus pour ça. Il serait donc pour le moins curieux qu'ils n'aient su comprendre un mot simple comme *wharf*, entendu chaque jour de leur vie, et qu'en outre ils le confondent avec celui d'un animal qu'ils ne risquaient pas de rencontrer. « Ces légendes populaires, concluait l'historien amateur, ne sont jamais que ça : des légendes. Croyez-moi sur parole. Ce que l'on croit savoir des noms de rues est purement fantaisiste, ce sont des histoires inventées dans le courant du XIXe siècle, où elles ont souvent été rebaptisées. » Rompu à l'exercice, il concluait : « Connaissez-vous l'origine du mot *posh*[1], encore un exemple intéressant de ce qu'on appelle l'étymologie populaire. Totalement à côté de la plaque. »

L'auditoire impressionné buvait, comme il se doit, de tels propos. Mais il appréciait également l'autre version, imprimée dans le petit précis historique de Hanmouth, vendu dans la même librairie, que notre historien avait lui-même rédigée. Après tout, il respectait son public, qui l'avait lue, ou entendue, et la répétait.

Il était une fois... Mais était-ce sous le règne de Jean sans Terre, de Richard Cœur de Lion ou d'Alfred le Grand ? Il y a donc fort longtemps, disons, l'Angleterre était un royaume boisé. Si l'on regardait l'estuaire, vers le château, on ne voyait que des arbres. Ce n'était pas

1. Par souci d'économie, nous ne reproduirons pas la page du dictionnaire anglais. Dans un registre similaire, on peut se référer à la place Denfert-Rochereau à Paris, ou à la rue du Petit-Musc.

une plantation industrielle, pour la pâte à papier, renouvelée tous les vingt ou trente ans, mais l'orée d'une ancienne forêt. Il n'y avait que ça, des arbres, autour de Hanmouth ou de son emplacement. Lorsqu'on y entrait, dans la forêt, on risquait de s'y perdre et de ne jamais retrouver son chemin. Actuellement, bien sûr, il n'y a, derrière les buissons, que de petits animaux, quelques renards et un ou deux blaireaux râleurs. Alors qu'à cette époque, on comptait également des ours, de gros ours, qui se nourrissaient du miel des abeilles. Ainsi qu'un vieux loup gris.

Et Hanmouth existait déjà – plus petite, sans boulevards extérieurs, sans bijouterie dans Fore Street. Cependant elle avait une église, pas celle d'aujourd'hui, victorienne celle-ci, mais déjà juchée sur son promontoire. Et il y avait aussi un quai, parce que, depuis le début, la ville a notamment vécu du commerce maritime. Il était là avant tout le reste. Sans compter le château – les seigneurs, là-haut, avaient précédé Guillaume le Conquérant, l'un d'eux ayant épousé la fille d'un chevalier du duc normand. Pas bête, le seigneur, c'est le seul qui ait jamais fait ça. Il avait donc conservé ses terres, et construit le premier château sur la colline. Enfin, il y avait des maisons – des huttes, des habitations, quelque chose. Personne ne sait vraiment à quoi elles ressemblaient.

Depuis toujours, plus longtemps que ne se rappelaient les anciens dans ce qui deviendrait Hanmouth, le vieux loup gris vivait dans la forêt. Il chassait dans la moitié du comté, sans jamais trop s'éloigner des bois. Le loup se nourrissait de petits animaux, ou des bébés des plus grands ; il mangeait des poules, des lapins, et des écureuils roux.

– On avait des lapins, déjà, il y a si longtemps ? demandait quelqu'un de bien informé dans l'assistance, sous-entendant une autre question (« Y avait-il aussi des pommes de terre et du tabac dans les jardins des villageois ? »).

– Bien sûr qu'il y avait des lapins, répondait le narrateur. Il y en a toujours eu en Angleterre.

Très, très rarement – il fallait qu'au milieu de l'hiver les terres et l'estuaire soient recouverts d'une même couche de blancheur –, le loup s'aventurait vers les hameaux recroquevillés dans le froid, et il attrapait un bébé, s'il pouvait. Les villageois s'y résignaient plus ou moins. Oui, c'était stupide de ne pas surveiller les enfants quand un loup rôde aux alentours, mais d'un autre côté, il fallait bien qu'il mange, lui aussi. Ainsi, une année au printemps, une maman avait mis son petit au soleil, dans ses langes, et le loup était venu le prendre. Un bref cri aigu, vite étouffé ; puis la grosse croupe du loup s'était évanouie dans les bois, là où le jour n'entrait même pas.

Le seigneur avait proclamé que l'animal avait un goût trop prononcé pour la chair humaine, alors que la forêt pourvoyait largement à son alimentation. Il fallait donc le traquer et l'abattre. Avec des torches et des armes de fortune, on s'était mis en route, on s'était posté partout où le loup avait coutume de passer. Montés sur leurs chevaux, le seigneur et ses copains étaient plus petits de trois paumes que les chasseurs d'aujourd'hui, et à la fin de la journée, le loup affamé, fatigué et fou de rage, se trouvait exactement à l'endroit où le Strand se transforme en sentier, bordant l'estuaire vers la mer. Il avait toujours été là, ce sentier, mais il n'avait jamais eu de nom avant que le loup devance les chasseurs le long de la Wolf Walk. Arrivé tout au bout, il était acculé : le mur du verger d'un côté, l'estuaire de l'autre, et c'était marée haute. Seulement, il y avait des joncs à l'époque, des joncs sauvages, alors le loup a sauté dedans pour échapper à la pluie de flèches qui s'abattait sur lui.

– Suivez-le ! aurait ordonné le seigneur, mais avant que les serfs et les vilains ne mettent un pied dans la boue et les joncs, ils virent tous une chose ahurissante : le loup recommençait à courir, la tête basse et le cou tendu, sur les laisses de vase, en direction de l'autre rive, puis, ricochant comme une pierre plate, directement sur la surface de l'eau.

Alors ils ne le suivirent plus ; leurs arcs baissés, ils regardèrent le loup s'enfuir. Il s'engouffra dans les joncs de l'autre côté, où ils le virent trembloter, frissonner sous le vent, et lorsqu'il atteignit la forêt en face, c'était terminé. Leurs arcs à leurs pieds, ils l'observaient avec respect. Voilà l'histoire de la Wolf Walk : le chemin qu'il a emprunté. Et qu'est-il advenu de lui ? demandait-on. Eh bien, il est resté dans la forêt et, de temps en temps, il revenait voler un bébé, comme avant, mais plus jamais les habitants de Hanmouth ne se lancèrent à sa poursuite, donc il est mort de sa belle mort. L'un des derniers loups de l'ouest de l'Angleterre, après quoi le sentier qui s'en va tout au bout là-bas s'est toujours appelé la Wolf Walk. Et pourquoi cela ne serait-il pas vrai ?

15

Trois personnes étaient assises sur le banc de Tracy Wood. Cela devait être une des dernières belles journées de l'année – tout le monde parlait d'été indien. Mauro avait réprimé un commentaire en découvrant le banc ; il s'était ravisé à temps. Catherine avait pleuré quand, sur le quai, il l'avait prise dans ses bras ; elle avait de nouveau pleuré chez eux, tandis qu'ils prenaient une tasse de café. Quelqu'un avait suggéré une promenade et Mauro ne s'était pas fait prier, pensant que dehors, à l'air libre, il échapperait plus facilement à une invitation de rester jusqu'au lendemain. Peut-être trouverait-il la bonne excuse une fois qu'ils auraient dit ce qu'ils avaient à se dire. Il ne serait pas nécessaire de revenir à l'appartement, il suffirait de s'embrasser, au revoir, et il filerait à la gare. D'accord, cela paraissait bizarre de passer deux heures et demie dans le train, puis seulement une demi-heure avec les parents, pour repartir aussitôt, mais – il s'embrouillait quand même un peu – rien n'était assez bon pour Catherine et Alec. Ça ne le dérangeait pas du tout de leur rendre visite. En revanche, s'il s'attachait un instant à Tracy Wood, morte à treize ans en 1978, comme le précisait la plaque, tous ses efforts tomberaient à l'eau.

– C'est vraiment joli, ici, dit-il en admirant le panorama, la mer au loin, les pentes boisées sur la rive opposée.

– Oui, très, admit Catherine. Je viens parfois à la tombée de la nuit. On voit les lumières des villes de l'autre côté de l'estuaire.

Elle fit un signe vers les oiseaux qui se rassemblaient à leurs pieds. La tête levée et l'air revêche, ils paraissaient attendre quelque chose.

– On aurait dû leur apporter du pain, remarqua lentement Alec. Les canards n'ont rien à manger quand il fait sec comme ça. Ils doivent préférer l'humidité.

Mauro fouilla ses poches, comme s'il allait y trouver quelque chose ; à part du chewing-gum, il n'avait rien à offrir à personne.

– Désolé de ne pas être venu plus tôt, dit-il, cédant à l'impulsion. Désolé pour l'enterrement.

– Oh, dit Catherine. On comprend. C'était tellement dur pour tout le monde, ce jour-là. Mais bon, nous ne pouvons pas décider pour vous.

– J'aurais dû venir.

– Pas grave, fit Alec. On est contents que vous soyez là.

L'Italien le regarda du coin de l'œil. Alec n'avait jamais semblé avoir beaucoup d'estime pour lui. En discutant avec David dans la voiture, Mauro croyait avoir compris que son père doutait de lui, qu'il le trouvait faux. En revanche, malgré sa réserve habituelle, Alec venait de parler sincèrement. Mauro se demanda pourquoi. Il s'aperçut que les événements avaient creusé ses joues et révélé son âge.

– C'est que nous ne voyons pas grand monde, dit Catherine. Nous ne sommes ici que depuis un an. Même si on s'est fait des amis.

– Des amis, oui, renchérit son mari.

– Seulement, aucun d'eux ne connaissait David. Alors on ne peut pas parler de lui.

– Mais nous sommes contents que vous soyez là, répéta Alec.

– Je vous en prie, dit Mauro, qui était, après tout, quelqu'un de bien.

Il n'était pas venu dans un but particulier ; il incarnait pour eux un lien avec leur fils disparu ; il pouvait bien leur offrir ça.

– Croyez-vous, demanda Catherine – et à coup sûr, elle allait de nouveau pleurer. Croyez-vous qu'il était heureux ? D'une manière générale, quoi ?

– Vous en doutez ? Enfin... qu'est-ce qui vous fait dire ça ?

– L'endroit où on l'a trouvé mort, expliqua Alec. Le choc que ça nous a fait ! Cela paraît tellement malheureux de mourir comme ça. Ç'a été terrible, pour nous.

– Il ne faut peut-être pas trop penser à cet aspect des choses, lâcha l'Italien qui, atterré, se voyait impliqué jusqu'au moindre détail.

– On essaie, dit Catherine. Je ne peux m'empêcher de me poser la question. Était-il heureux ? Avons-nous fait ce qu'il aurait fallu ?

– Tout le monde n'est pas doué pour le bonheur, répondit Mauro. Je suis sûr que vous avez fait de votre mieux, tous les deux. Mais peut-être était-il comme ça, et vous n'y pouvez rien.

– Non, dit Catherine. Quand je dis « nous », ce n'est pas seulement Alec et moi. Je pense à vous aussi. Ça ne vous a pas effleuré ?

L'Italien hésita. Il se sentait si distant. En outre, c'était injuste – Catherine aurait-elle su qu'il n'avait eu vraiment ni désir ni affection pour David, elle aurait compris que, depuis le début, il n'avait jamais agi par égoïsme. C'est parce que David était malheureux que, se prenant au jeu, Mauro s'était occupé de lui, avec les exigences et la fatigue que cela représente. Sans raison particulière, il se souvint du restaurant ; le matin même, depuis la gare de Paddington, il avait appelé le Sumac pour dire qu'il était malade, et ensuite son portable avait sonné pendant tout le trajet. Il n'avait pas répondu. Mais il n'aurait pas supporté de travailler aujourd'hui, après le sermon que lui avait infligé Oswald. Évidemment, on le mettrait demain à la porte. C'était la faute de David ; Mauro l'avait si bien compris, David, s'était tant dévoué pour lui qu'il avait fini par s'empêtrer dans ses problèmes. Il s'était presque substitué à lui. Tout bien considéré, il s'était montré exemplaire.

– J'ai dû y penser, si. Je crois qu'il a été heureux un moment avec moi. Je ne sais pas. J'ai essayé de lui faire plaisir, quand même.

– J'aime autant ça, assura Catherine – et Mauro ne voyait pas ce qu'il pourrait ajouter. Peut-être n'était-il pas doué pour le bonheur, comme vous dites. C'était déjà un petit garçon très malheureux. Je ne sais pas ce qu'on aurait pu faire de mieux.

– Moi non plus.

– On s'est occupés de tout, jeta brusquement Alec. Il y a eu l'enquête de la police, on a dû trier ses affaires, ça nous a donné bien du mal. Il n'avait pas fait de testament, ni rien qui y ressemble. Évidemment, à cet âge-là, on a autre chose en tête. Mais vous imaginez le travail, pour nous. Nous avons vendu son appartement à St Albans. On a réfléchi, et c'était le plus raisonnable, le marché avait atteint des sommets, et ça commençait à redescendre... Pour l'instant, ses affaires sont chez le garde-meuble.

– On a payé des déménageurs, dit Catherine. Franchement, je ne me sentais pas le courage. Mais tout est bien en ordre, rangé dans des cartons.

– S'il y avait quelque chose qui vous ferait plaisir, offrit Alec, pour vous souvenir de lui... Quoi que ce soit...

Mauro se concentra : aucune idée. Jamais il n'était allé chez David à St Albans. Il ne savait pas ce qu'il possédait, quel genre de meuble, s'il avait des tableaux, des objets décoratifs. Il n'avait vu que ses fringues. Il pensa un instant à leur demander sa voiture, mais l'intuition lui dicta que cela ne ferait pas un souvenir acceptable. Sans doute David avait-il eu un lecteur de CD, une télé, un canapé... Mauro devina que le terrain était dangereux, qu'il ne fallait pas faire le con.

– Je l'ai toujours vu avec cette ceinture, une ceinture noire. Et un bracelet en argent, aussi. C'est comme ça que je le revois.

Se détendant visiblement, les parents échangèrent un regard.

– Ce n'est pas très compliqué, dit Alec. S'il n'y a que ça pour vous faire plaisir, bien sûr.

– Oui, vous voulez juste un souvenir, renchérit Catherine.

– Ça me suffira, admit Mauro, flatté par la décence de son geste.

Une ceinture en cuir noir et un bracelet en argent ; très bien, il démontrait par là son élégance et son altruisme.

Et personne n'était au courant, pour les 2400 livres que David lui avait prêtées.

– Comme je disais, nous venons de vendre l'appartement de St Albans, poursuivit Alec. L'État, bien sûr, prélèvera sa part, mais pas tout. En l'absence de testament, le reste revient aux ascendants.

– C'est bien normal, dit Mauro et, à nouveau, les parents échangèrent un regard.

– Mais un peu injuste à nos yeux, annonça Catherine. Nous en avons parlé, et nous aimerions vous offrir quelque chose. Après tout, vous étiez l'ami de David à la fin de sa vie, et vous aimeriez peut-être...

Elle ne termina pas sa phrase.

– On pensait à 10000 livres, jeta brutalement Alec.

– Non, non, dit Mauro, digne comme un centurion. Je ne veux pas d'argent. Le bracelet, la ceinture, ça va très bien.

Les parents lâchèrent un soupir, un grand soupir de soulagement ; et l'Italien pensa aussitôt à revenir sur sa noble déclaration. « Pas d'argent, avait-il dit, pas de... » Pourquoi cet accès d'héroïsme, qui lui coûtait 10000 livres ? Il aurait pu en faire des choses avec ça. Mais la proposition l'avait pris au dépourvu et, malgré lui, il avait fait valoir son désintéressement. Maintenant il avait presque envie de pleurer, de leur dire : « Non, je plaisante. D'ailleurs, vous m'insultez avec vos 10000 livres, c'est 50000 que je veux. » Trop tard, impossible, il serait obligé de vivre avec cet inexplicable caprice sur la conscience.

– La ceinture et le bracelet sont chez nous, si c'est bien de ceux-là qu'il s'agit, fit Catherine. David les portait à la fin. Revenez avec nous, il n'y a qu'à les emballer, et vous les gardez.

– Je préfère rentrer à Londres.

– Je comprends, assura Alec, qui tendit le bras, comme pour embrasser l'Italien, puis lui donna une tape maladroite dans le dos. Ça vous épuise, tout ça.

– Nous voudrions également vous donner ceci, dit Catherine en sortant un livre de poche de son sac.

Elle l'offrit à Mauro qui, perplexe, le saisit.

– C'est le premier – le tout premier qu'il a écrit. Pour son travail, quoi. J'ai pensé que vous aimeriez l'avoir.

– Oui, fit l'Italien, totalement déconcerté.

Qu'avait écrit M. Poppers ? Un livre, vraiment ? Son nom ne figurait pas sur la couverture, et Mauro n'avait pas envie de poser de questions.

– Ça me fait très plaisir, dit-il finalement, bien que l'objet fût affreux, rose vif, orné d'une esquisse malhabile d'un paysage. Merci.

– Restons en contact, insista Alec, en se levant avec son épouse. Nous vous raccompagnons à la gare ? Vous voulez rentrer, n'est-ce pas ?

– Cette promenade s'appelle la Wolf Walk, lui apprit Catherine. Il y a sans doute une histoire intéressante, derrière ce nom.

Mauro monta dans le premier train pour Barnstaple – il y en avait un toutes les demi-heures. Quand ils le saluèrent, depuis le quai, il semblait incertain, derrière la vitre. Eux-mêmes devaient paraître soulagés, pensèrent-ils, soulagés d'un lourd fardeau. Ils suivirent le train des yeux jusqu'à ce qu'il aborde le virage et la haie arborée.

– C'est toujours ça, dit Alec. Ils n'étaient pas mariés, ni quoi que ce soit.

– Non. Je ne sais pas pourquoi tu le craignais, mais ce n'est pas le cas. Et il ne nous demande rien.

– Tant mieux. Je n'aurais pas supporté d'avoir encore affaire aux notaires ou aux avocats.

– C'est sûr.

Alec prit la main de Catherine quand se relevèrent les barrières du passage à niveau, puis ils descendirent la colline. Deux petites silhouettes inquiètes sur le chemin de la maison.

16

Dans le train pour Bristol, Mauro examina le livre. Il n'en avait pas lu un du début jusqu'à la fin depuis le lycée. Et voilà que M. Poppers avait écrit. L'Italien retourna l'objet, et parcourut la quatrième de couverture.

« L'amour et l'espoir entrent dans ta vie, le jour où te sourit ce visage pas du tout comme les autres, comme si on l'avait créé pour toi. Alors, voyant le regard plein d'affection de cette personne qui t'adore, tu sais que tu étais fait pour être heureux. C'était peut-être toi qu'elle attendait, elle aussi, et elle a vu ce même amour dans tes yeux. Comme deux êtres très beaux qui se regardent de chaque côté d'une vitre, des fois, ils pensent que c'est un miroir. L'amour est la seule chose qui compte dans ce monde, et il faut s'oublier nous-mêmes pour l'accueillir, comme ce visage pas comme les autres qui n'est peut-être pas arrivé. L'amour est toujours ce qui reste de nous quelque part, dans le jardin unique et magique qu'on appelle notre cœur. »

Mauro lut le tout deux fois. Ça n'avait ni queue ni tête. Il tâta sa poche et, sortant son portefeuille, s'aperçut qu'il avait un billet de 20 livres. Presque aussitôt, une voix annonça dans les haut-parleurs que le bar était ouvert, snacks, sandwiches, boissons chaudes et rafraîchissantes. Il allait prendre le risque de boire un café anglais.

17

Depuis la disparition de la fillette, ils avaient eu un été sec, brûlant – un été à pique-niques, disaient les gens qui, pour ne pas être en reste, joignaient le geste à la parole. Un été à barbecues, suggéra la météo, et c'était mieux encore ; tout l'été donc, on entendit à Barnstaple côtelettes et saucisses grésiller sur les braises avec une fumée bleue, les verres et les bouteilles mousser, siffler, se casser dans des jardins aménagés à la va-vite. À Hanmouth également, la chair était de sortie – parfois décente, le short au-dessus des genoux, avec sandales et polo, parfois moins (les fils) avec leurs jeans coupés, leurs tongs, et encore (les filles) les chemisettes à bretelles, les maillots de bain à coller des cystites, les chaussures à talons. La chair des deux villes vira au rouge furieux, avant de s'assagir dans les bruns, façon gentleman-farmer.

Le paysage brunit lui aussi ; la lande beige était desséchée, quasi morte. Revenant à Londres aux confins de sa semaine, Kenyon remarqua que le cheval de craie, tracé à flanc de colline au milieu du trajet, avait presque disparu, tant l'herbe autour avait perdu ses couleurs.

Les cultures, exsangues, jaunissaient ; ceux qui se targuaient de bien connaître la terre évoquaient avec inquiétude les conséquences de la sécheresse. On avait cependant vu des étés plus chauds que ça. Début septembre, lorsqu'on enterra le général, les températures baissèrent soudain, comme pour annoncer le début de l'automne. Mais il n'avait toujours pas plu, et le thermomètre remonta un peu, quinze jours plus tard, pour une sorte d'été indien. Sauf que, maintenant, il se mit à tomber des cordes.

Les grands nuages noirs qui s'amoncelaient au-dessus de l'Atlantique croisèrent quelque chose en chemin – la météo vous l'aurait expliqué. D'abord, de grosses gouttes s'écrasèrent dans la poussière des rues, et bientôt le ciel vous tomba sur la tête. Les filles couraient sans rien pour se protéger que leur sac à main. La foudre tomba près du château, et aussitôt le tonnerre explosa ; une bombe, dit-on.

Une chance pour les agriculteurs, commentèrent les maris de Hanmouth, se dépêchant de rentrer avec le journal du dimanche. Soudain une abondance de parfums s'éleva des champs, des squares et des jardins, assoiffés depuis des mois ; mais depuis l'estuaire aussi, remontant de ses profondeurs. En moins d'une demi-heure, les rues en pente furent parcourues de ruisseaux, puis de rivières, répandant leurs serpents d'eau claire dans les égouts et les couches géologiques.

Une chance pour les agriculteurs, répétèrent les maris, et personne ne courut dehors pour rentrer le linge ; été indien ou pas, tout le monde avait un séchoir électrique.

18

– Les agriculteurs seront contents, dit John Calvin au salon.

Laura en convint.

Il avait un pied nu et lisait l'*Observer* d'une main, en se grattant la plante de temps à autre avec le crayon dont il se servait pour les mots croisés. Calvin avait depuis toujours des mycoses aux pieds, qui lui faisaient souffrir le martyre. Comme tous les dimanches matin, Laura lui repassait ses chemises – il lui en fallait douze pour la semaine, une pour la journée, l'autre pour le soir. Après quoi il y avait encore les pantalons avec le pli bien dessiné, et les caleçons, et les mouchoirs, et même les chaussettes.

– Ouh ! Ah ! fit-il sans conviction, c'est affreux ce que les prix ont baissé dans l'immobilier, Laura.

– Ah bon ?

– Ils parlent de vingt pour cent en un an. Vingt pour cent !

– On a perdu de l'argent, alors ?

– Non, pas encore. Rassure-toi, ce n'est pas pour demain.

– Tant mieux, parce que, vraiment, ça m'affolerait.

Ils restèrent absorbés un moment par leurs tâches respectives ; John Calvin plongé dans le marché immobilier, Laura prêtant la dernière main à une chemise.

– Ça va être l'heure du comité, dit-il.

Elle reposa bruyamment le fer sur son support, la pointe en haut.

– Mais je croyais que c'était le mardi soir, John ?

– En général, oui, mais pas toujours. Cette fois, ça tombe un dimanche.

– Ils vont s'emmêler les crayons, dit Laura. Je veux dire, nos membres. Ils ne penseront pas que c'est aujourd'hui ?

– Si, si, l'assura John en ramassant sa chaussette, qu'il retourna avant de l'enfiler à l'envers. Ils seront tous là. Pour rien au monde, ils ne rateraient une réunion.

– Je n'ai que des gâteaux secs, alors. Enfin, il y a les biscuits aux noix que je t'ai préparés hier, et un paquet de galettes aux céréales.

– Et le quatre-quarts au citron que tu as fait vendredi ? Tu en parlais déjà jeudi, on en a mangé un bout hier au petit déjeuner. Hm, moelleux, délicieux. On ne l'a pas fini ?

– Non, c'est vrai, tu as raison. Il reste du quatre-quarts au citron, on peut leur en donner.

– Je sais que Mme McGillicuddy, la crémière, l'aime beaucoup, ton quatre-quarts au citron. Et le *signore* Abbagataglia, le pizzaïolo, apporte toujours un gâteau de sa Sicile natale. Blodwen, la nouvelle femme du pauvre Dr Williams le Gallois l'oblige à suivre un régime à cause de sa tension artérielle.

– Il aurait pu s'en apercevoir plus tôt !

Se penchant, Laura Calvin débrancha son fer, qu'elle posa cette fois sur un carreau de granite. Puis elle apporta le linge à la cuisine, et revint plier sa planche à repasser.

– Surtout qu'il est médecin !

– Il ne mangera rien du tout, lui. Remarque, dès que Blodwen a le dos tourné, il chipe des miettes sur le plateau. « Pas un mot, mon petit gars », il m'a dit un soir avec un clin d'œil. Bien sûr, Mme Patel sera en retard, comme d'habitude. Elle sonnera comme une folle un quart d'heure après le début de la réunion, elle voudra qu'on reprenne l'ordre du jour depuis le premier point, et une fois de plus elle comprendra tout de travers. Ce qui ne l'empêchera pas de finir le quatre-quarts au citron. Elle est vraiment trop grosse, Mme Patel, avec cette vie sédentaire qu'elle mène.

– Tu appelles ça gros, toi ? Elle n'est quand même pas aussi grosse que le Dr Williams le Gallois ?

– Oh si. Il n'y a pas d'autre mot. C'est bien ce que les gens disent, quand ils parlent d'elle.

Calvin ramassa son journal, qu'il rouvrit d'un geste décidé.

– Il pleut à verse, quand même, remarqua Laura. Tu es sûr qu'ils voudront sortir par ce temps ?

– On n'est pas faits en sucrrrre, chérrrie, répondit Calvin sans baisser son journal, imitant l'accent de la crémière, Mme McGillicuddy.

– Je me demande s'il ne serait pas plus simple pour tout le monde de garder le mardi. Je pourrais faire de bons petits canapés, et je crois qu'on n'a plus de sherry à leur offrir, aujourd'hui.

John Calvin jeta le journal par terre.

– Non, Laura. La réunion est fixée ce matin. D'ailleurs, elle vient de commencer. Regarde, voilà le *signore* Abbagataglia. Très bien, il a réussi à s'échapper de sa cuisine.

C'était en fait, dehors sous la pluie, Sam et Stanley qui se dépêchaient de rentrer, aussi vite qu'ils pouvaient, l'un et l'autre. Son repassage étant terminé et rangé, Laura posa furtivement six assiettes sur la table en chêne clair autour de laquelle John aimait tenir séance.

– Le *signore* Abbagataglia ! fit Laura, sans ouvrir la porte – bien sûr, tout cela n'était qu'une mise en scène, ces réunions n'existaient pas.

– Boudi ! Un plaisir de vous voir, dit Calvin. Ah, mais quelle plaie, ce temps ! Va-t'en, va-t'en, la pluie, laisse la place au soleil, comme on dit chez moi. Ah oui, la belle Laura...

Dragueur invétéré, le *signore* y allait de ses franches embrassades, incapable de contenir sa libido en présence de Laura. Mais cela ne gênait personne, puisqu'il n'y avait que les Calvin.

– Mme McGillicuddy ! Ravi de vous revoir, Morag. Et le Dr Williams, dit le Gallois. Ah, docteur, je sais que la chère Blodwen vous impose un régime sévère, alors on ne vous proposera pas ces excellentes choses que vous appréciez tant. Ou rien qu'une miette, peut-être, mon petit gars, dit Calvin en lui offrant une chaise imaginaire.

Laura alla chercher à la cuisine les deux tiers préservés de son quatre-quarts au citron, et les biscuits aux noix de la veille. Elle regrettait de ne pas avoir eu le temps d'essayer les brownies à l'anis dont la recette avait paru dans le *Guardian* du samedi.

– Qui attendons-nous encorrre, les amis ? Passe-moi le gâteau, Laura, fit Calvin dans le dos de Morag McGillicuddy.

Reprenant sa voix normale, il répondit lui-même :

– Qui d'autre que Mme Patel, évidemment ! Est-elle jamais arrivée à l'heure, un seul jour dans sa vie ? Cette chère Mme Patel, que ferions-nous sans elle ?

Calvin rit à la place de tout le monde, contrairement à Laura qui se demandait si elle n'avait pas oublié quelque chose.

– J'apporte le thé dans une minute, John.

Il la regarda d'un air sévère et elle ajouta :

– Bonjour, messieurs dames.

– Eh bien, nous n'attendrons pas Mme Patel, poursuivit Calvin, comme au début de chacune des réunions. Mme McGillicuddy... Dr Williams, dit le Gallois... *Signore* Aggabataglia, je veux dire Abbagataglia... Juré, j'y arriverai un jour. Prenez place, je vous en prie. Nous avons beaucoup de travail aujourd'hui. Voyons, Comité de voisinage, Comité de voisinage, dit-il en classant les papiers toujours entassés à un bout de la table en chêne. Oui. Bien. Comme convenu, déclara-t-il à la table vide, j'ai été reçu au commissariat en notre nom à tous.

19

S'abritant sous un parapluie, Kenyon inséra sa carte bancaire dans le distributeur de billets de Fore Street. Il avait plu légèrement, quoique sans arrêt, toute la journée. Après avoir composé son code secret, il appuya sur la touche « Retrait » et demanda 100 livres. Nous étions dimanche soir, et il avait besoin de liquide pour son voyage à Londres le lendemain.

L'appareil produisit un murmure électronique et afficha le message : « PROVISION INSUFFISANTE ». Kenyon sentit une bouffée de chaleur lui envahir le crâne. Le neuvième jour du mois, c'était impossible. Puis il se rendit compte que c'était très possible. La machine lui restitua sa carte, et il recommença l'opération, demandant cette fois 50 livres. Même murmure, même message : « PROVISION INSUFFISANTE ».

Inutile d'essayer l'autre carte, la carte de crédit, puisqu'il avait épuisé celui-ci, sinon creusé au-delà. Certes, il avait reçu des courriers de la Barclays, qu'il avait placés sans les ouvrir dans sa mallette, pour les confier, en fin de compte, au destructeur de documents. Sans intérêt – il devait s'agir d'offres publicitaires. Enfin, il n'y avait cru qu'à moitié.

Mais où filait l'argent ? Nulle part. Un logement, un restau quand Miranda était fatiguée de faire la cuisine, un théâtre ou un cinéma de temps en temps, peut-être un tableau, des vacances trois fois dans l'année, puis les vêtements, les factures, etc. Rien d'autre. Mais on ne pouvait pas vivre sans ça, quand même. C'était un minimum. Miranda gagnait 47 000 livres par an ; lui-même 62 000 livres ; et ils étaient fauchés. Tout passait dans le prêt immobilier, une somme pharamineuse. L'appareil lui ayant de nouveau rendu sa carte, Kenyon tapa son code secret, appuya sur la touche retrait, et demanda 10 livres. Un message différent s'afficha : « DÉSOLÉ, CET APPAREIL NE DÉLIVRE QUE DES BILLETS DE 20 £. VOULEZ-VOUS RETIRER UN MULTIPLE DE 20 ? » D'accord, il opta pour 20 livres. Considérant la chose, la machine fredonna un petit bruit triste et, étonnamment, lui donna ses 20 livres en le remerciant de sa fidélité. Et donc voilà : à l'heure qu'il était, Kenyon avait entre 20 et 49 livres sur son compte bancaire, ou plus exactement sa banque était-elle disposée à lui prêter encore une somme comprise entre 20 et 49 livres. Quelques années plus tôt, on retirait 20 livres à condition de les avoir ; aujourd'hui, on les prélevait sur une autorisation de découvert de quelques milliers, laquelle autorisation Kenyon ne se rappelait absolument pas avoir demandée. « Rogner, lésiner, rogner », se dit-il en repartant vers son impossible maison de millionnaire, achetée grâce à un emprunt de 600 000. Il salua un couple en chemin, abrité lui aussi sous un parapluie ; c'était les nouveaux arrivants. Comment s'appelaient-ils déjà ? Catherine et... Le saluant à leur tour, ils ne s'arrêtèrent pas pour échanger trois mots. Miranda lui prêterait de l'argent. Elle ne lui refuserait pas ça. Fin septembre, Kenyon l'avait dépannée de 300 livres.

20

Au salon à l'étage, tous les tableaux étaient des natures mortes. À leur façon, toutes les surfaces horizontales en étaient également – sur les jolies dessertes, anciennes et en noyer ; sur la table basse moderne avec son plateau de verre ; sur la console années 1960 sous le Mary Fedden. Chacune avait sa petite décoration, bien établie, immuable. Sur la table en noyer, à côté du canapé, se trouvait une tabatière en émail – son *netsuke*, comme l'appelait Billa –, représentant une pieuvre enlaçant un crabe, jouxtant un cendrier et une lampe. La console était parée d'un grand vase suédois, et d'un objet « macabre », selon les termes des invités : un sabot de cheval, enchâssé jusqu'à mi-hauteur dans de l'argent filigrané, vestige supposé de la dernière charge de cavalerie de feu le général. Et sur la table basse, bien que ce ne fussent pas toujours les mêmes, les livres d'images ne changeaient pas de place. Billa se rendait parfois à Londres et, si elle visitait une exposition, revenait avec le catalogue qui atterrissait naturellement près de l'autre cendrier, une conque elle aussi enrubannée d'argent. Comme leurs hôtes, ni Billa ni Tom n'avaient jamais fumé, mais il ne fallait pas qu'on pense que c'était interdit chez eux.

– Je l'ai vue, celle-là, dit Sylvie en ouvrant le catalogue. Matisse et Picasso. Ça m'avait beaucoup plu. Mon Dieu, ça fait déjà quatre ans.

– Ça doit être la dernière qu'on ait vue, Kitty et moi. On y allait souvent, pourtant, faire les boutiques, rapporter de jolies choses.

En réalité, Billa s'en souvenait fort peu. Le catalogue trônait sur sa table basse, tel un trophée ignoré depuis longtemps. Quant à l'expo elle-même, elle n'en avait presque rien retiré, juste de quoi toucher un mot à Tom, Miranda, Sam et quiconque manifestait un vague intérêt pour les deux peintres. Ensuite, elle n'y avait plus repensé.

– Vous devez être souvent fourrée à Londres, non ? Il y a tant de choses à voir, pour vous.

Sylvie maintint sa tasse de café un instant devant sa bouche ; soufflant prudemment sur le liquide chaud, elle renversa quelques gouttes dans la soucoupe, qu'elle vida dans la tasse.

– Non, finit-elle par répondre. Non, non. À moins que j'y sois vraiment obligée. Je sais bien qu'il faudrait, mais je suis très paresseuse. Puis-je allumer une cigarette ? J'en meurs d'envie, vraiment.

– Bien sûr. Seulement, il faut vous tenir au courant, je suppose ?

– De quoi ? De ce que produisent les autres ? Bah, je n'en ressens pas le besoin. On trouve des idées partout, si on veut.

Persuadée que les talents de Sylvie se limitaient à découper des sexes d'hommes dans des revues cochonnes avant de les coller sur une toile, Billa ne fit pas de commentaire. Elles se retrouvaient souvent ; le matin pour un café, quand Sylvie n'avait pas cours et, de temps en temps, pour un verre de vin en début de soirée. Tom s'était occupé de la cave, avec un certain talent, entreposant sous l'escalier une quantité formidable de bouteilles, dont quelques très bons crus, pensait Billa avec satisfaction. Si elle n'y connaissait rien, elle devinait que les plus anciennes, couvertes de poussière, avaient de la valeur. Jamais Tom ne lui avait offert d'en remonter une, il s'en chargeait lui-même, passant un temps démesuré à peser le pour et le contre. Maintenant qu'il était mort – selon la formule crue qu'elle s'imposait –, elle descendait elle-même choisir un rouge ou un blanc, qu'elle servait à Sylvie.

– Délicieux, disait parfois celle-ci, ce qui étonnait Billa, le terme « délicieux » convenant plus volontiers à la nourriture, voire au bol plein de cacahuètes dans lequel elles piochaient.

Un de ces jours, elle allait se référer à un spécialiste qui emporterait à bon prix ce qu'elle avait de meilleur. Car, à la vérité, elle ne savait pas vraiment apprécier le vin.

En revanche, elle appréciait Sylvie. Sylvie était la seule qui, ces temps-ci, lui rendait visite sans quelque plat sorti de sa cuisine qu'il faudrait réchauffer. Les premiers temps, on lui avait apporté tant de choses à manger que, midi et soir, Billa s'était forcée à avaler d'indigestes lasagnes, *shepherd's pies*, moussakas, ragoûts et pâtés de poisson ; en outre, les généreux donateurs voulaient récupérer leur vaisselle, de sorte qu'il était impossible de fourrer tout ça dans le congélateur. Encore, on pouvait conserver gâteaux et biscuits, mais ils n'auraient pas imaginé que Billa aimerait ça. Évidemment, ils supposaient qu'elle n'avait pas envie de faire la cuisine, qu'elle serait heureuse qu'on s'en charge à sa place. Comme

W. B. Yeats et ses neuf rangs de haricots, elle se retrouvait condamnée à consommer l'inexhaustible bon vouloir de la nature. Son frigo et son garde-manger ressemblaient à des archives sous Scellofrais.

Un jour, Sylvie était venue avec une boîte à thé – pas n'importe quel thé, bien sûr –, mais rien de plus. Elles l'avaient goûté, convenant de ses qualités, et elles s'étaient cognées le moka de Kitty. Pas si délicieux que ça : Kitty s'était servie d'extrait de café, et non de café frais. Mais elle avait appris ses rudiments de cuisine dans les années 1960 et ne s'était jamais renouvelée. Billa et Sylvie avaient disséqué sa recette pendant un bon moment ; d'un autre côté, elles l'avaient mangé, le gâteau.

D'une compagnie agréable, Sylvie permettait de se détendre. Elle s'affalait sur le canapé, et les deux femmes parlaient de choses et d'autres. Elle n'avait pas connu Tom, et c'était d'autant mieux.

– Que devient Tony ? fit Billa, enjouée.

Elles entendirent, dehors, le cliquetis d'une échelle contre le mur. Certainement le laveur de vitres attendu.

– Ah, Tony. Je compte les jours. Ça fait au moins cinq fois que je le prie de se chercher un autre endroit pour vivre. Bizarrement, il a toujours l'air étonné. J'ai envie de me retrouver chez moi. En plus de ça, on lui demande de suivre une formation pour enseigner le cinéma et les médias. L'allemand n'intéresse plus grand monde, apparemment. Tout ça ne l'amuse pas beaucoup.

– Ça s'enseigne, les médias, le cinéma ? Ah, vous voulez dire qu'il va faire des films ?

– Non, il va les visionner. Pour pouvoir en parler ensuite. Les analyser, quoi.

– Je vois, dit Billa, bien décidée à ne jamais l'embêter avec ce genre de chose. Je crois l'avoir aperçu, l'autre matin, sur la Wolf Walk. Est-ce qu'il a...

Soudain, un bruit strident retentit tout près d'elles, dehors, semblable à une roulette de dentiste, mais beaucoup plus puissante. Quelqu'un perçait un trou dans le mur.

– Vous faites des travaux ? dit Sylvie.

– Pas du tout. Qu'est-ce que... ?

Elles allèrent regarder à la fenêtre et, de fait, sur une échelle en aluminium, un homme en bleu de travail, portant des lunettes de protection, faisait un trou dans le mur avec une perceuse. Billa frappa au carreau ; souriant aimablement, le type s'interrompit et leva son outil en guise de salut, comme un pistolet.

– Mais à quoi il joue ? dit Sylvie.

Billa avait déjà posé sa tasse de café et se précipitait dehors. Sylvie la suivit dans l'escalier, dans l'entrée dallée, et elles ouvrirent la grosse porte d'entrée. Dans la rue, elles découvrirent une camionnette avec l'inscription Homeland Security[1], en lettres diagonales, criardes, cernées d'éclairs en zigzag.

– Il y a erreur ! cria Billa. Arrêtez tout de suite ! Personne n'a demandé de travaux dans cette maison.

– 'Va être difficile, répondit l'ouvrier. Je vérifierai, si vous voulez, mais j'ai l'ordre de mission, on doit installer.

– Installer quoi ? cria Sylvie, mais le type avait remis sa perceuse en marche. J'ai dit : installer quoi ?

Les vrombissements stridents de son engin l'empêchèrent d'entendre. Un petit groupe de retraités se

1. « Sécurité Chez Soi ».

rassemblait en face, à côté du Conservative Club ; le type de personnes qui s'attroupent toujours lorsqu'une dispute promet d'apporter un peu d'animation dans la rue. Sylvie saisit le bas de l'échelle et la secoua doucement – suffisamment pour que l'homme veuille bien faire attention à elle et éteindre sa perceuse.

– Vous êtes pas malade ? gueula-t-il. Vous auriez pu me tuer !

– Comme ça ? Vous voulez rire ? Je l'ai à peine touchée.

Elle recommença, plus fort.

– Là, ça serait peut-être dangereux, et encore.

L'ouvrier redescendit en quatrième vitesse. Son compagnon sortit de la camionnette – un gros gamin boutonneux d'environ dix-huit ans, qui mâchonnait un chewing-gum et croisa les bras.

– Mais vous êtes dingue ! reprit l'ouvrier. Vous vous croyez où ?

– Exactement ce que j'allais vous demander ! jeta sèchement Billa. Cette maison est la mienne. Qu'est-ce qui vous prend de faire des trous dans mon mur ?

– Elle a failli me tuer ! beugla l'homme.

– Non, dit Sylvie. Elle n'a pas bougé, votre échelle. Alors, on peut savoir ce que vous fabriquez ?

– Je n'ai pas à répondre à des assassins.

– C'est clair, fit le gamin.

– La ferme, Brandon. Je suis venu faire mon travail, c'est tout.

– C'est clair, répéta le gamin.

– Non, ce n'est pas clair, dit Sylvie. Qu'est-ce que c'est que ce travail ? Vous devez vous tromper de maison. Mon amie n'est au courant de rien.

– Je ne me trompe pas, fit l'homme, sortant une lettre de sa poche, qu'il tendit à Billa et Sylvie.

Elle portait l'en-tête de la Direction de la police du Devon et des Cornouailles. Tous trois lurent silencieusement l'ordre de mission. Le type avait une haleine épouvantable, des dents cariées sûrement.

– C'est absurde, fit Billa. Je n'ai jamais demandé qu'on visse une caméra sur ma façade.

– Pas besoin de demander, dit l'homme. La police décide des endroits, pour faire sa surveillance, ensuite ils me demandent à moi de l'installer. C'est vrai qu'ils auraient pu vous avertir, admit-il, conciliant. Ça, c'est pas bien.

– Vous ne mettez rien du tout, ordonna Billa. Je ne veux pas de ce machin.

– Ce n'est pas vous qui décidez, ma bonne dame, mais la police, et les collectivités locales. Et donc ils veulent une caméra à cet endroit, parce que sinon, ils ne pourraient pas voir... Enfin, je ne sais pas ce qu'ils ne pourraient pas voir. N'empêche, nous, on a une commande à respecter.

– Il y en a déjà une là, de leurs foutues caméras, sur le bâtiment du Conservative Club, dit Sylvie. Et une autre, là encore, regardez, à vingt mètres, sur celui du marchand de fromages. Il y en a des centaines, de ces saletés.

Brusquement, comme lorsqu'on jette de l'eau dans une solution sursaturée qui, de solide, se transforme en liquide – la goutte faisant déborder le vase, ce qu'elle aurait dit à sa façon –, Billa remarqua vraiment ce qui, jusque-là, lui avait paru insignifiant : d'un bout à l'autre de la ville, tous les quinze mètres, hors de portée même pour un kangourou, se trouvait une caméra de télésurveillance.

– Je n'en veux pas, dit-elle.

– Vous n'avez pas le choix, assura l'ouvrier.

– Je n'en veux pas.

– C'est le vœu de la collectivité. La police est d'accord. C'est vrai qu'ils auraient pu vous prévenir, puisque vous êtes la propriétaire du mur en question. Non, ça, c'est pas bien.

– Moi aussi, je fais partie de la collectivité, intervint Sylvie. Et personne ne m'a demandé mon avis avant de filmer mon cul tous les dix mètres quand je me balade dans Fore Street. De toute façon, j'aurais dit non.

– C'est clair, commenta le gros gamin, prenant maintenant son parti.

– Oui, dit Billa, consciente que l'attroupement avait grossi de l'autre côté de la rue, où on l'observait avec intérêt.

Elle ne tenait pas à se retourner, au cas où elle reconnaîtrait quelqu'un dans le groupe, et le décevrait.

– Alors, fit-elle. Cet ordre de mission, qui l'a signé exactement ?

– La collectivité, répéta l'ouvrier, je vous ai déjà expliqué. Maintenant, si ça ne vous dérange pas, j'aimerais terminer mon travail. J'en ai encore deux à monter, aujourd'hui, une à Cullompton, l'autre à la grand-place d'Iddesleigh. Et si, dit-il dignement à Sylvie, vous aviez l'obligeance de ne pas secouer l'échelle au risque de me tuer, je vous serais très reconnaissant.

– Jamais de la vie ! répondit Sylvie. Nous exigeons de savoir qui vous a envoyé !

– Un problème, Billa ? demanda Sam qui, en tablier bleu et blanc, sortit de sa boutique sans refermer la porte.

– Oui, il y a quelque chose qui ne va pas ? fit un homme, s'adressant à l'ouvrier plutôt qu'à Billa et Sylvie. Droit comme un *i* avec un air interrogateur, il avait des cheveux blancs brillantinés et portait un élégant pardessus bleu marine. John Calvin.

– Tout est en règle, n'est-ce pas ?

– Sam, ils installent une caméra sur ma façade, dit Billa. On ne m'a pas avertie. Ce monsieur arrive sans prévenir et fait des trous avec sa perceuse.

– Et cette dame, dit l'ouvrier en désignant Sylvie, s'est mise à...

– Ce n'est pas possible, dit Sam. Il doit y avoir une erreur.

– Je ne crois pas, répondit Calvin avec un vague sourire. Le comité a étudié la question, et nous avons demandé des caméras supplémentaires. Par précaution. Il y a eu des désordres, récemment, à Hanmouth. Alors, nous nous sommes réunis et...

– J'ai voulu le rencontrer, votre comité, gueula Sam. Et même participer. On m'a fermé la porte au nez. Allez, Calvin, il y a qui, dans votre truc de merde, on peut savoir, un jour ?

John Calvin afficha cette fois un sourire illimité, qui ne concernait personne.

– Nous avons longuement discuté de tout ça et, à mon avis, les habitants ne verront pas de raison de se plaindre. Mis à part ceux qui se croient permis d'arpenter les rues dans des tenues indécentes, évidemment.

– Va te faire foutre, connard ! dit Sam qui s'avança vers l'échelle, toujours calée contre le mur.

D'un geste, Sam, qui était fort et trapu, la jeta par terre. Elle faillit briser la vitrine du Conservative Club qui, curieusement, affichait les revendications de ses membres les plus extrémistes.

– Eh ! cria l'ouvrier.

– C'est pour notre sécurité à tous, poursuivit Calvin, imperturbable. Si vous n'avez rien à cacher, vous n'avez rien à craindre. Après tout, madame Townsend, fit-il avec un geste vers elle, minaudant sans vraiment la regarder, j'ai appris que votre mari a connu une fin malheureuse. Cela aurait pu être évité. Si quelqu'un de bien avisé, agissant dans l'intérêt de la collectivité, avait pu jeter un coup d'œil de temps en temps sur votre porte, et comprendre ce qui se passait, nous aurions sûrement pu lui prêter assistance, à votre mari, non ? Bien sûr, il est trop tard, mais, comme l'observait le comité...

– Mon mari est mort derrière notre porte fermée, répondit Billa d'une voix sourde, que tout le monde entendit cependant très bien. Vous ne voulez pas les installer derrière nos portes, maintenant, vos caméras ?

– Non, non, bien sûr que non, admit Calvin avec un petit rire. Je voulais seulement dire que, si Tom... Euh, M. Townsend... corrigea-t-il, la voyant prête à exploser. Oui, s'il avait su que, devant chez lui, une caméra surveillait la rue, il aurait pu sortir et attirer l'attention, et...

– Assez d'absurdités ! Laissez mon mari en dehors de tout ça, je vous prie.

– Et vous, je vous prie de ramasser mon échelle, jeta l'ouvrier à Sam. Ah, c'est agréable, dit-il à l'intention du gamin boutonneux. Oui, ils sont bien élevés, les habitants de Hanmouth ! Tu as vu ça ? Va te faire foutre, qu'il me sort ! Charmant, vraiment.

– Ce monsieur va donc achever ce pour quoi il est là, conclut Calvin, comme si l'on avait atteint un consensus.

Après quoi, je propose de nous asseoir tous autour d'une bonne tasse de thé. Qu'en pensez-vous ?

– J'appelle la police, dit Billa. Vous n'avez sûrement pas le droit de faire ça sans ma permission. Et en attendant, comme le conseille mon ami Sam, allez vous faire foutre !

On sentit un frisson parcourir l'attroupement de l'autre côté de la rue : personne n'aurait cru qu'une personne comme Billa, représentante de la bonne société, connaisse ou utilise l'expression.

– Je vous en prie, faites, répondit Calvin, la voix glaciale et le sourire figé.

Elle l'étudia ; il ne semblait aucunement redouter l'intervention de la police, et elle ne mit pas longtemps à comprendre pourquoi. Toute sa vie, Billa avait cru pouvoir compter sur les forces de l'ordre, qui viendraient en dernier recours la protéger, elle et Tom, contre la violence et l'anarchie. Aujourd'hui, elle voyait qui était, finalement, la police. Rentrant avec Sylvie, elle monta l'escalier, regagna le salon au premier étage et, un court instant plus tard, perçut le cliquetis de l'échelle contre le mur. Encore quelques secondes, et la perceuse se mit à couiner en entamant la brique XVIIIe, rose et tendre, de sa façade. Au bout d'une heure, une caméra blanche était fixée au mur, l'objectif pointé sur la rue. Billa distinguait l'ombre de cette chose depuis son fauteuil.

21

Greg Lucas n'avait pas pris la peine de régler son GPS, ni de l'éteindre, de sorte que, toute la matinée, celui-ci continuait de le guider vers le site de la veille. « À gauche au prochain croisement », lui disait-on, et Greg faisait le contraire. « Continuez tout droit pendant cinq cents mètres », et là, il prit à droite. La voix féminine se tut un moment, le temps que le système recalcule sa position, puis elle articula clairement : « Tournez à gauche après deux cents mètres, et de nouveau à gauche. » En atteignant le petit carrefour, Greg bifurqua à droite, vers le village de Hartswell. Il connaissait à peu près le chemin.

Greg n'aimait pas le silence dans sa cabine ; voilà pourquoi il gardait le GPS activé, sans lui indiquer de nouvelle destination. En général, il laissait en plus la radio allumée. Le soir, il pouvait rapporter qu'il était arrivé au rendez-vous à midi pile, non seulement parce que c'était l'heure prévue, mais aussi parce que, au moment où il remontait l'allée, Ken Bruce avait terminé son émission sur Radio 2 et passait l'antenne à Jeremy Vine. Parfois Greg écoutait également Classic FM. À l'arrière, la citerne ne faisait aucun bruit de liquide en mouvement et, quoi qu'en disent les gens, elle ne dégageait pas d'odeur non plus. La radio marchait donc, pendant que la fille du GPS s'efforçait patiemment de rectifier l'itinéraire.

Greg, qui aimait bien son métier, ne tentait jamais de déguiser la chose par une tournure compliquée ou une phrase indirecte. Il rayonnait dans la plus grande partie du Devon, débordant quelquefois dans le Dorset ou le Somerset, où il vidait les fosses. À l'extérieur des villes et des villages, le tout-à-l'égout n'était pas envisageable, c'est pourquoi des centaines de maisons évacuaient leurs eaux usées dans des fosses, septiques ou d'aisance, selon le cas. Seul le raccordement à l'eau courante était une obligation ; dans l'autre sens, les autorités locales n'en avaient pas. Le principe d'une fosse, enterrée dans le jardin sous une plaque discrète, était le plus économique ; à la campagne, tout le monde savait ça. Greg était reconnu pour l'utilité et la qualité de son service. Certes, il arrivait qu'à l'école les enfants se moquent de ses gosses, mais il avait de bonnes raisons de croire qu'on le respectait. Tout était prévu pour conférer à son activité un aspect sain et hygiénique : la combinaison blanche, le pantalon rentré dans ses grosses chaussettes, les bottes en caoutchouc blanc, le camion blanc que les gars du dépôt lavaient tous les deux jours pour qu'il reste impeccable.

Les fosses septiques ont besoin d'être vidées régulièrement, quoique moins souvent que les « toutes eaux » qui, comme leur nom l'indique, absorbent tout. Une fosse septique filtre les liquides, qui ensuite se répandent dans l'environnement immédiat sans causer de dommages. Beaucoup de clients optaient pour une intervention annuelle – semestrielle, tout au plus. Pour une petite famille, voire un couple sans enfants, une fois l'an suffisait. Les fosses traitent toutes sortes d'eaux – salles de bains et machines à laver, eaux de cuisine, eaux-vannes des toilettes – et il ne reste en général à vidanger que les boues, comme on dit dans le métier. Il s'agit de grandes cuves, faites pour être oubliées d'un équinoxe au suivant. Les apparitions de Greg, un personnage apprécié des enfants, étaient un petit événement – ils tendaient le cou derrière la fenêtre de la cuisine, retenus par leurs parents, qui parfois les laissaient aller dans le jardin pendant qu'il soulevait la plaque pour introduire le gros tuyau relié au dispositif de sécurité à l'autre bout. Ça les épatait que, telle une marchandise précieuse, le caca et la pisse de toute la famille puissent être conservés pendant des mois sous la pelouse où, éventuellement, leurs poules picoraient avec insouciance. Voilà Monsieur-Caca – comme souvent ils l'appelaient – qui débarque avec son camion pour aspirer tout ça et repartir gaiement, sa citerne pleine de merde. « Et qu'est-ce que vous en faites, après ? » demandait à coup sûr une petite fille ou un petit garçon. Greg refusait toujours de répondre, leur renvoyant la question : « À votre avis ? » Ils ouvraient de grands yeux ; qu'allaient-ils penser en grandissant ?

Il se rendait aujourd'hui dans une maison occupée par le même gars depuis des années. Le type y vivait autrefois avec sa maman, qui avait disparu il y a cinq ans. Un spécimen pas très sociable, que peu de gens connaissaient. Mais ça n'était pas rare, les individus de cette sorte dans cette partie du comté, à proximité de la lande. Comme il était seul, le bonhomme n'avait pas souvent besoin de Greg Lucas. Sans doute, en vieux garçon, ne se lavait-il pas beaucoup, alors la fosse absorbait moins d'eaux grises. Greg revenait tous les dix-huit mois, pas plus. C'était dangereux, quand même, de ne pas purger ; enfin, la dernière fois qu'il s'était rendu à la petite chaumière, cachée comme un champignon en contrebas d'une allée qui ne menait nulle part, elle n'était pas encore pleine.

Il remonta en marche arrière vers le jardin d'agrément, laissé à l'abandon, derrière la maisonnette. « Prenez à gauche, dit Mme GPS, supportant la perversité de ce conducteur avec une impassibilité remarquable, et tournez encore à gauche d'ici trois cents mètres. » C'est ce qu'il venait de faire ; elle n'avait peut-être pas envie qu'il reste. Le client était déjà sur le pas de sa porte, qu'il avait dû fermer pour conserver la chaleur. On avait eu un bel été mais, octobre arrivant, le fond de l'air était frais.

– Vous avez un peu tardé, dit l'homme.

Greg consulta le bon de commande : Terry Strutte.

Curieusement, il avait oublié son nom. Pourtant, Lucas Septic Management l'avait depuis longtemps pour abonné, et sa mère avant lui.

– Je ne crois pas, dit-il, sautant hors de la cabine avant d'enfiler ses gros gants de cuir. C'est comme d'habitude. À une semaine près, ça fera dix-huit mois. On vous a envoyé l'avis de passage, je pense ?

– Il y a un ennui, en tout cas. Je ne sais pas pourquoi.

– Eh bien, allons voir ça, dit Greg, suivant le mec vers la plaque dans le jardin.

Les problèmes étaient généralement de deux ordres. Soit la fosse refoulait et renvoyait les eaux-vannes dans les toilettes, ce qui se produisait souvent l'hiver, et c'était fort désagréable. Soit les eaux suintaient dans le regard de jonction, ça puait et c'était dangereux. Heureusement, les abonnés s'en rendaient compte assez vite et demandaient une intervention. C'était ici le deuxième cas ; Greg avait senti l'odeur aussitôt descendu du camion.

– Qu'est-ce qu'il y a ? demanda le client.

– Elle est pleine, ça déborde, répondit Greg. Pas de souci, on va vous arranger ça. L'odeur partira peu à peu, après la vidange. Si j'étais vous, j'éviterais le jardin une quinzaine de jours, plus s'il ne pleut pas.

– Je n'y vais pas souvent.

À l'évidence. Greg aperçut les restes d'un carré de légumes, cerné par des rigoles – et ce qui avait dû être des carottes, des choux, un rang de haricots, une masse de pommes de terre qui, poussant n'importe comment, colonisaient la pelouse autour du potager.

– Ma mère aimait s'en occuper. La moitié de ce qu'on mangeait, ça venait de là. Mais je n'ai pas le temps, moi.

– Ça doit être agréable, ce jardin, l'été. Vous êtes bien placé, tout près de la lande. On ne doit pas vous déranger beaucoup.

– Vous pouvez commencer tout de suite ?

– Absolument.

Rentrant à l'intérieur, le client referma soigneusement la porte derrière lui. En sifflotant, Greg déroula le gros tuyau à l'arrière du camion et le tira jusqu'à l'ouverture de la fosse. La terre autour était vraiment détrempée, et l'odeur très marquée. Il souleva la plaque, fixa l'embout sur la valve. Le débordement datait d'au moins une semaine. Pourquoi la cuve s'était-elle remplie plus vite que les autres fois ? Pourquoi le client n'avait-il pas téléphoné aussitôt ? Peut-être avait-il changé ses habitudes. Avec un peu de chance, le problème viendrait de la cuve elle-même, et il faudrait la remplacer d'urgence. On parlait de récession, mais Lucas Septic Management ne connaissait pas la crise. Quand ça sentait trop la merde, on payait rubis sur l'ongle.

Le moteur produisit son bruit de succion familier, une sorte de hoquet mécanique, répétitif. Revenant à la cabine, Greg ôta ses gants, les plaça entre ses genoux, attrapa le paquet de cigarettes sur le tableau de bord et en alluma une, oubliant le bruit qu'il connaissait par cœur. On la voyait bien, la lande, et ça devait être des alouettes qui dansaient dans le ciel. Sans le battement de la pompe, il les aurait certainement entendues chanter. Mais ce n'est pas pour cette raison qu'il revint éteindre le moteur – plutôt la pompe qui crachotait un peu. Ça arrivait de temps en temps, quelque chose obstruait le tuyau ; quatre-vingt-dix-neuf fois sur cent, il suffisait d'éteindre, d'attendre trente secondes, et de rallumer. Greg, quand même, redoutait le un pour cent restant. On n'imaginait pas ce que les gens pouvaient jeter dans leurs toilettes.

Alors le silence s'imposa, ou plutôt la chanson de la lande. Mais quel calme. Tous les jours de sa vie, Greg naviguait d'une maison isolée à l'autre, mais c'était vraiment le bout du monde, ici. Presque partout dans le Devon, on percevait le bourdonnement lointain d'une autoroute, même dans les coins les plus reculés ; cependant, autour de cette chaumière, rien n'avait changé depuis cent ans. Flottant quelque part dans les hauteurs, un son aigu retentit soudain, avec quelque chose d'urgent. Incroyable, cette capacité des oiseaux à reproduire des bruits humains. Tendant l'oreille, Greg comprit qu'il ne pouvait s'agir d'un oiseau – non, sûrement pas, et c'était tout proche.

Sans se retourner vraiment, il aperçut le client derrière la fenêtre de sa cuisine. Maintenant, s'il avait des soupçons, il ne fallait pas le montrer à cet homme. Greg Lucas n'était pas un héros. Il avait succédé à son père à la tête d'une petite entreprise ; il n'avait pas voulu s'aventurer dans le monde, affronter les épreuves d'une autre existence dont il faudrait tout apprendre. Voilà soudain qu'il comprenait le sens du mot courage, et ce qu'on exigeait de lui. C'était assez clair, et il était nécessaire d'agir tout de suite, sans aller chercher de l'aide.

En règle générale, il ne demandait pas la permission avant d'entrer, mais Terry Strutte – puisque c'était son nom – ne serait peut-être pas de cet avis. Avec son sourire avenant, Greg le rejoignit à la porte du jardin. Le client, méfiant, n'ouvrit qu'à moitié ; suffisamment pour laisser passer les cris intermittents de l'enfant, certes étouffés, mais parfaitement audibles. Greg, convaincu, se comporta comme si de rien n'était.

– C'est un peu plus compliqué que je pensais. Ça passe vraiment très mal et il va falloir que j'appelle mon collègue, qui a...

Il se trouva à court, car il disposait exactement des mêmes outils que son frère Ed.

– Il a le bitonio avec lui.

– Très bien, répondit le client. Je ne travaille pas aujourd'hui. Appelez-le, on va l'attendre.

– Oui, mais je n'ai pas de réseau, ici. Si vous avez un fixe, est-ce que je peux m'en servir ?

Levant la tête, Greg vit le téléphone au bout du couloir, sur un guéridon à côté de la porte d'entrée. La chaumière était petite, de sorte qu'on la traversait en quelques pas.

– Je vais retirer mes bottes, offrit-il.

– D'accord, fit le client à contrecœur.

S'asseyant sur la marche, Greg ôta ses bottes en caoutchouc blanc, tachées de boue sinon pire, et il pivota, en chaussettes, vers la cuisine. De l'endroit où il était, il n'y avait pas d'erreur possible ; une fillette hurlait à pleins poumons. Impossible de continuer à faire semblant. Pour la première fois, il affronta le regard de son client ; cette tête d'attardé bouffi ; ces sourcils fins, incolores ; ces cils blancs, épais, porcins ; ces cheveux de souris, emmêlés, clairsemés en haut du crâne ; et surtout ces yeux, d'un bleu si clair qu'il confinait à la folie – affectés, en plus, d'un léger strabisme. On se mariait entre cousins depuis des générations dans ces lointains repaires du Devon, et voilà ce que ça donnait. Le crétin eut soudain l'air d'avoir pris une décision.

– Excusez-moi, dit-il. J'en ai pour une minute, je reviens.

Filant devant Greg, il descendit dans le jardin, foula à bonnes enjambées la terre détrempée, évita prudemment le tuyau de vidange, puis, de plus en plus vite, ouvrit le portail du jardin, et poursuivit d'un même pas. Il courait presque désormais, sans but, sans destination, juste pour échapper à Greg et aux hurlements qui semblaient provenir des fondations, sous la cuisine. Strutte n'avait pas d'endroit où aller ; il n'y avait tout autour que la lande. Qu'importe, Greg le laissa partir sans un mot. Ce n'est pas pour rien qu'on avait construit une prison au milieu de ce désert ; on ne pouvait se réfugier nulle part. Au contraire, les éventuels évadés étaient trop contents de se rendre, au bout d'un moment. À la maison, le vieux l'avait toujours dit.

Mais elle gueulait, elle gueulait, la gamine, et il entendit maintenant des coups répétés, sur les murs, ou contre une conduite, peut-être. En écoutant attentivement, il localisa l'endroit d'où provenait le bruit. Une dalle en particulier rendait un son creux. Greg regarda autour de lui. Un tuyau au bout aplati, sans doute à coups de marteau, était accroché au mur près du buffet. Greg avait toujours eu l'esprit pratique et il comprit. Repérant la gorge sur un bord de la dalle, il engagea le tuyau, fit levier, et la souleva sans difficulté. Les cris emplirent la cuisine. Un petit escalier en pierre menait à la cave, plongée dans le noir. Les cris cessèrent brusquement.

– Tout va bien, dit-il. Je vais pouvoir t'aider.

Silence.

– Il n'y a pas de lumière ?

Greg ajouta :

– Il est parti. Il faudrait de la lumière.

Une petite voix de fillette, curieusement proche, répondit :

– L'interrupteur est juste en dessous de la trappe.

Il tâtonna, le trouva, alluma et descendit quelques marches en répétant :

– Il est parti.

Vêtue d'un sweat-shirt rose, sale, la fillette avait les cheveux raides, ternes, et le visage huileux. Elle l'étudia d'un drôle d'air. Plus tard, devant les équipes de télévision, et même dans les années à venir, lorsqu'un ami lui poserait la question, Greg ne saurait jamais définir cet air-là. On voulait surtout que plus jamais il n'arrive rien à cette petite. Ce regard fixe, les yeux écarquillés, était celui d'un animal acculé. Il devina aussitôt qui elle était. Pas d'erreur possible.

– Tu es China.

– Comment le savez-vous ?

La question le déconcerta.

– Aucune importance. Tu es en sécurité, maintenant.

– C'est ce qu'il disait. Si vous approchez, je jure que je vous tue.

– Je vais te sortir d'ici. Je ne suis pas là pour...

Il ne put terminer.

– Restez là, en haut des marches. N'approchez pas. Il est parti ?

– Oui, promis. Je vais appeler la police, on va venir te chercher. Tout va s'arranger.

– Je veux pas voir la police, dit-elle avant, brutalement, de se mettre à pleurer. Je vous tue, si vous approchez.

– Non, non. Il vaut quand même mieux que je les appelle.

– Qui êtes-vous ? Un ami de Marcus ?

– Je suis Monsieur-Caca. Tu es sauvée, China.

– Qui vous a dit mon nom ?

22

Toutes sur leur trente et un, les familles remontaient la colline, presque à la queue leu leu. Les pères en costume, ou du moins en veston-cravate, les mères arborant une tenue vaguement neuve, boitant dans des chaussures qui, à l'évidence, leur faisaient mal. Bien que d'allure assez gaie, les futurs étudiants paraissaient bien trop propres aux yeux de Miranda. Du temps de ses études, trente ans plus tôt à Oxford, elle avait comme les autres rechigné à travailler, et elle avait porté les mêmes vêtements d'un bout à l'autre de l'année. Jamais il ne leur serait venu à l'idée de plaire aux aînés. On était sans doute plus indépendants, à l'époque. Si elle gardait un souvenir lointain des journées portes ouvertes dans les facs, elle se rappelait bien, en revanche, que personne ne s'y rendait avec ses parents, ne pensait à les emmener dans des lieux réservés à leurs enfants. D'ailleurs, on ne parlait pas d'« enfants ».

À un moment ou un autre, les parents avaient commencé à venir – accueillis sans moquerie ni amusement par les étudiants plus cool, plus autonomes. C'était, tout simplement, une évolution naturelle. Aujourd'hui, il était rare que les gamins se pointent sans leur père, leur mère, ou les deux. Dans son bureau ordonné, aux étagères couvertes de recueils de poèmes rangés par ordre alphabétique, Miranda regardait par la fenêtre les petits groupes, prudents et tristounets, qui s'évitaient réciproquement. Vieille toupie qu'elle était, elle se fit la réflexion que tout était bouleversé. Chaque groupe avançait avec l'impression manifeste d'être observé, et elle les observait, entre ses deux chlorophytums, depuis le troisième étage. Miranda regrettait que les choses aient tant changé sous la pression des espérances, des contrôles, du suivi.

Sept fois par an, à l'hiver et au printemps, l'université de Barnstaple ouvrait ses portes aux familles. Cela tombait toujours un vendredi. Ces jeunes gens avaient été admis dans différents établissements, et ils devaient maintenant affirmer leur choix. Barnstaple étant classée entre la soixante-quatorzième et la quatre-vingt-septième meilleure, ou pire, université du pays, un étudiant issu du second degré avec des notes moyennes pouvait s'attendre à y être reçu les bras ouverts. Incarnant la déception ou les espoirs de leurs parents, ils arrivaient cependant morts de trac, et donc les enseignants s'efforçaient de bien les accueillir, de se présenter sous leur meilleur jour.

Petit-Benjy, le directeur du département d'anglais, n'avait jamais été très cordial envers elle. Sa froideur était comme renforcée par le sentiment illusoire qu'il entretenait, depuis peu, d'une supériorité morale. Ses bonjours, murmurés du bout des lèvres, s'étaient transformés en simples signes de tête, maintenant doublés d'un regard scrutateur. Familière du *Dictionnaire de la langue vulgaire*[1],

1. *Dictionary of the Vulgar Tongue*, Francis Grose, 1785.

Miranda connaissait les trois degrés du dédain – le « Sublime », lorsqu'au lieu de saluer quelqu'un, on prête une attention soutenue à quelque objet voisin ; « l'Indirect », lorsqu'on feint carrément de ne pas le voir ; et le « Direct », quand on le dévisage sans répondre – s'il était – à une formule de salut. Depuis qu'elle avait débarqué dans son bureau, furieuse, après l'arrestation de Fayçal Khalil, Petit-Benjy pratiquait le « Dédain Direct » quatre fois par jour dans les couloirs et les allées de la fac, avec quelque chose de satisfait dans son désintérêt.

L'organisation des journées portes ouvertes était confiée, par roulement, aux professeurs. Il revenait aujourd'hui à Miranda de diriger les opérations. Le corps enseignant tenait d'abord une conférence dans un amphithéâtre, pour présenter le mieux possible les (certes, fort rares) réussites de l'établissement. Puis un jeune enseignant faisait un topo rapide sur une œuvre récente de la littérature anglaise – cette année, *Le Bizarre Incident du chien pendant la nuit*, de Mark Haddon, puisque c'était l'un des rares romans, on le savait, que les parents des étudiants potentiels de Barnstaple avaient lu (les étudiants eux-mêmes n'ayant bien sûr rien lu du tout). Ceux-ci étaient ensuite convoyés dans différentes salles de cours, où l'on faisait justement semblant de faire cours. Enfin, ces messieurs dames étaient conviés à un grand buffet, ou du moins leur offrait-on quelque viennoiserie crémeuse avec une tasse de café fadasse pour qu'ils puissent s'entretenir cordialement avec les profs.

Miranda aurait volontiers occupé autrement son vendredi après-midi – les discours aux parents étant généralement confiés aux collègues qui n'avaient pas encore renoncé à vivre. Recevant, la semaine dernière, le courriel annonçant sa désignation, elle avait reconnu la main de Petit-Benjy et ses gloussements idiots. Mais elle n'avait pas protesté ; rassemblant ses esprits, elle avait préparé quelques notes, maintenant étalées sur son bureau dans un classeur jaune.

On frappa à la porte. Elle reconnut, de l'autre côté du verre armé, la silhouette de Reine Blanche de Sukie. Comme elle ne répondit pas, cette dernière frappa à nouveau. Si elle voyait Sukie derrière, Sukie voyait aussi que Miranda était là. Elle ne répondit toujours pas.

– Y a quelqu'un ? dit l'Américaine en ouvrant la porte. Ah, mais oui ! Es-tu dérangeable ?

– *J'essayais* de préparer des notes. Mais je suppose que j'ai terminé, maintenant.

– Cela n'a rien de très urgent. Il me semble que vous n'êtes pas venus dîner depuis une éternité, Kenyon et toi, alors je me suis dit, soyons fous, prenons rendez-vous.

Faux : Sukie venait de les inviter trois fois de suite, sans que Miranda et Kenyon fassent le moindre effort pour leur rendre la pareille. Elle pensait que Michael – c'est comme ça qu'il s'appelait ? – était en fait derrière tout ça. Vrai : il traînait souvent avec Hettie. Trois fois ils s'étaient ennuyés, tous les six, avec le fils et la fille en bout de table, à moitié absents. En clair, Sukie faisait un dernier effort, après quoi elle renoncerait à ce qu'on les invite à leur tour, son mari Lloyd, elle et Michael le taciturne. Mais voilà, Miranda avait calculé ce que ça lui coûterait de les recevoir dignement : pas moins de 200 livres, si l'on comptait trois plats et le bar à réapprovisionner. On ne pouvait décemment pas dire non si, à l'apéritif, on vous demandait un gin ou une vodka tonic ; à la rigueur, on pouvait ne plus avoir ni Campari ni sherry. Ensuite, manquer de whisky ou de brandy après le dîner n'était guère plus concevable. Or il n'y avait plus ni gin, ni vodka, ni whisky, ni brandy à la maison depuis un mois et demi. Sam avait étanché le Campari dix jours auparavant. Donc Miranda savait très bien ce que ça coûterait d'inviter ces trois-là, ou qui que ce soit d'autre. Elle savait aussi que Sukie repartirait au mois de janvier retrouver son poste à l'université de Quincunx. Et que, pour tout bon Américain, les Anglais n'étaient que des pique-assiettes, froids, vachards, antipathiques, ce qu'on voudra. Alors pourquoi ne pas contribuer au stéréotype, ne serait-ce qu'un petit peu ? Donc elle répondit :

– C'est très gentil, Sukie. Tu fais comme ça t'arrange.

– Je regarderai mon agenda, et celui de Lloyd, déclara l'Américaine, défaite. Tu es occupée ?

– *Oui.* Je suis censée embrouiller avec mes belles paroles ces messieurs dames les futures recrues et leurs chers parents. On m'attend dans cinq minutes exactement. Tu avais envie d'une tasse de thé ?

– On ne peut rien te cacher. Mais bon, ça sera pour une autre fois.

– Je passerai peut-être te voir après, mentit Miranda. Je ne devrais pas en avoir pour très longtemps.

– Je serai encore là dans une demi-heure, je suppose. Bon, je descends avec toi. Comment va Hettie ?

Miranda ferma sa porte à double tour. La veille, elle avait débarrassé son bureau de tout ce qu'il comportait d'essentiel et de sentimental. Inspectant les étagères, elle en avait retiré une demi-douzaine de ses livres préférés ; récupéré *Les Mots de la tribu*, de Natalia Ginzburg, que Kenyon lui avait donné lorsqu'ils se faisaient la cour – le premier cadeau qu'il lui avait offert.

Tous deux étaient assis au fond du vieux Café Pélican, à St Martin's Lane, vert et doré comme Harrods ou le pont de Hammersmith. Immense, ce café ; c'était auparavant le hall d'exposition d'un marchand de voitures. Kenyon, qui avait adoré le livre, espérait qu'il lui plairait tout autant. Ils venaient d'assister à une représentation du *Crépuscule des dieux* au London Coliseum. Cela devait être en 1978, quand elle préparait encore sa thèse. Elle aussi avait adoré *Les Mots de la tribu* et, bien que l'ouvrage ne lui servît à rien au travail, il s'était retrouvé dans son bureau. Miranda l'avait rapporté chez elle, avec sa petite cargaison et quelques papiers importants ; puis, ce matin, elle avait rangé son bureau comme un condamné à mort la veille de son exécution. Elle avait de tout temps su mettre de l'ordre dans ses affaires.

Oui, avait-elle convenu en descendant l'escalier, Michael et Hettie étaient de bons enfants ; oui, ils allaient bien ensemble ; oui, c'était même touchant de les voir. Et elle était sincère. En fait, elle pensait au classeur jaune qu'elle avait sous le bras. Il contenait non seulement une copie imprimée du discours qu'elle prononçait deux ans sur trois, corrigé à la main d'un bout à l'autre, augmenté de quelques notes sur des événements récents. Notamment un compte rendu sur la façon dont Fayçal Khalil avait été sorti de classe – un rapport honnête et scrupuleux, à la première personne, comprenant les noms et matricules des agents de police, tous les e-mails échangés à propos de l'affaire, un récapitulatif des appels téléphoniques qu'elle avait passés ; mais aussi le résumé des réunions tenues ensuite avec l'administration, la police, les ligues de défense des droits de l'homme et les syndicats, tant des professeurs que des élèves. Miranda avait été légèrement déçue que les charges retenues contre Fayçal n'aient rien à voir avec une activité terroriste – elle aurait juré qu'on l'enverrait à Guantánamo dans un avion banalisé. Non, la police l'accusait d'avoir vendu de la kétamine à des condisciples désireux d'effacer de leur mémoire quelques égarements du samedi soir. Mais ce n'était pas vraiment la question. Elle n'y croyait pas, et l'aurait-elle cru, cela ne leur donnait pas le droit, selon elle, d'interrompre ses enseignements. Miranda prit son classeur jaune, non pour s'y référer pendant son speech, mais parce qu'elle redoutait d'en avoir besoin assez vite.

Parents et enfants fourmillaient déjà dans le hall de l'amphithéâtre. Étonnée, elle constata que ces jeunes gens, avec leurs cheveux et leurs joues bien propres, ressemblaient beaucoup à ceux qu'elle avait déjà en cours, mis à part l'inquiétude qui se lisait sur leur visage : le désir apparent de plaire, de faire bonne impression, le souci du qu'en-dira-t-on. Elle eut envie de les rassurer. Elle serait sans doute partie à la prochaine rentrée universitaire.

Souriante, Miranda traversa la foule. Elle reconnut quelques inscrits à l'entrée, rayonnant d'assurance, de suffisance. C'était généralement les plus humbles, les plus modestes socialement qui se portaient volontaires lors de ces journées.

– Eh bien, dit-elle à l'un d'eux. Il faut commencer, non ?

Il lui ouvrit la porte et elle prit la tête du groupe de volontaires.

Ceux-ci prirent leurs places attribuées, tandis que les visiteurs se répartissaient dans l'amphi. Puis Karen Chu, une des recrues les plus récentes de la faculté, apparut en queue de cortège, venue sans doute se familiariser avec la procédure – mais aussi, Miranda le savait, parce que l'administration l'avait choisie pour établir un rapport. Elle était contente que ce soit elle, Karen n'étant pas du genre à exagérer, à comprendre de travers, ou à mentir. C'était une fille intelligente, qui avait déjà publié deux ouvrages avant d'être engagée à Barnstaple. On pouvait compter sur elle pour tenir son rôle.

Très glamour avec ses cheveux ébouriffés, sa mèche relevée au milieu – presque une iroquoise –, son col roulé bleu électrique et son pantalon de cuir noir, elle souhaita la bienvenue à tout le monde, avant de présenter Miranda dans des termes élogieux.

– Vous êtes trop aimable, dit cette dernière. Vous constaterez, je l'espère, que nous nous entendons bien entre nous – nous ne voyons que nos qualités. Merci beaucoup, Karen. Vous restez ? Oui ? Parfait. Je vais prendre la parole pendant une vingtaine de minutes, un peu plus, un peu moins. Je veux surtout qu'on ait du temps pour les questions. Vous devez en avoir de pleines brassées. Mais cela peut être intimidant et, si vous préférez, pour une raison ou pour une autre, éviter d'en poser devant tout le monde, nous resterons là plus tard, et vous pourrez vous adresser à de nombreux membres de la faculté, en buvant une tasse de thé avec nous, ou de café, avec une viennoiserie. Bien, où en étais-je ? Je voulais vous dire quelques mots de la faculté, justement. L'établissement ne date pas d'hier. Nous faisions partie initialement de l'Université professionnelle de Barnstaple, dont le département d'anglais était une annexe, avant que le tout soit refondu sous le titre d'Institut universitaire de technologie, pour s'appeler finalement Université de l'ouest anglais à Barnstaple, que tout le monde, y compris nous, appelle l'uni de Barnstaple, beaucoup plus simple à prononcer.

« Si vous croyez à ces choses qui portent le nom de statistiques nationales, ce qui n'est peut-être pas mon cas, même si elles peuvent être flatteuses, nous nous situons entre la soixante-quatorzième et la quatre-vingt-septième meilleure université du pays. Je reconnais que, au premier abord, cela n'a rien de prestigieux...

Elle s'interrompit ici pour susciter des rires polis.

– J'aimerais cependant attirer votre attention sur plusieurs points. D'abord, le département d'anglais est un petit peu mieux noté que l'université dans son ensemble, quelque part entre le quarante-septième et le cinquante-cinquième du classement. Aucun autre département n'est mieux noté que nous dans l'établissement. Votre fils ou votre fille seraient donc sûrs d'étudier dans un département plus brillant que les autres. En deuxième lieu, je ferai remarquer que l'université, il y a seulement cinq ans, était classée cent quatrième ou cent cinquième, ce qui implique que nous avons fait des progrès. Troisièmement, je tiens à souligner que ce pays compte cent dix-sept universités, et quatre-vingt-dix-sept départements d'anglais. Il en découle – pardonnez-moi, je suis parfois un peu fâchée avec les chiffres, même si j'ai tendance à y recourir plus souvent... Il en découle que quarante-trois universités sont moins bonnes que la nôtre, et que nous sommes meilleurs qu'une cinquantaine d'autres départements d'anglais. La plupart de nos étudiants obtiennent, lors du diplôme, des moyennes de douze à quatorze sur vingt. L'année dernière, sur un total de soixante-quatre, un seul a obtenu moins de douze. Ce sont finalement d'assez bonnes statistiques, mesdames et messieurs.

(Ceux qui, dans le public, avaient l'intention de bien se faire voir, et pour cela prenaient des notes, inscrivirent « assez bonnes statistiques » sur leur calepin.)

– Et croyez-moi, continua Miranda, la situation de l'emploi étant ce qu'elle est, nous remplissons une mission essentielle. Nous permettons à des jeunes gens qui, trente ans plus tôt, n'auraient pas eu la chance de poursuivre des études, qui auraient donc fini plombiers, maçons, cuisiniers, charpentiers... Oui, nous leur ouvrons les portes de l'université. Nous sommes un établissement à orientation professionnelle, et un grand nombre de nos étudiants trouvent un travail dans les douze mois suivant leur départ de la fac. Plus encore, nous nous efforçons d'enrichir leur existence. Nous instillons chez eux un véritable amour de la littérature, qu'ils conservent parfois jusqu'à l'obtention de leur diplôme.

(Sous son iroquoise – voyons, iroquoise, mohicane, ou ni l'une ni l'autre ? –, Karen Chu jeta un regard oblique à Miranda. Cependant l'assistance ne sembla rien entendre de si bizarre, et c'était certainement une nouveauté pour beaucoup d'écouter une femme autorisée à parler sans interruption. Certains notèrent sur leur carnet « amour de la littérature ».)

– Nous sommes une faculté très jeune – parfois, je ne sais plus si je m'adresse à un étudiant, tout juste sorti du lycée, ou à un nouveau collègue qui vient de terminer son mémoire sur les manuscrits de Geoffrey Hill, de Milton, ou d'un autre. Comme vous avez pu le constater, nous sommes ouverts et accueillants – accessibles, oui, et nous nous en flattons. Non seulement vos enfants peuvent toujours nous joindre, mais vous également. Si vous avez le moindre souci en ce qui les concerne, n'hésitez pas à nous contacter. Nous le ferons également s'ils rencontrent des difficultés dans leurs études, s'il nous semble utile d'en discuter.

« Peut-être vous demanderez-vous, quand vous viendrez nous voir ou à l'instant où je vous parle, si nous allons prendre soin de vos enfants comme il faut. Exerçons-nous une responsabilité morale ? Veillons-nous réellement à ce qu'ils évitent les ennuis ? Eh bien, je peux vous garantir qu'on les a à l'œil – nous faisons l'appel au début de chaque cours, comme à l'école primaire. Nous exigeons qu'ils nous soumettent leur travail, deux fois par trimestre, pour être sûrs qu'ils n'aient rien oublié. Cela parce que, mesdames et messieurs, nous ne leur faisons pas vraiment confiance. Vous serez peut-être d'accord sur ce point. Alors vous en reviendrez à notre responsabilité morale – que se passera-t-il le jour où mon fils ou ma fille auront besoin d'aide ?

«Je vais vous répondre tout de suite. L'université s'en lave les mains. L'université se contrefout que la police entre dans un amphi pour arrêter un étudiant. L'université ne demande même pas aux flics s'ils ont un mandat. Les forces de l'ordre peuvent bien bafouer et piétiner vos enfants, l'université ne lèvera pas le petit doigt. Alors je vous le dis : si vous tenez à ce qu'ils reçoivent le meilleur enseignement possible, compte tenu d'un niveau peu enviable, inscrivez-les ici. Pourquoi pas ? Vous ne voulez pas les envoyer trop loin, ce n'est pas plus mal qu'ailleurs, on dispose même de quelques centaines de livres. Mais s'il est important pour vous qu'on prenne soin d'eux correctement, alors je vous conseille de les diriger vers un autre établissement. Voyons, combien y en avait-il ? Oui, dans l'une des quarante-trois universités inférieures à celle-ci ! Dans un de ces cinquante départements d'anglais pires que le nôtre. Putain, merde, *cinquante* départements d'anglais pires que le nôtre ! À croire qu'on ne sait pas lire, dans ceux-là ! Donc, soyez les bienvenus. Je ne pense pas qu'à long terme tout ça ait beaucoup d'importance, mais bon. Et maintenant, je voudrais vous parler une seconde des crédits pour la recherche.

Karen Chu, assise face à la salle, avait quitté son siège cinq minutes plus tôt. Soudain la porte de l'amphi s'ouvrit sur un Petit-Benjy écarlate, descendu si vite qu'il n'avait pas mis ses chaussures, et se présentait en chaussettes noires.

– Nous allons répondre très rapidement aux questions que vous vous posez, dit-il avec son petit rire habituel, devant une vingtaine de visages furieux et de bras levés.

Sans y être invités, les parents commençaient à bombarder l'estrade de leurs remarques et commentaires.

– Je vais passer le relais au Dr Karen Chu, qui vous entretiendra des méthodes de travail et de la vie quotidienne à l'université de Barnstaple. Le Dr Kenyon est appelée à d'autres tâches, mais il nous reste tout l'après-midi pour évoquer les divers points qu'elle a cru bon d'aborder.

Son classeur jaune sous le bras, Miranda quitta l'amphithéâtre avec Petit-Benjy.

23

– Alors, dit Kenyon à la maison, bien plus tard ce jour-là, ils ont énuméré tous ceux qu'ils avaient sur leur liste, mais personne ne voulait. Absolument personne.

– Au ministère, n'est-ce pas ? demanda Miranda.

Hettie était montée dans sa chambre, ils se retrouvaient tranquillement au salon ; une bouteille de gin et une autre de tonic avaient fait leur apparition, et même quelques rondelles de citron. Un vendredi soir normal, où l'on buvait l'apéritif.

– Ton vrai port d'attache, finalement ?

– Oui, répondit Kenyon, c'est bien de lui que je te parle.

– Excuse-moi, je suis sotte comme une pie, je sais. Et donc cette liste ?

– De prétendants pour leur nouveau Département de la dette. Je ne sais pas si tu es au courant, mais l'Angleterre fait face à de sacrées difficultés. Un drôle de pétrin, franchement. Tout l'argent qu'il faut donner à ces saletés de banques...

– Ah, des saletés, oui, dit Miranda en repensant au distributeur de billets qui, à la fin du mois dernier, lui avait refusé un retrait.

Comme une étudiante, elle avait dû emprunter 300 livres à son mari. Une honte.

– Au point que nous n'avons plus un rond. Et c'est même pire que ça.

– Sale affaire. Quand tu dis « nous », tu parles du pays, je suppose ?

– Oui, je parle du pays. Et le ministre des Finances, monsieur l'autorité avec ses gros sourcils... Le ministre, donc, a constitué un Département de la dette, un groupe de réflexion chargé d'imaginer différents moyens de collecter des fonds.

– On pourrait peut-être demander aux banques de nous rendre l'argent qu'on leur a prêté, non ? Ce que je déteste le capitalisme ! Ces gens-là, je leur casserais leurs fenêtres à coups de brique.

– C'est une idée, admit Kenyon avec une voix de fausset. Rendez-nous le fric. Mais je n'ai pas l'impression qu'ils nous entendraient. Bon, alors ils avaient mis quelqu'un à la tête de ce département, qui n'avait sans doute pas accepté de bonne grâce. Un certain Barraclough. Tu t'en souviens peut-être, on l'avait vu à une réception de Noël, ou ce genre d'occasion.

– Non, je ne crois pas me rappeler, désolée, chéri.

– Il venait juste de donner son accord le jour où... Tu te rappelles cette journée impossible, où je revenais de Londres et un type a ouvert le feu dans la gare de Paddington ? Il doit y avoir six mois de ça.

– Oui, oui, c'était affreux, quelle horreur.

Kenyon observa son épouse ; il n'était pas sûr de l'avoir beaucoup impressionnée, ce jour-là.

– Eh bien, il se trouve que l'une des victimes était mon collègue Barraclough, qui rentrait chez lui à Oxford.

Mort sur le coup, une balle dans la tête. Après quoi le ministère a épluché une liste de gens susceptibles, éventuellement, de présider ce département.

– Et ils n'ont toujours pas trouvé. Le temps a passé, pourtant.

– Tu connais le ministère. Pour paraphraser le cantique : mille ans ne sont devant lui qu'un seul jour. Tous les prétendants malgré eux ont déclaré vouloir y réfléchir une semaine, après quoi ils ont décliné.

– Pourquoi ?

– À ton avis ? Les résultats sont improbables, à l'exception d'un seul, se faire couvrir d'opprobre, être critiqué de toutes parts. Ce qui est intéressant, en revanche, c'est que, devant le manque d'enthousiasme des candidats, il a peu à peu augmenté la mise. Strictement entre nous, il n'y a pas eu moins de trois réunions, paraît-il, chez le secrétaire du cabinet. Et, voilà quinze jours, ils se sont brusquement rappelé que j'étais rattaché à la mission africaine sur le sida.

– Pas rattaché, chéri, détaché.

– Oui, pardon. Enfin, ils m'ont sorti des oubliettes, et, il y a deux semaines, j'ai reçu un coup de téléphone. Alors j'en viens au fait, le nouveau président du nouveau Département de la dette, eh bien, tu l'as devant toi. Si j'avais dit non, ils n'avaient plus qu'à essayer de nommer Robert Preston[1], je suppose.

Miranda avait soudain les yeux tout brillants d'amour, ou d'humidité, ou de contemplation, eu égard à l'avenir radieux qui leur permettrait – Kenyon, Hettie et elle – de

1. Journaliste de la BBC, a notamment révélé en 2007 que la banque Northern Rock était au bord de la faillite, lequel scoop lui a valu de nombreux prix.

conserver cette maison de 1 million de livres qui, de jour en jour, les acculait à la ruine.

– Combien ? demanda-t-elle d'une voix basse et tremblante.

– C'est le côté bonne nouvelle : le double de ce que je gagne maintenant, peut-être même un peu plus. Avant qu'on pense à moi, les négociations ont atteint des sommets, tu n'as pas idée. La deuxième bonne nouvelle, c'est qu'ils veulent bien me considérer comme un candidat externe, pas comme une promotion.

– Et alors ?

– Et alors j'ai droit à un charmant bonus en réintégrant le ministère. Ils craignaient que je refuse à moins que...

– Mais je croyais qu'on n'avait pas d'argent. Enfin, pas toi et moi, le pays, comme tu disais tout à l'heure.

– Oui, si, mais c'est... une autre sorte d'argent. Une dépense qu'ils peuvent justifier.

– Combien ? fit à nouveau Miranda.

– Oh, dans les 300 000.

Elle termina son gin tonic d'une traite ; quelque chose changea dans son attitude.

– Eh bien, cet argent d'une autre sorte, ça fait un joli cadeau de retour. Je suis contente pour toi. Non seulement parce qu'ils te paient mieux, mais parce qu'ils semblent enfin reconnaître tes talents. Je me demandais combien de temps ils te laisseraient moisir à Islington. Alors, moi aussi, j'ai des nouvelles, tout à fait du même ordre.

– Tu ne vas pas m'annoncer que l'université veut te donner 300 000 livres ? dit Kenyon en riant.

– Je ne sais pas combien ça fera, en définitive. Mais j'ai créé un peu d'animation aujourd'hui, qui a donné lieu à une gentille conversation avec Petit-Benjy et le grand patron – hi hi, on dirait le titre d'une pièce de Brecht –, avec pour conclusion qu'on devrait bientôt voir moins souvent Miranda Kenyon au collège des professeurs. Snif ! Bouh ! Et s'ils veulent se débarrasser de moi, j'ai obtenu l'assurance de toucher des indemnités, même de très confortables indemnités. Donc la journée fut bonne pour nous deux. Avec un peu de chance, on devrait pouvoir solder le prêt de la maison, quand nous aurons touché nos sous, et sans doute vivre sur ton salaire, non ? On aurait de quoi mettre à gauche 100 000 ou 200 000 livres, en prévision de temps plus difficiles.

– Tant que ça ? dit Kenyon, qui pensait surtout à Ahmed (comment ferait-il pour le voir, coincé à Londres du lundi au vendredi ? Il faudrait un appartement sur place, et qu'Ahmed se trouve un job dans la capitale...). Tant que ça ? Qu'est-ce que tu leur as fait, Miranda ?

– Hm. C'est ennuyeux, le *big boss* a voulu que je promette... condition *sine qua non*... On commençait juste à parler, mais c'était un préliminaire : jamais, au grand jamais je ne dois répéter les propos effrayants que j'ai proférés cet après-midi. Alors il faudra que je m'y tienne. Je sais, c'est affreux. Bon, peut-être que je te dirai un jour. Enfin, bon. Tout ça est quand même réjouissant. Mais bon sang, d'où vient ce bruit ?

Une gueule barbare et distordue leur apparut, collée à la fenêtre. C'était Stanley, le basset de Sam et Harry, émergeant brusquement du noir automnal. Pour quelque raison personnelle, il contemplait deux élégantes silhouettes dans le salon des Kenyon. Le chien donna même un coup de langue approbateur au tableau, de sorte que le cadre de la fenêtre trembla de nouveau.

– Il est bien tard pour qu'il soit encore dehors, dit Miranda. Allez, Stanley, rentre. À la maison !

– Non, on ne t'ouvrira pas la porte, renchérit Kenyon. Dieu sait dans quoi tu es allé te rouler. File !

Mais, avec un mouvement suspect de l'arrière-train, Stanley continuait de les observer comme s'il n'était rien de plus intéressant que deux personnes assises face à face, leur visage éclairé à la lumière des lampes. L'une avec sa cravate desserrée ; l'autre toute droite, dans une robe noire droite, avec une coupe de cheveux droite, qu'il serait d'ailleurs bon de rectifier, et qui posait sur lui un œil soucieux, voire, semblait-il, affectueux. Au bout d'un moment, Miranda se leva, décrocha le téléphone sur le guéridon et appela Sam pour qu'il vienne récupérer son clebs.

24

En dehors de chez elle, Hettie aimait compter ses pas entre un point de repère et un autre. Entre la porte d'entrée et le poissonnier : 247. Dans l'autre sens, jusqu'au bout de la rue et le début de la Wolf Walk : 485. Depuis le départ de la Wolf Walk et le banc de Tracy Wood : 170. (Hettie parfois pleurait en pensant à elle, à l'idée aussi qu'elle était maintenant plus âgée que Tracy ne le serait jamais. D'une façon ou d'une autre, elles étaient sûrement copines, toutes les deux.) Depuis la gare jusqu'au Menu-Crottant : 463. De la mairie aux balançoires du terrain de jeux : 733.

Elle faisait toujours ça, mais c'était impossible avec Michael ; elle ne pouvait pas se concentrer en sa présence. Hettie avait pensé à lui parler de cette habitude, mais pas encore. Il la prendrait peut-être pour une dingue. Ou peut-être juste avant qu'il retourne aux États-Unis. En sortant, à chaque fois, elle inspirait à fond, comme avant de plonger la tête sous l'eau, et quelle que soit la direction, elle commençait par un grand UN. Après quoi, elle pouvait mesurer Hanmouth de part en part, en marchant, trottant ou courant.

Ces derniers jours et semaines, Hettie avait adjoint une mission à ses jalons d'arpenteur. Elle était à l'affût de Billa Townsend, la veuve du vieux colonel. Elle avait bien réfléchi depuis la disparition de celui-ci et, de quelque façon qu'on considère la chose, elle était responsable. Elle voyait le colonel ouvrir un placard après l'autre, en quête d'une planche à repasser. De tout temps, c'est son épouse qui avait fait le repassage, mais à la fin, elle ne pouvait plus, parce qu'elle était tombée et qu'elle s'était blessée. Et donc il fallait qu'il le fasse lui-même. Billa étant sortie, elle ne pouvait pas lui dire où se trouvait la planche. Alors il était monté à l'étage et l'avait trouvée dans un placard, la planche, mais il ne savait pas s'y prendre et, au lieu de la descendre pliée, il avait cru gagner du temps en la dépliant sur le palier, pour la transporter prête à l'emploi. Seulement, c'est compliqué de déplier une planche à repasser, Hettie le savait. C'est pourquoi, en la manipulant maladroitement en haut de l'escalier, il avait trébuché et il avait dégringolé avec cette satanée machine, comme un château de cartes, *boum, boum, boum.*

Billa ne savait pas qu'elle était tombée dans la rue à cause de Hettie, mais elle lui pardonnerait en voyant à quel point c'était une faute difficile à avouer. Elle la serrerait contre elle, et peut-être pleureraient-elles un peu, toutes les deux. En se promenant donc, Hettie ouvrait l'œil, au cas où Billa serait parmi les passants.

Il faisait nuit dehors. Kenyon et Miranda parlaient d'argent au rez-de-chaussée. D'après ce qu'elle entendait, ils en avaient gagné beaucoup. Silencieusement, elle descendit l'escalier et jeta un coup d'œil dans la cuisine. Les courses étaient encore sur le plan de travail, emballées dans les sacs plastique de Sainsbury. On n'allait sûrement pas dîner tout de suite. Hettie avait voulu prendre son *apéritif* avec ses parents, parler avec eux de choses compliquées, mais cette espèce d'âpreté au gain la rendit mal à l'aise. Elle préféra sortir. Aussi doucement que possible, elle traversa le couloir, enfila sa doudoune, ouvrit la porte – et dehors ! Lorsqu'elle referma derrière elle, elle aperçut le chien à hauteur de ses genoux. C'était Stanley, celui des deux vieux pédés. Hettie savait où ils habitaient ; eh bien, elle allait le leur ramener.

Plus compliqué qu'elle n'aurait cru. Stanley avait coutume de se poser n'importe où pour regarder n'importe quoi. Peut-être était-il là depuis un moment, la truffe collée sur la vitre, à observer ses parents, ou les poules de l'autre côté de la rue. Lorsqu'on s'intéressait à lui, il vous reniflait un instant, quittant au besoin son poste d'observation, pour y revenir de toute façon – ce qu'il semblait prêt à faire. Hettie empoigna son collier et se mit à le tirer derrière elle – ce qu'il était lourd, ce chien ! Une masse, impossible à traîner. Lorsqu'il se planta sur le trottoir, montagne de chair et d'os, elle finit par céder, pensant qu'il retrouverait son chemin tout seul.

Brusquement, quelque chose à mi-distance attira l'attention du basset, qui cessa de jouer les poids morts. Ce n'était pas quelque chose, mais quelqu'un, quelqu'un qui passait sous un réverbère. Et Stanley de trotter soudain vers elle : Billa, l'épouse du colonel. Hettie le suivit ; le moment ou jamais, pensa-t-elle.

– Je le connais, ce pauvre toutou, dit Billa, qui lui donna un petit coup du bout de son parapluie à manche en forme de perroquet. Bonjour, Hettie. C'est bien Stanley, hein ?

– Je crois, oui. Enfin, vous, il vous connaît.

– Eh, j'espère bien ! Il ne devrait pas traîner dehors, à cette heure-là. Sam doit se faire du souci. Tu es pressée ?

– Non, non.

Hettie avait pour principe de ne jamais admettre devant une grande personne que, sortant de chez elle sans direction particulière, elle partait méditer à l'aventure. L'inspiration lui vint subitement :

– Maman m'a demandé d'aller chercher du beurre et du lait au Coop. Il n'y en a plus à la maison.

– Ah bon ? Et moi, je n'ai rien de particulier à faire. J'avais juste envie d'une petite promenade avant de dîner. Écoute, ça ne devrait nous prendre que cinq minutes. Si nous allions rapporter ce pauvre chien à ses maîtres ? C'est au coin de la rue.

– D'accord, convint Hettie.

Le basset semblait beaucoup plus enclin à suivre Billa qu'à suivre la jeune fille. Vraiment injuste.

– Mais quel vilain, vilain, vilain, vilain petit chien, dit Billa, encourageante. N'est-ce pas que j'ai raison, Stanley ?

– Je suis vraiment désolée pour votre mari, jeta Hettie, courageuse, sans lui laisser le temps de rien ajouter.

– Oh.

– Mourir comme ça... Ça a dû être un choc terrible et je souhaite vraiment que ça aille mieux.

– Eh bien... Merci. Oui, pour un choc, c'était un choc...

– Seulement, il faut que je vous dise une chose, que je soulage ma conscience, et j'espère que vous comprendrez. J'en suis devenue malade. Parce que, je crois que c'était notre faute, à Michael et à moi.

– Hettie, je ne...

– Laissez-moi continuer, dit Hettie, expliquant que, par maladresse, son ami et elle avaient renversé Billa sans revenir sur leurs pas pour l'aider à se relever ; empêchant celle-ci de s'occuper des corvées à la maison ; de sorte que le colonel – « Général », corrigea gentiment la vieille femme – avait dû se débrouiller avec la planche à repasser, et...

Hettie s'arrêta un instant sous un réverbère, qui les éclaira toutes les deux. Le halo jaunâtre imprimait de curieux reflets sur le visage intelligent de Billa, son gilet sans manches et le pull marin en dessous, cependant elle n'avait pas l'air plus fâchée que ça.

– Vous vous êtes inquiétée, à ce que je vois. Mais ça ne s'est pas du tout passé comme ça. Mon mari a toujours fait le repassage à la maison, que je sois souffrante ou pas. C'était son habitude. Cette planche à repasser, il l'a pliée et dépliée des centaines de fois. N'empêche, ce n'était vraiment pas bien de votre part de partir en courant en me laissant par terre.

– Je sais, reconnut humblement Hettie. Pardonnez-moi, s'il vous plaît.

Elle avait hâte d'apprendre à Michael que tout était arrangé, qu'ils n'étaient pas en cause dans la disparition du colonel – du général.

– Mais voilà Sam ! dit Billa. Vous cherchez sans doute votre petit vaurien ?

Sam s'arrêta sous le réverbère, vêtu d'un blouson de cuir, tenant à la main un modèle de laisse pour chien du dernier chic.

– Il s'emmène tout seul en promenade maintenant, dit-il, contrarié. Hettie, ta maman m'a appelé pour que je vienne le chercher. Je suppose qu'il serait rentré tôt ou tard.

Il se pencha, attacha la laisse au collier de Stanley, tourna les talons. Refusant obstinément de bouger, le chien se mit à pousser des gémissements aigus.

– Bon Dieu !

– Je n'ai pas l'impression qu'il ait envie, remarqua Billa. C'est qu'il n'a pas fini sa promenade, voyez ?

– Ouais, ben, tant pis, dit Sam, tirant de nouveau sur la laisse, mais Stanley ne voulait rien savoir. Bon, d'accord. Je suppose que je vais me promener aussi.

– Où aime-t-il aller ? demanda Hettie.

– Jusqu'au bout de la Wolf Walk et ensuite revenir. Mais il n'est pas si bête que ça : pas question de faire demi-tour avant d'être arrivé au bout. C'est là qu'il se rendait, sûrement.

– Là où ils ont installé une nouvelle caméra aujourd'hui, dit Hettie.

– Non, la nouvelle, c'était il y a une semaine ou deux, carrément sur un mur de chez moi, se rappela Billa.

– Si, si, insista Hettie, haussant les épaules comme après une remarque désagréable. J'y étais avec Michael, cet après-midi. Ah oui, il faisait FROID ! Mais on s'en fiche. On était sur le banc de la petite fille...

– Tracy Wood, dit Billa, et tous trois sourirent.

– C'est ça, et une camionnette s'est garée au début de la promenade. On voyait bien qu'ils n'étaient PAS CONTENTS, d'abord parce qu'ils ont dû décharger tout leur matériel et le transporter jusqu'à nous, en soufflant comme des bœufs. Je sais, il y a cent sept pas d'un bout à l'autre. Et une fois qu'ils ont tout posé devant le banc de Tracy, l'un des deux est resté, pendant que l'autre est reparti trois fois à la camionnette, pour prendre encore l'échelle, et des outils, et encore un truc qu'ils avaient oublié.

– Qu'est-ce qu'il y a à filmer, là-bas ? dit Sam. Rien du tout. Les épinoches, et encore. C'est grotesque. Franchement, ça sert à quoi ?

– Ils sont devenus complètement fous, renchérit Billa.

– Qui est fou ? demanda Hettie. En tout cas, même une seconde, ils ne voulaient pas le laisser sans surveillance, leur matériel. Ça nous a étonnés, alors on leur a posé la question, et eux aussi, ils ont dit qu'il y avait des fous dans cette ville, des gens assez dingues pour jeter tous leurs trucs dans l'estuaire, si on ne faisait pas attention. Ils parlaient sûrement de nous, mais ils ne l'ont pas dit pour rester polis. D'ailleurs, on ne l'aurait pas fait, parce que Michael voulait voir comment ils allaient se débrouiller pour installer leur caméra au mur, sous le verger. De toute façon, on était obligés de les croiser si on s'en allait. Donc on n'a pas tout jeté dans l'estuaire.

– Non, c'est à vous qu'ils pensaient, dit Sam à Billa.

– Ces barbares. Qui leur donne le droit de poser des caméras dans tous les coins ? D'abord sur un mur qui m'appartient, ensuite au bout de la Wolf Walk, où personne ne met jamais les pieds. Ah, je veux voir ça de mes yeux.

– Qui ? Mais John Calvin, évidemment ! Allons lui montrer un peu de quel bois... Non, vaut mieux pas. Je sais déjà ce qu'il dirait.

– J'imagine, approuva Billa.

Ils se dirigèrent donc vers la Wolf Walk, Stanley reniflant tout ce qu'il trouvait en chemin. En longeant le Strand, ils entendirent des voix se répondre les unes les autres dans les maisons : «Jack, criait-on, viens ici ! » Ou encore : « Mais qu'est-ce que tu en as fichu ? » Ils regardèrent les fenêtres des Lovell ; de John Gordon, qui venait de reposer son violoncelle et appelait sa femme ; des Kenyon, assis chacun dans un fauteuil, un verre à la main ; de Helena Grosjean, avec sa maison bien rangée, et la ruche à lattes blanches de l'autre côté de la rue ; du gestionnaire de *hedge funds* reconverti galeriste ; et du présentateur vedette qui, comme tout le monde, regardait la télévision. Chaque fois, Hettie, Sam et Billa voyaient une séquence du journal télévisé, ou simplement les reflets bleutés de l'écran dans la pièce. De fenêtre en fenêtre, celui-ci affichait les mêmes images : la photo d'une fillette, celle qui avait disparu au printemps, et une autre de sa mère, les menottes aux mains. Et encore un champ, un véhicule de police assiégé par des journalistes, un groupe d'autodéfense, apparemment furieux, la mère et son ami, blafards, sur une estrade avec des policiers ; puis une maison dans la campagne, à moitié déglinguée, avec un toit de chaume. Tout en marchant, le petit groupe considérait avec intérêt un fragment de l'histoire, révélée successivement sur vingt écrans de télé. Comme ils ne s'arrêtaient pas, Sam, Billa et Hettie n'en percevaient que des bribes, sans fil conducteur. Mais soudain apparut la silhouette de la gosse, qui rejoignait, hésitante, une foule quelque part – du moins cela en avait-il l'air. Une gamine de huit ans, blême, maigre, les cheveux relevés en chignon, et ses grands yeux peinant à la lumière – le visage en gros plan, maintenant, sur les écrans quarante-deux pouces du Strand – après des semaines passées en captivité.

– Ils l'ont retrouvée, alors, dit Sam.

– La mère est encore en prison, je pense, commenta Billa. Je ne sais pour combien...

– En attente du procès.

Jusqu'au bout du Strand, ils parlèrent de China, de l'avenir qui l'attendait, séparée à jamais de sa mère, de ses sœur et frères. Ils arrivèrent à la Wolf Walk, charmante et déserte à cette heure de la journée, dotée d'un unique et romantique réverbère qui répandait une lumière chaleureuse et jouait avec les ombres. On distinguait, dans le noir, la courbe de la promenade et le tablier de vase, abritant une colonie de pierres plates qui se révéla, tandis qu'ils avançaient, être une troupe de canards endormis. Chacun à son tour, ils levèrent la tête, étouffant un coin-coin inquiet, puis ils lissèrent leurs plumes et se cachèrent de nouveau sous une aile. On apercevait, à mi-chemin, la nouvelle caméra : une boîte blanche, au nez pointé vers le sol.

– La voilà, dit Sam. Franchement, à quoi ça rime, je vous le demande ?

– Les ouvriers ont dit que des gens avaient jeté un banc dans l'estuaire, ici, répondit Hettie. On n'a jamais su qui c'était, mais comme ça, ils ne recommenceraient plus, paraît-il. Michael et moi, on était en train de...

– ... s'embrasser, finit Billa pour elle. Ne nous regarde pas comme ça. On a vu des tas de choses dans la vie, et on sait même ce que c'est.

– Oui, on s'embrassait, mais on n'a pas voulu continuer, sur le banc de Tracy Wood, avec cette caméra qui nous regardait. On sait pas qui il y a, à l'autre bout ! On était venus là parce que notre coin à nous – je peux pas vous dire où c'est, c'est un secret... Enfin, là-bas, tout d'un coup, il y avait des tas de gens avec des jumelles, alors on est venus ici.

Ils se trouvaient maintenant sous la caméra. Le mur de soutènement faisait moins de deux mètres de haut, et elle paraissait mal fixée, prête à tomber au premier coup de vent. À l'endroit où elle était, elle ne devait pas capter grand-chose, à moins que les vilains criminels ne commissent leurs méfaits assis précisément sur le banc de Tracy.

– Alors Michael a dit au gars que c'était du voyeurisme, qu'on était là pour être tranquilles et, quand il a fini, le gars a répondu : « Oui, oui, être tranquilles pour vos saletés, bien sûr », et ils ont rigolé, ils se sont moqués de nous, et son copain, un gros avec des boutons, il a ajouté : « C'est clair. » Alors l'un deux a dit, je ne sais plus lequel : « Quand on n'a rien à cacher, on n'a rien à craindre. » Après, ils sont partis, et il y avait la petite lumière rouge sur la caméra, et on n'avait plus envie de continuer, Michael et moi, ça manquait un peu de charme.

– Bien sûr, reconnut Billa. Tout ça à cause de John Calvin et son Comité de voisinage.

– Est-ce qu'il existe seulement, son comité de merde ? dit Sam qui, levant le bras, donna un petit coup sur la caméra. Ça n'est qu'une coquille vide. Regardez, elle ne tient pas.

Il y alla plus franchement, et la fit pivoter pour qu'elle contemple maintenant le château sur l'autre rive. Ces appareils devaient, en principe, rester hors de portée de la populace qu'ils surveillaient, mais, compte tenu de l'emplacement, les ouvriers avaient fait ce qu'ils avaient pu.

– Beaucoup mieux comme ça.

– M'est avis que c'est de la camelote, ces machins, jaugea calmement Billa. Pas très solides, j'ai l'impression.

Avec la tête de perroquet de son parapluie, elle frappa franchement sur le boîtier, qui produisit un bruit de ferraille. Elle recommença, laissant une sérieuse marque sur le plastique.

– Vous allez vous attirer des ennuis, dit Hettie. Ils ne vous voient pas, mais ils peuvent reconnaître le son de votre voix. Soyez prudente, madame Townsend.

– Pff, il n'y a pas de micro, là-dedans. C'est une caméra numérique, rien de plus.

Se plaçant de l'autre côté, Billa étudia l'objectif noir ; il n'offrait rien que le spectacle du vide, d'un œil parfaitement mort. Reculant d'un pas, elle lui donna un bon coup de parapluie, et le verre se brisa.

– Voilà pour toi, dit-elle.

– Oh mon Dieu, fit Hettie. Je le crois pas, vous avez fait ça ?

– Tu veux essayer ? proposa la vieille femme en lui tendant son parapluie.

Incertaine, Hettie accepta et – de crainte, peut-être, d'être filmée avant le trépas de la caméra – tapa doucement au bord de l'objectif, timidement d'abord, puis très fort, jusqu'à ce que le verre tombe en pluie sur les pavés.

– Rien de plus facile, dit Billa. Je crois que je vais régler son compte à celle qu'ils ont posée chez moi. Je ne vois pas de raison de la supporter, celle-là non plus.

– J'en ai une sur la façade de ma boutique, se rappela Sam. Je m'en occuperai demain à la première heure. Mais regardez, ils ont bossé comme des gorets ! Elle est à peine vissée.

Levant les deux mains, il secoua le bras articulé, fixé sur le vieux mur en brique, et le boîtier se détacha sans résister. Puis il arracha les câbles à l'arrière. Haletant, il brandit la caméra fichue, qui n'était plus reliée à rien.

– Un peu plus lourde que j'aurais cru, dit Sam. Seulement, maintenant, j'ai collé mes empreintes partout. Il faudrait peut-être la jeter dans l'estuaire, non ?

Hettie et Billa étaient de son avis ; prenant son élan, il la lança avec force. La caméra décrivit un arc de cercle avant de plonger, avec force éclaboussures, entre les deux rives, où le courant l'engloutit avec un bruit gourmand. Elle s'enfoncerait dans la vase ; les sédiments la recouvriraient vite, effaçant toute trace de manipulation.

Discrets comme des voleurs, Billa, Sam et Hettie repartirent chez eux sans un mot. Après avoir patiemment attendu qu'ils accomplissent leur œuvre, Stanley les suivit comme une gouvernante sévère.

– Bonne nuit, souhaitèrent Billa et Sam à Hettie, puis à Miranda qui, ouvrant sa porte, se demandait où sa fille était passée.

– Bonne nuit, dit Billa à Sam, lorsqu'il remonta sa petite allée.

Des éclats de verre scintillaient dans le noir sur ses épaules.

Billa avait encore trois cents mètres à parcourir. Les rues étaient désertes ; la ville avait tiré ses rideaux ; rien ne venait briser le silence. Elle rentra chez elle sous l'œil noir scrutateur et le clignotant rouge. Qui pouvait bien l'observer, à cette heure ? Les caméras n'avaient rien changé ; peut-être venaient-elles de démontrer, tout au plus, que la petite ville avait réellement besoin d'être surveillée... D'ici quelques jours, celle de la Wolf

Walk serait remplacée. Billa se proposa de réchauffer un plat de lasagne qu'on lui avait apporté, avec – pourquoi pas – un verre d'une bonne bouteille à retirer sous l'escalier. Une de celles, par exemple, qui étaient entièrement recouvertes de poussière.

25

On était passé à l'heure d'hiver un mois plus tôt, et il faisait déjà nuit quand la sonnette retentit un samedi soir. Stanley tenait sa place sur le canapé, exactement au centre, la truffe et les oreilles sur le bord du coussin, sans rien perdre de la légendaire finesse de l'épisode en cours de *Doctor Who.* À sa droite, les pieds de Harry, en chaussettes ; ceux de Sam, également en chaussettes, lui touchaient le flanc gauche. Comme tous les quinze jours, il avait patiemment supporté le bain qu'ils lui infligeaient. En revanche, Sam et Harry s'amusaient pour trois, penchés sur la grande baignoire blanche, activant les remous pour faire sursauter le chien, murmurant des « gentil, gentil, gentil », dessinant de grandes meringues de shampooing moussant, avant de le rincer et de le sécher avec sa serviette personnelle, couleur basset-marmelade d'orange. Après quoi, s'il ne sentait pas bon objectivement, une sympathique odeur de basset remplaçait au moins la pestilence habituelle. De temps en temps, Sam tendait à Harry le ravier plein d'olives, ou de feuilletés au fromage, ou de cacahuètes grillées. Les gourmandises occupaient le bras droit du canapé, avec le negroni de Sam, responsable de la distribution. Les télécommandes de la chaîne, de la télévision et du lecteur de DVD trônaient sur le bras gauche, avec le whisky sour de Harry. Lorsqu'un feuilleté au fromage passait au-dessus de Stanley, celui-ci levait les yeux, davantage pour déplorer le dérangement, semblait-il, que pour mendier. Quand Harry s'en allait à la cuisine, Sam lui en donnait un en douce. Et quand Sam remplissait son verre de negroni, Harry faisait exactement la même chose. Chacun pensait que l'autre n'en savait rien. Ce n'est pas le chien qui irait cafarder, trop heureux de profiter de ces illicites gâteries.

– Qui c'est, ceux-là ? demanda Harry.

– Qui ça ?

– Ceux-là, là. C'est les Sontariens ?

– Non, les Sontariens ont des grosses têtes. Là, c'est...

– Ah oui, ceux qui sont composés de graisse humaine ?

– Non, ceux-là... Ah, je ne me rappelle plus leur nom.

– Dommage, ils me plaisaient bien.

– Tu es obligé de parler tout le temps, chéri ?

– Je peux pas regarder si je comprends pas.

– Enfin, quand même. Un enfant de six ans comprendrait ça. D'ailleurs, c'est fait pour les enfants de six ans.

– Au moins, avec les Daleks, on savait où on en était. J'aimais bien les Daleks.

– Ils étaient là, la semaine dernière.

– Qu'est-ce qu'ils faisaient ?

– Ils voulaient conquérir l'univers.

– Encore ? Mais c'est lassant.

– Pourquoi, tu ?...

– Ça doit faire vingt fois qu'ils essaient, et ils n'y parviennent jamais. Quelqu'un pourrait leur conseiller de revoir leurs prétentions à la baisse, un de ces jours. C'est grand, quand même, l'univers.

– Ah, le principe de Peter, version interplanétaire ?

– Parfaitement. Tout extraterrestre tend à s'élever à son niveau d'incompétence. S'ils visaient plus petit, pour commencer, disons le Kansas ou l'île de Malte, ils auraient peut-être plus de chances. Il faut procéder par étapes.

– Qu'est-ce qui vient d'arriver, là ?

– Aucune idée. Quelque chose a explosé. Ce n'était pas la reine Victoria ?

– Non, elle n'est pas dedans, cette semaine.

– Je ne comprends vraiment rien à ce qui se passe. Je comprends seulement les épisodes où il y a des gays.

Harry s'envoya une joyeuse rasade de son whisky sour.

– J'ai croisé John Calvin, cet après-midi, dit-il.

– Tiens donc.

– Ils déménagent. Tu savais ça ?

– Non, c'est vrai ? Comme ça, subitement ?

– Je ne crois pas. Il dit qu'il y pensait depuis un moment. Enfin, ça reste à vérifier, quand même. Ah, déjà le générique, et je n'ai rien pigé du tout. Je suis sûr que c'était bien, cet épisode.

– Je l'avais déjà vu. Une histoire d'univers parallèle.

C'est alors qu'on avait sonné : vigoureusement, avec autorité.

– J'allais te faire remarquer comme c'est agréable de rester tranquillement chez soi le samedi soir, sans se préoccuper de vêtements à mettre ou de sujets de conversation, juste toi et moi, et cette bestiole qui, pour une fois, n'empeste pas. Évidemment, c'était trop beau.

Un vrombissement dans la rue, un pot d'échappement mal réglé, un véhicule qui s'éloignait. Et un nouveau coup de sonnette, revêche. Sam se leva avec effort.

– Ouh, ce que je grossis.

– Et moi donc, dit Harry. C'est sans doute les flics, ils viennent arrêter l'homme qui jette des caméras dans l'estuaire.

– Sujet tabou, fit Sam en ouvrant la porte.

Le type du mois dernier – Spencer le mécano – était là avec un grand sourire, un T-shirt blanc et un jean taille basse qui ne cachaient rien de son nombril et de la partie supérieure de ses pilosités pubiennes. Il tenait une bouteille de vin à la main.

– Salut, les mecs.

– Bonjour, répondit Sam, levant un sourcil. Ah, Spencer, c'est ça ?

– Faut qu'je reste dehors ? Les autres sont arrivés ?

– Qui ça, les autres ? On était prévenus ?

Harry n'étant pas très à jour, question agenda, peut-être avait-il oublié de noter une invitation ?

– Allez, fit Spencer. On est le premier samedi du mois. C'est la fête, non ?

La voix du garagiste résonnant dans l'entrée, Harry ouvrit la porte du salon pour voir ce qui se passait. Avec ses pieds nus, sa chemise pas repassée et son vieux cardigan, il manquait singulièrement de sex-appeal.

– Qu'est-ce qu'il y a ? dit-il finalement, son verre à la main.

– C'est pas ce soir ? demanda Spencer. Je croyais que c'était ici, et aujourd'hui. J'avais peur d'être en retard, que tout le monde soit déjà là en train de prendre son pied.

– Je ne suis pas au courant, affirma Sam. Je n'ai de nouvelles de personne depuis un mois. Peter nous a invités, il y a six semaines, mais on était pris, et ensuite plus rien. Bon Dieu, j'espère qu'ils ne vont pas tous se pointer.

– Ouais, grogna Spencer d'une voix sourde, se rapprochant de Sam pour lui pincer la nuque entre le pouce et l'index. Ouais, moi non plus. Rien que tous les trois, hein ? Ça sera super, toi, moi et...

– Bonne idée, oui, coupa Harry. Mais pas ce soir. Une autre fois.

– Eh, attends ! C'est que je suis venu d'Ottery, moi. Ma... Je n'ai plus de conducteur, maintenant. J'ai pas fait tout ce chemin pour rien !

– Tu aurais pu téléphoner avant, surtout. Désolé, mais une autre fois, dit Sam.

– Fallait me donner ton numéro. OK, allez vous faire foutre ! lâcha Spencer, qui recula vers la porte et l'ouvrit.

Il faisait froid dehors, et le pauvre n'avait qu'un T-shirt sur le dos.

– Appelle-la à l'intérieur ! lança Harry. Ah, il a filé.

– Il doit être déçu, dit Sam, tandis qu'ils reprenaient place au salon.

Casualty commençait juste à la télé.

– Ah, Spencer, le pauvre vieux.

– Tu ne regrettes pas, si ?

– Quoi ? De l'avoir renvoyé dans le froid ? Non, pas du tout.

– Sexy, quand même, cet enfoiré.

– Oui, mais taré. Pas utile de s'emmerder avec lui. Une petite soirée tranquille, juste toi et moi, je ne demande pas mieux. Elle n'a pas pu aller très loin, sa femme.

– Ça leur fera une conversation intéressante sur le chemin du retour. Sinon, tu n'as pas décidé de tout arrêter, quand même ?

– Quoi, les Ours, les soirées, le beau mécano qu'ils ont sauté dans le bureau au fond du garage ? À ton avis ?

– Tu ne veux pas dire que, toi et moi, on ne baisera plus que tous les deux jusqu'à la fin des temps ? Que ça y est, maintenant, on reste fidèles ?

– Non, chéri, je n'ai jamais dit ça, répondit Harry. Et jamais je ne te le dirai. J'aurais trop peur de te faire de la peine.

– Je t'aime, fit Sam, et il écrasa presque Stanley en embrassant son compagnon.

Cela fait, il se leva, toujours en chaussettes, pour aller remplir leurs verres à la cuisine. Il y avait un beau gigot d'agneau au frigo – prévu pour le dimanche midi, mais ça serait aussi bien ce soir, avec des pommes de terre sautées et des haricots verts. Les jours raccourcissaient vraiment : Sam descendit le store au-dessus de l'évier, bien que la fenêtre donnât sur le jardin, d'où personne ne les voyait. Les rideaux étaient tirés dans toute la maison ; ils pouvaient ne répondre ni au téléphone ni à la porte si on sonnait. Jusqu'au lendemain matin, ils seraient tranquilles, l'un avec l'autre, sans être dérangés ni observés. Sam refit un whisky sour pour Harry, puis versa le gin, le Campari et le vermouth rouge dans son propre verre. C'était son troisième negroni ; qu'importe, ce qui comptait, c'était de passer un samedi soir avec son compagnon, sans intrusion d'aucune sorte.

Londres-Genève
Mars 2010

Mis en pages par DV Arts Graphiques à La Rochelle
Imprimé en France par Normandie Roto Impression s.a.s.
Dépôt légal : février 2013
N° d'édition : 2673 – N° d'impression : 130793
ISBN 978-2-7491-2673-9